U0509228

集学
刊术

福建省社会科学研究基地
福建师范大学
中华文学传承发展研究中心

台湾诗钟社团及相关组织考略

（1865—2014）

黄乃江◎著

人民出版社

本书是教育部人文社会科学研究规划基金项目——"诗钟与晚清民国期间的两岸诗坛"（批准号：10YJA751028）、福建省教育厅 A 类社科研究重点项目——"诗钟艺术的历史重构与现代阐释"（批准号：JA12086S）、厦门大学两岸关系和平发展协同创新中心、福建师范大学两岸文化发展研究中心的研究成果。

本书出版得到福建省财政厅专项课题"探寻闽台文学的根与脉"的经费支持。

总　序

　　2004 年 10 月,福建师范大学文学院获批建设福建省高校人文社会科学研究基地——人文福建发展研究中心,并于 2011 年评为省高校优秀社科研究基地。在此基础上,学校于 2014 年 4 月成立了中华文学传承发展研究中心,聘任郑家建教授为研究中心主任,以更好地发挥文学院在中华文学传承发展方面的科研优势,为我国社会文化发展以及闽台文化合作交流提供智力支持和决策参考。该研究中心于 2014 年 6 月经过专家评审,成功晋升为福建省首批社会科学研究基地。

　　福建省社科研究基地是人文社会科学研究的高层次学术平台,担负着组织科研创新团队、产出重大研究成果、创新科研管理体制机制、提供社会咨询服务、培养优秀科研骨干、促进学科建设发展的重任。省社科基地实行"机构开放、人员流动、内外联合、竞争创新、产学研一体化"的运行机制,经过几年的建设,力争成为国家或省级高层次智库或教育部人文社科重点研究基地。

　　中华文学传承发展研究中心依托福建师范大学国家重点学科(中国现当代文学)、福建省特色重点学科(中国语言文学)和 3 个福建省重点学科(中国现当代文学、中国古代文学、汉语言文字学),以及中国语言文学一级学科博士学位点和博士后流动站、戏剧与影视学一级学科博士学位点和博士后流动站、艺术学理论一级学科博士学位点和博士后流动站,以学科发展与社会重大问题为导向,结合文学院的既有学术传统,确定中心的重大学术课题,围绕国家提高文化软实力与福建省社会文化发展的重大需求,在全球化语境中传承与创新中华文化。

中国语言文学是中华优秀传统文化的重要载体,具有深远的历史意义和现实意义。它不但成了连结全球华人共同家园的精神血脉,而且对中华文化在世界的流播也产生了积极的影响。中国语言文学在传承中华文明及促进闽台文化的合作交流方面具有其他学科无可替代的作用。福建师范大学中华文学传承发展研究中心的学术宗旨,是以历史和现实为基点,对涵盖古今的中国文学,尤其是闽台语言、文学及海外华文文学的渊源流变进行全方位的梳理,为当前建设繁荣和谐的社会文明提供可资借镜的历史经验,加深两岸人民共同构建精神家园的情感联络,为促进闽台文化交流与中外文化交流作贡献。

研究中心聘任国内著名专家担任顾问和学术指导,对中心工作提供了强有力的指导。福建师范大学副校长汪文顶教授担任研究中心首席专家,文学院院长郑家建教授担任中心主任,研究中心的日常事务工作由常务副主任葛桂录教授负责。本中心的特色研究方向有四个:闽台语言文献与文学交流研究方向,负责人为林志强教授、郑家建教授;文体学研究方向,负责人为李小荣教授;中华文学域外传播研究方向,负责人为葛桂录教授;当代文学教育及语文教育研究方向,负责人为赖瑞云研究员。

研究中心将以国家社会文化发展的重大需求为导向,以研究项目为纽带,以研究方向组成的创新团队为载体,以出精品成果为目标,努力强化特色与优势。联系整合省内乃至国内相关高校、科研机构的学术资源,建立健全协同创新机制,造就一支高水平、结构合理和可持续发展的科研创新团队,打造一个在全球化语境中传承与创新中华文化的重点研究基地,成为全国有影响力的专门人才库和人才培养培训基地。

为促进研究中心建设目标的实施,我们在人民出版社的大力支持下,集中出版"福建省社会科学研究基地福建师范大学中华文学传承发展研究中心学术集刊"。该集刊主要收录研究中心同仁高质量的个人学术著作。列入研究中心学术集刊首批出版的十本著作,绝大多数是国家社科基金项目,如《晋唐佛教文学史》（李小荣著）、《中国英国文学研究史论》（葛桂录著）、《冈仓天心研究：东西方文化冲突下的亚洲言说》（蔡春华著）以及教育部人文社科研究项目，如《建阳刊刻小说研究》（涂秀虹著）、《明代中古诗歌批评文献及诗学研究》（陈斌著）、《台湾诗钟社团及相关组织考略（1865—2014）》（黄乃江著）、《〈说文解字六书疏证〉研究》（李春晓著）、《阿瑟·韦利汉学研究策略考辩》（冀爱莲著）的结项成果。这些成果在课题结项评审专家审定意见的基础上，再次打磨修订，因此保证了较高水准的学术质量。研究中心成员承担的福建省社科研究基地重大项目的结项成果，也拟列入这套学术集刊出版。另外，本研究中心与文学院合作还搭建了两个学术平台《细读》、《圆桌》，研究成果亦由人民出版社刊行，为国内外学者诠释中华文学经典、探讨重大理论问题、思考中华文化的传承发展方向提供重要的学术阵地。

中华文学传承发展研究中心

2016 年 8 月

序

乃江从 2004 年开始涉猎诗钟研究，迄今已逾十载。十几年来，乃江的学术研究重心虽然有所迁移，然而对于诗钟的关注始终没有改变，举凡诗钟史料，无论巨细，他都视如珍宝，用心搜罗，妥善庋藏，日积月累，已经盈室塞屋，蔚然可观了。乃江新近出炉书稿《台湾诗钟社团及相关组织考略（1865—2014）》，即将由人民出版社出版。在此，我首先祝贺他大著告成。

若干年前，我曾在拙著中提到："诗钟的创作活动基本上属于文字游戏。然而，诗钟一体传入台湾后却在台湾文学史上一再发生重要的影响。"（《闽台区域社会研究》）并且指出："诗钟在台湾的传播促成了台湾诗人结社联吟的风气和雕词琢句的游戏之风，使建省初期（1885—1894）的台湾诗坛呈现出繁荣（及其）背后的虚弱：广泛而频繁的文学活动和狭窄而琐碎的作品题材，相与切磋诗艺与追求形式主义，佳作名篇迭出与无聊之作纷呈"（《台湾文学史·近代文学编》），"诗钟（击钵吟）在日据初期引发的'诗社林立、诗人辈出、活动频繁'的状况一直延续到日据后期，诗钟（击钵吟）同台湾文学史的关系也从台湾近代文学时期维持至于台湾现代文学时期"（《中国文化与闽台社会》）。然而，对于台湾诗钟的发展规模、影响范围、参与程度等，却缺乏一个具体的量化指标和确切的数据把握。

乃江遍搜浩繁，从史乘、别集、报纸、刊物等最原始、最生态的史料入手，披沙拣金，爬梳剔抉，历时数载，考证出清代同治年间以来台湾创立的诗钟社团 186 个,社际性、区域性、全台性诗钟联吟组织 39 个,以及私人诗钟吟会、"泛诗钟社团"若干,撰成《考略》一书。作为一部征引详备、考证翔实的社团专史,我认为它填补了台湾文学史研究的一项空白,足可以同赖子清所著《古今台湾诗文社》竞相媲美,互为补益。

就研究深度及广度而言,《考略》以丰富翔实的史料再现了台湾诗钟150年的发展历史,与陈世庆所撰《台湾诗钟今昔》、许俊雅所撰《光复前台湾诗钟史话》相比,将台湾诗钟研究的时间范畴分别向前推进了二十年,向后延展了六十年。作者新发掘出许多诗文社团,如李崧臣"鸡黍会"、沈桐士"郡斋钟局"、沈葆桢"幕府钟局"、稻江诗钟会、鹿秀吟会、决胜吟社、嵌南诗学研究会、林园诗学研究会、永隆发诗学研究会、马麟厝汉文研究部、番薯庄汉学研究会、竹南汉诗研究会、妈祖宫诗学会等,都是以往所未曾闻见的。

我觉得研究台湾诗钟社团的最大难点,还是各种联吟组织的考证与梳理。以往研究中,往往就社团论社团,对于它们所结成的联吟组织及开展的创作活动很少探及。其实,相对于单个社团的零星活动,社际联吟、区域联吟、全台联吟才是台湾诗文社团影响更大、更为重要的组织形式和活动方式,它甚至成为个别社团赖以存在的根本要义。在这点上,乃江花了很大功夫,将极其复杂的、几乎被完全湮没的史料,一一钩沉起来,重新建构出一个多方位、多层次、立体交叉的社团联吟网络体系。

作者在充分实证的基础上,提出了自己的学术观点。认为,诗钟对台湾社会文化生活产生过广泛而深刻的影响,它推动和促成了台湾古典诗社的三次发展高潮;日据时期台湾击钵吟的风行,恰好从一个侧面印证了台湾诗钟发展根基之深厚和影响范围之广泛;近现代以来,台湾社会经历了沧海桑田的历史巨变,然而台湾钟手始终守持着一颗不变的诗心,在这种变与不变的较量与抗衡中,台湾诗钟的创作风尚、格式体例等也在无形中发生了递嬗和变异;等等。这些结论,可谓是水到渠成。

此外,我认为《考略》虽然是一部台湾诗钟社团专史,但它同时也是一部熔铸了作者的诗学趣味与审美理想的诗钟总集和作品选粹。《考略》全书收录台湾诗钟作者七千余名,诗钟题目逾万题,诗钟作品两千多联,是台湾诗钟的集大成者。在对待史料尤其是诗钟作品的选录方面，作者坚持史料众者辑其要，史料寡者存其有，力求做到既保全风貌，又点面结合。以斐亭吟社为例，该社留存诗钟作品四五千联，作者精心选录了其中的 10 联，所录钟作均涵泳深味，富于趣理之美，同时又兼顾到格目体式与风格流派的措置和搭配。

半寸不盈书，数载考据功。在当下普遍浮泛的学术生态环境下，乃江能够从史料与实证出发，秉持初心，沉潜致力，十年一剑，一丝不苟，实属难能可贵。《诗》云："就其深矣，方之舟之。就其浅矣，泳之游之。何有何亡，黾勉求之。"乃江既然在史料搜求与实证考据上如此用心，其在学术研究上当有更高远的目标设想，这也是我对他的期许，勉励为之。

是为序。

汪毅夫

2015 年教师节于北京寓所

目 录
CONTENTS

绪论：诗钟与台湾古典诗社的三次发展高潮 / 1

第一章　台湾的诗钟社团 / 19

第一节　清代台湾诗钟社团 / 22

第二节　日据时期台湾诗钟社团 / 44

第三节　光复后台湾诗钟社团 / 240

第二章　台湾的诗钟联吟组织 / 327

第一节　社际性诗钟联吟组织 / 330

第二节　区域性诗钟联吟组织 / 356

第三节　全台性诗钟联吟组织 / 379

第三章　台湾的私人诗钟吟会 / 385

第一节　以府邸、庭园、别墅等为名的私人诗钟吟会 / 387

第二节　以书斋、轩室等为名的私人诗钟吟会 / 402

第四章　台湾的"泛诗钟社团" / 417

第一节　以期刊为核心的"泛诗钟社团" / 419

第二节　以报纸为核心的"泛诗钟社团" / 442

结束语：世变与诗心——台湾诗钟的创作风格及其流变 / 455

参考文献 / 465

后　记 / 470

绪论:诗钟与台湾古典诗社的三次发展高潮

"台湾之广被诗教也,久矣。观其诗社林立,诗家辈出,可知其盛。而台湾之诗社,不惟遍及各县市,甚且遍及各乡镇,尤为全国各省所无之盛况。"① 台湾诗社林立现象是从什么时候开始出现的? 这些林立的诗社,主要在开展哪些创作活动? 台湾何以能形成诗社林立、诗家辈出的盛况? 这是非常值得探究的问题。

一般认为,台湾诗社林立现象产生于日据时期,其成因主要有两个方面:一外在因素,包括日人的推波助澜、社会环境的安定、报纸杂志的传播等;二内在因素,包括诗人遗老及富豪士绅沈溺诗歌以自遣、维系汉文于一线、风雅唱和切磋诗文、抬高身份博取美名、沟通声息敦睦情谊等。②

其实,台湾古典诗社在发展过程中,先后形成过三次高潮,其间诗钟发挥了关键的作用。台湾诗社林立现象的产生,首先应当从文体因素即文学发展的内因去探察,然后才是从社会客体、作家主体等其他因素去寻找。可以说,如果没有诗钟的传入,台湾就不可能产生诗社林立的现象,至少是没有那么早出现诗社林立的现象。

---

① 曾今可:《发刊词》,高雄《鲲南诗苑》创刊号, 1956 年 6 月。
② 黄美娥:《日治时代台湾诗社林立的社会考察》,黄美娥《古典台湾:文学史、诗社、作家论》,台湾编译馆 2007 年版,第 183—227 页。另参考许俊雅:《黑暗中的追寻——栎社研究》,东方出版中心 2006 年版,第 1—12 页。

一

根据赖子清统计，明清两代即清光绪二十一年（1895）日人入据以前的数百年间，台湾总共创立过 11 个古典诗社（见总表一《明清台湾古典诗社统计表》）①。总体上看，明清两代台湾创立的古典诗社并不多；不过，细心考察可以发现，清光绪十一年（1885）台湾建立行省前后创立的古典诗社达到 7 个，超过了之前数百年台湾创立的所有社团的总和。它们包括：光绪四年（1878）许南英在台南竹溪寺创设之崇正社、光绪十二年（1886）唐景崧在台南道署斐亭创设之斐亭吟社、光绪十二年（1886）蔡启运在新竹创设之竹梅吟社、光绪十三年（1887）蔡德辉在彰化创设之荔谱吟社、光绪十七年（1891）许南英在台南创设之浪吟诗社、光绪十八年（1892）唐景崧在台北布政使署创设之牡丹诗社，以及光绪十八年（1892）林景商在台北创设之海东吟社。诸社南北交辉，后先掩映，形成了台湾古典诗社的第一次发展高潮。其中，斐亭吟社与牡丹诗社参与人数众多，活动声势浩大，分别成为清末宦台文人及台湾名士在台南和台北的两个文化活动中心。

总表一　《明清台湾古典诗社统计表》②

序　号	社　名	设立年代	所在地	设立者
1	海外几社	明永历十五年（1661）	东都（即今台南）	徐孚远等六子
2	东吟社	清康熙二十四年（1685）	诸罗县（即今嘉义）	沈斯庵等十四名
3	钟毓诗社	道光六年（1826）	彰化县大仑脚（即今云林县虎尾镇）	林高全等各塾师
4	潜园吟社	道光间（1820—1850）	竹堑（即今新竹）	林占梅等数十名

---

① 赖子清：《古今台湾诗文社》（一、二），台湾省文献委员会编印《台湾文献》第一〇卷第三期、第十一卷第三期，台北：成文出版社有限公司 1983 年 3 月台一版影印本，第 2013—2044、2780—2806 页。

② 此表根据赖子清所撰《古今台湾诗文社》制作。另据考证，竹梅吟社为蔡启运所创设；斐亭吟会创立于光绪十二年（1886），亦称斐亭吟社；荔谱吟社创立于光绪十三年（1887）；牡丹诗社与海东吟社创立于光绪十八年（1892）。

续表

序　号	社　名	设立年代	所在地	设立者
5	崇正社	光绪四年（1878）	台南	许南英等十数名
6	竹梅吟社	光绪十二年（1886）	竹堑	林亦图等数十名
7	斐亭吟会	光绪十五年（1889）	台南	唐景崧等数十名
8	荔谱吟社	光绪十六年（1890）	彰化	蔡德辉等数名
9	浪吟诗社	光绪十七年（1891）	台南	许南英等十数名
10	牡丹诗社	光绪十七年（1891）	台北	唐景崧等数十名
11	海东吟社	光绪二十年（1894）	台北	林辂存等数名

　　为什么光绪十一年（1885）台湾建立行省前后会突然喷发出这么多诗社呢？考察清末台湾诗坛,在光绪十一年（1885）台湾建立行省前后创立的7个社团中,斐亭吟社与牡丹诗社均以诗钟创作为号召,二社汇聚了唐景崧、王毓菁、林鹤年、陈凤藻、林有赓、施沛霖、熊佐虞、林际平、郑祖庚、刘寿铿、郭名昌、郑筬等清末诗坛的众多诗钟名家,所作辑为《诗畸》,被两岸钟界奉为诗钟创作的圭臬;海东吟社则是在牡丹诗社影响下创建起来的少年诗钟社团,该社效法牡丹诗社的创作体例,也以诗钟创作相号召;荔谱吟社诗钟律绝并课,所作诗钟尤伙;崇正社也开展过诗钟创作,该社主要成员施士洁、邱逢甲、汪春源等,同时也是斐亭吟社和牡丹诗社的核心成员,以及《诗畸》的重要作者;浪吟诗社的创作活动虽然很少记载,但从它与崇正社及台南南社的脉承关系中可以推测,该社活动内容与崇正社大致相仿;竹梅吟社是一个专门创作击钵吟的诗社,但该社主要成员施天钧、林亦图、徐莘田、林馨兰等本身是清末诗钟名家,吴逢清、林鹏霄、黄如许等还直接参与了荔谱吟社的重振,其他如傅锡祺、林幼春、魏清德、郑以庠、曾逢时、林资铨、陈瑚、戴珠光、陈锡金等,后来也都成为日据时期台湾著名的诗钟作手。可见,清代末年,诗钟以绝对优势占据了台湾诗坛的主流地位,它对清末台湾古典诗社的发展起到了关键的推动作用。如果没有诗钟在台湾的传播与兴盛,清末台湾古典诗社不可能形成一个发展高潮。

　　那么,台湾诗钟究竟是怎样发展起来的呢？关于台湾诗钟的起源及发生，"台湾太史公"连横尝谓："诗钟之源起于闽中,所谓'折枝'者也。每作一题,以钟鸣为限,故曰诗钟。台湾之有诗钟始于斐亭,曾刻一集名曰《诗畸》。顾其时所作,不过嵌字、分咏、笼纱数格。今则愈出愈奇,以余所知者凡有十四。"① 后此论者对于连氏"台湾诗钟始于斐亭"的说法虽然多有疑义,但是苦于没有找到可靠史料作为证据,只得"暂从连横之说"②。

在这方面取得突破性研究进展的是台湾史学专家黄典权教授。其所撰《斐亭诗钟原件的学术价值》述及："笔者十八年前购藏施进士士洁的旧稿多种,其中有士洁《诗畸补遗》手稿一册,册首有《自序》和《厄言》各一篇,都残损不堪。经细检慢读,才找出一些前所未发的'诗钟'史事,很可补订连氏《雅言》论述所不及。根据施氏的《自序》,台湾近代诗钟的兴起,当不后于清同治四、五年间（一八六五——一八六六）,迨同治十三年（一八七四）沈葆桢入台始普遍引起文人的注目。到光绪十三年（一八八七）唐景崧接任台湾道,乃得普及此道于台湾的文人士流间。"③

其中,施士洁《诗畸补遗·自序》有云:

（同治）四年（1865）先大夫见背,受业于李崧臣师。（中有缺略）师固闽人,雅善诗钟之伎。传经余暇,辄具鸡黍,设□□□□□□□□相角。余时壁上观战,不禁美极。（下多缺残）

广文沈桐士先生……郡斋钟局,强来邀余,不得已随师往。

且曰:

岁甲戌（1774）,海上事起,沈文肃公□□命渡台,幕府十余人,皆诗钟健者。暇则作局。台二百年□□□□制义试帖以外,不知何者为诗钟,至是乃万目共睹,有□□□□云,詑为异瑞,余时已弱冠,随师过文肃。自是无役不与。□□□□□得于师者十之四,得于文肃者十之六也。④

---

① 连横:《雅言》,台南《三六九小报》第一八一号,1932 年 5 月 16 日。
② 许俊雅:《光复前台湾诗钟史话》,台北《台湾师范大学国文学报》1989 年第 18 期。
③ 黄典权:《斐亭诗钟原件的学术价值》,台南《成功大学历史学报》1981 年第 8 期。
④ 施士洁:《诗畸补遗·自序》,转引自黄典权《斐亭诗钟原件的学术价值》,台南《成功大学历史学报》1981 年第 8 期。

上述文字中,"(同治)四年(1865)先大夫见背"一句的时间明显有误。据查考,施士洁的父亲、道光二十五年(1845)乙巳恩科进士施琼芳,卒于同治七年(1868)。不过,从施士洁所撰《诗畸补遗·自序》中,还是可以了解到:台湾文学一代宗师施士洁,十四岁(1868)就开始观摩其师李崧臣在台湾县学举办的"鸡黍会",并受邀参加沈桐士在台湾府学所设钟局之诗钟活动,二十岁(1774)时经常参加沈葆桢在台湾幕府所设钟局之竞技斗捷,并且认为自己在诗钟方面所受沈葆桢的影响甚于其师李崧臣。而从施士洁"詫为异瑞"、"无役不与"、"万目共睹"等语看来,沈葆桢在台湾幕府所设钟局的诗钟活动开展得还是比较频繁的,并且引起了台湾士人的普遍关注。

施氏又言:

> 旋台后,师已久归道山,当日诸先辈□□□□。我台之士无一解此者。离群索居,昀将十年。丁亥(1887)唐维卿廉访莅台①,彼此故伎复痒,与诸幕客、寓公辈,重整旗鼓于豸署之斐亭。旋拓署西隙地,筑净翠园,排日觞咏其中。②

这段记述则表明:一沈葆桢幕府钟局的诗钟活动虽然影响很大,但它忽视了对台湾当地士人的培养。在台湾当地士人中,除施士洁掌握诗钟创作的诀窍外,其他"无一解此者",以至于沈葆桢及其幕府诸公内渡返乡后,台湾诗钟亦随之销声匿迹。这可谓是沈葆桢幕府钟局的一大缺失。二斐亭吟社最初以道署斐亭为活动中心,后来转移至净翠园,该社在社团规模、活动频率等方面均超过了沈葆桢幕府钟局。净翠园是唐景崧为开展诗钟创作而专门辟建的活动场所,唐景崧曾经招邀其幕客及寓台诸公"排日觞咏其中"。三在施士洁看来,台湾诗钟肇始于李崧臣、沈桐士,兴起于沈葆桢,再兴于唐景崧,所以唐景崧在台南道署斐亭创设诗钟吟会之举,被看作是对台湾诗钟的"重整"。换言之,清末台湾诗钟兴盛是大陆宦台文士几代人共同努力的结果,如

---

① 据考证,唐景崧就任分巡台湾兵备道的时间应为光绪十二年(1886),同年夏天在台南道署创立斐亭吟社。

② 施士洁:《诗畸补遗·自序》,转引自黄典权《斐亭诗钟原件的学术价值》,台南《成功大学历史学报》1981 年第 8 期。

果没有李崧臣、沈桐士、沈葆祯等对诗钟"故伎"的传播,就没有唐景崧莅台时在台南道署的一呼百应。

二

日据时期,台湾古典诗社形成了一个更大的发展高潮。根据赖子清统计,日据时期台湾创立的古典诗社总计200个①;许俊雅的统计数字为222个②;黄美娥则认为"应该超过370个以上"③。不过,单纯从社团总数来考察台湾古典诗社未免太过于笼统,必须认真加以剖析。兹以许俊雅所列《日据时期台湾书房及诗社增减概况》为参考,试作分析。

总表二　《日据时期台湾书房及诗社增减概况》④

时　间	书　房		诗文社	
	总　数	增减数	累计总数	增减数
1886				+1
1887	1127		4	+3
1898	1707	+580	5	+1
1899	1421	−286		
1900	1473	+52		
1901	1554	+81		
1902	1623	+69	6	+1

①　赖子清:《古今台湾诗文社》(一、二),台湾省文献委员会编印《台湾文献》第一〇卷第三期、第十一卷第三期,台北:成文出版社有限公司,1983年3月台一版影印本,第2013—2044、2780—2806页。

②　许俊雅:《台湾写实诗作之抗日精神研究——光绪二十一年至民国三十四年之古典诗歌》,台北:台湾师范大学国文研究所1987年硕士学位论文。

③　黄美娥:《古典台湾:文学史、诗社、作家论》,台湾编译馆2007年版,第184页。

④　本表为许俊雅所制作。转引自吴毓琪:《南社研究》,台南市立文化中心1999年版,第33—34页。

续表

时　间	书　房		诗文社	
	总　数	增减数	累计总数	增减数
1903	1365	−258		
1904	1080	−285		
1905	1055	−25	7	+1
1906	914	−141	8	+1
1907	873	−41		
1908	630	−243		
1909	655	+25	9	+1
1910	567	−88		
1911	548	−19	12	+3
1912	541	−7	16	+4
1913	576	+35		
1914	638	+62	20	+4
1915	599	−39	23	+3
1916	584	−15	24	+1
1917	533	−51	27	+3
1918	385	−148	29	+2
1919	301	−84	32	+3
1920	225	−76	38	+6
1921	197	−28	49	+11
1922	94	−103	60	+11
1923	122	+28	69	+9
1924	126	+4	78	+9
1925	129	+3	83	+5
1926	136	+7	90	+7
1927	137	+1	98	+8

续表

时 间	书　房		诗文社	
	总　数	增减数	累计总数	增减数
1928	139	+2	103	+5
1929	160	+21	111	+8
1930	164	+4	120	+9
1931	157	−7	133	+13
1932	142	−15	140	+7
1933	129	−13	151	+11
1934	110	−19	166	+15
1935	89	−21	172	+6
1936	62	−27	186	+14
1937	28	−34	197	+11
1938	19	−9	199	+2
1939	17	−2	204	+5
1940			209	+5
1941			217	+8
1942			222	+5
1943			226	+4
1944				

　　从上表可以看出,日据时期台湾古典诗社并不是均衡发展的。日据初期,即从 1895 年日人入据到 1910 年的十五年间,台湾创立的古典诗社仅 5 个[1]。日据中期,即从 1911 年到 1937 年日殖当局在台湾全面禁绝汉文的二十七年间,台湾创立的古典诗社达 188 个,平均每年约近 7 个,特别是 1921 年以后,平均每年以近两位数的速度增长,可谓突飞猛进。日据后期,即从

---

　　[1]　另据赖子清《古今台湾诗文社》统计,日据初期台湾创立的古典诗社为 10 个,分别是茗香吟会、鹿苑吟社、菽庄吟社、竹社、玉山吟社、栎社、咏霓诗社、南社、瀛社、西瀛吟社。其中,菽庄吟社的创立时间有误,该社系民国二年（1913）重阳由林尔嘉创设于厦门鼓浪屿。

1938 年到 1945 年日本战败投降的八年间,台湾创立的古典诗社为 29 个,平均每年不到 4 个,发展速度明显减缓,乃至停顿。所以,确切地说,台湾古典诗社发展的第二次高潮产生于日据中期,它初步形成于 1911 年,而其主潮则出现在 1921 年到 1937 年之间。

为什么台湾古典诗社发展的第二次高潮会产生于日据中期,而其主潮则出现在 1921 年到 1937 年之间呢? 比较容易让人想到的原因是:日据初期,日殖当局在台湾一方面实行武力镇压,另一方面则实行文化统制,台湾文人的日常行动和文化活动受到严密监视与严格限制。经过十五年的抵抗,1910 年前后台湾各地武装抗日力量相继被镇压下去,随着武力镇压的结束,日殖当局在文化统制方面也有所松动。1919 年 10 月,日本政府结束了之前一直实行的"武官总督制度",改派文官到台湾担任"总督府"总督,文化统制政策得到进一步放宽,开启了所谓的"文官总督时代"。1936 年 9 月,日本政府恢复"武官总督制度",重新选派武官到台湾担任"总督府"总督,随后日殖当局在台湾推行"皇民化运动",全面禁绝汉文。

当然,这只是表面现象。实际上,日殖当局仅仅在入据之初的头几年时间里对台湾士绅实行过笼络政策,而在文化统制方面,整个日据时期从来都未曾放松过,并且呈现出日益紧迫和威逼的态势,即便在"文官总督时代"也同样如此。日人据台之初,对台湾士绅在地方上的声望和影响力非常警惕,为此日殖当局对台湾士绅实行拉拢与笼络,试图让他们为其在台湾的殖民统治服务。例如:1896 年,第二任总督(1996 年 6—10 月)桂太郎拟定"颁发绅章制度",优遇台湾之具有学识资望者,并由第三任总督(1896 年 10 月—1898 年 2 月)乃木希典颁布实施;1898 年,日本政客兼汉文学家加藤雪窗、水野大路、土居香国等在台北组织玉山吟社,并有意吸引陈洛、黄茂清、李秉钧等台湾文士参加;1899 年,第四任总督(1898 年 2 月—1906 年 4 月)儿玉源太郎创设"南菜园",广邀三台文士进行唱和;1900 年,儿玉源太郎又在"总督府"召开"扬文会",邀请前清进士、举人、贡生、廪生参加;等等。一些研究者于是便移花接木,把日据之初日殖当局对台湾士绅的拉拢与笼络,跟日据中期台湾古典诗社迅猛发展的原因嫁接在一起,认为日据时期台湾诗社林立现象的产生是日殖当局支持与奖励的结果。

　　日据之初日殖当局对台湾士绅的拉拢与笼络,其真实用心不过是"期藉联吟活动,潜行思想渗透,推动日本文学,把握民心趋向"①而已,并不代表"日本官员对诗社的支持与奖励";相反,日据以来日殖当局对台湾文人的吟咏及结社活动动辄横加阻挠和粗暴干涉。日据初期台湾诗人洪弃生在致友人王则澍的信中,就曾写道:"今则时迁地易,九儒仅居十丐之上。彼族之官吏,每以读书为无职业之人,载之户籍,明用稽查。今且悬之禁令。此境此情,何堪回想! 弟在此地,非不欲笔耕而墨织。无如举国之人,皆以通译为奇才,而以通诗书为废材,更从何处求徒侣乎! 一、二村夫子咿唔度日,每须向所属官厅恳求许可,百不获一,而又限之以短晷,束之以异例。有时官雇之教员一出辄来踞上坐,肆嘲骂,真真牛溲马渤之不如矣。"②日据中期连横在与徐旭生书中,亦记:"伏居海隅,久闻高义,云山千里,未克趋承。昨得儿子书,曾以拙著台湾通史呈政,猥蒙嘉纳,荣幸何如! 此书刊行之时,日本朝野购读颇多,而中国人士则视之漠然。唯章太炎、张溥泉两先生以为民族精神之所附,谓为必传之作,横亦颇以此自负。更欲撰就续编,记载乙未以来三十余年之事,昭示国人,藉资殷鉴。而索居台湾,文网周密,不无投鼠忌器之感。归国以后,倘得一安砚之地,从事修纂,必有可观。而身世飘零,年华渐老,此愿未偿,徒呼咄咄! 固知弃地遗民,别有难言之隐痛也! 拙著十数种,通史以外,尚有台湾诗乘、台湾语典,尤为十年间苦心惨淡之作。"③在这种环境下,台湾文人的言论和行动自由尚且得不到保障,更遑论创立诗文社团。明白这点,就不会产生诸如"日本官员对诗社的支持与奖励,的确是汉诗之所以于日治五十年在文坛上屹立不摇的原因之一"④这样的错觉了。

　　日据中期台湾古典诗社之所以获得迅猛发展,跟诗钟在台湾的重新发现与再次兴起密切相关。日据初期,台湾诗坛流行两类诗歌——"唱和诗"与"击钵吟"。所谓"唱和诗",即由日本政客组织,台湾文士参与,你唱我和创

　　①　许俊雅:《黑暗中的追寻——栎社研究》,东方出版中心 2006 年版,第 5 页。
　　②　洪弃生:《与王则澍》,转引自汪毅夫《台湾近代诗人在福建》,台北:幼狮文化事业股份有限公司 1998 年版,第 95 页。
　　③　连横:《与徐旭生书》,连横《雅堂先生文集·余集一》,台北:文海出版社有限公司 1973 年版,第 132 页。
　　④　吴毓琪:《南社研究》,台南市立文化中心 1999 年版,第 37—38 页。

作出来的诗歌，作品充斥着浓重的奴颜心态和媚日气息，如村上淡堂所组织之"江濑轩唱和"、儿玉源太郎所组织之"南菜园唱和"、后藤新平所组织之"鸟松阁唱和"等。所谓"击钵吟"，即限时、限题、限韵吟作的七言绝句，作品往往迷漫着浓郁的颓废心理和媚俗气息，如彰化鹿港与苗栗苑里两地诗人共同创设之鹿苑吟社，先后创作《鹤梦》、《鸡声》、《张丽华发》、《卓文君眉》、《樊素口》、《小蛮腰》等诗题。针对日据初期台湾诗坛媚日与媚俗气息浓重的状况，1905年连横提出了"诗界革新"的主张，极力"反对击钵吟之非诗"，认为"击钵吟者，一种之游戏也，可偶为之而不可数，数则诗格自卑，虽工藻绩，仅成土苴"，进而倡导一种"于大处着笔，而后可歌可诵"[①]的诗歌创作风尚。

1910年以后，诗钟重新进入台湾诗人的视野，并且为台湾诗坛注入一股阳刚之气。日据以来，最先开展诗钟创作的是台南南社；随后，台中栎社、厦门菽庄钟社（亦名菽庄吟社）、澎湖西瀛吟社、台北稻江诗钟会、嘉义罗山吟社、台北芸香吟会、云林斗山吟社、台北瀛社、桃园桃社、新竹竹社、澎湖新莺吟会、台中台湾文社、屏东砺社、台北研社（后更名星社）、高雄萍香吟社、旗津吟社等，也相继投入到诗钟创作当中。其中，菽庄钟社、稻江诗钟会、斗山吟社等社团最初都以诗钟创作相号召，专课诗钟。所作钟题如《汉、文，凤顶格》、《夜、学，蝉联格》、《笔、战，蝉联格》、《诗可以兴，四点金格》、《莲、屈平，分咏格》、《郑成功、地球，分咏格》、《晏婴，合咏格》、《国民性，合咏格》等，往往清新高雅，或富含内蕴，融民族意识和抗争精神于其中；作品如"汉高眼底无秦楚，文正胸中有甲兵"（郑虚一《汉、文，凤顶格》）、"壮烈千秋苏子节，清高万古武侯祠"（黄植堂《苏、武，鹤膝格》）、"千秋霸气留台岛，廿呎韬形泛海洋"（林开泰《郑成功、潜水艇，分咏格》）、"诗书历劫残编少，社稷成墟隐痛多"（傅锡祺《诗、社，凤顶格》）、"家尽禁烟伤介子，剑谁挂树报徐君"（郑听春《烟、树，蜂腰格》）等，或刚健雄浑，或悲怆沉郁，形成了一种积极向上、刚健挺拔的创作风气，这无疑非常契合连横所倡导的诗歌创作理念。这些社团，还通过日据时期台湾第一大报纸——《台湾日日新

---

① 《台湾诗荟》第十九号"余墨"，1925年7月15日。

报》，向全岛征募诗钟或刊登作品，使得诗钟创作风气大开。

1919年1月，台湾第一份汉文杂志——《台湾文艺丛志》（后更名为《台湾文艺旬报》、《台湾文艺月刊》）创刊，该刊"以鼓吹文运，研究文章诗词，互通学者声气为宗旨"[①]，"每月征文征诗（包括诗钟），刊在志上，诗文题皆有关风俗、教化、伦常、史地、民族精神、人文艺物之题，文宗词宗，亦皆本省名儒硕学，编辑精湛，校对正确"[②]。其后，又有《台湾诗荟》、《台湾诗报》、《诗报》、《三六九小报》、《风月》（后更名为《风月报》、《南方》、《南方诗集》）等相继问世，这些汉文杂志大量刊载岛内各诗文社团的诗钟活动讯息及创作作品，并且面向全岛广泛开展诗钟征募活动，对日据时期台湾诗钟的发展起到推波助澜的作用。其间，对台湾诗钟发展推行最力者当属连横，他利用《台湾诗荟》"余墨"、《三六九小报》"雅言"等栏目，积极开展"新旧文学论战"，大力提倡诗钟写作，同时猛烈抨击击钵吟创作中存在的媚日与媚俗倾向，为台湾诗钟的进一步发展扫除障碍。在众多汉文杂志以及台湾有识之士的积极鼓吹与有力推动下，日据中后期台湾诗钟社团如雨后春笋一般，得到迅猛发展。根据笔者查考，日据以来截至1937年年底，台湾创立的诗钟社团共计120个，另有社际联吟会、区域联吟会十余个，以及日据时期台湾最大的联吟组织——全台诗社大会（亦名全台诗社联吟大会、台湾诗社大会、全台诗人大会、全岛诗人大会、全岛联吟大会、全台联吟大会、全台诗社击钵大会等），也都开展过诗钟创作；日据末期，又新增诗钟社团13个。换言之，日据时期台湾的古典诗文社团绝大多数都参与了诗钟创作；如果没有诗钟的重新发现与再次兴起，日据时期台湾诗社林立现象就要大打折扣。

也许有人会提出质疑：日据时期台湾最为风行的文体非击钵吟莫属，既然这样日据时期推动台湾古典诗社发展最有力的文体当然是击钵吟，怎么会是诗钟呢？不错，日据时期台湾击钵吟文体的确发展到"今之诗会非击钵

[①] 《台湾文社规则》。《台湾文艺丛志》第一号，民国八年（1919）一月一日。

[②] 赖子清：《古今台湾诗文社》（一），台湾省文献委员会编印《台湾文献》第一〇卷第三期，台北：成文出版社有限公司1983年3月台一版影印本，第2044页。

吟无诗,今之诗人非作击钵吟之诗非诗"① 的地步;不过,日据时期台湾击钵吟文体经历了一个体裁扩展及转化的过程。日据初期以前,台湾击钵吟是指限时、限题、限韵吟作的七言绝句,以戊申(1908)仲春刊行、蔡汝修编辑之《台海击钵吟集》为例,该集收录清末至日据初期台湾击钵吟诗共四百余篇,悉为七言绝句。日据中期,台湾击钵吟文体的体裁范畴得到扩展,成为限时、限题、限韵吟作之七言绝句、七言律诗、五言律诗的总称,以曾笑云编辑之《东宁击钵吟前集》(1934年3月刊行)及其后集(1936年5月刊行)为例,二集分别搜录日据以来台湾击钵吟诗作"七言绝句之精品达四千首"和"五、七言律诗之精品达二千首","堪称日治时期台湾最壮观之击钵吟诗选集"②。光复后,台湾诗文之友社出版的《台湾击钵诗选》(周定山编辑,1964年2月出版),及其第二集(洪宝昆、高泰山合编,1969年6月出版)、第三集(洪宝昆编辑,1973年5月出版),各收录光复后台湾击钵吟诗作三千余首,则按照七律、五律、七绝的顺序编排,且"律多于绝"③,这是台湾击钵吟文体的又一个微妙变化。

日据以来台湾击钵吟文体体裁范畴的扩展及转化,既是连横等台湾有识之士刻意引导的结果,同时也是台湾诗钟充分发展的必然趋势。如前所述,连横向来主张扬"钟"抑"钵",尝谓:"(专事七绝的)击钵吟为一种游戏笔墨,朋簪聚首,选韵阄题,斗捷争工,藉资消遣,可偶为之,而不可数;数则其诗必滑,一遇大题,不能结构。"④并曾讽刺击钵吟诗人云:"作诗能七绝,拈韵怕三肴;有酒皆朋友,无钱便绝交。"⑤比较而言,"诗钟亦一种游戏。然十四字中,变化无穷,而用字构思,遣辞运典,须费经营,非如击钵吟之七绝可以信手拈来也"。当然,不管是击钵吟还是诗钟,都不能代表汉诗的最高创作艺术,在连横看来,只有律诗尤其是七律,才能真正体现作者的诗学功底与艺术

①　连横:《雅言》,台北:台湾银行经济研究室1963年版,第41页。

②　曾笑云编:《东宁击钵吟前集》及后集之出版说明,黄哲永主编《台湾先贤诗文集汇刊》第五辑,台北:龙文出版社股份有限公司2006年版。

③　周定山:《台湾击钵诗选·编者自序》书前页,周定山编辑《台湾击钵诗选》,台北:诗文之友社1964年版。

④　《台湾诗荟》第一号"余墨",1924年2月15日。

⑤　转引自叶荣钟:《日据下台湾政治社会运动史》(上),台中:晨星出版社2000年版,第35页。

造诣。因此,连横提议:"余谓初学作诗,先学诗钟,较有根底,将来如作七律,亦易对耦,且能工整。"[1] 在连横等台湾有识之士的积极引导与大胆革新下,日据时期台湾击钵吟文体最终实现了由七言绝句向七言律诗与五言律诗的扩展及转化,从而为击钵吟的发展拓展出一片广阔的空间,并且取得了丰硕的创作成果。不过,诗钟作为学诗的基础,如果没有深厚的诗钟发展根基,又何来日据中后期以七言律诗、五言律诗为主旋律之台湾击钵吟的风行呢! 这正是以往台湾古典诗学研究中一直被遮蔽的地方。因此,日据时期尤其是日据中后期台湾击钵吟的风行,恰好从一个侧面印证了日据时期台湾诗钟发展根基之深厚和影响范围之广泛。

三

1948 年开始,日据末期以来中断数年的台湾古典诗社重新又获得发展。根据赖子清统计,从 1948 年到 1960 年的十二年间,台湾创立的古典诗社共计 32 个(见总表三《光复后台湾古典诗社统计表》),平均每年约近 3 个,其中以 1951 年为最多,达到 6 个。这种势头一直持续到 1958 年以后才有所减缓。而据廖一瑾观察,"目前活跃于诗坛的社团,虽不复日据时期的二百余社","至少亦有七十二社之多",它们包括"日据时期成立已九十二年的老诗社,或光复后成立的中年诗社,或最近以各地社区(或社区大学)为主轴而成立的诗学班。都有或对内或对外,或小型或大型定期的研讨会或联谊活动"。此外,"每年十二月下旬,由陈逢源先生文教基金会主办,高雄市古典诗学研究会、中国古典文学研究会协办的'中华民国'大专诗创、联吟大会,参赛诸校的中文系亦皆成立诗社",历年皆参与比赛的学校共计十九所大学,学生千余人。这说明,光复后台湾古典诗社又形成了一个新的发展高潮,而且"有日渐蓬勃的迹象"[2]。

---

① 连横:《雅堂先生文集·余集一》,台北:文海出版社有限公司 1973 年版,第 265 页。
② 廖一瑾:《台湾古典诗社、诗刊现况》,台北《文讯》第一八八号, 2001 年 6 月。

总表三　《光复后台湾古典诗社统计表》①

序　号	社　名	设立年代	所在地	设立者
1	光文吟社	1948	善化	苏东岳等十数名
2	寄社	1948	台北	台电励进社数十名
3	中州吟社	1948	台中市	陈若时杨啸天外数十名
4	心社	1949	台北	林熊祥等数十名
5	潮声吟社	1949	水林	张清辉等十数名
6	薇阁诗社	1949	台北	黄纯青等数名
7	鸣凤诗社	1950	中埔	洪凤雏等十数名
8	凤鸣诗社	1951	中埔	涂文舫等十数名
9	玉岑诗社	1951	嘉义、高雄	何扬烈等数十名
10	南瀛诗社	1951	台南县	高文瑞等百余名
11	海鸥吟会	1951	嘉义云林两县下	颜禹门张清辉外数十名
12	延平诗社	1951	台南市	吴子宏张联登外数十名
13	龙湖诗社	1951	台南县六甲乡	江春夏张烈外二十数名
14	春人诗社	1952	台北市	钱逸尘外数十名
15	六六诗社	1952	台北市	何扬烈外百余名
16	寿峰诗社	1953	高雄	王天赏等百余名
17	玉山吟社	1953	台南县白河镇	林春水外十数名
18	台铁诗社	1954	台北市	尤光先外数十名
19	莺社	1955	台北县莺歌镇	游新浦外二十数名
20	角力吟社	1955	台南县白河镇	吴武历外数十名
21	白莲吟社	1955	台东镇	王养源外数名
22	玉光吟社	1956	台南县佳里镇	陈峻声外二十数名
23	莲社	1956	花莲市	曾文新外数十名
24	竹声诗钟社	1956	新竹市	谢森鸿陈如璧外十数名
25	魁社	1957	彰化市	彰化市人士
26	渔州吟社	1957	嘉义县水上乡	吴武历外十数名

---

①　此表根据赖子清所撰《古今台湾诗文社》制作。参见台湾省文献委员会编印:《台湾文献》第一〇卷第三期、第十一卷第三期,台北:成文出版社有限公司1983年3月台一版影印本,第2013—2044、2780—2806页。

序　号	社　名	设立年代	所在地	设立者
27	省躬吟社	1957	台南县湾里	杜正德外二十数名
28	蠔楼吟社	1957	高雄市	吴纫秋外十数名
29	杏春吟社	1957	彰化市	唐瑞外二十数名
30	韬社	1958	台北	于右任等十数名
31	同声吟社	1959	嘉义县义竹乡	周文俊外十数名
32	瀛洲诗社	1960	台湾全省	何扬烈外百余名

　　光复后台湾创立的古典诗社，有两个特点：一是诗钟社团占据很大比重。根据笔者考察，光复以来台湾创立的诗钟社团至少有45个，除了上表已经提到的中州吟社、寄社、心社、玉岑吟社、延平诗社、春人诗社、六六诗社、寿峰诗社、台铁诗社、角力吟社、竹声诗钟社、莲社、瀛洲诗社以外，尚有江滨吟社、新升竹意同社、北鸥吟社、庸社、半闲吟社、芦墩吟社、中社、鲲瀛诗社、中兴吟社、梨江吟社、南庐吟社、逸社、醒灵寺文昌帝君吟会、北港诗学研究班、安南吟社、宜兰县文献委员会诗人服务中心、象山学诗会、澹社、和社、埔里孔子庙诗学班、"中华民国"传统诗学会、春云诗社、彰化县诗学研究会、基隆市诗学研究会、四可吟社、彰化县国学研究会、嘉义县诗学研究会、八闽诗社、庆安诗社、南投县国学研究会、长青诗社、文山吟社。其中，专门的诗钟社团就有寄社、心社、台铁诗社、竹声诗钟社。此外，还有各种私人吟会、社际联吟会、区域联吟会数十个，以及光复后台湾最大的联吟组织——"全国"诗人联吟大会，都有开展诗钟活动。

　　二是重要社团的创立者及主要成员大多来自大陆，尤以闽籍人士为众。以光复初期台湾诗坛影响最巨之寄社、台铁诗社、春人诗社为例，其创立者和主要成员均为1949年前后渡台的大陆诗人。其中，寄社为台湾电力公司励进社闽籍同仁所创设，成员四十余人，闽籍人士就占了三十余名，民国时期闽地诗钟名家陈实懂、陶芸楼、林贞坚、郑鸿图、陈剑篁、陈元冲、叶沅辰、魏道远等名列其中；台铁诗社为台湾省铁路局闽籍同仁所创设，社员四十一名，除两名本省籍人士外，其余悉为闽籍人士，民国时期闽地著名钟手尤光先、施节宇、吴语亭、陈琴楼、林仲箎、杨道豫、翁祖扬、张鹤亭、严少颖、姚天觉等参与其间;春人诗社由旅居台北之外省籍人士邵筱珍、张相、崔黄衫、简叔乾、廖寿泉、谭元征、李渔叔、方子丹、许君武、陈韵篁、张泽君、管传埰等共同倡设,最盛时人数达两百余名,社友籍里遍及全国二十多个省市区。此外,六六诗社、玉岑吟社、瀛洲诗社、中社诗社、八闽诗社等,也都是由外省籍人士创设且以外省籍人士为主的诗社。

光复后的台湾诗坛,诗钟活动可谓一枝独秀,尤其是"大唱"的开展,声势浩大,盛况空前。所谓"大唱",是闽地诗钟根据活动规模、发唱方式等所作分类,近人王赀瑄有论:"闽中折枝,有大唱与连环唱之别,故二者之诗,亦微有不同。盖连环唱,始于朋侪小集,人众不多,取法又严,翻书卜字,限香完卷,循环钞取,各自传唱,以验功力之如何,似非戈戈于角胜。至大唱则于岁余春始,人事暇逸,或个人或团体雅兴所至,树韵事以相持倡;其简选眼字,标赏征求,人数自多,卷又不限,故有一唱,卷至万余,少亦数千;礼词宗,评甲乙,预定坛坫,择期揭晓,取法近宽。"[①]例如:1953 年首春,寄社与《大众诗钟》杂志社联合主办之"人、物,七唱",得联三千多卷,设正取两门,捐取一门;1954 年上元,寄社、春人诗社、六六诗社三社共同组织之"春、夜,七唱",得联四千多卷,设正取两门、捐取数门;1956 年花朝,台铁诗社主办之"新、中,一唱",设正取两门、捐取十二门,假福州同乡会馆胪唱;1963 年 5 月,台铁诗社主办之"清、明,一唱",设正取两门、捐取十二门,共选录作品 2296 联;1971 年 4 月,中社、屏东诗人联谊社、台铁诗社等共同组织之"见、知,六唱",设正取四门、捐取十二门,共选录作品 3539 联;1977 年端午,台北市福州同乡会、东冶艺集、庚宁朋社共同组织之"海、诗,六唱",设正取五门、捐取十五门,共选录作品 4989 联;等等。这说明,1949 年前后,随着一大批大陆诗人特别是闽地钟手相继渡台,不仅为光复后的台湾诗坛注入了新鲜的血液,而且还带来了新型的创作活动形式,从而为台湾古典诗社的发展提供了新的契机。

光复以来,台湾诗坛先后还涌现出《大众诗钟》、《台湾诗坛》、《中华诗苑》、《诗文之友》、《鲲南诗苑》、《师大诗钟》、《春人诗选》等一大批

---

① 　王赀瑄:《折枝传唱》,《台湾文献汇刊》第四辑第十五册,九州出版社、厦门大学出版社2004 年版,第 315 页。

古典诗刊,它们大量刊载台湾岛内各诗文社团的诗钟活动讯息及创作作品。其中,《大众诗钟》与《师大诗钟》,还是专门的诗钟刊物。1956 年 6 月,台南大明印刷局出版了清末至光复初期台湾诗钟作品总汇——吴纫秋辑录之《东宁钟韵》;1957 年 10 月,台北中华诗苑社出版了清代以来两岸诗钟作品总汇——张作梅编订之《诗钟集粹六种》;1969 年 4 月,又出版了台湾第一部专门的诗钟理论专著——王嵩昌所著之《诗钟格例存稿》;等等。以上这些,都是台湾诗钟发展到极盛的标志,它说明诗钟在台湾古典诗社的第三次发展高潮中,同样扮演着关键的角色。

　　汪毅夫先生尝论曰:"诗钟的创作活动基本上属于文字游戏。然而,诗钟一体传入台湾后却在台湾文学史上一再发生重要的影响。"[1] 从对台湾古典诗社三次发展高潮的考察中可以看到,诗钟作为一种文体在台湾文学中的独特存在与深远影响。

---

① 　汪毅夫:《闽台区域社会研究》,鹭江出版社 2004 年版,第 359 页。

第一章
台湾的诗钟社团

　　员峤钟声，震响瀛壖，早已为世人所知。然而，台湾历史上究竟产生过多少诗钟社团，相关论述却差异甚大。赖子清认为台湾诗钟社团总共不过五六个，其所撰《古今台湾诗文社》有谓："古来本省诗社，多至三、四百社，虽其中有若干神龙见首不见尾，或昙华一现，或糊涂冒名者，而实际有相当时期之存在，推行小集窗课者，几达三百社，诗钟社计有台北、基隆、新竹、鹿港、嘉义等五六社，至于词社，则有民国三十二年（1943），嘉义赖惠川所设之小题吟会及台北巧社。"①

　　陈世庆所撰《台湾诗钟今昔》，录台湾诗钟社团 16 个。其中，清代诗钟社团 3 个，分别为斐亭钟会、牡丹诗社、荔谱吟社；日据时期诗钟社团 2 个，分别为栎社、台北钟社；光复后诗钟社团 11 个，包括"专咏诗钟之结社"6 个——寄社、心社、春人社、台铁诗社、六六社、玉岑社，"不起社名之类似组织"2 个——王观渔之宜茶室、张作梅之一霞室，以及"原系诗社，迩来每于击钵吟会，而兼作诗钟者"3 个——卷籁轩、松鹤吟社、天籁吟社。②

　　许俊雅所撰《光复前台湾诗钟史话》，录台湾诗钟社团 58 个。其中，清代诗钟社团 2 个，分别为斐亭诗畸、荔谱钟声；日据时期诗钟社团 46 个，包括栎社钟咏、东海钟联，以及"有续斐亭之遗响者"5 个——钟楼诗钟社、钟亭诗钟会、连玉诗钟社、稻艋诗钟会、晓钟吟社，与诗社之"律绝诗钟，互为晖丽"者 39 个——瀛社、嘉社、淡北吟社、留青吟社、天籁吟社、濑南吟社、聚奎吟社、桐侣吟社、西瀛吟社、高山文社、剑楼吟会、消夏吟会、台北联吟会、萃英吟社、青莲吟社、竹社、樗社、衡社、玉峰吟社、白鸥吟社、凤岗吟社、丽泽吟社、在山吟社、海潮音、嵌南诗学研究会、东明吟社、鸡林诗社、樱社、藏修吟会、大同吟社、貂山吟社、奎山吟社、全台诗人大会、虎溪吟社、篁声吟社、青年吟社、淡如吟社、桐城吟社、蕉香吟室；光复后诗钟社团 10 个，分别为寄社、心社、

　　①　赖子清：《古今台湾诗文社》（二），台湾文献委员会编印《台湾文献》第一一卷第二期，台北：成文出版社有限公司 1983 年 3 月台一版影印本，第 2795 页。
　　②　陈世庆：《台湾诗钟今昔》，台湾省文献委员会编《台湾文献》第七卷第一、二期，台北：成文出版社有限公司 1983 年 3 月台一版影印本，第 453—480 页。

六六诗社、春人诗社、台铁诗社、王观渔之宜茶室、张作梅之一霞室、卷籁轩、松鹤吟社、天籁吟社。①

　　上述诸家之说，虽然不是对台湾诗钟社团的专门研究，但它们对台湾诗钟社团作了拓荒性的探讨，具有开创性的意义，功不可没。尤其是陈世庆，把台湾诗钟社团分为"专咏诗钟之结社"、"不起社名之类似组织"、"兼作诗钟者"三类，从而将王观渔之宜茶室、张作梅之一霞室等私人诗钟吟会，以及松鹤吟社、天籁吟社等兼作诗钟的社团纳入考察范畴，富有启发性，有助于我们更好地把握台湾诗钟社团的存在形态；许俊雅则把嘉社、消夏吟会、台北联吟会、全台诗人大会等社际性、区域性、全台性联吟组织纳入研究视野，有助于我们更好地把握台湾诗钟社团的运作模式、活动空间、影响范围等。

　　诗钟自从清代同治年间传入台湾以来，迄今已有一百五十年的发展历史，其间产生的诗钟社团及"类似组织"不计其数。这些诗钟社团及"类似组织"，形态多样，结构丛生，关系盘错，其丰富程度和复杂程度远远超出西方现代结社理论范畴及其对社团所作定义，足以给社团研究提供样本，与其用严格的社团定义标准对它们作削足适履式的衡量或规整，还不如随物赋形地客观描述它们，以保留其发展的本来生态风貌。

　　笔者通过对众多文献资料的爬梳整理，这里首先将具备社团基本特征的186 个台湾诗钟社团，其中专门诗钟社团 14 个、以诗钟创作为主和兼作诗钟的社团 172 个，分别从社团名称、创立及活动时间、社址及活动地点、创立者及主持人、主要成员及参加者、诗钟创作及相关活动情况等方面作出介绍。

---

① 许俊雅：《光复前台湾诗钟史话》，台北《台湾师范大学国文学报》1989 年第 18 期。

第一节　清代台湾诗钟社团

　　台湾的诗钟社团，最早可以追溯到清同治七年（1868）李崧臣在台湾县学举办之"鸡黍会"和沈桐士在台湾府学创设之"郡斋钟局"，其后则有同治十三年（1774）沈葆桢巡台时在台南幕府创设之"幕府钟局"。有清一代，台湾的诗钟社团还有光绪四年（1878）许南英在台南竹溪寺创设之崇正社、光绪十二年（1886）唐景崧调任分巡台湾兵备道时在台南道署斐亭创设之斐亭吟社、光绪十三年（1887）左右蔡德辉在彰化设帐授徒时创设之荔谱吟社、光绪十八年（1892）唐景崧在台湾布政使署创设之牡丹诗社，以及光绪十八年（1892）林景商在台北创设之海东吟社。其中，专门诗钟社团3个、以诗钟创作为主的社团4个、兼作诗钟的社团1个。诸社南北交辉，后先掩映，共同促进了诗钟在台湾的传播与兴起，并且为日据时期台湾诗钟的再兴及鼎盛奠定了良好的基础。

一、清代台湾专门诗钟社团之一——李崧臣"鸡黍会"

　　李崧臣"鸡黍会"一称，出自施士洁所撰《诗畸补遗·自序》。该序略谓：

　　　　（同治）四年（1865）先大夫见背，受业于李崧臣师。（中有缺略）师固闽人，雅善诗钟之伎。传经余暇，辄具鸡黍，设□□□□□□□□

相角。余时壁上观战，不禁美极。（下多缺残）①

这是到目前为止见到的有关台湾诗钟活动的最早记载。其中，"先大夫"即施士洁的父亲施琼芳，"见背"是父母或长辈去世的婉辞。从上述文字可以了解到：清同治四年（1865）施士洁的父亲施琼芳去世，同年施士洁拜李崧臣为师。李崧臣本来就是闽地人士，擅长打诗钟，所以他经常在课授之余，备好酒菜，开展诗钟竞技活动。施士洁时常在旁边观摩，羡慕极了，忍不住也跃跃欲试。由于李崧臣每次开展诗钟活动，"辄具鸡黍"，笔者在这里把它简称为"鸡黍会"。

不过，上述文字中，"（同治）四年（1865）先大夫见背"一句的时间存在明显错误。据考，施士洁的父亲施琼芳（1815—1868），"初名龙文，字见田，一字昭德，又字星阶，号珠垣，台湾府（今台南市）人。生于嘉庆二十年（一八一五），登道光二十五年（一八四五）乙巳恩科进士，铨选六部主事，后补江苏知县，未就职，乞养回籍。寻任海东书院山长，同治七年（一八六八）卒，年五十四岁"②。

另据施士洁所撰《司训立轩卢公家传》记述："公尝自负有人伦鉴，予年十有四，即受公知，出而应郡邑试，辄冠曹偶。时公为爱女相攸，意将属予。旋以先大夫弃养，中辍。女归陈大令楷，亦邑中名下士也。予今白香，感怀知己，尤不禁马策西州之恸云！"③ 其中，"弃养"，即父母亡故，子女不得奉养，亦为父母去世的婉辞。施士洁（1856—1922），字应嘉，又字澐舫或作云航，号芸况、哲园、楞香行者、鲲海弃甿，晚号耐公或耐道人，别署定慧老人，清咸丰五年十二月十九日（1856 年 1 月 26 日）生；"幼即岐嶷，六岁能属对"；同治七年（1868），时年十四，初次参加童生考试；十三年（1874），二十岁，"补博士弟子员，县、府、院三试第一，号小三元，时论荣之"④；光绪元年（1875），

---

① 转引自黄典权：《斐亭诗钟原件的学术价值》，台南《成功大学历史学报》1981 年第 8 期。

② 刘宁颜总纂：《重修台湾省通志》卷十《艺文志·著述篇》，南投：台湾省文献委员会 1993 年版，第 209 页。

③ 施士洁：《后苏龛合集》（第三册），台北：台湾银行经济研究室 1965 年版，第 434 页。

④ 《台南市志》卷七《人物志》。转引自汪毅夫：《台湾近代文学丛稿》之《〈后苏龛合集〉札记》，海峡文艺出版社 1990 年版，第 16 页。

赴榕乡试,中为乙亥科举人;二年（1876）,晋京会试,中为丙子恩科进士,列三甲第二名,钦点内阁中书员外郎衔诰授奉直大夫。可见,同治七年（1868）是施士洁的多事之秋。在这一年里,施士洁先是得到当时台湾县学贡生、后任宁德县学训导卢振基（字立轩）的推荐,参加童生考试,在县、府、院三试中屡获第一;紧接着,卢振基打算将爱女的终身大事托付给施士洁,但因施父琼芳去世,婚事被耽搁下来;随后,施士洁入泮台湾县学,并拜在李崧臣门下。

李崧臣（? —?）,生平履历未详,是清代闽地诗钟名家,曾与诗钟大家沈葆桢同场竞技,共打过诗钟,闽地早期诗钟总集《雪鸿初集》录其钟作,作品如"岳云喷气作龙虎,海雨连空失晦明"（李崧臣《虎、明,七七》）等,往往联想奇特,意境壮阔。

从施士洁的相关记述,可以推断:李崧臣"鸡黍会"创设于同治七年（1868）以前,地点在台湾县儒学官署,其设立者李崧臣当为台湾县儒学教员。李崧臣"鸡黍会"的活动圈子虽然很小,仅限于台湾县学诸师之间的切磋砥砺,作为县学诸生的施士洁等只能从旁观摩,但是其社团特征还是相当明显的:一有热心的组织者——李崧臣;二有稳定的参与成员——李崧臣等台湾县学诸师,人员层次和创作水平相对较高;三有固定的活动场域——台湾县学官署;四有定期开展创作活动,《诗畸补遗·自序》中"辄"、"时"等语,都强调了该会活动的经常性。总之,李崧臣"鸡黍会"是台湾历史上第一个而且是专门创作诗钟的组织,堪称为台湾诗钟社团之"嚆矢",意义十分重大。惜乎!施士洁所撰《诗畸补遗·自序》,由于生成年代久远而保存乏善,如今已残损不堪,从中很难辨析出有关李崧臣"鸡黍会"的更多活动讯息。

二、清代台湾专门诗钟社团之二——沈桐士"郡斋钟局"

施士洁所撰《诗畸补遗·自序》,还载:

> 广文沈桐士先生……郡斋钟局,强来邀余,不得已随师往。①

---

① 转引自黄典权:《斐亭诗钟原件的学术价值》,台南《成功大学历史学报》1981年第8期。

"郡斋"本指郡守起居之处,这里指台湾府儒学官署;"钟局"即诗钟吟坛或诗钟吟局。联系该段文字的上下文内容,可以推知:施士洁在台湾县学就读期间,还受到时任台湾府儒学教授沈桐士的邀请,与其师李崧臣一同前往参加沈桐士在台湾府儒学官署创设之诗钟吟局的创作活动。

沈桐士(?—?),名绍九,又作韶九,福建闽县(今福建省福州市)人,咸丰九年(1859)己未科三甲第四十三名进士。道光二十四年(1844),曾与刘端(字鲁汀)、周麟章(字少绂)、萨大滋(字树堂)、陈福嘉(字朗川)、陈崇砥(字亦香)、陈隅庭(字幼农)、林寿图(字颖叔)、孙翼谋(字谷庭)诸氏,在福州西湖荷亭共创"西湖社",所作辑为《西湖社诗存》。沈桐士是清代闽地诗钟名家,经常与刘小彭、陈荫庭、王亦奇等共打诗钟,闽地早期诗钟总集《雪鸿初集》、《雪鸿续集》等均录其钟作,作品如"笑柄难除留秽史,边氛未靖读阴符"(《笑、边,七一》)、"霸先有意窥梁禅,项伯何心贰汉家"(《先、伯,七二》)、"何事鸡虫争得失,但甘藜藿不公侯"(《不、争,七五》)等,往往用典甚工而取义深味。

沈桐士先后于同治四年(1865)至同治七年(1868)、光绪十年(1884)两度担任台湾府儒学教授,以沈桐士对于诗钟及结社活动的热衷,应当在他首次渡台担任台湾府儒学教授之初就开设诗钟吟局了。由此推断:沈桐士"郡斋钟局"创设于同治四年(1865)左右,地点在台湾府儒学官署,创立者沈桐士系台湾府儒学教授,参加成员则包含李崧臣、施士洁等台湾府学与台湾县学的老师及学生。与李崧臣"鸡黍会"相比,沈桐士"郡斋钟局"的成员范围相对较广,活动规模相对较大,而且沈桐士"郡斋钟局"是台湾历史上首次以"钟局"进行命名的诗钟活动组织。因此,如果说李崧臣"鸡黍会"只能算是诗钟社团的一种雏形,那么沈桐士"郡斋钟局"则是有名有实的、真正意义的专门诗钟社团。

三、清代台湾专门诗钟社团之三——沈葆桢"幕府钟局"

施士洁所撰《诗畸补遗·自序》,又记:

> 岁甲戌（1774），海上事起，沈文肃公□□命渡台，幕府十余人，皆诗
> 钟健者。暇则作局。台二百年□□□□制义试帖以外，不知何者为诗钟，
> 至是乃万目共睹，有□□□□云，诧为异瑞，余时已弱冠，随师谒文肃。自
> 是无役不与。□□□□□得于师者十之四，得于文肃者十之六也。①

从上述文字可知，同治十三年（1874）沈葆桢巡台期间，曾在其幕府创设诗
钟吟局，参与成员除沈葆桢"幕府十余人"外，还有李崧臣与施士洁师徒
等。该钟局创作活动频繁，曾经引起台湾士人的普遍关注。据考，同治十三
年（1874）福建船政大臣沈葆桢"奉旨来台督办军务，五月八日至十二月
二十四日（1874年6月21日—1875年1月31日）在台居留。光绪元年二
月十三日至四月二十日（1875年3月20日—5月24日）再度来台"②。沈
葆桢"幕府钟局"的创立及活动，就在这个时间范围之内。

沈葆桢（1820—1879），字翰宇，一字幼丹，福建侯官（今福建省福州
市）人。道光二十七年（1847）丁未科二甲三十九名进士，选庶吉士，散馆
后授翰林院编修；先后担任御史、九江知府、广信知府、广饶九南道道台、吉赣
南道道台、江西巡抚、福建船政大臣、两江总督等职，"历升至总理各国事务
大臣"③，殁后谥号文肃，著有《沈文肃公政书》等。沈葆桢一生酷嗜诗钟，
是个诗钟大家。《诗钟说梦》尝载："文肃公为船政大臣时，署中宾客及署外
各局厂委员，皆用文士。每公事毕，即拈题限字，夜刻烛若干长为度。一夕
拈《南·白》二字'雁足'为题，构思竟夕，苦无佳句，至鸡声报晓，忽得一
联云：'一声天为晨鸡白，万里秋随朔雁南'。以文肃之政事勋业，而所嗜好
者，仍不免文人结社。"④闽地早期诗钟总集《雪鸿初集》、《雪鸿续集》、《壶
天笙鹤初集》等所录沈葆桢钟作甚伙，作品如"雪天裘被偕朋辈，平地楼台
望子孙"（《雪、平，一唱》）、"兵权释以杯中酒，大器成于塞下田"（《大、兵，
七一》）、"平吴决用张华策，入蔡齐推李愬功"（《决、齐，七三》）、"管领大
江开府贵，激扬后进及门多"（《江、进，七四》）、"瑜亮并生因孟德，邹枚之

---

① 转引自黄典权：《斐亭诗钟原件的学术价值》，台南《成功大学历史学报》1981年第8期。
② 汪毅夫：《台湾近代文学丛稿》，海峡文艺出版社1990年版，第132页。
③ 连横：《台湾通史》（下册），商务印书馆1983年修订第2版，第635页。
④ 易顺鼎：《诗钟说梦》，王鹤龄《风雅的诗钟》，台海出版社2003年版，第220页。

右必相如"(《生、右，七四》)等，气势恢宏，境界开阔，往往寓胸襟抱负于其中。另据《台湾诗乘》载述："牡丹之役既平，沈文肃公奏建延平郡王祠，殿宇巍峨，中外瞻仰。文肃自撰一联悬于殿上。文曰：'开千古得未曾有之奇，洪荒留此山川，作遗民世界；极一生无可如何之运，缺憾还诸天地，是创格完人'。此外佳联尚多，题咏亦伙。"[1] 可惜未见其巡台期间创作的诗钟作品留存。

四、崇正社

（一）崇正社的创立及沿革

台南崇正社创立于光绪四年（1878），为许南英所倡设。赖子清《古今台湾诗文社》有记："台南市武馆街许南英，光绪四年（1878），年仅二十四，为诸生时代，充富室西席，后设闻樨学舍，于马公庙边，课授童蒙，暇则与同里士人，于竹溪寺斗韵敲诗，设崇正社，取崇尚正义之意，为清代台南诗社之滥觞，南市诗教，由此发源，一直演变为浪吟诗社、南社、春莺吟社、酉山吟社、桐侣吟社、留青吟社、锦次吟社、珊社，以至现在之延平诗社，凡八十年间名虽异而实同，作南台骚坛中坚，可谓源远流长也。"[2]

（二）崇正社的主要成员

崇正社由许南英任社长，社员十余名，包括：同治十三年（1874）甲戌科进士陈望曾；光绪二年（1876）丙子恩科进士施士洁；光绪十五年（1889）己丑科进士邱逢甲；光绪十八年（1892）壬辰科进士萧逢源；光绪二十九年（1903）癸卯科进士汪春源；光绪二年（1876）丙子恩科举人曾云峰；光绪八年（1882）壬午科举人王蓝石；光绪十一年（1885）乙酉科举人陈日翔；以及吴樵山、王咏裳、陈卜五等。

---

① 连横：《台湾诗乘》（第二册），台北：台湾银行经济研究室 1960 年版，第 195 页。
② 赖子清：《古今台湾诗文社》（一），台湾省文献委员会编印《台湾文献》第一○卷第三期，台北：成文出版社有限公司 1983 年 3 月台一版影印本，第 2019 页。

崇正社创立者许南英（1855—1917），字蕴白，亦作允白，号厪斤、霁云、窥园主人、留发头陀、龙马书生、毘舍耶客、春江冷宦等。台湾府城（今台南市）西定坊武馆街人，祖籍广东揭阳。清咸丰五年十月初五日（1855年11月14日）生。光绪十一年（1885）乙酉科举人；十六年（1890）参加庚寅恩科会试中取会元，殿试为三甲第六十一名进士，签分兵部车驾司加员外郎衔；同年，奉命回台办理垦土化番事宜。光绪十七年（1891）创立浪吟诗社。光绪二十年（1894）中日甲午海战爆发，募勇二营并被佥举为台南团练局统领；二十一年（1895）奉帮办台湾防务总兵刘永福之命镇守台南，直到台南失陷后两天的九月初五日（10月22日）才被迫离台内渡。许南英内渡后，先是避走星洲（新加坡）、暹罗（泰国）等地，其后历任广东徐闻、阳春、三水等知县，又调署阳江同知。宣统三年（1911）寄籍福建漳州，被推举为漳州民事局长。民国二年（1913）任龙溪县知事；四年（1915）入聘菽庄钟社为"诗友"①；五年（1916）赴印尼苏门答腊为侨领张鸿南先生编辑生平事略，翌年十一月十一日（1917年12月30日）客死棉兰。遗有《窥园留草》、《窥园词》等。

（三）崇正社的诗钟创作

崇正社的创作活动情况很少见诸史料记载。笔者在研读吴纫秋所辑《东宁钟韵》过程中，看到该辑录有许南英与陈望曾共同创作的诗钟作品《帽球、大婚，分咏格》，原文为：

帽球、大婚：

脱冠莫误三郎打，纳采原非百姓同。（台南　故陈望曾）

纶缀瓜皮狮莫戏，筳开椒寝凤初谐。（○　　故许南英）②

根据赖子清《古今台湾诗文社》所载："陈望曾，字省三，号鲁村，生于台南上横街，同治十三年（1874）成进士，光绪十年（1884），累官至广

---

①　《窥园先生自定年谱》。许南英：《窥园留草》，台北：文海出版社有限公司1974年版，第20页。

②　吴纫秋辑：《东宁钟韵》，台南：大明印刷局1956年版，第95页。

东劝业道,后一次回南省亲,复之粤省,诗文散失,民国既成,隐居香港不仕。"① 可见,陈望曾是在担任广东劝业道以后,从广东"回南省亲"期间参加崇正社的,而"帽球、大婚"正是这期间与许南英共同创作的诗钟作品。

清末台南还有一个诗钟社团斐亭吟社。但考察《诗畸》所录诗钟题目,并没有"帽球、大婚"一题,"作者姓氏"也没有收录许南英和陈望曾的名字。而据唐景崧《诗畸·序》所述:"凡稀与会者,虽数联必录,而粗学如儿子运溥辈,亦采厕其间,所以励其风雅之志也。而无稿可辑者,计凡十余人,其姓名可记,则有若张珍五编修元奇、杨琢斋工部兆麒、林梅贞户部景贤、周莘仲广文长庚,皆闽中作手,惜竟不得与于斯集矣。"② 换言之,如果说许南英与陈望曾参加过斐亭吟社的诗钟活动,以他们两人的身份资望,唐景崧一定会把他们的作品收入《诗畸》,至少会把他们的名字列入"作者姓氏"。由此推断,"帽球、大婚"应当是崇正社创作的诗钟作品。

五、斐亭吟社

(一)斐亭吟社的创立时间

斐亭吟社,又称斐亭钟社或斐亭吟会。一般认为,唐景崧就任分巡台湾兵备道之日,就是斐亭吟社的创立之时。连横《雅言》即谓:"光绪十五年(1889),灌阳唐景崧任台湾道;道署固有斐亭,景崧葺而新之,辄邀僚属为文酒之宴,台人士之能诗者悉礼致之。风雅之休,于斯为盛。"③ 黄得时、赖子清等均持此论。

陈世庆则认为,斐亭吟社创立于光绪十三年(1887)。其所撰《台湾诗钟今昔》谓:"本省诗钟之兴起,论者多谓始自光绪十三年(1887)。时唐维

① 赖子清:《古今台湾诗文社》(一),台湾省文献委员会编印《台湾文献》第一〇卷第三期,台北:成文出版社有限公司1983年3月台一版影印本,第2019页。
② 唐景崧:《诗畸·序》,唐景崧辑《诗畸》,清光绪十九年(1893)台湾布政使署刻本,第1页。
③ 连横:《雅言》,台北:台湾银行经济研究室1963年版,第39页。

卿,于是年四月莅台就任兵备道曾设诗会。"① 许俊雅亦有此谓。

不过,汪春源所撰《汪进士自述》有记:"丙戌（1886）、丁亥（1887）两岁秋试,蒙提学道唐薇卿师屡拔第一。"②《新竹县志》卷九《人物志》亦载:"（郑鹏云）二十五岁得提督学政唐景崧考取一等二名,补食廪饩,送入海东书院肄业。"③ 郑鹏云生于同治元年（1862）,"二十五岁"即光绪十二年（1886）。而据《台湾通史》卷六《职官志》载录:"提督学政一员,旧例以按察使副使或按察司佥事为提学道,每省一员。雍正四年（1726）改为提督学政。台湾向以兵备道兼理,雍正五年（1727）改归汉御史。乾隆十七年（1752）复归道。光绪元年（1875）,奏由巡抚主政。四年（1878）,归道。十三年（1887）,仍归巡抚。"④ 可见,唐景崧是在1886年就任分巡台湾兵备道的,否则他不可能行使提督学政一职,主持台湾省丙戌（1886）、丁亥（1887）两岁的秋试工作。

确切地说,唐景崧就任分巡台湾兵备道并创立斐亭吟社的时间是光绪十二年（1886）夏天。施士洁曾作《浴佛前一日,唐维卿廉访招同倪耘劬大令、杨穉香孝廉、张漪菉广文、熊瑞卿上舍、施幼笙茂才游竹溪寺,次廉访韵》（八首。以下简称《浴佛》）之四,对斐亭吟社作过直接记述。该诗有句并注云:"去年吟社笑纷争,消夏樽开不夜城（去夏廉访于多暑创斐亭吟社）。"⑤ 据汪毅夫先生考证,《浴佛》一诗作于"丁亥年'浴佛前一日',即1887年4月7日"⑥。由此推断,斐亭吟社创立于光绪十二年（1886）夏天。

（二）斐亭吟社的创立者——唐景崧

唐景崧（1841—1903）,字维卿,一字薇卿,号南注生,又曰请缨客,广

───────────

① 陈世庆:《台湾诗钟今昔》,台湾文献委员会编印《台湾文献》第七卷第一、二期,台北:成文出版社有限公司1983年3月台一版影印本,第453页。

② 汪春源:《汪进士自述》,《台南市政》第八期。转引自汪毅夫:《台湾近代文学丛稿》,海峡文艺出版社1990年版,第19页。

③ 《新竹县志》卷九《人物志》之《郑鹏云传》。转引自汪毅夫:《台湾近代文学丛稿》,海峡文艺出版社1990年版,第19页。

④ 连横:《台湾通史》（上册）,商务印书馆1983年修订第2版,第110页。

⑤ 施士洁:《后苏龛合集》（第一册）,台北:台湾银行经济研究室1965年版,第52页。

⑥ 汪毅夫:《台湾近代文学丛稿》,海峡文艺出版社1990年版,第20页。

西灌阳人。咸丰十年（1860）解元；同治四年（1865）乙丑科二甲第八名进士，选翰林院庶吉士，散馆改任吏部主事。光绪八年（1882）法国侵略越南，他上书请缨，受派赴越南，说服刘永福的黑旗军归顺，又组织"景"字军攻入越南的法军占领区；十一年（1885）十月授分巡台湾兵备道，加按察使衔，兼理提督学政，次夏赴任；十七年（1891）十一月升任台湾布政使；二十年（1894）署台湾巡抚。光绪二十一年（1895）《马关条约》签订后，台湾自立为"民主国"，建元永清，唐景崧被拥为"大总统"，筹划抗击日军；日军占领基隆后，唐景崧置苍生于不顾，仓皇离台内渡，为时论所谴责。编著有《请缨日记》、《诗畸》等。

唐景崧一生酷嗜诗钟，并被诗钟大家李嘉乐誉为"钟中将帅"[1]。同治年间，唐景崧以翰林游宦京师，就曾与李嘉乐、黄晓眘、敖金甫、周生霖、谢子受、周子谦、余揩珊、鲍印庭、王幼霞、龙松琴、韦伯谦、俞冬生、俞潞生、白子和、李燕伯、唐芷庵诸君，诗酒酬酢，诗钟之聚尤繁，所居三矫堂成为京师诗钟活动的中心。有两件钟坛韵事，最能体现唐景崧对诗钟的嗜爱：一是光绪十二年（1886），唐景崧在台南道署创设斐亭吟社之初，曾亲手制作过一套诗钟器具——"斐亭诗钟"，谢石秋所作《斐亭诗钟歌并序》有记其事；二是光绪十八年壬辰（1892）唐景崧入都陛见，"于车马酒食日不暇给中"，还"卒与闽中诸君子鏖战数日"[2]。

唐景崧"词笔高华"[3]，所作诗钟多军旅之思，气魄雄浑，风度豪迈。《诗畸》录其钟作1305联，是台湾诗钟史上留存作品最多的作家。所作如："奔波路熟无诗记，许国情深有剑知"（《波、国，第二唱》）、"手和琴曲无凡响，骨立文章有霸才"（《和、立，第二唱》）、"观风偶露词臣冕，破虏曾同战士袍"（《同、露，第四唱》）、"万里日南谈战绩，十年风角读兵书"（《南、角，第四唱》）、"函中语胜三军骂，枕上人如六尺孤"（《战书、托妻，分咏格》）等。

---

①　唐景崧：《诗畸·序》，原句为"诗钟中乃有将帅才耶！子为吾党光。"唐景崧辑：《诗畸》，清光绪十九年（1893）台湾布政使署刻本，第1页。

②　唐景崧：《诗畸·序》，唐景崧辑《诗畸》，清光绪十九年（1893）台湾布政使署刻本，第1页。

③　李渔叔：《三台诗话》，台北《中华诗苑》第一卷第二号，1955年3月26日。

（三）斐亭吟社的主要成员

一般论者都把"斐亭吟社作者"直接等同于《诗畸》作者"。根据唐景崧所撰《诗畸·序》的记述，《诗畸》所录"作者姓氏"其实包含了三种成分：斐亭吟社作者、牡丹诗社作者以及唐景崧"壬辰（1892）入都"时一起"鏖战数日"的"闽中诸君子"①。那么，《诗畸》作者中，究竟哪些是斐亭吟社作者，哪些是牡丹诗社作者，哪些既是斐亭吟社作者又是牡丹诗社作者，哪些既不是斐亭吟社作者又不是牡丹诗社作者呢？

赖子清认为，斐亭吟社作者 18 人。分别是：唐景崧、罗大佑、唐赞衮、施士洁、林启东、汪春源、蔡国琳、陈凤藻、倪鸿、罗建祥、蔡金台、邓箖、周长庚、刘雍、林有庆、谭嗣襄、谭嗣同、黄宗鼎②。其中，唐赞衮、蔡国琳、谭嗣同三人是否参与过斐亭吟社活动，有待考证。

汪毅夫先生则认为，斐亭吟社"初期成员有唐景崧、施士洁、倪耘劬、杨楫香、张漪绿、熊瑞卿、施幼笙等人，其后又有许南英、丘逢甲、汪春源、郑鹏云、林启东、黄宗鼎等台籍诗人和谭嗣襄、罗大佑等来台游宦之士加入"。③其中，张漪绿、许南英、郑鹏云三人是否参与过斐亭吟社聚作，有待考证。

综合二者所述，并参考《诗畸》与《诗畸补遗》手稿以及相关人员履历，可以确定参加过斐亭吟社创作活动的作者 26 人，即唐景崧（南注）、罗大佑（毅臣）、施士洁（澐舫）、邱逢甲（仙根）、汪春源（少羲）、陈凤藻（蓉伯）、倪鸿（耘劬）、罗建祥（星伯）、蔡金台（燕生）、郑箖（肖彭）、周长庚（莘仲）、刘雍（和丞）、林有庆（仲良）、谭嗣襄（泗生）、杨绥（楫香）、熊佐虞（瑞卿）、施沛霖（右生）、林启东（乙垣）、黄宗鼎（樾士）、张秉奎（益六）、汪庆徵（云臣）、吴懋勋（鼎卿）、李鸿铭（丹轩）、施太尊、宋滋兰（佩之）、翁景藩（黻屏）。

① 唐景崧：《诗畸·序》，唐景崧辑《诗畸》，清光绪十九年（1893）台湾布政使署刻本，第 1 页。
② 赖子清：《古今台湾诗文社》，台湾省文献委员会编印《台湾文献》第一〇卷第三期，台北：成文出版社有限公司 1983 年 3 月台一版影印本，第 2021—2022 页。
③ 汪毅夫：《台湾文学史·近代文学编》，海峡文艺出版社 1991 年版，第 247 页。

（四）斐亭吟社的活动地点——斐亭与净翠园

斐亭吟社存续时间约近六年——从光绪十二年（1886）夏唐景崧赴任分巡台湾兵备道，到光绪十七年（1891）十一月唐景崧升任台湾布政使。该社最初以斐亭为活动中心，后来转移至净翠园。施士洁所撰《诗畸补遗·自序》，有记："丁亥（1887）唐维卿廉访莅台，彼此故伎复痒，与诸幕客、寓公辈，重整旗鼓于牙署之斐亭。旋拓署西隙地，筑净翠园，排日觞咏其中。"[①]

斐亭在台南道署内。连横《雅堂文集》卷三"台南古迹志"，有载："斐亭在道署内，康熙三十二年（1693），巡道高拱乾建，庄年修之，焕乎其有文章矣。亭之左右多竹，风晨月夜，谡谡有声，故有听涛之景。光绪十四年（1888），灌阳唐景崧以越南之役，游说黑旗内附有功，分巡是邦，葺而修之。景崧固好诗，辄邀僚属为文酒之宴。台人士之能诗者悉礼致之，拈题选句，击钵催诗。故景崧自撰楹联云：'铁马金戈，万里归来真腊棹；锦袍红烛，千秋高会斐然钟'；盖纪实也。"[②] 据查考，唐景崧亲手所书之斐亭楹联，原文为："听百丈涛声，最难忘铁马金戈，万里游踪真腊棹；挥满堂毫翰，果然是锦袍红烛，千秋高会斐亭钟。"原件现藏于台南市延平郡王祠陈列馆。景以文名，斐亭听涛固然是台南胜景，但是斐亭钟声无疑为胜景增添了更为丰富的历史底蕴和文化内涵。

净翠园在台南道署北面。唐赞衮所著《台阳见闻录》有"净翠园"一目，曰："按郡志：副宪周公治台就绪后，小筑室，颜曰'寓望'；复结草作亭，颜曰'环翠'。今古迹无存。唐薇卿方伯迎养署中，于署北隙地新葺小室，颜曰'万卷堂'；备置图史。复环植蕉、竹，依绕迴栏。当风来奏响、月篩弄影，蕉阴、竹阴与霓裳羽衣相赓和，真不啻'渭川千亩、绿天万树间'矣。因仿周公遗意，颜曰'净翠园'；一时题咏甚富。"[③]

---

① 施士洁：《诗畸补遗·自序》，转引自黄典权《斐亭诗钟原件的学术价值》，台南《成功大学历史学报》1981 年第 8 期。

② 连横：《雅堂文集》卷三《台南古迹志》，台北：台湾银行经济研究室 1964 年版，第 248 页。

③ 唐赞衮：《台阳见闻录》（第二册），台北：台湾银行经济研究室 1958 年版，第 129 页。

（五）斐亭吟社的诗钟创作

斐亭吟社以诗钟创作相号召，兼作律诗、绝句、古体诗、灯谜等。该社诗钟活动"规矩"甚严。该社规定："以钟刻为限，或代以香，约二寸内外。……限到截止，不得再投"；"截止后，或倩两人作者专誊，或作者分写，惟阅卷者不与焉。……送正副阅卷者评取，去取高下，不得互商"；"阅卷者禁视诸人底稿，并禁与诸人交谈。人亦不得向阅卷者询问故实，以严关节"；"公推一人，竟日直坛。另于每唱以人为校对，免有漏写误写之卷"；"一卷不作者，罚纳一卷之钱"，"如用典错误，以及犯规而取录者，本人罚还摊给之钱，阅卷者亦议罚"[①]；等等。

斐亭吟社的诗钟创作成就集中体现于《诗畸》，另有《诗畸补遗》手稿一册。《诗畸》是台湾第一部诗钟总集，全书十卷，唐景崧辑，光绪十九年（1893）台湾布政使署刻本。该书辑录了光绪十九年（1893）二月以前，唐景崧与僚属及台湾名士在斐亭吟社、牡丹诗社，以及"壬辰（1892）入都"时在京"与闽中诸君子鏖战数日"[②]创作的作品；共收录作者58家，诗钟645题4669联、七律35题221首；分"正编"八卷和"外编"二卷，其中"外编"二卷，为"南注生未与会者"[③]，即唐景崧未曾参与聚作的作品；书前有唐景崧自序、"诗钟凡例"9条、"嵌字格说明"8条等。该书一直被两岸钟界奉为诗钟理论的经典和诗钟创作的圭臬，在诗钟史上占有重要地位。

《诗畸补遗》手稿，全一册，共六卷，录诗钟作品30题1800余联，册首有施士洁所撰《自序》和《厄言》各一篇。该手稿是斐亭吟社开展诗钟创作活动时，"未唱之先，彼此不得互阅其稿，另倩局外人誊录"[④]，以供词宗评

---

①　唐景崧：《诗畸·诗钟凡例》，唐景崧辑《诗畸》，清光绪十九年（1893）台湾布政使署刻本，第1—2页。

②　唐景崧：《诗畸·序》，唐景崧辑《诗畸》，清光绪十九年（1893）台湾布政使署刻本，第1页。

③　唐景崧辑：《诗畸》，清光绪十九年（1893）台湾布政使署刻本，第1页。

④　施士洁：《诗畸补遗·厄言》，转引自黄典权《斐亭诗钟原件的学术价值》，台南《成功大学历史学报》1981年第8期。

阅,而留存下来的手笔。原先由施士洁保存,后为黄典权教授所购藏。

《诗畸》所载诗钟作品,除了极少数纯粹雕镂之作外,绝大多数都寄寓了作者的真挚情感与深刻诗思,蕴涵着丰厚的旨趣。兹录数联于下,以为窥豹之资。

《之、福,第一唱》:

福時佳儿工作序,之推贤母共逃名。(施士洁)

《先、顿,第二唱》:

首顿李陵答苏武,鞭先祖逊耻刘琨。(唐景崧)

《书、铁,第三唱》:

祕本铁函思肖史,骈词书谱过庭文。(汪春源)

《门、意,第四唱》:

文到鹿门犹宋派,诗如诚意亦唐音。(王毓菁)

《南、老,第五唱》:

漆园梦蝶南华旨,函谷骑牛老子图。(邱逢甲)

《才、我,第六唱》:

相忘何必鱼非我,未舞安知鹤不才。(施沛霖)

《秋、武,第七唱》:

禊帖千金唐定武,史书百口晋阳秋。(陈凤藻)

《十、帝,笼纱格》:

城连双阙吟诗日,地纪三都作赋年。(郑　笺)

《扫雪、错认人,分咏格》:

荡出不管风花月,颠倒频呼赵李孙。(陈凤藻)

《新月,合咏嵌官字》:

云外一钩官道晚,林梢半挂女墙明。(邱逢甲)

(六)斐亭吟社在台湾诗钟史上的地位及影响

斐亭吟社是台湾历史上第一个大力提倡诗钟写作,并且留存作品最多的诗钟社团。由于唐景崧的大力倡导与热心主持,该社参与成员众多,创作活动频繁,而且声势浩大,盛况空前,成为清末宦台文人及台湾名士在台南的文化活动中心。与李崧臣"鸡黍会"、沈桐士"郡斋钟局"、沈葆祯"幕府钟局"相比，后者虽然都是专门的诗钟社团，但是没有留下什么诗钟作品可资赏鉴，斐亭吟社的创立时间尽管较晚，然则遗有《诗畸》10卷、《诗畸补遗》6卷，作品浩繁，佳制纷呈，所以后世研究者在追溯台湾诗钟源头的时候，往往把斐亭吟社当作台湾诗钟的"嚆矢"，并用"斐亭钟韵"来概称清末台湾诗钟的发展盛况。

斐亭吟社在创作活动中往往诗钟与灯谜并举，通过长期的创作实践，该社借鉴灯谜制作中的"笼纱"艺术，创新出"笼纱格"等新型诗钟格目样式，丰富和发展了诗钟创作艺术。

斐亭吟社源远流长。该社在清末即衍生出牡丹诗社和海东吟社两个诗钟社团，流脉所及则达于日据台湾时期的菽庄吟社、东海钟声社等。此外，从鲸华社、惠园诗钟社、陶情社、著涒社等"京派"诗钟社团中，也可以看到斐亭吟社影响的明显印迹。

六、荔谱吟社

（一）荔谱吟社的创立及沿革

荔谱吟社创立于光绪十三年（1887）左右，为福建晋江诗人蔡德辉所倡设。该社分为前后两个时期：前期由蔡德辉与其门人及地方人士共同组成，至光绪十六年（1890）因蔡德辉去世而停止活动；后期由吴德功（立轩）与台湾县学训导吴逢清、林鹏霄及彰化县学训导黄如许重振于光绪十七年（1891），其中又以闽地诗钟名家施鲁滨（字文波）进士来台为盛。

赖子清《古今台湾诗文社》有载："晋江名诗人蔡醒甫茂才德辉，同治间来台，寄籍彰化，设筵讲经，及门多达才，光绪十六年（1890）设荔谱吟社，诗钟律绝并课，吴德功、傅于天、张纲、蔡香邻、张希裒、周维垣诸氏参加，时作诗钟之会，历久不懈，不幸醒甫以耳顺之年，即归道山，一时磺溪钟声垂绝，幸光绪十七年（1891），台湾县学训导，以事偶寓彰邑，彰化县学训导黄淦亭广文如许、台湾县学训导林世弼广文鹏霄、吴澄秋广文逢清等三人，皆竹堑名贡生,澄秋与彰化吴立轩明经德功,同案同宗,他乡遇故知,晨夕过从,联吟消遣,由澄秋每日传题,傍晚交卷,风气大开,闻风者拥至,钵声重振,会闽省施文波进士鲁滨来台,居彰化白沙书院,与立轩交好,于是立轩、澄秋,与鹿港施子芹、蔡毂元、蔡寿石、蔡滋其,彰化廖克稽、周维垣诸人,连拟七唱,缮呈文波评选,八人工力悉敌,莫可轩轾,艺林传为佳话,无几何,或秩满归乡,或因病下世,钟声遂歇,然数年之间,南有斐亭钟会,中有荔谱吟社,北有牡丹诗社,后先媲美,南北辉映,风骚普被全省,称有清一代灿烂诗代。"①

但据詹雅能先生所考,吴德功《瑞桃斋诗话》有记:"荔谱吟社开设数年,予皆未暇及此,即有投卷亦稀少,至庚寅年,予始终联咏,甚有兴致。第一唱梅雪,予冠其军云:梅羹未和诗先兆,雪窖虽寒节不迁。"所记吴德功参加荔谱吟社活动的时间为"庚寅年",即光绪十六年(1890),其时荔谱吟社已"开设数年"。据此,詹雅能先生推断"荔谱吟社约成立于光绪十三年(1887)前后"②。

(二)荔谱吟社的主要成员

荔谱吟社前期由蔡德辉任社长,主要成员有吴德功、傅于天(云施)、张纲、蔡香邻、张希衮(思补)、周维垣等;后期由吴逢清为主其事,成员包括吴德功、林鹏霄、黄如许、程郁亭、廖克稽、周维垣、施子芹、蔡毂元(子庭)、蔡寿石、蔡滋其等。

蔡德辉(1831—1890),字醒甫,福建晋江人。同治年间,东渡蓬峤,寄籍彰化,坐拥皋比,及门多秀;光绪十三年(1887)左右,邀集门人及地方人士,设立荔谱吟社,创为诗钟,历久不懈;光绪十六年(1890)卒,享年六十,葬于彰化八卦山麓;著有《龙江诗话》八卷。吴德功有《哭醒甫老夫子》一诗并注云:"洒落高才久著名,倡持风雅渡东瀛(客岁先生开荔谱吟社,幕友张君赠'四六'一篇,有'倡持风雅'句)。芸编独秉千秋笔(公著《东瀛集》十集,皆有论。去年遭风,沉没海中),荔社空余月旦评(公阅诗会,名

① 赖子清:《古今台湾诗文社》(一),台湾省文献委员会编印《台湾文献》第一〇卷第三期,台北:成文出版社有限公司1983年3月台一版影印本,第2022页。
② 詹雅能:《从福建到台湾——"击钵吟"的兴起、发展与传播》,《"海峡两岸台湾文学史学术研讨会"论文集》,厦门大学台湾研究中心、厦门大学台湾研究院编印,2005年10月。

曰'荔谱吟社'）。八卷新诗经手订（公著《龙江诗话》八卷），一团和气共心倾。苍天曷不延眉寿,衣钵留传与后生。"① 蔡德辉所作诗钟多用白战,曼妙空灵。作品如:"有酒学仙无学佛,前生盟月此盟花"（《酒、生,二唱》）、"味并色香传荔谱,气如春夏挹兰言"（《春、色,三唱》）、"满院梨云春梦重,沿堤柳色客情浓"（《色、云,四唱》）、"神仙高卧千年醉,兄弟猜疑一斧声"（《疑、卧,四唱》）、"密绾小鬟烟漾碧,笑舒老眼柳垂青"（《烟、柳,五唱》）、"感时殷浩空书咄,惜别樊川烛替愁"（《空、烛,五唱》）等。

（三）荔谱吟社的诗钟创作

荔谱钟声,久播骚坛。该社诗钟聚作,"每名投卷交钱廿文,合计若干,按名分赏,一时盛行"②;并曾有"连拟七唱"、"八人工力悉敌,莫可轩轾"的佳话,为艺林所传扬。

荔谱吟社创作的诗钟作品甚伙,且多性灵之作,深得闽地"折枝"的神韵。根据吴德功《瑞桃斋诗话》等载录,该社先后创作《梅、雪,一唱》、《岁、寒,二唱》、《春、色,三唱》、《新、庆,四唱》、《烟、柳,五唱》、《云、水,六唱》、《碧、桃,七唱》、《蚊、荔,分咏格》、《僧、虎,分咏格》、《丐子、西施,分咏格》、《妓、酒,分咏格》、《眉、贼,分咏格》、《屐、穷鬼,分咏格》、《鼠、秦桧,分咏格》、《照相、秦始皇,分咏格》、《公、摄,一唱》、《群、卫,二唱》、《暑、天,三唱》、《立、秋,四唱》、《望、山,五唱》、《春、子,一唱》、《修、竹,二唱》、《轻、豆,三唱》、《得、阴,四唱》、《马、前,五唱》、《金、色,六唱》、《菊、红,七唱》等钟题。兹录数联于下:

《春、子,一唱》:

　　春归婪尾怜红叶,子满枝头怅绿阴。（蔡滋其）

《修、竹,二唱》:

　　灵修有怨埋兰芷,孤竹何心恋蕨薇。（蔡寿石）

---

① 吴德功:《哭醒甫老夫子》,转引自汪毅夫《台湾文学史·近代文学编》,海峡文艺出版社1991年版,第249页。

② 吴德功著、江宝钗校注:《〈瑞桃斋诗话〉校注》,高雄:丽文化事业股份有限公司2009年版,第211页。

《暑、天，三唱》：

　　能消暑气千竿竹，欲见天心数点梅。（程郁亭）

《立、秋，四唱》：

　　雨积山秋云树合，风吹海立浪花飞。（吴德功）

《得、阴，四唱》：

　　日色长阴因近海，月华先得为登楼。（吴德功）

《望、山，五唱》：

　　晋人事启山公志，蜀魄声悲望帝魂。（廖克稽）

《云、水，六唱》：

　　万事付之流水去，一肩挑得暮云归。（蔡香邻）

《菊、红，七唱》：

　　归去犹存三径菊，醉余争唱满江红。（蔡毅元）

《蚊、荔，分咏格》：

　　留心一谱评风味，守节千秋祀露筋。（吴逢清）

《妓、酒，分咏格》：

　　风月半筵觞且咏，烟花满眼色皆空。（黄如许）

（四）荔谱吟社在台湾诗钟史上的地位及意义

荔谱吟社创设自福建晋江诗人蔡德辉在彰化设教，鼎盛于闽省进士施鲁滨来台寓居；出题方式采用闽地"折枝"传统的"拈题阄诗"；创作上崇尚性灵，深得闽地"折枝"之神韵。从荔谱吟社的兴衰存续及创作特征，可以看到闽台诗钟之间所存在的传承与授受关系，以及闽地文士在其中所起的桥梁和纽带作用。

还有一点非常值得关注，荔谱吟社是一个准"门徒诗社"。该社前期由蔡德辉邀集门人及地方人士共同倡设，吴德功《哭醒甫老夫子》一诗曾有"衣钵留传与后生"之句，后期则"由彰化县教育界人士发起和组成"[1]。该社还提出过"兰言契合逾金石，荔圃评量爱色香"（吴德功《金、色，六唱》）

---

① 汪毅夫：《台湾文学史·近代文学编》，海峡文艺出版社 1991 年版，第 248 页。

的结社宗旨与创作主张。所以，当夫乙未之变突起，《诗畸》作者纷纷离台内渡之后，台湾诗钟的再兴自然就落到了荔谱吟社的"门徒"们身上了。

七、牡丹诗社

（一）牡丹诗社的创立及得名

牡丹诗社与斐亭吟社相接续，是唐景崧升任台湾布政使后在台北官署创立的诗钟社团。关于牡丹诗社的创立时间，连横、黄得时、赖子清等都认为是光绪十七年（1891）十一月唐景崧升任台湾布政使之时，施士洁则记作"乙未（1895）新正"①。

唐景崧是在光绪十七年十一月二十五日（1891年12月25日）被任命为台湾布政使的。据小楼（杨氏习静楼）所藏《台湾考》（抄本）载引，是日《上谕》："福建台湾布政使，著唐景崧补授，钦此。"② 不过，唐景崧就任台湾布政使之前，还得先做好原先所任分巡台湾兵备道加按察使衔一职的卸任及交接工作，所以唐景崧真正就任台湾布政使一职的时间应当在1892年。林景商《台阳诗话·跋》可以为证，该跋有述："记壬辰（1892）岁，余侍先大夫东渡，恰唐灌阳亦承宣来台，公余辄邀台士百数十人，创为诗钟例，分咏于官厅。先大夫得曹州牡丹若干种馈之，遂名其社为牡丹吟社。"③

林景商的父亲林鹤年，光绪十八年（1892）有两次渡台经历：一为光绪十八年（1892）壬辰科会试之前，一为会试之后。那么，牡丹诗社的创立及得名，究竟是在光绪十八年（1892）壬辰科会试之前，还是在会试之后呢？这可以从林鹤年的诗作中进行推断。

光绪十八年（1892）林鹤年曾作《由杨村抵都车上口占》（六首）之

① 施士洁：《意有未尽，辄书纸尾》（六首）之二，施士洁《后苏龛合集》（第一册），台北：台湾银行经济研究室1965年版，第128页。
② 转引自杨云萍：《牡丹诗社与福雅堂诗钞及其著者》，台北市文献委员会编印《台北文物》第四卷第四期"本市诗社专号"，台北：成文出版社有限公司1983年3月台一版影印本，第1732页。
③ 林景商：《台阳诗话·跋》，王松《台阳诗话》，台北：台湾银行经济研究室1960年版，第91页。

三,有注:"予二月二十六日（1892 年 3 月 24 日）自台北登程,三月初五日（1892 年 4 月 1 日）抵都补名入场。"① 另有《开春连旬陪唐方伯官园宴集有呈》(十首),其中第二、五、九首并注云:

> 牡丹诗社试新茶（是日,余馈新开牡丹,公谓可名牡丹诗社）,燕寝凝香静不哗。
>
> 丝竹后堂陪末座,彭宜原属旧通家。
>
> 酝酿能开富贵春（院中牡丹待开）,金铃香护展芳辰。
> 百花魁首滋培远,乡国榕门有替人（令婿刘伯崇新得殿撰）。
>
> 吏部文章信有光,翱翔李杜冠三唐。
> 海邦他日征文献（公近修台湾省志）,江汉朝宗接混茫。②

据汪毅夫先生考证,"（唐景崧之婿）刘伯崇以一甲第一名及第,时在 1892 年之春,唐景崧倡设台湾省通志局也在 1892 年"③。从林鹤年诗作记事的先后顺序可以看出,牡丹诗社的创立及得名宜乎在刘伯崇状元及第和唐景崧创设台湾省通志局之前;确切地说,是在光绪十七年十一月二十五日（1891 年 12 月 25 日）唐景崧被任命为台湾布政使之后,光绪十八年二月二十六日（1892 年 3 月 24 日）林鹤年离台内渡参加壬辰科会试之前。

（二）牡丹诗社的主要成员

根据林景商《台阳诗话·跋》所述,参加牡丹诗社诗钟活动的成员达到"百数十人",但具体人员未详。赖子清《古今台湾诗文社》列举牡丹诗社作者 17 人,分别是林鹤年、黄宗鼎、蔡金台、吴懋勋、王毓菁、周长庚、王甲荣、熊佐虞、张忠侯、黄喜彩、陈儒林、唐运溥、唐运涵、郑篯、倪鸿、施士洁、邱逢

---

① 林鹤年:《福雅堂诗钞》卷七,《台湾文献汇刊》第四辑第十册,九州出版社、厦门大学出版社 2004 年版,第 372 页。

② 林鹤年:《福雅堂诗钞》卷十一,《台湾文献汇刊》第四辑第十册,九州出版社、厦门大学出版社 2004 年版,第 231—232 页。

③ 汪毅夫:《台湾近代文学丛稿》,海峡文艺出版社 1990 年版,第 22 页。

甲。其中，周长庚受"施九缎案"牵连，光绪十四年（1888）年逃归故里，并于光绪十九年（1893）病逝于福州，不大可能参与牡丹诗社的创作活动；张忠侯、黄喜彩、陈儒林三氏为《诗畸》"作者姓氏"所未录，有待考证。

汪毅夫先生根据林鹤年《唐方伯邀同刘履臣、罗星伯、王进之、方雨亭、周松荪、翁安宇、郭宾石、王贡南、郑星帆、家仲良诸同人联诗钟》等史料，考证出牡丹诗社成员"有林鹤年、林景商、黄宗鼎、施士洁、丘逢甲、陈浚芝、王贡南、林有庚、周松荪、方雨亭、翁安宇、郑星帆等百余人"①。其中，陈浚芝是否参与过牡丹诗社聚作，有待考证。

综合二者所述，并参考《诗畸》以及相关人员履历，可以确定参加过斐亭吟社创作活动的作者26人，即唐景崧、林鹤年、黄宗鼎、蔡金台、吴懋勋、王毓菁（贡南）、王甲荣、熊佐虞、唐运溥、唐运深、唐运涵、唐运泽、郑篯、倪鸿（耘劬）、施士洁、邱逢甲、林景商、刘鼎（履臣）、罗建祥（星伯）、王进之、方家澍（雨亭）、周景涛（松荪）、翁昭泰（安宇）、郭名昌（宾石）、郑祖庚（星帆）、林有庚（仲良）。

（三）牡丹诗社的诗钟创作

与其前身斐亭吟社一样，牡丹诗社也以诗钟创作相号召，兼作律诗、绝句、古体诗、灯谜等。牡丹诗社诗钟活动热闹非凡，林鹤年曾作《酬郑星帆孝廉（祖庚）》一诗，生动描述该社诗钟创作活动情景，该诗并注云：

> 紫薇花底吼诗钟，谁为健者文中雄（唐中丞署斋联诗钟吟社）。
> 登坛飞将礼中峰，虫鱼笺疏毛郑工。
> 咳唾珠玉俪青红，黄鹄健举声摩空。
> 神仙醉踏金芙蓉，兴来濯足扶桑东。
> 鞭策鳌柱垂双虹，果然胪唱九霄中（诗钟唱诗传名一如胪唱例）。②

牡丹诗社的诗钟活动历时逾三年，留存稿件盈箱累箧。惜乎！该社除光

---

① 汪毅夫：《台湾文学史·近代文学编》，海峡文艺出版社1991年版，第249页。
② 林鹤年：《福雅堂诗钞》卷十六，《台湾文献汇刊》第四辑第十册，九州出版社、厦门大学出版社2004年版，第528—529页。

绪十九年（1893）二月以前创作的诗钟作品少量收录于《诗畸》外，其余全都在乙未（1895）浩劫中损毁散佚。

八、海东吟社

海东吟社系牡丹诗社派生出来的少年诗钟社团。林景商《台阳诗话·跋》有记：

> 壬辰（1892）岁，余侍先大夫东渡，恰唐灌阳亦承宣来台，公余辄邀台士百数十人，创为诗钟例，分咏于官厅。先大夫得曹州牡丹若干种馈之，遂名其社为牡丹吟社。余年方象勺，得以绿衣陪座，虽学未逮而心甚美也。因与三五小友效其例，立一海东吟社。酬唱正酣，无何乙未之变作矣。匆匆内渡，行卷多未及携带。事后征诸同人，亦多忘忆。意者其与台岛同沦灭欤！①

从以上记述可知，海东吟社由林景商创立于光绪十八年（1892）牡丹诗社得名之后，其创作体例效法牡丹诗社，活动时间一直持续到乙未（1895）沧桑巨变前夕，参加成员则为三五个"年方象勺"的少年诗人，活动内容主要是诗钟，作品悉已沦灭。

---

① 林景商：《台阳诗话·跋》，王松《台阳诗话》，台北：台湾银行经济研究室 1960 年版，第 91 页。

第二节 日据时期台湾诗钟社团

　　乙未割台,日人入据,随即在台湾实行所谓的民族同化政策,大肆普及日语,禁绝汉文,剥夺台湾人民学习和使用母语的权力,汉文化在台湾遭到野蛮摧残乃至濒临灭绝。为了"延一脉斯文于不坠",蔡启运、郑以庠、曾逢时、林朝崧、林资修、赖绍尧、赵钟麒、谢石秋、连横、蔡国琳、谢汝铨、林馨兰、洪以南、蔡汝璧、陈梅峰、陈锡如、蔡惠如等台湾众多有识之士,纷纷组织诗社钟会。这些诗社钟会,绝大多数都是诗钟与律绝并作,钵韵与钟声同响。据笔者辑考,日据时期台湾确切开展过诗钟活动的社团达133个,其中专门诗钟社团7个、以诗钟创作为主及兼作诗钟的社团126个。

　　如果说清末台湾诗钟社团是因"游戏"而设,即个别文人雅士出于对诗钟审美趣味的特殊偏好而创设的;那么,日据时期台湾的诗钟社团则是为了"载道"而设的,所载的是反抗异族殖民统治、延续和传承中华传统文化之道。日据时期台湾的诗钟社团,无不都是以沉潜蛰伏为久计,以延续和传承中华传统文化为职事,以沟通联络全岛诗人声息为要务。若干社团,如台中栎社、台南酉山吟社、台东宝桑吟社、台南虎溪吟社、彰化芸香室等,还涌现出许多可歌可泣的抗日事迹,非常值得记取。

　　以是之故,曾今可谓:"台湾沦陷于日本,凡五十一年,其间赖以持续祖国文化、保存民族精神者,唯诗。三百年来之台湾文学史,其中最为光辉灿烂者,亦唯诗。余于台湾光复之初,应邀来台讲学,课余之暇,遍访台省名诗人,既惊其诗社之多与诗事之盛，更于其日治时期之能以持续祖国文化、保存民族精神深为敬佩。"① 黄得时亦谓："尽管在日人暴政压迫之下，台湾诗人却仍然认为中国是自己的祖国。这种诗，比比皆是，多得无法一一举出。台湾的文人抗日，虽然比不上武力抗日或政治抗日来得积极而显著。但是其给予民族精神上的影响，实在有过之而无不及。时至今日，台湾仍有一百多个诗社，经常召开吟会，互相切磋琢磨，为复兴中华文化，宏扬诗教而努力，其志可嘉，其心可佩。溯其源流，系来自文人抗日的余晖。"②

一、栎社

（一）栎社的创立及沿革

台中市栎社初创于光绪二十四年（1898），由林朝崧（痴仙）首倡。初创时期有雾峰林朝崧、林资修与燕峰大庄赖绍尧三氏，后因林朝崧离台而停止活动。光绪二十八年（1902）栎社再创，社员有林朝崧、林资修、赖绍尧、蔡启运、陈瑚、陈怀澄、吕敦礼、林资铨、陈锡金九人，时称"香山九老"③。

关于栎社创立的时间，林资修《栎社沿革志略·林序》有谓："栎社不始于壬寅（1902），顾壬寅以前无可记，亦无记之者；至壬寅而作记，可记之事亦特多，则毋宁谓栎社实始于壬寅而成于鹤亭之手也。"④ 连横《栎社第一集·连序》另谓："先是，戊戌（清光绪二十四年，按即1898）之岁林子痴仙始倡是社，和者十数人。"⑤ 可见，栎社初创时间可以追溯到光绪二十四年（1898）。

栎社初代社长蔡启运，次代社长赖绍尧，第三代社长傅锡祺，第四代社长

①　曾今可：《发刊词》，高雄《鲲南诗苑》创刊号，1956年6月。

②　黄得时：《台湾当年之文人抗日》，《中国诗文》第二七八、二七九期合订本，1978年2月20日。

③　傅锡祺：《哭悔之社长》，傅锡祺《栎社沿革志略》，台北：台湾银行经济研究室1963年版，第82页。

④　林资修：《栎社沿革志略·林序》，傅锡祺《栎社沿革志略》，台北：台湾银行经济研究室1963年版，第3页。

⑤　连横：《栎社第一集·连序》，傅锡祺《栎社沿革志略》，台北：台湾银行经济研究室1963年版，第41页。

林献堂。1956 年 9 月 8 日林献堂在东京病逝,社务暂搁。1957 年 12 月 22 日栎社重振,推选林攀龙为社长,许文葵为干事。其后渐其衰微,以至销声匿迹。

（二）栎社的主要成员

栎社 1947 年以前入社社员六十余名。据林资修《栎社二十年间题名碑记》所载,从光绪二十四年（1898）初创,到民国十年（1921）二十周年纪念,栎社置籍者三十有二。按入社先后顺序,分别是:林朝崧（痴仙）、林资修（南强）、赖绍尧（悔之）、傅锡祺（鹤亭）、陈瑚（沧玉）、陈怀澄（沁园）、吕敦礼（厚庵）、蔡启运、林资铨（仲衡）、庄嵩（太岳）、张栋梁、陈贯（豁轩）、郑聪楫、王学潜、黄炎盛、郑玉田、蔡惠如、林载钊、魏文光、张丽俊、袁炳修、陈锡金、连横、林献堂（灌园）、吕琯星、林子瑾、蔡世贤（天弧）、施家本（肖峰）、林作敬、丁式周、林耀亭、张玉书。另据傅锡祺《栎社沿革志略》所录,可补充出 1928 年以前入社成员六名,分别是叶仁昌、庄龙、林文华、王石鹏（了庵）、吴子瑜（小鲁）、吴筱西。此外,许俊雅根据《林献堂与栎社》、《灌园先生日记》、《水竹居主人日记》、《台湾先贤诗文集汇编》（第一、二、三辑）等史料,查考出 1941 年到 1947 年间入社成员二十五名,分别是林春怀、傅春魁、庄垂胜、王少箴、林金生、林资瑞、林培英、蔡柏梁、林陈琅、庄铭瑄、叶荣钟、赖玉帘、洪炎秋、许文葵、周定山、连德贤、张焕珪、杨国喜、洪元煌、林攀龙、蔡旨禅、王达德、黄尔璇、吴维岳、吴燕生。[①]

而从《诗文之友》、《中华诗苑》等刊物相关载录来看,1957 年 12 月 22 日栎社重振后,又有一批社员加入其中,主要有张达修、吴醉莲、洪宝昆、林荆南、张篁川、连德贤、赖剑门、林承郁、洪唐端、凤岐等。

（三）栎社的诗钟创作

栎社前"二十年间,时而大会、时而小集、时而月课加以唱和自作"[②],其

---

① 许俊雅:《栎社成员分析表（1902—1949）》,许俊雅《黑暗中的追寻——栎社研究》,东方出版中心 2006 年版,第 151—160 页。

② 傅锡祺:《栎社第一集·傅序》,傅锡祺《栎社沿革志略》,台北:台湾经济银行经济研究室 1963 年版,第 39 页。

后则"大会固盛极难继，月课亦久旷不行，惟小集唱和犹然时有"[①]。作品结集为《栎社第一集》、《栎社第二集》。

栎社诗钟活动始于民国元年（1912）前后。陈怀澄"癸酉（1933）乞巧节"所作《吉光集·序言》有谓："吾社自二十年前，即有诗钟之会。第旋作旋息，诗稿亦散失。至近岁铸钟纪念，于是东山酒会，辄复为之。一杵既发，万籁肃然。一杵再撞，百喧又起。盖如往者之击钵限香，严为限制也。"[②]民国八年（1919）六月十四日（古历五月十七日），栎社开会于台中林子瑾之瑾园，曾有连作嵌字格诗钟七唱之举，所作分别为《诗、社，一唱》、《水、花，二唱》、《不、知，三唱》、《烟、树，四唱》、《秋、雨，五唱》、《古、桐，六唱》、《宠、风，七唱》，称为一时之盛。

该社所作钟题尚有《写真、马，分咏格》、《金、长，凤顶格》、《石、人，燕颔格》、《东、福，凤顶格》、《玉、枝，燕颔格》、《鱼、女，鸢肩格》、《诗人、狱，分咏格》、《石、南，凫胫格》、《世、诗，雁足格》、《客、来，凤顶格》、《火、车，燕颔格》、《春、酒，一唱》、《时、雨，一唱》、《红、客，鹤膝格》、《半、凉，蜂腰格》、《夜合花，鼎足格》、《干、杯，魁斗格》、《天一品，碎锦格》、《来、梦，蜂腰格》、《文、去，鹤膝格》、《夏、山，凫胫格》、《集、闲，雁足格》、《荔枝、敝帚，分咏格》、《雾、峰，魁斗格》（重整后第二次雅集次题）等，作品登载于《台湾日日新报》、《台湾文艺丛志》（后更名为《台湾文艺旬报》、《台湾文艺月刊》）、《诗文之友》、《中华诗苑》等报刊杂志。

栎社还曾铸造诗钟三架，作为创社三十周年纪念，堪称钟坛一大韵事。傅锡祺《栎社沿革志略》"中华民国二十年（辛未，按即1931）"一条有记：

四月二十六日（古历三月初九日）下午，社友升三、守拙、竹山、笏山、天淘、子材、沁园、壶隐、了庵、南强、太岳、灌园、韬轩、小鲁、天弧、鹤亭等十有六人，社外有蔡逊庭、陈鲁詹、吴维岳三氏及了庵长公子鹏传氏、小鲁女公子燕生娘等，同集于小鲁之东山别墅。客冬议决铸造诗

① 傅锡祺：《栎社第二集·序》，傅锡祺《鹤亭诗集》（下），《台湾先贤诗文集汇刊》第二辑，台北：龙文出版社股份有限公司1992年重印版，第289页。
② 陈怀澄：《吉光集·序言》，陈怀澄辑《吉光集》，嘉义：兰记书局1934年版，第2页。

钟三架,以为三十年纪念;现已铸就,铭曰:"小叩小鸣,大叩大鸣。愿我多士,雅韵同赓。振聋发聩,勿坠清声!"别有二十四字曰:"昭和六年(岁在辛未)孟春之月,栎社创立经三十年,铸为纪念"云云。悬以木架,置于双枫坛上。三钟顷,各肃衣冠整列式场,行初撞式。赞礼员吴维岳君唱:"举式!"吴燕生女士登坛揭去钟上黄幕,社员一齐拍手。爆竹继鸣,一同鞠躬致敬。先由鹤亭执杵,赞礼员致祝曰:"首撞钟中,中部文风丕振;次撞左,左道邪说从此熄;三撞右,右文恢儒期再见。"于是社员序齿,顺次各撞三杵;逸响遥传,山谷互应。①

栎社创作的诗钟作品,往往寓家仇国恨、民族沦亡于其中,抒发作者长期抑郁心中的亡国之痛、故园之思、对日本殖民统治者之恨、维系汉文化之责、清高守节之志以及与日本殖民侵略者血战到底的决心,代表了日据时期台湾诗钟的基本风格,颇具典型意义。兹录数联于下:

《诗、社,凤顶格》:
  诗书历劫残编少,社稷成墟隐痛多。（傅锡祺）
《水、花,燕颔格》:
  秋水碧磨豪士剑,春花红上美人钿。（施家本）
《不、知,鸢肩格》:
  老愧不侯怜李广,死酬知己慕要离。（林资修）
《烟、树,蜂腰格》:
  家尽禁烟伤介子,剑谁挂树报徐君。（郑邦吉）
《文、去,鹤膝格》:
  愿居断发文身地,耻作投明去暗人。（陈怀澄）
《古、桐,兔胫格》:
  养气十年留古剑,知音千载辨桐琴。（蔡鳌峰）
《集、闲,雁足格》:
  开樽筵续兰亭集,寄傲身如栗里闲。（吴子瑜）

---

① 傅锡祺:《栎社沿革志略》,台北:台湾银行经济研究室 1963 年版,第 35—36 页。

《雾、峰，魁斗格》：

　　雾里看花惭老境，雨余作画爱遥峰。（张达修）

《夜合花，鼎足格》：

　　神光离合雌雄剑，夜色微茫顷刻花。（庄　嵩）

《天一品，碎锦格》：

　　赐绯天阙官三品，入洞仙棋斗一枰。（蔡世贤）

《诗人、狱，分咏格》：

　　梦入池塘春草发，冤沉图圄夏霜飞。（张丽俊）

《写真、马，分咏格》：

　　凡夫也有分身术，燕市谁悬买骨金。（陈　瑚）

《荔枝、敝帚，分咏格》：

　　扫清君侧知无用，献媚妃前最得宜。（王石鹏）

（四）栎社在日据时期台湾钟坛的地位及影响

栎社为日据时期"全台诗坛重镇"[①]。与日据时期台湾其他诗钟社团相比，栎社的一个突出特点是组织严密。该社曾定"栎社规则十七条"，又"改正社则十七条为十八条"、"改社则十八条为二十六条"，规定"新入社员，须经社友一名介绍，提出总会，由出席社友四分之三以上同意决定之"、"社友中不出席于本社总会超过三回以上者，应照社则看做退社"[②]。栎社先后梓行有《栎社第一集》、《栎社沿革志略》、《栎社第二集》等，创作水准较高、成就较大，这与该社组织严密有很大的关系。

其次，栎社政治倾向鲜明，反抗日本殖民统治的态度坚决。该社曾铸造诗钟三架，作为该社成立三十年纪念，并举行庄严而隆重的初撞仪式，向全岛诗人发出"愿我多士，雅韵同赓。振聋发聩，勿坠清声"的号召；该社第四代社长林献堂、社友蔡惠如都是日据时期台湾政治及文化运动的领导人；林资

---

① 《台湾诗荟》第十一号"骚坛纪事"，1924年12月15日。《台湾文献汇刊》第四辑第十六册，九州出版社、厦门大学出版社2004年版，第429页。

② 傅锡祺：《栎社沿革志略》，台北：台湾银行经济研究室1963年版，第1—33页。

修与蔡惠如还曾因"抵触治安警察法成为国事犯而系狱"①。

　　第三，栎社支流亦繁。光绪三十三年（1907），社友林献堂在莱园创设"莱园读诗会"；民国七年（1918），社友陈锡金、蔡惠如等创设"鳌西诗社"；民国八年（1919），傅锡祺、陈锡金、陈瑚、林献堂、林资修、蔡惠如、陈怀澄、庄嵩、林子瑾等，在瑾园创设"台湾文社"；民国十五年（1926），吴子瑜又创设"怡社"；等等。

　　第四，栎社的影响也相当广泛。该社曾与斗六之斗山吟社、云峰吟社，台南南社，台北瀛社，新竹竹社，桃园桃社，嘉义罗山吟社、玉峰吟社等全台各地诗社，广泛开展联吟活动。社友林朝崧、林资修、赖绍尧、陈瑚、傅锡祺、陈怀澄、连横、林资铨、庄嵩、陈贯、王学潜、郑玉田、蔡惠如、陈锡金、林献堂、林子瑾、蔡世贤、施家本、张玉书等，均为日据时期台湾钟坛的健将，他们或组建诗钟社，或担任词宗，共同促进了台湾诗钟的发展与繁荣。

二、南社

（一）南社的创立及沿革

　　台南市南社源远流长，其源头可以追溯到光绪四年（1878）许南英在台南创立的崇正社。许丙丁《五十年来南社的社员和诗》有谓："虽然，许南英风雅所寄者不是南社，而是不甚著名的崇正社，但是南社社友却把南社创立之功归之许南英。推究其故，或许是因为崇正社系南社渊源所自；而由许南英、施云舫、邱仙根诸君子所散播推演的诗风经崇正社而浪吟诗社，蕃衍至南社成立而始壮，南社诸社友饮水思源，遂有许南英创立南社的想法。"②

　　光绪三十二年（1906），南社在台南浪吟诗社的基础上"改创而成"，首任社长蔡国琳，副社长赵钟麒，干事杨鹏搏、谢石秋。宣统元年八月十日（1909 年 9 月 23 日）蔡国琳病故，由赵钟麒继任第二任社长。民国二十五

---

① 傅锡祺：《栎社沿革志略》，台北：台湾银行经济研究室 1963 年版，第 24 页。
② 许丙丁：《五十年来南社的社员和诗》，台南市文献委员会编印《台南文化》（旧刊），台北：成文出版社有限公司 1983 年 3 月台一版影印本，第 364 页。

年（1936）三月七日赵钟麒病逝,公举黄欣为第三任社长。民国三十六年（1947）一月黄欣病殁,公举吴子宏为第四任社长。1951年,南社与台南市下其他诸社合并,共同设立延平诗社。

（二）南社的主要成员

南社鼎盛期"人数多至七十四名,几与瀛社并驱"[1]。所见许丙丁《五十年来南社的社员和诗》录社员四十五名,分别是:赵钟麒、谢石秋、连横、蔡国琳、杨鹏搏、卢蕴山、谢霁若、余君屏、蔡南樵、谢星楼、谢溪秋、蔡兰亭、陈筱竹、林馨兰、黄欣、黄谿荃、韩浩川、谭瑞贞、许子文、罗秀惠、林珠浦、蔡维潜、吴萱草、释慎净、郑启东、王卧蕉、王则修、黄拱五、吴宴珍、林竹友、郑指陈、廖用其、连城璧、邱学海、陈世元、郭君盘、赵雅福、高槐青、吴子宏、沈森其、沈毓祥、韩子明、颜兴、李炳煌、蔡书田。

吴毓琪所著《南社研究》又查考补充出社员二十二名,分别是:谢汝铨、杨宜绿、陈渭川、洪坤益、陈逢源、叶书田、王芷香、许丙丁、林秋梧、陈图南、白珩、叶占梅、林海楼、庄孟侯、呈赞兴、黄昭忻、许仁珍、曾神赐、黄伯壎、林观澜、王大俊、王荣达。

（三）南社的诗钟创作

南社推行击钵,定期例会,诗钟律绝并励。从目前掌握到的资料来看,南社是日据后台湾最先开展诗钟活动的社团,吴毓琪所编《南社活动年表》"一九一〇"一栏有记:"九月十八日（1910年10月20日）嘉义罗山吟社成立,赵钟麒、谢维岩、谢国文、黄欣、杨鹏搏及连横参加。会后南社诸社员小集于三官堂,为表达罗山吟社见声相求之雅兴,时由谢维岩倡议共拟诗钟遣兴,经赵钟麒以'泽龟酒'与'按摩'为对,陈渭川请以'虞美人'与'伪器'为对。"[2]

南社喜作分咏。根据许丙丁所撰《五十年来南社的社员与诗》载录,该社创作的钟题尚有《孔明、阿片,分咏格》、《观音佛祖、牛肉,分咏格》、《宿

① 《台湾日日新报》第三二二四号"蝉琴蛙鼓",1909年5月26日。转引自许惠玟编:《瀛社会志》,台北:文史哲出版社2008年版,第22页。

② 吴毓琪:《南社研究》,台南市立文化中心1999年版,第355页。

雨、打茶围,分咏格》、《随园诗话、头眩,分咏格》、《李拐仙、上海戏旦,分咏格》、《盲新妇、五丈原,分咏格》、《竹帘、猿,分咏格》等。兹录数联于下:

《孔明、阿片,分咏格》:
羽扇纶巾名士气,芙蓉罂粟美之花。（佚　名）

《观音佛祖、牛肉,分咏格》:
南海慈悲空色相,西洋料理胜鸡豚。（佚　名）

《宿雨、打茶围,分咏格》:
昨夜可怜花落地,今朝艳说锦缠头。（佚　名）

《随园诗话、头眩,分咏格》:
艺苑袁枚评最当,檄文孟德病能除。（佚　名）

《李拐仙、上海戏旦,分咏格》:
八洞神人贫骨相,申江优孟女衣冠。（佚　名）

《盲新妇、五丈原,分咏格》:
洞房觉且闻啼鸟,战垒惊秋哭卧龙。（佚　名）

《竹帘、猿,分咏格》:
湘江遗恨犹堪卷,巫峡哀声不可听。（佚　名）

（四）南社在日据时期台湾钟坛的地位及影响

南社喜作分咏,是日据后台湾最先开展诗钟活动的社团。考究其源,南社由清末台湾诗钟社团台南崇正社及浪吟诗社发展而来,而台南崇正社社友如施士洁、邱逢甲、汪春源等本身又是清末台湾钟坛影响最大之斐亭吟社及牡丹诗社的核心成员。

南社"素为骚坛重镇,与北之瀛社、中之栎社,鼎足而三"①,是日据时期台湾南部社团的领军人物。该社提倡尊崇孔子,保持中华国魂,维系斯文于一线,并与台中栎社、台北瀛社、桃园桃社、新竹竹社、嘉义罗山吟社等全岛诗社,广泛交流,沟通声息,开展联吟活动。该社先后主办台南州下联吟会、中嘉南联合吟

---

① 《台湾诗荟》第一号"骚坛纪事",1924年2月15日。《台湾文献汇刊》第四辑第十五册,九州出版社、厦门大学出版社2004年版,第190页。

会、全台诗社联吟大会等,并与春莺吟社联合创办《三六九小报》,影响很大。

南社源远流长。该社由崇正社、浪吟诗社发展而来,又蕃衍出春莺吟社、桐侣吟社等分支体系。论者以为:"台南南社在日人据台时期勉力维持近四十年,它的存在本身就是一首爱国的诗。"①

三、瀛社

(一)瀛社的创立及沿革

台北市瀛社创立于宣统元年(1909),由《台湾日日新报》记者谢汝铨、林馨兰二氏倡设于台北。是年花朝后一日(1909年3月7日),假艋舺平乐游旗亭开会,推选洪以南为社长,谢汝铨为副社长。民国十五年(1926)首任社长洪以南逝世,谢汝铨继任社长,魏清德为副社长。1953年第二任社长谢汝铨逝世,魏清德继任社长,李建兴为副社长。1964年第三任社长魏清德逝世,李建兴继任社长,张晴川为副社长。1978年,李建兴因病坚辞社长,张晴川亦以年迈体衰坚辞,经社友会商,改推杜万吉为社长,张鹤年为副社长,并敦请李建兴为名誉社长,张晴川为名誉副社长;旋因张鹤年病逝,推选黄得时、庄幼岳为副社长。1994年黄得时因病请辞副社长,改推黄鸥波为副社长。1999年3月28日,该社开庆祝创立九十周年"全国诗人联吟大会",会中杜万吉以年高九五请辞社长,改由黄鸥波继任社长,陈培焜副之。2003年8月,第六任社长黄鸥波逝世,改由陈培焜任社长,翁正雄、林正三副之。2004年11月,第七任社长陈培焜逝世,经社务会议选举,林正三当选第八任社长。2006年4月16日,瀛社改组并成立"台湾瀛社诗学会",林正三当选为第一任理事长。该社至今还活跃在台湾诗坛。②

(二)瀛社的主要成员

瀛社创立之初,"时让台已十四年,台局渐定,骚坛落寞,不免有髀肉复

① 汪毅夫:《台湾近代文学丛稿》,海峡文艺出版社1990年版,第3页。
② 许惠玟编:《瀛社会志》,台北:文史哲出版社2008年版,第215—217页。

生之慨，一经号召，望风挂籍者，多至百五十余名"[1]。民国十三年（1924），经过"重新组织，计得社员八十余名"[2]。光复以来，该社各时期社员人数由几十到百余不等，分为花朝、端阳、观莲、中秋、光复、冬至等组，由各组轮值开展活动。兹据许惠玟所编《瀛社会志》、黄美娥所撰《北台第一大社——日治时期的瀛社及其活动》、张端然所撰《日治时期瀛社之研究》、赖子清所撰《瀛社》，以及林子惠、张作梅、庄幼岳合撰《瀛社记述补遗》等，整理出该社日据时期社员 300 名、光复以来社员 214 名，分别是：

一、日据时期社员

郭鹤汀（镜蓉、芙卿）	山口东轩（日人）	安江五溪（日人）
洪逸雅（以南）	林香祖（湘沅、馨兰）	谢秋涫
石川柳城（戈足，日人）	中濑温岳（日人）	伊藤壹溪（日人）
李汉如（少潮）	李晓山（毓琪）	叶维精（炼金、友石）
杨啸霞（仲佐）	林子桢	周绍基（笏臣）
颜笏山（觉叟）	林清月	黄石衡（赞钧）
陈子清（水泉）	陈培三（廷植）	陈德义
谢　斌	黄丹五（应鳞、朝桂）	张雪舫（清燕、少舫）
陈蕈轩（采臣）	谢雪渔（汝铨）	李金燦（蒸业）
何诰庭（承恩）	林石崖（佛国）	王小愚（毓卿）
王自新（汤铭）	黄桂舟（水沛）	倪炳煌（希昶）
李如圭（联璧）	张古桐（幼岩）	尤子樵
林　松（凌霜）	李逸涛（书）	李谋卿（延猷）
李伯棠（敏恭）	黄玉阶（冥华）	陈醉痴（永锡）
陈其春	陈祚年（篇竹）	王云沧（少涛）
尾崎白水（泉，日人）	王采甫（人俊、承烈）	张伯厚（家坤）
陈进卿（德铭）	村田天民（日人）	林晓邨（搏秋）

---

[1]　赖子清：《古今台湾诗文社》（一），台湾文献委员会编印《台湾文献》第一〇卷第三期，台北：成文出版社有限公司 1983 年 3 月台一版影印本，第 2027 页。

[2]　连横编辑、陈红秋整理：《台湾诗荟》，《台湾文献汇刊》第四辑第十六册，九州出版社、厦门大学出版社 2004 年版，第 284 页。

张小山（振东）	罗蕉麓（秀惠）	庄鹤如
许梓桑（乃兰）	沈相其（蓝田）	许招春
何秀山	欧阳朝煌（莲槎）	林知义（问渔）
陈直卿（让六）	蔡石奇（添福）	黄菊如（河清）
陈任	颜云年（吟龙）	林益岳（联五）

庄玉坡（波）蔡步蟾	蔡景福	何荣峰		蔡凤仪
赖拱辰	吴寿星	林峨士	高峻极	谢式潢
朱四海	王庆忠（温如）		林超英	刘铁士
陈镇印	刘朝英	黄纯青（炳南）		张德明
曾省三	高朝宗	蔡振芳	许雷地	陈可发
张汝垣	张大藩	许孟搏	李少麓	陈淑程（洛）
林安邦	林子益	庄嘉诚	蔡启华	杜冠文
李学樵	陈古渔（郁文）		吴美轮	林清富
陈晓绿	张晴川	刘剑秋	许剑亭	卓梦庵
叶蕴蓝	李神义	吴如玉	李悌钦	陈恺南
欧阳光扶	李腾岳	杜仰山	欧剑窗	陈大琅
刘克明	欧阳兆璜	林述三	高肇藩	曹秋圃
洪玉明	施逸樵	黄坤维	陈明卿	周士衡（野鹤）
蔡三恩	刘明禄	黄梅生	李石鲸	颜德辉
黄昆荣	王子清	郑如林	沈连袍	林衍三
陈新枝	庄于乔	洪汝霖	蔡敦辉	谢雪樵
林梦梅	林其美	吴梦周	张纯甫	刘振传
陈润生	黄福元（哲馨、椒其）		林济清（沁秋）	
陈雕龙	刘维周	林景仁（小眉）		郭廷俊
刘梦鸥	廖藏芝	陈庭瑞	廖宗支	李建兴
许子修	沈桂林（村）		蔡痴云	周磐石
林菊塘	林梦仙	黄朝传	王省三（两传）	
郑丽生	骆子珊	杨石定	黄远山	黄树铭
陈春松	周水炎	康菊人	倪登玉	林钦赐

陈尚辉	林锦文	陈水井	何从宽	李遂初
杨维岩	沈景峰	林笑涛	卢子安	邵福日
李硕卿	何云儒	陈式三	许宝亭	陈竹荫
杨四美	施明德（瘦鹤）		黄文虎	谢文达
林蓉洲	陈敏宽	郑晃炎	吴金土	赖子清
吴鸿炉	杨文庆	莲碧	刘学三	黄福林（临）
周水郊	林子惠	周鸿谦	蔡火庆	李少庵
李桂林	陈根泉	骆友渔	黄承顺	曾笑云
周清流	陈友梅	陈鉴昌	赖献瑞	高文渊
张瀛洲	苏镜潭	陈伯华	黄笑园	简荷生
陈复礼	陈心南	陈茂松	林兰汀	林韩堂
王子荣	苏青松	陈金含	陈镕经	刘万传
林　荣	陈湖龙	蔡玉麟	高木火	林锡麟
陈镦厚	林锡牙	吴成碧	施学樵（运斧）	
刘希渊	张一泓	谢尊五	林清敦	林霭人
蔡清扬	陈望远	吴朝纶	郭明安	刘问白
许廷魁	张鹤年	丁寿安	林希文	王天柱
林嵩寿	欧少窗	李庆贤	王小岚	李思齐
洪阳生	王少汀	郑文治	黄论语	黄栽培
黄银钗	郑金柱	吴纫秋	简穆如	高树平
刘斌峰	高惠然	黄岫云	陈清秀	陈性初
黄金发	高有仁	高重熙	李有泉（啸庵）	
吴昌才	张清秀	林熊祥（文访、宜斋）		黄坤生（竞存）
张希衰	辜捷恩（菽庐）		赵一山	施教堂
赤石定藏（日人）		蔡珮香	吴钟英	连雅堂
郑永南	杜潭中	陈培根		

二、光复以来社员

王观渔	何亚季	李世昌	林淇园	林　承
林光炯	周维明	张作梅	庄幼岳	黄湘屏

郑品聪	郑云从	简阿渊	苏鸿飞	林杏荪
张振声	颜懋昌	陈培焜	林金标	杜万吉
林耀西	任博悟	周植夫	魏壬贵	黄启棠
李诗全	曾庆丰	林玉山	李普同	孔德成
李添福	苏水木	黄自修	陈绰然	郑鸿音
林锦堂	黄春亮	魏经龙	詹镇卿	林锦铭
江紫元	李松蒲	廖心育	王精波	蔡　智
李乾三	黄鸥波	詹聪义	张高怀	杨君潜
施胜隆	姚德昌	余冠英	鄞　强	黄得时
吴镜村	吕介夫	蔡慧明	简竹村	林玉青
蔡秋金	陈玉枝	林笑岩	钟渊木	卓周纽
李　本	张世昌	林义德	黄金树	周金土
林天驷	杨图南	黄锭明	陈荣岠	许哲雄
何志浩	郑　秋	林振盛	林文彬	陈　福
黄宝珠	陈兆康	史元钦	王　前	邱天来
蒋孟梁	魏仁德	林正三	郑水同	庄木火
吴漫沙	林春生	黄义君	张福星	卢　坤
郑火传	陈佳庆	李传芳	康保延	苏茂杞
林承郁	黄宽和	杨云鹏	黄德顺	王翼丰
翁正雄	罗　尚	高丁贵	黄国雄	杨阿本
王　勉	康济时	林春煌	李宗波	李天庆
林青云	简国俊	李清水	李　权	陈针铜
王武运	颜宝环	杜文祥	吴　玉	林彦助
黄调森	李智贤	陈汉杰	简炤堃	张开龙
张添财	张壇炉	骆金榜	庄德川	陈贤儒
陈钦财	陈炳泽	洪玉璋	许汉卿	陈子波
许钦南	林英贵	施良英	林丽珠	蔡伯栋
冯嘉格	杨振福	黄天赐	许又勺	张慧民
苏逢时	张耀仁	洪玉璋	赖添云	王锡圳

吴裕仁	曾铭辉	黄鹤仁	苏心弦	陈丽卿
萧焕彩	葛佑民	张明莱	李佩玉	赵松乔
黄金陵	陈丽华	洪淑珍	洪世谋	游振铿
张民选	邱进丁	欧阳开代	刘水稻	陈妩岭
甄宝玉	蔡业成	林正男	姚启甲	陈碧霞
叶金全	黄廖碧华	李政村	唐　羽	胡其德
许秉行	吴茂盛	李春荣	王文育	张锦云
林瑞龙	廖茂松	唐玹棹	杨锦秀	洪龙溪
周福南	高清文	余美瑛	王尚义	林祯辉
高铭贵	林李玲玲	黄明辉	陈汉津	徐世泽
许文彬	张建华	陈保琳	杨东庆	洪纯义
孙秀珠	郑中中	杨志坚	吴秀真	

（三）瀛社的诗钟创作

"瀛社成立后，每月吟宴一次，每年开大会一次，嗣且与桃园桃社、新竹竹社合组'瀛竹桃联吟会'，四时轮值，瀛社每年主政两次，桃社、竹社各主政一次，所作诗词悉由台日社汉文部发表。"[1]

瀛社课题击钵兼行，诗钟律绝并励。《台湾诗荟》第一号载："瀛社（台北）：以（1924）一月六日，假江山楼开联吟会，至者六十余人。诗题为《醉春，七绝东韵》，诗钟为《寿长，嵌字蝉联格》，并邀林季丞、林小眉、林文访、庄怡华、苏菱槎诸氏莅会，以作新春雅集。觞咏之乐，当不减于永和矣！"[2]又第三号载："瀛社（台北）：以（1924）三月十九日，适逢旧历花朝，假江山楼开联吟会，至者五十余人。题为《花朝雅集，七律麻韵》，推林小眉、黄纯青两氏为词宗；又诗钟《白沙，八叉格》，以苏菱槎、郑永南二氏阅之。选

---

① 林佛国：《瀛社简史》，转引自许惠玟编《瀛社会志》，台北：文史哲出版社 2008 年版，第 46 页。

② 《台湾诗荟》第一号"骚坛纪事"，1924 年 2 月 15 日。《台湾文献汇刊》第四辑第十五册，九州出版社、厦门大学出版社 2004 年版，第 190 页。

后开宴,钟鸣九下,始各散去。"① 第七号载:"瀛社(台北):以(1924)七月十二日,假稻氏江山楼开会协议改组事宜。既毕出题,首唱《消夏词,七绝支韵》;次唱诗钟《故园,凫胫格》。适林菽庄氏率其长郎小眉东游,途次台北,而社侣刘篁村氏亦将东上,考察学务,遂并为祖饯,欢谈而散。"② 第十号载:"瀛社(台北):以(1924)十月十七日,假万华俱乐部开会,至者六十余人。首唱《纸鸢,七绝蒸韵》;次唱诗钟《观音诞,鼎足格》。每人诗联各一,五时交卷,选后而散。"③

该社先后还创作有《我、春,凤顶格》、《秋华渔,碎锦格》、《虎、成妇,分咏格》、《美人蕉、蜃楼,分咏格》、《心、业,鹭拳格》、《养花天,碎锦格》、《碧潭月,碎锦格》、《花朝纪念,双钩格》、《人、日,一唱》、《糖果、诸葛亮,分咏格》、《振、中,一唱》、《张良、花,分咏格》、《懿、园,魁斗格》、《新、春,魁斗格》、《高、远,六唱》、《剑、初,魁斗格》、《金、马,七唱》、《清明后,碎锦格》、《信、阳,七唱》、《映、添,四唱》、《知、命,蝉联格》、《金、屋,魁斗格》、《电、风,一唱》、《道、周,六唱》、《梅、鹤,六唱》、《火、鸡,六唱》、《星、烛,分咏格》、《花、松,分咏格》、《瑞、滨,一唱》、《冬、至,魁斗格》、《春、酒,六唱》、《明、花,魁斗格》、《泉、点,魁斗格》、《张良、镜,分咏格》、《金马门,碎锦格》、《青年节,碎锦格》、《陆、人,六唱》等钟题,作品登载于《台湾日日新报》、《台湾诗报》、《诗报》、《风月》(后更名为《风月报》、《南方》、《南方诗集》)、《中华诗苑》、《诗文之友》等报刊杂志。兹录数联于下:

《我、春,凤顶格》:

　　我生世上方多事,春到人间又一年。(倪炳煌)

《映、添,四唱》:

　　冻鹤梅添千嶂雪,惊龙星映一潭珠。(李啸庵)

① 《台湾诗荟》第三号"骚坛纪事",1924年5月15日。《台湾文献汇刊》第四辑第十五册,九州出版社、厦门大学出版社2004年版,第336页。
② 《台湾诗荟》第七号"骚坛纪事",1924年8月15日。《台湾文献汇刊》第四辑第十六册,九州出版社、厦门大学出版社2004年版,第138—139页。
③ 《台湾诗荟》第十号"骚坛纪事",1924年11月15日。《台湾文献汇刊》第四辑第十六册,九州出版社、厦门大学出版社2004年版,第356—357页。

《陆、人，六唱》：

　　江山故国空人杰，景物新亭痛陆沉。（魏清德）

《金、马，七唱》：

　　千秋史笔归班马，半壁江山判宋金。（黄湘屏）

《明、花，魁斗格》：

　　明皇夜誓长生殿，梁灏春簪及第花。（赖子清）

《长、寿，蝉联格》：

　　得付枣梨诗自寿，长耽麹蘖酒为生。（杜冠文）

《心、业，鹭拳格》：

　　欲斗心灵诗入细，难除慧业梦偏多。（高文渊）

《观音诞，鼎足格》：

　　风流放诞秦淮海，音调苍茫陆务观。（魏清德）

《秋华渔，碎锦格》：

　　千年华表看归鹤，半棹秋江唱老渔。（赵剑泉）

《碧潭月，碎锦格》：

　　月映潭中浮碧落，花飞陌上涴红尘。（谢雪渔）

《花朝纪念，双钩格》：

　　朝闻尼父道堪念，纪瑞江淹笔有花。（许宝亭）

《张良、镜，分咏格》：

　　亡楚早教存蹁穀，悬秦不似照簪花。（黄赞钧）

（四）瀛社在日据时期台湾钟坛的地位及影响

　　瀛社与台中栎社、台南南社鼎足而三，是日据时期台湾北部地区社团的领军人物。在瀛社影响下，北台先后成立了淡社、星社、稻江诗钟会、芸香吟会、天籁吟社、剑楼吟会、基隆小鸣吟会、淡北吟社、高山文社、萃英吟社等二十余个诗钟社团。日据时期台湾影响最大的专门诗钟社团——东海钟声社，其主要成员如谢汝铨、魏清德、林熊祥、黄赞钧、罗秀惠、刘克明等，都曾是瀛社社员。

　　瀛社曾与桃园桃社、新竹竹社共组"瀛、桃、竹联吟会"，并且是全台诗社大会（亦称全台诗社联吟大会、台湾诗社大会、全台诗人大会、全岛诗人大会、全岛联吟大会、全台联吟大会、全台诗社击钵大会等）的首倡者和主盟人之一。谢汝铨所撰《全岛诗人大会由绪》有述:民国三年（1914）十月五日瀛社社员颜云年环镜楼落成,大启吟宴,促进了"瀛、桃、竹联吟会"的成立;民国十二年（1923）颜云年逝世,因主持乏人,联吟会弛废。"但是,其间经三社洽议,于民国十年（1921）十月三日举行首届'全岛诗人大会',后由五州轮值于台中,台南各地继续举行数次'全岛诗人大会';民国十三年（1924）四月五日,民国十七年（1928）春,又在台北举行二次'全岛诗人大会',这是台北诗社最昌盛时期,同时也是本省诗社最发展的时期。"[1]

当然,毋庸讳言,瀛社存在比较严重的亲日倾向,从而造成了较大的负面影响,以至于一些论者产生诸如"日本官员对诗社的支持与奖励,的确是汉诗之所以于日治五十年在文坛上屹立不摇的原因之一"[2] 的错觉。

四、罗山吟社

（一）罗山吟社的创立及沿革

嘉义市罗山吟社创立于宣统二年九月十八日（1910 年 10 月 20 日）,为白玉簪（笏臣）、周抡魁、林维朝（德卿）、陈家驹（少圃）等所倡设。

民国八年（1919）十月台湾文社正式成立后,罗山吟社曾作为其嘉义支部,整体加入台湾文社。民国十二年（1923）,罗山吟社与嘉义地区之玉峰吟社、鸥社、朴雅吟社、月津吟社、荚社、汾津吟社、觳音吟社、新柳吟社、莺社打成一片,冶为嘉社,每年春秋社课两回,大会一次,由各社轮值;民国二十六年（1937）抗战军兴,嘉社风流云散,社员仍归所属各社。

（二）罗山吟社的主要成员

罗山吟社社员六十余名,除前列之白玉簪、周抡魁、林维朝、陈家驹外,尚

---

[1]　转引自《台北市诗社座谈会》（1955 年 10 月 27 日下午）廖汉臣所述。台北市文献委员会编印:《台北文物》第四卷第四期"本市诗社专号",台北:成文出版社有限公司 1983 年 3 月台一版影印本,第 1727 页。

[2]　吴毓琪:《南社研究》,台南市立文化中心 1999 年版,第 37—38 页。

有郭文炳（凤友）、林植卿（培张）、罗维屏（莼园）、张浚三（谨卿）、张铭三（棣轩）、赖建藩（玉屏）、黄朝清（尔廉）、欧阳君蔚（少云）、徐杰夫（楸轩）、徐植夫（念轩）、赖雨若（壶仙）、许紫镜（素痴）、庄伯容（景陵）、苏孝德（樱村）、陈景初（虬松）、赖瞻如（傲霞）、林纯卿（曙村）、王殿沅（芷汀）、赖惠川（闷红）、林玉书（卧云）、沈瑞辰、何启绪（子文）、罗涣之、郑作型、何际唐、林开泰、林绍复、方伯鹤、郑培英、黄鹤偶、何如璋、周顽石、江水深、林次逋、张息六、高有仁、曾少训、周森林、黄服五、陈湛思、施梅樵、王了庵、黄绍谟、陈梅峰、赵云石、蔡哲人、蔡子昭、杨尔材（近樗），以及怡园、睡鹤、泛厄、梦骊、翼堂、小婴、冯园、大象、金石、伏波、思明、小谷、镜影、石华、景侨等。

（三）罗山吟社的诗钟创作

罗山吟社"设有例课，月恒数次雅集，以诗会友，以友辅仁，月夕花晨，浅斟低唱，或击钵而摊笺，或拈题而选韵，大有嗣响东吟之乐，重续斐亭之钟，数十年间，砥砺靡懈"[①]。

罗山吟社喜作分咏，至少开展过九期诗钟征集活动，所出钟题则有《猿、元旦，分咏格》（第二期课题）、《火炉、柳，笼纱格》（第三期课题）、《蝇、孔明，笼纱格》（第五期课题）、《燕、曹操，笼纱格》（第六期课题）、《苔、石崇，笼纱格》（第七期课题）、《莲、屈平，笼纱格分咏》（第八期课题）、《鱼、司马光，笼纱格》（第九期课题）（按：上述诸题均应为"分咏格"）等，作品登载于《台湾文艺丛志》等报刊杂志。兹录数联于下：

《猿、元旦，分咏格》：
　　履端竞献椒花颂，悟道曾归碧玉环。（林开泰）
《火炉、柳，笼纱格（按：应为"分咏格"）》：
　　雪里消除寒士气，风前摇曳美人腰。（泛　厄）
《蝇、孔明，笼纱格（按：应为"分咏格"）》：

① 赖子清：《古今台湾诗文社》（一），台湾省文献委员会编印《台湾文献》第一〇卷第三期，台北：成文出版社有限公司 1983 年 3 月台一版影印本，第 2028 页。

筹笔屯田劳役役,登盘集俎费营营。(怡　园)

《燕、曹操,笼纱格(按:应为"分咏格")》:

　　宁可负人真快语,仍归故主不忘恩。(林次逋)

《莲、屈平,笼纱格分咏(按:应为"分咏格")》:

　　媚主潘妃曾著步,悲师宋玉枉招魂。(林绍复)

五、竹社

(一)竹社的创立及沿革

台湾竹堑地区历史上出现过两个竹社,一为清代竹梅吟社之前身,一为日据后创立并于光复后重设之竹社。此处系指后者。

竹社创立于1910年,由蔡启运发起组织,由1909年成立之奇峰吟社改组而成。[①]宣统三年(1911)蔡启运谢世后,推举郑以庠为社长、曾逢时为副社长。民国二十八年(1939)郑以庠辞世,推举戴珠光为社长。前期活动至1939年,因社侣风流云散而销声匿迹。光复后,"各吟社社友技痒,因组新竹市联吟会,无几何,复称竹社,以示不忘启运、养斋诸老创立之苦心"[②],并推李子俊为社长,谢森鸿为副社长,陈祥麟为总干事。

竹社曾于日据时期与台北瀛社、桃园桃社组织"瀛桃竹联合吟会",又与新竹境内其他诗社共同组织"新竹州下八社联吟会";光复后,与花莲莲社共组"竹、莲二社联吟会",与台北淡社共组"竹、淡二社联吟会",又与淡社、莲社共组"竹、淡、莲三社联吟会"。该社至今还活跃在台湾诗坛。

(二)竹社的主要成员

竹社前期社员四十余名,主要有蔡启运、郑以庠、曾逢时、戴珠光、叶文枢、张谦六、吴荫培、叶文游、郑虚一、张息六、魏清德、林荣初、罗百禄、郑济

[①]　詹雅能:《台湾击钵吟的推手——蔡启运生平事迹及其诗社活动探析》,《传统与现代——第一届台湾竹堑学国际学术研讨会论文集》,台北:万卷楼图书公司2015年版,第134—135页。

[②]　赖子清:《古今台湾诗文社》(一),台湾文献委员会编印《台湾文献》第一〇卷第三期,台北:成文出版社有限公司1983年3月台一版影印本,第2025页。

卿、张汉、林篁堂、谢森鸿、谢景云、郑神宝、陈竹峰、许炯轩、郑炳煌、曾秋涛、郭仙舟、郭江波、陈如璧、张奎五、郑十洲、郑蕴石、郑玉田、黄潜渊、高华衷、李逸樵、谢碑、曾再传、张文灿、张顺仁、林毓川、林毓沂、曾温柔、李王火土、吴壮德卿等。

光复后社员一百余名，主要有李子俊、郑香圃、许炯轩、张奎五、谢森鸿、谢景云、郭茂松、洪晓峰、黄啸秋、徐锡玄、黄祉斋、陈如璧、谢载道、许涵卿、朱杏村、曾石阁、许遐年、曾锦镛、范炯亭、李春生、谢麟骥、郑炳煌、曾礼亭、陈祥麟、张国珍、曾启澄、范根燦、王清金、谢弥六、陈登凤、萧春石、陈础材、王镜塘、胡介眉、曾克家、范晖明、吴君德、郑指薪、游象新、傅秋铺、陈连捷、刘彦甫、颜其昌、罗绿洲、范焕昌、陈俊儒、陈竹峰、郭汤盛、刘淦琳、陈镜波、张宝猜、曾耀南、廖文居、郑鸿音、戴维南、杜文鸾、萧献三、苏镜平、张国裕、范敬亭、萧振开、方朗白、张锡祺、苏镜秋、黄景星、苏子建、林港岸、沈桂川、林文彬、林福堂、林霭亭、林则诚、黄玉生、黄守汉、黄嘉麟、林颖文、曾耀辉、陈根泉、曾焕灶、蒋培中、戴坤炉、庄一善、陈心蒋、李传芳、陈槐庭、庄鉴标、郑启贤、陈秀丽、郭添益、谢阿祥、林明星、李宗波、谢清音、苏忠仁、陈雪筠、郑建章、林锡牙、刘显荣、郑鹰秋、郑子伟、苏逢时、谢静、南洲逸老等。

（三）竹社的诗钟创作

竹社前期由各社员轮流值东，每月举行击钵例会两回，诗钟律绝并励；后期则击钵课题兼行。竹社诗钟活动始见于民国十三年（1924），《台湾诗荟》第四号有载："竹社（新竹）：以（1924）四月三日，假内公馆开会，并邀社外吟侣。推郑养斋、曾吉甫二氏为首唱词宗，张息六、郑十洲二氏为次唱词宗。首题《踏青鞋，七绝阳韵》；次题诗钟《老鹤，凤顶格》。是月二十日，又开击钵吟会，并欢迎郑雪汀氏。题为《乳燕，七绝真韵》，仍推养斋、吉甫二氏为词宗；次唱诗钟《君子竹，碎锦格》，分呈词宗阅选。欢宴而散。"[①] 又第七号载："竹社（新竹）：以（1924）七月十三日，假林篁堂氏之宅，开临时大会，

至者多人。首题诗钟'台湾'二字,魁斗格;次题《曝书,七绝庚韵》。得诗三十余首,诗钟二十余联。"①

竹社先后还创作有《蔗田、鸡,分咏格》、《梦、兰,凤顶格》、《银、河,魁斗格》、《桃、浪,二唱》、《红、白,五唱》、《声、影,六唱》、《金、犬,蝉联格》、《黑心人,碎锦格》、《养、成,七唱》、《云、气,第四唱》、《花、酒,第七唱》、《春、安,魁斗格》、《墨、客,蝉联格》、《秋、月,凤顶格》、《菊、觞,二唱》、《风、景,五唱》、《花、鸟,三唱》、《雪、山,六唱》、《一、三,一唱》、《大、新,七唱》、《春、雨,四唱》、《伸、举,五唱》、《鼓、琴,六唱》、《新、旧,三唱》、《心、目,四唱》、《前、后,六唱》、《开、拓,二唱》、《山、海,五唱》、《风、雨,二唱》、《春、日,七唱》、《玉露金风,四点金》、《作新民,碎锦格》、《雷、雨,四唱》、《艾、蒲,五唱》、《露、珠,七唱》、《天、地,六唱》、《篱、菊,二唱》、《风、月,二唱》、《兔、毫,三唱》、《上、元,四唱》(第一二三期课题)、《艾、人,五唱》(第一二五期课题)、《云、影,六唱》(第一二六期课题)、《廉、耻,七唱》(第一二八期课题)、《秋、月,一唱》(第一二九期课题)、《补、冬,魁斗格》(第一三〇期课题)、《忍、俊,蝉联格》(第一三一期课题)、《拜岁兰,鼎足格》(第一三二期课题)、《春山如笑,碎锦格》(第一三三期课题)、《山水书画,四点金》(第一三四期课题)、《鸡、电视机,分咏格》(第一三五期课题)、《晓、霜,鹤顶格》(第一三九期课题)等钟题,作品登载于《诗报》、《中华诗苑》(后更名为《中华艺苑》)、《诗文之友》(后更名为《中国诗文之友》、《中国诗文》)等报刊杂志。兹录数联于下:

《梦、兰,凤顶格》:
　　兰州地在今甘肃,梦泽流分古楚云。(张纯甫)
《菊、觞,二唱》:
　　赏菊傲霜香在九,飞觞邀月影成三。(许涵卿)
《新、旧,三唱》:
　　玄都旧观刘郎赋,滕阁新题王勃诗。(苏子建)

---

① 《台湾诗荟》第七号"骚坛纪事",1924 年 8 月 15 日。《台湾文献汇刊》第四辑第十六册,九州出版社、厦门大学出版社 2004 年版,第 139 页。

《云、气，第四唱》：

　　响遏行云稽列子，歌留正气仰文山。（洪晓峰）

《伸、举，五唱》：

　　祖逖枕戈伸士气，萧何刀笔举刑名。（林则诚）

《鼓、琴，六唱》：

　　红玉令传桴鼓响，文姬性敏辨琴音。（曾克家）

《廉、耻，七唱》：

　　求饭伍员甘忍耻，却金杨震守清廉。（郑鸿音）

《春、安，魁斗格》：

　　安期枣献千年寿，潘岳花栽一县春。（谢麟骥）

《墨、客，蝉联格》：

　　池中洗砚鱼吞墨，客里思乡月照人。（朱杏村）

《拜岁兰，鼎足格》：

　　兰梦不虚占去岁，路尘下拜望前车。（郑指薪）

《春山如笑，碎锦格》：

　　如膏雨足春耕笑，映雪山居夜读勤。（许涵卿）

《玉露金风，四点金》：

　　玉手拈花双袖露，金钩落水一竿风。（张宝猜）

《蔗田、鸡，分咏格》：

　　数亩长康供倒啖，一声洲缔效先鸣。（叶文枢）

六、西瀛吟社

（一）西瀛吟社的创立及沿革

　　澎湖县西瀛吟社亦称西瀛吟诗会，创立于宣统二年（1910），由当地人士蔡汝璧、陈梅峰、陈锡如三氏发起组织，历任社长蔡汝璧、林介仁、陈梅峰、吴尔聪、李秀瀛、庄东、颜其硕、庄九、吕隐卧、洪水河、吴克文。该社至今还活跃在台湾诗坛，社址设在澎湖县马公市光复里新村路十八号。

（二）西瀛吟社的主要成员

《台湾诗报》尝载"西瀛吟社社员录"，录西瀛吟社光复前社员52名，分别是陈梅峰、陈锡如、郭健秋、黄凌秋、蔡锡兰、吴尔聪、陈鉴堂、林锦村、高靖安、陈芸舫、陈月樵、陈瑾堂、蔡少春、鲍迪三、鲍国栋、欧仲侯、欧孟侯、陈剑云、陈元南、陈家驹、陈拱辰、朱靖安、陈雍亭、陈春亭、陈雍堂、陈价藩、林裕堂、林价仁、林廉卿、林顾卿、郭孟裕、高子程、鲍伯兴、陈少灵、陈采丹、陈采芷、陈春林、卢耀堂、陈文石、陈廼仪、陈午桥、陈璨堂、陈年宗、欧水晶、许登岸、叶会通、叶自新、颜其硕、吴超五、黄南勋、李秀瀛、李国林。①

兹据《诗文之友》、《西瀛诗丛》等，补充出该社光复后社员116名。分别是：康吟都、高选青、欧阳佐臣、陈耀仁、庄安邦、洪月娇、陈云龙、陈保卿、吕隐卧、李树春、陈保识、陈紫亭、刘清石、洪东碧、庄振邦、阮寿苍、高胜寿、吕笔、卢耀廷、庄来、李丁荣、吴克文、陈光亮、李清泉、欧天锡、郑有进、谢顶军、吴玉、林光辉、许玉知、陈世英、谢顶甲、李逸农、胡德船、颜是、许保富、胡绍德、陈自轩、黄存心、老羁客、李少白、黄光品、马念庭、吕万禄、谢天亮、陈晋卿、高宗万、鲍梁臣、许成章、宋伟凡、谢霞天、阮北道、陈志渊、高忠、朱鹤翔、王隆逊、吴伯华、欧贤德、陈有明、郭清、高文渊、朱清泉、夏鼎文、洪松龄、薛求云、王条顺、洪吉三、杨乃胡、萧乾源、陈其忠、洪耀如、颜大雅、纪双抱、朱丽蓉、高梦迁、洪宝昆、萧啸涛、李可读、洪水河、林钦贵、慧光居士、湖边居士、赖润辉、陈耀明、刘信、周健、吴文质、苏远智、谢聪明、蔡平立、陈绍烈、陈鼎盛、陈国彦、张铃三、许武佐、洪朝碧、洪朝续、纪金泽、吴福人、吴福天、吴福相、阮昭珂、林桂彬、陈鼎额、陈全来、许明珠、欧祖材、张文奚、吴金珠、林翠英、谢中堂、吴刚、陈天镜、陈安然、黄朝琴、陈相如。

（三）西瀛吟社的诗钟创作

西瀛吟社课题击钵兼行，每月开一次联吟会，诗钟律绝并励，所作辑为《西瀛诗丛》（到1989年12月为止共出四集）。《台湾日日新报》第

①　《台湾诗报》第六号刊首页，1924年7月20日。据张汉剪贴本复印。

八七一九号载："去七日（1924 年 8 月 7 日）午正西瀛吟社员廿余人，开击钵吟会，于孔子庙之东廊精舍，拟定诗钟鱼尾格，拈'礼秋'二字，最多限三联，一时交卷。午餐计得六十三联，公推郭健秋、陈梅峰、陈锡如、康吟都、卢耀亭、陈月樵公选，以点数之多少，为及第之等差。其当日赠品，系林廉卿、高靖安所寄。"① 又第一一一七〇号载："去十日（1931 年 5 月 10 日）西瀛吟社员，祝韩公长生禄位寿诞会毕，顺开击钵，题拈'梅、三'二字，作诗钟凤顶格，得八十余联。午宴后，录付词宗评选，分呈赠品，并议此次修缮孔子庙监督工程，举吴尔聪氏为总董事，其他则分担日指定额，各赴现场监工督修，众俱一致赞成。散会。"② 《台湾诗荟》第十号另载："西瀛吟社（澎湖）：以（1924）十月十三日，假天后宫内，开击钵会，至者二十余人。乃出诗钟，以'伯夷、看护妇'为分咏格，计得五十余联。选毕分赠礼物，入夜而散。"③

　　该社先后还创作有《文、石，六唱》、《澎湖轮，碎锦格》、《季风来，碎锦格》、《光复节，碎锦格》、《含羞草，碎锦格》、《卖花女，汤网格》、《火、牛，魁斗格》、《诗、钟，第一唱》、《酒旗风，鼎足格》、《春、月，蝉联格》、《鞭、炮，四唱》、《影、迷，魁斗格》、《寒、雨，一唱》、《踏、青，蝉联格》、《春、日，四唱》、《路、灯，分咏格》、《晚、秋，魁斗格》、《春、日，七唱》、《振、东，魁斗格》、《早、起，蝉联格》、《蒲、节，二唱》、《七、夕，蝉联格》、《梅、雨，二唱》、《福、寿，一唱》、《寒、夜，二唱》、《诗、人，一唱》、《国、家，二唱》、《健、康，三唱》、《春、色，四唱》、《端、正，五唱》、《诗、会，六唱》、《电、风，七唱》等钟题，作品登载于《台湾日日新报》、《诗报》、《诗文之友》、《西瀛诗丛》等报刊杂志。兹录数联于下：

《诗、钟，第一唱》：
　　　　诗有别肠吟绝句，钟无释手叩连声。（林登卿）
《蒲、节，二唱》：
　　　　知节扬名传演义，卢蒲作姓纪春秋。（阮寿苍）

---

① 《台湾日日新报》第八七一九号第四版"西瀛特讯"，1924 年 8 月 23 日。
② 《台湾日日新报》第一一一七〇号第四版"翰墨因缘"，1931 年 5 月 19 日。
③ 《台湾诗荟》第十号"骚坛纪事"，1924 年 11 月 15 日。《台湾文献汇刊》第四辑第十六册，九州出版社、厦门大学出版社 2004 年版，第 356 页。

《健、康,三唱》:

　　双亲健在无称老,四季康居总是闲。(谢聪明)

《鞭、炮,四唱》:

　　文帝制鞭笞罚则,纣王创炮烙刑规。(李树春)

《端、正,五唱》:

　　四非勿染端人品,八德宜遵正国风。(吴克文)

《文、石,六唱》:

　　云端过雁排文字,雨后盘蜗破石苔。(陈光亮)

《春、日,七唱》:

　　后羿开弓曾坠日,华佗著手便回春。(朱丽容)

《晚、秋,魁斗格》:

　　晚霁云开鲲岛月,午风浪卷马宫秋。(高文渊)

《春、月,蝉联格》:

　　秋水澄清龙啸月,春山泼黛鸟穿云。(高选青)

《酒旗风,鼎足格》:

　　骈骊赁酒高人致,旗鼓登坛名士风。(陈春林)

《卖花女,汤网格》:

　　卖剑张良颜似女,工诗李白笔生花。(吕　笔)

《澎湖轮,碎锦格》:

　　冬季海澎千浪险,秋宵湖静一轮高。(吴克文)

《路、灯,分咏格》:

　　凿开壁洞匡衡读,花尽川资阮籍悲。(李树春)

七、凤岗吟社

(一)凤岗吟社的创立及沿革

　　高雄县凤岗吟社初创于宣统三年(1911),系凤山林静观、李冰壶二氏所设,事务所置于凤山街黄福全氏处。该社社长林静观,顾问郑坤五,会计李晓楼,编辑张坤水,干事黄福全、高云鹤。民国十二年（1923）,凤岗吟社与屏东县砺社、高雄市旗津吟社结为联合吟会,称"三友吟会"。林静观、李冰壶二氏相继物故后,该社活动曾一度中辍。

光复后,郑坤五、陈皆兴及李冰壶哲嗣李晓楼等,重新筹创凤岗吟社,并推郑坤五为社长,陈皆兴为顾问。1959 年 4 月郑坤五病逝;同年 8 月 9 日,凤岗吟社假凤山镇公所,召开光复后第二次社员大会,选举陈皆兴为社长,叶瑶琳副之,陈子波、王传成、张望宫为干事。该社至今还活跃在台湾诗坛。

（二）凤岗吟社的主要成员

凤岗吟社前后社员三十余名,主要有林静观、李冰壶、郑坤五、李晓楼、张坤水、黄福全、高云鹤、姚松茂、王兆熊、林山樵、蔡尔昌、黄清油、王东来、陈春林、陈瑾堂、柯子村、萧冷史、叶绍尹、郭仙舟、王清渊、郑星五、施焕珍、叶文枢、陈皆兴、叶瑶琳、陈子波、王传成、张望宫、王水生、锥楚等。

（三）凤岗吟社的诗钟创作

凤岗吟社每月课题一次,击钵二次,诗钟律绝并励。1956 年以来,该社每月第二个星期日出刊《诗报》一张,免费赠阅,至 1960 年已刊三十余期。《台湾诗荟》第八号载:"凤岗吟社（凤山）:以（1924）八月十日,假凤山兴业会社内,开击钵吟会。首题诗钟'龙山寺'三字,碎锦格;次题《落第诗,七绝虞韵》,录呈词宗选取。复拈两题,一为《星弹,寒韵》,一为《雨丝,微韵》,均七律,人各一首,互相评选。以陈春林、郑坤五、陈瑾堂、林山樵四氏得点最多。"①

该社还创作有《年、关,魁斗格》等钟题,作品登载于《诗报》（半月刊,由周石辉创刊于 1930 年 10 月 30 日）等报刊杂志。兹录数联于下:

《年、关,魁斗格》:
　　关说馈金羞子夜,纳交怀璧记丁年。（柯子村）

---

①　《台湾诗荟》第八号"骚坛纪事",1924 年 9 月 15 日。《台湾文献汇刊》第四辑第十六册,九州出版社、厦门大学出版社 2004 年版,第 211 页。

华年愧我羁鲲岛,国耻凭谁雪马关。(锥　楚)

年来法令金能枉,岁暮衡门夜不关。(萧冷史)

关冷山空梅度腊,春回斗转菊迎年。(叶绍尹)

关情旧雨来千里,得意春风又一年。(郭仙舟)

关山梦断三更枕,大地春回两度年。(高云鹤)

年老牧羊居塞漠,岁寒骑马度蓝关。(王清渊)

年来客舍朝悬榻,草长园门昼掩关。(郑星五)

年年春色藏金屋,岁岁金风感玉关。(施焕珍)

年谱人谁编李杜,画图我自仿荆关。(叶文枢)

八、白鸥吟社（初名屿江吟会、芦溪吟社，后名琅环诗社）

（一）白鸥吟社的创立及沿革

台南县白鸥吟社初名"屿江吟会",由台南县北门庄王炳南、王大俊与将军庄吴萱草三人共同创立于民国元年（1912）,推吴萱草为社长,王炳南、王大俊为顾问,通讯处设于吴新荣之佳里医院。当时社员有王丁巧、王仰山、吴百川、潘芳菲等八人,概为北门屿人,所以称"屿江吟会"。

民国三年（1914）夏,王炳南、王大俊等移居台南将军庄芦溪边,遂改社名为"芦溪吟社"。后因北门诗社簇出,吴萱草、王大俊等与吟友聚商,决定组织一个全郡性诗社,"白鸥吟社"遂应运而生。

民国二十六年（1937）,抗战军兴,日人对社团活动特加注意,各社友受环境压迫,纷纷星散,吟社活动趋于寂然。光复后,陈峻声、陈先续等纠合旧时吟友,重新组织吟社,名为"琅环诗社"。

（二）白鸥吟社的主要成员

《台湾诗报》尝载"白鸥吟社社员录",录社员 25 名,分别是:钓客王炳南、愁侬王大俊、一统涂三同、静园王克明、仰高徐青山、海晏王若河、牧童吴萱草、云鹤吴石祥、逸樵黄彩堂、逸贞黄文瑞、秀山谢麒麟、淇澳陈文潜、竣声陈哮、锦章黄连标、静夫郑国祯、君颖王丁巧、攀桂洪杭、子城陈保宗、子衡洪权、子渊庄清池、梅痴曾妈愿、联璧潘煌辉、秋锦黄标、南山黄总寿、昌言陈先续。①另据《诗报》补充出吴丙丁一氏。

（三）白鸥吟社的诗钟创作

白鸥吟社课题击钵兼行，诗钟律绝并励。《台湾诗荟》第五号载："白鸥吟社（北门）：以（1924）五月十八日，假社友黄连标氏之宅，开定期吟会。题为《瓜棚，七绝阳韵》，得诗三十余首，推王大俊、郑国桢二氏为词宗，分选甲乙；次唱诗钟《松风水月，碎锦格》。闻本期月课题为《麦浪，七绝尤韵》、诗钟《山海，蜂腰格》，限至六月六日截止。"②《台湾日日新报》第八七〇七号另载："北门白鸥吟社第二十六期课题《砚池莲，七绝先韵》、诗钟《深浅，鹤膝格》，经王大俊氏选毕。兹将前茅录载如下：……诗钟：一洪子衡；二庄子渊；三同人；四王炳南；五洪子衡；六黄锦秋；七庄子渊；八陈峻声；九庄子渊；十徐清山。以上赠品，值东陈峻声寄附。"③

该社还创作有《春寒煮酒，碎锦格》等钟题，作品登载于《诗报》等报刊杂志。兹录数联于下：

《春寒煮酒，碎锦格》：

寒宵煮史人耽酒，春日寻诗客访梅。（吴丙丁）

岁为春回寒较少，酒因客到煮常多。（郑国祯）

烹经煮史寒窗下，携酒寻春野径中。（洪子衡）

煎得春茶堪退热，煮来美酒好消寒。（吴牧童）

煮茶扫叶寒山寺，携酒寻春金谷园。（王钓翁）

寻春骚客频携酒，煮字寒儒不疗饥。（洪子衡）

酒气渐温初煮候，春光已漏尚寒时。（吴牧童）

煮茗调冰忘夏日，消寒沽酒典春衣。（徐春山）

---

① 《台湾诗报》第五号刊首页，1924 年 6 月 20 日。据张汉剪贴本复印。

② 《台湾诗荟》第五号"骚坛纪事"，1924 年 6 月 15 日。《台湾文献汇刊》第四辑第十五册，九州出版社、厦门大学出版社 2004 年版，第 484 页。

③ 《台湾日日新报》第八七〇七号第四版"北门特讯"，1924 年 8 月 11 日。

寒山寺上僧沽酒，春雨楼中客煮茶。（王钓翁）

酒因春到斟常早，饭为家寒煮每迟。（郑国浈）

九、桃园吟社

（一）桃园吟社的创立及沿革

桃园县桃园吟社简称桃社，创立于民国元年（1912），由简若川、郑芗秋、李梦庚、黄守谦、简朗山、郑永南、黄玉书、黄全发诸氏共同倡设，郑永南任社长，黄玉书副之，吴衮臣、吴周元、游景昌三氏任干事，郑芗秋、简若川二氏任顾问，社址设在桃园县桃园街。

该社曾于民国四年（1915）六月十九日，与台北瀛社、新竹竹社，共同组织"瀛桃竹联合吟会"，自是每年四季，瀛社分办二次，桃社、竹社各分办一次，桃社辄开于公会堂。又与崁津吟社、以文吟社、陶社、东兴吟社，组成"五社联吟会"，每年春秋轮值。

民国十九年（1930）十月三十日，桃园吟社社友周石辉创办《诗报》（半月刊）。该刊到 1944 年 9 月 5 日终刊为止，共发行 319 期，是日据时期台湾发行最久的传统汉文学刊物。

20 世纪 50 年代，社长黄全发，顾问简朗山、陈水生，干事长简长春，干事李传兴、邱恕鉴、林水火、陈瑞安、邱天德。

该社到 90 年代还坚持活动，其时社长苏忠仁，顾问马亦飞、胡震天、陈连捷、黄明智、周继顺、张天春、杜耀离，总干事罗培松，干事钟常遂、黄廷璋、苏逢时、蒋国梁、苏锦淮。社址设在桃园市和平路八四巷一〇号苏清海择日命馆。

（二）桃园吟社的主要成员

桃园吟社初期社员三十余名，主要有简若川、郑芗秋、李梦庚、黄守谦、简朗山、郑永南、黄玉书、黄全发、吴衮臣、吴周元、游景昌、周石辉、林子辉、简如愚、黄全兴、游古桐、林辉玉、吴亦宗、吴朝旺、简长春、王篆、杨秋发、陈永裕、吴福来、简祖烈、陈瑞安、杨万枝、黄长茂、徐任通、林云帆、徐清禄、黄古松、周汰民、陈连报、简雅山、游许两全、中山哲、耿玄学人、武陵凡夫等。

光复后社员六十余名，主要有游许两全、黄全发、简朗山、陈水生、简长春、李传兴、邱恕鉴、林水火、陈瑞安、邱天德、郑指新、简祖烈、吴周元、简雅山、陈连捷、周石辉、张化澄、陈素仁、祈念慈、邱迪人、康福寿、李遂初、曾文新、游景明、曹汉英、陈连报、周植夫、简寄翁、刘茂元、李传芳、陈步青、林文昭、郭茂松、邱锦福、林云帆、杨秋发、苏逢时、陈荣弨、林则诚、黄正雄、罗培松、张天春、苏忠仁、高文渊、黄坤桢、吴子建、姚定峰、苏镜平、洪玉璋、蔡奕彬、刘淦琳、张铁民、倪登玉、钟常遂、曾克家、石泉生、胡玉樱、吴镜村、苏体弃、马亦飞、胡震天、黄明智、周继顺、杜耀离、邱伯邨、黄廷璋、蒋国梁、苏锦淮等。

（三）桃园吟社的诗钟创作

桃园吟社每月开击钵吟例会一回，兼行课题，诗钟律绝并励，曾多次向全岛征募诗作（含诗钟）。《台湾日日新报》第八〇四一号有载："桃园吟社所征募之'红、地瓜'诗钟，多至三百余联，托李伯西、邱筱园、郑永南、周石辉四氏，合选五十联。兹将二十以内之芳名列左，赠品由小桧溪陈九婴先生呈上。一新竹蜕窝；二桃园式垣；三雾峰仲衡；四二林稼秋；五雾峰仲衡；六新竹南丰逸老；七新竹蜕窝；八基隆石鲸；九桃园式垣；十庄子古桐；十一二林存德；十二埔子松年；十三鹿港陈湛恩；十四台北刘润川；十五新竹蜕窝；十六基隆石鲸；十七屏东尤钦量；十八中路吴文宗；十九鹿港陈继志；二十桃园全兴。"①

该社先后还创作有《桃、园，第一唱》、《中、学，第二唱》、《桂、月，笼纱格》、《丰太合、船，分咏格》（第三期课题）、《品、茶，笼纱格》、《清、和，魁斗格》、《吟风弄月，双钩格》、《费长房、女娲氏，求凰格（按：应为分咏格）》、《忠、仁，冠首》（第三十期联吟录）等钟题，作品登载于《台湾日日新报》、《诗报》、《南方》、《诗文之友》、《中华艺苑》等。兹录数联于下：

---

① 《台湾日日新报》第八〇四一号第六版，1923年1月23日。

《桃、园，第一唱》：

　　桃花逐浪知春老，园草含芬爱晓晴。（黄守谦）

《忠、仁，冠首》：

　　忠学囊经追郭璞，仁崇词赋绍东坡。（陈连捷）

《中、学，第二唱》：

　　旧学沦亡悲种族，此中滋味爱诗书。（林献堂）

《品、茶，笼纱格》：

　　识陆仅凭三卷谱，谒韩全仗一经题。（张化澄）

《吟风弄月，双钩格》：

　　弄斧吴刚修夜月，吟贫季子怯寒风。（陈连报）

《丰太合、船，分咏格》：

　　韩境明疆侵一一，吴头楚尾泛双双。（游许两全）

《费长房、女娲氏，求凰格（按：应为分咏格）》：

　　相思地远缩难尽，离恨天长补不完。（游许两全）

十、菽庄吟社（初名菽庄钟社）

（一）菽庄吟社的创立及沿革

　　菽庄吟社初创于光绪三十三年（1907）暮春，名曰"浪屿诗坛"；正式创立于民国二年重阳（1913 年 10 月 8 日），初名"菽庄钟社"，社址设在厦门鼓浪屿菽庄花园。该社系台贤林尔嘉所创设，词宗社侣又多台士，所以被视为日据时期台湾之岛外文学社团。社名取自菽庄主人林尔嘉所字"叔臧"的谐音，林尔嘉所撰《壬午（1942）重阳为予建菽庄三十周年，爰挈眷同亲友会于沪滨二十一层楼酒家，诗以纪之》，有句并注云："园成重阳值癸丑（1913），以字谐音名菽庄。亭台楼阁临江渚，久作骚人翰墨场。（结菽庄吟社。）"①

---

①　林尔嘉：《壬午（1942）重阳为予建菽庄三十周年爱挈眷同亲友会于沪滨二十一层楼酒家诗以纪之》，林尔嘉撰、沈骥编校《林菽庄先生诗稿》，台北：龙文出版社有限公司 1992 年版，第 60 页。

菽庄吟社的发展，大致经历了四个阶段：一雏形期或草创期，从光绪三十三年（1907）暮春到民国二年重阳（1913年10月8日）菽庄花园落成，即"浪屿诗坛"时期；二鼎盛期，从民国二年重阳（1913年10月8日）到民国十三年六月初六（1924年7月7日）林尔嘉"挈眷自鹭岛放洋"；三持续期，从民国十三年六月初六（1924年7月7日）到民国三十三年九月初一（1944年10月17日）沈瑜莹去世；四余绪期，从民国三十三年九月初一日（1944年10月17日）到1949年厦门解放前夕。其中，雏形期与鼎盛期由菽庄主人林尔嘉亲自主盟，合称前期菽庄吟社；持续期与余绪期分别由沈瑜莹和林履信主盟，合称后期菽庄吟社。

（二）菽庄吟社的主要成员

菽庄吟社正式创立之初就有吟侣100多位，后来发展到1978人[①]。其中，能够确定籍里或寄居地的1290人，分别来自台湾、福建、江苏、上海、浙江、安徽、北京、广东、香港等全国26个省市区，以及日本、新加坡、印度尼西亚等东亚及南洋各地。根据菽庄吟侣在社中所处地位、与菽庄主人间关系疏密程度、参与创作活动的方式特点及经常性情况，可以把他们划分为内部吟侣和外围吟侣两个层次。其中，内部吟侣约计三百人，主要是林尔嘉姻亲、"同里诸诗人"等经常出入林氏府及菽庄花园的人员，即林尔嘉所称之"社侣"。该社核心成员二十余人，主要包括菽庄主人林尔嘉与其子林景仁、林履信，以及菽庄"十八子"——施士洁、龚显燦、龚显鹏、汪春源、吴增、周殿薰、庄善望、苏大山、龚植、龚显鹤、龚显禧、施乾、沈瑜莹、马祖庚、庄棣荫、卢文启、李禧与卢心启。[②]

（三）菽庄吟社的诗钟创作

菽庄吟社"啸侣命俦，更唱迭和，月以十数，岁以百数；体或古或近，韵或竞或病，晷或分或寸"[③]，"或买诗天南，或征文海内。投稿车前，望而却走；

---

　　①　本数据仅为对已经辑得之30种菽庄出版物所作之统计，实际吟侣远远超过此数。

　　②　黄乃江：《东南坛坫第一家——菽庄吟社研究》，武汉出版社2011年版。

　　③　沈瑜莹：《红兰馆诗钞·序》，苏大山《红兰馆诗钞》，"著雍执徐之岁涂月（夏历一九二八年十二月）"刊本，第1页。

署名纸尾,引以为荣。所以菊寿无算,禊帖三摹;岁岁年年,标新领异。其韵事之多,有如此者"①。该社先后向海内外征求诗文 32 次,包括征诗钟 24 次、诗 5 次、词 1 次、赋 1 次、序文 1 次,至于日常的击钵联吟、社课雅集、节事游赏、叠韵唱和等吟咏聚作活动则不计其数。"每逢菽庄征诗,海内名流投稿恒逾千数,由沈傲樵评审次第"②,分别赠给"书券银"、辞典、影片等,曾经轰动一时;林尔嘉还将所得吟稿汇编成册,印成单行本,寄赠各地作者,"一时海内文人学士,寓书索赠,殆无虚日"③。

诸多史料表明,菽庄吟社正式创立之初是以诗钟创作为号召的,故初名"菽庄钟社"。林尔嘉所撰《虞美人诗·序言》有述:"岁癸丑(1913),小园既成,里中朋好约修吟集,于是有菽庄钟社之举,吟咏无间,二年于兹矣!"④林景仁所撰《东海钟声·序》亦谓:"诗钟之作,盖仿刻烛击钵之遗意。闻前辈言,谓滥觞自吾闽。殆骚人墨客,藉此道游戏,以温修书史,且安顿身心也。曩者余侍家君为菽庄吟社,尝与陈香雪、施耐公、许蕴白、沈傲樵诸老鏖战,累月不息。"⑤

该社向海内外所征钟题有《晚、文,第二唱》(第一期)、《送、边,第七唱》(第一期)、《汗、台,第四唱》(第一期)、《帘、絮,第一唱》(第二期)、《草、空,第二唱》(第二期)、《案、索,第五唱》(第二期)、《深、酒,第一唱》(第三期)、《海、仙,第二唱》(第三期)、《才、地,第五唱》(第三期)、《夕、城,第六唱》(第五期)、《竞渡、丑妇照相,分咏格》(第五期)、《藕节,合咏格嵌米字》(第八期)、《香山九老,碎锦格》(第十一期)、《展、都,第一唱》(第十六期)、《肥、果,第三唱》(第二十期)、《蚕、世,第四唱》(第二十二期)、《补、榆,鹤顶格》、《补、榆,第五唱》等,日常小集击钵钟题有《荒、尺,鹤膝格》、《曹操,专咏嵌鹅字》等,作品登载于《全闽日报》、《江声报》、《厦

①　沈琇莹:《菽庄林先生暨德配云环龚夫人五十寿文》,菽庄吟社辑《菽庄林先生暨德配云环龚夫人五十寿言》,九州出版社、厦门大学出版社 2004 年版,第 542 页。

②　林尔嘉:《庚申菽庄咏菊》(八首)之一,林尔嘉撰、沈骥编校《林菽庄先生诗稿》,台北:龙文出版社 1992 年重印版,第 5 页。

③　林尔嘉:《菽庄丛刻八种·序》,林尔嘉辑《菽庄丛刻八种》,九州出版社、厦门大学出版社 2004 年版,第 567 页。

④　林尔嘉:《虞美人诗·序言》,林尔嘉辑《虞美人诗录》,民国五年(1916)铅印本,首页。

⑤　林景仁:《东海钟声·序》,张作梅编订《诗钟集粹六种》,台北:中华诗苑 1957 年版,第 83 页。

门大报》、《台湾日日新报》等报刊杂志。另据《诗钟史话》所载，"林尔嘉筑菽庄花园于鼓浪屿，中有剑潭，相传为郑成功磨剑之水，因以征诗"，所征"嵌字格'剑、潭，第一唱'大唱诗钟选本，录三千余联"①。兹录数联于下：

《剑、潭，第一唱》：

剑气自发非不武，潭光所照即无遮。（林英冕）

剑尘亦喻还山旨，潭水犹监誓日词。（张福寿）

剑南诗骨存忠孝，潭北归心感乱离。（何君超）

剑不许人亲在日，潭宁葬我国危时。（佚　名）

剑在当为天下死，潭空益念万家寒。（佚　名）

《补、榆，第一唱》：

补骨灵脂搜本草，榆眉古墨重词林。（苏樱川）

《补、榆，第五唱》：

时危未撤榆关戍，主幼尤资补阙臣。（林幼春）

《曹操，专咏嵌鹅字》：

创开司马东西晋，想吃天鹅大小乔。（林绮赓）

（四）菽庄吟社在晚清民国期间两岸诗坛的地位及影响

菽庄吟社是日据台湾时期以内渡大陆的台湾流寓文士为主导、以"抗日复台"为根本宗旨和奋斗志业的爱国流亡文学社团。该社虽然地处厦门，但始终都与台湾社会声息相通，其发展规模庞大、参与吟侣众多、存续时间很长、创作成果丰硕，影响则及于晚清民国期间的大陆各地和日据下的台湾本岛诗坛，乃至日本、新加坡、印度尼西亚等东亚及南洋地区。

此外，该社还衍生出寄鸿吟社、碧山词社、板桥吟会、东海钟声社、亦小壶天吟社、薇阁诗社等六个文学社团，分别对民国期间的大陆诗坛和日据时期及光复初期的台湾诗坛产生过一定影响。论者以为，菽庄吟社的"人才之众、佳作之多、影响之大，可与辛亥革命时期的上海南社相媲美，……是值得

---

① 萨伯森、郑丽生：《诗钟史话》，1964年1月郑丽生手写本，第47页。

浓墨书写的一页"①。

十一、淡社

（一）淡社的创立及沿革

台北淡社创立于民国三年（1914）以前，为日人小泉盗泉与馆森袖海所倡设。赖子清《古今台湾诗文社》载："民国三年（1914）小春望日，（瀛社）社员颜云年之环镜楼落成式，柬邀内台诗人戾止，大启吟筵，淡社、瀛社、桃社、竹社、栎社、南社，骚坛少长咸集，多至百十人，会许南英部郎归自鹭江，延请临席，是为全台诗人大会滥觞，所得佳章，编为环镜楼唱和集。"② 该社创作活动持续至民国二十六年（1937）以后。

（二）淡社的主要成员

淡社社员十余名，所知者有许宝亭、林连荣、洪阳生、黄笑园、刘万传、林子惠、李世昌、陈晓绿、洪汝霖、小窗等。

（三）淡社的诗钟创作

淡社课题击钵兼行，诗钟律绝并励。该社曾经创作《眼、花,魁斗格》等钟题，作品登载于《诗报》等报刊杂志。兹录数联于下：

《眼、花,魁斗》：
> 眼看龙榜登科士,身列凤池及第花。（洪阳生）
> 眼角情多知有箭,心头意重岂无花。（黄笑园）
> 眼中女斗无忧草,帐里心栽称意花。（小　窗）
> 眼伤端木哀亡子,肠断龟年感落花。（刘万传）
> 眼角频挥游子泪,江心远听后庭花。（林子惠）

---

① 彭一万:《林尔嘉和"菽庄吟社"》,《厦门晚报》2005 年 1 月 19 日。
② 赖子清:《古今台湾诗文社》(一),台湾省文献委员会编印《台湾文献》第一〇卷第三期,台北:成文出版社有限公司 1983 年 3 月台一版影印本,第 2027 页。

眼不昏时堪执笔，身因闲处好栽花。（李世昌）

眼看篱外公孙竹，貌拓画中姊妹花。（陈晓绿）

眼有重瞳能受禅，头无一发不容花。（洪汝霖）

眼迷灼影宵垂泪，铃报风声晓落花。（小　窗）

眼有白青分待客，心皆悟彻笑拈花。（李世昌）

十二、星社（初名研社）

（一）星社的创立及沿革

台北星社初名研社，创立于民国四年（1915），民国十年（1921）以后改组为星社，社址设于稻江林述三之砺心斋。该社不置社长，以齿为序，轮流值东。星社同人黄水沛尝作《甲戌（1934）集于星社公所赋得》一诗，有句云："吾社无长长序齿，吾社无形形参商。"[①] 该社一部分社员本属瀛社社员，故常与瀛社开联合吟会，称作"瀛星食饭会"。

民国十三年（1924）春，星社以同人张汉、黄水沛、欧剑窗、吴梦周、李腾岳、林述三等为中心，创办《台湾诗报》，鼓吹台湾诗学，与连横主编之《台湾诗荟》并驾齐驱，互为呼应。其后，由于社员散处各地，集会活动曾一度中辍。民国二十三年（1934）开春重振，该社到1956年还坚持活动。

（二）星社的主要成员

星社改组之初社员二十六名，均取一"星"字为号，分别是：林馨兰（寿星）、黄水沛（春星）、张汉（寄星，又署渔星）、林述三（怪星）、杜仰山（剑星）、陈槐泽（秋星）、骆香林（星星）、欧剑窗（蕙星）、李腾岳（梦星）、吴梦周（零星）、蔡痴云（流星）、高肇藩（壁星）、陈大琅（福星）、施万山（参星）、黄梅生（少星）、周咸熙（朗星）、颜德辉（景星）、郑如林（晓星）、曹水如（萤星）、王子鹤（孤星）、薛玉龙（奎星）、陈子钺（明星）等，均为当

---

① 　转引自陈世庆：《星社》，台北市文献委员会编印《台北文物》第四卷第四期"本市诗社专号"，台北：成文出版社有限公司 1983 年 3 月台一版影印本，第 1760 页。

时台湾诗坛之健将。其后,陈觉斋、林其美、黄洪炎、陈薰南、陈润生、章圃樵、容竹儒、刘碧山、郭鹭仙、陈世杰诸氏也加入其中。

(三)星社的诗钟创作

星社"凡有诗主张自由作,又多好作古体"[1],社友常集于台北日新街林家寓楼,为打钟之会。该社但凡参加社外联吟,亦各一显身手,短兵接战,犹能压敌制胜,"与天籁吟社均为瀛社联吟会中之劲旅"[2],能手则有张汉、蔡痴云、高肇藩、林其美、林述三、杜仰山等,尤以张汉、蔡痴云、高肇藩为最。该社曾经创作《垂、色,第六唱》等钟题,作品登载于《台湾诗报》等报刊杂志。兹录数联于下:

《垂、色,第六唱》:

> 金轮女后讥垂冕,黄绢中郎艳色丝。(佚　名)
>
> 名士马良眉色白,步兵阮籍眼垂青。(佚　名)
>
> 沙陀马立三垂路,嫘祖蚕缫五色机。(佚　名)
>
> 善才度曲弹垂手,菩萨低眉示色身。(佚　名)
>
> 立朝绅笏看垂正,居室裙钗辨色香。(佚　名)
>
> 悠扬曲里双垂手,纠缦空中五色云。(佚　名)
>
> 月下婆娑花色艳,风前摇曳柳垂丝。(佚　名)
>
> 伪周有制称垂拱,大夏之歌戒色荒。(佚　名)
>
> 有才不用惊垂老,无命何须叹色衰。(林馨兰)

十三、玉峰吟社

(一)玉峰吟社的创立及沿革

嘉义市玉峰吟社创立于民国四年(1915),由王殿沅、赖惠川、许然、林缉熙、

---

① 原载《台湾新民报》。转引自陈世庆:《星社》,台北市文献委员会编印《台北文物》第四卷第四期"本市诗社专号",台北:成文出版社有限公司1983年3月台一版影印本,第1762页。

② 《台湾诗荟》第一号"骚坛纪事",1924年2月15日。《台湾文献汇刊》第四辑第十五册,九州出版社、厦门大学出版社2004年版,第190页。

赖子清、余庆钟、赖深渊等共同组织。民国十二年（1923），玉峰吟社与嘉义地区其他诸社打成一片，冶为嘉社，每年春秋社课两回，大会一次，由各社轮值；民国二十六年（1937）抗战军兴，嘉社风流云散，社员仍归所属各社。

（二）玉峰吟社的主要成员

玉峰吟社社员二十余名，主要有王殿沅（芷汀）、赖惠川（闷红）、许然（蘩堂）、林缉熙（荻洲）、赖子清（鹤洲）、余庆钟（兰溪）、赖深渊、蔡石结、王国材（又青）、蔡哲人（春江）、赖尚逊（鼷鼷）、朱荣贵（蝶迷）、方辉龙（梅魂）、王甘棠（无涯）等。

（三）玉峰吟社的诗钟创作

玉峰吟社课题击钵兼行，诗钟律绝并励；另还经常参加嘉义地区诗社联吟活动，是嘉义十社中每回击钵得点最多的诗社。《台湾诗荟》第八号有载："玉峰吟社（嘉义）：以（1924）八月三日，发表课题，为《辽东帽，不恨韵》，又诗钟《玉峰，蝉联格》，定八月杪截收。"①

十四、日据时期台湾专门诗钟社团之一——稻江诗钟会

（一）稻江诗钟会的创立及沿革

台北县稻江诗钟会约创立于民国五年（1916），由大稻埕张孝侯、陈作淦、陈廷植、何云儒、陈篇竹、陈振荣，大龙峒陈培根以及加蚋仔庄陈春辉等人共同倡设。该会是一个专门的诗钟社团，创作活动持续约近一年，其后销声匿迹。

（二）稻江诗钟会的主要成员

稻江诗钟会成员二十余名，主要有张孝侯、陈作淦、陈廷植、何云儒、

---

① 《台湾诗荟》第八号"骚坛纪事"，1924 年 9 月 15 日。《台湾文献汇刊》第四辑第十六册，九州出版社、厦门大学出版社 2004 年版，第 211 页。

陈篱竹、陈振荣、陈培根、陈春辉、陈叔尧、陈清秀、张迪吉、张汉、黄宝树、吴茂如、谢尊五、黄宝鉴、谢雪渔、张思达、黄石衡、高树木、陈陶甫、林砚香、林近翁等。

（三）稻江诗钟会的诗钟创作

稻江诗钟会推行课题,由各成员轮流值东,专作诗钟。该会曾先后九次向全岛征募诗钟,所出钟题有《郑成功、地球,笼纱格（按:应为"分咏格"）》（第一期）、《出师表、电报,笼纱格（按:应为"分咏格"）》（第二期）、《香孩儿、蚁,分咏格》（第三期）、《苏、武,鹤膝格》（第四期）、《诗可以兴,四点金格》（第五期）、《钱神,合咏兼嵌"鲁、褒"二字》（第六期）、《龙舟、妓,分咏格》（第七期）、《仙洞,合咏兼题字鹤顶》（第八期）、《剪发、解缠,分咏;维、新,嵌第三字》（第九期）,作品登载于《台湾日日新报》等报刊杂志。该会征募诗钟活动得到全岛诗人的积极回应,《台湾日日新报》第五九九七号载:"稻江陈叔尧等氏续唱第三期诗钟,题目'香孩儿、蚁',已经闽省汪宗海孝廉评定,拟不日揭也。又第四期题目'苏武'二字嵌字格,亦寄呈闽省鄢少侯老拔贡评选,本期多一千二百余卷,拟选一甲三十名,二甲七十名。第五期继续未定也。"[①] 又第六○六二号载:"大稻埕第六期诗钟,凡得诗千四百卷,经得值东陈清秀汇送榕垣,托寓林阶堂、陈槐堂两氏,为之选择宗师。"[②] 兹录数联于下:

《苏、武,鹤膝格》:
　　赤壁两游苏子赋,祁山六出武侯谋。（陈陶甫）
《郑成功、地球,笼纱格（按:应为"分咏格"）》:
　　两更寒暑环周一,百战烟尘岛据三。（张补臣）
《出师表、电报,笼纱格（按:应为"分咏格"）》:
　　长使英雄和泪读,几疑消息自天来。（罗山樱）
《香孩儿、蚁,分咏格》:

---

① 《台湾日日新报》第五九九七号第六版,1917 年 3 月 11 日。
② 《台湾日日新报》第六○六二号第六版,1917 年 5 月 15 日。

太祖真龙生洛北，槐王驸马梦柯南。（陈叔尧）

《龙舟、妓，分咏格》：

截波快手蜈蚣走，啭玉娇喉鹦鹉喈。（尾　崎）

《剪发、解缠，分咏；维、新，嵌第三字》：

居士维摩诸佛相，参军新妇古仙妆。（赵云石）

《仙洞，合咏兼题字鹤顶》：

仙求蓬岛虚秦使，洞入桃源误晋渔。（苏梦□）

十五、青年吟社

（一）青年吟社的创立及沿革

嘉义县青年吟社又称青年吟会，创立于民国五年（1916），为赖子清所组织。民国二十六年（1937）抗战军兴，社友星散，渐于沉寂。

（二）青年吟社的主要成员

青年吟社成员数十名，主要有赖子清（鹤洲）、黄川（会嘉）、黄明火、罗渭章、林玉麟、朱靖安、蒲笃生、张清言、罗天力、陈春林、苏樱村、黄尔廉、林卧云、许紫镜、赖惠川、黄南薰、方辉龙等，悉为向学青年。

（三）青年吟社的诗钟创作

青年吟社推行击钵，诗钟律绝并励。该社曾以社名"青年"为题，创作魁斗格诗钟；另还创作有《云淡风轻，双钩格》、《乞丐，合咏格》、《有、无，雁足格》、《诗、酒，鹤顶格》等钟题，作品登载于《诗报》等报刊杂志。兹录数联于下：

《诗、酒，鹤顶格》：

诗狂不入屠龙技，酒醉犹怀射虎心。（陈春林）

《有、无，雁足格》：

墨汁勤施禾稻有，砚田巧种草莱无。（黄会嘉）

《青、年,魁斗格》:

　　青山刻意怜狂客,白发无情到少年。(赖鹤洲)

《云淡风轻,双钩格》:

　　云蒸山桂秋光淡,风拂庭梧落叶轻。(林玉麟)

《乞丐,合咏格》:

　　漫轻吴市吹箫客,得脱卫山授块人。(陈春林)

十六、芸香吟会

(一)芸香吟会的创立及沿革

台北市芸香吟会亦称芸香吟社,创立于民国六年(1917)四月以前,由台湾大学医学院的前身台北医学校当时在学的学生所倡设。1955年9月,该会推选陈润庵为社长,廖沧浪为副社长。该会到90年代还坚持活动,其时社长吴松柏,副社长吴娇娥、施少峰,总干事黄联章,社址设在台中市中山路一一四号。

(二)芸香吟会的主要成员

芸香吟会初期社员二十余名,主要有许五顶、石锡烈、杨树德、陈英方、方辉龙(伯鹤)、詹本、廖朝树、施江西、吴海瑞、陈世杰、李应章、陈栟狮、赖和、林玉书、郑邦吉、廖焕章、陈镜秋、李腾岳、黄七郎等。其中,赖和、许五顶、石锡烈、杨树德、陈英方、方辉龙等,后来都成为台湾知名作家。

光复后社员三十余名,主要有陈润庵、廖沧浪、周逸山、吴醉如、陈庆辉、陈国兴、施少峰、蔡柏梁、林玉峰、林谦庭、吴伴鹤、魏品明、张福绵、黄明瑞、张子民、施卧云、刘清河、林添丁、陈昭明、刘学蠡、洪允权、王少沧、陈鹤松、吴松柏、黄义之、黄时英、吴咏祥、林达仁、陈福一、吴娇娥、黄联章、陈宣方、郭玉裕等。

(三)芸香吟会的诗钟创作

芸香吟会课题击钵兼行,诗钟律绝并励。该会先后创作《一、半,鹤顶格》、《花、月,二唱》、《轻、衣,三唱》、《梅、子,一唱》、《福、明,一唱》、《秋、夜,一唱》、《秋、菊,五唱》等钟题,作品登载于台湾"总督府"医学校校友会发刊之《校友会杂志》以及《诗文之友》、《中华诗苑》等刊物。兹录数联于下:

《一、半,鹤顶格》:

　　　　一点春心无著处,半轮秋月有情天。(方辉龙)

《梅、子,一唱》:

　　　　子孝父慈身润德,梅贞松操竹虚心。(周逸山)

《福、明,一唱》:

　　　　明史遗风垂百世,福台新咏继千秋。(周逸山)

《秋、夜,一唱》:

　　　　秋吟太白清平调,夜读天祥正气歌。(洪允权)

《花、月,二唱》:

　　　　怜花泪洒乌江别,爱月心倾赤壁游。(方辉龙)

《轻、衣,三唱》:

　　　　汉钱轻重成刍狗,楚国衣冠咲沐猴。(黄七郎)

《秋、菊,五唱》:

　　　　月静孤城秋月白,天寒老圃菊花黄。(张子民)

十七、斗山吟社

（一）斗山吟社创立及沿革

云林县斗六镇斗山吟社的创立,起缘于黄绍谟创设之"卧云斋"。黄绍谟是前清秀才,平生关怀文教,眼见在日本殖民统治下,汉学日渐衰微,忧心忡忡,喟然感叹道:"汉学不振,日见衰微,且经学不行,五伦不立,长此以往而不重整,将见人皆目不识丁,势及无父无君。"为此,他在斗六镇西庄尾(今三平里云林路)李秋金宅设帐,讲文授徒,名其室曰"卧云斋",为该镇造就了不少人才,"形成清时龙门书院以后之盛况"。其后,斗六镇士绅张淮、林训承等,认为"子徒读而不能写作,终不成物。又鉴于全岛诗社,各地陆续出现,有如雨后抽笋之象,如我斗六现有指导良师,安能无一诗社之存在可乎",于是出面发起创立斗山吟社。

吴景箕认为,"斗山吟社之存续期间,起自民国十年(1921)三月,至同十二年(1923)年底止,计满二年又九阅月"[①]。但从《台湾日日新报》所载斗山吟社相关活动讯息来看,该社在民国六年(1917)十二月以前即已创立。民国十二年(1923)年底,斗山吟社解散后,一部分青年诗友重新组织了云峰吟社。

(二)斗山吟社的主要成员

斗山吟社社员四十余名,包括黄绍谟(字丕承,号卧云)、黄鹤伍(服五)、张淮、林训承、王子典、刘知高、区鹤年、叶朝江、周乔木、李云从、江文骞、张忠、杨梧峰、李燦文、林拱辰、黄文理、许承足、吴金定、詹本、朱铁槌、张乃庚、赖草、黄天经、林瑞期、黄德义、郭明传、叶叔梧、阙芋匏、林庚宿、黄清炉、黄梧桐、高石海、李承莲、林一鹿、高火性、洪省吾、萧登春、陈木、刘锦堂、陈梓、蔡连科、陈衍志、杨江河、郭熊、杨坤松、区石麟、张槌、林富、李惜等。其中,吴金定、赖草、林瑞期、黄德义、黄清炉、高石海、郭熊、张槌、郭明传、蔡连科、陈衍志、林富、李惜等,均为黄绍谟的学生。

(三)斗山吟社的诗钟创作

斗山吟社以品芳堂药铺为集会击钵场所,最初一年单课诗钟,第二年起始课以诗。吟社聘请黄绍谟、黄鹤伍两位秀才为词宗,出题及评选全部由两人决定,其他一切社务概由林训承负责。该社曾以"斗山课题"为题,向全岛征求四点金格诗钟,所得钟稿经林幼春评定,登载于《台湾日日新报》;此外,该社还创作有《斗、山,鹤顶格》、《诗、钟,对崁格》、《赠、品,散花格》、《百家春,散花格》、《宇、霜,散花格》等钟题。兹录数联于下:

---

① 吴景箕:《斗山吟社之沿革与卧云斋》,云林县文献委员会编印《云林文献》,台北:成文出版社有限公司 1983 年 3 月台一版影印本,第 79—80 页。

《斗、山，鹤顶格》：

斗米折腰陶令懒，山薇充腹百夷清。（吴金定）

《诗、钟，对崁格》：

杜甫诗能除疟鬼，宣王钟不衅惊牛。（吴金定）

《赠、品，散花格》：

赠君诗句休嫌淡，品我文章莫厌清。（赖　草）

《宇、霜，散花格》：

宇下梅花迷夜月，江边枫叶醉秋霜。（詹　本）

《百家春，散花格》：

百队金钗歌夜月，几家桃李乐春风。（林一鹿）

《斗山课题，四点金格》：

斗室藏修书作课，山人吟咏月为题。（李丕承）

十八、大冶吟社

（一）大冶吟社的创立及沿革

彰化县鹿港镇大冶吟社创立于民国六年（1917），由栎社鹿港籍社员施家本、庄嵩、丁式周、郑玉田、陈怀澄、蔡世贤，邀集陈子敏、许逸渔、朱启南等共同倡设，事务所置于鹿港街。该社历任社长施家本、庄嵩、许逸渔，创作活动持续至1964年10月以后。

（二）大冶吟社的主要成员

大冶吟社初期社员五十余名，主要有施家本、庄嵩、丁式周、郑玉田、陈怀澄、蔡世贤、陈子敏、许逸渔、朱启南、洪月樵、施梅樵、陈材洋、郑鸿猷、郑贻林、施燕谋、蔡梓材、施炳扬、叶植庭、许梅妨、郑汝南、蔡德宜、陈贞元、杜友绍、许煌辉、洪筮贞、蔡子昭、蔡梓舟、王秋笙、王叔潜、许幼渔、许文葵、许文奎、施石甫、施让甫、吕申甫、施江西、叶融其、施性湍、许景云、周定山、洪棪秋、蔡汉津、朱炳珍、谢耀东、王金龙、丁瑞图、丁瑞彬、庄遂性、叶荣钟、陈毓琛、林锦、蔡锦昆、周世贤、吕仲甫、施一鸣、施性澂等。

光复后社员数十名,主要有许逸渔、朱启南、黄祖辉、施让甫、许文奎、周定山、许遂园、日新、世祯等。

（三）大冶吟社的诗钟创作

大冶吟社每月设有例会,每星期定有课题。该社先后创作《年、夕,鸢肩格（按:应为"燕颔格"）》、《地震、月,分咏格》、《精、草,鹤顶格》等钟题,作品登载于《台湾文艺丛志》、《诗报》、《诗文之友》等报刊杂志。兹数联录于下:

《精、草,鹤顶格》:

精舍讲学师元晦,草圣惊奇慕伯英。（施让甫）

精室笔挥长史帖,草堂鹅换右军书。（许文奎）

精舍东坡移竹对,草堂子美浣花居。（周定山）

《年、夕,鸢肩格（按:应为"燕颔格"）》:

三年旧约怀鸡黍,七夕佳期会女牛。（庄　嵩）

除夕祭诗推贾岛,暮年作赋感兰成。（陈子敏）

十年未觉樊川梦,七夕才逢织女通。（吕申甫）

《地震、月,分咏格》:

团圆素魄嗟云蔽,板荡神州叹陆沉。（施一鸣）

今古难消圆缺恨,乾坤莫测覆翻时。（施性澂）

乾坤翻覆悲残劫,朔望盈亏照古人。（施让甫）

十九、台湾文社

（一）台湾文社的创立及沿革

台湾文社初创于民国七年（1918）十月,正式创立于民国八年（1919）十月十九日,由栎社同人林幼春、蔡惠如、陈沧玉、林献堂、陈基六、傅锡祺、陈怀澄、郑汝南、陈联玉、庄伊若、林载钊与林子瑾共同发起倡设,社址设在台中花园町五丁目五六番地事务所。傅锡祺《栎社沿革志略》有记台湾文社创立的缘起,曰:民国七年旧历八月十六日（1918 年 9 月 20 日）,栎社与鳌西诗社于鳌峰蔡惠如之伯仲楼举行栎鳌联合会,"席上惠如深慨汉文将绝于本岛,倡议设法维持（按台湾文社之设立,即胚胎于此会也）"①。

台湾文社"以鼓吹文运,研究文章诗词,互通学者声气为宗旨"②。所刊《台湾文社设立之旨趣》有载:"本岛自改隶而后,凡欲攻汉学者,于文不受制艺所拘,于诗不为试帖所厄,上下千古纵意,所如此诚文运丕振之秋,诗界革新之会也。迩来二十有余年,其间中南北部诸君子同声相应,同气相求,结诗社以切磋风雅道义者,几如雨后新笋,栉比而出,海隅风骚,于斯为盛然,而犹有憾者,以未有文社之设立也。……汉文者,数千年来发其光华,灿若云霞,昭如日月,极高尚之文章,最优美之文学也。平时之学者,其益努力研求焉;未学者,其从此问津焉;入国黉而肄业者,其以余力兼修焉。如此则汉文学之兴隆可指而待也。我栎社诸同人不揣固陋,恐斯文之将丧,作砥柱于中流,佥谋设立台湾文社,以求四方同志。更拟刊行文艺丛志,以邀月旦公评,愿中南北部诸君子鉴此微衷,赞襄是举。庶几海隅文社之盛,与诗社并驾齐驱,是亦维持汉学之一道也。略陈旨趣,幸恕不文。"③

民国八年（1919）一月一日,台湾文社发行《台湾文艺丛志》（后更名为《台湾文艺旬报》、《台湾文艺月刊》）,这是日据时期第一份由台湾本地人士创办的汉文杂志。

台湾文社的创作活动持续至民国十五年（1926）。

（二）台湾文社的主要成员

台湾文社由傅锡祺总理社务,并在各地设立有支部。该社社员依据交纳社费之多寡及学术名望之轻重,分为名誉成员、特别成员与通常成员三种,另设置理事及评议员若干名。该社创立之初即有名誉成员 10 名、特别成员 8 名、通常成员 46 名、评议员 46 名,分别是:

---

① 傅锡祺:《栎社沿革志略》,台北:台湾银行经济研究室 1963 年版,第 12 页。

② 《台湾文社规则》,《台湾文艺丛志》第一号,民国八年（1919）一月一日。

③ 《台湾文社设立之旨趣》,《台湾文艺丛志》第一号,民国八年（1919）一月一日。

一、名誉成员：

林烈堂　林子瑾　林熊征　郑拱辰　林献堂　林阶堂　林幼春
蔡惠如　蔡敏庚　蔡诒祥

二、特别成员：

陈若　杨肇嘉　蔡念新　蔡逊庭　蔡柏初　蔡淑仑　蔡衍三
郑邦吉

三、通常成员：

江登鱼　沈梅岩　江涤生　袁锦昌　林瑞仲　傅春魁　廖登球
蔡川流　蔡品三　陈明贤　萧永东　吴萱草　李心桂　蔡敏庭
王奇谋　蔡永昌　蔡年亨　周定国　李玉斯　林克明　王宝藏
陈照　方伯鹤　林顾卿　徐发锦　林祖藩　杨联桂　徐荣
李达泉　黄守谦　黄玉书　游木　陈朔方　张矗生　张栋梁
周石辉　郑乞　王长盛　陈祯祺　陈炳坤　王会尚　张纯甫
张清燕　徐德新　江介石　林琢如

四、评议员：

洪以南　洪以伦　洪月樵　施梅樵　施寄庵　苏云英　吴鸾旂
吴德功　陈基成　陈百川　陈家驹　颜云年　连雅棠　王箴盘
张麟书　张元荣　庄赞勋　黄子清　黄利用　黄赞钧　曾逢辰
林熊征　林知义　林阶堂　林培张　林湘沅　林纪堂　林仲衡
林耀亭　林佛国　林烈堂　李逸涛　吕鹰扬　吕汝玉　许紫镜
简若川　赵云石　魏润庵　蔡莲舫　蔡振芳　谢雪渔　郑邦吉
郑香秋　郑拱辰　郑养斋　郑竹溪

该社自民国八年（1919）一月一日刊行《台湾文艺丛志》以来，得到全台能文之士的大力支持与热情响应，社员人数剧增。民国八年（1919）十月十九日，台湾文社假台中街台中座为会场，举行"台湾文社设立一周年暨正式成立大会"，其时"合名誉、特别、通常三种计之，数已四百八十"[1]，另

---

[1] 《台湾文社正式成立大会记》，《台湾文艺丛志》第十一号，民国八年（1919）十一月十五日。

有评议员 80 名,成为日据时期台湾岛内成员最多、规模最大的文学社团。

（三）台湾文社的诗钟创作

台湾文社"每月征文征诗,刊在志上,诗文题皆有关风俗、教化、伦常、史地、民族精神、人文艺物之题,文宗词宗,亦皆本省名儒硕学,编辑精湛,校对正确,与彰化崇文社,后先媲美,裨益世道人心,贡献文化不浅"①。该社虽然以"古文"创作相号召,但在诗钟创作方面也成绩不菲。

台湾文社的诗钟活动主要有三种:一是通过其机关刊物《台湾文艺丛志》面向全岛征募诗钟,至少开展过 11 期,所征钟题有《汉、文,凤顶格》（第五期）、《图书馆、甘蔗,分咏格》（第六期）、《海鸥群,鼎足格》（第七期）、《晏婴,合咏格》（第八期）、《荷、珠,魁斗格》（第九期）、《夜、学,蝉联格》（第十期）、《秋扇、盂兰盆会,分咏格》（第十二期）、《金、长,第一唱》（第三十五期）、《石、人,第二唱》（第三十五期）、《郑成功、潜水艇,分咏格》、《芭蕉、妓女,分咏格》等;二是文社总部举办的诗钟雅集活动,如墩东诗钟小集等,所作钟题则有《烟、石,鹤顶格》、《酒、流,鸢肩格》、《斗鸡、阅报,分咏格》等;三是文社所属各支部开展的诗钟课题及雅集活动,所出钟题如《灯、花,第一唱》、《人、梦,第二唱》、《酒旗风,鼎足格》、《猿、元旦,分咏格》、《火炉、柳,分咏格》、《蝇、孔明,分咏格》、《燕、曹操,分咏格》、《莲、屈平,分咏格》、《美人、猿,分咏格》等。兹录数联于下:

《汉、文,凤顶格》:
汉高眼底无秦楚,文正胸中有甲兵。（郑虚一）

《烟、石,鹤顶格》:
烟水无情沉楚客,石梁何罪认秦鞭。（杨尔材）

《酒、流,鸢肩格》:
斗酒双柑传逸兴,枕流漱石见清才。（景　侨）

---

① 赖子清:《古今台湾诗文社》（一）,台湾省文献委员会编印《台湾文献》第一〇卷第三期,台北:成文出版社有限公司 1983 年 3 月台一版影印本,第 2044 页。

《荷、珠,魁斗格》:

　　荷鬼筑城空剪革,濮人遗塚枉埋珠。(筱　樱)

《夜、学,蝉联格》:

　　善吹小尨能守夜,学飞雏燕尚惊风。(卢昆真)

《图书馆、甘蔗,分咏格》:

　　临观我美曹仓富,倒啖人称顾境佳。(子　充)

《秋扇、盂兰盆会,分咏格》:

　　馂到若敖怜楚鬼,凉生长信感齐纨。(曾少训)

《郑成功、潜水艇,分咏格》:

　　千秋霸气留台岛,廿呎韬形泛海洋。(林开泰)

《晏婴,合咏格》:

　　勋业千秋齐管仲,交情当日重尼山。(殷　六)

二十、新莺吟会(澎湖)

(一)新莺吟会的创立及沿革

澎湖县新莺吟会大致创立于民国七年(1918)。该社沿革情况未详。

(二)新莺吟会的主要成员

新莺吟会社员十余名,主要有陈春林、卢瑶亭、卢慧然、卢顺从、朱雪洲、陈人言、丁本昌、黄南薰、丁如斋、李秀瀛、陈笔奴、卢祖哲、陈滑稽等。

(三)新莺吟会的诗钟创作

新莺吟会课题击钵兼行,诗钟律绝并励。该社曾经创作《清、明,凤顶格》(第十二期课题)等钟题,作品登载于《台湾日日新报》等报刊杂志。兹录数联于下:

《清、明,凤顶格》:

　　清才原不为时用,明达何不与俗远。(陈春林)

清室乾坤终汉有,明朝统绪属胡无。（卢瑶亭）

清狂杜牧耽诗酒,明达鸥夷变姓名。（卢顺从）

清风翻史催人读,明月照琴伴客谈。（朱雪洲）

清风任意无人管,明月多情伴我眠。（丁本昌）

清风阁里消良夜,明月楼头忆去年。（黄南薰）

清凉殿里飞银雪,明圣湖中涌玉泉。（李秀瀛）

清院夜深寒煮酒,明窗昼永倦抛诗。（陈笔奴）

清梦一时游万里,明珠双颗定三生。（卢祖哲）

清院烹茶防午睡,明窗开卷课春诗。（陈滑稽）

二十一、鸥社（初名寻鸥吟社）

（一）鸥社的创立及沿革

嘉义市鸥社原名寻鸥吟社,创立于民国八年（1919）,由当地人士方辉龙、蔡西、黄助等共同倡设,与嘉义市的罗山吟社、玉峰吟社鼎足而三。

民国十二年（1923）仲秋,寻鸥吟社举行创社五周年纪念,并改社名为鸥社。同年十月,与嘉义地区其他诸社打成一片,冶为嘉社。抗战爆发后,活动中断。

1949年,赖柏舟、蔡水震二氏重整该社。1952年6月,该社旅北同人成立鸥社台北分社,后改称鸥社旅北同仁联吟会,并于1965年8月独立为北鸥吟社。

（二）鸥社的主要成员

鸥社创立之初由方辉龙任社长,社员有蔡西（炳辉）、黄助（南勋）、王甘棠、赖柏舟、蔡水震（明宪）、黄水文、张明德、庄启坤、郑启谅、施正明等十五人。厥后,由陈朝渠（云黎）主持社务,兼得林玉书（卧云）、陈文石（辉山）两氏协助,社运日隆,社员增至四十二名。

光复后社员增至七十余名,主要有赖柏舟（秋航）、蔡水震、黄水文、赖惠川（闷红）、李德和（连玉）、黄文陶（竹崖）、吴文龙、林玉山、卢云生、黄鸥波、朱芾亭等。

（三）鸥社的诗钟创作

鸥社每月课题击钵，诗钟律绝并励，先后刊行《鸥社击钵录》、《鸥盟月刊》、《鸥社艺苑》（月刊）等，曾经风靡一时。《台湾日日新报》第九四四六号载："嘉义鸥社：课题《含笑花，七绝，不拘韵》，及诗钟《蔺相如对蚊，分咏格》，经托左右词宗赖惠川、林玉书两先生评定，其前茅左右各十名列下：……诗钟：左元右二南勋；右元左二莆亭；左三右七江中；右三蕴玉；左右四传心；左右五汝音；左六启坤；右六南勋；左七剑涛；左八蕴玉；右八秋笙；右九左十三瑞贞；左十森峰；右十剑涛。"①

二十二、酉山吟社

（一）酉山吟社的创立及沿革

台南市酉山吟社创立于民国九年（1920）正月，由酉山书店主人陈璧如，邀集许子文、林连卿、谢绍楷诸氏连结而成，初任社长黄廷桢。

"九·一八"事变发生后，日殖当局对台湾的禁锢与统治更趋紧严。民国二十五年（1936），酉山吟社社友"恐罹文字之灾"，将该社十余年来积存吟稿，埋藏在台南开元寺，并树"诗魂碑"以志念，成为日据时期台湾诗人反抗日本殖民统治、"延汉文于一线"的一个义举。《台南文化》（旧刊）载：

> 红楼梦有黛玉葬花之作，至诗社的葬诗，则事属少闻；黛玉的葬花是伤感而悽怨，然台南酉山吟社当年的葬诗，却是孤愤而无可发泄。台湾在日据时期，各地诗社林立，爱国忧时之士，痛异族的侵凌，每藉哀吟以抒孤愤，这些诗篇，自为异族统治者所不满，及至"九·一八"事变发生后，在台日人对汉人的统治更为紧严，酉山吟社恐罹文字之灾，乃将该社

_____

① 《台湾日日新报》第九四四六号第四版"翰墨因缘"，1926年8月20日。

十余年来积存吟稿,埋在开元寺左侧庭园七弦竹旁,树"诗魂"碑,以资志念;虽诗人的葬诗,与美人的葬花,心境各有不同,可是怜惜的情怀,多少有点相似![1]

民国三十二年（1943）夏间,初任社长黄廷桢逝世,乃推选许子文为社长,陈云汀副之,杨元胡为干事长。

民国三十七年（1948）三月,该社联合台南市锦文、留青、鸡林、嵌南、珊社等社团,共同主办"全国诗人大会"。1951年,并入延平诗社。

（二）西山吟社的主要成员

西山吟社社员三十余名,主要有陈璧如、许子文、林连卿、谢绍楷、黄廷桢、陈云汀、杨元胡、林珠浦、欧兆福、张榜山、宋义勇、郭维鹗、王弃人、李炳煌、林连德、张肇吉、韩子明、卢三多、叶荣春、黄吉六、陈弼卿等。

（三）西山吟社的诗钟创作

西山吟社推行击钵,诗钟律绝并励。该社曾经创作《熊、西施,分咏格》、《信、鱼,魁斗格》等钟题,作品登载于《诗报》等报刊杂志。兹录数联于下:

《信、鱼,魁斗格》:

　　信口吹箫哀乞饭,伤心弹铗叹无鱼。（卢三多）

　　信答李陵资塞雁,才钦吕望钓河鱼。（张肇吉）

　　信有按图而索骥,断无缘木而求鱼。（宋义勇）

　　信息传情凭寄雁,花容娇态可沉鱼。（叶荣春）

　　信是中原争逐鹿,不如棠邑谏观鱼。（张肇吉）

《熊、西施,分咏格》:

　　商水兽符姬伯梦,越溪女作吴王妃。（欧兆福）

---

① 台南市文献委员会编印:《台南文化》（旧刊）第九卷第一期,台北:成文出版社有限公司1983年3月台一版影印本,第3437页。

色夸吴国三千黛,梦兆周家八百年。(张榜山)

叶梦由来男子兆,捧心愈见美人妍。(宋义勇)

功成勾践推佳女,梦叶姬昌得相臣。(许子文)

梦符浊渭车同载,纱浣清溪水亦香。(谢绍楷)

二十三、旗津吟社

(一)旗津吟社的创立及沿革

高雄市旗津吟社创立于民国九年（1920）九月,由当地文士陈锡如、陈考亭、王奖卿诸氏倡设。1953 年端午节,与高雄市内鼓山、苓洲、雄州、鲲社等大冶一炉,合并为寿峰吟社。

(二)旗津吟社的主要成员

旗津吟社社员二十余名,主要有陈锡如、陈考亭、王奖卿、鲍梁臣、施子卿、许成章、许君山、陈春林、王隆逊、董石福等。

(三)旗津吟社的诗钟创作

旗津吟社课题击钵兼行,诗钟律绝并励。该社曾通过《台湾日日新报》、《台南新报》等新闻媒体,多次向全岛征募诗钟,所征钟题有《诗、钟,魁斗格》、《还俗尼、扇,分咏格》等。《台湾日日新报》第七七四六号载:"旗津吟社:第六期募集'诗、钟,魁斗格',计得八百八十六联,经许子文氏取六十名。十名内如左:一名将军庄吴萱草;二名澎湖陈瑜堂;三名高雄陈春林;四名高雄陈春林;五名高雄卢耀亭;六名高雄陈考廷;七名台南吴荫培;八名新竹曾镜塘;九名台南蔡炳煌;十名台南二必斋。"[1] 又第八二八五号载:"高雄旗津吟社所征'还俗尼对扇'诗钟,计得五百三十五联,已录呈黄拱五氏评选,不日便可发表。"[2]

① 《台湾日日新报》第七七四六号第五版, 1921 年 12 月 24 日。
② 《台湾日日新报》第八二八五号第六版, 1923 年 6 月 16 日。

《台湾诗荟》第一号另载："旗津吟社（高雄）：以（1924）一月八日，开击钵会，并为社友陈春亭氏祖饯，乃请陈氏出题。首为《班超》（覃韵），次为《看剑》（盐韵），均七绝；又诗钟《三、九》（魁斗格）。"①

二十四、砺社

（一）砺社的创立及沿革

屏东县砺社创立于民国九年（1920），为尤养斋茂才所首倡。社名"砺"，"寓砥砺学术之意"。该社曾与稻江研社、高雄萍香吟社开展联吟活动。民国三十年（1941）前后，改名为屏东联吟会，创作活动持续至20世纪60年代。

赖子清《古今台湾诗文社》有记："（砺社）建社当时，为苏德兴（维吾）倡学白话诗文，参加人数颇多，台新竹市生员吴荫培，时在屏东设帐，亦来参加，极一时之盛，继续十余年，至二十三年（1934），代表为苏维吾，惜该社卒遭日人所忌，有形无形，干涉压迫，不久即解散，后来社员分别编入他社，吟咏无间，亦诗风之未泯也。现改为屏东联吟会，系包括屏东县内东港、潮州、林边诸处。"②

（二）砺社的主要成员

砺社社员二十余名，主要有尤养斋（和鸣）、苏德兴、吴荫培等。

（三）砺社的诗钟创作

砺社课题击钵兼行，诗钟律绝并励。该社曾多次向全岛征募诗钟，所征钟题有《狐、滑稽，分咏格》、《体、素，蝉联格》等；此外，还创作有《笔、

---

① 《台湾诗荟》第一号"骚坛纪事"，1924年2月15日。《台湾文献汇刊》第四辑第十五册，九州出版社、厦门大学出版社2004年版，第190页。

② 赖子清：《古今台湾诗文社》（二），台湾省文献委员会编印《台湾文献》第一一卷第二期，台北：成文出版社有限公司1983年3月台一版影印本，第2787页。

战,蝉联格》、《保安药房,四点金格》等诗钟课题。《台湾日日新报》第七三九一号"砺社征诗揭晓"载:"屏东砺社所征募之'老松'诗卷,及'狐、滑稽'诗钟,经由许子文氏评选,前茅第十名如左:……诗钟十名内:第一名台南痴云;第二名同人;第三名同施琴船;第四名屏东陈剑云;第五名台南少庵;第六名凤山懒翁;第七名同秋水;第八名同大象;第九名懒翁;第十名台南黄浴沂。"① 又第七四三八号"砺社课题揭晓"载:"诗钟'保安药房',词宗杨尔材选。一名新营黄锡五;二名同刘献池;三名同黄锡五;四名竹南一叟;五名屏东陈月樵;六名中坜曾芝芳;七名台北陈金炉;八名屏东曾易南;九名同林玉庭;十名台南陈文石。"②

二十五、天籁吟社

(一)天籁吟社的创立及沿革

台北县天籁吟社创立于民国十年(1921)三月,为稻江林述三砺心斋书房之同学会同人所设,推林述三为社长,曾笑云、吴纫秋为干事,陈瑶璋、李啸峰为编辑,事务所置于台北县永乐町三丁目砺心斋书房内。

民国十七年(1928),天籁吟社为保持吟稿起见,由同学蔡奇泉自力,油印《天籁报》十二期。民国二十年(1931)十一月,由社长林述三主稿,社员吴纫秋任编辑,发行《藻香文艺》,以此联络全台诗社;至民国二十一年(1932)二月,因经济支绌而停刊,计发行四期。民国三十五年(1946),又续发油印《天籁报》,持续至1962年未停。该社至今还活跃在台湾诗坛,现任社长张国裕。

(二)天籁吟社的主要成员

天籁吟社初期社员约六十名,主要有林述三、曾笑云、吴纫秋、陈瑶璋、李啸峰、林笑岩、黄笑园、陈佰华、卢懋清、林子惠、何椒芗、叶仲舆、李逸鹤、叶

---

① 《台湾日日新报》第七三九一号第四版,1921年1月3日。
② 《台湾日日新报》第七四三八号第六版,1921年2月19日。

子宜、陈子兼、林尔祥、赖痴虎、吕金河、李肖岩、詹泱沛、卓周金、苏水程、陈镦厚、叶念侬、薛玉龙、蔡奇泉、叶蕴蓝等。

光复后社员三十余名，主要有黄雪岩、廖文居、陈雪峰、叶子宜、曾笑云、刘万传、丘斌存、张晴川、张荣西、卢茂青、张国裕、黄少顽、叶济舟、张静庐、林笑岩、李逸鹤、郑晃炎、林双和、李天鹜、林子惠、黄得时、高策轩、黄文虎、刘梦鸥、郑安邦、叶财福、何武公、鄞强、施胜隆、张炳煌等。

（三）天籁吟社的诗钟创作

天籁吟社创立以来，每周六击钵，由社员分期值东，分赠奖品；同时，每月拟定课题二次，向社内外征诗及诗钟。《台湾诗荟》第五号载："天籁吟社（台北）：(1924) 五月四日，开击钵吟会。首题《光武帝，七绝》；次题《长绳》，诗钟魁斗格。选后而散。"[①] 又第六号载："天籁吟社（台北）：以 (1924) 六月二十日，开击钵吟会。题为《舞剑，七绝尤韵》，又诗钟亦以'舞剑'二字为蝉联格，得诗六十余首，诗钟称是。"[②] 第七号载："天籁吟社（台北）：以 (1924) 七月六日，开击钵吟会。题《登楼，七绝覃韵》；次题《刍尼、老渔》，诗钟分咏格。"[③] 第十号载："天籁吟社（台北）：以 (1924) 十月卅一日，假宏济医院，开创立二周年纪念会。既毕出题，首唱《素心兰，七绝删韵》；次唱《云峰、捣衣，分咏格》。每人诗联各一，录呈词宗评选。"[④] 第十一号载："天籁吟社（台北）：以 (1924) 十一月十五日，假社侣卓梦庵氏之宅，开击钵吟会，并邀淡北、聚奎两社友，至者多人。首题《苦寒，七绝先韵》；次题诗钟《小春日，碎锦格》。"[⑤]《台湾日日新报》第九五七二号载：

---

① 《台湾诗荟》第五号，1924 年 6 月 15 日。《台湾文献汇刊》第四辑第十五册，九州出版社、厦门大学出版社 2004 年版，第 483 页。

② 《台湾诗荟》第六号，1924 年 7 月 15 日。《台湾文献汇刊》第四辑第十六册，九州出版社、厦门大学出版社 2004 年版，第 66 页。

③ 《台湾诗荟》第七号，1924 年 8 月 15 日。《台湾文献汇刊》第四辑第十六册，九州出版社、厦门大学出版社 2004 年版，第 138 页。

④ 《台湾诗荟》第十号，1924 年 11 月 15 日。《台湾文献汇刊》第四辑第十六册，九州出版社、厦门大学出版社 2004 年版，第 357 页。

⑤ 《台湾诗荟》第十一号，1924 年 12 月 15 日。《台湾文献汇刊》第四辑第十六册，九州出版社、厦门大学出版社 2004 年版，第 428 页。

"天籁吟社去十九日（1926 年 12 月 19 日）午后七时起于事务所开击钵例会，出席者二十余人，拈'剑、天'二字为诗钟，燕颔格，推林述三、曾笑云二氏阅卷，八时截收。得四十余联，双元为述三、笑云二氏所得。"①《诗报》第一五四号另载："台北天籁吟社员林经台君曩者所征诗钟'林和靖、喜联'，共得岛内珠玉二百余首，经由词宗林述三先生评选，得榜二十名发表如左，赠品近日中奉呈。"② 等等。

此外，该社还创作有《松竹梅，汤网格（按：原文未标注格目）》、《庚兰成、脑汁，分咏格》、《诗、心，魁斗格》、《涵碧庄，碎锦格》、《柳塘轩，碎锦格》、《三、清，一唱》等钟题，作品登载于《台湾诗报》、《诗报》、《中华诗苑》、《诗文之友》等报刊杂志。兹录数联于下：

《三、清，一唱》：

　　三教同称儒道释，清风不管去来今。（林笑岩）

《诗、心，魁斗格》：

　　诗成不愧雕龙手，枕荐应怜绣虎心。（陈雪峰）

《松竹梅，汤网格》：

　　松高光挂一轮月，竹密香飘几点梅。（林述三）

《涵碧庄，碎锦格》：

　　光涵槛外吟坡老，碧涌庄前拟辋川。（李逸鹤）

《柳塘轩，碎锦格》：

　　柳絮池塘春入梦，梅花纸帐月窥轩。（叶子宜）

《庚兰成、脑汁，分咏格》：

　　江南丽赋哀开府，圩顶粘浆润智囊。（傅秋镛）

---

①　《台湾日日新报》第九五七三号第四版，1926 年 12 月 25 日。

②　《诗报》第一五四号，1937 年 6 月 8 日。

二十六、香草吟社（后名香草艺文社）

（一）香草吟社的创立及沿革

彰化县二林镇香草吟社创立于民国十年（1921）六月，为当地诗人所倡设。该社初代社长许存德，次代社长许稼秋。后存德、稼秋二氏相继作古，社务一时寝衰，钵声久寂。民国二十八年（1939），始卷土重来。民国二十九年（1940）三月，开复兴一周年纪念会。该社第三代社长詹有义、副社长许渭南，总干事黄宜陶；第四代社长詹志庆，后因事退让，公推总干事黄宜陶补任社长。1952年5月，该社改组，一部分社员另于彰化县竹塘乡新树一帜，称竹声吟社。

香草吟社持续活动到1967年，其后社员老成凋谢，活动歇止。1997年8月，该镇地方人士重组"香草艺文社"，嗣后复称"香草吟社"，由周希珍任社长，并发行《香草艺文》（年刊，后更名《香草雅风》，到2007年已发行八辑）；该社至今还活跃在台湾诗坛，社址设在彰化县二林镇东和里斗苑路五段二十九巷三十九号。

（二）香草吟社的主要成员

香草吟社初期社员三十余名，主要有许存德、许稼秋等。光复后社员六十余名，主要有詹有义、詹志庆、许渭南、黄宜陶、黄溥造、杨笑侬、陈清江、萧文樵、张楚狂、郑启明、李增熙、欧阳海、洪允权、陈佳庆、施纯仁、洪华圃、周寒村、蔡凤歧、施安平、洪唐端、王一侬、王景端、洪宝昆、洪佳柔、洪雅璧、陈维源、谢鲁邨、周希珍、谢乐道、欧阳继修、王秀艺、吴荣銮、陈国胜、林天财、洪进国、洪龙溪、蔡耕农、魏金绒、魏秋信、吴秋奇、林富雄、谢四海、洪福来、谢文渊、萧清村、黄金兰、余垂宗、陈素珠、王贤、詹美珍、洪宗川、魏洪柑、吕碧铨、吴春景、吴锦顺、吴五龙、吴东源、陈履洁、林秋停、凌宏毅、竹庵、汀淇、晓春、嫣玲、芳园、正雄、稳舟、明山等。

（三）香草吟社的诗钟创作

香草吟社课题击钵兼行,诗钟律绝并励;另还设立"育英诗课",诱掖后起之秀。该社先后创作《我、春,一唱》、《读、书,一唱》(育英诗课)、《育、英,一唱》(育英诗课)、《江山摇落西风急,求凰格》、《华、圃,一唱》、《轻、重,七唱》、《先、后,一唱》、《浪、花,二唱》、《文、质,三唱》、《国、家,四唱》、《心、力,五唱》、《名、利,六唱》、《钟、鼓,七唱》、《诗、友,一唱》、《秋、叶,二唱》、《心、术,五唱》、《仁、义,五唱》、《晚、霞,六唱》、《桂、花,七唱》、《天、后,冠首》、《雪、梅,二唱》、《机、会,七唱》、《花、草,一唱》、《民、主,二唱》、《经、济,三唱》、《旗、鼓,四唱》、《南、雅,冠首》等钟题,作品登载于《诗文之友》、《香草艺文》(及《香草雅风》)等报刊杂志。兹录数联于下:

《我、春,一唱》:

　　春归一别从今日,我自相逢又隔年。(施纯仁)

《浪、花,二唱》:

　　戏浪娇娃怡溽暑,怜花秀士醉熙春。(洪宗川)

《文、质,三唱》:

　　奕代文豪丰学势,浮生质实远纷争。(魏秋信)

《国、家,四唱》:

　　一心报国怀偏壮,两手成家志未灰。(周希珍)

《仁、义,五唱》:

　　修身我爱仁慈者,乱世人钦义勇军。(周希珍)

《名、利,六唱》:

　　治台壮肃芳名著,割地鸿章势利存。(余垂宗)

《桂、花,七唱》:

　　吴刚砍伐蟾宫桂,贾谊欢吟雁塔花。(蔡耕农)

《江山摇落西风急,求凰格》:

　　江山摇落西风急,湖海飘零北雁归。(芳　园)

二十七、以文吟社

（一）以文吟社的创立及沿革

桃园县中坜镇以文吟社创立于民国十年中秋（1921 年 9 月 16 日），为当地诗人所倡设,办事处置于中坜医院内。社名"以文",取以文会友之意。历任社长吴荣棣、刘翠岩、陈增祥。

1985 年原任社长陈增祥请辞卸任,是年 11 月 24 日召开全社干部会议,推选邱旺才为社长,邱锦福为副社长,总干事吴子健,理事郭阿寿、黄坤桢、张献武、吴鸿炉、曾水泌、朱以晃,常务监事吴亚全,监事张伏缎、吴余鉴,并聘吴鸿森、马亦飞、陈增祥等为顾问。该社至今还活跃在台湾诗坛。

（二）以文吟社的主要成员

以文吟社是一个纯粹由客家诗人组成的社团。初期社员七十余名,主要有吴荣棣、刘翠岩、陈增祥、朱传明、黄容光、古少泉、吴鸿森、梁盛文、刘世富、萧林石、古道兴、张献章、徐代清、刘石富、吴鸿炉、杨水廷、陈保梁、林添奎、黄阿河、王新顺、萧锦城、古清云、赖连玉、黄镜琳、朱传甲、黄坤松、庄明生、刘庆安、黄熛金、李水文、刘兴枋、方石松、许学斗、黄德颜、张云铁、张云淡、张伏缎、李妈进、宋维健、卓齐茂、卓齐糊、陈少园、张添庆、古娘郁、古炳、唐传喜、唐有锦、詹益坤、陈达炉、黄坤安、黄南樵、庄少楼、谢雷明、古星槎、朱晓堂、汤锦祥、张朋翔、江成春、庄明星、黄剑樵、梁耐园、笑侬生、晓庵、盛旺、剑亭、骆驼、锦花、江鸟、少青等。

光复后社员数十名,主要有陈增祥、吴鸿森、马亦飞、邱旺才（伯邱）、邱锦福、吴子健、郭阿寿、黄坤桢、张献武、吴鸿炉、曾水泌、朱以晃、吴亚全、张伏缎、吴余鉴、叶素园、梁耐园、刘翠岩、汤甘霖、詹益坤、张郎、吴镜村、黄伯峰、卢子美、陈万安、谢雷明、徐伯痴、卢伯青、吕希孟、张云程、张俊毅等。

（三）以文吟社的诗钟创作

以文吟社课题击钵兼行,诗钟律绝并励。该社先后创作《夜、月,凤顶格》(第一回课题)、《世、人,凤顶格》(第二回课题)、《天、中,魁斗格》(第三回课题)、《草、花,鹤顶格》、《竹、窗,三唱》、《文、化,二唱》、《书、雁,第五唱》等钟题,作品登载于《诗报》、《中华诗苑》、《诗文之友》等报刊杂志。兹录数联于下:

《夜、月,凤顶格》:

　　月下猿啼三峡冷,夜深鹤唳一天秋。(刘翠岩)

《世、人,凤顶格》:

　　人物一朝开海岛,世师万代仰尼山。(黄坤松)

《草、花,鹤顶格》:

　　花笔江淹曾入梦,草堂灵运尚吟诗。(盛　旺)

《文、化,二唱》:

　　廖化偃旗埋蜀道,韩文冒雪过蓝关。(汤甘霖)

《竹、窗,三唱》:

　　斟来竹叶杯犹绿,吟到窗梅字亦香。(吴子建)

《书、雁,第五唱》:

　　风翻玉案书千卷,云泽青天雁一行。(吕希孟)

《天、中,魁斗格》:

　　天籁无声花影静,海波有色月明中。(江成春)

二十八、剑楼吟会

(一)剑楼吟会的创立及沿革

台北市剑楼吟会亦称剑楼吟社,创立于民国十年(1921),为板桥宿儒赵元安在课授经书之余所进行的诗学指导活动,社址设在台北市永乐市场边南侧二楼。该社沿革情况未详。

(二)剑楼吟会的主要成员

剑楼吟会社员数十名,主要有杜仰山、骆香林、施万山、吴纫秋、李春霖、杜去非、陈筱村、赵鸿谦、李竹朋、柯子村、吴寄兰、李江城、郑香圃、张懋勋、王香禅、洪貌仙等，悉为赵元安（一山、文徽）的弟子。

（三）剑楼吟会的诗钟创作

剑楼吟会不拘课题、击钵，注重平时指导，诗钟律绝并励。《台湾诗荟》第六号载："剑楼吟会（台北）：以（1924）六月廿二日小集，题为《春蛙月》，诗钟鼎足格。"[①]该社另还创作有《快剑歌，鼎足格》等钟题，作品登载于《诗报》等报刊杂志。兹录数联于下：

《快剑歌，鼎足格》：

快人晋擅横磨剑，衰世周歌板荡篇。（杜仰山）

快经岁月羞长剑，尝咏诗歌喜短篇。（李春霖）

快心醉舞凭长剑，笑口狂歌付短兵。（杜去非）

快心韬略常怀剑，妆面弦歌只爱钱。（吴纫秋）

快将细语窥藏剑，难把清歌记采绫。（陈筱村）

快时起舞青霜剑，乐日狂歌白传诗。（赵鸿谦）

快归梓里毋弹剑，漫唱菱歌欲采莲。（李竹朋）

快人樊阻鸿门剑，刺客荆歌易水波。（柯子村）

快愉厉酒除蒲剑，高啸清歌伴草书。（吴寄兰）

快时行乐常弹剑，佳日高歌醉引杯。（郑香圃）

二十九、小鸣吟会（后名网珊吟社）

（一）小鸣吟会的创立及沿革

基隆市小鸣吟会亦称小鸣吟社，创立于民国十年（1921），由张一泓、蔡痴云等共同倡设，社址设在基隆保粹书房内。关于小鸣吟会的立意，秋鳞所撰社序云："新莺学啭，雏龙试吟，小鸣也；鹤鸣九皋，雷轰百里，大鸣也；有黄

钟之鸣,有瓦缶之鸣,有传凤之鸣,有晨鸡之鸣,鸣一也,而有大小之分。故凡物必先由小鸣而后能大鸣,然鸣莫早于晨鸡,间阎一声,刘琨闻之而起舞,奋志有为之士,每以鸡为晓夜之警,而爱其能鸣也。鲲身之首,狮球之上,有鸡峰焉!顾名思义,鸡之鸣,可为鸡之人士起兴矣!吾人诚能由小鸣进大鸣,小雅进大雅,则他日旗鼓堂堂,起衰汉文,发宏为大,声闻于天者,又宁非今日小鸣之造端发轫也耶?兹特设立小鸣吟会,惟望大方雅士,共起扶轮焉!"[①]

民国十五年(1926),小鸣吟会改组为网珊吟社,创作活动持续至1931年以后。

(二)小鸣吟会的主要成员

小鸣吟会社员二十余名,主要有张一泓、蔡痴云、李硕卿、许梓桑、何云儒、王子清、陈庭瑞、黄昆荣、吕瑞珍、李建兴、蔡景福、刘基渊、黄景岱、李登瀛、蔡清扬、张鹤年、萧水秀、陈新枝、何松甫、王吞云、李秉炎、杨静渊、简穆如、魏永昌、李春霖、陈凌碧、林肖桃等。

网珊吟社时期社员十余名,主要有蔡清扬、李竹朋、杨静渊、黄景岳、王吞云、简穆如、郑华林、李啸峰、鹤溟、瀛客、重华等。

(三)小鸣吟会的诗钟创作

小鸣吟会每月小集四回,皆以月曜日(按:即星期一)开会击钵,故又称"月曜吟会"。该会先后创作《粗纸、西施,分咏格》、《秋、寒,魁斗格》(按:网珊吟社时期所作)等钟题,作品登载于《台湾诗报》、《诗报》等报刊杂志。兹录数联于下:

《秋、寒,魁斗格》:

秋人织罢秦川锦,壮士歌残易水寒。(李竹朋)

秋菊有心存晚节,春梅无意斗严寒。(黄景岳)

秋枫染遍吴江冷,玉树歌残晋代寒。(王吞云)

---

① 转引自赖子清:《古今台湾诗文社》(二),台湾省文献委员会编印《台湾文献》第一一卷第二期,台北:成文出版社有限公司1983年3月台一版影印本,第2786页。

寒食禁烟斜御柳,重阳落帽正高秋。（简穆如）

秋客诗吟三峡水,旅人梦冷五更寒。（杨静渊）

秋扇已捐无限感,春衣未寄觉微寒。（钟福星）

《粗纸、西施,分咏格》:

昔日蔡伦原草创,同时郑旦花亦羞。（寄）

难比三都声价重,相随一舸利名轻。（痴）

莫教丑女捧心效,可奈先生厚面何。（清）

洛阳声格于今贱,少伯名利藉汝多。（振）

三十、宝桑吟社

（一）宝桑吟社的创立及沿革

台东县宝桑吟社创立于民国十年（1921）,为郑品聪、吴木德二氏所倡设,历任社长赖英俊、洪特授、郑品聪。日据后期,社员凋零星散。光复后,社务得以重整。1958 年诗人节,主办"全国诗人大会",极一时之盛。该社到2006 年还坚持活动,其时社长蔡元直。

（二）宝桑吟社的主要成员

宝桑吟社初期社员三十余名,主要有郑品聪、吴木德、赖英俊、洪特授、王养源、刘荆堂、孙全英、苏宜秋、郭剑侯、余仕翰、洪传、李泉、庄根如、谢和美、洪守痴、曾复妙、邱耀青、洪回奎、黄家修、游象新、吴万成、黄肃声、洪如腾、洪耀如、谢赐来、施潜云、高心正、黄醮影、吴震福、郭金钟、高幼儿、麦田等。

光复后社员二十余名,主要有郑品聪、王养源、李镜波、黄式鸿、洪掛、周坤祺、王惠民、杜景龙、施振益、黄胜雄、欧仁山、张荣燦、蔡元直等。

（三）宝桑吟社的诗钟创作

宝桑吟社课题击钵兼行,诗钟律绝并励。该社曾经创作《空、气,鹤膝格》等钟题,作品登载于《诗报》等报刊杂志。兹录数联于下:

《空、气,鹤膝格》:

> 毛遂讥人空碌碌,管宁责友气重重。(余仕翰)
>
> 画水无风空作浪,绣花不雨气难香。(洪 传)
>
> 东西星宿空中照,南北云山气上浮。(李 泉)
>
> 杜宇啼春空是恨,鹧鸪叫月气难降。(庄根如)
>
> 镜里名花空是影,壶中美酒气熏人。(谢和美)
>
> 佛寺生尘空映月,瓶花湿露气含春。(洪守痴)
>
> 运途坎坷空添恨,世路崎岖气不平。(余仕翰)
>
> 映雪梅花空冷艳,凝霜菊蕊气芳菲。(刘荆堂)
>
> 含珠不吐空藏宝,缊玉难磨气隐珍。(刘荆堂)
>
> 弹铗冯骧空自负,偷桃方朔气何雄。(邱耀青)

三十一、竹音吟社

(一)竹音吟社的创立及沿革

嘉义县义竹乡竹音吟社创立于民国十一年（1922）孟春,以义竹周围皆竹故名。该社不设社长,推陈春林为顾问,社务由周文俊综理,创作活动持续至 1933 年以后。

(二)竹音吟社的主要成员

竹音吟社社员十余名,主要有陈春林、周文俊（国彬）、福堂、元章、梦华、耕山、联卿、元亨、宪章、梯云、麟祥等。

(三)竹音吟社的诗钟创作

竹音吟社课题击钵兼行,每月朔望各雅集一回,月课一次,由社员轮值。该社先后创作《烛、花,凤顶格》、《马、羊,鸢肩格》等钟题,作品登载于《诗报》等报刊杂志。兹录数联于下:

《烛、花,凤顶格》:

　　烛照双枝呈瑞气,花飞六出兆丰年。（福　堂）

　　烛影萧疏孤馆里,花开浪漫一春中。（元　章）

　　烛吐辉煌宜有兆,花开秀丽岂无春。（梦　华）

　　烛有功勋于志士,花多色泽媲佳人。（国　彬）

　　烛稀夜映孙康雪,花盛朝坡蔓倩书。（耕　山）

《马、羊,鸢肩格》:

　　自恐羊肠成险路,休教马耳付东风。（梦　华）

　　悬鱼羊续老饕异,设帐马融糊口同。（元　章）

　　塞翁马失焉知祸,藏穀羊亡待补牢。（福　堂）

　　卜式羊肥堪受职,上官马瘦致无功。（元　章）

　　告朔羊何端木去,入门马记孟之言。（宪　章）

三十二、淡北吟社

（一）淡北吟社的创立及沿革

台北市淡北吟社创立于民国十一年（1922）三月二十一日,为刘育英所倡设,社长刘育英,副社长杜冠文,干事陈晓禄、李世昌,事务所置于台北市下奎府町三丁目十三李世昌氏处。抗战爆发后,社员凋零星散。光复后,刘育英、杜冠文相继去世,社务大部分由总干事李世昌斡旋。1959 年 1 月,推选卓梦庵为社长、李啸庵为副社长。

日据时期,淡北吟社曾与萃英吟社、聚奎吟社等共同组织"消夏吟会";又与天籁、萃英、聚奎、鸥社共组"五社联吟会"。光复后,该社与高山文社、松社共组"三社联吟会";又与天籁吟社、松鹤吟社、黄笑园之"卷籁轩"共组"四社联吟会",后来北台吟社亦加入其中,成为"五社联吟会"。

该社创作活动持续至 1971 年以后。

（二）淡北吟社的主要成员

淡北吟社初期社员三十余名,主要有刘育英、杜冠文、张晴川、庄于乔、刘剑秋、李世昌、吴茂如、周焕章、陈华堤、周维明、李神义、王伯端、黄云实、杜淡川、王云水、任聋仙、张秋帆、张荣西、黄鹤樵、蔡敦辉、张世桢、李金惠、江玉振、李白水、洪汝霖、郭彼岸、谢雪樵、郭春成、邵福日、蔡雪溪等。

光复后社员七十余名,主要有李世昌、卓梦庵、李啸庵、张晴川、陈晓绿、王在宽、黄笑园、黄一鹏、庄于乔、施瘦鹤、曾笑云、刘万传、庄幼岳、李神义、王观渔、李逸鹤、王渭滨、郑晃炎、李少庵、张雪屏、罗尚、黄雪岩、倪登玉、张作梅、林笑岩、叶子宜、张荣西、莫月娥、林子惠、黄镜宏、连桶梓、陈友梅、陈结煌、黄少顽、周维明、陈华堤、刘梦鸥、简竹村、骆子珊、傅秋镛、黄少园、陈雪峰、叶世荣、李天鸶、施胜隆、黄金树、林树木、李正明、谢继芳、廖文居、林双和、李添福、林青松、李卜五、鄞耀南、连梓统、黄得时、鄞强、施学长、陈槐庭、陈福助、柳塘人、林韩堂、王省三、张继芳、江紫元、施学樵、刘霸、黄铁松、籁苑主人等。

(三)淡北吟社的诗钟创作

淡北吟社创立以来,每周殆有击钵,兼行课题,诗钟律绝并励。光复后,每年开春夏秋冬四季击钵例会,轮流觞咏。《台湾诗荟》第三号载:"淡北吟社(台北):以(1924)三月廿一日,为设立二年纪念之辰,邀集社员开会。乃作诗钟,以'飞行机'三字为碎锦格。"[①]

该社先后还创作有《残棋、游方和尚,分咏格》(第十八期课题)、《僧、对,笼纱格》、《月、经,笼纱格》、《上、元,蜂腰格》、《鞭、石,凫胫格(按:应为"鹤膝格")》、《晓、游,魁斗格》、《寒月、渔火,分咏格》、《欢、会,三唱》、《凉、友,二唱》、《酒、痕,雁足格》、《大、风,魁斗格》(1957年春季大会)、《日、新;魁斗格》、《梦、云,二唱》(1957年秋季大会)、《淡北吟社,碎锦格》、《双、寿,魁斗格》、《春、星,魁斗格》、《笑、园,一唱》、《夜、春,七唱》、《冬、晴,魁斗格》(1959年冬季击钵例会)、《一叶秋,碎锦格》、《烧、茶,魁斗格》、《淡、北,一唱》(创社四十周年纪念)、《古、高,一唱》(1962年秋

---

① 《台湾诗荟》第三号"骚坛纪事",1924年4月15日。《台湾文献汇刊》第四辑第十五册,九州出版社、厦门大学出版社2004年版,第336页。

季击钵例会）、《买、醉，一唱》（1962 年冬季击钵例会）、《护、花，蝉联格》、《冬、至，魁斗格》（1963 年冬季击钵例会）、《觉、明，冠首》（1964 年夏季击钵例会）、《佛、灯，比翼格》（1964 年冬季击钵例会）、《天、镜，云泥格》、《落、花，魁斗格》（1965 年春季击钵例会）、《奔、月，魁斗格》、《雨、丝，魁斗格》、《花落知多少，五杂俎》（1966 年冬季击钵例会）等钟题，作品登载于《台湾诗荟》、《台湾诗报》、《诗报》、《中华诗苑》（及《中华艺苑》）、《诗文之友》等报刊杂志。兹录数联于下：

《淡、北，一唱》：

淡烟疏雨迷归雁，北辙南辕送旅人。（张晴川）

《凉、友，二唱》：

乘凉不用袁宏扇，访友曾回叔夜舟。（庄幼岳）

《上、元，蜂腰格》：

旧事开元怜谱曲，新游汾上忆高歌。（刘剑秋）

《酒、痕，雁足格》：

栗里人归杯有酒，章台马过草无痕。（张作梅）

《佛、灯，比翼格》：

天竺真经怀绣佛，巴山旧话忆挑灯。（黄雪岩）

《落、花，魁斗格》：

落帽孟嘉萸插鬓，牧羊苏武雪生花。（张晴川）

《天、镜，云泥格》：

笔挟风雷天地动，镜明日月鬼神惊。（廖文居）

《淡北吟社，碎锦格》：

征鸿北断吟怀淡，社燕南归恋意深。（张荣西）

《花落知多少，五杂俎》：

何愁落魄知音少，试看簪花故旧多。（刘万传）

《残棋、游方和尚，分咏格》：

收局虬髯惊有主，敲门瘦岛叹无家。（佚　名）

三十三、桐侣吟社

（一）桐侣吟社的创立及沿革

台南市桐侣吟社属南社支脉。赖子清《古今台湾诗文社》有记："南社另有一派,组织桐侣吟社,因南社年老诗人,渐次凋零星散,每月课题或击钵吟,未能参加,甚至无法举行,为此一派乃效春莺吟社之例,民国十二年（1923）四月三日,亦树一帜于三四境同裕当铺内,因将同裕谐音为桐侣,推吴子宏为社长,王芷香、赵剑泉、洪铁涛、白璧甫为顾问,社员林海楼、许丙丁外二十名。"[①]

而据《台湾诗荟》第四号所载："桐侣吟社（台南）:以（1924）四月三日,为设立二周年纪念之辰。假黄氏固园为会场,柬邀台南各社吟侣,至者四十余人。"[②] 由此推断,桐侣吟社的创立时间应当是民国十一年（1922）四月三日。

1951 年,该社与台南市下南社、西山吟社、留青吟社、锦文吟社、崁南诗社等合并,共同创立延平诗社。

（二）桐侣吟社的主要成员

桐侣吟社社员四十余名,主要有吴子宏、洪坤益（铁涛）、林海楼、王芷香、赵雅福（剑泉）、白璧甫、叶占梅、卢承基、庄孟侯、曾神赐、黄比南、许松龄、陈炳玑、刘印东、许仁珍、许丙丁、陈木池、吴松根、黄腾雄、许伯源、林秋梧、赵雅佑、林瑞青、李银涛、陈玉荣、张莲蒲、倪登玉、陈魁、吴镜清、王荣达、吴赞兴、陈柏淳、杨文富、黄仲甫、杨世钟、廖望渠、蔡国兰、陈云汀等。

（三）桐侣吟社的诗钟创作

桐侣吟社课题击钵兼行,诗钟律绝并励。该社曾以社名"桐侣"为题创

---

① 赖子清:《古今台湾诗文社》(一),台湾省文献委员会编印《台湾文献》第一〇卷第三期,台北:成文出版社有限公司 1983 年 3 月台一版影印本,第 2033 页。

② 《台湾诗荟》第四号"骚坛纪事",1924 年 8 月 15 日。《台湾文献汇刊》第四辑第十五册,九州出版社、厦门大学出版社 2004 年版,第 409 页。

作凤顶格诗钟,经词宗洪坤益、吴子宏二氏阅选,发表在《三六九小报》。兹录数联于下:

《桐、侣,凤顶格》:

　　桐集凤凰文彩丽,侣偕鸥鹭雅流多。（剑　樵）

　　桐因浣翠翻么凤,侣爱谈玄集嫩鸥。（洪坤益）

　　桐横绣阁弹明月,侣对菱花试画眉。（陈炳玑）

　　桐高古干堪栖凤,侣满华堂比聚鸥。（许松龄）

　　桐遭爨下何人赏,侣结枝头待凤来。（陈玉荣）

　　桐焦爨下知音蔡,侣避途中莫逆廉。（倪登玉）

　　桐花合眉丹山凤,侣友争题白雪诗。（林海楼）

　　桐声响动骚人意,侣伴诗吟处士家。（林秋梧）

　　桐在丹山栖彩凤,侣求金谷有春莺。（王荣达）

　　侣如羊左空千古,桐宿鹓凤擅一时。（陈云汀）

三十四、月津吟社

（一）月津吟社的创立及沿革

　　台南县盐水街月津吟社创立于民国十一年重九（1922年10月28日）,由蔡哲人、张水波、蔡和泉等发起组织。社长蔡哲人,副社长黄朝碧,干事张水波。

　　民国十二年（1923）,该社与嘉义地区其他诸社打成一片,冶为嘉社。民国十九年（1930）三月二十九日,月津吟社轮值嘉社第十三回春季联吟大会,假盐水公学校讲堂为会场,罗山吟社等十社诗人百余名戾止,盛极一时。

　　抗战爆发后,该社活动歇止。1979年,社务重整,但无复往日生机。

（二）月津吟社的主要成员

　　月津吟社社员六十余名,主要有蔡哲人（春江）、黄朝碧、张水波（长春）、蔡和泉（星岩）、蔡伸金、黄吹篪、黄满路、李海龙、董丙丁、陈丁科、吕水田、林金昆、黄金川、黄桂华、李琼华、黄重嘉、傅大树、苏蕙芳、蕙心香、蔡琼芳、蔡燿州、蔡焕钧、蔡清海、蔡俊英、蔡文锋、刘银瓶、刘献池、郑万事、赵俊明、温秀春、曾德义、曾仪、叶瑞西、陈晓玉、陈春林、张鲁、张哲铭、张振欣、张泉香、黄雪华、翁沧亭、林秋泉、林衍周、林金英、林玉峰、周金和、吴甑爨、吴锦江、吴波涛、李品桦、沈志成、何安吉、王博卿、守叶山人、玉井宏宗、月津流民、仁科之助、三本一雄、惑星、鼙鼙、樱岩、樱峰、镜虹、纯纯、明笔等。

（三）月津吟社的诗钟创作

月津吟社每月开例会二回,春秋二季则有十社联合之嘉社大会;此外,该社还经常与嘉义县义竹乡竹音吟社、高雄县冈山镇冈山吟社分别开展联吟活动。该社作品辑为《月津诗集》(林明堃主编,台南县月津文史发展协会2007年12月初版),内录钟作4题6联。兹录于下:

《丽、新,凤顶格》:

  丽泽谁人怀总角,新妆有客爱时髦。(月津流民)

  丽容对镜时髦秀,新月流梳古代华。(山本一雄)

《落帽风,鼎足格》:

  风卷龙山名士帽,雨催院落美人花。(山本一雄)

《野和尚、醋,分咏格》:

  散花疾向摩诘室,苦酒波翻炉妇津。(吴波涛)

  调羹不逊黄梅味,破纳时随白足行。(吴波涛)

《蕉、风,八叉格(按:原文未标注格目)》:

  蕉叶墙头展,招风拂翠帘。(蔡和泉)

三十五、朴雅吟社

（一）朴雅吟社的创立及沿革

嘉义县朴子镇朴雅吟社创立于民国十一年(1922)季秋,为日人森永信光,邀同地方有志之士黄启棠、黄启南、黄传心、郑庆朝等共同倡设,事务所设在东石郡朴子街。该社聘杨尔材为社长兼主讲,辜尚贤、蔡绍圃、黄启棠为干事。

民国十二年（1923），朴雅吟社与嘉义地区其他诸社打成一片，冶为嘉社。1952年，举行创立三十周年社庆，建立诗碣于东石中学；翌年，首任社长杨尔材物故，推选蔡锦栋继任，黄辉煌副之。1982年举办六十社庆，立孔子雕像诗碣于金臻图书馆前，并举行诗人联吟大会；越岁冬，二任社长蔡锦栋病徂，由黄辉煌继任。该社到20世纪90年代末还坚持活动，其时社长黄星槎，副社长张明月。

（二）朴雅吟社的主要成员

朴雅吟社初期社员二十余名，主要有森永信光、黄启棠（幼惠）、黄启南、黄传心（剑堂）、郑庆朝、杨尔材（近樗）、辜尚贤（一沤）、蔡绍圃、侯水木（松甫）、杨成裕（啸天）、赵清木（凌霜）、蔡锦栋（国梁）、黄辉煌、林剑泉、颜维珍、林朴痴、杨寿征、张天籁、林友笛、郑若超、蔡云岩、陈紫辰等，大都为当地人士。

光复后社员四十余名，主要有杨尔材、施金龙、辜尚贤、黄如临、王金木、庄明滔、黄清朝、郑邕、林春波、郑长荣、薛咸中、黄辉煌、蔡锦栋、蔡启东、张明月、李可读、陈树林、陈腾耀、蔡菊园、颜永成、林碧龙、吴鼎、黄子琛、沈万来、侯水木、蔡策勋、黄彬彬、黄连成、陈有义、黄星槎、林剑泉、翁文登、颜竹溪、林聪甫、詹昭华、王朝荣、蔡坤元、吴松山、涂英武等。

（三）朴雅吟社的诗钟创作

朴雅吟社每星期日开击钵吟会一回，春秋二季各开例会一次。该社社员作品辑为《朴雅诗存》（邱奕松编著，嘉义县诗学研究会发行，1994年2月15日版），内录诗钟51题235联（除《锦、栋，一唱》一题98联为朴雅吟社所作外，其余作品悉为蔡锦栋参加中社诗钟活动所作）。此外，该社还创作有《醉月楼，碎锦格》、《寒、月，三唱》、《海、天，二唱》等钟题，作品登载于《诗报》、《中华诗苑》（及《中华艺苑》）等报刊杂志。兹录数联于下：

《锦、栋，一唱》：

锦作屏风张九叠，栋成海屋唱千筹。（佚　名）

锦衣滋露因迟月,栋宇依山为爱云。(佚　名)

《海、天,二唱》:

大海扬帆浮鹢首,半天解箨露猫儿。(正　乾)

填海石衔精卫鸟,挥天日返鲁阳戈。(吴松山)

《寒、月,三唱》:

窥帘月姊春无锁,傲雪寒英节更坚。(林剑泉)

易水寒风歌壮士,西厢月夜会佳人。(黄星槎)

《醉月楼,碎锦格》:

楼高始觉乾坤大,酒醉不知岁月长。(辜一沤)

买醉袁宏偏泛舟,思归王粲懒登楼。(陈紫辰)

三十六、高山文社(后名大观诗社)

(一)高山文社的创立及沿革

台北市艋舺高山文社亦称高山吟社,创立于民国十一年(1922),为万华宿儒颜笏山所设,办事处原设在艋舺龙山寺后殿右室,后移至颜懋昌宅。社名"高山","乃取诸诗经高山仰止,景仰圣人之意"[①]。历任社长颜笏山、倪炳煌、颜世昌,创作活动持续至1963年以后,其后改组为"大观诗社"。

(二)高山文社的主要成员

高山文社初期社员四十余名,主要有颜笏山、施明德(瘦鹤)、倪炳煌、王省三、郑文山、骆子珊、黄文虎、洪玉明、黄承顺、陈鉴昌、吴金目、骆铁花、颜觉叟、黄福林、黄远山、黄树铭、黄一峰、陈子皮、周醒鹤、林清敦、李根生、骆网川、黄湘蘋、郑文治、陈根泉、郑丽生、黄爱庐、高文渊、林菊塘、林崇礼、梅村贵芳、如愚、俊贤等。

光复后社员八十余名,主要有洪玉明、施明德、陈子皮、骆子珊、吴桂芳、

---

① 赖子清:《古今台湾诗文社》(一),台湾省文献委员会编印《台湾文献》第一〇卷第三期,台北:成文出版社有限公司1983年3月台一版影印本,第2032页。

黄承顺、林菊塘、骆铁花、骆嘉村、陈退庵、骆立庵、林长耀、黄梦槎、洪梦楼、黄文虎、黄承发、黄习之、施梅窗、吴梅村、杨朝枝、林万来、刘斌峰、骆良璧、魏清德、颜懋昌、余冠英、陈焙焜、郑鸿音、陈佩坤、郑秋、陈镕经、林韩堂、陈槐庭、陈琴州、刘篁村、高文渊、王省三、陈玉峰、李锡庆、高源、张振声、王定传、卢腾芳、李啸庵、张荣西、莫月娥、张国裕、柯有益、陈玉麟、施胜隆、叶世荣、林郁助、林笑岩、林寿卿、叶财福、林荣吉、郑文山、王精波、陈绰然、鄞耀南、苏清林、黄梁生、吴永琛、刘永华、陈敬镰、李剑楲、刘步青、郑丽生、刘寄园、赵永光、陈亚客、施学长、谢继芳、庄根茹、黄铁松、林文彬、蔡慧明、陈镜波、沈桂川、蔡秋金、林振盛、傅秋镛、傅紫真等。

（三）高山文社的诗钟创作

高山文社每逢夏历八月二十七日孔诞，辄举行释奠，饮酒赋诗；年中随时击钵，诗文并励。该社还经常与台北市淡北吟社、松社开展联吟活动。《台湾诗荟》第二号有载："高山文社（台北）：为万华人士所创设，以振兴文运，岁更二周，颇呈盛况。（1924）二月十一日，假万华俱乐部，开会庆祝，并邀台北各吟社莅临，至者数十人。先由社长倪炳煌氏述开会辞，次推吴昌才氏为名誉社长，谢汝铨、魏清德二氏为顾问。既毕，出题。一七绝《春笋，麻韵》；二诗钟《纪元，凤顶格》。呈左右词宗分选。八时开宴，又有灯谜，以助兴趣，尽欢而散。"①

该社先后还创作有《高山小集，碎锦格》、《鱼、鸟，雁足格》、《高、山，魁斗格》（十六周年纪念吟会）、《育英材，碎锦格》、《鸿鹄志，鼎足格》、《寿、人，蝉联格》、《万华夜市，碎锦格》、《教师节，碎锦格》、《树、人，七唱》（卅五周年纪念）、《寿诗星，碎锦格》（卅六周年纪念）、《文、心，魁斗格》、《月、钟，二唱》、《贤、能，魁斗格》、《梅、月，二唱》、《通、信，二唱》、《清明节，碎锦格》、《清、和，一唱》、《梦、楼，一唱》、《寿、星，蝉联格》、《火、云，二唱》、《三献礼，碎锦格》、《天中节，鼎足格》、《成、发，一唱》、《乐、天，

---

① 《台湾诗荟》第二号"骚坛纪事"，1924 年 3 月 15 日。《台湾文献汇刊》第四辑第十五册，九州出版社、厦门大学出版社 2004 年版，第 260 页。

蝉联格》、《仰、高,七唱》、《红楼梦,碎锦格》、《冠、英,冠首》、《迎春、和尚,
分咏格》、《槐、庭,一唱》、《文、英,一唱》、《李白、竹,分咏格》、《浮、瓜,
魁斗格》、《还俗尼,碎锦格》、《石、泉,二唱》、《新、蝉,一唱》、《出版节,
碎锦格》、《水、灯,四唱》、《一阳生,碎锦格》、《寒、流,魁斗格》、《观光年,
流水格》、《劳动节,碎锦格》、《清、和,魁斗格》、《醉、翁,魁斗格》、《半、
年,蝉联格》、《长生殿,鼎足格》、《角黍、龙舟,分咏格》、《树、人,晦明格》、
《承、泽,冠首》、《画意诗情,双钩格》、《灯谜鼓,碎锦格》、《雪、老妓,分咏
格》、《美女、落选诗,分咏格》、《菩提树,碎锦格》、《锦上花,汤网格》、《中
秋月,鼎足格》、《云、树,一唱》、《互、助,冠顶格》、《灯、节,四唱》、《作好
人,碎锦格》、《醉美人,碎锦格》、《会、友,云泥格》、《文、武,鹤膝格》等
钟题,作品登载于《台湾诗报》、《诗报》、《风月报》(及《南方》)、《诗文
之友》、《中华诗苑》等报刊杂志。兹录数联于下:

《梦、楼,一唱》:
　　　　梦幻庄周疑假我,楼登王粲愧依人。(高文渊)
《月、钟,二唱》:
　　　　鸣钟野鸟窥僧饭,喘月吴牛滴汗珠。(施瘦鹤)
《仰、高,七唱》:
　　　　工吟仅有诗人仰,嗜饮无妨酒价高。(黄文虎)
《乐、天,蝉联格》:
　　　　人生几享三多乐,天意初回万象新。(骆子珊)
《醉、翁,魁斗格》:
　　　　醉酒青莲轻力士,偷桃曼倩祝仙翁。(骆子珊)
《会、友,云泥格》:
　　　　得意人和文酒会,忘年友爱布衣交。(鄞耀南)
《树、人,晦明格》:
　　　　坐牵蕉叶题诗句,醉折树枝当酒筹。(陈琴州)
《天中节,鼎足格》:
　　　　天成史上苏卿节,舟吊江中屈子魂。(李啸庵)

《锦上花，汤网格》：

上方钟声敲残月，锦瑟年华惜落花。（高文渊）

《育英材，碎锦格》：

文尚雕龙参赞育，材堪倚马著英风。（林清敦）

《高山小集，碎锦格》：

成裘集腋来由小，积土为山起自高。（倪炳煌）

《画意诗情，双钩格》：

画里梅兰含馥意，诗中霜雪表寒情。（陈焙焜）

《角黍、龙舟，分咏格》：

菰芭玉粒传荆楚，鹢助金波泛淡江。（施胜隆）

三十七、鼓山吟社

（一）鼓山吟社的创立及沿革

高雄市鼓山吟社创立于民国十一年（1922）。该社"从来事务殊缺统一，故十九年（1930）腊月，社员齐集第一楼开例会，并议决建立理事制，票选理事二名，会计一名，获选理事有鲍梁臣、陈瑾堂二氏，会计为许君山"[1]。1953 年端午节，该社与高雄市内旗津、苓洲、雄州、鲲社等大冶一炉，合并为寿峰吟社。

（二）鼓山吟社的主要成员

鼓山吟社社员三十余名，主要有鲍梁臣、陈瑾堂、许君山、洪耕南、陈春林、陈国梁、吴国辉、郑焕新、宋维六、谢太和、黄占魁、欧炯庵、蔡子聘、陈汉陶、施子卿、许景绵、王华堂、邱振吉、林文华、宋义勇、许成章、李秀瀛、谢显门、洪少川、庄安邦、谢妙其、陈拱辰、维南、升堂、明奎、静涛、颖川生等。

---

① 赖子清：《古今台湾诗文社》（二），台湾省文献委员会编印《台湾文献》第一一卷第二期，台北：成文出版社有限公司 1983 年 3 月台一版影印本，第 2787 页。

（三）鼓山吟社的诗钟创作

鼓山吟社励行月课及击钵,诗钟律绝并作。该社先后创作《蒲、剑,鹭拳格》、《蕉、月,蜂腰格》、《海、花,燕颔格》、《破屋,单咏格》、《龙、眼,凤顶格》、《兔、灯,蜂腰格》、《琴心剑胆,四点金格》、《江、月,鹤膝格》、《午时水,鼎足格》、《水、天,魁斗格》、《中秋饼,鼎足格》、《吟风弄月,睡珠格》等钟题,作品登载于《诗报》等报刊杂志。兹录数联于下:

《龙、眼,凤顶格》:
　　眼目重瞳称舜帝,龙颜一样美文王。(吴国辉)
《海、花,燕颔格》:
　　沉海声号伤伍子,生花梦好忆江淹。(陈国梁)
《蕉、月,蜂腰格》:
　　梦里有蕉皆复鹿,醉边无月不逃禅。(陈春林)
《江、月,鹤膝格》:
　　山似屏围江似带,星如珠点月如钩。(鲍梁臣)
《蒲、剑,鹭拳格》:
　　琵琶拥抱羞蒲柳,书剑飘零感梗萍。(周野鹤)
《水、天,魁斗格》:
　　水里风恬方见月,山中桧老必参天。(郑焕新)
《午时水,鼎足格》:
　　云衣卓午纷披日,水色芳春激滟时。(静　涛)
《吟风弄月,睡珠格》:
　　桓伊三弄风前笛,李白孤吟月下诗。(鲍梁臣)
《琴心剑胆,四点金格》:
　　剑洗刘家增侠胆,琴弹卓妇起春心。(施子卿)
《破屋,单咏格》:
　　栋折榱颓人已杳,门开瓦碎草频生。(许君山)

三十八、鷇音吟社

（一）鷇音吟社的创立及沿革

嘉义县新巷庄鷇音吟社创立于民国十一年（1922），为林维朝所倡设。社名"鷇音"，"即为鸟雏咬破卵壳将出之声，取初学之意，所以勖勉青年从初习起"①。

民国十二年（1923），鷇音吟社与嘉义地区其他诸社打成一片，冶为嘉社；民国二十六年（1937）抗战军兴，嘉社风流云散，社员仍归所属各社。该社创作活动持续至1940年以后。

（二）鷇音吟社的主要成员

鷇音吟社社员三十余名，主要有林维朝（翰堂）、张象贤、何际虞、郭宽容、张进国、吴石辉、黄传心、林开泰、张祯祥、沈玉光、吴琼荣、洪大川、洪瑞璋、林大业、林椒村、张象时、林绍复、林光业、林绳武、周清松、邱兴让、林甲炳、陈东曦、江深、林兰芽、林珠浦、林光前、何如璋、吴石祥、张趾亭、蔡乾亨、郭乃宏、谢少庵、陈清泉、吴琼瀛、黄茂源、桂园等。

（三）鷇音吟社的诗钟创作

鷇音吟社推行击钵，诗钟律绝并励。该社先后创作《花、草，燕颔格》、《天、水，丹顶格》、《日、风，燕颔格》、《梅花、狗，分咏格》、《新、春，魁斗格》、《琴、马，分咏格》、《绿、酒，蝉联格》、《琵琶、扫帚，笼纱格（按：应为"分咏格"）》、《书、剑，燕颔格（按：应为"鸢肩格"）》、《梅、雨，蜂腰格》、《桃花、墨，笼纱格（按：应为"分咏格"）》、《红杏雨，鼎足格》、《夏、云，鸿爪格（按：应为"雁足格"）》、《榴、火，嵌第五字》等钟题，作品登载于《台湾文艺丛志》、《诗报》等报刊杂志。兹录数联于下：

① 赖子清：《古今台湾诗文社》（一），台湾省文献委员会编印《台湾文献》第一〇卷第三期，台北：成文出版社有限公司1983年3月台一版影印本，第2031页。

《天、水，丹顶格》：

　　天气郁成千嶂雨，水光翻动五湖秋。（林绍复）

《日、风，燕颔格》：

　　冬日板桥驴背冷，春风绮陌马蹄香。（陈东曦）

《书、剑，燕颔格（按：应为"鸢肩格"）》：

　　雨淋剑阁闻铃夜，雪压书斋对酒时。（林绳武）

《梅、雨，蜂腰格》：

　　献身祷雨商天乙，点额妆梅宋寿阳。（何际虞）

《榴、火，嵌第五字》：

　　翰苑一株榴吐艳，秦宫三月火飞红。（张祯祥）

《夏、云，鸿爪格（按：应为"雁足格"）》：

　　鼓扇披襟聊遣夏，荷蓑戴笠欲锄云。（陈清泉）

《新、春，魁斗格》：

　　新亭热血都成泪，旧院芳心枉度春。（林开泰）

《绿、酒，蝉联格》：

　　诗笔标题蕉叶绿，酒帘斜映杏花红。（林开泰）

《红杏雨，鼎足格》：

　　日烘墙杏花如锦，雨着池莲衣损红。（林绍复）

《琴、马，分咏格》：

　　伯乐车边怜骏骨，中郎灶下选焦桐。（黄传心）

《梅花、狗，分咏格》：

　　门前误吠缁衣主，林下欣逢缟袂仙。（林珠浦）

《桃花、墨，笼纱格（按：应为"分咏格"）》：

　　诗吟玄观开千树，易注东齐得一九。（林绳武）

三十九、大成吟社

（一）大成吟社的创立及沿革

彰化县大城乡大成吟社初创于民国十一年（1922），后逢第二次世界大战,乃偃旗息鼓。民国二十九年（1940）,由吴澄江、吴冬青等氏重整。该社聘施让甫为导师,以吴乃谦、吴秉筹为顾问,吴澄江、吴冬青为理事,陈庆辉、陈文德、洪哲儒、巫庆堂等为干事。民国三十一年（1942）冬,曾开创社二十周年纪念大会。其后,渐归沉寂。

（二）大成吟社的主要成员

大成吟社社员二十余名,主要有施让甫（顽夫）、吴乃谦、吴秉筹（再添）、吴澄江（梅村长光）、吴松柏（冬青）、陈庆辉（颖燦）、陈文德、洪哲儒、巫吉宗（庆堂）、吴连璧（秉珪）、张树才（寄庵）、吴允吉（云林）、梅村健夫（青云）、洪时（世英）、梅村哲义（云鹤）、谢氏叶（秋红）、吕左淇、陈纫香、吴纫萱、蔡梦天、陈丽山、洪允吉、啸海、恨人、宏基、痴游人等。

（三）大成吟社的诗钟创作

大成吟社课题击钵兼行,诗钟律绝并励。该社先后创作《梅、鹤,分咏格》、《醉、春,鹤顶格》、《梅、村,凤顶格》、《金、枝,凤顶格》等钟题,作品登载于《诗报》等报刊杂志。兹录数联于下:

《醉、春,鹤顶格》:

> 醉眼朦胧天未晓,春花旖旎雨初匀。（陈庆辉）
> 醉月三更怀万感,春醪一饮破千愁。（吴澄江）

《梅、村,凤顶格》:

> 梅鹤别成新眷属,村厖犹守旧门庭。（吕左淇）
> 村店春酣人唤酒,梅林月照鹤梳翎。（吴纫萱）

《金、枝,凤顶格》:

> 金鸡报晓惊香梦,枝叶扶苏系客情。（许文葵）
> 金缕罗裙春不老,枝栖彩凤梦来温。（吴秉筹）

《梅、鹤,分咏格》:

> 丹顶久称千岁鸟,铁心独占百花魁。（巫庆堂）
> 懿公宠汝因亡国,遗老呼他当作妻。（陈庆辉）

四十、萃英吟社

（一）萃英吟社的创立及沿革

台北市萃英吟社创立于民国十一年（1922），历任社长林馨兰、谢汝铨。该社曾与淡北、聚奎等社，共组"消夏吟会"；又与天籁、淡北、聚奎、鸥社，共组"五社联吟会"。日据后期，该社于无形中解散。

（二）萃英吟社的主要成员

萃英吟社社员二十余名，主要有林馨兰、谢汝铨等。

（三）萃英吟社的诗钟创作

萃英吟社课题击钵兼行，诗钟律绝并励。该社曾经创作《落、帽，蝉联格》等钟题，《台湾诗荟》第十号载："萃英吟社（台北）：以（1924）十月五日假剑潭寺开会，至者二十余人。首题《饲鸭船，七绝鱼韵》；次题诗钟《落帽，蝉联格》，录呈词宗评选。晚饭后，乃联袂而归。"①

四十一、道东书院诗社

（一）道东书院诗社的创立及沿革

彰化县和美镇道东书院，内设诗社，创立于民国十二年（1923）一月以前。抗战爆发后，活动歇止。

（二）道东书院诗社的主要成员

道东书院诗社社员四十余名，主要有黄文镕、许幼渔、朱启南、许逸渔、陈子

---

① 《台湾诗荟》第十号"骚坛纪事"，1924年11月15日。《台湾文献汇刊》第四辑第十六册，九州出版社、厦门大学出版社2004年版，第356页。

敏、施让甫、施一鸣、施性湍、郭克明、陈定山、施梅樵、蔡梓舟、王均、郑庆、黄瓜、黄甂、黄岳、吴缔、闲鹤、脱颖、焕奎、腾云、铁星、茂盛、重光、新奇、沧溟、英河、渊源、子圃、东荣、耀寰、植材、彦博、应天、太山、煌煌、启荣、式榖、尔竹、性澄等。

（三）道东书院诗社的诗钟创作

道东书院诗社平时督励诗课,间开击钵,诗钟律绝并作。该社先后创作《灯、花,第一唱》、《花、月,凤顶格》、《和、美,燕颔格》、《道、东,凤顶格》等钟题,作品登载于《台湾文艺丛志》、《诗报》等报刊杂志。兹录数联于下:

《灯、花,第一唱》:

花下关心歌白纻,灯前骋意写黄庭。（闲　鹤）

灯因有意留余焰,花恐多愁不早开。（陈定山）

《花、月,凤顶格》:

花前人击催花鼓,月下僧敲咏月钟。（铁　星）

花葩未放蜂先觉,月序更新燕已归。（茂　盛）

《道、东,凤顶格》:

道统有人开赵宋,东林无力固朱明。（郭克明）

东南此日悲残劫,道德他时感废邱。（重　光）

《和、美,燕颔格》:

卞和刖足遭昏主,子美依才痛乱时。（黄文镕）

济美文章推二陆,翁和兄弟羡三姜。（铁　星）

四十二、樗社

（一）樗社的创立及沿革

台中市樗社创立于民国十二年（1923）初。该社是为召开中嘉南联合吟会而成立的临时性组织,社长林子瑾,社员十数人,各有隶属。民国十三年（1924）成立一周年后解散。《台湾诗荟》第三号有述其创立及解散缘由,曰:"盖以樗社社员各有隶属,其始之组织一团者,为欲办理中嘉南联合吟会之故。今吟会已开（按：1924 年 2 月 10 日开于吴子瑜氏第中），可免设立，遂议解散，众皆赞成。"①

（二）樗社的主要成员

樗社社员十数人，主要有林子瑾（少英）、王竹修等。

（三）樗社的诗钟创作

樗社存续时间虽然仅一年，但该社诗钟律绝并励，"于中州吟坛，别树一帜，亦足以抗衡齐晋也"②。该社曾经创作《芭蕉、妓女，分咏格》等钟题，《台湾诗荟》第一号载："樗社（台中）：以（1924）一月三日，假永乐楼开宴，至者十数人。题为《笼鹦，七绝鱼韵》，得诗四十余首，公推王竹修、林少英二氏为词宗，分选甲乙。开宴后又作诗钟，为《芭蕉、妓女，分咏格》。"③

四十三、聚奎吟社

（一）聚奎吟社的创立及沿革

台北市聚奎吟社创立于民国十二年（1923）春，由淡水宿儒陈庭植所倡设并任社长。该社"为纯粹之门徒诗社"④，办事处设在台北市下奎府町陈姓祖祠内。该社到 1960 年还坚持活动。

（二）聚奎吟社的主要成员

聚奎吟社社员四十余名，主要有黄师樵、谢尊五、周隐侯、黄梦槎、高霁若、黄昆荣等，悉为陈庭植入门弟子。

---

① 《台湾诗荟》第三号"骚坛纪事"，1924 年 4 月 15 日。《台湾文献汇刊》第四辑第十五册，九州出版社、厦门大学出版社 2004 年版，第 335 页。

② 《台湾诗荟》第一号"骚坛纪事"，1924 年 2 月 15 日。《台湾文献汇刊》第四辑第十五册，九州出版社、厦门大学出版社 2004 年版，第 189 页。

③ 同上。

④ 赖子清：《古今台湾诗文社》（一），台湾省文献委员会编印《台湾文献》第一○卷第三期，台北：成文出版社有限公司 1983 年 3 月台一版影印本，第 2033 页。

（三）聚奎吟社的诗钟创作

聚奎吟社朞月会集，击钵催诗，诗钟律绝并励；另与天籁、淡北、萃英、鸥社共组"五社联吟会"，经常开展联吟活动。该社曾经创作《笔、花，魁斗格》等钟题，《台湾诗荟》第六号载："聚奎吟社（台北）以（1924）六月廿二日，假陈氏宗祠开第一回击钵吟会。诗题《雨声，七绝齐韵》，诗钟《笔花，魁斗格》。"[①] 兹录数联于下：

《笔、花，魁斗格》：

笔底奔雷星斗动，花边赏月露珠浓。（谢尊五）

笔洗池边鱼怕黑，花移槛上蝶寻芳。（周隐侯）

笔点龙睛将破壁，花迷蝶翅已穿帘。（黄梦槎）

笔载麟经钦鲁史，花催羯鼓诩唐宫。（高霁若）

笔底龙蛇翻墨痕，花开蜂蝶舞春风。（黄昆荣）

四十四、日据时期台湾专门诗钟社团之二——东海钟声社

（一）东海钟声社的创立及沿革

台北市东海钟声社亦称钟社或台北钟社，创立于民国十二年（1923）七月，为菽庄主人林尔嘉长子林景仁所倡设，并由林尔嘉季弟林柏寿担任社长。该社创作活动至少持续到了民国十三年（1924）二月，即连横所主编之《台湾诗荟》创刊以后。

东海钟声社与菽庄吟社一脉相承。林景仁所撰《东海钟声·序》有记："诗钟之作，盖仿刻烛击钵之遗意。闻前辈言，谓滥觞自吾闽。殆骚人墨客，藉此道游戏，以温修书史，且安顿身心也。曩者余侍家君为菽庄吟社，尝与陈香雪、施耐公、许蕴白、沈傲樵诸老鏖战，累月不息。弱冠后，南游印毒诸邦，

---

① 《台湾诗荟》第六号"骚坛纪事"，1924 年 7 月 15 日。《台湾文献汇刊》第四辑第十六册，九州出版社、厦门大学出版社 2004 年版，第 66 页。

风尘鞅掌,盖久不复唱渭城矣。癸亥（1923）七月,自金台归,乍入舴艋,萧然有渔钓旧想,而里闬相善者,殷勤携袂,邀作文字饮;于是闲日有诗钟会之聚,一笑相乐,不自知其衣焦不申,头尘不去也。俄而季叔将有远行,从香江回里治装;从弟文访亦至自沪上;瘿民、夷轩、菱槎诸君后先东渡。岁晏业闲,促席接膝,而钟声之盛,遂无虚日。按弦拭徽,量敌选对,雅音浏亮,迭互锋起。"①

（二）东海钟声社的主要成员

东海钟声社社员十七名,分别是:台北的林柏寿（季丞）、林景仁（健人）、林熊祥（文访）、刘育英（得三）、黄赞钧（石衡）,新竹的张汉（纯甫）、魏清德（润庵）、刘克明（篁村）,彰化的庄嵩（伊若）,台南的罗秀惠（蔚村）、林馨兰（湘沅）、连横（雅堂）、谢汝铨（雪渔）、黄欣（茂笙）,晋江的庄棣荫（怡华）,泉州的苏镜潭（菱槎）,闽侯的王贻瑄（怡轩）。

（三）东海钟声社的诗钟创作

东海钟声社专课诗钟,是一个专门的诗钟社团。该社"每逢星期及星期三五,相约小集,各作诗钟二三唱,分选甲乙"②,"该社钟会规矩甚严,短兵接战,不许携带参与书,连辞源亦禁在场查阅"③。该社所作诗钟"诸格悉备,计不下百数十题"④,经林景仁重加芟汰,得 68 题 254 联,辑为《东海钟声》一册。

东海钟声社倡导"绮藻抽思"的性灵之作,艺术技巧十分高超,作品往往寓家仇国恨、民族沦亡于其中,多抒发台湾钟手抑郁心中的亡国之痛、故园

---

① 林景仁:《东海钟声·序》,张作梅编订《诗钟集粹六种》,台北:中华诗苑 1957 年版,第 83 页。

② 连横主编:《台湾诗荟》第一号"骚坛纪事",1924 年 2 月 15 日。《台湾文献汇刊》第四辑第十五册,九州出版社、厦门大学出版社 2004 年版,第 189 页。

③ 赖子清:《古今台湾诗文社》（一）,台湾省文献委员会编印《台湾文献》第一〇卷第三期,台北:成文出版社有限公司 1983 年 3 月台一版,第 2033 页。

④ 林景仁:《东海钟声·序》,张作梅编订《诗钟集粹六种》,台北:中华诗苑 1957 年版,第 83 页。

之思、对日本殖民统治者之恨、维系汉文化之责、清高守节之志以及与日本殖民侵略者血战到底的决心。兹录数联于下：

《白、乡,凤顶格》：

　　白发三秋惊去雁,乡心一夜起闻鹃。（黄赞钧）

《娥、后,燕颔格》：

　　窦后神光临七夕,曹娥孝行著千秋。（罗秀惠）

《满、生,鸢肩格》：

　　山月满时星影淡,海云生处浪花粗。（庄　嵩）

《王、首,蜂腰格》：

　　泪成岘首碑前雨,诗在滕王阁外江。（张　汉）

《爱、清,鹤膝格》：

　　丛编骈首清眉目,绮藻抽思爱性灵。（林柏寿）

《古、题,兔胫格》：

　　下笔便生千古想,敲诗偏窘一题难。（苏镜潭）

《战、怀,雁足格》：

　　心常轳辘如宣战,事到艰难且放怀。（苏镜潭）

《知、虎,鹭拳格》：

　　闻鹃桥上时知乱,射虎山头数叹奇。（谢汝铨）

《宝、星,魁斗格》：

　　宝剑风尘埋侠气,骚坛侪辈感辰星。（林景仁）

《隐、居,蝉联格》：

　　厌乱此生何处隐,居夷吾道岂终非。（林景仁）

《雄、带;八叉格五六》：

　　六朝金粉消雄气,万劫江山带怒容。（苏镜潭）

《走、台,笼纱格》：

　　腐迁太史称牛马,醉白仙人赋凤凰。（黄赞钧）

《颜、墨,晦明格》：

　　宋塔千金玄秘拓,颜箸三表武当书。（苏镜潭）

《达尔文,鼎足格》:

南华旷达参微旨,尔雅渊深爱博文。(庄棣荫)

《山中春雪,流水格》:

山连函谷秦中险,春到穹庐雪窖寒。(苏镜潭)

《半夜中宫,双钩格》:

半世狂名嵇叔夜,中朝才士米南宫。(林柏寿)

《青春作伴,碎锦格》:

红袖伴吟编乐府,青灯作史继春秋。(连　横)

《鸟声非故国,碎锦格》:

宗国事非人有恨,故园春尽鸟无声。(谢汝铨)

《劣棋、秦始皇,分咏格》:

拙笑长年甘守黑,传终二世枉愚黔。(林景仁)

《教曲先生,合咏格嵌牙字》:

道白聱牙传北调,拷红绮语授西厢。(林柏寿)

(四)东海钟声社在台湾钟坛的地位及影响

东海钟声社荟萃了日据时期台湾钟坛的重要名家,创作技巧非常高超,所作由林景仁辑为《东海钟声》一册,分八期刊载于连横主编的《台湾诗荟》,在台湾诗坛产生很大反响。该社社友后来大多担任台湾本岛各大诗社的社长、顾问、词宗等,经由他们的传播和进一步提倡,使得日据中后期台湾诗钟的创作风气日趋鼎盛,对保存和延续台湾汉文化起到重要作用。

东海钟声社在继承斐亭吟社所开创的"笼纱格"创作艺术的基础上,进一步推演创新出"晦明"一格;并通过对闽地早期诗钟"流水碎"、"七碎联"等"古格"的脱化,创新出"鹭拳"、"魁斗"、"蝉联"、"八叉"、"流水"、"双钩"、"睡蛛"、"鼎足"、"碎锦"等格;还对嵌字体正格一至七唱,分别冠以"凤顶"、"燕颔"、"鸢肩"、"蜂腰"、"鹤膝"、"凫胫"、"雁足"等雅称,"尤征雅趣"[1],丰富和发展了诗钟创作艺术。

---

[1]　王贻瑄:《折枝传唱》,《台湾文献汇刊》第四辑第十五册,九州出版社、厦门大学出版社2004年版,第251页。

东海钟声社成员林景仁、王贻瑄、张汉、连横等，还对诗钟理论作出了重要建树。如林景仁《东海钟声·序》对诗钟各格创作方法与创作规范的界定，王贻瑄《折枝传唱》对闽地诗钟创作机制与活动程式的概括和引介，张汉《古陶渔村人四时闲话·冬烘谭》有关诗钟格目、创作类型、用典方法等的论述，连横《台湾诗荟》"余墨"及《三六九小报》"雅言"中有关诗钟的论述等。

四十五、留青吟社

（一）留青吟社的创立及沿革

台南市留青吟社创立于民国十三年花朝日（1924 年 3 月 16 日），为台南宿儒谢绍楷所倡设。该社以"训育诸生以韵学"[①] 为宗旨，社名取"名留青史"之意。

民国二十四年（1935）季秋，该社召开创立十周年纪念大会。民国二十八年（1939）社长谢绍楷去世后，活动渐少。1951 年，该社与台南市下之南社、酉山、桐侣、锦文、崁南诸社合并，共同创立延平诗社。

（二）留青吟社的主要成员

留青吟社社员二十余名，主要有林珠浦、韩子明、陈景仁、云樵、文忠、璧修、春莲女士、挺齐、清源、情敌、凌云、俪玉女士、石柳、剑澜、庆澍、桂友、草香、惠卿、廷荣、景贤、化三等，悉为谢绍楷门徒。

（三）留青吟社的诗钟创作

留青吟社课题击钵兼行，"律绝诗钟，双管齐下"[②]。该社先后创作《松、龄，魁斗格》、《黄、鸡，魁斗格》、《酒、杯，鹤顶格》等钟题，作品登载于《诗

---

①　赖子清：《古今台湾诗文社》（二），台湾省文献委员会编印《台湾文献》第一一卷第二期，台北：成文出版社有限公司 1983 年 3 月台一版影印本，第 2788 页。

②　同上。

报》、《三六九小报》等报刊杂志。兹录数联于下：

《酒、杯,鹤顶格》：

　　　酒贮玉壶春不老,杯开金谷寿无疆。（谢绍楷）

　　　酒进麻姑来海上,杯浮彭泽醉篱边。（石　柳）

　　　酒倾北海长生客,杯引东瀛不老翁。（桂　友）

《松、龄,魁斗格》：

　　　松梅气节灵椿寿,龙马精神海鹤龄。（云　樵）

　　　松根竹节长生寿,鹤发童颜不老龄。（文　忠）

　　　松祝千秋同鹤算,菊称万寿比龟龄。（挺　齐）

《黄、鸡,魁斗格》：

　　　黄冠客至乘云鹤,绛帻人呼当晓鸡。（林珠浦）

　　　鸡林声价唐推白,鹿野功勋帝号黄。（剑　澜）

　　　黄石授书传啸虎,青窗说易起谈鸡。（韩子明）

四十六、衡社

（一）衡社的创立及沿革

台中县大甲镇衡社创立于民国十三年（1924）初,为当地文士王子鹤等氏所倡设。该社沿革情况未详。

（二）衡社的主要成员

衡社社员情况未详。所知者仅王子鹤一氏。

（三）衡社的诗钟创作

衡社"除每星期击钵吟外,复逐月征诗",诗钟律绝并励。该社曾以《秋、夜,鹤膝格》为题,向全岛征募诗钟。《台湾诗荟》第十一号载:"衡社（大甲）:为王子鹤诸氏所设,以研究诗学,阅今将及一年。除每星期击钵吟外,复逐月征诗,藉资磋切。闻本期诗题为《中秋,七绝尤韵》;诗钟为《秋夜,鹤膝格》。计得诗七十余首、诗钟约二百联,已录送词宗评选。此后扬风挖雅,当见蒸蒸日上矣。"①

四十七、青莲吟社

（一）青莲吟社的创立及沿革

新竹市青莲吟社创立于民国十三年（1924）春季,由当地文士郑香圃、郑玉田、江尚文、黄植三诸氏共同倡设。该社沿革情况未详。

（二）青莲吟社的主要成员

青莲吟社社员十余名,主要有郑香圃、郑玉田、江尚文、黄植三、张汉、郑雪汀、曾逢时等。

（三）青莲吟社的诗钟创作

青莲吟社推行击钵,诗钟律绝并励。该社曾经创作《古、山,魁斗格》等钟题,《台湾诗荟》第三号有载:"青莲吟社（新竹）:以（1924）三月二日,假郑香圃之宅,开击钵吟会,至者十余人。题为《雄、溪,庚韵,七绝》,又诗钟《古、山,魁斗格》。乃呈词宗选取,发表而散。"②

四十八、石津吟社

（一）石津吟社的创立及沿革

石津吟社创立于民国十三年（1924）五月以前。该社沿革情况未详。

---

① 《台湾诗荟》第十一号"骚坛纪事",1924 年 12 月 15 日。《台湾文献汇刊》第四辑第十六册,九州出版社、厦门大学出版社 2004 年版,第 429 页。

② 《台湾诗荟》第三号"骚坛纪事",1924 年 4 月 15 日。《台湾文献汇刊》第四辑第十五册,九州出版社、厦门大学出版社 2004 年版,第 335 页。

（二）石津吟社的主要成员

石津吟社社员十余名，主要有吴汝纯、吴莫卿、吴玉卿、吴耀卿、吴翼逵、吴鸿逵、吴溪㴼、吴乃禧、吴龙驹、黄传心、黄谦容、杨维藩、蔡西函等。

（三）石津吟社的诗钟创作

石津吟社诗钟律绝并励。该社曾以社名"石津"为题创作凤顶格诗钟，作品登载于《台湾诗报》。兹录数联于下：

《石、津, 凤顶格》：

> 石门渐宿雄冠客，津渡曾逢佩剑人。（吴汝纯）
>
> 石榻扫尘留隐士，津亭折柳送行人。（吴耀卿）
>
> 石上箭穿疑只虎，津头剑落化双龙。（吴莫卿）
>
> 石岩藓色分深浅，津水波声自古今。（吴翼逵）
>
> 石坚难受千槌击，津远全凭一艇通。（吴玉卿）

四十九、陶社

（一）陶社的创立及沿革

新竹县大溪郡龙潭庄陶社创立于民国十三年诗人节（1924 年 6 月 6 日），由当地宿儒邱筱园所鼓吹倡设，并获关西镇耆宿陈旺回、沈梅岩等襄赞其美。

民国十九年（1930）二月十九日，社址移设关西镇。其时日人百般掮制，吟社得罗享彩、罗庆进、余锡琼、郭景澄、陈昌宏、陈济昌、徐家旺等有心人士大力扶翼，排除压力，于每星期六召开吟会一次，名曰"周末吟会"，使得社运蒸蒸日上，维持关西文运于不坠。

1954 年 2 月 21 日，陶社举办三十周年祝典暨新竹、桃园、苗栗三县联吟大会，柬邀各地吟友参加，盛况空前。该社至今还活跃在台湾诗坛。

（二）陶社的主要成员

陶社历任社长为邱筱园（1924—1942）、沈梅岩（1942—1969）、罗享彩（1969—1979）、刘锦传（1979—1987）、魏云钦（1987－2000）、徐庆松（2000—　）。

陶社日据时期社员四十余名,主要有邱筱园（世濬）、徐开禄（锡卿）、陈旺回（子春）、黄德洋（子鹰）、沈梅岩、叶步戥、刘汶清、陈昌宏（苍髯）、罗享彩（南溪）、罗阿进、余锡琼（子华）、郭阿昌、陈济昌（其五）、徐锦钧（少宾）、徐家旺（修镜）、罗享麟、余天送（鸣皋）、陈昌潮（钓客）、陈镜清、黄朱兴、刘锦传（南雄）、邱双土、徐登钦、刘碧岚（晓初）、罗礼田（义耕）、郭景澄、黄子龙、罗庆进（润亭）、徐庆松、吕岳三、曾书童、吕赐枝（天炮）、徐家祥、杜锦和（少甫）、陈双禄（有田）、陈俊深（静轩）、吴锦来（雁宾）、罗阿麟（玉书）、黄士荣（首民）、徐秋旺、徐圣堂等。

光复后,先后加入该社的成员有魏云钦、钟盛鑫、萧德宏、黄香模、游金华、林木进、林礽湖、刘云开、黄金秀、黄治诚、江颖川、余贵财、古英娇、张雪娇、邓文治、詹阿春等。

（三）陶社的诗钟创作

陶社每月开击钵吟例会一次,出课题一次,所作辑为《陶社课题诗选》（徐家祥主编,发行人魏云钦,1997年出版）、《陶社诗集》（林柏燕主编,新竹县文化局2001年版）;另还经常与新埔之大新吟社、湖口之同光吟社、凤岗之来仪吟社等开展联吟活动。《诗报》第九十二号载:"前月（1934年10月）十七日陶社击钵例会开于陈子春氏陶然楼上,是日适逢桃园郑永南氏亦载笔来游,又有杨梅郑步青、新埔林孔昭诸氏。诗题,首唱《小重阳陶楼雅集,五律东韵》,次唱诗钟《乞丐、古塚,笼纱格（按:应为"分咏格"）》。计得诗五十首,录呈词宗选毕,分呈赠品,后移开吟筵席上,吟兴勃勃,争次韵永南氏两律诗,并乞挥毫,至钟鸣十下始散。"①

---

① 《诗报》第九十二号第一版"骚坛消息",1934年11月1日。

该社先后还创作有《秦始皇、屎,分咏格》、《新婚、糖,笼纱格（按:应为"分咏格"）》、《登龙门,碎锦格》、《重、阳,魁斗格》、《忠、义,一唱》（第十七期课题）等钟题,作品登载于《诗报》、《诗文之友》（及《中国诗文之友》）等报刊杂志。兹录数联于下:

《忠、义,一唱》:

忠庙当门浮九曲,义桥题柱纪千秋。（陈添吉）

《重、阳,魁斗格》:

重整菊松陶靖节,安居岁月郭汾阳。（谢胜长）

《登龙门,碎锦格》:

鸿门排宴双龙会,雁塔题名五凤登。（骆耀堂）

《秦始皇、屎,分咏格》:

金谷遗臭尝荆客,沙邱香袭附车人。（沈梅岩）

《新婚、糖,笼纱格（按:应为"分咏格"）》:

窠中常酿黄蜂蜜,堂上初开孔雀屏。（陈苍髯）

五十、崁津吟社（后名南雅吟社）

（一）崁津吟社的创立及沿革

桃园县大溪镇崁津吟社创立于民国十三年乞巧节（1924 年 8 月 7 日）,由吕传琪所倡设,社址置于桃园县大溪镇中央路。该社初任社长吕传琪;民国十六年（1927）吕氏病殁,黄树林继任社长。未几,改称南雅吟社,"盖以领台前该地设南雅县,垂成时恰逢台变而废,因以县名其社也"[①]。

抗战中,该社藕断丝连;光复后复称崁津吟社,推李传亮氏主持社务。1958 年,该社开中秋例会,经社员商议改为委员制,以李传亮、吕传命、林清山、邱春木、黄茂炎等五人为常务,李吕两氏代表社务。该社创作活动持续至1976 年以后。

---

① 赖子清:《古今台湾诗文社》（一）,台湾省文献委员会编印《台湾文献》第一〇卷第三期,台北:成文出版社有限公司 1983 年 3 月台一版影印本,第 2034 页。

（二）崁津吟社的主要成员

崁津吟社初期社员五十余名,主要有黄树林等,多系吕传琪（钓璜）门人。光复后社员二十余名,主要有李传亮、吕传命、林清山、邱春木、黄茂炎、廖大德、张云程、林则诚、李遂初、李传祥、胡东海、张云腾、吕介夫、蔡秋金、李长春、廖心求、澍霖、世谦、应中、青山、伯仁、子明等。

（三）崁津吟社的诗钟创作

崁津吟社创立之初月开击钵例会一次,由社员轮流值东,且出课题;光复后,除每月例开击钵一次,互通声气外,每年仲春仲秋,合社举行春秋祭圣,顺开会员大会,检讨社务。该社存有《钓璜遗稿》及《崁津吟社诗集》数卷。

崁津吟社先后创作《梦、兰,一唱》、《孔明、秋,分咏格》（第五期课题）等钟题,作品登载于《中华诗苑》、《诗文之友》等报刊杂志。兹录数联于下:

《梦、兰,一唱》:

　　梦想贤才光武帝,兰征贵子郑文妻。（黄茂炎）

　　梦叶熊罴征瑞兆,兰开蝴蝶艳阳春。（澍　霖）

　　兰蕙生香昌世第,梦熊叶吉庆充闾。（廖大德）

　　梦入巫山情缱绻,兰开幽谷味清芬。（张云程）

　　梦授江淹花是笔,兰征燕姞草宜男。（子　明）

《孔明、秋,分咏格》:

　　落叶梧添宫女怨,出师表见老臣心。（李遂初）

　　隆中早卜三分鼎,海上犹传八月槎。（张云程）

　　智谋赫濯周瑜妒,草木凋零宋玉悲。（吕介夫）

　　遨游赤壁天雁归,巧借东风力破曹。（胡东海）

　　纶巾羽扇怀诸葛,莼菜鲈羹忆季鹰。（张云程）

五十一、砺石吟会

（一）砺石吟会的创立及沿革

砺石吟会创立于民国十四年（1925）一月以前。该社沿革情况未详。

（二）砺石吟会的主要成员

砺石吟会社员情况未详。所知者有幼香、德音、乃诚、警庵、文彩、经纶、伯华、汝瑛等。

（三）砺石吟会的诗钟创作

砺石吟会创作活动情况未详。该社曾经创作诗钟《水、心，凫胫格》，作品登载于《台湾诗报》。兹录数联于下：

《水、心，凫胫格》：

苏轼长歌翻水调，文山正气发心声。（幼　香）

千古难磨为水镜，一时怒放在心花。（德　音）

鸡鸣草舍春心好，雁过衡阳秋水寒。（乃　诚）

断机勖学平心易，立马求情收水难。（警　庵）

一篙撑破江心月，双桨分开湖水萍。（文　彩）

鱼跃江中看水动，鸟栖幕上每心惊。（经　纶）

世味人情冰水冷，秋风故国客心悲。（伯　华）

花开金谷春心满，月照银河秋水清。（汝　瑛）

投石有时从水现，奇书能读始心开。（幼　香）

孤月当天明水镜，落花满地动心旌。（警　庵）

五十二、云峰吟社

（一）云峰吟社的创立及沿革

云林县斗六镇云峰吟社创立于民国十四年（1925）春月，是继该镇斗山吟社之余脉改组而成的。最初由林庚宿发起，李长春负责社务，词宗仍为斗山吟社的黄绍谟和黄鹤伍两秀才。

该社社址最初设在云林县斗六镇斗六街青年照相馆。民国二十二年（1933）仲春，吴景箕从日本学成归梓，就职于斗六街青年照相馆对面的庆丰商行，受李长春鼓舞，出任云峰吟社社长；后来，该社的击钵活动全部在庆丰商行举行。

民国二十三年（1934）秋，因该社词宗黄绍谟衰老，不能当任其烦，兼之社员烟消云散，寥若晨星，遂至解散。

（二）云峰吟社成员

云峰吟社除黄绍谟、黄鹤伍二词宗外，社员二十余名，全部为青年人，包括林庚宿、李长春、林牛港、黄梧桐、林坤福、吴大智、施锦川、郭熊、吴升第、赖草、张权、陈锡津、钟联锦、钟联翘、林一鹿、詹本、黄文苑、郭明传、吴景箕、蔡贻祥等。其中，林庚宿、黄梧桐、郭熊、赖草、林一鹿、詹本、郭明传等，既是斗山吟社的社友，又是黄绍谟的学生。

（三）云峰吟社的诗钟创作

云峰吟社的创作活动情况未详。据吴景箕所撰《斗山吟社之沿革与卧云斋》载，该社活动形式有击钵和课题两种，"其功课着眼，□重作诗间及诗钟"[1]。

---

[1] 吴景箕：《斗山吟社之沿革与卧云斋》，云林县文献委员会编印《云林文献》创刊号，台北：成文出版社有限公司1983年3月台一版影印本，第81页。

五十三、篁声吟社

（一）篁声吟社的创立及沿革

一般认为，苗栗县竹南镇篁声吟社渊源于南洲吟社，初创于民国十六年（1927），正式创立于民国二十一年（1932）四月一日。赖子清《古今台湾诗文社》有述："苗栗县竹南镇，自割台后汉学衰退，有心人欲振文风，曾设南洲吟社，社员众多，岁时课题击钵，大事推行，一部人士，更于民国十六年（1927），特聘四川名师设教，灌输汉学数年，习者稍有基础，乃于二十一年（1932）组织篁声吟社，四月一日举行成立典礼，邀请新竹、竹南、关西各地来宾多数参加。"[①]

不过，从《台湾诗报》第二年三月号所载篁声吟社诗钟作品来看，该社在民国十四年（1925）三月以前即已创立；而从《诗报》所载篁声吟社诗钟活动讯息来看，该社创作活动至少持续至民国二十二年（1933）以后。

（二）篁声吟社的主要成员

篁声吟社社员情况未详。所知者仅有炳煌、瘦菊生、清奇、火土、丙丁、坚志、荣阳三郎、子擎数氏。

（三）篁声吟社的诗钟创作

篁声吟社课题击钵兼行，诗钟律绝并励。民国二十一年（1932）四月，该社曾以社名"篁声"为题，向全岛征求鹤顶格诗钟，得二百余卷，经词宗陈辖轩氏评阅，选取十名。《诗报》第五十号载："篁声吟社曩征《诗人集会，七律》及《篁、声，冠首》，各得稿二百余首，经词宗陈辖轩氏选取十名如左：……联榜：一名头围叶文枢、二名彰化张鸣鹤、三名高雄鲍梁臣、四名台南宋世英、五名台南宋义勇、六名宜兰陈镜秋、七名鹿港王一侬、八名竹南隐客、

---

① 赖子清：《古今台湾诗文社》（二），台湾文献委员会编印《台湾文献》第一一卷第二期，台北：成文出版社有限公司1983年3月台一版影印本，第2792页。

九名基降钓客、十名台南吴纫秋。"① 该社另还创作《新竹城，碎锦格》等钟题，作品登载于《台湾诗报》等报刊杂志。兹录数联于下：

《新竹城，碎锦格》：

　　　　绿竹千竿新雨露，长城万里旧乾坤。（炳　煌）

　　　　绿竹美人新活计，关城将士旧生涯。（瘦菊生）

　　　　清新竹韵鸣淇澳，烂漫花容满洛城。（清　奇）

　　　　竹稍新月骚人兴，城上暮笳旅客愁。（火　土）

　　　　偶观竹里栖新凤，忽听城头奏暮笳。（丙　丁）

　　　　月移翠竹摇新影，日落江城奏暮笳。（坚　志）

　　　　蟹谷新秋风过竹，山城半夜月当花。（坚　志）

　　　　东山绿竹吹新阁，武帝旌旗出禁城。（荣阳三郎）

　　　　几阵清风来竹里，一钩新月挂城头。（子　擎）

五十四、南陔吟社

（一）南陔吟社的创立及沿革

南投县南投镇南陔吟社创立于民国十四年（1925）三月，社长张笏山，干事黄弃民、张雪崖、萧艺痴。抗战时期，活动时断时续，藕断丝连。1952 年7 月，重选吴维岳为社长，林滨副之，詹秋金、张万枝为干事。该社到 1986 年还坚持活动，其时社长林承郁，顾问郭茂松，总干事陈水木，社址设在南投县南投镇民族路二四九号。

（二）南陔吟社的主要成员

南陔吟社前后社员计六十余名，主要有张笏山（玉书）、黄弃民、张雪崖、萧艺痴、吴维岳、林滨、詹秋金、张万枝、黄可轩、萧太温、张希型、郑市隐、江天啸、游啸云、王崧生、黄雪樵、张兰石、吴醉莲、范清炎、张明舜、张庆重、赖金

---

① 《诗报》第五十号第一版"骚坛消息"，1933 年 1 月 1 日。

龙、赖燕庆、王顺风、庄灯、简清章、简锡勋、吴香莼、邓修然、李庭金、连德贤、林串根、罗向荣、庄火阵、石秋水、王秋红、王娇娥、郭茂松、林承郁、陈水木、张达修、万古愚、林惠民、王少君、王少沧、林鲲南、黄联章、周希珍、许娟娟、黄宏介、杨木池、陈庆辉、王梓圣、黄微风、洪允权、刘啸庐、王翼丰、林谦庭、萧琇阳、林明权、李春初、周卿场、杨啸天、张达旦、陈金典、黄静夫、谢金生等。

（三）南陔吟社的诗钟创作

南陔吟社每月两次小集击钵，间或课题，诗钟律绝并励。该社先后创作《爽、吟,鹤顶格》、《南、陔,鹤顶格》、《春、灯,魁斗格》等钟题，作品登载于《诗文之友》（及《中国诗文之友》）等报刊杂志。兹录数联于下：

《南、陔,鹤顶格》：

　　南岭钟灵高士隐,陔兰毓秀美人居。（陈庆辉）

　　南极一躔星绚烂,陔前万个竹琅玕。（王少君）

　　南国衣冠崇孔孟,陔埏礼节绍唐虞。（郭茂松）

《爽、吟,鹤顶格》：

　　爽直喜招莲社侣,吟哦且作竹林游。（张达修）

　　爽气凉侵红叶地,吟声韵逗碧云天。（罗向荣）

　　爽籁客寻陶令宅,吟朋车驻远公庐。（林惠民）

《春、灯,魁斗格》：

　　春风北郭莺儿曲,夜雨南朝燕子灯。（杨啸天）

　　春到蓝田搞凤藻,夜来白社舞龙灯。（张达修）

　　春迎过客香萦袖,月伴归人皎代灯。（郭茂松）

五十五、登瀛吟社

（一）登瀛吟社的创立及沿革

宜兰县头城乡登瀛吟社创立于民国十五年（1926），为该乡头围诗人所倡设，社名取十八学士登瀛洲之意。该社举头围公学校教员吴祥辉为社长，陈书为顾问,理事卢缵祥,干事吴六也,庶务庄芳池,会计黄振芳,编辑林才添。

民国二十一年（1932）陈书、吴祥辉相继物故;翌年三月二十六日,假该地庆安宫开总会,改选卢缵祥为社长,理事林才添,会计黄振芳,庶务游象新,编辑林锡虎。该社到1981年还坚持活动,其时社长林才添。

（二）登瀛吟社的主要成员

登瀛吟社社员五十余名,主要有吴祥辉（春麟）、陈书（子经）、卢缵祥、吴六也、庄芳池、黄振芳、林才添、游象新、林锡虎、陈木裕、简林财发、陈阿荣、简祖林、陈生枝、张文通、陈枝成、连琼琪、林德发、庄正义、李两传、游雪齐、杨水成、黄登元、刘其昌、郑阿福、吴英林、林万荣、吴旺水、林碧荣、吴鸿义、吴石定、黄进财、庄小芳、杨静渊、王省三、曾文新、康懋荣、吴雪涯、陈天阶、史云、漱六、树德、梦得、荣西、义德、竹峰、月娥、谈瀛客、海秋等。

（三）登瀛吟社的诗钟创作

登瀛吟社课题击钵兼行,诗钟律绝并励;该社还以客社的形式,参与"鼎社"（由基隆市大同吟社、台北县奎山吟社与貂山吟社共组之联吟组织）联吟,一年春夏秋冬,四社各主办一次吟会。该社先后创作《海水浴、美人,分咏格》、《登、瀛,凤顶格》、《木、瓜,二唱》等钟题,作品登载于《诗报》、《诗文之友》等报刊杂志。兹录数联于下:

《登、瀛,凤顶格》:

　　登榜泥金封一帖,瀛奎律随擅三宗。（林万荣）

　　登殿酒仙怀太白,瀛洲诗祖忆斯庵。（庄芳池）

　　瀛海捕鱼寻吕尚,登山插菊效陶潜。（林锡虎）

《木、瓜,二唱》:

　　古木奇花栽满圃,陈瓜列菜拜双星。（庄芳池）

　　刻木丁兰成孝子,怀瓜郭祚作忠臣。（林碧荣）

　　陈瓜七夕看牛女,古木千年舞鹤孙。（林万荣）

《海水浴、美人,分咏格》:

洗身往不扬波处,赌面逢难未嫁时。(史　云)

乘风破浪追宗悫,妙舞新歌美丽华。(杨静渊)

倾国倾城歌汉殿,濯缨濯足泳春沂。(树　德)

五十六、苓洲吟社

(一)苓洲吟社的创立及沿革

高雄市苓雅寮苓洲吟社创立于民国十五年(1926),为当地诗人陈皆兴所倡设。该社聘澎湖宿儒陈锡如任社长兼主讲,社址设在高雄市苓雅寮(今高雄市苓雅区)三一八番地。抗战爆发后,由于日殖当局监视綦严,乃偃旗息鼓,销声匿迹。

光复后,诸社友重整旗鼓,继承遗徽,推陈皆兴为顾问,陈霭堂为社长,陈勋廷副之,陈汉臣为总干事。1953年端午节,与高雄市内旗津、鼓山、雄州、鲲社等大冶一炉,合并为寿峰吟社。

(二)苓洲吟社的主要成员

苓洲吟社创立之初社员三十五名。其中男社员二十一名,分别是陈霭堂、陈考廷、蔡雨亭、陈耀卿、陈汉臣、杨希贤、陈文标、陈列堂、陈勋廷、叶伯恭、林振卿、陈敬卿、洪仲华、周少舆、周文班、陈斗文、洪达材、陈润卿、陈仰三、林和廷、陈庆祈;女社员十四名,分别是陈品香、陈玉冰、陈爱珠、孙雪琼、李云娟、王丽红、林玉珊、周翠鸾、蔡碧珍、王碧枝、周锦云、陈月娇、陈素波、陈月波。其后,又有柯典五、陈原吉等先后加入。

光复后社员数十名,主要有陈斗文、陈汉臣、柯典五、左书、陈勋廷、玉堂、锦山、闲云、吕笔、望洋、炯埔等。

(三)苓洲吟社的诗钟创作

苓洲吟社"社课而外,更逐月出题征求岛内珠玉,匄人评选"[1],入选佳

---

[1]　林维朝:《高雄苓洲吟社征诗初集·序》书前页,苓洲吟社辑《高雄苓洲吟社征诗初集》,高雄印刷合资社1931年版。

作汇编成册,额曰《高雄苓洲吟社征诗初集》(发行人陈瑞,1931年1月16日出版),内录诗钟4题74联,所见钟题有《苓洲晴岚,碎锦格》(第八期征诗)、《诗、钟,鹤顶格》、《中、秋,魁斗格》、《春、雨,鹤顶格》。此外,该社还创作有《琴、酒,六唱》、《心、眼,七唱》、《石、梅,蝉联格》等钟题,作品登载于《中华诗苑》、《诗文之友》等报刊杂志。兹录数联于下:

《诗、钟,鹤顶格》:

　　时交子午针相叠,钟扣晨昏数各殊。(陈霭堂)

《春、雨,鹤顶格》:

　　临春阁建由陈主,喜雨亭成自子瞻。(陈品香)

《琴、酒,六唱》:

　　幽人月下横琴坐,雅客花中载酒回。(左　书)

《心、眼,七唱》:

　　万卷诗书多饱眼,一竿风月足宽心。(吕　笔)

《中、秋,魁斗格》:

　　中道难逢唐社稷,正言期许鲁春秋。(陈霭堂)

《石、梅,蝉联格》:

　　溪水长流漂母石,梅花大放郑王祠。(陈勋廷)

《苓洲晴岚,碎锦格》:

　　峰上铲苓岚未散,洲前泛棹雨初晴。(林开泰)

五十七、兴贤吟社

(一)兴贤吟社的创立及沿革

　　彰化县员林镇兴贤吟社创立于民国十五年(1926),历任社长黄溥造、詹作舟、陈木川。1984年,该社与墨林书画会合并,改称为彰化县国学研究会。

(二)兴贤吟社的主要成员

　　兴贤吟社社员三十余名,主要有黄溥造、詹作舟、赖剑门、林玉华、黄蓉村、张连发、江朝富、施执、张绒、蔡茂林、刘德安、黄亮光、施秋谷、何策强、张秀杏、黄庚申、林桂枝、叶秋銮、吴振清、吴五龙、陈春法、吴焕腾、黄镜、施炎城、吕碧铨、江锡爵、谢清水、黄山藻、许再枝、张侯光、吴春景、陈木川、谢炉、黄存棠、陈中玉、吴锦顺等。

（三）兴贤吟社的诗钟创作

兴贤吟社励行月课，至民国二十三年（1934）已作诗课百期，议决编辑"百期诗集"，以资观摩，而励后学，并得鹿港施梅樵茂才为之序文。该社曾以社名"兴贤"为题创作凤顶格诗钟，作品登载于《中华诗苑》。兹录数联于下：

《兴、贤，一唱》：

> 兴废由人天不管，贤愚举世地平权。（林玉华）
> 兴衰在志原非数，贤肖由功岂是灵。（张连发）
> 兴国安邦才荟萃，贤关圣域教尊崇。（黄蓉村）
> 兴国有条追贾子，贤关无塞仰温公。（张连发）
> 兴译春秋存祭祀，贤才今古仰遗风。（张　绒）
> 贤士达人清陋俗，兴诗立礼挽狂澜。（江朝富）
> 贤隐竹林缘避世，兴行木铎为醒人。（张连发）
> 贤居陋巷贫能乐，兴在非仁富亦忧。（江朝富）

五十八、滩音吟社

（一）滩音吟社的创立及沿革

台北县汐止镇滩音吟社创立于民国十六年（1927）四月三日，由当地人士陈定国、李朝芳所倡设，社址置于该镇水礁街六号高惠然处，社名缘于淡北八景之一——"峰崎滩音"。历任社长陈定国、李朝芳、高杨柳、周澄秋、高惠然，另聘请谢尊五、杜冠文、颜笏山、柯子村诸硕学为顾问。该社至今还活跃在台湾诗坛。

（二）滩音吟社的主要成员

滩音吟社社员六十余名，主要有陈定国（以仁）、李朝芳（寒松）、高杨柳、周澄秋、高惠然、谢尊五、杜冠文、颜笏山、柯子村、张碧峰、杨镜秋、洪一枝、高霁若、林占鳌、唐世雍、林锡圭、苏蔼仁、唐希尧、李燦然、陈筱村、苏佩珊、吕杰臣、李湘芷、黄惠卿、苏炯南、廖斐如、廖栖云、李寒松、廖新田、王秋煌、余万森、郑云从、陈楫才、李戊己、黄昆荣、郭权、周枚、郑蕴石、蔡清扬、蔡雪峰、李春霖、江紫元（梦花）、陈古渔（郁文）、张鹤年、叶长安、醉痴、浪鸥、振义、镜如、雪樵、介卿、天锡、春光、登瀛、弘景、挺鲁、继参、季眉、寿乾、耀华、慧澄、雪涛、梦松、凤鸣、文卿、森杰、川广、山人等。

（三）滩音吟社的诗钟创作

滩音吟社创立之初每年均有击钵吟会数次，未曾间断；光复后每月开击钵吟会一次，并课诗题，于下次开会时交卷。该社先后创作《青、白，燕颔格》、《苏武、周公，分咏兼"东、北"嵌六唱》、《惠风和畅，碎锦格》、《情、欢，凤顶格》、《仙、丹，凤顶格》、《颜子、孟子，分咏格》、《茶、竹，分咏格》、《松、鹤，凤顶格》、《元、宵，魁斗格》、《春、月，八叉格》、《春柳、老僧，分咏格》、《鸡、犬，凫胫格》、《祝五周年，碎锦格》（五周年纪念击钵）、《拜岁兰，鼎足格》、《渔、古物商，分咏格》、《炼、丹，蝉联格》、《春、雨，燕颔格》（六周年纪念击钵）、《五字长城，碎锦格》、《滩、音，魁斗格》、《叶、书，鹤顶格》、《虎、山，雁足格》等钟题，作品登载于《诗报》等报刊杂志。兹录数联于下：

《叶、书，鹤顶格》：

　　书寄春风鹦鹉识，叶疏御苑鹧鸪愁。（陈楫才）

《春、雨，燕颔格》：

　　带雨梨花千朵艳，经春榕叶一庭阴。（黄昆荣）

《鸡、犬，凫胫格》：

　　塞上草枯无犬迹，源中桃放有鸡舞。（高杨柳）

《滩、音,魁斗格》:

滩水能鸣因激石,高山解调遇知音。(余万森)

《炼、丹,蝉联格》:

白首点金经百炼,丹心比玉试三烧。(李春霖)

《春、月,八叉格》:

秋月无心怜白发,春风有意误红颜。(江梦花)

《拜岁兰,鼎足格》:

岁时仆妇环阶拜,朝夕桂兰绕膝香。(高杨柳)

《惠风和畅,碎锦格》:

暮春和煦风沂水,惠日畅晴眺泰山。(廖新田)

《颜子、孟子,分咏格》:

苦心属望留三宿,患难相从冠四科。(谢尊五)

《苏武、周公,分咏兼"东、北"嵌六唱》:

廿载寒霜栖北海,三年零雨感东山。(谢尊五)

五十九、栗社

(一)栗社的创立及沿革

苗栗县苗栗街栗社创立于民国十六年(1927)八月三日,由彭昶兴、邹锦福及黄运宝、黄运和、黄运元昆仲三人共同倡设,事务所设在苗栗县苗栗街文昌祠内。该社历任社长彭昶兴、黄运宝、邱云兴、黄运和、赵德昭、谢铎庵。

日据后期,日警不许集会吟咏,社员星散。光复后,社员奋起,社事重拾。民国三十六年(1947),举办创社二十周年纪念,旧新竹县下诗人八十余名莅止。1954年春,主办七县市诗人大会,参加者达263人,极一时之盛。该社创作活动持续至1960年以后。

(二)栗社的主要成员

栗社是一个纯客家人诗社,足与中坜客家之以文吟社分庭抗礼。该社初期社员八十余人，其后大湖湖光吟社闻风前来合并，遂得社员百有六人。范慕淹尝编《栗社诗人对偶》云："罗端鹄、黄懒虫（运宝）；刘立德、李保忠；赖绿水、汤碧峰；曾玉镜、邱云峰；杨子美、刘伯宜；钟维富、颜其昌；江连汉（会川）、范慕淹；范智远、徐仁辉；胡东海、钟西湖（阿坤，西湖逸民）；邱星海、赖玉溪；江光舍、吴雅斋（颂贤）；黄哭鹿、郑梦梅；黄水发、谢火明；刘暄谷、钟香岩；林梦鹤、饶鉴麟；黄烟客、张逸人；陈香菊、谢秀珍；彭克礼、谢深恩；谢文岳、吴仁山；陈玉水、刘金铃；江钦火、赖沐泉；徐文甫、赵德昭；李师禹、彭祖尧；杨鹤瘦、陈龙翔；彭广福、黄逢良；杨了一、黄植三。"[①] 此外，尚有彭昶兴、邱云兴（兆蒸）、黄运和、赵德昭、谢长海（铎庵）、彭松寿（鹤龄）、钟建英（香岩）、蔡树（乔材）、黄传锦（步云）、刘登云（步青）、刘泰坤、杨阿古（如昔）、邹锦福（子襄）、谢剑峰、江芹荫、新喜民、吴杨安、徐梅锦、王了庵、徐永年、张绍良、郑养斋、黄运元、张集兴、刘哲如、涂抛砖、谢廷湖、邱仙楼、林玉麟、黄如云、张春华、钟润初、郭兆才、余栋臣、刘阿生、范慕烟、谢景云、郭仙舟、谢凤池、杨子渊、傅秋镛、杨鹤汀、李庆贤、邱益三、黄华骈、洪阳生、卜吉、徐庆荣、陈景云、陈如璧、木村保之、高山子襄、松林峰雄、怡园主人、里泉、慎斋、少君、弼雄、殷甫、焕文、且闲居士、绍初、饶畊、无闻、祉斋、疏髯士、双木生、仲秋、山野汉、南鹏、钝翁、误一生、鲁斋、东升、春椒生、本源等。

（三）栗社的诗钟创作

栗社以"振兴风雅，鼓吹汉文"为宗旨，历来推行击钵，月课一题，社员极为热心，故每回得诗皆在数百首，经词宗评定后，由书记印刷成册，分赠各作者为互相研究之资。该社先后创作《诗、星，魁斗格》、《白、露，蝉联格》（第四回定期总会）、《五、年，魁斗格》（第五回定期总会）、《天中节，碎锦格》、《牡丹、鸦片，分咏格》、《向日葵，单咏格》、《中、秋，魁斗格》（第六回定期总会）、《闰五月，碎锦格》、《大洞堂，鼎足格》、《重九节，鼎足格》、《石、烟，魁斗格》、《心、面，凤顶格》、《诗、报，燕颔格》、《元、宵，魁斗格》、《电、灯，雁足格》、《汉、字，蝉联格》、《龙、虎，雁足格》、《南、子，蜂腰格》、

---

① 范慕淹编：《栗社诗人对偶》，《诗报》第六十号第三版，1933年6月1日。

《铁、笔,凤顶格》、《如、曰,燕颔格》、《门、井,鹤膝格》、《献、桃,魁斗格》
等钟题,作品登载于《诗报》、《风月报》等报刊杂志。兹录数联于下:

《铁、笔,凤顶格》:

　　铁砧尚忆延平迹,笔架犹留栗里名。(谢铎庵)

《诗、报,燕颔格》:

　　作诗意自心裁出,读报情由目听来。(邹子襄)

《南、子,蜂腰格》:

　　锁钥东南留半壁,文章父子著三苏。(谢铎庵)

《五、年,魁斗格》:

　　五载论交欣此日,一朝话旧记当年。(张绍良)

《汉、字,蝉联格》:

　　嵇宅吕安题凤字,汉宫樊哙批龙鳞。(邹子襄)

《重九节,鼎足格》:

　　一生清节传千古,九仞高山叠万重。(范慕淹)

《天中节,碎锦格》:

　　雪窖天怜苏武节,吴中人感伍员箫。(范慕淹)

《牡丹、鸦片,分咏格》:

　　花落唐宫凌武瞾,毒流中国恼文忠。(涂抛砖)

《向日葵,单咏格》:

　　芳心密密迎朝旭,翠叶重重送夕晖。(如　璧)

六十、南洲吟社

(一)南洲吟社的创立及沿革

　　苗栗县竹南镇南洲吟社创立于民国十六年中秋(1927年9月10日),
由该镇人士郑鹰秋所倡设,办事处置于郑氏之岑楼。民国二十六年(1937),
"因鉴及每周月课刊载有名无实之女人作诗,纷乱骚坛秩序,长此以往,恐贻
笑于将来,污损吟社之面目,失坠骚人之风雅,一般有志社员不忍坐视,乃于

先般例会之日,异口同音议决南洲吟社解体,改组名曰'薰洲吟社'"①,取薰
莸判矣之义。但从《诗报》、《诗文之友》等相关载录看来,薰洲吟社成立
后,原有南洲吟社依然保存,并且持续活动至1965年以后。

（二）南洲吟社的主要成员

南洲吟社社员三十余名,主要有郑鹰秋、何隐居、郑启贤、林阿有、郭添
益、叶阿德、郑鸿音、陈绰然、叶光耀、郑子侃、郑睿、周寒邨等。

（三）南洲吟社的诗钟创作

南洲吟社课题击钵兼行,诗钟律绝并励。该社先后创作《饯、行,二唱》、
《隐、居,比翼格》等钟题,作品登载于《诗文之友》、《中华诗苑》等报刊杂
志。兹录数联于下:

《饯、行,二唱》:

> 祖饯诚心茶七椀,送行致意酒三杯。（郑启贤）
> 饯别真情弹古调,行吟正曲咏新声。（郑鹰秋）
> 蜀道传杯擎饯酒,灞桥折柳送行人。（何隐居）
> 饯别恨难招李白,行吟偏爱继康成。（郑鹰秋）
> 杏站秋风同饯客,桃花潭水照行人。（何隐居）

《隐、居,比翼格》:

> 隐豹潜龙传礼乐,居山傍水伴渔樵。（郑鸿音）
> 暑来寓隐沉香阁,寒到寄居静惕堂。（叶光耀）
> 隐在乡村非俗子,居于陋巷是儒家。（郑鹰秋）
> 隐士兴周传北渭,居贤扶汉出南阳。（何隐居）
> 圣人陋巷埋名隐,君子孤山遁迹居。（郑启贤）

---

① 《诗报》第一五五号第一版"艺苑消息",1937年6月25日。

六十一、锦文吟社

（一）锦文吟社的创立及沿革

台南市锦文吟社创设于民国十六年（1927），为当地文士张文选所倡设。民国二十三年（1934），由张家标氏负责社务。民国二十六年（1937），张家标氏病故后，钵声暂歇。

光复后，该社恢复活动。民国三十七年（1948）三月二十八、二十九日，与酉山、留青、鸡林、嵌南、珊社等社团一起，共同主办"全国诗人大会"。1951年，并入延平诗社。

（二）锦文吟社的主要成员

锦文吟社初期社员十名，包括张文选及其弟张振梁、侄张家标、外甥林申生等。后来增至数十人，主要有胡殿鹏、赵钟麒、林珠浦、欧兆福、谢绍楷、少英、肇吉、廷桢、子文、璧如、野人、麒麟、璧甫、弼卿等。

（三）锦文吟社的诗钟创作

锦文吟社推行击钵，诗钟律绝并励。该社曾经创作诗钟《新春、僧，笼纱格（按：应为"分咏格"）》，作品登载于《诗报》。兹录数联于下：

《新春、僧，笼纱格（按：应为"分咏格"）》：

桃符万户迎青帝，贝叶三车授法王。（少　英）

但愿东皇长作主，好将西国永为家。（肇　吉）

椒花颂献开皇历，贝叶经翻出上人。（谢绍楷）

暖生绮陌花舒眼，寒落禅床月印心。（廷　桢）

月冷三更残腊鼓，霜敲一杵报晨钟。（子　文）

淑气初回呈万象，禅心入定悟三空。（璧　如）

青帝一家桃李杏，白衣三戒贪嗔痴。（野　人）

桃李园中开胜会,莲花座上定禅机。（麒　麟）

万紫千红呈淑景,三皈五戒守禅规。（林珠浦）

栢酒椒盘迎岁首,龙池雁塔照禅心。（璧　甫）

六十二、虎溪吟社

（一）虎溪吟社的创立及沿革

台南县新化镇虎溪吟社创立于民国十七年（1928）八月,由台南耆儒王则修任社长,社名源自当地风景名胜"虎头埤"。抗战爆发后,社中吟侣奔波生计,离散日伙。1952年农历正月十三日（2月8日）王则修辞世,该社也在无形中解散。

（二）虎溪吟社的主要成员

虎溪吟社社员二十余人,主要有徐永昌、郑江中、萧抛、林闹横、张达修、简水路、张鸣鹤、陈寿南、王开恩、林汝旋、苏澄清、简逢川、林淑平、萧荣彬、张篁川、王如松、王峻峰、林朝炘、林载辉、郑晓青、太瘦等,半数为王则修门人。

（三）虎溪吟社的诗钟创作

虎溪吟社煮茗敲诗,月聚两次,社中活动虽然常被日殖当局暗中监视,但该社同仁不畏异族统治的淫威,继续自由吟咏,藉此以图民族文化之永存。该社曾以社名"虎溪"为题创作鹤顶格诗钟,作品登载于《三六九小报》。兹录数联于下:

《虎、溪,鹤顶格》:

虎头妙笔高三绝,溪上新诗纪八愚。（张达修）

虎山起伏钟灵瑞,溪水长流纵大观。（简逢川）

虎渚逍遥三笑语,溪光潋滟六朝春。（林淑平）

虎啸龙吟推韵事,溪声月色助诗情。（萧荣彬）

虎阜千秋豪士泪,溪流一曲女儿居。（张篁川）

虎渚秋高供啸傲，溪光月朗入诗篇。（王如松）

虎头绿暗千年树，溪岸红飞二月花。（王峻峰）

虎岭青山歌牧竖，溪洲碧水钓渔翁。（林朝炘）

虎头倒影惊鱼跃，溪水澄清映鸟飞。（郑晓青）

虎渚烟波闲钓月，溪流峰影任摇舟。（王如松）

六十三、松社

（一）松社的创立及沿革

台北市松山庄松社创自民国十七年夏历八月十六日（1928年9月29日），由时任松山庄长陈复礼，暨乡绅陈茂松、张木、黄石勇共同倡设。历任社长陈复礼（1928—1960）、庄根如（1960—1971）、林江郁（1972—1982）、王定传（1983—1984）、林锦铭（1984年秋—1998年冬）、李木（1998年冬—2004年底）、林振盛（2005年初至今），并先后延聘耆儒张笑如（雪樵）、张纯甫（津梁）、陈槐泽（心南）为指导讲师。该社至今还活跃在台湾诗坛。

（二）松社的主要成员

松社创立之初社员十二名，以年齿为序，分别是陈复礼（克恭）、陈茂松（友鹤）、庄根茹（友兰）、张木（欣如）、王子荣（华轩）、苏水木（清林）、黄石勇（梅生）、林江郁（兰汀）、陶镕经（圣铸）、林锦铭（韩堂）、叶瑞堂、陈含金（啸秋）。

其后，陆续加入该社的成员有林双和（碧峰）、黄朝传（文虎）、李添福（浩如）、骆子珊（嘉村）、郑秋（鸿音）、郑火传（指薪）、陈镜波（秋澄）、李传芳、庄木火（龙光）、李松蒲（剑楑）、白再益（无倦）、林文彬（树芳）、颜懋昌、王精波（怡庵）、王定传（福传）、陈玉麟、周金土（剑魂）、吴镜村（余鉴）、黄宽和（鸥波）、黄锭明（钊）、施学樵（运斧）、陈槐庭（客亚）、陈福、李伯臻（藻卿）、陈守权、陈焙焜（佩坤）、卢坤（随缘）、李木（春荣）、陈炳泽、陈荣弨（则仁）、杨阿本（道生）、苏逢时、骆金榜（师佛）、张耀仁、林振盛（承钵居士）、叶金全、鄞强（光弱）、许汉卿（涵青）、黄天赐、黄际淙、许又匀（玄如）、林丽珠、翁正雄、林正三（立夫）、洪玉璋（琢就）、刘美惠（可人）、姚孝彦（六舟）、黄惠兰、蔡丽凤、林素华、洪世谋、甄宝玉、张慧民、廖碧华（雉子）、李佩玉、洪泽南、黄义君、蔡学宜、曾子容等。

（三）松社的诗钟创作

松社初设当时，每星期课一题，每日集会击钵一题，所作辑为《松社吟集》（一、二集）和《松社风义录》。该社还与淡北吟社、高山文社共组"三社联吟会"，经常开展联吟活动。

松社创作的诗钟作品甚伙。林正三尝为编纂《松山地区之古老诗社——松社》（文史哲出版社 2005 年版），内录诗钟 31 题 169 联，所见钟题有《松、社，凤顶格》（第一期诗钟）、《高、妙，燕颔格》、《诗、话，鸢肩格》、《无、敌，蜂腰格》、《谦、逊，鹤膝格》、《鸿、爪，凫胫格》、《露、珠，蜓尾格》、《雪、头，魁斗格》、《水、心，蝉联格》、《冬、暖，鹭拳格》、《火、马，笼纱格》、《鸡酒香，鼎足格》、《水、龙，晦明格》、《菜根香，碎锦格》、《爆、竹，合咏格嵌"海"字》、《东鲁雅言，流水格》、《天宝物华，双钩格》、《烟、枝，凤顶格》、《青草白沙，睡珠格》、《河、汉，蜂腰格》、《秋、思，鹭拳格》、《残、月，八叉格之变体》、《十月梅，鼎足格》、《秋、月，分咏格》、《兴、盛，冠顶格》、《灯、影，二唱》、《绿、阴，魁斗格》、《定、传，冠顶格》、《清、烟，冠顶格》、《灵、源，冠首》（淡北、高山、松社三社联吟）、《天、道，冠首》（1987年 2 月 21 日于汐止天道清修院）等。此外，该社还创作有《金、山，冠顶格》等钟题，作品登载于《诗报》、《诗文之友》等报刊杂志。兹录数联于下：

《松、社，凤顶格》：

> 松间隐士盘桓坐，社外鸿儒接踵来。（张　木）

《诗、话，鸢肩格》：

> 遣愁诗作贫家药，阅世话当达士箴。（黄石勇）

《河、汉，蜂腰格》：

惟识江河归大海,不知晋汉避强秦。(庄根茹)

《谦、逊,鹤膝格》:

　　圯下张良谦进履,树边冯异逊论功。(陈镕经)

《绿、阴,魁斗格》:

　　绿蚁杯浮欢采石,黄庭经写乞山阴。(骆子珊)

《水、心、蝉联格》:

　　意网解开鱼得水,心经读罢月当空。(庄根茹)

《残、月,八叉格之变体》:

　　新月一轮秋倍亮,残梅数朵雪添肥。(陈镕经)

《火、马,笼纱格》:

　　咸阳一炬灰仍在,燕市千金骨已稀。(张　木)

《水、龙,晦明格》:

　　每看云龙多变化,曾经沧海有难为。(庄根茹)

《鸡酒香,鼎足格》:

　　邮厨酦酒皆新味,鸡黍饭羹有异香。(王子荣)

《菜根香,碎锦格》:

　　贫农野菜连根煮,处士园梅带雪香。(林锦铭)

《东鲁雅言,流水格》:

　　齐东虚语欺愚鲁,尔雅释言启俊贤。(陈茂松)

《天宝物华,双钩格》:

　　天中皓月千家宝,物外黄尘两鬓华。(黄石勇)

《青草白沙,睡珠格》:

　　潮回岸白沙泥净,春至山青草木柔。(林锦铭)

《秋、月,分咏格》:

　　扶疏丹桂蟾光满,萧瑟碧梧雁影迟。(庄根茹)

《爆、竹,合咏格嵌"海"字》:

　　驱邪响破千家梦,除岁声迎四海春。(陈茂松)

六十四、绿社

（一）绿社的创立及沿革

台南县曾文郡麻豆街绿社创立于民国十七年重阳节（1928 年 10 月 21 日），为台南吴澄秋所倡设。该社社长吴澄秋，总干事黄珠园，干事李步云、邱濬川，会计陈丽山。后因社长高澄秋，社员邱濬川、郭晓村、郭左源先后下世，韩浩川、叶云梯、陈烈如迁出，该社名存实亡。光复后卷土重来，共拥黄珠园为社长，李步云为总干事。该社创作活动持续至 1960 年以后。

（二）绿社的主要成员

绿社社员二十余名，主要有吴澄秋、黄珠园、李步云、邱濬川、陈丽山、郭晓村、郭左源、韩浩川、叶云梯、陈烈如、林绿珊、刘联璧、吕左淇、陈纫香、吴纫萱、吴咏秋、陈雪琼、吴彩霞、李梦兰、吴明德、陈衔璧、陈志成、吴肇修、林雪窗、陈剑虹、吴雪庵等。

（三）绿社的诗钟创作

绿社推行击钵，诗钟律绝并励。该社"复与佳里白鸥吟社，共设曾北联吟会，每值春秋佳日，必开大会，广邀南北诗客莅会，振起风骚"；"后再与白鸥吟社，学甲吟社，登云吟社，将军吟社，竹桥吟社等，共设曾北六社联吟，每月轮开击钵吟一次。第二次世界大战一触即发，日人横加干涉，以致六社无法联吟，仅存各社按月一次会文而已"；光复后，"再与佳里琅环诗社，学甲学甲吟社，六甲龙湖吟社等四社，每月联吟一次，并出课题，以资社员研修"。[1] 邱濬川尝撰《绿社吟坛日志》，记载该社创作活动情况。

绿社先后创作《琴、书，凤顶格》、《梦、扇，分咏格》、《左淇濬川，碎锦格》等钟题，作品登载于《诗报》等报刊杂志。兹录数联于下：

---

[1]　赖子清：《古今台湾诗文社》（一），台湾省文献委员会编印《台湾文献》第一〇卷第三期，台北：成文出版社有限公司 1983 年 3 月台一版影印本，第 2036 页。

《琴、书，凤顶格》：

　　琴声节奏追稽阮，书法淋漓迫汉唐。（李梦兰）

　　琴韵翻时山忽水，书田变处鲤成龙。（吴明德）

　　书篇字势排蝌蚪，琴瑟音调引凤凰。（陈衔璧）

　　琴弹叔夜知音少，书法羲之落笔多。（林绿珊）

　　书摹秦汉龙蛇古，琴奏钟俞猿鹤愁。（邱濬川）

《左淇濬川，碎锦格》：

　　左思才濬如淇水，姜尚名高自渭川。（吕左淇、邱濬川合撰）

《梦、扇，分咏格》：

　　庄子芳魂迷蛱蝶，班姬幽怨托蒲葵。（吴纫萱）

　　卢生一枕惊虚幻，班女三秋叹弃捐。（林雪窗）

　　魂游楚岫襄王乐，泪滴汉宫班女愁。（陈纫香）

　　春草丛生征谢传，秋风捐弃忆班姬。（黄珠园）

　　摇去蒲葵同谢相，化为蝴蝶悟庄生。（陈剑虹）

六十五、大新吟社

（一）大新吟社的创立及沿革

　　新竹县新埔乡大新吟社正式创立于民国十七年（1928）十二月九日。该社源自陶社，由陶社中的大茅埔及新埔诗人共同倡设，社长蓝华峰，副社长詹文光、林孔昭，干事杨成泉、张桂材、吴明相，顾问潘成瑞、叶心荣。民国二十六年（1937）抗战军兴，该社活动歇止。

（二）大新吟社的主要成员

　　大新吟社社员近百名，主要有蓝华峰（岳三）、詹文光、林孔昭、杨成泉、张桂材、吴明相、潘成瑞、叶心荣、张绍达、詹阿福、杨馨胜、谢胜长、陈新龙、林福星、罗阿进、刘石水、曾兰芳、潘钦龙、潘英龙、罗云清、朱杰荣、刘世清、林上拔、温友明、张桂良、张桂土、陈焕土、蔡达材、郑维海、钟泉春、蔡阿进、吴建田（饶畊、浊流）、林瑞三、余锡琼（子华）、徐开禄、欧李春明、陈旺回、曾南海、苏秀春、卢如玉、刘元和、钟盛鑫、石冈黄子、张完、郭阿昌、黄德洋、石光首民、魏秀英、魏维水、曾彭金龙、廖镜汀、陈顺捷、陈昌宏、张桂炉、张绍基、范锦标、何清海、冯勤妹、钟玉英、邱鸣德、刘仁骧、范程九、郭景澄、朱春臣、郑金焜、吴仙如、余成山、陈紫云、钟廉川、曾建勋、林福象、林福善、林福堂、吕俊卿、彭泉根、蓝森辉、朱泉春、蔡步云、林吉轩、林玄仙、曾瑞鹏、林霭亭、杨达初、林芝兰、刘汶清、李安邦、罗南溪、萧灶荣、张善从、廖明秀、林祥征、陈阿芳、朱孟纲、张培桂、林微兰、林维移、魏廷德等。

（三）大新吟社的诗钟创作

大新吟社课题击钵兼行，诗钟律绝并励，另还经常与陶社开展联吟活动。该社曾经创作诗钟《中、山，凤顶格》，作品经左词宗陈子春、右词宗陈紫云评选，登载于《诗报》。兹录数联于下：

《中、山，凤顶格》：

> 中夏驱夷多妙计，山河复汉奏元勋。（朱孟纲）
>
> 中流枉费全篙力，山蛊空亏一篑功。（遵　客）
>
> 中岳宗名称泰岱，山峦鸟语兆熙春。（汾阳眠鹤）
>
> 中原万岁人钦仰，山海千秋贼胆寒。（逸　客）
>
> 中国维新光汉幕，山河依旧壮神州。（朱春臣）
>
> 中外协和成统一，山河锦绣不分三。（刘世清）
>
> 中原嘶吼平权日，山上鹰扬复汉旗。（朱春臣）
>
> 中原汉族承恩重，山外侨民感德深。（樵　客）
>
> 中国维新兴五族，山河复旧重三民。（樵　客）
>
> 中国庄严新造化，山河巩固大规模。（朱孟纲）

六十六、旗峰诗社

（一）旗峰诗社的创立及沿革

高雄县旗山之旗峰诗社创立于民国十八年（1929）二月一日，由萧乾源、黄光军、范国清、萧有国、游赞芳、陈三木等共同倡设,萧乾源任社长。民国二十四年(1935),黄石辉、刘顺安、王良珪、魏锦标、朱阿华等加入,社员渐增。

日据末期,社友一度星散。1950年,刘顺安重整该社。1957年首春,更设旗峰诗文研究会,聘高雄儒士陈月樵主讲。1958年荔月,改选理监事,由萧乾源任理事主席,刘顺安、简义任常务理事,黄来成、游赞芳、柳传、颜公祝、张清景、李常任理事,林桂芳、刘福麟任监事主席,并聘陈月樵、李国琳为顾问。

1984年萧乾源仙逝,其余诗友或老成凋谢或迁居客乡,诗社几已解体。1994年10月25日,诗社得以恢复,由曾景钊任社长,刘福双副之。该社至今还活跃在台湾诗坛。

(二)旗峰诗社的主要成员

旗峰诗社创立之初社员仅六名,分别是萧乾源、黄光军、范国清、萧有国、游赞芳、陈三木;其后增至四十余名,新增社员有黄石辉、刘顺安、王良珪、魏锦标、朱阿华、陈遒友、姚松茂、阮文仁、游水木、登科、吟樵、资生、梦尘等。

光复后社员三十余名,主要有刘顺安、萧乾源、刘庆云、简义、黄来成、游赞芳、柳传、颜公祝、张清景、李常、林桂芳、刘福麟、曾茂源、萧振中、黄泽祥、徐丽山、苏榕、陈育芬、陈乐嘉、黄承系、阮文仁、颜是、李彬、黄来成、鄞德群等。

(三)旗峰诗社的诗钟创作

旗峰诗社每周课题一次,每月例会二次,诗钟律绝并励。该社曾以社名"旗峰"为题(第一期征诗),向全岛广征凤顶格诗钟,得稿甚伙;此外,还创作有《白、战,魁斗格》、《情、山,魁斗格》、《旗、鼓,一唱》等钟题,作品登载于《诗报》、《诗文之友》等报刊杂志。兹录数联于下:

《旗、峰,凤顶格》:

　　旗影翻新人事变,峰形依旧霸图空。(古　炳)

旗鼓回环成海市,峰屏壮丽锁江城。（韩成烈）

《旗、鼓,一唱》：

鼓击唐宫花竞艳,旗翻燕市酒飘香。（萧乾源）

旗峰滴翠千林雨,鼓岫烟浮万户炊。（阮文仁）

《白、战,魁斗格》：

贯日有虹曾说白,战场无物不涂红。（黄石辉）

诗兴踏残冬雪白,战酣挥迫夕阳红。（萧乾元）

《情、山,魁斗格》：

山寺钟敲游子梦,秦楼琴诉美人情。（黄石辉）

山色浮岚迷醉眼,水光泛碧爽吟情。（姚松茂）

六十七、日据时期台湾专门诗钟社团之三——钟亭

（一）钟亭的创立及沿革

基隆市钟亭创立于民国十八年（1929）春,为该市张添进所倡设,事务所设在七星郡平溪庄菁桐坑驿前周士衡之闲云居内。该社沿革情况未详。

（二）钟亭的主要成员

钟亭不置社长,成员四十余名,主要有黄石养（梅生）、周士衡（野鹤、闲云）、张添寿（鹤）、张添进（一泓）、蔡清扬（子淘）、杨静渊（鹤溪）、李春霖、黄继参、黄昆荣、李竹朋、许柱珠、李绍莲、张饮虹、张达修、王莫卿、欧炯庵、郭云涛、林一鹿、蔡石奇、张纯甫、王吞云、蔡逸初、垫鹤、石麓、伸金、恺升、蔚青、槿埔、栖碧、卧秋、子彭、碧冲、征寿、碧醇、左宜、克恭、华轩、友鹤、友兰、瘦余、天忱、定禅、秩眉、香严、素秋等。

（三）钟亭的诗钟创作

钟亭推行课题及小集击钵,单课诗钟,是一个专门的诗钟社团。该社先后创作《心、画,鹭拳格》（第九期课题）、《春、酒,凫胫格》、《焦、点,鸢肩

格》（第十期课题）、《冷、梅，八叉格限二三》、《杨震、羊，分咏格》（第十一期课题）、《铁骨冰魂，睡珠格》、《南、念，凫胫格》等钟题，作品登载于《诗报》、《三六九小报》等报刊杂志。兹录数联于下：

《焦、点，鸢肩格》：

喜有焦琴弹夜月，愧无点墨写秋风。（杨静渊）

《春、酒，凫胫格》：

莫笑文君当酒肆，可怜武后乱春宫。（周士衡）

《南、念，凫胫格》：

楚王未获终南面，汉帝宁灰始念心。（蔡清扬）

《心、画，鹭拳格》：

读画欲探诗意妙，传经常觉道心彻。（张添寿）

《冷、梅，八叉格限二三》：

齿冷人间争射利，心闲梅下且开尊。（碧　醇）

《铁骨冰魂，睡珠格》：

秋风刺骨冰纨感，春月销魂铁笛哀。（周士衡）

《杨震、羊，分咏格》：

却金吏法堪遗子，烂胃人才亦号官。（张达修）

六十八、东墩吟社

（一）东墩吟社的创立及沿革

台中市东墩吟社创立于民国十八年（1929）春，该社举王竹修、张笏山、林仲衡、王了庵为顾问。民国二十八年（1939）三月，开创立十周年纪念击钵吟会。1949年，该社重整旗鼓。1960年以后，秋风落寞，渐其衰微。

（二）东墩吟社的主要成员

东墩吟社社员二十余名，主要有傅锡祺、王竹修、王了庵、林仲衡、吴子瑜（小鲁）、蔡天弧、蔡说剑、张子民、林少英、吴景山、廖居仁、陈雪沧、邱石庄、林石峰、李少白、杨子青、张德丰、廖星桥、尤人凤、李逸鹤、赵佛笑、廖绿川、吴燕生、佩芬等。

（三）东墩吟社的诗钟创作

东墩吟社课题击钵兼行，诗钟律绝并励。该社先后创作《项羽、虎，笼纱格（按：应为"分咏格"）》、《题、雁，蜂腰格》、《夜、寒，鸢肩格》、《玉、云，第一唱》、《花、市，燕颔格》、《山、味，蜂腰格》、《梅、鹤，凫胫格》、《桥、柳，鹤膝格》、《镜、杯，凫胫格》、《烟、扇，雁足格》、《竹、月，鹤顶格》、《破、寒，燕颔格》、《花、雨，凫胫格》等钟题，作品登载于《诗报》、《南方诗集》等报刊杂志。兹录数联于下：

《玉、云，第一唱》：

　　玉佩有声来日下，云衣无缝挂天边。（王竹修）

《花、市，燕颔格》：

　　居市悬壶人卖药，为花请命客飞章。（陈雪沧）

《破、寒，燕颔格》：

　　衣破犹存慈母线，身寒宁却故人袍。（王竹修）

《夜、寒，鸢肩格》：

　　一杵寒山敲夜月，五更夜漏待朝人。（王竹修）

《题、雁，蜂腰格》：

　　晴空非雁难成字，词客无题亦有诗。（傅鹤亭）

《山、味，蜂腰格》：

　　书中气味同鸡肋，劫后河山付豹鞹。（王竹修）

《桥、柳，鹤膝格》：

　　一片夕阳桥外路，数声羌笛柳梢风。（邱石庄）

《梅、鹤，凫胫格》：

　　万丈云霄随鹤上，一肩风雨探梅来。（杨子青）

《镜、杯，凫胫格》：

　　酒因增税停杯久，胆有余寒对镜知。（蔡说剑）

《花、雨,兔胫格》:

　　明皇曲奏催花鼓,太守文成喜雨亭。(赵佛笑)

《烟、扇,雁足格》:

　　重阳未到先捐扇,上巳才逢已断烟。(王竹修)

《项羽、虎,笼纱格(按:应为"分咏格")》:

　　莫怪楚歌能坠泪,谁知秦政猛于君。(蔡说剑)

六十九、日据时期台湾专门诗钟社团之四——钟楼

(一)钟楼的创立及沿革

彰化县鹿港镇钟楼创立于民国十八年(1929)秋,为王养源、施性湍等共同倡设。该社沿革情况未详。

(二)钟楼的主要成员

钟楼社员十余名,主要有王养源(芸香)、施性湍(字泷如,号雪涛)、王成业(学樵)、施春华、高槐青、荣勋、晚村等。

(三)钟楼的诗钟创作

钟楼推行击钵,是一个专门的诗钟社团。该社吟友每夜假施性湍之雪涛斋刻烛谈心,专课诗钟,所作钟题有《钟、楼,凤顶格》(第一回击钵)、《雨、丝,燕颔格》(第二回击钵)、《砚、池,鸢肩格》(第三回击钵)等,作品登载于《诗报》等报刊杂志。兹录数联于下:

《钟、楼,凤顶格》:

　　钟鼎文传周代器,楼船军仰汉庭臣。(施泷如)

　　钟敲饭后愁王潘,楼从山中卧谢安。(施春华)

　　钟山彭蠡传苏子,楼阁阿房赋杜公。(王成业)

《雨、丝,燕颔格》:

　　隔雨红楼相望远,牵丝玉虎独愁长。(王成业)

　　霖雨苍生翻似梦,机丝织女总牵情。（施泷如）

　　春雨有心苏细草,柳丝无力系东风。（施春华）

《砚、池,鸢肩格》:

　　魏宫砚瓦夸铜雀,汉苑池风动石鲸。（王荞源）

　　涵星砚里杨花落,凝碧池头夜月明。（施春华）

　　鹦鸪砚传凭柳子,凤凰池遽夺荀公。（施泷如）

七十、西江吟会

（一）西江吟会的创立及沿革

　　西江吟会创立于民国十八年（1929）。该社沿革情况未详。

（二）西江吟会的主要成员

　　西江吟会社员情况未详。所知者有叶火炎、黄璨然、黄炳辉、郭明庭、郭岱宗、黄启明、黄天成、李伯丰、林天图、徐大盆、徐天锡、汾阳生、竹林居士等。

（三）西江吟会的诗钟创作

　　西江吟会创作活动情况未详。该社曾经创作《诗、酒,鸢肩格》、《风、月,蜂腰格》等钟题,作品登载于《诗报》等报刊杂志。兹录数联于下:

《诗、酒,鸢肩格》:

　　月下诗人吟白雪,花前酒客步青云。（汾阳生）

　　阁中酒醉琴为枕,窗下诗狂石作笺。（竹林居士）

　　名下诗人俊逸鲍,国中酒量供深周。（叶火炎）

　　夜读诗书黄蝶影,春游酒阁粉莺声。（黄璨然）

　　楼中酒客吟风雨,窗外诗人赏月云。（黄炳辉）

《风、月,蜂腰格》:

　　画角春风莺唤友,庭前秋月雁来宾。（郭明庭）

　　画角清风吹紫塞,玉箫明月照红桥。（郭岱宗）

竹叶清风阴里出,松枝明月影边来。(黄启明)

杨柳随风霞两岸,梅花带月雪三分。(黄天成)

雨到清风江水渺,云开皓月一秋凉。(李伯丰)

七十一、瑳玉吟社

(一)瑳玉吟社的创立及沿革

桃园县中坜镇瑳玉吟社创立于民国十九年(1930)春,社长刘世富,副社长古清云,办事处设在中坜镇古清云宅。民国二十三年(1934)以后,以梁盛文为代表,刘翠岩为主事,汤锦祥、吴鸿炉、萧林石、叶文山为干事,谢雷明、黄剑樵为庶务,古少泉为会计,刘世富、古清云为顾问。该社创作活动持续至1960年以后。

(二)瑳玉吟社的主要成员

瑳玉吟社社员二十余名,主要有梁盛文、刘翠岩、汤锦祥、吴鸿炉、萧林石、叶文山、谢雷明、黄剑樵、古少泉、刘世富、古清云、萧锦城、张云程、宋进芳、郭先波、庄少楼、陈盛旺、陈拔馨、黄镜琳、宋廷华、刘梦梅、黄坤松、汤甘霖、张鹏翔、张云帆、陈少园、邱锦福、戴俊嘉、星槎等。

(三)瑳玉吟社的诗钟创作

瑳玉吟社每星期六开击钵吟会一次,每月征募课题一回,诗钟律绝并励。该社先后创作《惜光阴,碎锦格》、《玉、花,分咏格》、《杨妃、笔,分咏格》、《锦江春,鼎足格》、《荆、花,魁斗格》、《尺、寸,凤顶格》、《琴心剑胆,双钩格》等钟题,作品登载于《诗报》等报刊杂志。兹录数联于下:

《尺、寸,凤顶格》:

寸心铁石钦苏武,尺简忠言谏李陵。(谢雷明)

《荆、花,魁斗格》:

荆山石韫连城璧,潘县桃开十里花。(汤甘霖)

《锦江春,鼎足格》:

　　西施濯锦芋萝月,江令敲诗绮阁春。（梁盛文）

《惜光阴,碎锦格》:

　　李成惜墨传千古,车胤偷光重寸阴。（古少泉）

《琴心剑胆,双钩格》:

　　胆大闻鸡朝舞剑,心随捕鼠夜弹琴。（张云程）

《玉、花,分咏格》:

　　雍伯锄园双璧艳,三郎击鼓一枝妍。（古清云）

《杨妃、笔,分咏格》:

　　处囊莫笑毛锥小,出浴欣看玉体肥。（汤甘霖）

七十二、红毛港青年研究会

（一）红毛港青年研究会的创立及沿革

　　高雄县凤山区小港乡红毛港青年研究会创立于民国十九年（1930）,由鼓山吟社社员欧炯庵所倡设。该社曾与当地大林蒲青年研究会,共组"联合击钵吟会";民国二十三年（1934）前后,二社为图对外行动起见,乃合并为凤毛吟社。嗣后,因社员外出谋生,大林蒲青年研究会创立人李梦霞返回福建故土,欧炯庵亦辞世,吟社于无形中解散。

（二）红毛港青年研究会的主要成员

　　红毛港青年研究会社员十余名,主要有杨锦川、李炎三、张望宫、龚凤韶、洪敏中、洪钦庄、李剑峰、李德卿、陈汉涛、陈国梁、鲍梁臣、宋维六、许君山、谢太和、陈春林、郑焕新、洪耕南、陈琴甫、许飞龙等,大多为欧炯庵门徒。

（三）红毛港青年研究会的诗钟创作

　　红毛港青年研究会时而小集,时而窗课,诗钟律绝并励。该社先后创作《红、毛,魁斗格》、《诗、家,鹤顶格》等钟题,作品登载于《诗报》等报刊杂志。兹录数联于下：

《诗、家，鹤顶格》：

诗仰才高传子健，家徒壁立感相如。（洪敏中）

诗才独一称居易，家教无双羡禹均。（陈国梁）

诗句莫吟萁煮豆，家规宜教俭能勤。（鲍梁臣）

诗吟白雪秋光淡，家住青山春色明。（许君山）

诗知律细方为老，家有经传不是贪。（陈春林）

《红、毛，魁斗格》：

红唇白齿书生貌，雪鬓霜头老叟毛。（杨锦川）

红唇素颊涂脂粉，玄服紫袍织羽毛。（李炎三）

红粉台前挥彩笔，青樽镜里见霜毛。（张望宫）

红冰血结杨妃泪，白雪发垂伍子毛。（龚凤韶）

红颜西子捧心手，素服谦师盖胆毛。（李炎三）

七十三、大林埔青年研究会

（一）大林埔青年研究会的创立及沿革

高雄县凤山区小港乡大林埔青年研究会创立于民国十九年（1930），为福建文士李梦霞来此设塾授业时所倡设。该社曾与当地红毛港青年研究会，共组"联合击钵吟会"；嗣后，二社合并为凤毛吟社。

（二）大林埔青年研究会的主要成员

大林埔青年研究会社员十余名，主要有李剑峰、吴石批、邱镜波、邱鸿宜、张望宫、李炎三、叶水福、洪钦庄、洪敏中、洪锦川、吴登福等。

（三）大林埔青年研究会的诗钟创作

大林埔青年研究会时而小集赋诗，时而按期命课，诗钟律绝并励。该社曾经创作《大、林，魁斗格》（第一期课题）等钟题，作品登载于《诗报》等报刊杂志。兹录数联于下：

《大、林，魁斗格》：

大擅才长称骥足，雄夸学博拟鸡林。（李剑峰）

大夫节老成乔木，君子风高隐上林。（吴石批）

大得科名题雁塔，老登甲第宴琼林。（邱镜波）

大厦将倾谁作柱，小园初辟我栽林。（张望宫）

大陆烽烟愁满地，小斋松柏喜成林。（李炎三）

大贤庭植三槐树，名士家传五桂林。（叶水福）

大义同眠姜氏被，高贤并茂阮家林。（洪钦庄）

大风吹动陇头柳，甘雨轻沾苑上林。（洪敏中）

大江后浪催前浪，空谷深林接浅林。（洪锦川）

大江浪静鱼游水，上苑风清鹤在林。（吴登福）

七十四、日据时期台湾专门诗钟社团之五——连玉诗钟会

（一）连玉诗钟会的创立及沿革

嘉义市连玉诗钟会创立于民国十九年（1930），由李德和、苏樱村、林玉书、吴文龙等共同倡设，社名得自李德和小名"连玉"，社址置于李德和之藏书处——琳琅山阁。吴百楼所撰《连玉诗钟会集·序》有记："连玉诗钟会者，发轫于古诸罗城西琳琅阁之静处也，为张大郎中锦燦君夫人德和女史之藏书地。沧桑后，花样翻新，汉文式微，百般壅阏，所筹莫展。斯时也，有心人多作闷葫芦，而籍诗词吐气者日增，到处诗社林立。诗钟会，亦当时之别树一帜者也。抗手吟侣，其数十余，尽世之通人。慧珠灵犀，炫然照映，人如花笑，句逐云飞。"[1]

该社不置社长，由赖尚逊担任总务，斡旋一切，陈文石担任笔录。该社创作活动持续十数年，抗战期间战事激烈，遂于无形中偃旗息鼓。光复后，社员重新聚首，时有所作。

---

[1]　吴百楼：《连玉诗钟会集·序》，张李德和编著《琳琅山阁唱和集》内附《连玉诗钟会集》，台北：诗文之友社1967年版，第3页。

（二）连玉诗钟会的主要成员

连玉诗钟会社员二十六名,分别是李德和（后随夫又称张李德和）、黄绍谟（丕承）、林植卿（湜卿）、郑作型（述公）、杨尔材、苏孝德（樱村）、林玉书（卧云）、陈文石、陈春林、彭启明、吴文龙（百楼）、赖尚逊（傲繇）、许丙丁（镜汀）、谭康英（瑞贞）、王甘棠（无涯）、陈景初（髻松）、苏友让（德五）、黄南勋、朱木通（苇亭）、蔡如笙（渔笙）、黄老福（云山）、黄文陶（竹崖）、徐清莲、简景渊（竹村）、林玉山（桃城散人）、周均（淑园）。

（三）连玉诗钟会的诗钟创作

连玉诗钟会不定会期,暇则聚首于李德和之琳琅山阁。该社创立之初专课诗钟,是一个专门的诗钟社团;后来增设有书道会、画会、围棋会、音乐会,极力提倡正当娱乐。

琳琅山阁主人李德和尝为编辑《连玉诗钟集》（又名《连玉诗钟会集》,附录于《琳琅山阁唱和集》,诗文之友社 1967 年版),内录该社诗钟作品 60 题 1010 联,所见钟题有《学海、尘,分咏格》、《赏月、杖,分咏格》、《蔷薇、韵签,分咏格》、《卧云不来,流水格》、《美人、猫,分咏格》、《山色水光,四点金》、《电灯、乞食婆,分咏格》、《霜、钟,晦明格》、《水仙花,碎锦格》、《春、霄,魁斗格》、《焚香、放炮,分咏格》、《风、雨,嵌暴字燕颔格》、《之、以,鸢肩格》、《所、归,蜂腰格》、《锥、保温瓶,分咏格》、《天、土,鹤膝格》、《东方朔、贼,分咏格》、《头、面,嵌花字凫胫格》、《陆放翁、万年笔,分咏格》、《客、原,鸿爪格（按:应为"雁足格"）》、《云、帚,分咏格》、《乞、巧,蝉联格》、《文天祥、扇,分咏格》、《中、元,魁斗格》、《哑子、产婆,分咏格》、《天地人,鼎足格》、《高山族、梨,分咏格》、《大、小,笼纱格》、《灯、台,魁斗格》、《贺、春,第一唱》、《割、烹,燕颔格》、《白、舟,第三唱》、《木、瓜,蜂腰格》、《娇、曲,鹤膝格》、《天、竹,凫胫格》、《山于宿雾开时见,对句》、《冷若鱼龙江上寂,对句》、《明、敬,鹤顶格》、《白头翁、石,笼纱格（按:应为"分咏格"）》、《花、扇,鱼尾格》、《启明失约,流水格》、《话、旧,蝉联格》、《跳舞、聋,分咏格》、《齿、痛,笼纱格》、《老妓、纸鸢,分咏格》、《菊花天,碎锦格》、

《福海寿山,四点金格》、《土地公、破画,分咏格》、《米、钱,鹭拳格》、《国、家,凤顶格》、《苏秦、字纸笼,分咏格》、《文、武,燕颔格》、《文天祥、马,分咏格》、《生、动,鸢肩格》、《父、兄,蜂腰格》、《岳飞、笔,分咏格》、《废兵、酒,分咏格》、《专、更,蜂腰格》、《为、不,凫胫格》、《马、鱼,雁足格》等。此外,该社还创作有《不、如,第五唱》、《狗头羊肉,双钩格》、《竹夫人、牛屎,分咏格》等钟题。兹录数联于下:

《国、家,凤顶格》:

国无忠孝难称治,家有诗书不数贫。（李德和）

《割、烹,燕颔格》:

席割幼安难慕势,鱼烹子产可欺方。（陈文石）

《风、雨,嵌暴字燕颔格》:

骤雨打门疑暴客,清风入座当良朋。（苏孝德）

《生、动,鸢肩格》:

乡心动为莼鲈美,闺恨生从杨柳新。（蔡如笙）

《木、瓜,蜂腰格》:

曾皙锄瓜因杖子,丁兰刻木为思亲。（彭启明）

《天、土,鹤膝格》:

秦惠雄心天府险,唐尧俭得土阶崇。（陈文石）

《为、不,凫胫格》:

寺隐名山僧不俗,舟横沧海月为邻。（蔡如笙）

《头、面,嵌花字凫胫格》:

若虚诗思江头月,元晦文章水面花。（陈文石）

《客、原,鸿爪格（按:应为"雁足格"）》:

脱颖试看毛说客,买丝争绣赵平原。（苏孝德）

《米、钱,鹭拳格》:

负米仲由悲列鼎,绕床夷甫耻言钱。（苏友让）

《中、元,魁斗格》:

元方与季才堪偶,大舜承尧德执中。（陈文石）

《乞、巧,蝉联格》:

　　邻人竟许余醮乞,巧妇难为乏米炊。(苏孝德)

《大、小,笼纱格》:

　　管子相齐难论器,汉高归沛且歌风。(陈文石)

《霜、钟,晦明格》:

　　山寺声敲残月夜,板桥迹印晓霜天。(苏孝德)

《天地人,鼎足格》:

　　家居无地将浮海,人事穷时且听天。(苏孝德)

《菊花天,碎锦格》:

　　菊影松声三径晓,荻花枫叶一天秋。(王甘棠)

《卧云不来,流水格》:

　　高卧白云深处去,不图新雨此中来。(林玉书)

《狗头羊肉,双钩格》:

　　狗吠声中人卖肉,羊吹角里归摇头。(赖尚逊)

《山色水光,四点金》:

　　山城春老花无色,水殿秋中月正光。(李德和)

《山于宿雾开时见,对句》:

　　山于宿雾开时见,雁出行云断里联。(吴文龙)

《高山族、梨,分咏格》:

　　社据牡丹雄海国,名齐火枣重仙家。(苏孝德)

七十五、淡如吟社（后名光文吟社）

（一）淡如吟社的创立及沿革

　　台南县善化镇淡如吟社创立于民国二十年（1931）三月以前,由当地文士苏东岳、林清春、陈寿南、苏聪晓、苏宜秋等共同倡设。所在地善化,是明代遗老沈光文的匿居处,有台湾文化发祥地之称。

　　抗战爆发后,该社趋于沉寂。民国三十七年（1948）春,苏东岳、苏建琳、王景亮等聚会于善化益仁医院,商议把该镇原来的淡如、浣溪两吟社,合并为光文吟社。是岁中秋,举行光文吟社创立典礼,从此每月朔日击钵,重整旗鼓,创作活动约持续至1949年年底。

（二）淡如吟社的主要成员

淡如吟社社员情况未详。所知者有苏东岳（太虚）、林清春（玉壶）、陈寿南（龙吟）、苏聪晓（慎独）、苏宜秋、苏建琳、王景亮、澄清、仲和、温温女士、澄波、松涛等。

（三）淡如吟社的诗钟创作

淡如吟社推行击钵,诗钟律绝并励。该社曾以社名"淡如"为题,向全岛征募凤顶格诗钟。《诗报》第十一号载:"善化淡如吟社第一期征诗。……'淡、如'诗钟,计得三百八十三联,誊录后托词宗林珠浦先生评甲乙,诗钟十名内载在本期《诗报》。"① 此外,该社还创作有《僧、月经,分咏格》、《诗人、梅,笼纱格（按:应为"分咏格"）》等钟题,作品登载于《三六九小报》、《诗报》等报刊杂志。兹录数联于下:

《淡、如,凤顶格》:
  淡交久敬推平仲,如约无渝仰巨卿。（吴春麟）
  淡照梨花深院月,如裁柳絮野塘风。（蔡锦镕）
  淡竹淡梅明素志,如松如柏抱坚心。（吴金土）

《僧、月经,分咏格》:
  难封洞口桃花水,已悟沙门贝叶书。（苏宜秋）
  十二红潮淹洞口,一双白足托沙门。（林清春）
  潮翻洞口红霞映,迹道空门白足瘗。（苏聪晓）

《诗人、梅,笼纱格（按:应为"分咏格"）》:
  千古风骚留正气,一枝春信写冰魂。（苏宜秋）
  盖世狂吟嗤杜牧,一生眷恋笑林逋。（林清春）
  清香也有仙姑韵,逸雅宁无太白风。（苏聪晓）

---

① 《诗报》第十一号第十二版"介绍各吟社近况",1931年5月1日。

七十六、鹿秀吟会

（一）鹿秀吟会的创立及沿革

鹿秀吟会创立于民国二十年（1931）三月以前。该社沿革情况未详。

（二）鹿秀吟会的主要成员

鹿秀吟会社员情况未详。所知者有郑水、李握、蒋溪山、蒋麒麟、叶火城、晓涛、稀廉、白水、梅潭等。

（三）鹿秀吟会的诗钟创作

鹿秀吟会推行击钵，诗钟律绝并励。该社曾经创作《花、烛，凤顶格》（第三回击钵）等钟题，作品登载于《诗报》等报刊杂志。兹录数联于下：

《花、烛，凤顶格》：

花笑栏干妃子舞，烛辉宫殿帝王歌。（晓　涛）

烛火对辉妆阁暖，花枝连理洞房春。（郑　水）

花容美艳越西子，烛貌威风关圣人。（稀　廉）

花间蛱蝶三春景，烛上飞蛾五夜风。（白　水）

花开红树莺声巧，烛灿妆台燕语娇。（李　握）

烛照家家心带血，花开树树蕊含霜。（蒋溪山）

花陈筵席终朝乐，烛照洞房永夜春。（梅　潭）

方簪帽上方称志，烛映房中才结缘。（稀　廉）

花开二月江南锦，烛焰三更绣帐春。（蒋麒麟）

烛焰千家同照耀，花开一院共迎春。（叶火城）

七十七、竹林吟社

（一）竹林吟社的创立及沿革

新竹市竹林吟社亦称竹林吟会，创立于民国二十年夏历二月二十二日（1931 年 4 月 9 日），由谢森鸿、郭仙舟、谢景云、陈竹峰、王小蹯、郑炳煌、许炯轩七氏共同倡设，事务所置于新竹市北门外森茂药栈楼上。社名"竹林"，盖仿魏晋时期"竹林七贤"之遗风也。该社沿革情况未详。

（二）竹林吟社的主要成员

竹林吟社社员七名，分别是谢森鸿、郭仙舟、谢景云、陈竹峰、王小蹯、郑炳煌、许炯轩。

（三）竹林吟社的诗钟创作

竹林吟社推行击钵，每月开例会两次，诗钟律绝并励，得稿由社员合选。该社曾以社名"竹林"为题，创作鹤顶格诗钟，作品登载于《诗报》。兹录数联于下：

《竹、林，鹤顶格》：

竹摇柳鞚三春景，林茂花开一院香。（大　智）

竹报虚心君子号，林标气节大夫封。（学　稼）

竹院敲诗连夜雨，林泉跬步绝车尘。（天　放）

竹叶摇风消酷暑，林花浥露伴清吟。（鹤　鸣）

竹叶樽浮消白昼，林塘荷放叠青钱。（森　林）

竹篱环绕炊烟起，林壑凄迷落日斜。（克　绍）

竹幽合隐神仙侣，林静偏游鹿豕群。（伏　生）

竹阁骚人忘历日，林丘羽客享天年。（商　隐）

竹外花开三径菊，林间露滴一池莲。（芳　洲）

竹马儿童思昔日，林塘粉黛泛轻桡。（松　茂）

七十八、安顺汉文研究会（后名安顺诗学研究会）

（一）安顺汉文研究会的创立及沿革

台南县安顺寮之安顺汉文研究会创立于 1931 年 5 月以前，1940 年以后改称安顺诗学研究会。该社具体沿革情况未详。

（二）安顺汉文研究会的主要成员

安顺汉文研究会社员六十余名，主要有郑警声、郑玉波、郑业坚、陈裕秋、李寿山、郑振盟、郑玉麟、郑哲文、郑席儒、谢硕辉、吴友贤、王士昌、黄石龙、郑天来、方福添、郑瑞腾、沈士衡、邵玉麟、郑济生、吴怀淇、张靓庭、郭江波、郭仙舟、郭云涛、吴淡梅、吴吟花、黄笑云、陈裕秋、王帝居、谢理平、郭谷游、郭养鱼、谢客平、郑净堂、陈世芳、黄兰溪、李良川、陈跃舟、吴金土、郑庆安、郑清治、郑国泰、郑铜钟、黄耀科、方耀褒、许耀堂、沈耀昌、许耀龄、林耀秋、许耀明、谢月清、许荣周、萧水源、许水道、陈潘、许连生、徐雅臣、郑捷魁、陈清泉、萧深渊、许奇男、许泽生等。

（三）安顺汉文研究会的诗钟创作

安顺汉文研究会课题击钵兼行，诗钟律绝并励。该社曾以"合欢、筵，分咏格"为题（第九回钟课），通过《三六九小报》向全岛广泛征募诗钟佳作；此外，还创作有《梅、柳，凤顶格》（第一回钟课）、《书、香，魁斗格》（第二回钟课）、《笔、花，燕颔格》（第三回钟课）、《风、雨，鸢肩格》（第四回钟课）、《诗、酒，蜂腰格》（第五回钟课）、《醉、吟，鹤膝格》（第六回钟课）、《灯、火，凫胫格》（第七回钟课）、《竹、桥，雁足格》（第八回钟课）、《山、水，凤顶格》、《安、顺，凤顶格》、《声、色，燕颔格》、《合、宜，鹤膝格》、《墨、客，蝉联格》、《新、丰，魁斗格》、《琴、瑟，凤顶格》（祝硕辉同砚燕尔击钵）、《风、月，凤顶格》、《平、和，凤顶格》、《清、明，冠首》等钟题，作品登载于《诗报》等报刊杂志。兹录数联于下：

《风、月，凤顶格》：

风爽龙山吹孟帽，月明赤壁泛苏舟。（黄耀科）

《声、色，燕颔格》：

有色江山悲失主，同声家宰感无君。（郭谷游）

《风、雨，鸢肩格》：

昔日雨情怀酒赋，故园风味忆莼鲈。（郑席儒）

《诗、酒，蜂腰格》：

作相耽诗情觉大，为官盗酒兴知豪。（谢硕辉）

《醉、吟，鹤膝格》：

杨柳楼头吟少妇，杏花村里醉高人。（郑振盟）

《灯、火，兔胫格》：

孤馆高人悲火夜，五陵小士乐灯宵。（郑席儒）

《竹、桥，雁足格》：

孝感孟宗哀笋竹，愁眠张继泊枫桥。（郤玉麟）

《书、香，魁斗格》：

书有千篇摩诘画，座留七日令公香。（吴友贤）

《墨、客，蝉联格》：

艺苑春风争笔墨，客窗秋日忆莼鲈。（吴金土）

《合欢、筵，分咏格》：

江夏堂开鸥鹭宴，阳春曲和凤凰仪。（郭江波）

七十九、新莺吟社（桃园）

（一）新莺吟社的创立及沿革

桃园县新莺吟社创立于民国二十年（1931）五月十五日，为桃园人士所设，通信处置于桃园街徐清禄氏处。该社社长陈文庆，顾问林云帆、陈云川、简寄翁、吴子褒，庶务陈瑞安、郭柱林、吴国亨，编辑唐金炼、吴太山、吴福来、程锡卿，会计陈朝忠、简绰然、徐清禄、简明春。社名"新莺"，"取新莺学啭，期待将来之意"①。该社创作活动持续至 1966 年以后。

（二）新莺吟社的主要成员

新莺吟社初期社员三十余名,主要有陈文庆、林云帆、陈云川、简寄翁、吴子褒、陈瑞安、郭柱林、吴国亨、唐金炼、吴太山、吴福来、程锡卿、陈朝忠、简绰然、徐清禄、简明春、陈寿、怡红、景云、心齐、如愚、滴翠、启明、心斋、仲濂、连捷、琼云、永昌、焕其、瞻鲁、万枝、石溪、生长、蟾魂、子辉、闻斋、新传等。

光复后社员十余名,主要有洪耕南、陈守己、张淑卿、周奇楠、吴太郎、吴清海、郭清、简天福、连祖芬、林正雄、吴伯华、吴明和、叶锦涛、欧贤德、朱魁翔、平田志子、张秀花、庄敬雄等。

（三）新莺吟社的诗钟创作

新莺吟社每星期六出课题一次,每月开击钵吟例会一回。该社先后创作《书、灯,凤顶格》(第一期练习课题)、《花、月,凤顶格》、《茶、酒,凤顶格》、《金、玉,二唱》、《枕、戈,四唱》等钟题,作品登载于《诗报》、《诗文之友》等报刊杂志。兹录数联于下:

《书、灯,凤顶格》:
　　　　书中厚具千钟粟,灯上红开一朵花。(简寄翁)

《花、月,凤顶格》:
　　　　花放唐宫朝击鼓,月明谢尚夜吹箫。(琼　云)

《茶、酒,凤顶格》:
　　　　茶灶香生供陆羽,酒缸春暖醉刘伶。(子　辉)

《金、玉,二唱》:
　　　　辞金官颂东杨震,泣玉人推楚卞和。(周奇楠)

《枕、戈,四唱》:
　　　　邯郸伏枕梁难熟,涿鹿挥戈贼易歼。(平田志子)

---

① 　赖子清:《古今台湾诗文社》(二),台湾文献委员会编印《台湾文献》第一一卷第二期,台北:成文出版社有限公司 1983 年 3 月台一版影印本,第 2791 页。

八十、大同吟社

（一）大同吟社的创立及沿革

基隆市大同吟社创立于民国二十年（1931）六月以前，由当地文士张添进、刘明禄、蔡清扬、王吞云诸氏共同倡设，社长许梓桑，顾问李硕卿，事务所置于基隆市新店七七蔡清扬氏处。民国三十四年（1945）十二月，社长许梓桑去世，共推陈其寅综理社务。该社至今还活跃在台湾诗坛，现任社长陈德潜。

（二）大同吟社的主要成员

大同吟社初期社员三十余名，主要有许梓桑（乃兰）、李硕卿、张添进（一泓）、刘明禄、蔡清扬、王吞云、陈庭瑞、吕献图、蔡景福、王雪樵、陈耀东、刘其渊、黄梅生、林思齐、李醉霞、李登瀛、周士衡（野鹤）、萧水秀、蔡子淘、张文穆、黄景岳、张鹤年、简铭钟、杜蔼人、何崧甫、杜二陵、杨静渊、赖照熙、刘春亭、陈道南、简穆如、杨子培等。

光复后社员二十余名，主要有林金标、陈晓斋、陶芸楼、张作梅（一霞）、陈泰山、陈道南、陈御皋、刘春亭、庄幼岳、林淇园、阙成基、李遂初、张鹤年、谢艺秋、王秋航、张国裕、周植夫、简穆如、应侠民、王雪樵、李向荣、陈德潜等。

（三）大同吟社的诗钟创作

大同吟社每月开击钵吟例会一次，诗钟律绝并励。该社曾与宜兰仰山吟社、登瀛吟社联吟；民国二十五年（1936），又与台北县双溪乡之貂山吟社、瑞芳镇九份之奎山吟社，共同组成"鼎社"，由三社轮值。

《诗报》第二十三号载："基隆大同吟社例会，本期值东陈耀东、黄景岳二氏，去月十一日（1931 年 10 月 11 日）午后二时假当地同风会馆开会。首唱《放雁，五律元韵》，次唱诗畸《二、藏，蝉联格》，推野鹤、愚谷、一泓、梦泽为词宗，四时半截收，共得诗七十余首。榜发，由值东分呈赠品后，更借刘氏明远斋晚宴,乃发议与兰阳仰山、登瀛二社联吟事,即席全体赞成,于十月十八日在头围卢缵祥宅开磋商会,共举蔡子淘、刘其渊、王梦泽为代表参加云。又同吟社十月十三日午后一时起,假暖暖驿前余柴林氏楼上开击钵吟例会。是日恰遇头围卢缵祥先生莅基,顺邀其赴会,并有台北柯子村、刘梦鸥及崁脚寄庐诸先生出席。首唱题拈《睡仙,七绝元韵》,次唱《戒、银,蜂腰格》。五时交,得诗计八十余首,录呈词宗选取,左右十五名均由词宗王雪樵、杜霭人及暖暖街吴添氏等分与赠品。入吟宴,至钟鸣十下,各尽欢而还。"①

此外,该社还创作有《大、同,凤顶格》、《慰、园,鹤顶格》(第四期例会)、《秋、墨,燕颔格》、《品、茶,鹤膝格》、《来、会,鸢肩格》、《温、帽,鹤膝格》、《净、心,凤顶格》、《气、芳,蝉联格》、《教、鞭,玉带格》、《莲、张敞,分咏格》(社友简穆如君新婚击钵)、《破、画,蝉联格》、《玉、佛,蝉联格》、《鱼、龟,鹤膝格》、《随、识,六唱》、《晓、楼,一唱》等钟题,作品登载于《诗报》、《中华诗苑》等报刊杂志。兹录数联于下:

《大、同,凤顶格》:
　　大能割据分三晋,同振骚风继二南。(张鹤年)
《秋、墨,燕颔格》:
　　春秋大义严褒贬,朱墨殊途任是非。(蔡子淘)
《来、会,鸢肩格》:
　　丹凤来仪君子竹,玉麟会吐圣人书。(黄景岳)
《教、鞭,玉带格》:
　　公子坠鞭骄柳下,老禅说教据莲台。(张一泓)
《温、帽,鹤膝格》:
　　双栖小妇温如纩,九日高人帽落风。(蔡景福)
《随、识,六唱》:
　　忧患颇疑由识字,行藏不碍且随缘。(陈晓斋)
《破、画,蝉联格》:
　　本真面目吾能画,破碎江山孰可收。(刘春亭)

① 《诗报》第二十三号第十六版"介绍各吟社近况",1931年11月1日。

《莲、张敞，分咏格》：

比郎貌美花羞杀，似子情深黛悦描。（石　鲸）

八十一、高岗吟社

（一）高岗吟社的创立及沿革

高雄市高岗吟社创立于民国二十年（1931）六月十四日，由当地人士洪少川、郑焕新、陈国梁、陈明德、洪耕南诸氏共同倡设，陈国梁任社长。该社沿革情况未详。

（二）高岗吟社的主要成员

高岗吟社社员十余名，主要有洪少川、郑焕新、陈国梁、陈明德、洪耕南、黄连登、李秀瀛、吴蕴辉等。

（三）高岗吟社的诗钟创作

高岗吟社课题击钵兼行，诗钟律绝并励。该社曾经创作《冰、茶，凤顶格》等钟题，作品登载于《诗报》等报刊杂志。兹录数联于下：

《冰、茶，凤顶格》：

冰雪漫天同柳絮，茶烟绕座类松云。（郑焕新）

冰消酒气斟三碗，茶润诗肠饮一杯。（洪少川）

冰心一片壶中冷，茶味三杯几上香。（陈国梁）

冰山最易消融日，茶肆寻欢话旧时。（陈明德）

冰心皎洁开明镜，茶味清香润绣肠。（黄连登）

冰廉卷起清风入，茶叶烹来香味生。（陈明德）

冰可消炎忘盛夏，茶能敌睡助清淡。（陈国梁）

冰旗风动日将午，茶肆烟浮天欲昏。（洪耕南）

冰为趋炎人可畏，茶斟敌睡客频斟。（李秀瀛）

冰霜积地高三尺，茶酒愿君试一杯。（吴蕴辉）

八十二、淡交吟社

（一）淡交吟社的创立及沿革

嘉义县淡交吟社初创于民国二十年（1931）夏间，由何木火、林燦玉、李诗全等共同倡设；翌年春在何氏所营之中央福客寓正式成立，并置办事处。该社不置社长，日常活动由社员轮流值东。民国二十四年（1935），该社参与嘉社联吟活动。民国二十六年（1937）日本侵华事起，日吏监视诗社特严，时常索阅诗稿，社员黄兰馨还被日警诬为间谍，备受磨难。民国三十四年（1945）四月，嘉市受盟军飞机轰炸，该社诗稿全部被毁。

光复后，社员渐次来归，社务活动乃由张振荣、施渊龙组织，虽不开击钵吟会，然值"全国诗人大会"、鲲南七县市联吟会、嘉义县市联吟会等，俱派社员参加。

（二）淡交吟社的主要成员

淡交吟社创立初期社员十余名，主要有何木火（亚季）、林燦玉、李诗全（瑞春）、黄兰馨、张剑雄、黄传心、黄腾雄、张剑仙、天仙等。其后，又有张振荣、施渊龙等相继入社。

（三）淡交吟社的诗钟创作

淡交吟社创立之初每星期日作击钵吟及课题，每年开一次通常总会。该社曾经创作《笔、剑，分咏格》（第三期课题）等钟题，作品登载于《诗报》等报刊杂志。兹录数联于下：

《笔、剑，分咏格》：

临池难迈翻三峡，出匣嶙峋耀七星。（张剑雄）

锷从欧冶炉中炼，花自江淹梦里生。（黄传心）

临池管子挥新颖，斫地王郎发浩歌。（黄腾雄）

潇洒一枝描碧月，锋芒三尺舞东风。（张剑仙）

文阵纵横彤管在,战场驰骋太阿悬。(何木火)

风流一管曾题柱,埋没千秋未化龙。(黄腾雄)

毛锥题史芳名在,巨阙锄奸碧血飞。(李诗全)

落纸龙蛇班管贵,露锋雾雪太阿光。(天　仙)

八十三、仰山吟社

（一）仰山吟社的创立及沿革

宜兰县仰山吟社创立于民国二十年（1931）十一月以前,社长陈金波,副社长张振茂,干事连挺生、林渊源、蔡老柯、蔡玉辉、石寿松,顾问林拱辰、李琮璜、庄赞勋、吴荫培、连城青。光复后,该社改为理事制,历任理事长为陈金波、陈燦榕、游正一、庄木火等。该社至今还活跃在台湾诗坛。

（二）仰山吟社的主要成员

仰山吟社初期社员四十余名,主要有陈金波（镜秋）、张振茂（松村）、连挺生（栋臣）、林渊源（达初）、蔡老柯（鳌峰）、蔡玉辉（镜豪）、石寿松（友鹤）、林拱辰（星枢）、李琮璜（璧选）、庄赞勋（仁阁）、吴荫培（竹人）、连城青（碧榕）、张明理（知天）、陈耀辉（新淡）、杨隆泉（滚臣）、陈永和（睦卿）、叶长安（吉臣）、陈振炫（耀卿）、江紫元（梦花）、林玉麟（仁卿）、张廼西（天眷）、李康宁（寿卿）、张长春（柳塘）、陈金茂（博卿）、林绍裘（箕臣）、陈玉枝（友珊）、李燃薪（焰卿）、李炎（芦洲）、赖仁寿（国藩）、黄炳焜（耀卿）、林松水（友梅）、庄木火（龙光）、李春池（步莲）、李先麟（趾臣）、陈水木（树人）、李耀东（启明）、林德春（扬青）、黄新用（以仁）、陈春莲（少岩）、张黄曾（佐臣）、黄春亮（少青）、李金波（碧海）、苏西庚（星樵）、王学山（树人）、陈养连等。

光复后社员数十名,主要有陈金波、林本泉、李康宁、蔡老柯、张振茂、林炳桢、张芳、李炳炎、陈玉枝、庄木火、陈朝枝、李耀东、陈进东、郭启东、黄熙隆、陈生明、吴旺水、庄龙岗、林万荣、潘进洋、赖仁寿、高宗骥、陈水木、林阿俊、方坤邕、李赞堂、杨秋明、陈燦榕、黄艳泉、史有庆等。

（三）仰山吟社的诗钟创作

仰山吟社推行击钵,诗钟律绝并励;另还经常与头围登瀛吟社、罗东东明吟社开展联吟活动。该社先后创作《燕雀来贺,碎锦格》、《春、温泉,分咏格》、《风、月,一唱》等钟题,作品登载于《诗报》、《诗文之友》等报刊杂志。兹录数联于下:

《风、月,一唱》:

　　月印深潭沉兔窟,风吹乌帽落龙山。（林万荣）

　　月照当头怀李白,风生满腋羡卢同。（杨秋明）

　　风前折柳轻腰舞,月下敲诗放浪吟。（赖仁寿）

《燕雀来贺,碎锦格》:

　　雀曾衔璧来双阙,燕为嬉春贺六朝。（吴荫培）

　　燕舞帘前欣雀跃,人来阁上贺莺迁。（李燃薪）

　　雀引佳朋来大厦,燕随贺客入高楼。（苏西庚）

《春、温泉,分咏格》:

　　金谷觞飞怀李白,骊山水暖浴杨妃。（剑　生）

　　丽日和风千里好,暑波沸溜一泓清。（奕　彬）

　　韶华媚欲迷人眼,磺水清堪洗客愁。（林渊源）

八十四、华侨同乡吟社

（一）华侨同乡吟社的创立及沿革

台中市东墩华侨同乡吟社创立于民国二十年（1931）十二月以前,事务所置于台中市樱町一段。社长一职,采取主席团制,由刘子源、刘晶珊、刘智远三人担任;理事许作良、游子汉、廖万源;干事李又青、刘华云;庶务李允中、刘介珊;会计廖子嘉、李蕴华;编辑游义清、李荣开等。该社沿革情况未详。

（二）华侨同乡吟社的主要成员

华侨同乡吟社社员二十余名,主要有刘子源、刘晶珊、刘智远、许作良、游子汉、廖万源、李又青、刘华云、李允中、刘介珊、廖子嘉、李蕴华、游义清、李荣开、许乃其、廖德利、许蔓英、温则恭、许立仁、林树人、范杏村等。

（三）华侨同乡吟社的诗钟创作

华侨同乡吟社推行击钵,诗钟律绝并励。《诗报》第二十五号载:"东墩华侨同乡吟社,本月十日（1931年11月10日）晚七时开月例击钵会于曙町事务所,社员十名出席,选举来宾范仁乡、李蕴华两氏为左右词宗,由来宾赖如东氏拟'国旗'为题,韵为八庚,次题诗钟拈'高、大'两字,燕颔格,得诗各三十首,选取后发榜,左右元为刘华云、许作良两氏所得,次题左右李蕴华、廖子嘉两氏所获,至钟鸣十二,乃一同尽欢而散。"[1] 此外,该社还创作有《国、难,凤顶格》等钟题,作品登载于《诗报》等报刊杂志。兹录数联于下:

《高、大,燕颔格》:

> 海大游龙凭作雨,山高雏凤亦腾云。（李蕴华）
> 夸高小岛思秦霸,措大全球莫仲裁。（廖子嘉）
> 任大一肩担宇宙,居高双手扭乾坤。（许作良）
> 飞高凤翅遮云汉,负大鳌身动岳衡。（范杏村）
> 力大孟光擎巨臼,才高蔡琰背亡书。（刘华云）

《国、难,凤顶格》:

> 国政纷争戎马急,难民涂炭鬼神衰。（廖子嘉）
> 国事传来无救药,难书递到顿伤心。（温则恭）
> 国内风云仍告急,难中民众欲何依。（李蕴华）
> 国破方知人种贱,难多感觉自身危。（廖子嘉）
> 国士纵无填海恨,难民应有戴天仇。（林树人）

---

① 《诗报》第二十五号第十六版"骚坛消息",1931年12月1日。

八十五、集鹤吟社

（一）集鹤吟社的创立及沿革

彰化县鹿港镇集鹤吟社创立于民国二十一年（1932）二月以前。该社沿革情况未详。

（二）集鹤吟社的主要成员

集鹤吟社社员情况未详。所知者有黄涂、黄碧玫、丽生、依仁、文奎、随学、进传、云英、月云、燕雪等。

（三）集鹤吟社的诗钟创作

集鹤吟社推行课题，诗钟律绝并励。该社曾经创作《梦、月，鹤顶格》（第一回钟课）等钟题，作品登载于《诗报》等报刊杂志。兹录数联于下：

《梦、月，鹤顶格》：

　　　月试万言无宿稿，梦行四海有文章。（依　仁）

　　　梦醒犹闻谢尚笛，月明频忆寿阳妆。（丽　生）

　　　梦梅雪里添香迹，月满云中见素形。（云　英）

　　　梦断楼头双燕语，月痕桥外一莺啼。（文　奎）

　　　梦中一夜襄王怨，月下三更楚客愁。（黄　涂）

　　　月明树色拖江水，梦断泉声响峡山。（月　云）

　　　梦回紫帐三更恨，月照红楼一院愁。（随　学）

　　　月明楼上珠帘卷，梦绕闺中翡翠垂。（燕　雪）

　　　梦破衾中悲客子，月明梅下忆伊人。（进　传）

　　　梦中却恨三更雪，月下无情万里霜。（黄碧玫）

八十六、樱社

（一）樱社的创立及沿革

南投县埔里镇樱社创立于民国二十一年（1932）三月以前，为当地文士陈占峰、邱荣习等所倡设。该社附设诗学研究会，聘请儒师课授诗文。

樱社到 20 世纪 90 年代还坚持活动，其时社长王世英，顾问王梓圣，社址设在南投县埔里镇南兴街三八〇巷一号。

（二）樱社的主要成员

樱社初期社员十余名，主要有陈占峰、邱荣习、杨小波、杨肇源、王梓圣、林再添、施云钗、林益修、陈景贤、林水河、林富彬、刘金唐、林润甫、吴昌庆、王语圣、陈景寅、林宇义、赵晓东、许铁樱等。

光复后社员数十名，主要有王梓圣、王世英等。

（三）樱社的诗钟创作

樱社及其附设诗学研究会各自推行月课，诗钟律绝并励。该社先后创作《汉、文，凤顶格》、《璧、珠，雁足格》（第七期课题）、《百、画，凤顶格》等钟题，作品登载于《诗报》等报刊杂志。兹录数联于下：

《汉、文，凤顶格》：

汉字艰深今日语，文章颓废古人悲。（杨小波）

汉学无闻如此日，文章有价定千金。（杨肇源）

汉字将亡如一线，文章谁计到千秋。（王梓圣）

《百、画，凤顶格》：

画出齐州烟九点，百争汉土局三分。（林润甫）

画眉京兆非无笔，百尺元龙尚有楼。（林再添）

百世传经称李孔，画家妙笔说荆关。（王语圣）

《璧、珠,雁足格》:

> 今无燕国扶余璧,古有骊龙汗下珠。(林再添)
>
> 燕昭尚有扶余璧,张说非无记事珠。(林益修)
>
> 飞燕娉婷颜似璧,西施窈窕貌如珠。(林富彬)

八十七、碧山吟社

(一)碧山吟社的创立及沿革

碧山吟社创立于民国二十一年（1932）三月以前。该社沿革情况未详，疑为南投县草屯镇碧峰吟社之前身。

(二)碧山吟社的主要成员

碧山吟社社员十余名,主要有林汝旋、连德贤、游见龙、白茂己、白木金、陈卧薪、简逢川、简水田、林淑平、李春盛、黄梦华、俊臣、如腾等。

(三)碧山吟社的诗钟创作

碧山吟社课题击钵兼行,诗钟律绝并励。该社先后创作《红、白,凤顶格》（第一期联课）、《山、石,燕颔格》（第二期联课）、《春、雨,蜂腰格》等钟题,作品登载于《诗报》等报刊杂志。兹录数联于下:

《红、白,凤顶格》:

> 红蚕寄茧江乡夏,白雁书天海国秋。(林汝旋)
>
> 红日勤耕千亩稻,白云闲钓一江鱼。(连德贤)
>
> 红叶题诗元有意,白云出岫本无心。(游见龙)

《山、石,燕颔格》:

> 居山麓鸟音能识,近石矶鱼性可知。(连德贤)
>
> 奇石尽含千古气,灵山常占四时春。(简逢川)
>
> 雪山尖削琅玕笋,玉石窊剜玛瑙罍。(简水田)

《春、雨,蜂腰格》:

有意留春春不住，无心咏雨雨连绵。（白茂己）

有意游春春日短，无心爱雨雨天长。（陈卧薪）

新云旧雨何时遇，落叶残春几日还。（连德贤）

八十八、蓬山吟社

（一）蓬山吟社的创立及沿革

苗栗县苑里镇蓬山吟社创立于民国二十一年旧历花朝（1932 年 3 月 18 日），由当地文士陈联玉、王清渊、陈南辉等共同倡设。该社创作活动持续至 1960 年以后。

（二）蓬山吟社的主要成员

蓬山吟社初期社员二十余名，主要有陈联玉、王清渊、陈南辉、蔡柳州、陈沧玉、陈寿五、郑南垣、杨少贞、陈梅园、王金水、林锦枝、萧宝矩、赖益、郑郁仙、杨秀茂、陈景福、许水龙、蔡涵秋、杨少宾、蔡乔材、长弓生、雅斋、吉旺、启茂、德昭等。

光复后社员数十名，主要有郭茂松、吴增辉、谢景云、洪晓峰、陈南邦、炳煌、涵秋、景川、竹园、民峰、秋东、祉斋、杏村、其昌、涵卿、弥六、柳亭、梅园、子斌、应郎、秋德、石谷、旭仙、青园、载道、友真、秋阳、英哲等。

（三）蓬山吟社的诗钟创作

蓬山吟社课题击钵兼行，诗钟律绝并励。该社先后创作《春、雨，鹤顶格》（第二期课题）、《蓬、山，鹤顶格》（第二期课题）、《笔、烟筒，分咏格》、《竹、园，一唱》、《南、邦，一唱》（祝陈南邦社友荣获日本医学博士学位击钵）等钟题，作品登载于《诗报》、《诗文之友》、《中华诗苑》等报刊杂志。兹录数联于下：

《蓬、山，鹤顶格》：

蓬莱弱水三千里，山海雄关万仞高。（赖　益）

《春、雨,鹤顶格》:

　　雨滴池翻丁字水,春残江落午时潮。(陈南辉)

《竹、园,一唱》:

　　竹疏不碍文同画,园小真堪庾信居。(炳　煌)

《南、邦,一唱》:

　　南国三春梅破玉,邦畿千里雪融银。(子　斌)

《笔、烟筒,分咏格》:

　　颖脱囊中无立地,云迷洞口莫窥天。(乔　材)

八十九、正声吟社

(一)正声吟社的创立及沿革

正声吟社创立于民国二十一年(1932)七月以前。该社沿革情况未详。

(二)正声吟社的主要成员

正声吟社社员情况未详。所知者有黄伟伯、王孝问、陈履谙、林建庵、尹晦如、谭荔垣、赖焕文、温毅夫、周芹初、胡少蓬、张寿嵩、邱颂禹、魏季毓、邓晃云、卢楚生等。

(三)正声吟社的诗钟创作

正声吟社推行击钵,诗钟律绝并励。该社曾经创作《曹操、蝶,分咏格》等钟题,作品登载于《诗报》等报刊杂志。兹录数联于下:

《曹操、蝶,分咏格》:

　　两语定评推许劭,一场幻梦说庄周。(黄伟伯)

　　漆园好证前生梦,疑冢犹愚后死人。(王孝问)

　　赤壁曾传歌慷慨,漆园尚有梦迷离。(林建庵)

　　写入滕王留榻本,注成孙子有新书。(谭荔垣)

　　词赋一家生子建,画图千载认滕王。(赖焕文)

芳寻斗草湔裙日，气尽分香卖履时。（温毅夫）

欲倩元婴描榻本，半由文若助奸谋。（周芹初）

一代奸雄归邺下，几回曲折过篱东。（胡少蘧）

衣渝葛洞惊游客，鞭指梅林诳渴军。（张寿嵩）

横槊骤惊乌鹊晓，归鞍更逐马蹄香。（邓晃云）

九十、鄞江吟社

（一）鄞江吟社的创立及沿革

基隆市鄞江吟社亦称华侨鄞江吟社或华侨鄞江吟会，创立于民国二十一年（1932）八月以前，为李绍莲、黄景岳二氏所倡设，事务所置于基隆市后井子黄景岳处。该社沿革情况未详。

（二）鄞江吟社的主要成员

鄞江吟社社员数十名，主要有李绍莲、黄景岳、周士衡（闲云）、王吞云、蔡子淘、张鹤年、蔡逸初、刘春亭、王梦泽、逸且、定禅、铁华等。

（三）鄞江吟社的诗钟创作

鄞江吟社课题击钵兼行，每月活动一回，由社员轮流值东，诗钟与律绝并励。该社曾经创作《夏、虫，蝉联格》等钟题，作品登载于《诗报》等报刊杂志。兹录数联于下：

《夏、虫，蝉联格》：

虎视多年耽大夏，虫鸣尽日惨中原。（蔡子淘）

鸳鸯戏水莲塘夏，虫豸吟风菊圃秋。（蔡子淘）

豹隐山中吟首夏，虫吟壁陈值残秋。（蔡逸初）

龙沫征衰知自夏，虫沙欲化笑如周。（周士衡）

鹿逐中原悲有夏，虫鸣古壁发清商。（张鹤年）

龙蠡记否兴华夏，虫臂由来喻老庄。（逸　且）

狮威直欲醒华夏,虫茧方才系锦春。(铁　华)

地皮剥画怜诸夏,虫帖书来怨暴秦。(黄景岳)

麟书日作惊游夏,虫篆风行出鹬斯。(周士衡)

兽炭烘时冬亦夏,虫琴奏处恨兼愁。(王梦泽)

九十一、雄州吟社

(一)雄州吟社的创立及沿革

高雄市雄州吟社创立于民国二十一年(1932)九月以前,系该市鼓山吟社社员卢耀亭所倡设,由陈志渊担任理事,通信处置于高雄市盐埕町东壁图书局内。1953年端午,与高雄市内旗津、鼓山、苓州、鲲社等社团,大冶一炉,合并为寿峰吟社。

(二)雄州吟社的主要成员

雄州吟社社员十余名,主要有陈春林、卢耀亭、陈志渊、廖金元、镇海龙、李秀瀛、王植三、丁镜湖、陈璞如、谢黎甫、余梯山、王春槐、许观潮、碧梧女士等。

(三)雄州吟社的诗钟创作

雄州吟社"例会击钵月课,并驾齐驱"[1]。该社先后创作《新文明,流水格》、《诗、书,凤顶格》等钟题,作品登载于《诗报》等报刊杂志。兹录数联于下:

《诗、书,凤顶格》:

书藏壁里防秦火,诗咏桑中刺卫风。(卢耀亭)

书传鸿雁来天北,诗赞羔羊出召南。(廖金元)

书传碧海青天外,诗在阳春白雪中。(王春槐)

---

①　赖子清:《古今台湾诗文社》(二),台湾文献委员会编印《台湾文献》第一一卷第二期,台北:成文出版社有限公司1983年3月台一版影印本,第2796页。

诗作金鸥投学海，书成蝌蚪走文河。（丁镜湖）

诗法千秋宗李杜，书家万古属钟王。（谢黎甫）

《新文明，流水格》：

新寡文君当酒肆，分明武后乱春宫。（王植三）

新民到底关文教，明德原非重武功。（陈春林）

重新越国夸文种，能辅刘家美孔明。（丁镜湖）

维新我仰文王圣，明古人称孔子仁。（陈璞如）

新生紫竹斑文丽，古种苍松色彩明。（廖金元）

九十二、嵌南诗学研究会

（一）嵌南诗学研究会的创立及沿革

台南市嵌南诗学研究会创立于民国二十一年（1932）十一月以前。1951年，与台南市下之南社、酉山、桐侣、留青、锦文等社团合并，共同设立延平诗社。

（二）嵌南诗学研究会的主要成员

嵌南诗学研究会社员十余名，主要有郑燕南、黄英石、吴紫蕉、黄幼卿、林紫珊、林仁和、王画帆、黄嵩岚、林森源、黄鲁卿、黄蕙香、黄蕙莞、郑蕙兰、小山谷等。

（三）嵌南诗学研究会的诗钟创作

嵌南诗学研究会课题击钵兼行，诗钟律绝并励。该社曾经创作《画、莲，凤顶格》（第一期课题）等钟题，作品登载于《三六九小报》等报刊杂志。兹录数联于下：

《画、莲，凤顶格》：

画眉张敞传佳话，莲步潘妃试艳妆。（吴紫蕉）

画荻千秋欧母训，莲经一世媚儿勤。（郑燕南）

画烛烧残皆是泪，莲径折断有余丝。（黄蕙香）

画桥春暖添游屐,莲渚秋凉感落衣。(黄英石)

画意诗情才子笔,莲舟桂楫美人歌。(黄蕙菀)

画角声中嘶铁马,莲营影里掣金蛇。(林紫珊)

画饼难充肠尽瘦,莲丝易断藕争牵。(王画帆)

画帐无郎春意少,莲房有子苦心多。(郑蕙兰)

画伯轻描桃叶扇,莲娃小驻木兰舟。(黄嵩岚)

画册藤王摹蛱蝶,莲池茂叔打鸳鸯。(小山谷)

九十三、同励吟社

(一)同励吟社的创立及沿革

基隆市七堵乡暖暖同励吟社创立于民国二十一年（1932）十一月以前,由基隆市及台北县人士共同倡设。社名"同励",取共同勉励之意。该社沿革情况未详。

(二)同励吟社的主要成员

同励吟社社员二十余名,主要有王子清、刘春亭、何崧甫、简穆如、周枝万、李建成、林淇园、谢逸秋、欧剑窗、廖藏芝、陈善、王雪樵、张一泓、张鹤年、蔡子淘、谢艺秋、杜霭人、哲士、一石、小冬郎、紫英、王景光、柯子村、甘棠、山房、筱村、铁云、耀华等。

(三)同励吟社的诗钟创作

同励吟社推行击钵,诗钟律绝并励。《诗报》第四十九号载:"暖暖同励吟社去四日（星期日）（1932 年 12 月 4 日）午后一时起假该地公学校讲堂开击钵吟会,来宾有台北、汐止、基隆、瑞芳及附近吟友,宾主计四十余名。定刻,首由王子清氏推柯子村、张一泓、欧剑窗、廖藏芝四氏为词宗,复托来宾数名拟题,首唱《蛇鼓,七律蒸韵》,次唱《朱买臣、榕,分咏格》。五时交卷,得诗计百余卷。经词宗选毕,同入吟筵,七时半宴毕。榜发,首唱为蔡逸初占双元,次唱王景光、柯子村两氏抢元,该社员分与赠品而散。"① 此外,该社还创作有《晓寺钟,碎锦格》等钟题,作品登载于《诗报》等报刊杂志。兹录数联于下:

《晓寺钟,碎锦格》:

> 志士攻书凭晓课,寺僧忏悔重晨钟。（王雪樵）
> 晓闻萧寺三声磬,月落枫桥半夜钟。（霭　人）
> 寺里疏钟敲半夜,宫中晓漏报残更。（哲　士）
> 晓发梵钟能警世,暮听寺鼓渡迷津。（谢艺秋）
> 疏钟敲彻千峰晓,细雨沾余远寺青。（杜霭人）

《榕、朱买臣,分咏格》:

> 复水更难收马首,摇风直欲化龙鳞。（王景光）
> 难容妻子迟三载,已把声名付八闽。（柯子村）
> 遭妻白眼登科甲,压干绿阴盖满闽。（山　房）
> 落叶庭中犹带乳,负薪市上每攻书。（筱　村）
> 宗元已触啼莺意,庄助空存荐士心。（铁　云）

九十四、切磋吟社

（一）切磋吟社的创立及沿革

新竹市切磋吟社创立于民国二十一年（1932）十二月以前。该社沿革情况未详。

（二）切磋吟社的主要成员

切磋吟社社员数十名,主要有周芸窗、陈铁鏦、蒋培忠、张图麟、陈耕童、湖海居士等。

---

① 《诗报》第四十九号第一版"骚坛消息",1932 年 12 月 15 日。

（三）切磋吟社的诗钟创作

切磋吟社课题击钵兼行,诗钟律绝并励。该社先后创作《以、尘,鹤顶格》、《合欢花,碎锦格》等钟题。《诗报》第四十九号载:"梅溪小春亭主人小冬郎氏月前北上,游至苏澳,探各地吟友。去十八日（1932年11月18日）归梓,由当地切磋吟社发起,招集来仪吟社、柏社、红社等,去十九日（1932年11月19日）一时起假花花世界旗亭开催该氏洗尘会,出席者共达数百名。首唱题拈'风声',七绝歌韵;次唱诗畸鹤顶格,'以、尘'二字为冠首。一同钩心斗角,至四时截取,共得诗二百余首。首唱录呈小冬郎、曾秉衡二氏阅卷,次唱左右词宗公推周伯达、苏清伯池二氏评选。五时榜发,首唱双元均被达氏所占,次唱为小冬郎、蔡燦煌二氏所得,左右各十名内皆由蔡燦煌分呈赠品。旋入吟筵,红裙翩翩,贿酒至钟鸣十下,始各尽欢而散云。"① 又第五十一号载:"新竹市切磋吟社去十一日（1933年1月11日）为社友陈耕童氏之新婚,假砺心斋处开击钵欢迎会,出席者廿余人,首唱题拟《读书声,七绝青韵》,次唱诗畸《合欢花,碎锦格》,五时截取,得诗共达六十余首,首唱录呈左右词宗湖海居士、周芸窗二氏评选,次唱词宗陈铁鏦、蒋培忠二氏阅卷,由胪唱后,四元为陈铁鏦、张图麟二氏所占,十名内由主人分呈赠品,旋入吟筵,红裙侑酒,扶醉而散。"②

九十五、乡励吟社

（一）乡励吟社的创立及沿革

云林县北港镇乡励吟社创立于民国二十二年（1933）元旦,由黄篆、邱水谟、洪天赐、曾人岸、李水波、林国赐、曾仁杰诸氏倡设,敦请林维朝、李冠三为顾问。社名"乡励",意在鼓吹乡友,互相勉励,共挽颓风,以保存道德文化。

---

① 《诗报》第四十九号第一版"骚坛消息",1932年12月15日。
② 《诗报》第五十一号第十六版"骚坛消息",1933年1月15日。

民国三十五年（1946），社址迁于口湖乡湖口村李西端学馆，并推李西端为顾问，曾仁杰为社长，吴篆副之，李清水、李胜彦为总务，李钦焕为会计，李荣宗为外务。

（二）乡励吟社的主要成员

乡励吟社光复前社员二十余名，主要有黄篆、邱水谟、洪天赐、曾人岸、李水波、林国赐、曾仁杰、林维朝、李冠三、张清辉、黄瘦峰、邱云雄、洪坤德、黄一峰等。

光复后社员三十余名，主要有曾仁杰、吴篆、李西端、李清水、李胜彦、李明泰、李钦焕、李荣宗等。

（三）乡励吟社的诗钟创作

乡励吟社每月朔望击钵，诗钟律绝并励；又与嘉义、台南两县下之石社、江滨、鲲水、白水诸社，联络声气，共组"五社联吟会"，号曰"海鸥吟会"，月课二题，临时开击钵吟会。该社曾以社名"乡、励"为题，创作凤顶格诗钟，作品登载于《诗报》。兹录数联于下：

《乡、励，凤顶格》：

乡心一片怀仁杰，励志千秋感祖生。（曾仁杰）

乡音无解嗟摧鬓，励力有余可学文。（邱水谟）

乡情杜甫流离日，励志刘琨起舞时。（邱水谟）

乡情旅邸山川异，励志寒窗岁月新。（黄瘦峰）

乡心万里惊归雁，励志三余读异书。（洪坤德）

乡国未非双鬓白，励心不解一灯青。（邱水谟）

乡情和洽师兼友，励志同心弟与兄。（黄瘦峰）

乡人珠玉皆称宝，励我诗书孰识珍。（黄一峰）

乡无不学文风振，励有全功国运隆。（黄瘦峰）

乡社扬名留艺苑，励身击钵重词林。（张清辉）

九十六、学甲吟社

（一）学甲吟社的创立及沿革

台南县学甲乡学甲吟社正式创立于民国二十二年（1933）三月十九日，事务所置于学甲乡济慈宫阅报所内。该社最初由谢源任社长，后改由谢斐元充任，并以庄柏松、谢海鹅为顾问，谢戊己、赖金印、曾妈愿为干事。抗战期间，由于日人横加干涉，活动歇止。

（二）学甲吟社的主要成员

学甲吟社社员四十余名，主要有谢源、谢斐元（秀峰）、庄柏松（寿如）、谢海鹅（伯翔）、谢戊己（超五）、赖金印（如冰）、曾妈愿（剑梅）、张凤仪（舜祥）、庄昆英（玉柱）、庄清池（子渊）、赖志（不如）、李玉辉、庄武祥、谢云程、谢智慧、刘谦祝、周秀邦、陈宏谋、王宗科、陈启神、谢天锡、谢维栋、林维谋、谢茹英、邱耀卿、洪明哲、潘芳菲、吴茂信、赖心如、李瑞超、赖如水、洪叨哲、李鸿华、谢尊五、庄德昭、许仁珍、谢青苗、陈然、百川、行得、得元、和美、少伴、成才、金长等。

（三）学甲吟社的诗钟创作

学甲吟社课题击钵兼行，诗钟律绝并励；另与白鸥、绿社、登云、将军、竹桥诸社，共设"曾北六社联吟会"，每月轮开击钵一次。《诗报》第六十六号载："学甲吟社于去十三日（1933 年 8 月 13 日）午后六时，假济慈宫开纳凉击钵吟会，社员及来宾二十余人。雅集一堂，诗兴勃发，即托王钓翁拟题《新秋，七绝一先韵》，诗钟《有、无，鸢肩格》，至十时交卷。诗录呈王钓翁、李瑞超两氏，诗钟录呈谢伯翔、潘芳菲两氏合选，诗及诗钟元皆为谢斐元氏独占，十名内赠品由赖志氏寄附。是夜恰值慈济宫庭园之琼花盛开，玉洁清香，朵朵如笑，即在花前宏启吟宴，饮酒赏花，的是雅人深致，直至夜阑始扶醉而归。"①

---

① 《诗报》第六十六号第一版"骚坛消息"，1933 年 9 月 1 日。

此外，该社还创作有《学、甲，鹤顶格》、《风、月，燕颔格》、《中秋月，碎锦格》、《霜、月，凤顶格》等钟题，作品登载于《诗报》等报刊杂志。兹录数联于下：

《学、甲，鹤顶格》：

　　学童尚有安邦志，甲士宁无爱国心。（庄昆英）

《霜、月，凤顶格》：

　　霜边笑傲陶公菊，月夜闲游苏子舟。（李玉辉）

《风、月，燕颔格》：

　　卫风濮上淫声乱，秦月楼头艳影多。（王大俊）

《有、无，鸢肩格》：

　　吐凤有才夸李白，缚鸡无力笑淮阴。（谢斐元）

《中秋月，碎锦格》：

　　子美兴秋吟月下，仲尼归思赋楼中。（张凤仪）

九十七、林园诗学研究会（后名林园诗社）

（一）林园诗学研究会的创立及沿革

高雄县林园诗学研究会创立于民国二十二年（1933）七月以前，后称林园诗社。20世纪90年代，社长黄火盛，副社长黄瑞祥、徐馨邦，总干事龚天梓，副总干事张简乐场，干事林本原、黄辉智，顾问陈皆兴、陈子波、黄光品。该社至今还活跃在台湾诗坛。

（二）林园诗学研究会的主要成员

林园诗学研究会初期社员二十余名，主要有姚再居、詹清和、许荫、何生春、林锡逢、蔡固、林上霖、黄石柱、蔡天保、黄汉周、庄荣愿、黄耀榆、邱月胆、黄冈度、黄南山、陈亦粮、许孟视、陈元服、何宝、天锡、雪如、月枝、蟾桂、雪凝、骊珠、品兰等。

光复后社员数十名，主要有黄火盛、黄瑞祥、徐馨邦、陈皆兴、陈子波、黄光品、龚天梓、张简乐场、林本原、黄辉智等。

（三）林园诗学研究会的诗钟创作

林园诗学研究会课题击钵兼行，诗钟律绝并励。该社先后创作《林、园，凤顶格》、《风、雨，凤顶格》、《女、士，鹤顶格》等钟题，作品登载于《诗报》报刊杂志。兹录数联于下：

《林、园，凤顶格》：

> 林上鸟啼如乐奏，园中蛙鼓等雷鸣。（姚再居）

> 林里宁无君子宅，园边半是野人家。（詹清和）

> 林边樵子负薪去，园外农夫叱犊归。（何生春）

《风、雨，凤顶格》：

> 雨酿繁华千朵秀，风敲疏竹万竿斜。（庄荣愿）

> 风飘湖海波涛动，雨润郊原草木柔。（姚再居）

> 风起豫知惟石燕，雨来先觉有商羊。（黄南山）

《女、士，鹤顶格》：

> 女献娇娆倾国易，士披肝胆报君难。（何生春）

> 女负才华能咏雪，士怀利器可题桥。（天　锡）

> 士才盖世称曹子，女貌倾城仰骊姬。（雪　如）

九十八、读我书吟会

（一）读我书吟会的创立及沿革

屏东县读我书吟会创立于民国二十二年（1933）九月以前。该社沿革情况未详。

（二）读我书吟会的主要成员

读我书吟会社员情况未详。所知者有陈益学、叶贻清、戴荣琳、陈锦标、林学海等。

（三）读我书吟会的诗钟创作

读我书吟会创作活动情况未详。该会曾经创作诗钟《鸡、妓女，分咏格》等钟题，作品登载于《诗报》等报刊杂志。兹录数联于下：

《鸡、妓女，分咏格》：

　　爱汝雄心同狗盗，怜他拼命抗阍儿。（陈益学）

　　慧眼垂青灵李靖，雄心起舞壮刘琨。（叶贻清）

　　解语会心谈宋士，知音顾曲有周郎。（戴荣琳）

　　不事君仇缘汝误，难消士志为他雄。（陈锦标）

　　茅店几声惊客梦，青楼一曲断人魂。（林学海）

九十九、碧峰吟社

（一）碧峰吟社的创立及沿革

南投县草屯镇碧峰吟社创立于民国二十二年（1933）九月以前。该社沿革情况未详。

（二）碧峰吟社的主要成员

碧峰吟社社员十余名，主要有林耀臣、连德贤、林汝旋、李日章、林淑平、李不致、游见龙等。

（三）碧峰吟社的诗钟创作

碧峰吟社创作活动情况未详。该社曾经创作《松、竹，凤顶格》等钟题，作品登载于《诗报》等报刊杂志。兹录数联于下：

《松、竹，凤顶格》：

　　松叶忽明知月上，竹梢微响觉风来。（林耀臣）

　　竹竿垂钓空怀卫，松树荣封始自秦。（连德贤）

竹箨制冠仪自别,松煤作墨品犹香。(林汝旋)

松老阴多栖鹤稳,竹高影放化龙宜。(李日章)

竹摇月影成天画,松动风声韵野弦。(林淑平)

松树阴中孤鹤舞,竹林影中众禽鸣。(李不致)

松声有韵因风响,竹影无声逐月移。(林汝旋)

竹尾摇风如凤舞,松柯经岁似龙蟠。(林汝旋)

竹茂阴浓堪避暑,松青叶密足当寒。(游见龙)

松风水月本无价,竹雨山云皆有情。(林耀臣)

一〇〇、卿英吟社

(一)卿英吟社的创立及沿革

新竹卿英吟社创立于民国二十二年(1933)十一月前后。该社沿革情况未详。

(二)卿英吟社的主要成员

卿英吟社是一个纯粹由女性诗人组成的社团,主要成员有曾云卿、素卿、绣卿、碧卿、婵卿、桂英、月英、燕英、秀英、英英、玉娟等,悉为女士。

(三)卿英吟社的诗钟创作

卿英吟社推行击钵,诗钟律绝并励。该社曾经创作《冰、骂婿,分咏格》(初回小集)等钟题,作品登载于《诗报》等报刊杂志。兹录数联于下:

《冰、骂婿,分咏格》:

狐听水上过行客,狮吼河东助乃翁。(素　卿)

怒气一声呼鹳雀,疑团满腹动狐狸。(桂　英)

边徼寄探飞鼠穴,外家吓倒牝鸡声。(月　英)

渡马神扶文叔驾,乘龙客坐灌夫筵。(绣　卿)

佳句传来吟桂客,恶声加到射屏人。(燕　英)

叱来半子真回鹘,诮到痴人比夏虫。（碧　卿）

壶清曾许盟心久,玉润何妨唾面干。（英　英）

霜信十分藏北露,雷声一震骇东床。（玉　娟）

乘龙失望休称快,啄鸟闻声已破坚。（婵　卿）

田宅没抄严氏录,风云叱咤岳家车。（秀　英）

一〇一、登云吟社

（一）登云吟社的创立及沿革

台南县佳里镇登云吟社创立于民国二十三年（1934）四月。该社推选庄荐为主事,郭朝、曾焕彰、许先致、王舜裕为干事,洪明哲为会计,邱水、庄仲卿、刘汉卿、林泮、王吉为顾问。抗战爆发后,活动歇止。

（二）登云吟社的主要成员

登云吟社社员二十余名,主要有庄荐、郭朝、曾焕彰、许先致、王舜裕、洪明哲、邱水、庄仲卿、刘汉卿、林泮、王吉、洪炳焕、郭瘦虹、邱濬川、洪席舟、洪子衡、谢天锡、曾浦云、李玉辉、曾镜红、陈啸坡、谢伯翔、谢秀峰、王大俊、吴萱草、王伯龄、王绀文、陈岸云、曾镜虹、许筱邨等。

（三）登云吟社的诗钟创作

登云吟社课题击钵兼行,诗钟律绝并励。该社先后创作《圣、贤,鹤顶格》、《诗,酒,燕颔格》等钟题,作品登载于《诗报》等报刊杂志。兹录数联于下:

《圣、贤,鹤顶格》:

圣人道不须更离,贤士学从格致求。（邱濬川）

贤似荆公终祸宋,圣如尼父又穷陈。（洪子衡）

贤史自称牛马走,圣人曾召凤麟来。（洪席舟）

圣之清耻食周粟,贤且勇坚辞魏金。（谢伯翔）

圣学渊源称北海,贤人韵事颂南皮。(谢秀峰)

《诗、酒,燕颔格》:

工诗无逸吟蝴蝶,赏酒相如典鹔鹴。(王大俊)

耽诗骨似秋山瘦,醉酒颜如夕阳骄。(洪子衡)

沽酒杏村双屐雨,寻诗柳岸一蓑烟。(王大俊)

题诗南国拈红豆,送酒东篱望白衣。(洪席舟)

沽酒不嫌行路远,敲诗何虑夜眠迟。(谢伯翔)

一〇二、文峰吟社

(一)文峰吟社的创立及沿革

澎湖县马公镇文峰吟社创立于民国二十三年浴佛节(1934 年 5 月 20 日),社长陈光亮,副社长鲍弼臣,顾问鲍迪三,会计蔡堆金,监事林安卿,外务许世扶、庄振邦。该社沿革情况未详。

(二)文峰吟社的主要成员

文峰吟社社员十余名,主要成员有陈光亮、鲍弼臣、鲍迪三、蔡堆金、林安卿、许世扶、庄振邦、高选青、林琼瑶、林秋对、宋维六、许卧云、郑以礼、辛川流、鲍涟臣、许乃通等。

(三)文峰吟社的诗钟创作

文峰吟社推行击钵,诗钟律绝并励。该社先后创作《月色风声,双钩格》、《渔、舟,鸢肩格》、《水、天,雁足格》等钟题,作品登载于《诗报》等报刊杂志。兹录数联于下:

《渔、舟,鸢肩格》:

爱招舟子游江去,莫许渔郎问路来。(陈光亮)

釜破舟沉争赵地,樵歌渔唱乐尧天。(林琼瑶)

子牙渔钓得奇遇,少伯舟游不复回。(许世扶)

《水、天,雁足格》:

姜尚钓璜居渭水,女娲炼石补苍天。（林安卿）

禹奠山川治洪水,舜耕畎亩泣旻天。（蔡堆金）

书载黄金生丽水,诗云白鹭上青天。（林琼瑶）

《月色风声,双钩格》:

月朗星辉添夜色,风吹雨打作秋声。（陈光亮）

月照梨花添夜色,风吹桐叶作秋声。（林琼瑶）

月皎花浓春有色,风平浪静夜无声。（宋维六）

一〇三、濑南吟社

（一）濑南吟社的创立及沿革

高雄市濑南吟社亦称濑南诗社,创立于民国二十三年（1934）五月,为许君山、施子卿等共同倡设,事务所置于北野町许君山宅。该社沿革情况未详。

（二）濑南吟社的主要成员

濑南吟社社员三十余名,主要有许君山、施子卿、刘天禄、许成章、吴纫秋、丁镜湖、陈偕云、丁镜清、许景熙、许景绵、曾瘦吾、宋义勇、苏璞玉、洪耕南、谢妙其、黄耀堂、张子民、张华珍、李心朴、刘天禄、卢耀廷、李秀瀛、刘福成、张蒲园、吴国辉、陈璞如、谢仁逞、黄同记、陈金土、苏明奎、怜红、竹亭、不俗生等。

（三）濑南吟社的诗钟活动

濑南吟社每月以一例会一课题为率,诗钟律绝并励。《诗报》第八十三号载:"高雄濑南诗社十五日如既报开第一期击钵吟会于刘天禄氏别墅。是日午前九时一同莅止,公推张蒲园、许君山二氏为左右词宗,拈'嚼冰'为七绝题,……诗兴未已,再出《春、云,魁斗格》为次唱,五时半交卷,录呈词宗吴纫秋、丁镜湖二氏选取。唱胪后,许成章、许君山二氏获元,乃于和气霭霭里散会。"[1]

---

[1] 《诗报》第八十三号第一版"骚坛消息",1934年6月15日。

此外,该社还创作有《濑、南,鹤顶格》、《桂、花,燕颔格》、《野和尚、醋,分咏格》、《渔笛,合咏格》、《苔痕花气,碎锦格》等钟题,作品登载于《诗报》、《三六九小报》等报刊杂志。兹录数联于下:

《濑、南,鹤顶格》:

　　濑溪蓑笠严光傲,南国文章庾信哀。(吴纫秋)

《桂、花,燕颔格》:

　　桃花尽日随流水,丹桂长年种月宫。(许君山)

《春、云,魁斗格》:

　　春朝渭北王维雨,日暮江东杜甫云。(许成章)

《苔痕花气,碎锦格》:

　　弄花天气衣熏麝,访客春痕履印苔。(竹　亭)

《野和尚、醋,分咏格》:

　　微生醯乞来邻舍,韩寿香偷出佛门。(谢绍楷)

《渔笛,合咏格》:

　　声闻彭蠡随风响,曲唱沧浪带月吹。(施子卿)

一〇四、溪山汉文研究会(后名溪山吟社)

(一)溪山汉文研究会的创立及沿革

屏东县新园乡越溪村溪山汉文研究会创立于民国二十三年(1934)六月以前,为该村人士李子仪、吴显宗等共同倡设。民国二十四年(1935)冬季,定名溪山吟社。抗战爆发后,活动歇止。

(二)溪山汉文研究会的主要成员

溪山汉文研究会社员十余名,主要有李子仪、吴社辉(显宗)、郑运兴(兆昌)、陈喜(笑浓)、徐静山、张神居(净庵)、陈雍堂、杨炯堂、萧静波、涂清福、陈明德、卢克成、陈琴甫、郑耀昌、薛玉田、郑坤五、陈茂青、张艳秋等。

（三）溪山汉文研究会的诗钟创作

溪山汉文研究会最初以通信方式命题，由会员轮流征诗，其后小集击钵，诗钟律绝并励。该社先后创作《水、田，雁足格》（溪山汉文研究会时期）、《溪、山，凤顶格》（溪山吟社时期）等钟题，作品登载于《诗报》等报刊杂志。兹录数联于下：

《溪、山，凤顶格》：

溪水拖蓝环绿带，山峰耸翠列青屏。（陈琴甫）

溪水回环渔父宅，山河壮固帝王家。（郑耀昌）

溪中取水烹新茗，山上披云探早梅。（郑坤五）

溪舍三间高士隐，山林几处野人居。（陈茂青）

溪浅鱼虾惟怕网，山深鸟兽不愁弓。（陈　喜）

《水、田，雁足格》：

禹夏有功劳治水，舜虞大孝苦耕田。（张神居）

长年作客求薪水，永日依人困砚田。（杨炯堂）

将有竿丝欢钓水，已丰囊箧好归田。（萧静波）

未必功名强钓水，须知势力逊耕田。（郑运兴）

功名已觉寒于水，世事无关乐在田。（涂清福）

一〇五、文澳诗学研究会

（一）文澳诗学研究会的创立及沿革

澎湖县马公镇文澳诗学研究会创立于民国二十三年（1934）六月以前。该社沿革情况未详。

（二）文澳诗学研究会的主要成员

文澳诗学研究会社员情况未详。所知者有鲍弼臣、宋维六、庄安邦、许瀛洲、许卧云、林安卿、辛川流、蔡堆金、近市逸人、上山生等。

（三）文澳诗学研究会的诗钟创作

文澳诗学研究会推行课题,诗钟律绝并励。该会曾经创作《教、鞭,燕颔格》等钟题,作品登载于《诗报》等报刊杂志。兹录数联于下:

《教、鞭,燕颔格》:

佛教修持惟见性,祖鞭猛著在雄心。（鲍弼臣）

扬鞭得意频驱马,授教诚心任喝牛。（宋维六）

投鞭如果流能断,设教马知道不行。（近市逸人）

执教人头君早出,加鞭马腹我难过。（宋维六）

尸鞭楚子称忠烈,圣教颜渊赞道高。（庄安邦）

吟鞭带得栈云去,圣教趁将泗水来。（许瀛洲）

可教张良能忍耐,扬鞭祖逖岂偷闲。（宋维六）

圣教甄陶同雨露,雷鞭闪烁激阴阳。（庄安邦）

坠鞭柳巷骄公子,说教莲台据老禅。（许卧云）

受教传书来圯上,遗鞭折柳在章台。（蔡堆金）

一〇六、东明吟社

（一）东明吟社的创立及沿革

宜兰县罗东镇东明吟社创立于民国二十三年古历蒲节前六日（1934年6月10日）,为当地文士江紫元等所倡设。社长胡庆森,副社长林义,顾问陈纯精、蓝绿淮,干事江紫元、杨长泉、江朝开、李朝梓、李金火、林金枝。光复后,推陈振东为社长。该社到1981年还坚持活动,其时社长林义德。

（二）东明吟社的主要成员

东明吟社初期社员七十余名,主要有江紫元（梦花）、胡庆森、林义、陈纯精、蓝绿淮、杨长泉（静渊）、江朝开、李朝梓（维桑）、李金火（耀锋）、林金枝（剑棱）、林玉麟、张剑雄、陈东山、黄承炉、张天飞、冯石来、游垂德、黄春亮、林荣辉（子清）、张聪明（蓉光）、陈伯荣、林宽雍、何福春、陈琳焕、陈叶成、廖火练（雪峰）、廖荣松、范良铭、张火金、侯德钟（少岩）、李鸟棕（修篁）、石朝枝（晓晖）、陈耀辉、蔡奕彬、李盟珠、李培榕、林渊源、蔡鳌峰、李世南、吴月林、张梦庚、李剑生、吴尊秋、石晓晖、李金恭、张炳臣、简熘松、张栖梧、蔡逊雪、蔡敏子、郑文治、洪阳生、李庆贤、李剑华、张天眷、吴英林、李康宁、李笑仙、杨碧莲、李寿卿、李天仙、蔡介圭、陈云程、庄赞勋、蔡笑绿、陈鹏甫、吴松籁、蔡陋庵、黄锡源、蔡梅子、黄希曷、附俗散人、蕙芬、希葡等。

光复后社员数十名，主要有陈振东、江紫元、杨长泉、黄春亮、吴英林、蔡奕彬、蔡鳌峰、林义德等。

（三）东明吟社的诗钟创作

东明吟社课题击钵兼行，诗钟律绝并励；另还经常与登瀛吟社、仰山吟社以及苏澳、基隆等北部诗人开展联吟活动，并多次主办宜兰县联吟大会。该社先后创作《罗、东，鹤顶格》、《月白烟青，双钩格》、《竹风兰雨，双钩格》、《山、水，蜂腰格》、《花、梦，龙尾格》、《水、仙，魁斗格》、《菊、钟声，分咏格》、《寒溪樱信，双钩格》、《新、柳，鹤顶格》、《水、镜，鹤顶格》、《梅、雨，鹤顶格》（第三期课题）、《秋、夜，鹤顶格》（第四期课题）、《迎、寒，鹤顶格》（第七期课题）、《冬、日，鹤顶格》等钟题，作品登载于《诗报》、《风月报》等报刊杂志。兹录数联于下：

《迎、寒，鹤顶格》：

迎客蔡邕忙倒屐，寒天范叔孰施袍。（张天眷）

《山、水，蜂腰格》：

聚米成山追马援，投鞭断水记符坚。（李金火）

《花、梦，龙尾格》：

纸帐夜深梅入梦，竹影霜冷菊开花。（陈耀辉）

《水、仙，魁斗格》：

水无清浊终归海，人得安闲半是仙。（张炳臣）

《月白烟青，双钩格》：

月落西山天欲白，烟生北谷树含青。（李维桑）

《菊、钟声,分咏格》:

　　文子被嗤吴札去,陶潜能爱屈平餐。(李金火)

一〇七、巧社

(一)巧社的创立及沿革

　　台北市巧社创立于民国二十三年乞巧节(1934年8月16日),故名"巧社"。该社由王霁雯、黄福林、赖献瑞三氏共同倡设,通讯处置于延平北路宏仁医院内。该社沿革情况未详。

(二)巧社的主要成员

　　巧社社员十余名,主要有王霁雯、黄福林、赖献瑞、林绛秋、李鹭村、荷生、书云、善明、国文、鸿猷、虎额等。

(三)巧社的诗钟创作

　　巧社是一个以研究词学艺术为主的文学社团,间或创作诗钟。该社曾经创作《巧、社,鹤顶格》等钟题,作品登载于《诗报》等报刊杂志。兹录数联于下:

《巧、社,鹤顶格》:

　　巧乞针楼瓜果节,社栽松柏夏殷时。(赖献瑞)

　　巧夺天工凭格物,社交人事赖平生。(荷　生)

　　巧织珠玑留韵事,社交翰墨振文风。(黄福林)

　　巧语庚词皆杜派,社朋党友尽苏流。(王霁雯)

　　巧言令色无仁者,社娓城狐有狡童。(赖献瑞)

　　巧穿九曲明珠智,社养三烧美玉才。(书　云)

　　巧立骚坛回末俗,社开大雅振斯文。(善　明)

　　巧夺天工兴汉气,社栽栗树绍周风。(国　文)

　　巧节穿针瓜果列,社坛拔帜鼓旗当。(鸿　猷)

　　巧成词翰千家诵,社作文章万古传。(虎　额)

一○八、鸡林诗社

（一）鸡林诗社的创立及沿革

台南市鸡林诗社亦称鸡林吟社，创立于民国二十三年（1934）十月以前。该社敦聘吴纫秋为顾问，事务所置于盐埕町。1951年，与台南市下之南社、酉山、桐侣、留青、锦文、崁南等社团，合并为延平诗社。

（二）鸡林诗社的主要成员

鸡林诗社社员二十余名，主要有吴纫秋、曾瘦吾、张华珍、黄耀堂、洪子标、卢懋青、陈逸生、范家槐、黄焕明、施子卿、柯云凤、吕霁月、吕缉熙、张华金、杨廷荣、王画帆、苏柳汀、王画岚、黄道人、邱剑囊、王翩翩、吕修荧、吴宏文、不老身、慧眼生等。

（三）鸡林诗社的诗钟创作

鸡林诗社推行击钵，诗钟律绝并励。该社先后创作《梅、雨，鹤顶格》、《鸡、林，凤顶格》、《夏、虫，燕颔格》、《落、红，鸢肩格》、《秋、月，蜂腰格》、《花、影，蜂腰格》、《书、画，鹤膝格》、《诗、酒，凫胫格》、《雪、梅，雁足格》等钟题，作品登载于《诗报》等报刊杂志。兹录数联于下：

《鸡、林，凤顶格》：
　　鸡年兆梦悲安石，林月题诗忆少陵。（吴纫秋）

《夏、虫，燕颔格》：
　　鼎夏重华歌解愠，雕虫太白赋无才。（洪子标）

《落、红，鸢肩格》：
　　阶飞落叶秋声至，门剩红花人面违。（苏柳汀）

《花、影，蜂腰格》：
　　梦笔生花怀太白，系风捕影见东坡。（吕缉熙）

《书、画，鹤膝格》：

李密家贫书挂角,王维才富画藏诗。(王翩翩)

《诗、酒,凫胫格》:

人钦吴郡双诗伯,我爱高阳一酒徒。(邱剑囊)

《雪、梅,雁足格》:

斗白由来梅逊雪,论香到底雪输梅。(王翩翩)

一〇九、鹭洲吟社

(一)鹭洲吟社的创立及沿革

台北县芦洲乡鹭洲吟社创立于民国二十三年季秋末望前一日(1934年10月21日),为当地文士李种玉、李声元所倡设。社长谢尊五,副社长美代周藏,总务林子惠,庶务林清敦,外事郑金柱,干事郑木村。该社创作活动持续至1950年以后。

(二)鹭洲吟社的主要成员

鹭洲吟社社员四十余名,主要有李种玉、李声元、谢尊五(梦花)、美代周藏(卓梦庵)、林子惠(荣三)、林清敦、郑金柱、郑木村、黄栽培、叶蕴蓝、李庆贤、郑文治、洪阳生、林崇礼、赖献瑞、运斧、中庸、世昌、登玉、梦鸥、汝霖、万传、培植、江树、梅径、神义、维明、梦梅、小窗、承顺、文渊、瘦鹤、连荣、文虎、坤地、晴波、雪渔、蒲三、梅三、子珊、卜五、国藩、子桢、学樵、晃炎、笑花生等。

(三)鹭洲吟社的诗钟创作

鹭洲吟社推行击钵,诗钟律绝并励。该社先后创作《博、文,鹤顶格》(祝社员郑金柱氏令郎博文君弥月击钵)、《登龙门,碎锦格》、《孔明、竞马会,分咏格》、《台北桥,碎锦格》、《按摩、湘妃竹,分咏格》、《织布商,碎锦格》等钟题,作品登载于《诗报》、《风月报》等报刊杂志。兹录数联于下:

《博、文,鹤顶格》:

博订邹人通六艺,文称颖水出双难。(汝　霖)

《登龙门，碎锦格》：

  登堂那堪门题凤，渡水都惊剑化龙。（赖献瑞）

《台北桥，碎锦格》：

  北郭台高春戏马，西池桥小夏浮鸥。（林清敦）

《织布商，碎锦格》：

  季布重言金不易，陶朱十则织为商。（洪阳生）

《按摩、湘妃竹，分咏格》：

  一竿斑染千秋泪，十指松加半节身。（李庆贤）

《孔明、竞马会，分咏格》：

  隆中定鼎分三足，冀北登场赛四蹄。（李庆贤）

一一〇、螺溪吟社

（一）螺溪吟社的创立及沿革

彰化县北斗镇螺溪吟社创立于民国二十三年（1934）十二月以前，为当地人士所倡设。社长许燕汀，顾问许百铸、陈彩烛、洪炳照，理事杨双合，干事谢桂森。该社创作活动持续至1960年以后。

（二）螺溪吟社的主要成员

螺溪吟社社员二十余名，主要有许燕汀、许百铸、陈彩烛、洪炳照、杨双合、谢桂森、陈子授、郭涵光、陈炳流、郑火美、黄珪璋、杨鹤年、谢梅仙、谢新禧、陈朴樵、许木易、林子美、陈炳虎、丁汝通、梅村长光、梅村哲义、林荆南、林鹭洲、王礼卿、子安、并汀、稻香室人、秉筹等。

（三）螺溪吟社的诗钟创作

螺溪吟社每星期六辄开击钵吟会，诗钟律绝并励。该社先后创作《北、斗，凤顶格》、《君、子，燕颔格》、《秋、日，鹤顶格》、《诗、吟，凤顶格》、《竹、帘，四唱》等钟题，作品登载于《诗报》、《诗文之友》等报刊杂志。兹录数联于下：

《北、斗,凤顶格》:

斗室围棋消永日,北窗展纸画春山。(杨鹤年)

《秋、日,鹤顶格》:

日暖池冰新破玉,秋凉田稻遍垂金。(陈炳虎)

《诗、吟,凤顶格》:

吟句得多佳绝少,诗书买易读偏难。(幵　汀)

《君、子,燕颔格》:

孝子孟宗冬泣笋,圣君舜帝日耕田。(许木易)

《竹、帘,四唱》:

生恐隔帘鹦鹉听,惹愁间竹鹧鸪啼。(林荆南)

一一一、永隆发诗学研究会

(一)永隆发诗学研究会的创立及沿革

台南市大宫町永隆发诗学研究会创立于民国二十四年(1935)三月以前。该社沿革情况未详。

(二)永隆发诗学研究会的主要成员

永隆发诗学研究会社员情况未详。

(三)永隆发诗学研究会的诗钟创作

永隆发诗学研究会诗钟律绝并励。该社曾多次向全岛公开征诗及诗钟,所征钟题有《七日香香水、春梅腊油,分咏格》(第三期征诗)等,作品登载于《诗报》等报刊杂志。兹录数联于下:

《七日香香水、春梅腊油,分咏格》:

馨符复卦殊花露,品别和羹抵玉脂。(黄习之)

新岁花魁脂滑泽,灵辰玉露气氤氲。(李春华)

哭罢秦庭衣尚馥,脂凝庾岭鬓偏松。(刘汶清)

寿阳额角添膏媚,织女襟前带泪芬。（杨元胡）

庾岭逋仙魂化液,银河织女泪流芳。（杨森富）

冰艳滑粘云雾鬓,星期馨染雪霜肤。（谢绍楷）

一段芳膏光绿鬓,周期清液袭红裙。（胡　仙）

发润浮光东阁上,衣沾送馥竹林中。（张肇吉）

衣溅一周疑薛女,发涂每旦美逋仙。（李庚辛）

星桥花露欺文若,庾岭琼膏妒丽华。（李克温）

一一二、松鹤吟社

（一）松鹤吟社的创立及沿革

台北市松鹤吟社创立于民国二十四年花朝（1935 年 3 月 16 日）,为赖献瑞所倡设。该社推举赖献瑞为社长,林述三为顾问,社址置于赖献瑞书塾道南堂。民国二十六年（1937）抗战军兴,社员中约半数为外省籍人士,纷纷返回大陆,遂致星散。光复后,社务重振,以施学樵为社长,林述三、陈毓痴、曾今可为顾问。该社创作活动持续至 1958 年 6 月以后。

（二）松鹤吟社的主要成员

松鹤吟社是一个门徒诗社,社员三十余名,主要有施学樵、施运斧、陈镦厚、林青松、林锡牙、傅秋镛、卢懋清、庄幼岳、陈季硕、李天鹭、王葱、施于农、林尔崇、洪玉明、刘万传、陈一寰、邱恕鉴、黄湘屏、施弈义、萧振开、萧春石、林金生、林介坚、林玉云、林荫梧、林绮芬、黄维垣、张国裕、叶世荣、柯执谦、廖振玲、叶奕勋、陈南朝、徐现龙、逸文、有益等,绝大多数为赖献瑞门徒。

（三）松鹤吟社的诗钟创作

松鹤吟社每月击钵两回,年开大会两次,诗钟律绝并励;另还与淡北、天籁、卷籁诸社共组"四社联吟会",与淡北、天籁、北台、卷籁诸社共组"五社联吟会"。该社先后创作《松、鹤,一唱》、《佛、心,魁斗格》、《乌啼、月,分

咏格》、《青、白,一唱》、《云、雨,二唱》、《花、歌,三唱》、《香、影,四唱》
等钟题,作品登载于《中华诗苑》等报刊杂志。兹录数联于下:

《松、鹤,鹤顶格》:
    松起涛声招凤侣,鹤冲云汉远鸡群。(刘万传)
《青、白,一唱》:
    白水盟心君子节,青天盖首士人风。(黄维垣)
《云、雨,二唱》:
    春雨霁时春笋长,白云飞处古槐高。(廖振玲)
《花、歌,三唱》:
    羯鼓花催唐苑乐,琵琶歌唱汉宫愁。(张国裕)
《香、影,四唱》:
    菊圃花香三径淡,霜天雁影一行秋。(柯执谦)
《佛、心,魁斗格》:
    佛前共证三生愿,海外相谈万里心。(林青松)
《乌啼、月,分咏格》:
    云散镜明花叠影,鸦鸣枫落水生寒。(黄维垣)

一一三、日据时期台湾专门诗钟团之六——桐城诗钟会

(一)桐城诗钟会的创立及沿革

台南市桐城诗钟会创立于民国二十四年(1935)七月以前。民国三十二年(1943),与台南市下南社、桐侣、酉山、春莺诸社,冶为一炉,泛称桐城吟会。

(二)桐城诗钟会的主要成员

桐城诗钟会社员四十余名,主要有谢绍楷、杨元胡、韩子明、林草香、王惠卿、王弃人、吴连德、谢少庵、李春华、白剑澜、林维荣、韩承泽、黄幼卿、谢星阶、黄焕明、吴翘楚、陈璧如、林海楼、黄云樵、杨万祥、许子文、白璧甫、张华

珍、卢懋青、陈钧璜、张肇吉、杨廷荣、白景贤、郑启东、陈云汀、黄柏卿、黄永昌、古月山人、安溪散客、东山逸老、和靖后人、南阳逸人、西河逸老、积翠园主、鹤孙、锦燕、维鹗、紫珊、承烈、添枝、凝香、钦濬、珠浦、吉六等。

（三）桐城诗钟会的诗钟创作

桐城诗钟会推行击钵，专课诗钟，是一个专门的诗钟社团。该社先后创作《森、富，鹤顶格》、《红楼梦，碎锦格》、《克、明，凤顶格》、《顺、成，鹤顶格》、《秋后热、乌猫，分咏格》等钟题，作品登载于《诗报》等报刊杂志。兹录数联于下：

《森、富，鹤顶格》：
森严律法崇三尺，富丽文词构十年。（谢绍楷）

《克、明，凤顶格》：
克用扶唐经百战，明皇迁蜀阻三军。（韩子明）

《顺、成，鹤顶格》：
顺天颜巷一瓢乐，成德孔墙数仞高。（李春华）

《红楼梦，碎锦格》：
红拂怜才惊客梦，绿珠守节坠楼亡。（杨元胡）

《秋后热、乌猫，分咏格》：
数段黑纹缠虎质，三分暑气透鲛纱。（白璧甫）

一一四、马麟厝汉文研究部

（一）马麟厝汉文研究部的创立及沿革

马麟厝汉文研究部创立于民国二十四年（1935）七月以前。该社沿革情况未详。

（二）马麟厝汉文研究部的主要成员

马麟厝汉文研究部社员情况未详。所知者有戴维钦、陈梅桂、戴荣枝、魏勤、陈水木、林进、陈金土、陈得水、曾文接、陈其昌、陈火生等。

（三）马麟厝汉文研究部的诗钟创作

马麟厝汉文研究部推行击钵,诗钟律绝并励。该社曾经创作《春、风,魁斗格》等钟题,作品登载于《诗报》等报刊杂志。兹录数联于下:

《春、风,魁斗格》:

春树暮云怀旧雨,亭南舍北拂清风。（陈梅桂）

春去春来犹故我,花飞花去只因风。（戴荣枝）

春日浴沂能洁己,秋宵望月反憎风。（魏　勤）

春莺唤客频携酒,秋雁传书苦冒风。（陈木水）

春天祭扫须上塚,夏夜纳凉爱冷风。（林　进）

风树枝高能蔽日,青苔花小放初春。（陈金土）

风里吟诗增雅兴,窗前读易不知春。（陈得水）

风筝空际鸣初夏,杜宇林中哭暮春。（曾文接）

春虫唧唧吟残月,秋露团团怕晓风。（陈其昌）

春温最盛桃兼李,夏暑宁愁雨与风。（陈火生）

一一五、丽泽吟社

（一）丽泽吟社的创立及沿革

嘉义市丽泽吟社创立于民国二十五年端午（1936 年 6 月 23 日）,为蔡如笙、黄助、詹镇卿诸氏所倡设,由苏樱村命名,并敦聘苏樱村、林玉书为顾问。抗战期间,吟友四出避难,无暇顾及,活动一度中断。

民国三十五年六月望日（1946 年 7 月 13 日）,重整旗鼓,公选卢少白为社长,陈义山副之,黄南勋为顾问。1951 年,社长卢少白坚辞,乃公选薛咸中承乏,邱攸同、罗炳梧副之,通讯处于嘉义市中正路五〇九号。1959 年,社长薛咸中辞退,乃举罗炳梧补后,邱攸同、李可读副之。该社至今还活跃在台湾诗坛。

（二）丽泽吟社的主要成员

丽泽吟社社员四十余名，主要有蔡如笙（渔笙）、黄助（南勋）、詹镇卿、卢少白、薛咸中、罗炳梧、陈乂山、邱攸同、李可读、黄谦容、罗朝海、萧啸风、苏凌云、杨桂山、黄剑修、林丹桂、陈玉麟、许耕云、陈云翔、蔡桢祥、蔡人龙、黄三士、戴星桥、萧啸涛、卢禹甸、沈龙泉、张镜秋、蔡策勋、李碧云、李长春、林眠云、张长容、王柳园、萧丽春、蔡平山、周鸿涛、温弼周、王玉淇、粘漱云、唐荣煌、李笑林、郑启谅、施天福、咏元、铭勋、梦樵、华圃、惠卿、竹村等。

（三）丽泽吟社的诗钟创作

丽泽吟社每周日晚上，小集击钵，诗钟律绝并励。该社先后创作《保险太平，四点金格》、《美人乡，碎锦格》、《春、晴，魁斗格》等钟题，作品登载于《诗报》、《风月报》等报刊杂志。兹录数联于下：

《春、晴，魁斗格》：

晴日渐开胡地雪，晓风先报汉宫春。（王柳园）

春燕剪余帘外雨，晓莺啼破柳边晴。（蔡平山）

春日歌残金缕曲，晓莺善报玉楼晴。（温弼周）

《美人乡，碎锦格》：

人将美丽称斯岛，我欲温柔老此乡。（蔡如笙）

乞归乡土因枯骨，箝谏人臣用美珠。（咏　元）

归乡客颂欧阳赋，对月人吟子美诗。（铭　勋）

《保险太平，四点金格》：

保全赵璧身经险，太固秦城敌岂平。（林草香）

保安县接秦关险，玉华峰临汉畤平。（黛香女史）

保君上寿身防险，太傅陈书策治平。（洪子衡）

一一六、富春吟社

（一）富春吟社的创立及沿革

台中县丰原镇富春吟社创立于民国二十五年（1936）季秋以前。该社到 1960 年还坚持活动,其时社长廖柏峰。

（二）富春吟社的主要成员

富春吟社社员十余名,主要有廖柏峰、邱敦甫、詹明漪、谢锦荣、林维章、吕沧霖、王翼丰、卢春土、吕木发、黄德顺、张选明、涂银河等。

（三）富春吟社的诗钟创作

富春吟社课题击钵兼行,诗钟律绝并励;另还主办过中州联吟会,并向全岛广泛征募诗作。该社曾经创作《秋、月,第二唱》等钟题,作品登载于《诗文之友》等报刊杂志。兹录数联于下:

《秋、月,第二唱》:

三秋去国屈原叹,五月渡泸诸葛劳。（谢锦荣）

横秋苍狗嗟浮世,烟月黄昏动暗香。（林维章）

三秋黄菊东篱放,六月绿荷北苑开。（吕沧霖）

喜秋赏菊怀陶令,望月吟诗感谪仙。（王翼丰）

高秋叫雁西风急,皓月当楼北斗垂。（卢春土）

中秋佳景堪欣赏,明月光辉足玩情。（吕木发）

咏月钟声敲子夜,中秋歌舞祝丰年。（黄德顺）

三秋作序滕王阁,八月乘风张使槎。（张选明）

赏月吟诗忘坐久,惊秋对酒竟眠迟。（黄德顺）

中秋佳节诗人兴,满月当空桂蕊香。（涂银河）

一一七、日据时期台湾专门诗钟社团之七——稻艋诗钟会

（一）稻艋诗钟会的创立及沿革

台北县稻艋诗钟会创立于民国二十五年（1936），为稻江许廷魁、施教堂和万华高文渊、骆子珊等共同倡设。该社不置社长，会务由许廷魁主持。民国三十二年（1943），因战事剧烈，会务无法维持，钟声遂歇。

（二）稻艋诗钟会的主要成员

稻艋诗钟会社员三十余名，主要有许廷魁、施教堂、高文渊、骆子珊等。

（三）稻艋诗钟会的诗钟创作

稻艋诗钟会专课诗钟，是一个专门的诗钟社团。该社"每星期六小集，自下午二时至四时之间，辄课诗畸二联，参加会员，每次各捐五人份之名信片为奖品，出席者皆为词宗，彼此各自评定甲乙，以孔子庙、龙山寺、及大世界旅社轮流为会场，值东每期二人"①。惜乎！该社钟稿已无从觅得。

一一八、番薯庄汉学研究会

（一）番薯庄汉学研究会的创立及沿革

云林县虎尾镇番薯庄汉学研究会创立于民国二十六年（1937）二月以前。该社沿革情况未详。

（二）番薯庄汉学研究会的主要成员

番薯庄汉学研究会社员情况未详。所知者有施教兴、施鳅、施金溪、杨文章、施清浩、施朝麒、施清荣、陈坑沟、施木癸、施清风、爱珠女士等。

---

① 赖子清：《古今台湾诗文社》（二），台湾文献委员会编印《台湾文献》第一一卷第二期，台北：成文出版社有限公司1983年3月台一版影印本，第2798页。

（三）番薯庄汉学研究会的诗钟创作

番薯庄汉学研究会推行击钵，诗钟律绝并励。该社曾经创作《花、月，凤顶格》等钟题，作品登载于《诗报》等报刊杂志。兹录数联于下：

《花、月，凤顶格》：

花笑栏杆妃子舞，月明宫殿帝王歌。（施　鳅）

花间蛱蝶双双舞，月下杜鹃泣泣声。（施金溪）

花开艳影怜红粉，月照阑珊易白头。（杨文章）

花放枝头莺出谷，月明亭畔燕飞来。（施清浩）

花前拟把寻鸥侣，月下想思忆玉人。（施朝麒）

月照池塘鳞鱼影，花香园衰鸟吹笙。（施清荣）

花艳故园人共赏，月明楼上伴佳宾。（爱珠女士）

花朝才过清明近，月夕相逢夜已阑。（陈坑沟）

花点清溪留韵事，月辉楼上禊良辰。（施木癸）

花开夜夜忧心处，月照阴阴只独眠。（施清风）

一一九、竹南汉诗研究会（亦名竹南诗社等）

（一）竹南汉诗研究会的创立及沿革

苗栗县竹南汉诗研究会又称竹南汉学研究会、竹南诗学研究会、竹南诗社，创立于民国二十六年（1937）三月以前。该社至今还活跃在台湾诗坛。

（二）竹南汉诗研究会的主要成员

竹南汉诗研究会初期社员三十余名，主要有郑鹰秋、何隐居、郑启明、陈阿金、郑耀东、郑启贤、邱德香、黄玉珍、郑清奇、方国俊、周时木、黄祯祥、郭启明、郑鸿音、刘重甫、林为谟、林碧堂、林为典、杨清波、林昆明、林访泉、刘绍兴、林云崖、王有宁、林访莺、高福奎、叶甘贞、刘书痴、汶汶女史、世铎、一梦、长泉等。

（三）竹南汉诗研究会的诗钟创作

竹南汉诗研究会推行击钵,诗钟律绝并励。该社先后创作《迎、春,魁斗格》、《飞行机、电扇,分咏格》、《竹、南,魁斗格》、《并蒂牡丹,合咏格》等钟题,作品登载于《诗报》、《风月报》等报刊杂志。兹录数联于下：

《竹、南,魁斗格》：

竹箭弓开沧海外,梅花月照粉墙南。（郑鹰秋）

竹林修禊围溪北,莲社哦诗重道南。（一　梦）

《迎、春,魁斗格》：

迎年竹报千家晓,拜岁兰开一院春。（郑鹰秋）

迎曦律转三阳泰,爆竹声随六合春。（黄玉珍）

《飞行机、电扇,分咏格》：

翻同舞蝶罗蛛网,邮藉如鸿递鲤书。（郑鹰秋）

万斛凉风生叶底,一帆驾雾上云端。（黄祯祥）

《并蒂牡丹,合咏格》：

一丛富贵微双美,两蕊风流拟合欢。（林为谟）

双魏倚风拟对舞,二乔泡露讶同眠。（郑鸿音）

一二〇、薰洲吟社

（一）薰洲吟社的创立及沿革

苗栗县竹南镇薰洲吟社或作薰州吟社,源于民国十六年（1927）闰中秋郑鹰秋所创设之南洲吟社。民国二十六年（1937）,南洲吟社"因鉴及每周月课刊载有名无实之女人作诗,纷乱骚坛秩序,长此以往,恐贻笑于将来,污损吟社之面目,失坠骚人之风雅,一般有志社员不忍坐视,乃于先般例会之日,异口同音议决南洲吟社解体,改组名曰薰洲吟社"[1],取薰莸判矣之义。改组后的薰洲吟社,共推方泉松、刘珍祥为正副社长。该社创作活动持续至

---

[1] 《诗报》第一五五号第一版"艺苑消息",1937年6月25日。

1957 年以后。

（二）薰洲吟社的主要成员

薰洲吟社社员三十余名,主要有方泉松、刘珍祥、郑鹰秋、郑启贤、蔡乔材、振辉、德香、时木、鼎双、为典、云龙、国俊、圭山、子荣、显明等。

（三）薰洲吟社的诗钟创作

薰洲吟社每周例会击钵,兼行课题,由竹南公司寮、后龙、盐水、头份四处轮流值东,诗钟律绝并励。该社先后创作《信、袋,鹤顶格》、《潮、音,魁斗格》(欢迎南洲吟社诸子击钵)、《剖、瓜,鸢肩格》、《镜、闺女,分咏格》等钟题,作品登载于《诗报》、《风月报》等报刊杂志。兹录数联于下:

《信、袋,鹤顶格》:

　　信赖金针能刺凤,袋藏班管不涂鸦。（振　辉）

　　信托雁行传故土,袋藏萤火映寒窗。（德　香）

《剖、瓜,鸢肩格》:

　　名医剖割人称惯,列国瓜分我笑贪。（为　典）

　　几欲剖心陈事迹,何妨瓜代待时期。（云　龙）

《潮、音,魁斗格》:

　　潮州韩愈驱鱼走,燕市渐离击筑音。（郑鹰秋）

　　潮水去来独有信,焦桐今古尚留音。（吴雅斋）

《镜、闺女,分咏格》:

　　白发先知惟有汝,红颜待字尚无郎。（国　俊）

　　皓质新磨能照物,色情始解便知春。（郑启贤）

一二一、妈祖宫诗学会

（一）妈祖宫诗学会的创立及沿革

妈祖宫诗学会创立于民国二十七年（1938）八月以前。该社沿革情况未详。

（二）妈祖宫诗学会的主要成员

妈祖宫诗学会社员情况未详。所知者有黄石龙、颜水池、颜籐、郑进丁、颜文正、颜文稿、颜玉麟、黄德旺等。

（三）妈祖宫诗学会的诗钟创作

妈祖宫诗学会推行课题,诗钟律绝并励。该社曾经创作《风、雨,凤顶格》（第一期课题）等钟题,作品经社员互选,登载于《风月报》等报刊杂志。兹录数联于下:

《风、雨,凤顶格》:

  风凄泣下双行泪,雨急沾残六幅裙。（黄石龙）

  风搓柳絮摇金线,雨浥梨花滚白毡。（颜水池）

  风凄迫就欧阳赋,雨细催成李白诗。（黄石龙）

  风拂梅花香有韵,雨淋竹叶落无声。（颜 籐）

  风云月色吟诗丽,雨露花香作赋奇。（郑进丁）

  风吹五福梅花艳,雨滴三多竹叶青。（颜水池）

  风回纛下钦诸葛,雨降早时服束先。（颜文正）

  雨淋杨柳丝丝绿,风拂梅花朵朵香。（颜文稿）

  风吹菊蕊黄金色,雨洗梅花白玉妆。（颜玉麟）

  风摇君子青千个,雨洗大夫绿万重。（黄德旺）

一二二、赪桐吟社

（一）赪桐吟社的创立及沿革

赪桐吟社创立于民国二十八年（1939）八月。该社沿革情况未详。

（二）赪桐吟社的主要成员

赪桐吟社社员十余名,主要有王惠卿、黄登彩、苏派辉、余指云、林又南、吴幸斋、王佑民、翁竹轩、蔡独清、余曼青、许章山、荔庵、醒禅、竹翁、问心等。

（三）赪桐吟社的诗钟创作

赪桐吟社推行课题，诗钟律绝并励。该社先后创作《到、家，魁斗格》（第一期课题）、《牛乳箱，碎锦格》（第二期课题）、《媚、骨，蝉联格》（第三期课题）、《赪、桐，鹤顶格》（第四期课题）、《师、大肚，分咏格》（第五期课题）、《卖、名，燕颔格》（第六期课题）、《屁、儿，鸢肩格》（第七期课题）、《私生子，小鼎足》（第八期课题）、《尼、院，鹤膝格》（第九期课题）、《电、车，蜂腰格》、《贫民窟、处女林，狗尾格》、《吾亦红，三星格》等钟题，作品登载于《诗报》、《风月报》等报刊杂志。兹录数联于下：

《赪、桐，鹤顶格》：
赪鲤标名闻孔子，桐圭测影话周公。（余指云）

《卖、名，燕颔格》：
狂名杜牧怜红粉，药卖韩康识翠娥。（醒　禅）

《屁、儿，鸢肩格》：
日看儿童闲捉柳，时闻屁子喷成花。（荔　庵）

《电、车，蜂腰格》：
横磨紫电青萍剑，朗读冰车白雪诗。（吴幸斋）

《尼、院，鹤膝格》：
长斋绣佛尼勤诵，待漏簪臣院早开。（余曼青）

《到、家，魁斗格》：
到天有路从仙岛，匡世无才愧宦家。（王惠卿）

《媚、骨，蝉联格》：
南张北董书生媚，骨柳筋颜笔入神。（苏派辉）

《私生子，小鼎足》：
但觉管私人可鄙，不知生父子堪怜。（黄登彩）

《吾亦红，三星格》：
巨眼吾怜红拂妓，巧言卿亦雪衣娘。（黄登彩）

《牛乳箱，碎锦格》：

　　　铁槛频怜囚乳虎，秋箱独倚叹牵牛。（吴幸斋）

《贫民窟、处女林，狗尾格》：

　　　窥天瓦缝贫民窟，匝地杉痕处女林。（余指云）

《师、大肚，分咏格》：

　　　趋庭鲤也终传我，坦腹羲之有替人。（吴幸斋）

一二三、晓钟吟社

（一）晓钟吟社的创立及沿革

基隆市晓钟吟社是大同吟社的分支，创立于民国二十八年（1939）冬，由当地文士黄昆荣、黄景岳、张一泓、杜碧岚、杜毓洲、褚万定、陈卧云、张笠云、杜君谋诸氏共同倡设。该社沿革情况未详。

（二）晓钟吟社的主要成员

晓钟吟社社员情况未详。所知者有黄昆荣、黄景岳、张一泓、杜碧岚、杜毓洲、褚万定、陈卧云、张笠云、杜君谋、谢艺秋、十菊、捏生、蔚庭、蓑客、乡下人等。

（三）晓钟吟社的诗钟创作

晓钟吟社诗钟律绝并励。该社先后创作《西、郊，鹤顶格》、《晓、钟，魁斗格》等钟题，作品登载于《诗报》等报刊杂志。兹录数联于下：

《西、郊，鹤顶格》：

　　　西狩获麟忧孔子，郊游斩蟒壮刘邦。（杜碧岚）

　　　郊踏千畦香满袖，西看万里水涵空。（杜毓洲）

　　　西苑春兰花结子，郊原雨足竹生孙。（褚万定）

　　　西岸松梢寒月卧，郊堤树杪暮云横。（陈卧云）

　　　西堂佳句传春草，郊社虔心爇瓣香。（张笠云）

《晓、钟，魁斗格》：

晓镜高堂悲雪鬓,夜船客子听霜钟。(张笠云)

晓间漫击尊前筑,午过惊闻饭后钟。(十　菊)

晓霞微泛佳人脸,宿雾深笼古寺钟。(黄景岳)

晓月斜时闻爽籁,暮云深处起疏钟。(捏　生)

晓塞征夫吹画角,寒山梵客撞洪钟。(杜碧岚)

一二四、潮声吟社

(一)潮声吟社的创立及沿革

屏东县潮州乡潮声吟社创立于民国二十八年(1939),为当地人士黄福全、尤镜明、陈雍堂诸氏所倡设。该社沿革情况未详。

(二)潮声吟社的主要成员

潮声吟社社员二十余名,主要有黄福全、尤镜明、陈雍堂、刘朝财、蔡元亨、周连生、钟达时、张景峰、周逸堂、苏明利、陈琴甫、钟武德、爱兰家等。

(三)潮声吟社的诗钟创作

潮声吟社推行击钵,诗钟律绝并励。该社先后创作《潮、声,魁斗格》、《秋、月,凤顶格》等钟题,作品登载于《诗报》、《南方》等报刊杂志。兹录数联于下:

《秋、月,凤顶格》:

月殿亲游唐帝子,秋纨遭弃汉班姬。(陈雍堂)

秋开老圃陶公菊,月照长江苏子舟。(周连生)

秋冷芦花怜闵子,月圆丹桂探吴刚。(张景峰)

秋兴杜公迎八首,月明李白醉千杯。(周逸堂)

秋晚离亭吹短笛,月明远浦泛孤舟。(苏明利)

《潮、声,魁斗格》:

潮翻学海韩苏派,钵响骚坛李杜声。(陈雍堂)

潮落枫江秋有色,月浮银汉夜无声。(刘朝财)

潮涨瞿塘来有信,花残金谷坠无声。（陈雍堂）

潮水无情沉国士,文章有价振家声。（黄福全）

潮落瓜洲见星火,人来莲沼听歌声。（蔡元亨）

一二五、兴亚吟社

（一）兴亚吟社的创立及沿革

屏东县东港区林边乡兴亚吟社创立于民国二十九年旧历元旦（1940 年 2 月 8 日），为当地文士陈寄生与陈添和所组织。社长林又春,顾问郑进登、吴纫秋,干事陈寄生、陈清海、曹恒捷、黄建怀。该社沿革情况未详。

（二）兴亚吟社的主要成员

兴亚吟社社员二十余名,主要有陈寄生、陈添和、林又春、郑进登、吴纫秋、陈清海、曹恒捷、黄建怀、郑进来、陈志渊、钟武德、拔松、阆仙、逸樵、荣祥、小髯、云亭、逸民、天阶、静峰、敏中、元胡、云鹤、卧云、守义等。

（三）兴亚吟社的诗钟创作

兴亚吟社课题击钵兼行,诗钟律绝并励。该社先后创作《酒、星,魁斗格》、《蛙、鼓,鹤顶格》、《竹、楼,蝉联格》、《烟、雨,鹤顶格》、《玉、人,鸢肩格》等钟题,作品登载于《诗报》等报刊杂志。兹录数联于下:

《蛙、鼓,鹤顶格》:

蛙鸣墓底嗟文起,鼓击筵前溯正平。（荣　祥）

《烟、雨,鹤顶格》:

烟雨人吟湘水月,草鸡客叹鹿门潮。（阆　仙）

《玉、人,鸢肩格》:

韦肇人名题雁塔,范增玉斗碎鸿门。（郑进登）

《酒、星,魁斗格》:

酒饮龙山风落帽,诗题凤岭月临星。（钟武德）

《竹、楼,蝉联格》:

　　落笔文同挥墨竹,楼登庾亮据胡床。(黄建怀)

一二六、柏社同意吟会

(一)柏社同意吟会的创立及沿革

新竹市柏社同意吟会创立于民国二十九年旧历元旦(1940年2月8日)。该会顾问张纯甫,会长洪晓峰,干事长萧春石,干事谢载道、陈础材、陈泰阶,会务陈厚山;嗣后,又推举陈祥麟为会长。该社沿革情况未详。

(二)柏社同意吟会的主要成员

柏社同意吟会社员二十余名,主要有张汉(纯甫)、洪晓峰、萧春石、谢载道、陈础材、陈泰阶、陈厚山、郑蕴石、陈祥麟、泰沂、耀堂、天铎、江枫、竹山、仙舟、如璧、茂松、镜辉、云林、醉秋等。

(三)柏社同意吟会的诗钟创作

柏社同意吟会励行月课,又时常小集击钵,诗钟律绝并励,于抗战烽火滔天之时,继续靡懈。该社先后创作《静、观,鹤顶格》、《乞丐,合咏格》等钟题,作品登载于《诗报》等报刊杂志。兹录数联于下:

《静、观,鹤顶格》:

　　静眼详看摩诘画,观心博览右军书。(泰　沂)

　　静爱登山穿谢屐,观临流水操俞琴。(耀　堂)

　　静庐四面无知己,观月他乡忆故人。(天　铎)

　　静卧每将书作友,观瞻常把竹为朋。(洪晓峰)

　　静山动水心曾悟,观柳评花意转迷。(耀　堂)

《乞丐,合咏格》:

　　铁笛悲吹风雪里,玉箫恨诉楚吴中。(洪晓峰)

　　街头绰板追文穆,市里吹箫逐子胥。(陈厚山)

叫化充肠三顿饭，横吹信口一枝箫。（仙　舟）

吞炭晋阳原义侠，吹箫吴市本英雄。（如　璧）

倚门讨食施恩少，叩户求钱忍辱多。（天　铎）

一二七、在山吟社

（一）在山吟社的创立及沿革

高雄市在山吟社创立于民国三十年（1941），为蔡玉修、林望南等所倡设。该社沿革情况未详。

（二）在山吟社的主要成员

在山吟社社员十余名，主要有蔡玉修、林望南、许君山、吴纫秋、吕金璧、黄漱泉、高云鹤、曾耿庵、洪士元等。

（三）在山吟社的诗钟创作

在山吟社诗钟律绝并励。该社曾多次向全岛征诗及诗钟，《诗报》第二七八号载："高雄在山吟社第二期所征诗畸'望南'，至截收日竟获一千四百五十二联之多，经托左右词宗选评各一百卷。"[①] 兹录数联于下：

《望、南，凤顶格》：

望食义粟仁桨溥，南击英机米舰狂。（吴荫培）

望外喜非人所料，南来凉觉我先知。（郑培英）

望断神龙蟠夏甸，南横厉鹗系秋天。（李艾香）

望云泪下梁公孝，南国风行召伯仁。（陈春林）

望洋太息狂澜急，南国欣沾化雨均。（蔡清容）

望春沈约诗情逸，南服刘弘政绩多。（鲍梁臣）

望月一轮池水碧，南风数阵渚莲馨。（范慕淹）

---

① 《诗报》第二七八号第二十版"征诗发表"，1942年8月16日。

望之汉代称贤相,南子卫人羡美姬。(张极甫)

望风弥结伊人想,南极常悬斗宿光。(中山馨)

南车久远悲庾信,望尘不及愧黄琨。(吴纫萱)

一二八、冈山吟社

(一)冈山吟社的创立及沿革

高雄县冈山镇冈山吟社大约创立于民国三十一年(1942)四月,为李剑峰所倡设。该社聘请叶荣春为顾问,创作活动持续至光复后。

(二)冈山吟社的主要成员

冈山吟社社员十余名,主要有李剑峰、叶荣春、高再添、王元居、郭灯林、高逢筹、谢茂森、郑溯南、刘耀成、黄绍亨、宗锦、星光、旗山闲鹤等。

(三)冈山吟社的诗钟创作

冈山吟社推行课题,诗钟律绝并励;另还多次向全岛广泛征募诗作。该社先后创作《学、诗,凤顶格》、《丽、新,凤顶格》(第三期钟课)、《落帽风,鼎足格》(第四期钟课)、《寒、夜,魁斗格》(第五期钟课)等钟题,作品登载于《诗报》等报刊杂志。兹录数联于下:

《学、诗,凤顶格》:

　　学足三余才吐凤,诗精百练笔生花。(高逢筹)

　　学识博宏须有正,诗思风雅自无邪。(宗　锦)

《丽、新,凤顶格》:

　　丽修垢面炫灵宅,新整蓬头耀顶天。(高逢筹)

　　丽华妆成云一朵,新眉画就月双钩。(谢茂森)

《寒、夜,魁斗格》:

　　月姊照临才觉艳,汤婆抱拥不知寒。(刘耀诚)

　　月色临花春不老,风声敲竹夏犹寒。(星　光)

《落帽风,鼎足格》:

> 风势猖狂吹堕帽,胸怀磊落笑弹冠。（谢茂森）
>
> 沙平雁落三秋水,帽卷龙山九月风。（郑溯南）

一二九、竹风吟社（亦名竹风吟会）

（一）竹风吟社的创立及沿革

新竹市竹风吟社亦称竹风吟会,创立于民国三十一年（1942）。该社沿革情况未详。

（二）竹风吟社的主要成员

竹风吟社社员情况未详。所知者有高华衮、洪晓峰、郭仙舟、骆耀堂、国珍、儒珍、森鸣、江波、如璧、德三、柱林、泰沂、双成、竹轩等。

（三）竹风吟社的诗钟创作

竹风吟社推行击钵,诗钟律绝并励。该社曾经创作《竹、风,鹤顶格》等钟题,作品登载于《诗报》等报刊杂志。兹录数联于下:

《竹、风,鹤顶格》:

> 竹林久著名贤迹,风树曾悲孝子心。（高华衮）
>
> 竹影横窗无墨画,风吹落叶有声诗。（国　珍）
>
> 竹里弹琴留月色,风前讲易见天心。（骆耀堂）
>
> 竹因孝子冬生笋,风便贤人量采薪。（儒　珍）
>
> 竹笑兰言皆入画,风和日暖自成文。（森　鸣）
>
> 竹叶梅花鸡犬迹,风声云影虎龙威。（江　波）
>
> 竹林扫叶烹新茗,风雨联床话旧欢。（佚　名）
>
> 竹节清高君子邑,风情逸致雅人居。（如　璧）
>
> 竹筛皓月淇园静,风动荷花水殿香。（柱　林）
>
> 竹菊梅兰登画谱,风云月露品文章。（泰　沂）

一三〇、朔望吟会

（一）朔望吟会的创立及沿革

新竹市朔望吟会创立于民国三十一年（1942）。该社融合竹堑地区竹社、柏社、柏社同意吟会、坚白屋、读我诗社、竹林吟社、竹风吟社、聚星诗学研究会、朝辉农场等社成员，于每月初一、十五日集合联吟，故名"朔望吟会"。该社沿革情况未详。

（二）朔望吟会的主要成员

朔望吟会社员情况未详。所知者有曾宽裕、骆耀堂、陈金龙、郭仙舟、谢森鸿、张极甫、季子、克昌等。

（三）朔望吟会的诗钟创作

朔望吟会推行击钵，诗钟律绝并励。该社曾经创作《时、雨，鹤顶格》等钟题，作品登载于《诗报》等报刊杂志。兹录数联于下：

《时、雨，鹤顶格》：

　　　　时势英雄相互造，雨云朝暮任行为。（曾宽裕）

　　　　时和清任同称圣，雨露风晴妙写篁。（骆耀堂）

　　　　时事休谈宜掩口，雨声莫听恐思乡。（陈金龙）

　　　　时局罔谈家国事，雨丝长系古今情。（郭仙舟）

　　　　时事关心先警戒，雨声入耳早绸缪。（季　子）

　　　　时有余闲书读我，雨无为患乐耕农。（郭仙舟）

　　　　雨既滂沱资灌溉，时非少壮惜欢娱。（曾宽裕）

　　　　时至一阳寒更怯，雨过三伏暑全消。（骆耀堂）

　　　　时运未来宽且待，雨期将至早先防。（陈金龙）

　　　　时如可救思贤相，雨不成滛感上天。（张极甫）

一三一、蕉香吟室（亦名蕉香吟馆）

（一）蕉香吟室的创立及沿革

屏东县林边乡蕉香吟室亦称蕉香吟馆，创立于民国三十二年（1943）五月以前，为当地文士郑玉波所倡设。该社以郑水波为代表，林荣祥、陈清海、高山明川、陈添和、林柱为干事，创作活动持续至1966年以后。

（二）蕉香吟室的主要成员

蕉香吟室社员四十余名，主要有郑玉波、郑水波、林荣祥、陈清海（阆仙）、高山明川（林墨梅）、陈添和（逸民）、林柱、陈志渊、吴纫秋、谢拔萃、钟武德、陈锦枝、柯合商、谢丽华、曹明石、郑清泉、蔡神林、黄文美、曹进雄、林允得、曹明进、张美智、郑碧霞、赵椿煌、谢月清、蔡进兴、曹番雄、蔡天景、陈润川、蔡健雄、蔡武雄、郑荣瑞、周居南、郑同连、黄快、蔡孟容、陈美英、静园、锡禧、青木、恒捷、步德等

（三）蕉香吟室的诗钟创作

蕉香吟室课题击钵兼行，诗钟律绝并励。该社先后创作《蕉、香，魁斗格》、《林、柱，燕颔格》、《林、边，魁斗格》、《桂、月，凤顶格》（窗课）、《村、晚，鹤膝格》（窗课）、《春、风，凤顶格》（窗课）、《灯，合咏格》、《春花秋月，双钩格》、《国庆日，汤网格》等钟题，作品登载于《诗报》、《诗文之友》等报刊杂志。兹录数联于下：

《桂、月，凤顶格》：

　　桂开础上飘金粟，月出山头映斗星。（蔡进兴）

《林、柱，燕颔格》：

　　艺林发轫苏三士，砥柱安澜郭一家。（陈志渊）

《村、晚，鹤膝格》：

　　莫道名儒村下少，须知大器晚来成。（周居南）

《蕉、香,魁斗格》:

　　蕉叶书成怀素草,蒲团坐接令公香。(林墨梅)

《林、边,魁斗格》:

　　林逋养鹤孤山里,姜尚垂纶渭水边。(郑玉波)

《国庆日,汤网格》:

　　国富兵强民有庆,日沈夜朗月多情。(林允得)

《春花秋月,双钩格》:

　　秋节有家皆赏月,春时无处不开花。(陈美英)

《灯,合咏格》:

　　一点红心光史籍,三更焰蕊伴书生。(曹进雄)

一三二、桐城吟会（亦名桐城吟社）

（一）桐城吟会的创立及沿革

　　台南市桐城吟会亦称桐城吟社,创立于民国三十二年（1943）九月。该社融合台南市下之南社、桐侣、酉山、春莺、桐城诗钟会等社团而成,由吴子宏任社长。赖子清《古今台湾诗文社》载:"民国三十一年（1942）中,诗报时载台南市诗会诗稿,三十二年（1943）则载桐城吟社诗稿,可见桐城吟社,设于三十二年（1943）。清代台南多种莿桐,故称桐城（与安徽省之桐城县同名）但非正式名称,不过文人据其实际,在文字上,偶尔称呼而已。距今二十年前,台南亦有桐城吟社,其设立时期,在抗战中,时局靡宁,举凡南市所有南社、桐侣、酉山、春莺诸社,处于支离灭裂当中,各社冶为一炉,泛称桐城吟会。"[1]

（二）桐城吟会的主要成员

　　桐城吟会社员三十余名,主要有吴子宏、李步云、杨元胡、许子文、黄柏卿、韩子明、韩锦燕、潘春源、白剑澜、高怀清、苏子洁、卢懋青、沈毓祥、郑云

---

① 赖子清:《古今台湾诗文社》（二）,台湾文献委员会编印《台湾文献》第一一卷第二期,台北:成文出版社有限公司1983年3月台一版影印本,第2802—2803页。

龙、韩承泽、吴士林、洪子衡、施清云、吴荣彬、张华珍、林草香、王惠卿、陈云汀、颜宝藏、王柳园、吴庆澍、杨廷荣、古月山人、燦荣、柳塘逸人、槐青、左淇等。

（三）桐城吟会的诗钟创作

桐城吟会推行击钵，由成员轮流值东，诗钟律绝并励。该社先后创作《桐城吟会，碎锦格》（第一期）、《檬果、避债台，分咏格》、《画、家，燕颔格》等钟题，作品登载于《诗报》等报刊杂志。兹录数联于下：

《画、家，燕颔格》：

　　　　爱画米颠常拜石，思家王粲每登楼。（杨元胡）

　　　　图画有神曹霸马，易家谈理宋宗鸡。（韩承泽）

　　　　北画继承称夏马，历家明细记春牛。（许子文）

《桐城吟会，碎锦格》：

　　　　诗吟渭水梧桐老，人会萱城橘柚香。（李步云）

　　　　会猎城中攻煮枣，闲吟爨下识焦桐。（杨元胡）

　　　　丰城剑气冲牛斗，吟社人文会荆桐。（古月山人）

《檬果、避债台，分咏格》：

　　　　富者不登穷者上，生时带涩熟时甘。（高怀清）

　　　　香到浓时防落蒂，累多负处且藏身。（白剑澜）

　　　　俗号通称黄樣子，年关许住赤贫人。（洪子衡）

一三三、决胜吟社

（一）决胜吟社的创立及沿革

台中市决胜吟社创立于民国三十三年（1944）七月以前。该社沿革情况未详。

（二）决胜吟社的主要成员

决胜吟社社员情况未详。所知者有王竹修、石庄、佛笑、乃侬等。

（三）决胜吟社的诗钟创作

决胜吟社推行击钵，诗钟律绝并励。该社曾经创作《羽、书，雁足格》等钟题，作品登载于《诗报》等报刊杂志。兹录数联于下：

《羽、书，雁足格》：

静玩浮鸥晴刷羽，闲携瘦鹤日摹书。（石　庄）

九战破秦嗟项羽，一功让晋羡栾书。（佛　笑）

声动空阶蛩振羽，影横秋塞雁排书。（佛　笑）

李氏庭前童舞羽，康成灶下婢知书。（石　庄）

荼毒生灵惟鸩羽，脱离劫火是麟书。（王竹修）

力有千钧难举羽，心无一窍岂知书。（王竹修）

高飞静待丰毛羽，久戍怀归畏简书。（石　庄）

五凤楼中多锦羽，六经笥外少奇书。（王竹修）

何用引商兼刻羽，只宜读画并观书。（石　庄）

李广胸襟窥饮羽，边韶腹笥擅藏书。（乃　侬）

第三节　光复后台湾诗钟社团

"国还汉族千秋庆"（林草香《国庆欢声，双钩格》）、"欢呼四海万千声"（吴萱草《国庆欢声，双钩格》）。1945 年 8 月 15 日，中国人民抗日战争取得伟大胜利，宝岛台湾也在日本殖民统治长达半个世纪之后重新回到祖国怀抱。

光复之初，台湾钟手在回归的喜悦中，个个呼朋引伴，纷纷刻烛击钵，释放出长久以来被压抑的诗思与热情；众多在日据后期因受日殖当局迫压而解散的诗社钟会，也几乎在一夜之间全部得到恢复或重振，台湾诗钟由此迎来盛大的狂欢。1949 年国民党迁台前后，贾景德、于右任、张昭芹、易左君、何扬烈、钱倬、施景琛、施景崧、陈实懂、陶芸楼、刘幼衡、张鹤亭、魏道梭、陈子波、陈季硕、谭元征、李渔叔、宗孝忱、张相、马绍文、张作梅、彭醇士、陈定山、曾今可、吴语亭等一大批大陆钟手尤其是闽地钟手相继渡台，他们不仅为光复后的台湾诗坛注入新鲜血液，而且还把"大唱"这一新型的诗钟活动形式带到了台湾，从而把狂欢中的台湾诗钟推到顶点和极致。

其后，随着台湾"国语（白话文）运动"的推行，诗钟跟其他古典诗词一样；也在文言向白话的过渡与转换过程中逐渐淡出台湾社会文化生活的中心，反映和折射在社团发展上就是大量诗社的合并及衰微。1985 年庄幼岳所撰《传统诗的现况与发展》，有述："本省诗社，大多由日据时代延续下来的，过去全省虽有一百多社，而光复后，老一辈的诗人，逐渐凋谢，后继乏人，现在北部地区仅存廿五社，中部廿二社，南部十八社，东部三社，合计起来不过六十余社。就中较有活动的诗社,大约不上三十社,这是根据诗文之友数年来的统计。"①

20 世纪 80 年代以来,随着大陆改革开放的稳步推进、经济的迅猛发展以及国际影响力的快速提升,世界各地悄然兴起一股汉学热潮。在这一大环境的影响下,古典诗词重新引起台湾社会的关注,一些大学中文系相继开设古典诗词创作课程并设立诗社,从而为台湾诗坛培植出众多新人。2001 年廖一瑾所撰《台湾古典诗社、诗刊现况》,有述:"近年的台湾诗坛,自解严以来,受本土化风气的影响,光复后曾沉寂一时的古典诗社,有日渐蓬勃的迹象。不论是日据时期成立已九十二年的老诗社,或光复后成立的中年诗社,或最近以各地社区(或社区大学)为主轴而成立的诗学班。都有或对内或对外,或小型或大型定期的研讨会或联谊活动。目前活跃于诗坛的社团,虽不复日据时期的二百余社,据观察,至少亦有七十二社之多";此外,"每年十二月下旬,由陈逢源先生文教基金会主办,高雄市古典诗学研究会、中国古典文学研究会协办的'中华民国'大专诗创、联吟大会,参赛诸校的中文系亦皆成立诗社。历年皆参与比赛的学校有:中山大学、中正大学、中兴大学、中国文化大学、元智大学、台湾师范大学、成功大学、东吴大学、东海大学、政治大学、南华大学、高雄师范大学、逢甲大学、淡江大学、华梵大学、彰化师范大学、辅仁大学、铭传大学、静宜大学。共计十九所大学,学生千余人。"②

根据笔者辑考,光复以来台湾新设立的诗钟社团计 45 个,其中专门诗钟社团 4 个、以诗钟创作为主及兼作诗钟的社团 41 个。从中可以看到,诗钟在光复后台湾古典诗社中所占的比重和分量。

一、中州吟社

(一)中州吟社的创立及沿革

台中市中州吟社亦称中州诗社或中洲吟社,创立于 1945 年年底,由陈若

---

① 庄幼岳:《传统诗的现况与发展》,彰化《中国诗文之友》第三六五期, 1985 年 6 月。

② 廖一瑾:《台湾古典诗社、诗刊现况》,台北《文讯》第一八八号, 2001 年 6 月。

时任社长。1958年陈若时去世,由林友仁继任社长。1972年,由陈庆辉担任第三任社长。90年代社务改为理事制,理事长陈庆辉,常务理事刘学蠡、周俊卿,理事兼总干事黄联章,理事陈国兴、黄娇娥、胡顺隆、陈昭明、陈世杰,常务监事林添丁,监事张达旦、刘清河,社址设在台中市自由路一段一三四号陈庆辉代书事务所。该社至今还活跃在台湾诗坛。

（二）中州吟社的主要成员

中州吟社社员八十余名,主要有陈若时、杨啸天、张子民、张福绵、蔡柏梁、黄采薇、刘啸庐、陈伯樵、林武烈、林汝璇、谢金生、陶庵、刘学蠡、黄尔竹、赖金桂、林友仁、廖清江、卢乃沃、陈国兴、许文葵、林海森、黄联章、黄明瑞、施少峰、黄淮森、王登汉、江梦华、黄剑涛、林玉峰、陈钏沂、施寿柏、黄汉三、周俊卿、庄南民、吴松柏、廖柏峰、吴伴鹤、王福棠、吴醉如、陈庆辉、陈昭明、蔡琢章、陈信宏、刘清河、陈鹤松、郭鹤庵、郭茂松、王少沧、蔡念璧、王清斌、王少君、林添丁、高泰山、陈乃郁、陈福一、陈世杰、黄义之、庄火阵、张达修、商薹、赵佛笑、王景瑞、吴甑爨、张达旦、翁祖扬、林谦庭、林梓仪、李青融、吴醉莲、胡顺卿、胡顺隆、洪允权、赖剑门、王翼丰、黄娇娥、陈石连、余垂宗、林万吉、王礼卿、胡东海、张怀玉、林葭村、李永祥、吕碧铨、周卿波、马亦飞、林谦庭、张铁民等。

（三）中州吟社的诗钟创作

中州吟社推行击钵,诗钟律绝并励。该社先后创作《霁、空,第五唱》、《春、水,六唱》、《春、光,一唱》、《古、瓶,一唱》、《辅、之,一唱》、《游、春,一唱》、《词、宗,一唱》、《海、森,一唱》、《冬、至,魁斗格》、《瑞、美,蝉联格》、《丰、乐,一唱》、《云、山,三唱》、《瑞、光,二唱》、《南、民,一唱》、《区、长,二唱》、《八、一,一唱》、《老、兴,一唱》、《明、瑞,一唱》、《庆、辉,一唱》、《少、沧,蝉联格》、《鹤、松,二唱》、《冬、菊,四唱》、《聚、谈,一唱》、《中、州,魁斗格》(庆祝中州诗社创立卅五周年击钵)、《春、日,一唱》、《秋、蝉,云泥格》等钟题,作品登载于《诗文之友》(及《中国诗文之友》)、《中华诗苑》等报刊杂志。兹录数联于下:

《辅、之，一唱》：

辅汉留侯曾辟穀，之荆泰伯竟文身。（黄尔竹）

《鹤、松，二唱》：

袋松老去人何在，辽鹤归来事已非。（刘啸庐）

《云、山，三唱》：

却怜山应樵歌起，最爱云筛杏雨疏。（蔡柏梁）

《冬、菊，四唱》：

田父收冬忙打谷，园丁栽菊早移苗。（刘清河）

《霁、空，第五唱》：

狂澜欲挽空拳叹，时局待看霁色开。（陈伯樵）

《春、水，六唱》：

傍人我愧同春燕，适性谁知是水鸥。（黄采薇）

《冬、至，魁斗格》：

至语鸡鸣仍戒旦，快心稻熟又收冬。（蔡柏梁）

《少、沧，蝉联格》：

香山句稳瑕疵少，沧海诗豪感慨多。（王清斌）

《秋、蝉，云泥格》：

秋水窥鱼还有鹭，霜林落叶忽无蝉。（王少沧）

二、光复后台湾专门诗钟社团之一——寄社

（一）寄社的创立及沿革

台北市寄社创立于 1948 年，为台湾省电力公司励进社"有诗钟兴味之若干职员，邀集台北市内外省籍诗钟同好者"[1] 共同倡设。该社沿革情况未详。

（二）寄社的主要成员

寄社社员四十余名，其中以闽籍人士为多，占三十余名。主要有陈实懂、

---

[1]　赖子清：《古今台湾诗文社》（一），台湾文献委员会编印《台湾文献》第一〇卷第三期，台北：成文出版社有限公司 1983 年 3 月台一版影印本，第 2039 页。

李渔叔、林熊祥、陶芸楼、林贞坚、郑鸿图、陈剑篁、陈元冲、叶沅辰、魏道远等。

（三）寄社的诗钟创作

寄社"专课诗钟,期月会集,均择星期公暇,聚唱整天,中午聚餐欢叙,按期课题,截卷后誊写,分送作者,互相观摩,每期皆得作品数百联,以交卷先后为序,每期与会者,皆有三四十名,虽有新陈代谢,然皆极热心"①。该社从1951年第三期小集开始,所得钟作皆有收录,编为《寄社月刊》,佳句连篇。

寄社与北京灯社相似,喜作套题,即以诗句、成语、谚言等为题,创作系列诗钟。该社先后创作《"近寒食,斗折枝",一四七唱》、《"风光好,客子吟",二四六唱》、《"邀社友,贺金婚",二四六唱》、《"女牛聚,七夕期",一四七唱》、《"攀桂树,步虚声",二四六唱》、《"国运春回",二六唱》、《"收京在望",一七唱》、《"愿花长好",二六唱》、《"曲水流觞",二六唱》、《"黄梅天气",一七唱》、《"江城玉笛",四六唱》、《"溜冰鞋,闻端阳",分咏格》、《影、香,七唱》、《和、平,三唱》、《东、路,五唱》、《"初秋雅局",三七唱》、《"人月同圆",一六唱》、《"秋菊寒泉",一六唱》、《"闻鸡起舞",五六唱》、《"谈诗度腊",三六唱》、《"遗珠佳话",三七唱》、《"百花生日",一七唱》、《"莺飞草长",二六唱》、《"慎勿种因",一六唱》、《"万里江山",三七唱》、《"白云亲舍",一六唱》、《"履端遂意",一七唱》、《"东风解冻",二六唱》、《"逢场作戏",一七唱》、《"天与人归",一七唱》、《"斗室低吟",二六唱》等钟题,陈世庆所撰《台湾诗钟今昔》辑录寄社诗钟作品126联。

此外,寄社"每逢春初,辄唱元鸣炮,增加花红,肴馔丰沛,吟韵绕梁"②。1953年首春,该社与《大众诗钟》杂志社联合,共同举办全台诗钟大唱,题为《人、物,六唱》,得联三千多卷;1954年1月29—31日,与春人诗社、六六诗社联合,共同举办《春、夜,七唱》诗钟大唱,得联四千多卷,设正取三门、捐取十二门,于2月14日在台北福州街台电励进会发唱;等等。兹录该社钟作数联于下:

---

① 赖子清:《古今台湾诗文社》(一),台湾文献委员会编印《台湾文献》第一〇卷第三期,台北:成文出版社有限公司1983年3月台一版影印本,第2039页。

② 同上。

《"女牛聚,七夕期",一四七唱》:

　　《女、七,一唱》:

　　七哀未许歌前殿,女乐犹闻唱后庭。(佚　名)

　　《牛、夕,四唱》:

　　飨士椎牛强祭墓,读书坐夕胜围炉。(佚　名)

　　《期、聚,七唱》:

　　浮踪劫后犹相聚,劲节危时敢自期。(佚　名)

《"邀社友,贺金婚",二四六唱》:

　　《邀、贺,二唱》:

　　如贺还山松臂拱,似邀登岸柳腰低。(佚　名)

　　《金、社,四唱》:

　　燕伤春社如秋客,柳惜南金赠北人。(佚　名)

　　《友、婚,六唱》:

　　嗜酒俞知交友乐,选诗似较择婚难。(佚　名)

《"秋菊寒泉",一六唱》:

　　《秋、寒,一唱》:

　　寒衣典尽犹贪酒,秋廪搜空不卖书。(佚　名)

　　《菊、泉,六唱》:

　　插鬓老羞蛮菊冶,持身渴拒盗泉甘。(佚　名)

《"斗室低吟",二六唱》:

　　《斗、低,二唱》:

　　门低好谢昂头客,山斗能规急步人。(佚　名)

　　《室、吟,六唱》:

　　旧燕先归为室主,繁蛩相各若吟俦。(佚　名)

《"初秋雅局",三七唱》:

　　《初、雅,三唱》:

　　心境初从听雨爽,眼光雅自看花明。(佚　名)

　　《秋、局,七唱》:

　　世换山中犹对局,身衰海外更知秋。(佚　名)

《"溜冰鞋,闰端阳",分咏格》：

　　滑轮卷地千回舞,画鼓沿江二度催。（佚　名）

三、光复后台湾专门诗钟社团之二——心社

（一）心社的创立及沿革

台北市心社创立于 1949 年秋,由台湾省文献委员会同人共同倡设。社名"心",取自沈光文《东吟社序》之"以同心结同社"。该社沿革情况未详。

（二）心社的主要成员

心社不置社长,席以齿序,社员皆取一"心"字,另凑一字作别号。该社最初社员十余名,全盛时期多至二十二名,主要有林熊祥（文访）、郭海鸣（心香）、陈世庆（心心）、徐坤泉（心英）、杨锡福（心声）、卫惠林（心照）、闵孝吉（心会）、曹心田（心田）、黄水沛、贺嗣章、雷一鸣、陶芸楼、吴梦周、黄得时、陈汉光、欧阳荆、廖汉臣、萧志行、李根源、李鹭村、赖子清、蔡痴云等。其中,林熊祥曾久寓福州,素嗜诗钟,提倡尤力。

（三）心社的诗钟创作

心社"专咏诗钟,全员互选,时或另聘词宗,录取十名,奖给花红"[1];另与台北天籁吟社共组联吟会,每月一集,将及周年始辍。1951 年,心社同仁郭海鸣创刊台湾第一份专门诗钟杂志——《大众诗钟》,并聘林熊祥为顾问。

心社先后创作《世、波,六唱》、《新、文,一唱》、《文、士,一唱》、《春、山,三唱》、《玉山高,鼎足格》、《座、家,七唱》、《恨、心,二唱》、《小、明,四唱》、《生、作,五唱》、《诗、史,六唱》、《舌、符,七唱》、《显、悲,三唱》、《明、次,六唱》、《探、培,二唱》、《山、潭,三唱》、《看电影、出家,分咏格》、《世界大战、梅花,分咏格》、《阮裕焚车,合咏格,嵌无字》、《砚,合咏格,嵌

---

　　① 赖子清：《古今台湾诗文社》（一）,台湾文献委员会编印《台湾文献》第一〇卷第三期,台北:成文出版社有限公司 1983 年 3 月台一版影印本,第 2039 页。

文字》、《何、有,五唱》、《先、方,三唱》、《沙、船,三唱》、《时、长,一唱》、《自、于,六唱》等钟题,作品登载于《大众诗钟》、《台湾诗坛》、《诗文之友》等报刊杂志。兹录数联于下:

《新、文,一唱》:
　　新词应世难藏拙,文藻惊人不救贫。(心　心)
《探、培,二唱》:
　　无人培草偏遮地,有客探海欲过江。(心　君)
《春、山,三唱》:
　　熟读春秋观治乱,细谈山海感沧桑。(心　潮)
《小、明,四唱》:
　　心肠狭小难为事,气质清明好作诗。(心　照)
《生、作,五唱》:
　　叶飘山寺生寒早,花落江村作雨初。(心　猿)
《诗、史,六唱》:
　　正蜀紫阳开史眼,忏时玉局抒诗心。(心　禅)
《座、家,七唱》:
　　辖还慈母陈笃座,史续亡兄曹大家。(心　觅)
《玉山高,鼎足格》:
　　山头雪积千堆玉,岭表风高一剪梅。(心　石)
《世界大战、梅花,分咏格》:
　　万邦惊破和平梦,数点聊存天地心。(心　香)
《阮裕焚车;合咏格,嵌一无字》:
　　每许借乘甘病马,无缘襄葬苦烧轮。(心　田)

四、新升竹意同社（疑为新竹同意吟社）

（一）新升竹意同社的创立及沿革

新竹县新升竹意同社疑为新竹同意吟社,该社创立于1950年4月,沿革情况未详。

（二）新升竹意同社的主要成员

新升竹意同社社员十余名，主要有颜其昌、叶金木、黄启文、杨如昔、郑叶天铎、傅锭鍈、郑进福、洪宝昆、王镜塘、苏聿修、萧春石、郑旭仙、许遐年、范根燦、李子俊、郑准波、杨江波、陈如璧等。

（三）新升竹意同社的诗钟创作

新升竹意同社课题击钵兼行，诗钟律绝并励。该社曾于1955年4月10日在新竹县立图书馆举行成立五周年纪念联吟会，创作诗钟《同、意，一唱》，作品登载于《诗文之友》。兹录数联于下：

《同、意，一唱》：

同仁喜颂文宣句，意志难忘武穆才。（叶金木）

同修韵事兰亭契，意继风骚所社盟。（黄启文）

同研国粹传今古，意琢文光射斗牛。（杨如昔）

同敦雅谊天能格，意利真诚石可穿。（郑叶天铎）

同参盛会诗兼酒，意向超凡月与花。（郑进福）

同吟白雪怀居易，意并青山入辋川。（洪宝昆）

同心点运乾坤小，意蕊高悬日月明。（王镜塘）

同题雁塔夸先辈，意跃龙门有后生。（苏聿修）

同来检点诗画中，意在推敲月下门。（萧春石）

同存大雅扶轮手，意蕴中庸旷世才。（郑旭仙）

五、江滨吟社

（一）江滨吟社的创立及沿革

嘉义县东石乡港墘村之江滨吟社创立于1951年以前，创作活动持续至1973年以后。

（二）江滨吟社的主要成员

江滨吟社社员二十余名,主要有颜禹门、谢山水、林水波、刘静辉、柯庆瑞、谢宏、柯庆逢、林剑泉、吴书香、陈毓期、颜竹溪、王国贤、陈松坊、杨明辉、吴云鹤、黄连成、蔡菊园、黄星槎、詹昭华、蔡云龙等。

（三）江滨吟社的诗钟创作

江滨吟社推行课题,诗钟律绝并励;另还与东石石社、口湖乡励、布袋白水及鲲水诸社,结成"五社联吟会",开展联吟活动。该社先后创作《砚、田,云泥格》、《花、鸟,分咏格》、《云、海,三唱》、《美人鱼,碎锦格》、《梅、月,四唱》、《秋、水,五唱》等钟题,作品登载于《诗文之友》等报刊杂志。兹录数联于下:

《云、海,三唱》:

千寻海水鲸吞浪,万里云天雁带书。（林剑泉）

《梅、月,四唱》:

世味如梅酸带涩,人情似月缺多圆。（刘静辉）

《秋、水,五唱》:

棘围鹗荐秋登榜,海国鸥盟水缔缘。（谢山水）

《砚、田,云泥格》:

春冷砚池呵冻笔,田荒税吏苦催租。（林剑泉）

《美人鱼,碎锦格》:

颦效西施人好美,铗弹冯煖客无鱼。（刘静辉）

《花、鸟,分咏格》:

傲雪枝横千嶂月,衔泥香逗一帘风。（谢山水）

六、玉岑诗社

（一）玉岑诗社的创立及沿革

嘉义市玉岑诗社创立于 1951 年 1 月,由台湾省烟酒公卖局嘉义分局何扬烈与嘉义市土地银行分行陈祖平、翁祖扬诸氏共同倡设。社名“玉岑”，取纪念玉山之意。该社推何扬烈为社长，陈祖平副之，翁祖扬为总干事。1956年1月翁祖扬转到高雄任职，又成立高雄分社，推沈达夫任分社总干事，两地互通声气，推行诗教，扢扬风雅。1960年1月2日，并入瀛洲诗社。

（二）玉岑诗社的主要成员

玉岑诗社社员三十八名，包括何扬烈（武公）、陈祖平（衡夫）、翁祖扬（中光）、熊茂生、沈达夫、李希颜、郑桑生、卢铁生、郑行亮、王奖卿、易惟钦、芮光怀、骆君实、高文渊、林仲篪、施子卿、陈福清、许庚墙、鲍梁臣、戴茂松、郑云从、苏柳汀、吴纫秋、张家辉、席鉴庭、郑庆榆、杜翘南、庄明山、林应澜、曹昇之、张鹤亭、张复奇、谭雪影、陈子波、郑元鼎、卢业高、魏道楧、何冰弦等。

（三）玉岑诗社的诗钟创作

玉岑吟社创立之初，月必小集，以创作诗钟为主，活动地点在嘉义市土地银行分行二楼；1959年起，改用通信及词宗选卷方式，每两月征诗及诗钟稿一次。此外，还经常与春人、六六、台铁诸社宴集，辄课诗钟为乐，大都临时命题，限时交卷，佳句甚多。该社先后创作《玉、岑，一唱》、《重、旧，六唱》、《军、作，二唱》、《高、雄，踵顶格》、《南、山，踵顶格》（于右任八十寿辰）、《暮、红，三唱》、《海、山，六唱》、《上、仙，一唱》等钟题，作品登载于《鲲南诗苑》等报刊杂志。兹录数联于下：

《玉、岑，一唱》：

　　玉垒云昏迷蜀道，岑溪水秀入梧州。（林仲篪）

《军、作，二唱》

　　行军塞上霜沾斗，罢作畴西月洒犁。（佚　名）

《暮、红，三唱》：

　　鸡头暮密新生笋，麂眼红疏旧结邻。（何扬烈）

《海、山，六唱》：

　　至忱可遂移山愿，大节难忘蹈海心。（佚　名）

《高、雄,踵顶格》

高羽未归春已老,众流同赴海因雄。(郑元鼎)

七、延平诗社

(一)延平诗社的创立及沿革

台南市延平诗社创立于 1951 年 9 月 28 日,由该市之南社、酉山、桐侣、留青、锦文、崁南等十个诗社合并而成,通信处置于台南市永乐街三十六号。该社最初采取干事制,置干事七名,互选一名任常务之职,任期二年,连选得连任。初任常务干事为原南社社长吴家显,厥后再任二任,以体弱辞;1957 年教师节开会员大会,选出张联登以继任。先后担任干事的有陈木池、王鹏程、林海楼、李炳煌、白剑澜、欧江淮、谢汝川、黄少卿,监事有王席珍、洪子衡、杨乃胡。

1971 年 10 月 1 日,该社在《诗文之友》发布启事,以朱玖莹、李步云、黄少卿为顾问,白剑澜为社长,陈玉荣副之,陈进雄为总干事,办事处设在台南市民权路十八号。

该社到 1986 年还坚持活动,其时名誉社长李步云,社长陈进雄,总干事吴应民。

(二)延平诗社的主要成员

延平诗社社员四十余名,主要有吴家显、张联登、陈木池、王鹏程、林海楼、李炳煌、白剑澜、欧江淮、谢汝川、黄少卿、王席珍、洪子衡、杨乃胡、陈龙吟、林草香、黄大烈、吴荣彬、李秉璜、沈毓祥、高槐青、吴萱草、张莲亭、王荣达、吴子宏、朱玖莹、李步云、陈玉荣、陈进雄、吴应民等。

(三)延平诗社的诗钟创作

延平诗社时常小集击钵,诗钟律绝并励,还独力承办过 1955 年"全国"诗人大会。该社曾经创作《国庆欢声,四点金格》等钟题,作品登载于《诗文之友》等报刊杂志。兹录数联于下:

《国庆欢声,四点金格》:

国迎佳节群黎庆，欢祝中华万岁声。（王鹏程）

国还汉族千秋庆，欢灭清廷万众声。（林草香）

国记翻清充瑞庆，欢腾复汉振威声。（黄大烈）

国造三民留永庆，欢迎五族播先声。（吴荣彬）

国运日蒸千载庆，欢情雷动万民声。（李秉璜）

国倒清廷宜致庆，欢腾汉族宜扬声。（沈毓祥）

国威赫耀民呼庆，欢韵玲珑士颂声。（高槐青）

国除帝制千家庆，欢得民心万岁声。（王荣达）

国有祯祥民有庆，欢无妖孽贼无声。（吴子宏）

国固金汤家有庆，欢腾山海庶扬声。（李炳煌）

八、春人诗社

（一）春人诗社的创立及沿革

台北市春人诗社创立于 1952 年 1 月 20 日，由旅居台北之外省籍人士邵筱珍、张相、崔黄衫、简叔乾、廖寿泉、谭元征、李渔叔、方子丹、许君武、陈韵篁、张泽君、管传埰等共同倡设。社名"春人"，取春到人间之意。该社首任社长钱倬，副社长张相、谭元征；次任社长张相，副社长马绍文、陈季硕；第三任社长马绍文，副社长陈季硕、张惠康；第四任社长何扬烈，副社长张惠康、苏笑鸥；第五任社长张惠康，副社长苏笑鸥；第六任社长刘宗烈，副社长陈颖昆、郁元英、陶蓬仙；第七任社长王家鸿，副社长陈颖昆、郁元英、陶蓬仙；第八任社长阮毅成，副社长陈颖昆、郁元英、陶蓬仙；第九任社长杨向时，副社长刘冶之、廖从云；第十任社长廖从云，副社长姚平、关照祺。嗣因设置社务委员会，复增推钟莲英、彭鸿为副社长，另推丁治磐、阮毅成、陈颖昆、刘宗烈、王家鸿、郁元英、陶蓬仙、刘冶之、方子丹诸氏为名誉社长。

春人诗社先后还与纽约四海诗社、星洲新声诗社、曼谷泰华诗社缔盟为姊妹社，并聘三社负责人李骏发、王诚、黄继芦、李金泉、张济川为名誉社长，张病知、林树淑为名誉顾问。1999 年，又聘龚嘉英为名誉顾问，张鹤为副社长。2001 年，增聘张英杰、晏天任、邓璧为名誉顾问。该社至今还活动不辍，是海内外著名诗社之一。

（二）春人诗社的主要成员

春人诗社人才荟萃，阵容强大，最盛时社员达两百余名，现仍保留百名左右，社友籍里遍及全国二十多个省市区。主要成员有：

钱　倬（逸尘）	张　相（镜微）	马绍文（瀚庐）	何扬烈（武公）
谭元征（遵鲁）	陈季硕（霭麓）	蒋士杰	严宾杜
胡庆育	苏福畴（笑鸥）	李　拯（仲文）	吴万谷（敬谟）
俞世昶（煦楚）	莫哲生（立言）	万古愚（鉴蕃）	萧　曦
薛玉松	刘孝推（季平）	黎功懋（野樵）	丁治磐（似庵）
丁涤凡	丁润如（大为）	王家鸿（仲文）	王嵩昌（毓中）
王　斌（廷宪）	王卫丰	王贵尊（敬贤）	王首姝
王　可	王　勉	王富敬	王　焕
王建脩	王立三	王希尧（亚哲）	方　毅（延豪）
方子丹（旨聃）	尹　城（代璋）	尹莆诒（义明）	尹　方
田浪萍	皮临庄	史有庆	仇痴殊（自如）
伏嘉谟（壮猷）	成麟昭	伍名宇（德璋）	牟甲珠
江　沛（臞瘿）	朴湘用	朱常昭	任　翅（道一）
阮毅成（思宁）	阮中歧（渭川）	杜召棠（负翁）	何与京（莫之）
何传必	李加勉（改之）	李征庆（友渔）	李燕誉（蕙章）
李嘉溪	李蕃汉（山房）	李春初	李德超
余振邦（克非）	吴垂昆	吴碧光（半愚）	吴光煜（虎云）
宋庆国（亨平）	邱恕鉴	汪　洋（若千）	汪药心
汪　群	孟金柔	吕治平（幼村）	林寄华
林静远（琇良）	林献阳（南溪）	林恭祖	林葭村
周露墀	周毅亭	周象威	郁元英（茧迁）
柯逸梅（兆榜）	姚　平（云山）	姚定峰（亮明）	范叔寒
范道瞻	范焕昌（晖明）	胡震天	胡镇雅（锡圭）
翁祖扬（中光）	孙再壬	孙元放	孙静芝

秦维藩	徐廷柱（砥中）	徐志鸿（海翔）	陆裕尧
马伯起	马龙翔	马春鹏（梦飞）	袁安东（斯平）
夏国辅（弼军）	夏维中	陶蓬仙（绍菜）	许君武
许启懔（重熹）	陈颖昆（南士）	陈韵篁	陈隆机（霈苍）
陈考华（君寿）	陈心蒋	陈汉山（字行）	陈雄勋
陈子波（荆园）	陈仲虎（彦英）	张惠康	张经邦（介夫）
张　鹤（白翎）	张其彬（林三）	张慧中（百香）	张国基
张梦机	张圕英（忆松）	张英杰	郭行健
郭晴岩（云樵）	郭汤盛（商君）	程继棠	曾兆春（以武）
曾人口（启修）	曾芳城	曾志鸿（科胜）	黄立懋（烈夫）
黄守汉（云亭）	黄时晖	黄日辉	黄　雄（英士）
黄　冲	彭　鸿（赓虞）	疏　影（笑梅）	杨道豫（冷红）
杨志巩	杨向时（雪斋）	杨　挺（经魁）	杨福鼎
杨世辉（奕文）	湛国屏	雷飞鸿（剑花）	邹霏骅（剑航）
叶梦麟	叶在铤（乃伟）	叶以炽	叶桐封（唐侯）
赵岂器（苦叶）	赵璟济	邓　璧（种玉）	熊志一（放青）
熊国和	蔡伯英	郑超然（微之）	刘宗烈（承周）
刘鸣嵩（亚瑟）	刘震云（逸心）	刘冶之	刘大镛
刘振平	刘镇江	刘纬世	龙人侠
廖从云（任仁）	蒋涤非（雨辰）	宾鹏翔（宾俦）	骆楚勋
骆子静	黎　元（则之）	谢　静（练江）	钟干材（蔼庐）
钟莲英	魏叔持	魏道远	关照祺（孟右）
罗　彪（鸣谦）	罗　彰	兰美强	颜大豪（明亮）
谭雪影	谭剑生（亦亢）	饶伯昆	饶呈荣
萧昭文	萧聘廷	苏心弦（抑觉）	项毓烈
程懋瑜	席涵静	宁佑民	江满红（双成）
葛佑民	柏蔚鹏（钟宁）	谢　杰	蔡元亨
徐广爱	陈恕忠	章台华	徐世泽
吴爱莲			

（三）春人诗社的诗钟创作

春人诗社初为击钵,日必一聚,会于台北市临沂街四十五巷五号方寓,后励行钟唱,每月一题,以四联为一旗,由社员互选,作八联者为双旗,加倍致送选条及贺金;每逢年末岁首,则举办诗钟大唱。此外,该社还经常与寄社、六六、玉岑、台铁诸社开展联吟活动。

春人诗社除印行吟集外,自 1981 年起编印《春人诗选》,迄 2005 年,共出版 11 辑。其中,第一辑录作者 90 余名、诗 3000 余首、诗钟 2000 余联;第二辑录作者 91 名、诗约 3000 首、诗钟约 1500 联;第三辑录作者 88 名、诗 2500 余首、诗钟约 1000 联;第四辑录作者 80 名、诗 2500 余首、诗钟 845 联;第五辑录作者 80 名、诗 2500 余首、诗钟 774 联;第六辑录作者 67 名、诗 1900 余首、诗钟 270 联;第七辑录作者 46 名、诗 1000 余首、诗钟 224 联;第八辑录作者 38 名、诗 1000 余首、诗钟 143 联;第九辑录作者 39 名、诗 1900 余首、诗钟 195 联;第十辑录作者 35 名、诗 2300 余首、诗钟 195 联;第十一辑录作者 35 名、诗 2300 余首、诗钟 157 联。所录钟题有:

一唱:《进、文》、《剑、年》、《心、香》、《大、观》、《妙、法》、《励、园》、《岭、梅》、《养、云》、《荷、月》、《花、草》、《乌、龙》、《星、海》、《南、高》、《金、龙》、《苦、热》、《松、鹤》、《双、十》、《惠、康》、《碧、潭》、《人、花》、《香、兰》、《中、华》、《静、轩》、《文、友》、《自、由》、《异、我》、《面、形》、《山、海》、《新、生》、《收、复》、《楚、风》、《冷、官》、《花、阁》、《散、原》、《难、老》、《沟、子》、《中、美》、《争、作》、《富、华》、《汲、深》、《一、百》、《风、月》、《竹、桥》、《东、海》、《石、军》、《暗、香》、《延、益》、《精、华》、《诗、酒》、《交、通》、《四、老》、《关、继》、《风、雨》、《桃、园》、《秋、霞》、《茶、竹》、《高、远》、《花、月》、《笑、开》、《客、官》、《寄、华》、《清、明》、《春、秋》、《白、风》、《岭、松》、《新、生》、《晓、寒》、《南、风》、《椰、春》、《开、见》、《海、门》、《上、元》、《水、天》、《施、伐》、《平、南》、《自、立》、《长、生》、《酒、荷》、《兴、随》、《乐、育》、《新、玉》、《果、人》、《永、泰》、《艾、香》、《春、风》、《如、是》、《蒲、艾》、《人、鸟》、《竹、溪》、《放、青》、《秋、月》、《光、炬》、《鹏、铭》、《诗、书》、《霜、鬟》、《梦、身》、《铁、民》、《道、远》、《南、都》、《茶、艺》、《美、好》、《如、是》、《大、千》、《心、远》、《莼、鸥》、《艾、蒲》、《鱼、雪》、《三、十》、《燕、子》、《龙、凤》、《兰、燕》、《新、亚》、《乐、育》、《兴、中》、《梦、秋》、《伏、腊》、《龙、山》、《下、余》、《维、中》、《桃、山》、《甲、子》、《维、平》、《鑫、顺》、《元、昆》、《鳌、峰》、《山、水》、《经、国》、《长、春》、《时、代》、《华、美》、《交、通》、《鸿、鹤》、《忠、孝》、《开、发》、《文、德》、《碧、珠》、《图、南》、《老、瘦》、《荷、竹》、《延、平》、《姚、氏》、《叔、良》、《人、世》、《云、海》、《德、助》、《子、龙》、《仲、良》、《连、七》、《荣、升》、《瑞、玉》、《鼎、升》、《韵、璇》、《神、光》、《兰、月》、《怡、悦》、《湖、月》、《诗、文》、《上、元》、《皆、兴》、《力、霸》、《新、声》、《可、梅》、《占、灵》、《天、仁》、《茶、艺》、《金、龙》、《永、泰》、《鱼、雪》、《名、冈》、《东、社》、《春、人》、《剑、花》、《风、月》、《阳、新》、《希、尧》、《老、大》、《圣、化》、《剑、旗》、《甲、子》、《德、达》、《华、茂》、《大、展》、《宪、德》、《家、堆》、《一、萍》、《吉、联》、《安、居》、《乾、钦》、《云、正》、《仲、良》、《清、义》、《光、炬》、《一、三》、《人、口》、《中、元》、《返、探》、《欲、不》、《秋、华》、《运、凤》、《丙、寅》、《和、平》、《春、风》、《家、槿》、《学、渊》、《贤、文》、《土、央》、《鸿、绮》、《肇、天》、《德、仁》、《廷、俊》、《昌、富》、《退、休》、《信、慧》、《栋、隆》、《玉、如》、《益、健》、《文、宏》、《云、正》、《文、富》、《东、邑》、《炯、光》、《银、英》、《双、溪》、《疾、劲》、《左、同》、《温、敦》、《良、盛》、《岁、功》、《六、三》、《大、同》、《春、心》、《仁、泰》、《永、弘》、《清、白》、《承、传》、《长、者》、《会、辅》、《大、有》、《自、多》、《蝉、诗》、《成、明》、《雁、秋》、《攻、守》、《托、兴》、《功、积》、《丽、君》、《杨、挺》、《四、老》、《灵、均》、《天、水》、《秋、霞》、《久、美》、《开、继》、《独、皆》、《修、好》、《宝、长》、《闲、静》、《米、寿》、《关、渡》、《寿、星》、《菊、酒》、《一、新》、《何、不》、《雪、霞》、《松、桂》、《政、权》、《国、父》、《书、愤》、《尾、牙》等。

二唱：《海、天》、《诗、苑》、《风、露》、《小、天》、《波、影》、《欢、乐》、《鱼、雁》、《复、兴》、《寒、笛》、《冰、雪》、《雨、丝》、《拈、向》、《莺、马》、《全、会》、《戏、零》、《枕、戈》、《落、羹》、《台、北》、《峰、马》、《春、雨》、《舫、针》、《小、成》、《耳、诚》、《篱、菊》、《旗、鼓》、《波、影》、《老、人》、《雪、花》、《米、年》、《康、复》、《海、秋》、《花、雨》、《冷、香》、《自、强》、《功、任》、《鹤、松》、《松、雨》、《发、灯》、《海、苔》、《湖、岭》、《古、贤》、《梅、雪》、《艾、香》、《秀、英》、《波、影》、《村、树》、《山、水》、《回、笑》、《里、人》、《师、友》、《卦、山》、《山、竹》、《朝、气》、《意、躯》、《醉、吟》、《松、节》、《金、马》、《清、露》、《水、城》、《舟、鼓》、《波、影》、《来、坐》、《爱、秋》、《文、酒》、《柳、尘》、《菊、觞》、《云、路》、《今、日》、《民、族》、《感、知》、《庄、敬》、《和、老》、《无、敌》、《寒、老》、《春、酒》、《永、和》、《雪、梅》、《风、日》、《春、露》、《夜、钟》、《塔、桥》、《秋、日》、《夏、凉》、《威、曜》、《去、中》、《火、柴》、《事、情》、《难、易》、《泉、石》、《闽、海》、《海、军》、《云、海》、《鹏、海》、《海、楼》、《店、峰》、《湖、月》、《肉、衣》、《交、寿》、《仁、月》、《人、赠》、《质、纯》、《诗、画》、《人、事》、《长、生》、《港、楼》、《文、化》、《时、世》、《会、亲》、《时、业》、《慈、孝》、《花、鸟》、《正、声》、《血、花》、《慈、善》、《世、人》、《花、岛》、《先、后》、《重、九》、《忍、强》、《师、道》、《民、物》、《忠、爱》、《雷、雨》、《风、节》、《鼓、舟》、《梦、痕》、《琴、剑》、《风、雨》、《初、晓》、《二、千》、《人、日》、《诗、节》、《振、兴》、《花、寿》等。

三唱：《自、由》、《艺、芬》、《云、海》、《海、秋》、《枫、叶》、《新、旧》、《春、人》、《仁、寿》、《几、何》、《秋、夜》、《红、暮》、《夏、云》、《发、扬》、《绿、灯》、《青、红》、《剑、南》、《庄、敬》、《选、贤》、《似、无》、《兔、毫》、《海、天》、《灯、花》、《一、多》、《春、夜》、《奔、放》、《暮、春》、《吹、乘》、《春、树》、《入、称》、《清、平》、《横、聚》、《清、明》、《离、歌》、《峰、马》、《梅、菊》、《中、兴》、《彩、麟》、《荔、荷》、《人、船》、《白、寒》、《银、生》、《诗、帜》、《晓、钟》、《雪、梅》、《施、说》、《同、皆》、《消、寒》、《台、铁》、《君、来》、《人、天》、《鑿、云》、

《花、鸟》、《清、白》、《中、文》、《红、豆》、《亲、仁》、《消、寒》、《四、可》、《红、黑》、《功、德》、《长、高》、《厚、生》、《思、宁》、《芦、雁》、《血、花》、《峰、壁》、《珠、玉》、《合、同》、《花、月》、《梅、月》、《烟、湖》、《慎、追》、《看、走》、《影、交》、《干、才》、《阳、新》、《长、生》、《九、福》、《与、为》、《亲、明》、《心、法》、《宪、纲》、《景、芳》、《晓、萍》、《风、云》、《晋、元》、《势、立》、《崇、立》、《神、韵》、《鹊、桥》、《正、声》、《习、安》、《相、同》、《察、立》、《羊、角》、《雅、流》、《笔、军》、《山、水》、《佛、才》、《朝、野》、《冬、暖》、《寒、食》、《笔、军》、《语、声》、《消、暑》等。

四唱：《金、马》、《蒲、剑》、《更、始》、《诗、社》、《声、影》、《冰、雪》、《芦、雁》、《风、雨》、《寒、露》、《厚、生》、《光、大》、《树、帘》、《曲、园》、《川、味》、《江、石》、《起、来》、《阳、火》、《甲、辰》、《霜、月》、《元、旦》、《摇、合》、《荣、就》、《眉、寿》、《平、乱》、《银、海》、《时、事》、《如、在》、《身、国》、《歌、雅》、《雾、樱》、《鹤、香》、《份、依》、《云、地》、《山、雨》、《集、星》、《抱、仙》、《反、攻》、《小、楼》、《寒、晚》、《秋、月》、《水、晶》、《去、行》、《纸、灯》、《灵、塔》、《海、鸥》、《水、尘》、《夜、蝉》、《醉、乡》、《女、花》、《绿、灯》、《花、雪》、《觉、佳》、《旗、剑》、《树、窗》、《衣、食》、《语、尘》、《友、车》、《喜、鹊》、《花、叶》、《花、树》、《高、静》、《烟、雨》、《梅、月》、《中、社》、《字、花》、《乞、更》、《枫、菊》、《海、旬》、《雨、灯》、《海、军》、《山、水》、《人、世》、《学、人》、《花、竹》、《花、雨》、《靖、娟》、《砚、潮》、《眉、寿》、《春、夜》、《喜、春》、《春、讯》、《甘、苦》、《智、愚》、《民、主》、《龙、马》、《秋、节》、《端、午》等。

五唱：《玉、山》、《暮、春》、《秋、月》、《春、日》、《短、残》、《重、九》、《尘、梦》、《高、满》、《文、艺》、《南、夜》、《棋、剑》、《复、兴》、《尊、我》、《梅、蠹》、《秋、社》、《先、觉》、《梅、竹》、《横、起》、《心、铁》、《试、摇》、《仰、怀》、《敌、分》、《五、芳》、《归、谢》、《太、空》、《风、彩》、《轻、正》、《天、划》、《得、成》、《亦、须》、《明、后》、《年、志》、《心、影》、《寄、停》、《悬、卜》、《冬、雪》、《先、觉》、《风、景》、

《稻、香》、《花、月》、《三、九》、《双、七》、《未、了》、《来、了》、《相、一》、《归、复》、《渔、海》、《家、力》、《成、退》、《海、天》、《风、月》、《社、风》、《寻、念》、《成、得》、《前、下》、《山、竹》、《惊、忆》、《追、忆》、《先、烈》、《葭、寿》、《岁、乡》、《唯、自》、《雪、梅》、《屈、平》、《国、花》、《从、弃》、《仁、德》、《上、元》、《慈、爱》、《桃、柳》、《翠、寒》、《合、龙》、《岛、春》、《松、菊》、《蒲、剑》、《法、天》、《民、主》、《源、本》、《牛、女》等。

六唱：《秋、水》、《海、诗》、《诗、圣》、《诗、画》、《风、雪》、《深、大》、《年、景》、《大、千》、《诗、苑》、《人、日》、《烟、酒》、《立、行》、《交、过》、《椒、酒》、《海、山》、《洞、船》、《迎、媚》、《媚、秋》、《书、室》、《自、由》、《天、地》、《岁、乡》、《天、野》、《瀛、屋》、《遗、爱》、《前、后》、《青、紫》、《文、政》、《声、气》、《流、望》、《落、成》、《春、日》、《台、路》、《通、化》、《顺、斋》、《丰、伟》、《圆、好》、《海、天》、《流、露》、《引、眠》、《上、中》、《酒、歌》、《夏、云》、《谋、趣》、《人、境》、《凉、雨》、《息、游》、《屈、平》、《龙、鹤》、《松、笋》、《见、知》、《古、秋》、《海、秋》、《笔、苑》、《意、飞》、《麦、秋》、《柱、流》、《花、甲》、《青、白》、《春、雨》、《鼠、鸡》、《雪、山》、《山、水》、《桃、酒》、《是、徒》、《奇、绝》、《水、天》、《新、远》、《板、桥》、《天、野》、《摇、坠》、《师、大》、《原、子》、《流、霞》、《可、如》、《机、运》、《中、正》、《存、在》、《市、居》、《春、酒》、《健、明》、《可、如》、《见、知》、《光、复》、《舟、剑》、《景、春》、《仙、客》、《木、风》、《新、旧》、《心、欲》、《风、水》、《高、远》、《经、济》、《春、海》、《碧、黄》、《终、远》、《文、化》、《语、时》、《民、德》、《万、年》、《元、旦》、《梅、月》、《上、元》、《炎、晚》、《柔、厚》、《俭、诚》、《友、仁》、《梦、车》、《水、灾》、《月、风》、《道、心》、《物、怀》、《居、静》、《是、非》、《风、雪》、《求、福》、《统、和》、《月、香》、《端、胜》、《海、年》、《晓、星》、《草、堂》、《黑、金》、《诗、学》、《龙、月》、《静、香》、《情、味》、《尘、雪》、《养、心》、《诗、垒》、《安、定》、《行、健》、《鹊、桥》、《语、珠》、《兴、建》、《雪、梅》、《月、娥》等。

七唱：《忠、孝》、《梅、柳》、《晴、雨》、《燕、鱼》、《了、然》、《月、花》、《送、穷》、《唱、弹》、《鹤、梅》、《散、书》、《乐、劳》、《柳、风》、《艺、坛》、《时、地》、《晚、香》、《梅、酒》、《洁、甘》、《枕、光》、《雨、江》、《草、鱼》、《叶、尘》、《廉、耻》、《春、夜》、《玉、人》、《年、事》、《中、国》、《路、灯》、《山、月》、《忠、爱》、《夜、江》、《力、生》、《粥、香》、《节、居》、《梅、竹》、《健、安》、《酒、师》、《雪、金》、《古、文》、《雪、斋》、《雾、峰》、《疑、忌》、《海、天》、《衰、异》、《土、银》、《诗、画》、《诗、友》、《志、功》、《杯、字》、《字、林》、《作、客》、《争、照》、《人、日》、《瓜、果》、《花、酒》、《大、新》、《笋、花》、《夏、云》、《天、地》、《影、迷》、《文、武》、《冠、剑》、《退、休》、《雨、灯》、《谷、关》、《老、兵》、《道、交》、《菜、根》、《书、画》、《志、莲》、《开、始》、《人、物》、《渐、狂》、《岁、杯》、《客、门》、《岁、春》、《柳、莺》、《乡、国》、《花、梦》、《风、水》、《寿、山》、《诗、话》、《里、仪》、《女、神》、《云、树》、《福、声》、《邻、水》、《燕、泥》、《风、竹》、《海、春》、《暑、凉》、《仙、迹》、《教、师》、《影、衣》、《味、盟》、《一、平》、《了、焉》、《茶、酒》、《庆、春》、《寿、年》、《正、风》、《海、云》、《梦、痕》、《去、来》、《民、主》、《竹、风》、《汉、唐》、《正、名》、《汉、春》、《正、言》、《重、九》等。

比翼格：《蒲、剑》、《曙、光》、《花、絮》、《曲、香》、《天、翼》、《见、名》、《乱、离》、《凤、梨》、《书、剑》、《感、怀》、《镜、尘》、《灯、市》、《清、石》、《重、五》、《古、稀》、《待、归》、《神、木》、《菊、酒》、《双、七》、《浪、痕》、《薪、胆》、《玉、山》、《静、山》、《砚、庐》、《残、绿》、《三、十》、《一、江》、《诗、历》、《九、秋》、《横、远》、《铁、人》、《引、眠》、《仲、文》、《学、成》、《仁、寿》、《柳、荷》、《静、山》、《谷、关》、《君、子》、《湖、月》、《建、卿》、《维、中》、《英、烈》、《元、吉》、《孝、慈》、《振、楷》、《伯、先》、《孟、雪》、《春、华》、《冬、雾》、《兴、风》等。

魁斗（顶踵）格：《莺、花》、《文、元》、《兰、亭》、《关、山》、《横、空》、《卧、龙》、《画、梅》、《迎、春》、《小、春》、《迎、年》、《秋、帆》、《夜、舟》、《春、声》、《拓、荒》、《开、罗》、《桐、花》、《梅、华》、《秋、

河》、《元、日》、《文、化》、《诗、文》、《稀、年》、《花、朝》、《消寒》、
《龙、山》、《清、明》、《龙、祥》、《寻、春》、《秋、蝉》、《春、安》、《古、
稀》、《荔、山》、《迎、秋》、《笑、鸥》、《春、楼》、《黄、花》、《敬、之》、
《青、莲》、《采、蒲》、《春、潭》、《春、秋》、《河、花》、《追、思》、《核、
风》、《南、山》、《双、溪》、《红、条》、《追、思》、《为、泥》、《知、音》、
《乌、来》、《风、诗》等。

蝉联格:《雪、竹》、《喜、雨》、《冻、云》、《镜、馆》、《翠、涛》、
《唱、蝉》、《古、梅》、《满、堂》、《柳、永》、《始、归》、《倚、声》、《甲、
午》、《雪、江》、《笔、花》、《大、雪》、《小、春》、《墨、客》、《卷、帘》、
《夜、雨》、《义、士》、《总、统》、《落、叶》、《干、才》、《春、望》、《乙、
未》等。

辘轳格:《镜、微,二三辘轳》、《芦、雁》、《留、浪》、《登、月,二三
辘轳》、等。

卷帘格:《卷、帘,五四卷帘》、《出、尘,五四卷帘》、《观、海,六五卷
帘》、《青、穿,四三卷帘》、《寒、沙,二一卷帘》、《度、密,三二卷帘》等。

鹭拳格:《何、必》、《步、虚》、《醉、乡》、《幽、古》、《天、带》、《德、
心》等。

云泥格:《云、泥》、《丁、未》、《孤、吟》、《微、言》、《南、鲲》、《重、
九》、《小、桥》、《秋、风》、《江、梅》、《少、年》、《晚、霁》、《秋、烟》、
《秋、色》、《相、猿》、《孝、思》、《春、晓》、《民、主》、《笛、溪》等。

八叉格:《战、云》等。

笼纱格:《菊、花》、《双、走》、《春、手》、《茶、酒》、《旗、剑》等。

晦明格:《枫、蟹》、《萤、夜》、《青、豆》、《南、海》、《高、媚》、《晓、
笔》、《花、雨》、《红、梅》、《菊、酒》、《莺、花》、《美人、蟹》、《书、剑》、
《花、月》、《雁、字》、《梅、雨》、《夜、萤》、《烟、酒》、《秋、燕》、《诗、
文》等。

鸿爪格:《庆万全》、《白鹭洲》、《自强年》、《书带草》、《黄鹤楼》、
《凤仙花》等。

鼎足(峙)格:《艰苦中》、《天中节》、《浪淘沙》、《太空梭》、《紫

金山》、《富池口》等。

　　汤网格：《中秋月》、《紫金山》、《诗酒花》、《石榴花》、《迎春曲》、《霜叶飞》、《上元灯》、《岭南梅》、《春玉六》、《小阳春》、《人生观》、《碧玉流》等。

　　勾股格：《风雨夜》、《幽梦影》、《步虚词》、《谈笑余》等。

　　华盖格：《花前月下》、《红梅青竹》等。

　　唾珠（睡蛛）格：《气节胸怀》、《李杜钟王》等。

　　双钩格：《秋江晓月》、《酒绿灯红》、《风雨夜时》、《南北高丽》、《雾断山横》、《对酒当歌》、《碧草黄沙》、《山水书画》、《双六周岁》、《春暖花香》、《碧海青天》、《淡江秋月》、《秋子月香》、《露压烟啼》、《竹影溪声》、《女貌郎才》、《隆钜秀贤》、《德辉宝玉》、《刚勋瑞琴》、《乾茂秀贞》、《复寿秋月》、《平仁惠珠》、《明锦淑贞》、《古圣先贤》等。

　　四皓格（四点金）：《海角钟声》、《碧海青天》、《山水书画》、《鸟语花香》、《雾断山横》等。

　　流水格（碎）：《霜叶飞》、《一江秋》、《晨楼燕草》等。

　　碎锦格：《美人蕉》、《中秋月》、《新春吟》、《春六玉》、《碧纱笼》、《敲寒玉》、《石栏西》、《一江山》、《自强年》、《圣诞节》、《天行健》、《电视机》、《计程车》、《水仙花》、《岭头梅》、《闰三月》、《光复节》、《黄鹤楼》（第一二二次钟课）、《蓝鹤舟》、《东篱菊》、《夜来香》、《春人社》、《巷中曲》、《饭后钟》、《小阳春》、《家乡味》、《虎字碑》、《春耕犁》、《传统诗坛》、《观光护照》、《春人长寿》、《四可吟社》、《光辉十月》、《春江花月夜》、《流梦失今宵》、《春人诗选第二辑题词》等。

　　五杂俎：《清泉石上流》、《疏帘不隔风》、《深柳读书堂》、《家住画桥西》等。

　　对上格：《孤蒲遥映画桥低》等。

　　对下格：《江空峡响鱼龙落》、《偶题岩石云生笔》等。

　　折腰格：《风帘月槛》、《裕后光前》等。

腰次格:《花草石云》等。

删古格:《下三中一;留肩膝》、《动吞添没;留肩膝》、《秋见夜闻;戳鹤膝》等。

分咏格:《梅花、酒》、《重九、双十》、《屈原、兰》、《薛涛、虎丘》、《美人、(名)马》、《笔、邮票》、《王安石、杨贵妃》、《虎、岳飞》、《茶、周瑜》、《恢复中原、西施》、《草、鸡》、《重阳、菊》、《杨贵妃、马》、《端阳、虎》、《史可法、梅花》、《阮文绍、冠》、《春、酒》、《杨贵妃、蛙》、《竹、渔父》、《云、马》、《鸡、电视》、《美人、老马》、《琴、剑》、《江、山》、《妾、风筝》、《屈原、鸡》(第一二〇次钟课)、《郑成功、梅》、《元宵节、蝶》、《人日、落花生》、《画、西施》、《邓小平、邓丽君》、《苏轼、琴》、《镜、微》、《水、西施》、《李白、酒》、《梅花、酒》、《寒、梦》、《荔枝、扇》、《杖、蝴蝶》、《欧阳修、舟》、《诸葛亮、诗》、《天文台、元宵》、《尼庵、西厢记》、《人日、谷》、《聋美人、烟》、《春、雨》、《孙中山、郑成功》、《雪、斋》、《游、川菜》、《西太后、康南海》、《柳、荷》、《颜、色》、《七夕、反共义士》、《网溪、荷花》、《神、鼎》、《意、趣》、《花、雨》、《松、雪》、《陶潜、笔》、《李白、雨》、《醇酒、美人》、《樵夫、雪》、《旗、剑》、《桂、兰》、《陶潜、屈原》、《张飞、雁》、《康有为、帘》、《黄金、桃花》、《诸葛亮、马》、《箫、笔》、《地师、秦》、《杨柳、莺》、《烟、酒》、《中国、日本》、《书、画》等。

合(单)咏格:《帘》、《燕泥》、《砚》、《花落知多少》、《田单》、《早菊》、《剪韭》、《杜甫》、《醒酒石》、《苏东坡》、《明妃》、《西子》、《路灯》、《书灯》、《乳峰》、《至圣先师》等。

咏嵌格:《鸡;限嵌催字,嵌咏格》、《战万鳞;切碎格,咏古松》、《叶、尘;坐脚格,咏芭蕉》、《青盐饭;切碎格,咏农家》、《梦、寒;咏闺怨,七唱》等。

变体:《戒、思,四七唱》。

(四)春人诗社诗钟作品举隅

兹录春人诗社社员所作诗钟数联于下:

《剑、年，一唱》：

　　年边难制无家泪，剑底空怀去国愁。（丁涤凡）

《台、北，二唱》：

　　寄北无人同话雨，登台有客独悲秋。（许启懔）

《剑、南，三唱》：

　　壮士剑寒心迹苦，遗民南望泪痕多。（姚　平）

《川、味，四唱》：

　　舟出两川怀远志，药惟一味是当归。（陈颖昆）

《春、日，五唱》：

　　水中二阁春秋峙，山下双潭日月分。（郭汤盛）

《上、中，六唱》：

　　烟散亭从岩上出，月明村似水中浮。（魏道远）

《雾、峰，七唱》：

　　朝气酿晴凝作雾，夏云含雨幻为峰。（张　相）

《曙、光，比翼格》：

　　壮士枕戈长待曙，寒儒凿壁却偷光。（张惠康）

《莺、花，魁斗格》：

　　莺钻绿影身沾絮，鸟占红梅足踏花。（王嵩昌）

《小、春，蝉联格》：

　　秋雨梧桐飘叶小，春风杨柳絮花多。（钱逸尘）

《留、浪，辘轳格》：

　　蜗破苔痕留篆古，莺穿柳浪试簧新。（杜召棠）

《观、海，六五卷帘》：

　　深斟杯酒岩观瀑，半掩蓬窗海听潮。（陈考华）

《醉、乡，鹭拳格》：

　　思乡却喜寻归梦，去国何堪托醉吟。（叶在铤）

《云、泥，云泥格》：

　　云笺难寄他乡墨，雪屐犹存故里泥。（杜召棠）

《战、云，八叉格》：

百战沙场思壮士，一登云路展奇才。（宋庆国）

《菊、花，笼纱格》：

东篱每忆持螯赏，西圃曾经走马看。（王嵩昌）

《书、剑，晦明格》：

冯谖作客弹长铗，刘向多才校古书。（姚　平）

《白鹭洲，鸿爪格》：

白云出岫林栖鹭，沧海浮洲草宿鸥。（宋庆国）

《浪淘沙，鼎峙格》：

潮浪激冲桑海变，沙场淘尽古今豪。（宋庆国）

《艰苦中，鼎足格》：

艰难境里休言苦，富贵场中少语贫。（王嵩昌）

《中秋月，汤网格》：

秋藏水面凉风里，月隐山头薄雾中。（王嵩昌）

《风雨夜，勾股格》：

蕉窗急雨敲残夜，竹院凉风送早秋。（陈考华）

《红梅青竹，华盖格》：

红梅有伴宜栖鹤，青竹成阴欲化龙。（宋庆国）

《气节、胸怀，唾珠格》：

气节岂因离乱变，胸怀仍为健康宽。（王嵩昌）

《李杜钟王，睡蛛格》：

妙句风骚怀李杜，法书体势仰钟王。（宋庆国）

《秋江晓月，双钩格》：

晓色遥沉牛渚月，江声冷送雁门秋。（王嵩昌）

《海角钟声，四皓格》：

海气犹腾天一角，诗声常共酒三钟。（阮毅成）

《晨楼燕草，流水格》：

楼归春燕花衔住，栈起晨骢草嚼余。（王嵩昌）

《春江花月夜，碎锦格》：

夜涛怒卷江心月，春燕低衔水面花。（尹代璋）

《春人诗选第二辑题词,碎锦格》:

　　春社诗篇超第二,人间词辑选题端。(许启僳)

《疏帘不隔风,五杂俎》:

　　帘垂不碍清风入,山隔宁疏旧雨来。(宋庆国)

《孤蒲遥映画桥低,对上格》:

　　袄袜轻移香砌滑,孤蒲遥映画桥低。(陈考华)

《江空峡响鱼龙落,对下格》:

　　江空峡响鱼龙落,斗转参横岁月移。(陈考华)

《风帘月槛,折腰格》:

　　燕隔风帘时上下,莺飞月槛忽高低。(杜召棠)

《花草石云,腰次格》:

　　寒谷幽花生石罅,灵山异草托云根。(宋庆国)

《下三中一;留肩膝,删古格》:

　　笔下墨翻三峡浪,壶中酒漾一天春。(陈考华)

《秋见夜闻;戳鹤膝,删古格》:

　　尚有矜怜秋见审,顿消尘虑夜闻经。(陈考华)

《草、鸡,分咏格》:

　　职尽司晨醒客梦,情怀绿野报春晖。(宋庆国)

《花落知多少,合咏格》:

　　诗人故作伤春问,痴女偏多葬汝词。(阮毅成)

《鸡;限嵌催字,嵌咏格》:

　　五夜长鸣催舞剑,三更乱叫骗开关。(王嵩昌)

《叶、尘;坐脚格,咏芭蕉》:

　　销夏棋声闻隔叶,逢秋鹿梦记前尘。(陈考华)

《战万鳞;切碎格,咏古松》:

　　冰雪万重寒鹤骨,风霜百战老龙鳞。(宋庆国)

九、北鸥吟社

（一）北鸥吟社的创立及沿革

台北市北鸥吟社系鸥社分支。1952 年 6 月,鸥社旅北同人林玉山、简竹村、黄鸥波、卢云生、黄启棠、袁史修、陈昆山等 14 人,在台北成立鸥社台北分社;其后,改称鸥社旅北同仁联吟会;1965 年 8 月,正式独立为北鸥吟社。该社举何木火为总干事,苏茂杞、李诗全为干事,聘赖子清为顾问,社址设在台北市新生北路二段一〇四号。该社到 1968 年年底还坚持活动。

（二）北鸥吟社的主要成员

北鸥吟社社员五十余名,主要有林玉山（英贵）、简竹村（景渊）、黄鸥波（宽和）、卢云生（龙江）、黄启棠（幼惠）、袁史修（金茂）、陈昆山（剑魂）、何木火（亚季）、苏茂杞（鸿飞）、李诗全（瑞春）、赖子清（鹤洲）、魏等如（天修）、江大缓（耕雨）、黄清江（明心）、江紫元（梦花）、张李德和、黄怡陶、朱苕亭、李瑞春、曾晓南、黄自修、曾庆丰、黄春亮、陈友梅、张晴川、倪登玉、萧吉辰、陈槐庭、刘斌峰、施瘦鹤、陈绰然、张高怀、郑鸿音、许黎堂、李传亮、萧献三、杨君潜、张鹤年、黄光品、黄铁松、陈志渊、钟渊木、廖文居、廖心育、叶蕴蓝、林青山、陈焙焜、黄鉴塘、詹吉辰、郑晃炎等。

（三）北鸥吟社的诗钟创作

北鸥吟社月会一次,由社员轮流值东,课题击钵,并行无间,作品结集为《鸥社艺苑次集》、《亚季鸥社北鸥诗集》、《北鸥吟社诗稿》等。其中,《鸥社艺苑次集》为鸥社 1952 年 6 月至 1953 年 4 月刊行之《鸥社艺苑》（月刊）,内含鸥社台北分社同人诗钟 5 题 45 联;《亚季鸥社北鸥诗集》为鸥社旅北同仁联吟会自 1961 年 6 月至 1965 年 7 月创作的作品,内含诗钟 20 题 342 联;《北鸥吟社诗稿》为北鸥吟社自 1965 年 8 月至 1968 年 9 月创作的作品,内含诗钟 31 题 483 联。所录钟题则有:《独、醒,蜂腰格》、《岭上梅,鼎足格》、《文天祥、柑,分咏格》、《岳飞、炭，分咏格》、《花朝，合咏格》、《玉、山，魁斗格》（第一〇一期）、《竹、村，蝉联格》（第一〇二期）、《黄大夫，碎锦格》（第一〇三期）、《一、新，一唱》（第一〇四期）、《诸葛亮、自鸣钟，分咏格》（第一〇五期）、《赵子龙、军用犬，分咏格》（第一〇六期）、《酒、瞎马，分咏格》（第一〇八期）、《牛、镶牙，分咏格》（第一〇九期）、《和尚、虎，分咏格》（第一一〇期）、《老尼、温泉，分咏格》（第一一一期）、《草鞋、打秋风，分咏格》（第一二〇期）、《飞、龙，一唱》（第一二一期）、《妈祖，合咏格》（第一二二期）、《指南庄，鼎足格》（第一二四期）、《摩天楼，碎锦格》（第一二五期）、《庆、丰，冠首》（第一二七期）、《茶杯、扇，分咏格》（第一三五期）、《屈原、梅，分咏格》（第一三六期）、《莲、步，冠顶格》（第一三八期）、《机、石，二唱》（第一三九期）、《马、年，冠首》（第一五八期）、《杏、花，二唱》（第一五八期）、《玉、山，三唱》（第一五九期）、《梅、竹，四唱》（第一六〇期）、《北、鸥，冠首（不移）》（第一六一期）、《吉、辰，冠首》（第一六二期）、《正、龙，冠首》（第一六三期）、《中秋待月，碎锦格》（第一六四期）、《小、美，冠首》（第一六五期）、《请、泰，冠首》（第一六六期）、《刘备、马，分咏格》（第一六七期）、《羊、手表，分咏格》（第一六八期）、《杜甫、蟋蟀，分咏格》（第一六九期）、《貂蝉、喜鹊，分咏格》（第一七〇期）、《杖国杖、春莺，分咏格》（第一七一期）、《导游小姐、蔷薇，分咏格》（第一七二期）、《曹植、犬，分咏格》（第一七三期）、《李鸿章、二次世战，分咏格》（第一七五期）、《秋、涛，分咏格》（第一七六期）、《井底蛙，鼎足格》（第一七七期）、《按摩女，合咏格》（第一七八期）、《平交道，碎锦格》（第一七九期）、《吝，单咏格》（第一八〇期）、《蜜蜂、梅，分咏格》（第一八一期）、《兆、祥，一唱》（第一八二期）、《诗、全，冠首》（第一八三期）、《眼镜、诗，分咏格》（第一八四期）、《剑、潭，四唱》（第一八五期）、《路灯、鼠，分咏格》（第一八六期）、《巢、燕，二唱》（第一八七期）、《乌、来，魁斗格》（第一八八期）等。

　　此外，该社还创作有《春眠不觉晓，碎锦格》、《春、晓，四唱》、《电话机、兰，分咏格》、《稻、江，一唱》、《瑞、春，二唱》、《通、道，三唱》、《北鸥吟社，四点金格》（第二三四期）、《理发师、活模特儿，分咏格》、《北、鸥，一唱》（第二六八期）、《吟、社，二唱》等钟题，作品登载于《中华艺苑》《诗文之友》（及《中国诗文之友》）等报刊杂志。兹录数联于下：

《北、鸥，一唱》：

　　北斗星辉联浩月，鸥汀水涨隐孤舟。（黄铁松）

《机、石，二唱》：

　　漱石枕流鱼读月，织机梭转锦回文。（李瑞春）

《玉、山，三唱》：

　　藉立山根为砥柱，愿移玉趾望仁人。（黄怡陶）

《独、醒，蜂腰格》：

　　闲居慎独尼山训，违世长醒屈子心。（卢云生）

《竹、村，蝉联格》：

　　窗月勤筛君子竹，村尨误吠故人车。（江紫元）

《乌、来，魁斗格》：

　　乌啼野叟归途急，客唤香鱼入馔来。（刘斌峰）

《指南庄，鼎足格》：

　　才高屈指推瓯北，庄重题诗忆剑南。（简竹村）

《北鸥吟社，四点金格》：

　　社友廿年长旅北，鸥盟一贯作豪吟。（黄鸥波）

《春眠不觉晓，碎锦格》：

　　犹觉浮生春梦短，不知破晓客眠长。（黄怡陶）

《李鸿章、二次世战，分咏格》：

　　天教原子收残局，地为权臣作殖民。（江梦花）

《妈祖，合咏格》：

　　本是莆田林氏女，原为湄岛纂家姑。（黄幼惠）

十、六六诗社

（一）六六诗社的创立及沿革

　　台北市六六诗社又名双六诗社，创立于 1952 年 7 月 27 日，为何扬烈所倡设。因创立之日为旧历壬辰年六月初六，故名"六六"。该社每两月集会一次，原订由社友轮流召集，并以茶会方式举行，后社友皆以事冗，未克实行，乃由何扬烈专门负责召集,无形中成为社长制。1956 年,何扬烈调任宜兰,难以兼顾社务,该社乃与玉岑诗社联合开会。1960 年 1 月 2 日,与玉岑诗社合并,成立瀛洲诗社。

（二）六六诗社的主要成员

六六诗社创立初期社员二十余名,多与春人诗社同,其后人数有所增加,达到三十余名。主要成员有何扬烈、钱逸尘、李鸿绪、陈冰如、曹昇之、苏笑鸥、谭雪影、罗继永等。

（三）六六诗社的诗钟创作

六六诗社以诗钟创作为主,兼行诗课。该社创立之初,每次社集出诗钟二题,每人每题作四联,于下次集会前脱稿寄交召集人,然后由召集人印送社友互选,社集时宣唱,并送贺金。此外,该社还经常与春人诗社、玉岑吟社、台铁诗社等开展诗钟联吟,又与春人诗社、寄社等联合举办诗钟大唱。

六六诗社曾将钟句编号,分组油印,为台北各社所仿行;1959 年 8 月起改用铅印,名曰《瀛州诗集》。该社先后创作《双、六,一唱》（第一次社集）、《荷净纳凉时,碎锦格》（第一次社集）、《初三月,汤网格》等钟题。兹录数联于下:

《初三月,汤网格》:

初哉微魄刚生月,三已重官再出山。（钱逸尘）

初心玉洁箴砭四,月桂霜澄漏转三。（何扬烈）

初度我期年满百,月明人共影成三。（李鸿绪）

初解钟情常守一,月明对影便成三。（陈冰如）

初摘芹香犹望再,月移花影不成三。（曹昇之）

三更爱对当头月,一世难忘见面初。（陈冰如）

月殿霓裳传碧落,三台词笔擅黄初。（钱逸尘）

月落应知宵过半,初归每叹径荒三。（何扬烈）

月桂吐香光魄满,三茅证果道初心。（何扬烈）

月光皎洁秋方半,初志坚持日省三。（何扬烈）

十一、寿峰诗社

（一）寿峰诗社的创立及沿革

高雄市寿峰诗社正式创立于 1953 年端午（6 月 15 日）。该社由高雄市联吟会衍生而来，融合了市下旗津、苓洲、鼓山、雄州、鲲社等诗社，是一个全市性诗社。赖子清《古今台湾诗文社》载："高雄市于日据时代，即有旗津、苓洲、鼓山、雄州、鲲社等吟社，大有群雄割据之势，因诗人多半闲云野鹤，聚散无常，而诗社之兴替分合亦数，且失之联系，及至太平洋战烽火漫天，日政府监视綦严，乃各偃旗息鼓，匿迹销声，光复后诗学重兴，有如死灰复燃，惟群龙无首，乃暂以高雄市联吟会为号召，迨至民国四十二年（1953），诸同人因感有正式成立诗社之需要，遂纠合市内诸诗人，冶成一炉，向市府核备，结合全市性诗社，而寿峰诗社，即于是年端午节，应运而生。"①

寿峰诗社创立之初，公推高雄区合会公司董事长王奖卿为社长，王隆逊副之。20 世纪 90 年代，名誉社长王奖卿，顾问张蒲园、蔡元亨、许成章、丁镜湖、蔡月华、洪月娇、高文渊，社长吕笔，副社长吕辉凤、曾人口、苏崇宫，理事郑金铃、李玉林、陈楚贤、黄祈全、黄启隆、谢明仁、詹森田、林凤珠、陈启贤，常务监事陈春木，监事陈自轩、刘福麟，总干事李玉水，副总干事黄祈全，社址设在高雄市前镇区岗山东街一〇〇巷五八弄三二号。其后改为理事制，黄祈全任理事长。该社至今还活跃在台湾诗坛。

（二）寿峰诗社的主要成员

寿峰诗社社员百余名，主要有王奖卿（天赏）、王隆逊（国琛）、李国琳、陈月樵、鲍梁臣、黄士恒（才树）、张蒲园、王为水（中满）、高云鹤、吕碧山（金璧）、陈紫亭、刘声涛、高文渊、施子卿、李毓卿（树春）、蔡玉修、王顺隆（条顺）、洪月娇、郑溯南、许豫庭（成章）、丁镜湖、刘联安（炳章）、林静

---

① 　赖子清：《古今台湾诗文社》（一），台湾省文献委员会编印《台湾文献》第一〇卷第三期，台北：成文出版社有限公司 1983 年 3 月台一版，第 2041 页。

远、林玉青、吕伯端（笔）、陈春林、许君山、许景绵、陈国梁、郭渊如、陈原吉、李清泉、高齐天、陈午桥、黄炯墉、陈自轩、陈春鹏、吴光博、陈清贞、陈皆成、郑作舟、陈光亮、魏锦标、陈蕴堂、洪宝昆、蔡荷生、吴步初、陈明德、林钦贵、蔡月华、苏柳汀、蔡柏梁、蔡元亨、吕辉凤、曾人口、苏崇宫、郑金铃、李玉林、陈楚贤、黄祈全、黄启隆、谢明仁、詹森田、林凤珠、陈启贤、陈春木、刘福麟、李玉水、栗由思等。

（三）寿峰诗社的诗钟创作

寿峰诗社推行击钵，兼及课题，作品结集为《寿峰诗社诗集》。该社先后创作《竹、蕉，二唱》、《柳、鞭，四唱》、《夏、青，四唱》、《春、酒，一唱》、《双、剑，三唱》、《寿、峰，一唱》、《风前月，碎锦格》、《水仙花，汤网格》、《冷如冰，鼎足格》、《冷如冰，鸿爪格》、《龙、野，云泥格》、《花、月，分咏格》、《绿、松，晦明格》、《酒、人，四唱》、《秋、夜，七唱》、《夏日长，流水格》、《鸣、世，蝉联格》、《双、鲁，云泥格》、《老、家，二唱》、《联、业，蝉联格》、《村、树，二唱》、《如、口，四唱》、《花、影，五唱》、《无线电，碎锦格》、《南、画，云泥格》、《淡、交，魁斗格》、《登高节，碎锦格》、《喜、钟，六唱》、《春心暖，碎锦格》（十一周年纪念击钵）、《暖、风，三唱》、《寿、峰，冠首》（十六周年纪念击钵）等钟题，作品登载于《中华诗苑》、《诗文之友》等报刊杂志。兹录数联于下：

《寿、峰，一唱》：
　　　　寿到期颐忘岁月，峰临绝顶摘星辰。（高文渊）
《村、树，二唱》：
　　　　玉树琼林摇雪色，鸥村蟹舍枕潮声。（陈月樵）
《双、剑，三唱》：
　　　　直欲双飞偕到老，不因剑故弃更新。（鲍梁臣）
《夏、青，四唱》：
　　　　点缀丹青钦画伯，垂光华夏伏元戎。（王奖卿）
《花、影，五唱》：

梦笔欣开花五色,呼童难扫影千重。(吕伯端)

《喜、钟,六唱》:

苏子名亭因喜雨,张公得句在钟声。(陈月樵)

《秋、夜,七唱》:

凿壁匡衡长惜夜,伤时宋玉独悲秋。(吕伯端)

《淡、交,魁斗格》:

淡烟绿柳三春弄,疏雨黄花九月交。(高文渊)

《鸣、世,蝉联格》:

振铎传经留后世,鸣琴治邑仰前贤。(黄炯墉)

《南、画,云泥格》:

会继南皮吟韵雅,画承北宋作风高。(李树春)

《绿、松,晦明格》:

新绿亭传春暖意,后凋柏共岁寒心。(许成章)

《冷如冰,鼎足格》:

高士淡如秋圃菊,冷官清似玉壶冰。(王隆逊)

《冷如冰,鸿爪格》:

冰心已共梅花冷,风骨真如海鹤清。(郭渊如)

《水仙花,汤网格》:

圣泽化民尊泗水,仙源迷路怅桃花。(吕伯端)

《夏日长,流水格》:

夏禹疏河流大海,荆轲贯日吐长虹。(吕伯端)

《春心暖,碎锦格》:

治政赵衰如暖日,寻春杜牧竟伤心。(王条顺)

《花、月,分咏格》:

开落原非青帝意,盈亏岂是素娥心。(高文渊)

十二、光复后台湾专门诗钟社团之三——台铁诗社

（一）台铁诗社的创立及沿革

台北市台铁诗社创立于1954年首春，由台湾省铁路局闽籍同仁所倡设，并推举尤光先为社长。该社创作活动持续至1977年6月以后。

（二）台铁诗社的主要成员

台铁诗社社员四十一名，大多数为闽人，台籍仅二名。主要成员有尤光先、邱凤真、谭元征、王杰臣、陈元冲、林震东、陈石言、林寄华、陈楚岚、施节宇、张复奇、林秋帆、陈赞元、何纾丹、何南史、姚天觉、杨文度、陈琴楼、陈炳荣、涂鼎、林汉勋、苏笑鸥、陈名尊、钱逸尘等。

（三）台铁诗社的诗钟创作

台铁诗社是一个专门的诗钟社团，社员公余课以诗钟，并恒假台北市西宁北路六号台铁招待所举行击钵吟会，所得钟作编为《台铁社月刊》。1955年花朝，该社主办全台诗钟大唱第三届大会，题为《新、中，一唱》。1964年5月，举办创立十周年纪念暨诗钟大唱，所出钟题为《立、行，六唱》，设正取四门、捐取八门、遗珠四门，共选录4396联，作品结集为《立行诗刊》。此外，该社还经常与春人、六六、玉岑诸社开展联吟活动。

台铁诗社创作的钟题尚有《人、果，一唱》、《君、来，三唱》、《台、铁，三唱》、《开、成，一唱》、《达、观，一唱》、《台、铁，四唱》、《新、归，三唱》、《屈、平，三唱》、《海、家，六唱》、《锦、星，七唱》、《添、寄，五唱》等，相关活动讯息及创作作品见于《鲲南诗苑》、《中华艺苑》等报刊杂志。兹录数联于下：

《人、果，一唱》：

　　　果证三生盟石上，人横一水隔天涯。（佚　名）

《新、归，三唱》：

　　　知无新月能终夜，怪有归云又出山。（佚　名）

《台、铁,四唱》:

贫怜点铁终无术,老笑登台尚为名。(佚　名)

《添、寄,五唱》:

乱日生儿添累始,异乡逢使寄声多。(施节宇)

《立、行,六唱》:

息壤岂容忘立誓,会稽应悔许行成。(吴语亭)

《锦、星,七唱》:

大地有花春织锦,明河无水夜流星。(佚　名)

十三、角力吟社

(一)角力吟社的创立及沿革

台南县白河镇角力吟社创立于 1955 年 3 月以前,社长杨文钟。该社创作活动持续至 1966 年以后。

(二)角力吟社的主要成员

角力吟社社员近四十名,主要有杨文钟、吴武历、吴修璘、吴修瑄、吴修德、吴修玮、吴金财、吴李春梅、吴媛媛、吴娇娇、吴美美、林志诚、叶铭春、陈江海、龚启山、李仓吉、陈角鸣、黄仙姬、廖宗华、黄燦堂、张秋璘、杨永士、康福文、吴瓺爨、吴德信、刘燦莹、陈剑峰、张惠涛、杨角鸣、吴信安、吴秋萱、石彩云、陈品均、韦明玉、吴香婵、陈冠宏、黄冠云、洪振木、龚昆山等。

(三)角力吟社的诗钟创作

角力吟社诗钟律绝并励。该社先后创作《米、妙,五唱》、《我、春,一唱》、《水、心,凫胫格》、《天中节,碎锦格》、《木、马,分咏格》、《秋月夜,碎锦格》、《武、历,一唱》、《文、钟,一唱》、《深、水,六唱》、《风、雨,六唱》等钟题,作品登载于《中华诗苑》、《诗文之友》等报刊杂志。兹录数联于下：

《我、春，一唱》：

我党文章期复古，春王甲子又翻新。（吴娇娇）

《米、妙，五唱》：

元山最美米精饭，黄绢堪称妙好辞。（吴金财）

《水、心，鸢胫格》：

断机勖学平心易，立马求情收水难。（吴媛媛）

《天中节，碎锦格》：

中传张继枫樀地，节属文山雪里天。（廖宗华）

《木、马，分咏格》：

饮水投钱犹恋主，造稿筑屋总依君。（吴修瑄）

十四、光复后台湾专门诗钟社团之四——竹声诗钟社

（一）竹声诗钟社的创立及沿革

新竹市竹声诗钟社创立于 1955 年 4 月以前，推魏清壬为社长。该社创作活动持续至 1956 年 9 月以后。

（二）竹声诗钟社的主要成员

竹声诗钟社社员二十余名，主要有魏清壬、谢森鸿、陈如璧、沈江枫、陈厚山、洪晓峰、郑香圃、林港岸、李子俊、庄鉴标、朱杏邨、王元居、李呈奇、少渔、焕奎、麟骥、根燦、茂松、兆文、旭仙、世明、锡玄、方泉、启澄、炯轩、啸秋、东明等。

（三）竹声诗钟社的诗钟创作

竹声诗钟社专课诗钟，是一个专门的诗钟社团。该社先后创作《酒、诗，七唱》、《风、涛，分咏格》、《能、为，鹤顶格》、《鸿、安，鹤顶格》、《麟、骥，第一唱》、《出、寒，第七唱》等钟题，作品登载于《中华诗苑》、《诗文之友》等报刊杂志。兹录数联于下：

《鸿、安，鹤顶格》：

　　鸿宝有书皆祕篆，安期无枣不长生。（洪晓峰）

《麟、骥，第一唱》：

　　麟现周郊修鲁史，骥嘶汉月踏胡霜。（少　渔）

《酒、诗，七唱》：

　　秋酿黄花元亮酒，香添红袖子京诗。（茂　松）

《出、寒，第七唱》：

　　宿雾早开因日出，幽花迟放为春寒。（洪晓峰）

《风、涛，分咏格》：

　　江上钱王空射箭，楼中萧史正吹箫。（李子俊）

十五、庸社

（一）庸社的创立及沿革

　　台北市庸社创立于 1956 年春，由庄幼岳、张作梅、黄湘屏三人共同倡设，社址设在台北市民生路四五巷三弄二十五号。该社与台中栎社渊源颇深，李渔叔所作《庸社风义录序》有记："幼春没后，栎社老宿零落殆尽。幼岳乃与张君作梅、黄君湘屏，别树帜号庸社。一时英彦，又深衣毕集，相为濡煦，各恋声光。既切磋有年，爰各写定其诗，汇刊一集，为庸社风义录，甚盛事也。"[1]

（二）庸社的主要成员

　　庸社初期社员二十四名，以入社先后为序（同时入社者以齿为序），分别是李啸庵、倪登玉、李世昌、陈友梅、张晴川、张作梅、黄湘屏、林锡牙、庄幼岳、高雪芬、林子惠、林杏荪、周维明、黄笑园、林光炯、叶子宜、郑云从、张碧峰、施学樵、黄文虎、高惠然、许陶庵、周植夫、陈一寰。其后，又有李逸鹤、郭汤盛等相继加入。

---

　　[1]　李渔叔：《庸社风义录序》，庄幼岳编校《庸社风义录》，台北：庸社 1958 年版，第 1 页。

（三）庸社的诗钟创作

庸社月一小集，集必拈韵命题，"自丙申（1956）至戊戌（1958），为时三载。大小会集，凡数十次。月课唱酬，积诗数百首"①，作品结集为《庸社风义录》，于1958年7月刊行，内录律绝1216首、诗钟125联。所见钟题有《红、叶，一唱》、《岭、梅，一唱》、《中、华，一唱》、《花、朝，一唱》、《大、众，一唱》、《团、卿，一唱》、《元、日，一唱》、《清、明，一唱》、《海、天，二唱》、《诗、苑，二唱》、《寒、食，二唱》、《镜、花，二唱》、《葵、扇，二唱》、《杵、歌，二唱》、《自、由，三唱》、《海、云，三唱》、《送、春，三唱》、《晚、凉，三唱》、《茶、客，三唱》、《绿、灯，三唱》、《微、服，三唱》、《水、楼，四唱》、《更、始，四唱》、《笔、花，四唱》、《槐、石，四唱》、《铁、函，四唱》、《诗、道，六唱》、《枕、流，七唱》、《青、莲，魁斗格》、《新、春，魁斗格》、《清、明，魁斗格》、《剑、初，魁斗格》、《寒、香，比翼格》、《笔、花，分咏格》、《荷、池，分咏格》、《重阳、菊，分咏格》、《美人蕉，碎锦格》、《西施舌，碎锦格》、《一江山，碎锦格》、《风雨吟，碎锦格》、《白鹭洲，鸿爪格》、《孤、吟，云泥格》、《步、虚，鹭拳格》、《浪淘沙，鼎峙格》、《花、雨，晦明格》、《云、泥，以题为格》等。

此外，该社还创作有《天、马，魁斗格》、《将、时，七唱》、《除、夜，四唱》、《席、分，七唱》、《西施、僧，分咏格》、《初、好，六唱》、《欲、花，五唱》、《秋、雨，晦明格》、《罗、把，五唱》、《绿、茶，三唱》、《梅、影，五唱》、《皆、月，六唱》、《连、一，五唱》、《竹、分，三唱》、《嗜、仓，二唱》、《鸣、树，二唱》、《水、星，六唱》、《松、印，一唱》、《祈、雨，二唱》、《兔、年，二唱》、《荔枝、扇，分咏格》等钟题，作品登载于《中华诗苑》（及《中华艺苑》）等报刊杂志。兹录数联于下：

《松、印，一唱》：

> 松涛啸作秋声赋，印绶还吟归去辞。（陈一寰）

《鸣、树，二唱》：

> 远树鸦飞千点墨，高鸣雁写一行书。（张晴川）

---

① 庄幼岳：《庸社风义录序》，庄幼岳编校《庸社风义录》，台北：庸社1958年版，第2页。

《绿、茶,三唱》:

半榻茶烟和靖宅,满江绿水子陵台。(张晴川)

《除、夜,四唱》:

日月其除增马齿,风雷半夜获麟胎。(黄笑园)

《罗、把,五唱》:

乌公礼自罗英范,白传诗多把酒樽。(黄文虎)

《初、好,六唱》:

河岳倦游添好句,园林新启遂初衣。(林杏荪)

《枕、流,七唱》:

雨洗天弓虹倒枕,风磨水镜月横流。(张碧峰)

《天、马,魁斗格》:

马踏霜桥人戴月,舟停烟渚雁横天。(张作梅)

《秋、雨,晦明格》:

九边增戍商声急,万井敦耕雨泽深。(林杏荪)

《西施、僧,分咏格》:

浣纱去后苔封石,敲月归来衲带云。(倪登玉)

十六、莲社（后名诗学莲社、洄澜诗社）

（一）莲社的创立及沿革

花莲县花莲港莲社亦称花莲诗社,创立于1956年9月;后为有别于佛教居士之"莲社",1993年秋重新登记为"诗学莲社",而后又更名为"洄澜诗社"。历任社长白正忠、陈竹峰、苏成章、曾文新、王省三、吴保琛、林维周、林嵩山、王镇华、徐泉声。该社至今还活跃在台湾诗坛,社址设在花莲市建兴街三十三巷十一号。

（二）莲社的主要成员

莲社社员六十余名,主要有白正忠、陈竹峰、苏成章、曾文新、王省三、吴保琛、林维周、焦志远、周东洋、翁宇光、陈竹峰、杨柏西、张家辉、刘政东、陈木荣、曹汉英、张郁亚、杨纯一、萧笑萍、陈赞昕、吴渊源、王袖海、郑坦孚、曾盛初、罗吉旺、赵式之、姜石送、林嵩山、程万里、梁寿山、黄贵三、陈镜勋、许涵卿、陈纫香、高惠然、李胜彦、陈如南、罗绿洲、洪月娇、苏大兴、林宗冷、杨崮白、左达五、黄祉斋、黄树春、余垂宗、黄生宜、戴硕甫、张天春、倪登玉、林万举、林本泉、邱水谟、陈龙吟、林庆安、詹半斋、蔡栋梁、郑启贤、林承郁、吴星辉、周露墀、洪德和、范根燦等。

（三）莲社的诗钟创作

莲社课题击钵兼行，诗钟律绝并励，已出刊《莲社诗集》（一、二、三卷）。该社尝设周末诗钟会，专作诗钟，所作钟题有《寿、春，魁斗格》、《雨、宵，第四唱》、《春、天，一唱》、《老、夫，四唱》、《知、望，五唱》、《五、六，一唱》、《元、旦，二唱》、《寒、鸡，一唱》、《尚、来，三唱》、《新、晚，一唱》、《雨、春，七唱》、《听、卖，五唱》等，作品登载于《中华艺苑》、《诗文之友》（及《中国诗文之友》）等报刊杂志。兹录数联于下：

《新、晚，一唱》：

　　新月未圆犹照夜，晚芳虽好不关春。（杨伯西）

《元、旦，二唱》：

　　开元一曲歌檀板，待旦三军警枕戈。（王省三）

《尚、来，三唱》：

　　老骥尚存千里志，闲鸥来结一宵盟。（杨伯西）

《老、夫，四唱》：

　　局定樵夫柯已烂，春寒野老酒初温。（王省三）

《听、卖，五唱》：

　　江干鼎峙听潮垒，肆上星罗卖酒垆。（陈赞昕）

《雨、春，七唱》：

　　高瀑吹成岩下雨，寒苞郁住土中春。（苏成章）

《寿、春，魁斗格》：

　　寿酒千杯期上寿，春风十里愿长春。（吴保琛）

十七、半闲吟社

（一）半闲吟社的创立及沿革

彰化县鹿港镇半闲吟社创立于 1959 年 5 月 1 日以前。该社沿革情况未详。

（二）半闲吟社的主要成员

半闲吟社社员二十余名，主要有周定山、郭新林、施冰如、王芳壤、王景瑞、施进传、张星若、吴东源、王春晖、许瑞麟、王汉英、施荣坤、黄信、施文炳、蔡茂林、王世祥、庄锦西、施一愚、林荣弘、施福来、施维谋、施炎城、王秉仁等。

（三）半闲吟社的诗钟创作

半闲吟社推行击钵，诗钟律绝并励；另还与当地淬励吟社联合，共同举办击钵活动。该社曾于 1959 年年底临时征诗，所出钟题为《兴、旺，比翼格》，作品登载于《中华诗苑》。兹录数联于下：

《兴、旺，比翼格》：

兴诗立礼成于乐，旺物敷农润以膏。（施荣坤）

兴国英雄多草莽，旺家子弟少膏粱。（周克亚）

大旺人家都积善，中兴事业不偏安。（吴东源）

三军旺气黄龙饮，一帜兴诗白雪歌。（吴东源）

民族兴隆强国本，国家旺盛重人材。（许宽夫）

西周德旺标青史，东汉军兴荡赤眉。（周定山）

男儿素抱兴家志，壮士常怀旺国心。（王芳壤）

孝友传家长旺盛，忠贞为国永兴隆。（施福来）

春雨润滋花木旺，秋霖解旱稻粱兴。（施福来）

春暖风和花木旺，秋凉雨足稻粱兴。（施德辉）

十八、瀛洲诗社

（一）瀛洲诗社的创立及沿革

台北市瀛洲诗社由六六诗社与玉岑诗社合并而成，成立于1960年1月2日。该社推举何扬烈为社长，陈衡夫、郑庆榆、曾今可三人副之，张经邦为总干事。瀛洲诗社在各地设立有分社，各分社社长为：台中席鉴庭、嘉义熊笑冈、台南何丽堂、高屏陈皆兴、台北陈琴楼。该社沿革情况未详。

（二）瀛洲诗社的主要成员

瀛洲诗社社员百余名，主要有何扬烈、陈衡夫、郑庆榆、曾今可、张经邦、彭醇士、陈定山、席鉴庭、熊笑冈、何丽堂、陈皆兴、陈琴楼、童鹰九、翁祖扬、陈子波、李克忠、沈达夫、王嵩昌等。

（三）瀛洲诗社的诗钟创作

瀛洲诗社定期举行社课，着重研磨，同时发行《瀛洲诗集》，刊登社友诗词；此外，每年开年会一次，必要时加开临时会。该社所作诗钟甚伙，王嵩昌尝著《诗钟格例存稿》，录其参加瀛洲诗社"历年诗课及平时之习作"[1]，计259题520联。所见钟题有：

凤顶格：《自、由》、《平、入》、《暗、香》、《苦、热》、《能、为》、《大、众》、《龙、凤》、《世、人》、《无、有》、《夜、珠》等。

燕颔格：《艾、香》、《秀、英》、《听、看》、《声、色》、《马、猿》、《多、少》、《来、去》、《春、月》、《清、静》、《修、学》等。

鸢肩格：《凤、梨》、《猿、鹤》、《竹、梅》、《奔、放》、《逐、衔》、《桃、柳》、《怕、羞》、《南、北》、《树、人》、《归、宿》等。

蜂腰格：《反、攻》、《梅、菊》、《风、月》、《寒、暖》、《云、水》、《怀、

---

[1]　王嵩昌：《诗钟格例存稿·代序》，王嵩昌《诗钟格例存稿》，1968年王嵩昌自印本，书前页。

抱》、《梦、痕》、《勤、俭》、《青、白》、《知、愧》等。

鹤膝格：《雪、珠》、《诗、酒》、《风、雪》、《人、味》、《谈、笑》、《失、依》、《花、草》、《村、市》、《先、后》、《鱼、乌》等。

凫胫格：《椒、酒》、《春、日》、《青、史》、《素、秋》、《立、行》、《公、子》、《海、天》、《前、后》、《引、眠》、《国、家》等。

龙尾格：《送、穷》、《鸿、燕》、《静、香》、《影、痕》、《血、泥》、《袖、钿》、《淡、忘》、《老、新》、《土、天》、《眼、肠》等。

比翼格：《书、剑》、《重、五》、《光、大》、《尘、镜》、《感、怀》、《羽、书》、《天、日》、《星、月》、《年、日》、《虎、狼》等。

魁斗格：《龙、山》、《公、愚》、《穷、翁》、《酒、愁》、《不、明》、《曲、斜》、《三、思》、《心、奇》、《交、难》、《天、低》等。

蝉联格：《梦、花》、《远、月》、《待、补》、《信、甘》、《可、违》、《怕、瘦》、《色、引》、《画、雪》、《细、染》、《别、乌》等。

云泥格：《丁、未》、《地、蹄》、《移、旅》、《虽、到》、《对、书》、《有、魂》、《天、雨》、《无、算》、《春、酒》、《久、非》等。

鹭拳格：《有、余》、《何、必》、《依、韵》、《成、见》、《客、知》、《邀、酒》、《短、经》、《花、饮》、《穷、落》、《月、光》等。

汤网格：《紫金山》、《草山楼》、《因事愁》、《草片松》、《春月水》、《天地合》、《晚渡楼》、《起客人》、《如香镜》、《恨遥知》等。

鼎足格：《春柳绿》、《将长鼠》、《钗安古》、《戏价少》、《狂消酒》、《有屋退》、《意小畅》、《合心红》、《多香客》、《恨还诗》等。

鸿爪格：《忆拥吟》、《庆万全》、《重传时》、《万恨先》、《投新书》、《知常升》、《因街居》、《非人情》、《月仰评》、《事言定》等。

双钩格：《秋江晓月》、《月塘香梦》、《梦梦眠眠》、《三五梅柳》、《门竹案诗》、《荒山砥水》、《依山得月》、《千万血魂》、《风静雨忙》、《怕锦愁尘》等。

唾珠格：《野菊、寒梅》、《屠龙、倚马》、《壮志、虚怀》、《防闲、暂别》、《口上、心中》、《秀草、村花》、《当年、此日》、《一笑、双辉》、《闲情、逸兴》、《气节、胸怀》等。

流水格：《敢得末言》、《何必问穷》、《功德兴国》、《晨楼草燕》、《鸟爱高鸷》、《若往必言》、《美花最苦》、《妇可述迁》、《得逐春草》、《曾莫长海》等。

碎锦格：《美人蕉》、《凤仙花》、《香雪海》、《一鸣惊人》、《隔水红芳》、《送上香酒》、《春江花月夜》、《花好月圆人寿》、《草长平湖白鹭飞》等。

辘轳格：《无、趣，一二》、《镜、微，二三》、《曾、知，二三》、《有、雨，三四》、《欲、忘，三四》、《笔、诉，四五》、《知、客，四五》、《全、无，五六》、《方、记，五六》、《有、心，六七》等。

分咏格：《屈原、兰》、《琴、剑》、《空城计、螃蟹》、《花木兰、鹦鹉》、《春联、家书》、《伍子胥、产妇》、《石佛、不倒翁》、《酒帘、卫兵》、《张良、楼》、《陶渊明、酒》等。

合咏格：《收音机》、《孀居》、《帘》、《角黍》、《守财奴》、《蔺相如》、《鼠》、《口》、《胭脂》、《钟馗》等。

单咏格：《诗》、《燕泥》、《笔》、《砚》、《炭》、《松》、《考试》、《妾》、《剪韭》、《茶》等。

晦明格：《菊、酒》、《枫、蟹》、《梅、镜》、《驴、渔》等。

嵌咏格：《观瀑，限嵌字壁》、《鸡，限嵌催字》、《妓女，限嵌笑字》、《朋友，限嵌知字》、《尼，限嵌空字》、《秋夜，限嵌银字》、《春、水，限嵌柳字》、《落花，限嵌红字》、《子规，限嵌月字》、《牡丹，限嵌香字》等。

笼纱格：《饥、渴》、《菊、花》、《手、足》、《官、子》、《忠、孝》、《贫、富》、《水、火》、《龙、虎》、《眉、发》、《功、过》等。

（四）瀛洲诗社诗钟作品举隅

兹录瀛洲诗社钟作数联于下：

《无、有，凤顶格》：

无缘可证三生石，有梦偏惊五夜钟。（佚　名）

《来、去,燕颔格》:

　　狂来不怕千回醉,别去难消一段愁。(佚　名)

《凤、梨,鸢肩格》:

　　虚心竹有环身节,傲骨梅无仰面花。(佚　名)

《云、水,蜂腰格》:

　　古洞藏云连野合,甘泉引水带寒流。(佚　名)

《鱼、鸟,鹤膝格》:

　　虽逢逆水鱼犹进,不惮旋风鸟惯飞。(佚　名)

《青、史,兔脧格》:

　　轩辕相地尊青鸟,孔子匡时直史鱼。(佚　名)

《影、痕,龙尾格》:

　　每责浮光和掠影,常凭雪爪广留痕。(佚　名)

《感、怀,比翼格》:

　　知为不确怀疑论,报必无差感应篇。(佚　名)

《曲、斜,魁斗格》:

　　曲港悬帆疑岸走,轻风送桨见波斜。(佚　名)

《细、染,蝉联格》:

　　连山雨过青于染,细柳风梳绿渐匀。(佚　名)

《有、雨,辘轳格三四》:

　　舵尾有风舟易送,犁头无雨地难耕。(佚　名)

《邀、酒,鹭拳格》:

　　确是奇缘偕酒母,能邀极宠作诗王。(佚　名)

《地、蹄,云泥格》:

　　避地何堪人意苦,寻春那顾马蹄忙。(佚　名)

《菊、花,笼纱格》:

　　东篱每忆持螯赏,西圃曾经走马看。(佚　名)

《驴、渔,晦明格》:

　　金鳞满载渔家乐,玉面空生黔技穷。(佚　名)

《有屋退,鼎足格》:

退隐犹余书满屋,随行况有笔如椽。（佚　名）

《草片松,汤网格》:

乱石如羊空卧草,片云似鹤不栖松。（佚　名）

《非人情,鸿爪格》:

莫对愚人传戏语,非逢益友慎言情。（佚　名）

《三五梅柳,双钩格》:

三春有雨舒垂柳,五月无风唱落梅。（佚　名）

《闲情、逸兴,唾珠格》:

闲情记落重阳帽,逸兴曾穿上巳鞋。（佚　名）

《何必问穷,流水格》:

穷通不必嗟磻叟,得失何须问塞翁。（佚　名）

《草长平湖白鹭飞,碎锦格》:

鹭入湖中平白浪,莺飞草上遍长堤。（佚　名）

《张良、楼,分咏格》:

功成辟谷寻黄石,影落疑花堕绿珠。（佚　名）

《角黍,合咏格》:

包金裹叶遗刘裕,粘玉装筒祭屈原。（佚　名）

《笔,单咏格》:

不聿佳名称自楚,中书别号起由韩。（佚　名）

《朋友;嵌咏格,限嵌知字》:

割席管宁曾罢读,分金鲍叔尚知贫。（佚　名）

十九、芦墩吟社

（一）芦墩吟社的创立及沿革

台中县丰原市芦墩吟社亦称芦墩诗社,创立于 1962 年 2 月以前。社长廖育麟,副社长罗天富。该社至今还活跃在台湾诗坛。

（二）芦墩吟社的主要成员

芦墩吟社社员八十余名，主要有廖育麟、罗天富、张选明、卢春土、陈炎正、廖见三、廖清玉、吕沧霖、邱和珍、黄德顺、邱敦甫、王翼丰、施少峰、黄庚申、吴素珍、张中和、谢锦荣、黄阿兰、林斐卿、林汝旋、赖阳凤、张青芝、王君硕、林庆在、陈德旺、詹一邨、游昭棠、胡东海、罗世英、黄龙进、赖荣子、刘啸庐、赖素鸾、蔡柏梁、刘圣潮、陈阿静、林秀贞、张秋菊、游玉凤、谢铎庵、陈庆辉、黄联章、汤源生、黄山藻、王少沧、詹明漪、王清斌、李屏山、曾人口、小东山、余述尧、陈公愚、吴美英、陈茂德、魏叔持、江明仁、陈阿月、李建章、邹丰义、张秀甘、张国深、王文生、廖秀香、张钦木、李盛彦、陈志渊、王梓圣、张天翼、周希珍、蔡游地、吴玉真、陈希孟、吕天佑、罗树生、郑玉波、许金玉、邱伯邨、赖淑美、郭晓东、林钦贵、李剑峰、林惠民、高文渊、苏柳汀、邱水谟、高吟竹等。

（三）芦墩吟社的诗钟创作

芦墩吟社课题击钵兼行，诗钟律绝并励。该社先后创作《书、剑，分咏格》、《花、月，二唱》、《寿、筵，一唱》、《今、古，一唱》、《新、绿，二唱》、《暮、春，一唱》、《花、雨，一唱》、《文、佑，冠首格》、《蒲、剑，一唱》（第八十七期课题）、《芦、墩，一唱》等钟题，作品登载于《中华艺苑》、《诗文之友》（及《中国诗文之友》）等报刊杂志。兹录数联于下：

《芦、墩，一唱》：
　　芦笔字传欧母训，墩城楼记远公庐。（胡东海）
《蒲、剑，一唱》：
　　蒲州人物推云长，剑阁风尘哭少陵。（曾人口）
《文、佑，冠首格》：
　　文章西汉双司马，佑国东周一子牙。（罗天富）
《新、绿，二唱》：
　　恨新莽篡随迁鼎，惜绿珠贞竟坠楼。（赖荣子）

《书、剑,分咏格》:

鱼肠骤出吴宫冷,秦火燔余孔壁开。(张选明)

二十、中社

(一)中社的创立及沿革

台中市中社亦称中社诗社,创立于1962年春。历任社长陈定山、席素训、陈祖平、郭鹤庵、张铁民,总干事翁祖扬、张达旦。该社至今还活跃在台湾诗坛。

(二)中社的主要成员

中社初期社员五十二名,其中台籍者仅七人,是一个以外省籍人士为主的诗社。《中社诗存》(中社编辑,翁祖扬校阅,1969年3月排印本)有载"作者姓氏",兹录于下:

王肇嘉建亚（江苏）	王少沧　　（台湾）	王悏藩　　（福建）
江光亚　　（安徽）	何扬烈武公（湖南）	吴启中佑扬（福建）
吴燕生　　（台湾）	吕申甫　　（台湾）	李澜平　　（福建）
李　拯仲文（湖北）	周天固慕班（江苏）	周劼钧　　（江苏）
李应澜　　（福建）	林仲簏　　（福建）	林秋帆　　（福建）
林常熙　　（福建）	胡偑群　　（福建）	施少峰　　（台湾）
翁祖扬中光（福建）	孙君嗇　　（江苏）	席素训鉴庭（江苏）
陈定山　　（浙江）	陈祖平衡夫（浙江）	陈祖光汉夫（浙江）
陈中方　　（浙江）	陈名尊　　（福建）	商　矞　　（福建）
张达修　　（台湾）	张季渠　　（湖南）	张恩泽　　（湖北）
张家辉郁亚（福建）	张鹤亭　　（福建）	张　鹤白翎（安徽）
张仁旺　　（台湾）	黄时晖　　（福建）	杨　沅亦风（江苏）
杨福鼎南孙（福建）	杨仲揆　　（湖南）	杨道豫　　（福建）
雷为霖　　（福建）	邹涤暄　　（福建）	万鉴番古恩（江西）

赵德润佛笑（福建）　　蔡锦栋国梁（台湾）　　潘伯愚　　（福建）

刘　衡莘庵（湖南）　　刘孟梁　　（湖南）　　刘起予啸庐（福建）

谢　康永年（广西）　　饶振常　　（湖南）　　魏叔持　　（广西）

魏道远　　（福建）

其中，陈定山、席素训、陈祖平、熊式辉、张达修、吴燕生、蔡锦栋、何扬烈、江光亚、张鹤、周天固、刘孟梁等，均为一时之彦。

其后，又有陈实懂、高啸云、郭鹤庵、张铁民、张达旦、杨道貌、严少颖、林寄华、郭茂松、胡允中、陈振东、胡东海、陈林轩、陈国兴、朱痴卿、周元艿、陈庆辉、林谦庭、李春初、陈需苍、杨啸天、王清斌、余康武、庄火阵、张文宗、刘清和、曾兆春、黄联章、顾镇超、杨赞儒、刘清河、贺其树、詹景峰、刘柏臣、郭汤盛、林葭村、詹一邨、刘汉光、吴复生、夏国辅、翁泽人、吴碧光、黄光、崔百城、费立增、高亮、廖醒群、刘珍、曹重词、赖强、洪允权、唐基郁等，相继加入中社。

（三）中社的诗钟创作

中社最初击钵联吟，旋改为月课，每次每人各作诗一首、诗钟四联。该社先后梓行《中社诗存》（中社编辑，翁祖扬校阅，1969 年 3 月排印本）、《中社诗集》（1993）、《中社诗集卷二》（2002）、《中社诗存续集》（2003）。其中，《中社诗存》（不分卷）一册，录诗钟 98 题 2660 联、七律 33 题 512 首、五律 12 题 181 首、七绝 3 题 64 首，所录钟题有《诗、路，六唱》、《中、复，二唱》、《兴、换，六唱》、《火柴、夜壶，分咏格》、《门、雅，六唱》、《星、世，七唱》、《微、后，五唱》、《志、风，六唱》、《薪、室，六唱》、《广、成，六唱》、《夏、茶，六唱》、《望、先，三唱》、《真、念，四唱》、《怀、在，四唱》、《物、途，四唱》、《有、恒，七唱》、《天、作，四唱》、《香、艳，五唱》、《必、从，一唱》、《岸、樽，三唱》、《绿、梅，五唱》、《素、衔，三唱》、《明、手，五唱》、《冰、节，四唱》、《扫、悬，三唱》、《盈、解，一唱》、《不、风，六唱》、《水、根，七唱》、《诗、友，三唱》、《动、穿，比翼格》、《云、月，二唱》、《望、闻，三唱》、《聚、称，六唱》、《楼、海，四唱》、《酬、越，四唱》、《败、香，六唱》、《清泉石上流,五杂俎》、《口、儿,四唱》、《难、喜,四唱》、《高、丽,三唱》、《度、情,六唱》、《春、望,六唱》、《元、远,三唱》、《便、然,七唱》、《光、大,二唱》、《如、既,三唱》、《入、维,六唱》、《戒、人,二唱》、《岁、春,七唱》、《烟、泽,六唱》、《兴、变,二唱》、《无、堕,五唱》、《传、守,二唱》、《中、社,四唱》、《凭、掩,六唱》、《双子星,碎锦格》、《秋、集,七唱》、《阳、菊,二唱》、《连、涨,三唱》、《海、天,七唱》、《慈、明,三唱》、《石、烽,二唱》、《扶、品,六唱》、《事、功,六唱》、《志、泉,二唱》、《连、任,二唱》、《墨、梅,四唱》、《一、双,五唱》、《凄、丽,六唱》、《世、天,二唱》、《肩、听,四唱》、《楼、月,五唱》、《不、非,六唱》、《新、宿,三唱》、《语、心,四唱》、《德、山,一唱》、《施、伐,一唱》、《高、短,一唱》、《鬓、踪,一唱》、《寺、飞,一唱》、《幽、大,五唱》、《寻、留,一唱》、《一、群,七唱》、《衰、异,七唱》、《行、得,三唱》、《使、凭,二唱》、《搜、刻,二唱》、《杯、字,七唱》、《照、争,七唱》、《雷、垢,二唱》、《来、坐,二唱》、《彰、化,六唱》、《大、前,六唱》、《风、亩,四唱》、《秋、雪,六唱》、《命、狂,一唱》、《青、白,六唱》、《前、下,五唱》等。

此外,该社还创作《长、生,一唱》(第一三六期课题)、《春、雨,二唱》、《苔、芩,一唱》、《秋、水,四唱》、《春、酒,六唱》、《海、天,五唱》、《尘、语,四唱》、《风、水,六唱》、《飘、落,七唱》、《蒲、柳,一唱》、《飞、舞,二唱》等钟题,作品登载于《中国诗文之友》等报刊杂志。兹录该社钟作数联于下:

《苔、芩,一唱》:
　　芩古不知何代始,苔寒极念故人同。(杨道豫)
《来、坐,二唱》:
　　客来岁首诗言雪,僧坐山腰杖拨云。(翁祖扬)
《元、远,三唱》:
　　常系远怀羁异地,已衰元气叹残年。(赵德润)
《酬、越,四唱》:
　　梦犹难越关山阻,愿不能酬岁月迁。(林秋帆)
《楼、月,五唱》:

异地休将楼独倚，故乡惟有月同看。（席素训）

《诗、路，六唱》：

何日得归犹路梗，于时无补只诗鸣。（杨福鼎）

《海、天，七唱》：

万户哭声闻隔海，十年归梦阻遥天。（何扬烈）

《双子星，碎锦格》：

银汉御风行列子，星楼近月见双成。（张达修）

《清泉石上流，五杂俎》：

月泻清辉湖上照，泉鸣幽韵石间流。（赵德润）

二十一、鲲瀛诗社

（一）鲲瀛诗社的创立及沿革

台南县佳里镇鲲瀛诗社正式创立于 1962 年 11 月 12 日，其前身可溯及民国元年（1912）王炳南、王大俊与吴萱草首倡之屿江吟社，以及其后之芦溪吟社、白鸥诗社、琅环诗社、佳里诗社。社名"鲲瀛"，"取鲲岛、瀛洲之意也。即非地方诗社之意，乃属于全县性、全省性之诗社也"[1]。该社首任社长吴新荣，副社长黄生宜，总干事陈进雄，顾问徐青山。其后，由黄生宜继任社长，吴中为常务理事兼副社长暨总干事，高育仁为顾问。1985 年 4 月 12 日，黄生宜去世，由吴中代理社务。1985 年 6 月 2 日，该社假北门乡鲲身代天府贵宾厅召开是年第一次理监事联席会议，选举吴中为社长，刘西川为常务理事，谢荣华为理事，洪高舌为总干事，刘银树为财务组长，洪传兴、庄秋情、吴应民、林衍周为国学指导老师。该社至今还活跃在台湾诗坛。

（二）鲲瀛诗社的主要成员

鲲瀛诗社社员五十余名，主要有黄福全、吴中（登神）、黄生宜、蔡兆民、

---

[1]　吴中：《鲲瀛诗社沿革》。台南县鲲瀛诗社编《辛酉年庆祝鲲瀛诗社七十年全岛诗人联吟大会纪念集》，1982 年 5 月 5 日。

苏柳汀、罗树生、魏顺安、蔡奕彬、陈平、郭重文、林本泉、吴荣富、吴仙化、庄健二、曾总义、刘银树、庄秋情、吕春福、李登源、谢荣华、周水成、刘西川、吴应民、吴石龙、黄川抚、李颖周、刘仓总、高洪舌、蔡启迪、黄树春、陆宗炎、杜耀离、侯子文、黄雄、周希珍、陶鼎尼、曾德义、张鲁、林衍周、黄金郎、洪德和、洪传兴、洪銮声、吴墩、黄哲永、蔡明哲等。

（三）鲲瀛诗社的诗钟创作

鲲瀛诗社推行课题，诗钟律绝并励，所作结集为《鲲瀛诗文集》（1994）。该社曾经创作《蕉、风，八叉格》等钟题。作品如：

《蕉、风，八叉格（按：原文未标注格目）》：
　　蕉叶墙头展，招风拂翠帘。（蔡和泉）

二十二、中兴吟社

（一）中兴吟社的创立及沿革

台中市中兴吟社亦称中兴吟会，创立于 1963 年，社长张达修。该社创作活动持续至 1966 年 3 月以后。

（二）中兴吟社的主要成员

中兴吟社社员二十余名，主要有张达修、吴醉莲、吴步初、江光亚、吴以庄、杜子佩、张季渠、林秋帆、何友棠、周元芎、方宪章、万古愚、孙君嵩、吴骏图、王超一、李景歧、吴仁光、林一民、林清波、张任寰、潘伯愚、连德贤、吴燕生、郭兆雄、王惔藩、杜子亮、许成章等。

（三）中兴吟社的诗钟创作

中兴吟社推行课题，诗钟律绝并励。该社先后创作《雾、峰，一唱》、《人、寿，二唱》（第四次钟课）、《春、雷，一唱》（第八次诗钟）、《饯、春，第七唱》（第九次诗钟）、《秋、节，四唱》（第十四次钟课）、《菊、觞，二唱》（第十五次钟课）、《小、春，三唱》（第十六次钟课）、《岭、梅，四唱》（第十七次钟课）、《晓、峰，比翼格》（第二十次钟课）、《花、季，四唱》（第二十一次钟课）、《香、草，比翼格》（第二十三次钟课）、《夏、云，二唱》（第二十四次钟课）、《晓、星，比翼格》（第二十六次钟课）、《春、酒，比翼格》、《岁、寒，比翼格》（第二十九次钟课）等钟题，作品登载于《中华艺苑》、《诗文之友》等报刊杂志。兹录数联于下：

《春、雷，一唱》：

　　　雷雨偏惊三块厝，春耕最喜六张犁。（江光亚）

《人、寿，二唱》：

　　　逢人说项真知己，大寿如彭健若仙。（孙君嚣）

《小、春，三唱》：

　　　当垆小醉文君酒，倚槛春吟玉局词。（吴醉莲）

《花、季，四唱》：

　　　有意风花兰芍赠，无情昆季豆箕煎。（吴醉莲）

《饯、春，第七唱》：

　　　图写二疏传胜饯，诗吟小杜悟残春。（张达修）

《香、草，比翼格》：

　　　香象截流修白业，草鸡开局逐红毛。（王超一）

二十三、梨江吟社

（一）梨江吟社的创立及沿革

台中市梨江吟社创立于1964年重阳节以前，为简扬华所倡设。该社沿革情况未详。

（二）梨江吟社的主要成员

梨江吟社社员二十余人，主要有简扬华、林友仁、林汝璇、黄联章、陈庆辉、赖福田、何坤木、刘学蠡、黄尔竹、周俊卿、刘清河、刘树旺、庄南民、陈昭明、刘金吉、陈阿川、洪朝荣、陈松秀、陈信宏等。

（三）梨江吟社的诗钟创作

梨江吟社推行击钵，诗钟律绝并励。该社曾经创作《江、山，一唱》等钟题，作品登载于《诗文之友》等报刊杂志。兹录数联于下：

《江、山，一唱》：

江淹笔活文尤俊，山谷才高诗更工。（黄尔竹）

山邀名士吟秋月，江逗美人泛画舻。（陈庆辉）

江干二月风光好，山麓三春草色柔。（周俊卿）

江淹艳笔文通梦，山谷雄才句入神。（陈庆辉）

江上烟波归画稿，山中风月入诗囊。（庄南民）

江水长流环北郭，山峰高耸映南屯。（林友仁）

江枫渔火摇秋浦，山寺钟声响夕阳。（陈昭明）

山鹤梅花和靖宅，江船兰芷屈原词。（赖福田）

江留骚客怀沙赋，山忆高人念介词。（何坤木）

山东圣德怀尼父，江左功名羡谢安。（刘树旺）

二十四、南庐吟社

（一）南庐吟社的创立及沿革

台湾师范大学南庐吟社系学生文学社团，由该校刘昌星教授倡设于1964年秋。社名"南庐"，以南宋志士"南洲结庐"史故勉励社员，期能"复兴传统文化"。历任社长黄春贵、姚哲夫、高吉信、余美嫦、李静如、张玉英、李国枝、简锦松等；副社长蒋凯圣、杜胜雄、马荣青、何美英、林鸿生、罗素敏等；导师刘昌星、张梦机、尤信雄、邱燮友、赖桥本、陈文华、潘丽珠、杨淙铭、黄莹暖等；名誉导师程发轫、高明、林尹、宗孝忱、成惕轩、李渔叔、李曰刚、陈泮藻等。该社至今还活跃在台湾诗坛。

（二）南庐吟社的主要成员

南庐吟社存续数十年间，先后加入该社的社员逾千名。主要有：

陈碧丝	颜忠雄	杜胜雄	常洛君	蔡政雄	柯玉松	林正雄
姚哲夫	陈心玲	谢秀琴	蓝天蔚	黄春贵	陈秀娴	黄吉村
杨海澄	徐哲萍	崔　玲	陈淑美	徐情妹	宋琼娥	余洒永
陈祥乾	马荣青	邝侃元	周行之	陈　烈	马长英	简翠贞
于兆泮	卢清山	施丽香	董连登	杨仁志	黄尚衡	陈丽桂
李贵莲	刘远智	沙健华	孙喜莲	高吉信	颜昆阳	朱荣智
徐清河	林荣冶	吴美幸	张玉英	郑　均	王淑兰	陈荣兴
刘涤非	林素珠	李美樱	陈月萍	王大千	王　勋	周　容
林美珍	洪仲和	王咏台	李　兰	卓雪香	杜政冶	马书德
马君秀	王增陆	李纯芳	李丰树	余光雄	徐长辉	王惠娟
吴水木	周行之	林秋霞	马长英	陈绿萍	萧津塘	陈世禄
杨秀青	黄文秀	蔡琼林	刘美容	穆其美	杨丽香	陈季琴
黄琪璘	詹尊权	苏秀娟	萧阿照	张楚英	陈金美	黄琼华
翁菊枝	蒋凯圣	廖文真	陈栋雄	张玉华	黄碧珍	翁莲英
黎琼月	甄艳秀	柯肇平	苏　富	赵善彬	李杰生	吴　慕
郑江山	刘　珽	叶琼美	方善本	王燃犀	陈韶惠	洪共义
潘正江	王　弘	刘美玲	李碧霞	李继刚	吴秋华	刘九筠
杨贵三	邱秋月	陈秀凤	吴仁懋	林鸿均	彭婉如	刘益芬
陈水海	张耀惠	邱秀美	黄慧滇	李文淑	叶亮文	林云裳
曹月霞	林哲民	王苍苔	陈宗安	谢渊霖	谢莉芬	吴丽珍
郑美丽	王山里	张　发	阮　群	龙文麟	赖春渊	王开府
梁仁孝	江阳明	刘德美	林文雄	林　楠	陈春枝	张韵娇
陈　鱼	黄智舜	王健生	李楚君	陈福源	蔡天赐	江郁文
徐振华	叶招春	张冠洋	连美秀	陈阿款	李丽玉	林　韵
蔡宪昌	何美英	李台初	王家义	詹海云	曾文荣	天　龙
胡胜金	余美嫦	张才兴	廖碧玉	邱红枣	金幼钰	高　斌

李纯敏	萧登福	刘清心	李静如	李阿青	吴美英	李宝却
沈韶光	黄金柳	郭丽娟	邓士茹	杜玉珍	车成访	吴穗蕊
黄文锡	葛凤瓯	庄桂海	柯清芬	王丽娴	黎槐芳	叶文萱
杜秋菊	张艳玉	邓锦绣	陈丽清	唐文玉	赖丽云	赖素琴
高月云	黄美云	吕松雄	张树华	李梅芳	王月云	谢美隆
刘双牙	游宝玉	陈 珠	吴 有	廖吉山	陈碧人	王国夫
余琼秀	谢宁芬	蔡清芳	李俊雅	吴安琪	李德生	吴长嘉
陈淑真	洪力合	卫惠文	陈淑花	屈秉正	杨美淑	杨永清
李蘋芬	钱景宁	张玉撰	张春宪	张玉子	郑玉娥	刘小钟
陈如勇	黄廷里	钟碧珠	林 英	颜丽玉	刘益芬	林柏干
王 仁	薛定章	李素梅	陈光红	范玉云	苏珍莲	林琮瑛
贺筱梅	严芬芬	萧夔涛	陈月娥	何营国	郭文丽	徐肇陵
林宏辉	孙国琳	黄椿霞	颜惠美	李育华	何佩兰	黄美娟
黄丽婵	王宝月	傅世怡	解思训	萧藤村	张利华	陈惠文
郭昆霖	简彩云	徐木山	吴明芳	赵乡雨	马秀鹰	孙佩兰
吴丙香	张 梅	徐雪华	孙丽珠	陈永勤	崔克英	陈光华
周秋玉	林鸿生	周修竹	蔡淑美	孙台利	谢芳杰	吕秀珍
黄台明	蔡志平	林鸿均	魏素霞	王美秀	林平菱	蔡娟玉
詹文鑫	陈台治	柯文雄	张海如	朱国基	陈秀妙	阎安柏
邓予风	洪美慈	苏文惠	林丽琴	丘秋凤	陈克仁	田 杰
王玉珍	喻绍明	邱 正	李金宁	陈贵美	游天枝	宋淑贤
孙致祥	李春梅	王德光	罗淑美	廖翠英	张阿南	林文宗
方秀蕊	叶圆圆	崔玉群	唐庆章	杨卿龙	黄声仪	洪香莲
何升象	王 颖	黄力英	林玉霞	沈云凌	吴鹭莺	葛 虹
王士台	陈月菊	陈明宽	陈浩程	傅爱卿	康 皓	黄锦英
林文山	张俊歌	杨文雄	陈丽锥	陈贞良	张孝彬	刘 禔
何明征	何启芬	张 免	郭明春	戴国桢	伍戴仁	邓乐丽
高玉景	黄隽容	钟琼珠	刘瑞兰	林淑容	庄淑容	李福容
林武治	周小萍	李晶华	林延华	周丽莺	张孝宗	李丽霞

喻文英	贾建秋	郭勤勉	章蓉	谷美丽	蓝阿玉	翁荣一
宋红玉	张丽珠	萧正华	蔡树坚	郭建英	曲卫纾	林人和
廖俊一	刘秀兰	王芳男	谢英雄	庄国实	潘瑞星	陈云卿
方式	陈俊根	洪金浩	林伟钦	阙富雄	陈锦真	林希达
陈荣兴	杨江圳	黄芳田	卢秀琴	洪霞	魏国栋	崔毓筠
廖学青	赵美云	冯慧慈	何玉女	翁文娴	吴雅丽	蔡志平
戴冶台	李国枝	孙桢国	曾一士	郑显华	罗素敏	李正治
张璧芬	郑世仁	伍建新	蔡玉枝	应凤凰	李芃	陈淑珠
杨新瑛	林韵梅	施正典	萧晋裕	李参妹	游鸿声	赵英宝
何小松	陈美玉	李玉婵	廖学聪	虞培丽	谢春燕	徐玉金
黄俊妹	邱秀月	李丽璞	郑爱纯	郑仁荣	许锡珍	林灵
冯音尘	纪素珍	陈淑蕙	王芙蓉	张健丽	方欣蘋	陈秀兰
李淑蕙	曹林	郭惠珍	钮乃约	洪金进	卓春香	王如美
杨淑英	朱安美	林春美	李却	宋彩月	林福玲	黄美星
彭美燕	朱恒鸣	林金盆	陈秀岁	蔡碧泉	邱慧娟	易丽君
温伯让	薛启烈	洪美美	刘爱蕾	郑淑圆	郭育玲	王蕙华
朱恒暖	吴炎涂	翁灯上	郭双	钟素瑛	吴燕贵	刘文娟
简锦松	郭武穆					

（三）南庐吟社的诗钟创作

南庐吟社最初专门创作诗钟，1974 年起兼作律诗、绝句等古典诗词，1980 年开始分设创作、吟唱两组，分别举行例会。1965 年 6 月，该社创办专门诗钟刊物——《师大诗钟》（年刊）；1977 年，又出版诗词吟唱曲谱——《南庐诗谱》。

《师大诗钟》设"征求诗钟"、"诗钟联吟会"、"诗钟竞赛"、"人名诗钟"诸栏目。所见第三期至第九期合刊本，发行时间从 1967 年 6 月至 1973 年 6 月。兹将该刊所载诗钟活动讯息及作品列表于下：

总表四　《师大诗钟》所载之诗钟活动及作品

期次	出版时间	征求诗钟	诗钟联吟会	诗钟竞赛	人名诗钟
三	1967.6.1	《花、鸟，第一唱》36联；《长、岭，第二唱》38联；《龙、虎，第三唱》38联；《送、迎，第五唱》55联；《灯、酒，第六唱》四唱46联；《一家，第七唱》38联	1966年6月12日台北县银河洞第一次郊游连吟会，《风、雨，第一唱》34联	1966年12月17日师大乐群堂诗钟竞赛，《梅、雪，第一唱》18联	52题52联
四	1968.6.3	《光、复，第一唱》43联；《文、笔，第二唱》56联；《多、半，第三唱》45联；《镜、花，第四唱》49联；《梦、吞，第五唱》37联；《神、鬼，第六唱》54联；《暖、寒，第七唱》49联	1967年11月12日台北县忠义乡行天宫第二次郊游连吟会，《中、山，第一唱》27联	1967年12月23日师大乐群堂第二次诗钟竞赛，《高、飞，第一唱》21联	52题52联
五	1969.6.5	《一、千，第一唱》58联；《共、同，第三唱》46联；《竹、梅，第四唱》40联；《笑、啼，第五唱》四唱54联；《风、月，第六唱》64联；《易、难，第七唱》51联	1968年10月27日台北县北投丹凤岩第四次郊游诗钟吟唱会，《中、正，第一唱》33联	1968年12月7日师大乐群堂诗钟竞赛，《乡、泪，第一唱》41联	80题80联
六	1970.6.5	《春、雨，第一唱》51联；《海、山，第二唱》45联；《剑、舟，第四唱》49联；《寻、觅，第五唱》57联；《平、远，第六唱》46联；《月、云，第七唱》47联			80题80联
七	1971.6.5	《蓬、山，第一唱》33联；《清、静，第二唱》46联；《悲、喜，第三唱》46联；《声、色，第五唱》四唱56联；《秋、雨，第六唱》56联；《情、真，第七唱》51联	1970年11月12日汐止大尖山白云寺第五次诗钟吟唱会，《云、山，第一唱》26联；1971年4月4日碧潭法济寺第六次郊游吟唱会，《游、吟，第一唱》37联		120题120联
八	1972.6.5	《乱、余，第一唱》63联；《雪、鸿，第二唱》63联；《江、柳，第三唱》56联；《身、国，第四唱》四唱60联；《客、梦，第五唱》55联；《海、天，第六唱》54联；《老、新，第七唱》38联	1971年11月7日碧潭山金龙寺第七次郊游连吟唱会，《金、龙，第一唱》37联		72题72联
九	1973.6.5	《云、鸟，第一唱》43联；《南、北，第二唱》60联；《梅、菊，第三唱》43联；《笑、该，第五唱》四唱54联；《春、鸟，第六唱》40联；《多、少，第七唱》48联	1972年10月22日台北县忠义乡行天宫第八次郊游连吟会，《秋、山，第一唱》33联	1972年11月18日师大乐群堂诗钟竞赛，《一、半，第一唱》42联。1972年5月20日师大乐群堂诗钟竞赛，《诗、酒，第五唱》19联	

（四）南庐吟社诗钟作品举隅

兹录南庐吟社钟作数联于下：

《云、山，第一唱》：

山静只期僧作伴，云闲但见鹤相随。（高吉信）

《文、笔，第二唱》：

张笔画眉恩爱厚，韩文祭鳄威灵高。（宋琼娥）

《多、半，第三唱》：

五湖多美辞官泛，三径半荒弃令耕。（简翠贞）

《龙、虎，第四唱》：

六子称龙名不朽，三人言虎事成真。（张楚英）

《笑、谈，第五唱》：

仙圣名成谈李杜，纵横计拙笑苏张。（曾一士）

《海、天，第六唱》：

女娲可把情天补，精卫难将恨海平。（虞培丽）

《一、家，第七唱》：

素魄悠闲归太一，白云淡冉入仙家。（徐情妹）

二十五、逸社

（一）逸社的创立及沿革

台北市逸社创立于1965年4月以前，社长李添福，总干事李天鹭。该社沿革情况未详。

（二）逸社的主要成员

逸社社员四十余名，主要有李添福、李天鹭、林韩堂、莫月娥、傅秋镛、廖文居、陈子波、施少峰、高文渊、廖心育、卓梦庵、林笑岩、苏鸿飞、张晴川、何亚季、赵永光、黄文虎、黄铁松、叶蕴蓝、郑鸿音、江紫元、鄞强、刘万传、郑晃炎、黄春亮、李浩如、林双和、王定传、庄根如、黄怡陶、蔡慧明、陈绰然、杨君潜、施胜隆、吴镜村、陈焙焜、陈晓绿、林兰汀、周植夫、苏清霖、陈槐庭、叶世荣、周维新、倪登玉、张高怀、黄得时、林振盛、林玉青等。

（三）逸社的诗钟创作

逸社课题击钵兼行，诗钟律绝并励。该社先后创作《含笑花，碎锦格》、《逸社联吟，双钩格》、《文化复兴，腰次格》等钟题，作品登载于《诗文之友》等报刊杂志。兹录数联于下：

《逸社联吟，双钩格》：

　　逸游净境参莲社，联捷巍科折桂吟。（黄文虎）

　　逸隐香山欣结社，联携老圃同好吟。（李添福）

　　逸民酒醉临秋社，联友风骚对月吟。（郑鸿音）

《含笑花，碎锦格》：

　　老圃黄花频带笑，深闺少妇每含愁。（刘万传）

　　亭北笑看花带雨，江南喜见柳含烟。（林韩堂）

　　一笑拈花心解脱，千秋含石海难填。（李浩如）

《文化复兴，腰次格》：

　　黄绢一文传化笔，白圭三复可兴诗。（高文渊）

　　迹篆鸟文臣化字，城称鱼腹帝兴时。（廖心育）

　　仁圣周文能化国，刚强贾复亦兴家。（李添福）

二十六、醒灵寺文昌帝君吟会

（一）醒灵寺文昌帝君吟会的创立及沿革

南投县埔里镇醒灵寺文昌帝君吟会的创立及沿革情况未详。从《诗文之友》有关载录来看，该会创立于1965年10月以前，创作活动则持续至1968年6月以后。

（二）醒灵寺文昌帝君吟会的主要成员

醒灵寺文昌帝君吟会社员六十余名，主要有黄大椿、徐伟元、谢素娥、王梓圣、刘守祥、吴太岳、王水成、林荣生、谢添发、张春上、吴杨诚、王心斋、吴东璧、叶铁雄、李永祥、黄中原、陈锦源、余庆宗、林秉焜、郑贵卿、林荣昌、林岳生、李阿钦、叶小鲁、黄焕彰、陈景璋、叶宜春、陈汉臣、谢秀珍、黄日文、郑庆寅、白衍修、王茂松、黄日昇、陈维棠、李清奇、黄结尾、简清松、林丰彦、陈弼民、谢新喜、徐彀生、王清惇、谢启明、陈南要、蔡仁江、蔡火源、简川塘、简锦腾、陈静庵、刘天鹤、王清斌、蔡火源、苏宜秋、李庭金、李百乡、林柏嘉、李文卿、余述尧、朱杏邨、高山翁、许菡青、林怀德、庄芳池、林友笛、谢桂森等。

（三）醒灵寺文昌帝君吟会的诗钟创作

醒灵寺文昌帝君吟会推行月课，诗钟律绝并励。该会先后创作《精、诚，一唱》（第十二期钟题）、《和、平，凤顶格》（第十三期钟题）、《将、军，蜂腰格》（第十四期钟题）、《悔、非，五唱》（第十五期钟题）、《国、家，六唱》（第十六期钟题）、《圣、人，七唱》（第十七期钟题）等钟题，作品登载于《诗文之友》等报刊杂志。兹录数联于下：

《和、平，凤顶格》：
> 和气分金称管鲍，平心让国仰夷齐。（王梓圣）

《将、军，蜂腰格》：
> 斯文主将钦羊祜，和蔼参军仰孟嘉。（李阿钦）

《悔、非，五唱》：
> 割蓆拒华非是友，负荆谢蔺悔为朋。（刘守祥）

《国、家，六唱》：
> 周公制法存家礼，孔子删诗正国风。（叶小鲁）

《圣、人，七唱》：
> 弟子三千师至圣，英雄七二颂完人。（黄大椿）

二十七、北港诗学研究班

（一）北港诗学研究班的创立及沿革

云林县北港诗学研究班全称北港镇民众服务分社附设诗学研究班，创立及沿革情况未详。从《诗文之友》有关载录来看,该组织创立于1966年11月以前。

（二）北港诗学研究班的主要成员

北港诗学研究班成员十余名,主要有蔡荣泉、颜连茂、蔡树春、蒋礼智、余志修、蔡炳焜、陈昆赞、王慰聊、蔡荣堂、刘子勤、陈正宪、苏登林、李蔡彬等。

（三）北港诗学研究班的诗钟创作

北港诗学研究班推行课题,诗钟律绝并励。该组织先后创作《夏、夜,一唱》、《秋、夜,二唱》等钟题,作品登载于《诗文之友》等报刊杂志。兹录数联于下:

《夏、夜,一唱》:

夏到西窗摇烛影,夜来东壁读书声。（颜连茂）

夏日当空漫酷熟,夜深月影益清寒。（蔡树春）

夏到熏蒸天上日,夜临淅沥雨中花。（蒋礼智）

夏露滴花难作梦,夜风染意却无人。（余志修）

夏日烘煌弥野径,夜星灿烂耀天街。（刘子勤）

《秋、夜,二唱》:

初秋尚带三分暖,深夜方知几许寒。（蔡荣堂）

暮夜砧声悲远客,中秋月色照离人。（蔡礼智）

初秋喜见群鸥逸,半夜惊闻一雁啼。（颜连茂）

中秋明月凉如水,半夜疏星朗混萤。（王慰聊）

寒夜孤灯怜旧影,晚秋独雁动新愁。（苏登林）

二十八、安南吟社

（一）安南吟社的创立及沿革

台南市安南吟社创立于1966年11月。社长郑清治,副社长李登源,总干事谢硕辉,干事郑瑞腾,顾问郑玉波。该社至今还活跃在台湾诗坛。

（二）安南吟社的主要成员

安南吟社社员三十余名,主要有郑玉波、郑清治、李登源、谢硕辉、郑瑞腾、郑海涵、谢喜三、方荣钦、方加、郑顺平、李柏林、林道渊、郑秉乾、郑汉津、郑业坚、郑警声、陈基侯、王清、郑捷三、王希贤、林季诺、王国桢、郑月霞、施振益、陈嵩峰、王君颖、陈镜勋、洪耀如、林宇祥、蔡春霖、李盛彦、郑玉薰、郑玉芬、吴文修、黄金郎等。

（三）安南吟社的诗钟创作

安南吟社推行月课,诗钟律绝并励。该社先后创作《风、月,一唱》、《诗、纲,二唱》、《瓜、女,三唱》(第三期钟题)、《冬、日,四唱》(第四期钟题)、《春、节,五唱》(第五期钟题)、《捷、歌,六唱》(第六期钟题)、《墨、花,七唱》(第七期钟题)、《乐、钓,蝉联格》(第八期钟题)、《听、蛙,魁斗格》(第九期钟题)、《海、沙,比翼格》(第十期钟题)、《禾、雨,云泥格》(第十一期钟题)、《一周年,碎锦格》(第十二期钟题)、《女、警,辘轳格》(第十三期钟题)、《送、年,鹭拳格》(第十四期钟题)、《立、春,三四辘轳格》(第十五期钟题)、《妙、蕲,四五帘捲格》(第十六期钟题)、《竹、亭,晦明格》(第十七期钟题)、《兰盆会,碎锦格》(第十八期钟题)、《花前月下,双钩格》(第十九期钟题)、《石、桥,分咏格》(第二十期钟题)、《战、士,六七卷帘格》(第二十一期钟题)、《喜春来,押尾格》(第二十二期钟题)、《春夜友,勾股格》(第二十三期钟题)、《月移花影上栏杆,对上格》(第二十四期钟题)、《斜拔玉钗灯影畔,对下格》(第二十五期钟题)、《海边堆雪,四皓格》(第二十六期钟题)、《星随平野阔,五杂俎》等钟题,作品登载于《诗文之友》等报刊杂志。兹录数联于下:

《风、月,一唱》:

　　月姊光移君子竹,风姨力拔美人蕉。(谢硕辉)

《诗、纲,二唱》:

　　删诗孔圣无邪意,开纲汤王至德心。(谢硕辉)

《瓜、女,三唱》:

　　三国瓜分终属晋,中唐女统暂归周。(郑瑞腾)

《冬、日,四唱》:

雪降严冬山积玉,海涵晓日浪浮珠。（谢喜三）

《春、节,五唱》:

秦皇求药春难驻,苏武吞毡节永昭。（郑玉波）

《捷、歌,六唱》:

倚马千篇夸捷笔,绕梁三日美歌音。（林道渊）

《墨、花,七唱》:

战国有城曾守墨,唐宫无鼓不催花。（陈基侯）

《海、沙,比翼格》:

鲲身跨海人何壮,鹿耳沉沙迹已芜。（王君颖）

《听、蛙,魁斗格》:

听琴缔友悲骑鹤,擂鼓泥王笑式蛙。（李登源）

《乐、钓,蝉联格》:

养心水浒垂竿钓,乐性山崖戴笠耕。（郑捷三）

《战、士,六七卷帘格》:

鸡林望重钦贤士,麟阁名留纪战功。（郑瑞腾）

《立、春,三四辘轳格》:

尊师立雪游杨志,怀友伤春李杜诗。（谢喜三）

《送、年,鹭拳格》:

二月勤耕频送饁,三年苦读不窥园。（谢硕辉）

《禾、雨,云泥格》:

成器李桃霑孔雨,登场禾稼爱豳风。（郑玉波）

《竹、亭,晦明格》:

放鹤有梅甘耐雪,化龙无竹不凌云。（陈基侯）

《春夜友,勾股格》:

夜寒友剪西窗烛,春暖人探北苑花。（郑瑞腾）

《花前月下,双钩格》:

花鼓正催唐阙下,月帘斜挂汉宫前。（陈基侯）

《海边堆雪,四皓格》:

篱边菊白堆疑雪,海上星明布若棋。（谢硕辉）

《兰盆会,碎锦格》:

　　学会描兰欣握管,难收覆水悔倾盆。(王君颖)

《星随平野阔,五杂俎》:

　　野渡舟轻随水涨,星河岸阔叠云平。(谢硕辉)

《喜春来,押尾格》:

　　沧海钓鳌钦士勇,平畴叱犊喜春来。(谢硕辉)

《月移花影上栏杆,对上格》:

　　风送钟声来野寺,月移花影上栏杆。(郑玉波)

《斜拔玉钗灯影畔,对下格》:

　　斜拔玉钗灯影畔,横吹铁笛月痕中。(隐镜勋)

《石、桥,分咏格》:

　　镌就龟趺留片碣,填成乌鹊会双星。(郑海涵)

二十九、宜兰县文献委员会诗人服务中心

(一)宜兰县文献委员会诗人服务中心的创立及沿革

宜兰县文献委员会诗人服务中心的创立及沿革情况未详。从《诗文之友》有关载录来看,该中心创立于1967年10月以前。

(二)宜兰县文献委员会诗人服务中心的主要成员

宜兰县文献委员会诗人服务中心成员情况未详。

(三)宜兰县文献委员会诗人服务中心的诗钟创作

宜兰县文献委员会诗人服务中心推行课题,诗钟律绝并励。该中心先后多次向全岛征募诗钟,所征钟题有《虎字碑,碎锦格》(第一期)、《飞、船,一唱》(第二期)、《秋、月,二唱》(第三期)等,作品登载于《诗文之友》等报刊杂志。兹录数联于下:

《飞、船,一唱》:

　　　　飞影迷离风扑絮，船头错落雨跳珠。（高文渊）

　　　　飞燕姿容传绝色，船山词赋擅奇才。（谢桂森）

　　　　飞燕有情寻故主，船帆着意挂秋风。（黄春亮）

　　《秋、月，二唱》：

　　　　残月鸡催茅店晓，三秋雁叫蓼汀寒。（廖清玉）

　　　　三月孔丘忘肉味，九秋张翰忆鲈香。（杨静渊）

　　　　暮秋彭泽存三径，明月扬州占二分。（李介厚）

　　《虎字碑，碎锦格》：

　　　　颂功碑写蝇头字，应节篱开虎爪花。（周俊卿）

　　　　名字早题碑传集，喑呜独灭虎狼秦。（林锡虎）

　　　　龙虎榜登名士字，春秋笔伐党人碑。（高文渊）

三十、象山学诗会

（一）象山学诗会的创立及沿革

　　苗栗县头屋乡象山村象山学诗会的创立及沿革情况未详。从《诗文之友》有关载录来看，该会创立于1969年2月以前。

（二）象山学诗会的主要成员

　　象山学诗会成员十余名，主要有彭贤甫、徐伟元、曾启修、张渊量、胡东海、曾人口、刘天鹤、徐金福、胡汉根、胡应沐、林福堂、余垂宗、杨子渊、廖祥淇、马亦飞、罗树生等。

（三）象山学诗会的诗钟创作

　　象山学诗会推行课题，诗钟律绝并励。该会曾经创作《寿、星，冠首》等钟题，作品登载于《诗文之友》等报刊杂志。兹录数联于下：

　　《寿、星，冠首》：

　　　　寿图百字悬堂北，星月双明照陇西。（胡东海）

寿域堂皇开象岭，星街灿烂映龙潭。（杨子渊）

寿峰耸翠当头屋，星月交辉照主人。（胡汉根）

寿享大年遑纪岁，星辉南极应征祥。（廖祥淇）

寿宴山城登六秩，星辉粟社庆千秋。（徐金福）

寿字呈祥臻五福，星辰耀彩庆三多。（刘天鹤）

寿宇争钦当代老，星枢不改旧时光。（曾启修）

寿元八百推彭祖，星宿三千拱北辰。（马亦飞）

寿宇宏开花甲宴，星光耀照象山村。（杨子渊）

寿山高耸三台望，星宿光辉八月间。（徐伟元）

三十一、澹社

（一）澹社的创立及沿革

台北澹社的创立及沿革情况未详。从《诗文之友》有关载录来看，该社创立于 1970 年 10 月以前，创作活动则持续至 1984 年 10 月以后。

（二）澹社的主要成员

澹社社员数十名，所知者有许涵卿、黄祉斋、傅秋镛、谢麟骥、张宝猜、郑鸿音、陈础材、曾石阁、刘彦甫、苏镜秋、苏镜平、朱杏村、范焕昌、范根燦、曾克家、曾耀辉、黄景星、郑指薪、李传芳、陈连捷、陈连报、苏忠仁等。

（三）澹社的诗钟创作

澹社课题击钵兼行，诗钟律绝并励；另与新竹竹社组成"竹、澹二社联吟会"，又与新竹竹社、花莲莲社共组"澹、竹、莲三社联吟会"，经常开展联吟活动。该社曾经创作《梅、柳，三唱》等钟题，作品登载于《诗文之友》等报刊杂志。兹录数联于下：

《梅、柳，三唱》：

春暖柳中高士卧，月明梅下美人来。（黄祉斋）

书临柳老千军笔,谱凑梅妃一斛珠。（陈础材）

灞桥柳色迷骚客,驿路梅花寄故人。（刘彦甫）

衡门柳季声名广,别殿梅妃宠爱长。（范焕昌）

品比梅高林处士,腰同柳细楚宫人。（范根燦）

送别柳歌三叠曲,赠行梅唱一枝春。（曾克家）

清秀柳眉张敞画,鲜妍梅额寿阳妆。（曾耀辉）

岭上梅花开十月,堤边柳树起三眠。（曾石阁）

一指梅林施巧计,五株柳树隐名人。（郑鸿音）

寒至梅花堆白玉,春来柳絮绽黄金。（谢麟骥）

三十二、和社

（一）和社的创立及沿革

台北市和社创立于 1972 年 1 月,社长杜万吉,干事曾笑云,社址设在台北市松江路二二六巷十二号之十。该社沿革情况未详。

（二）和社的主要成员

和社社员七十余名,主要有吴素娥、游象新、李可读、叶世荣、陈进雄、王少沧、卢懋清、廖文居、李天鹭、李步云、施少峰、曾笑云、倪登玉、杜廼祥、陈青萼、高文渊、陈昌言、黄鉴塘、丁涤凡、蔡秋金、郑指薪、简竹村、宋庆国、张鹤年、林义德、高泰山、陈槐庭、李丽云、陈进东、张廷魁、黄铁松、林万荣、李浩如、李传亮、林文彬、白再益、张达修、曾文新、姚德昌、苏鸿飞、林凌秋、郭茂松、傅秋镛、宋荣春、施子卿、陈晓斋、高山翁、杨静渊、吴玉云、吴醉如、宋陈爱华、魏壬贵、许云庵、倪跬山、郑华林、邱伯邨、曾水泌、周继顺、苏忠仁、苏锦淮、胡震天、邱锦福、罗培松、曾盛芳、陈连捷、苏逢时、万国鼎、钟常遂、李传芳等。

（三）和社的诗钟创作

和社推行击钵,诗钟律绝并励;另还与网溪诗社共同组成联吟会,经常开展联吟活动。该社曾经创作《越、云,魁斗格》等钟题,作品登载于《中国诗文之友》等报刊杂志。兹录数联于下：

《越、云，魁斗格》：

越瑟悠扬弹夜月，吴箫婉转弄春云。（李浩如）

越觉光阴如逝水，深知富贵等浮云。（倪登玉）

越溪虎啸三更月，出海龙飞五彩云。（李天鹭）

越吟越艳推天鹭，精咏精工羡笑云。（倪登玉）

越海孤舟划绿水，书天群雁入青云。（杜廼祥）

越女承思人报怨，楚王温梦你成云。（黄铁松）

越王复国由西子，蜀国安邦赖赵云。（白铁松）

越墙有意三更月，出岫无心一朵云。（李浩如）

越权唱打当头棒，出岫休嗟过眼云。（卢懋松）

越界机冲千嶂雾，扶筇人踏半山云。（黄鉴塘）

三十三、埔里孔子庙诗学班（初名埔里昭平宫育化堂诗学班）

（一）埔里孔子庙诗学班的创立及沿革

南投县埔里孔子庙诗学班前称埔里昭平宫育化堂诗学班，创立于1972年初。该组织至今还活跃在台湾诗坛。

（二）埔里孔子庙诗学班的主要成员

埔里孔子庙诗学班成员二百余名，主要有叶铁雄、叶意玲、黄日文、何肇阳、陈美龄、杨耀庭、谢德蕙、叶景亮、王梓圣、谢德勋、刘守祥、陈贺香、李昆漳、黄大椿、陈锦源、陈万佺、吴太岳、王昌雯、许瑛娥、许秀雄、许登松、吴素贞、罗银汉、许昭凤、陈金文、李宗宪、黄杉煌、谢尚义、李仁忠、谢李春香、吴癸坤、蔡茂亮、黄智健、游政旭、王德蕙、陈中和、吴云龙、叶小鲁、李阿钦、邓诗卿、吴文林、谢德蕙、罗苏哎、李锦章、王昌惇、黄明儒、王昌敏、李显达、吴慧娟、李永祥、徐稺庐、许维萍、叶清风、周卿扬、李士钦、游海钟、许再枝、苏树木、李宝贞、潘忠林、吴卷石、谢明伦、苏文雄、黄壬水、张树德、林崇礼、萧山河、吴竹谋、罗绿洲、杨云汀、吕碧铨、简清松、程心炳、刘淦琳、刘显荣、黄福全、追云燕、许金发、彭胜发、陈国棋、张少庵、罗树生、柯远山、蔡正德、陈锡津、林梓仪、周明毅、施炎城、施孟林、黄元双、蔡茂林、苏武雄、张钦木、洪溪河、陈荣弡、赵晓东、涂龙心、林木全、林承郁、张其年、吴庆堂、周典用、杜介臣、林万举、蔡菊园、林剑泉、何阿煌、谢桂森、钟渊木、吴云鹤、黄壁沂、魏炎珠、吴刘淑香、李观澜、王世英、李文龙、陈乔松、林聪甫、涂隆兴、罗云祥、叶长青、黄生宜、吴从魁、张如璧、林则诚、蔡凤基、何崇圣、高泰山、张兰英、郭汤盛、李庭金、游永隆、刘彦甫、吴仙化、陆宗炎、林惠民、林朝宗、郭重文、蔡鸿基、吴应民、杨峀白、邱丞漳、黄庚申、吴中、邱水谟、颜竹溪、赵凌霜、钟正明、黄逸民、陈公愚、曾克家、黄文薰、吴栋梁、邹永誉、叶剑平、钟昭耀、蔡江山、陈根泉、廖育麟、黄连成、周冠雄、颜有才、郑彩凤、卢肇璋、郑启贤、杨寅、冯伟群、鄞有功、杨基础、杨昆山、吕笔、吕天佑、郭添益、郑子伟、蔡土池、黄天爵、许明辉、林大潘、游龙门、李文宏、林鸿生、吴醉莲、叶春腾、许金玉、刘基湖、张白瓴、李登源、常惭愧居士、南洲逸老、阳中子等。

（三）埔里孔子庙诗学班的诗钟创作

埔里孔子庙诗学班推行课题，诗钟律绝并励。该组织先后创作《问、心,冠首格》（第一期课题）、《风、雨,二唱》（第二期课题）、《春、节,四唱》（第四期课题）、《纳、凉,七唱》（第八期课题）、《月、桂,五唱》（第十一期课题）、《国、家,七唱》（第十二期征诗）、《飞、雪,蝉联格》（第十三期征诗）、《山、水,魁斗格》（第十四期征诗）、《心、印,五唱》（征诗）、《浩、然,六唱》（第二十期课题）、《正、邪,七唱》（第二十一期课题）、《秋、熟,首唱》（第二十二期课题）、《文、化,四唱》（第二十五期课题）、《柳、塘,七唱》（第二十八期课题）、《清、明,鹤顶格》（第二十九期课题）、《翠、岚,二唱》（第三十期课题）、《经、史,三唱》（第三十一期课题）、《秋、色,五唱》（第三十三期课题）、《智、仁,七唱》（第三十五期课题）、《兴、邦,云泥格》（第三十六期课题）、《占、卜,一唱》（第三十七期课题）、《画、眉,三唱》（第三十九期课题）、《水、仙,四唱》（第四十期课题）、《神、剑,五唱》（第四十一期课题）、《月、星,六唱》（第四十三期课题）、《虑、安,七唱》（第四十四期课题）、《仁、孝,一唱》（第四十五期课题）、《燕、居,二唱》（第四十六期课题）、《治、安，三唱》（第四十七期课题）、《开、节，四唱》（第四十八期课题）、《忠、恕，五唱》（第四十九期课题）、《花、菓，六唱》（第五十期课题）、《合、欢，一唱》（第五十二期课题）、《石、鲸，二唱》（第五十三期课题）、《廉、耻，三唱》（第五十四期课题）、《扇、风，四唱》（第五十五期课题）、《蒲、剑，五唱》（第五十六期课题）、《火、星，六唱》（第五十七期课题）、《路、灯，七唱》（第五十八期课题）等钟题，作品登载于《诗文之友》（及《中国诗文之友》）等报刊杂志。兹录数联于下：

《仁、孝，一唱》：

　　孝读蓼莪悲父母，仁开网罟惠鱼禽。（李庭金）

《燕、居，二唱》：

　　迁居殷邑盘庚谕，会燕鸿门亚父谋。（彭发胜）

《经、史，三唱》：

　　留中经柱陈东上，歇后史容郑五吟。（陈锡津）

《文、化，四唱》：

　　倚马成文袁露布，骑牛度化李宣经。（王梓圣）

《心、印，五唱》：

　　季子诺言心挂剑，关公秉义印封金。（胡东海）

《火、星，六唱》：

　　子猷访戴披星去，公瑾破曹用火攻。（邱水谟）

《柳、塘，七唱》：

　　程颢寻诗题问柳，严维玩水赋游塘。（罗绿洲）

《山、水，魁斗格》：

　　水润东篱陶种菊，军临南国郑开山。（黄文薰）

《飞、雪，蝉联格》：

　　暖日难消三尺雪，飞花尽逐五更风。（李昆漳）

《兴、邦，云泥格》：

　　兴夏贤王原讳禹，灭秦高祖本名邦。（郭汤盛）

三十四、"中华民国"传统诗学会

（一）"中华民国"传统诗学会的创立及沿革

"中华民国"传统诗学会创立于1973年。该会理事长吴松柏,副理事长陈辉玉、陈子波、陈焙焜,名誉理事长陈皆兴、林锡牙、王天赏,常务理事张国裕、黄锭明、陈进雄、傅秋镛、黄源山,理事李经、施少峰、施胜雄、黄金福、林剑泉、黄娇娥、吕碧铨、黄义君、林安邦、廖育麟、陈有义、吴东源、陈福助、叶世荣、施奕义、陈木川、吴剑锋、王肇邦、朱鹤翔、曾人口、黄火盛、洪玉璋,常务监事邱万福,监事蔡中村、翁正雄、黄德顺、吴漫沙、陈锦芳、施学樵、高源。会址设在台中市北屯区大连路一段五六一四号。该社至今还活跃在台湾诗坛。

（二）"中华民国"传统诗学会的主要成员

"中华民国"传统诗学会成员情况未详。所知者有吴松柏、陈辉玉、陈子波、陈焙焜、陈皆兴、林锡牙、王天赏、张国裕、黄锭明、陈进雄、傅秋镛、黄源山、李经、施少峰、施胜雄、黄金福、林剑泉、黄娇娥、吕碧铨、黄义君、林安邦、廖育麟、陈有义、吴东源、陈福助、叶世荣、施奕义、陈木川、吴剑锋、王肇邦、朱鹤翔、曾人口、黄火盛、洪玉璋、邱万福、蔡中村、翁正雄、黄德顺、吴漫沙、陈锦芳、施学樵、高源等。

（三）"中华民国"传统诗学会的诗钟创作

"中华民国"传统诗学会推行课题,诗钟律绝并励。该会曾辑有《传统诗集》（截至1998年,已编六辑）,并多次向全岛征募诗钟,所征钟题有《云、海,二唱》（第二期征钟）、《峰、壁,三唱》（第三期征钟）、《花、叶,四唱》（第四期征钟）等,作品登载于《中国诗文之友》等报刊杂志。兹录数联于下:

《云、海,二唱》:

四海归心尊正朔,五云垂象兆中兴。（林钦贵）

黄云遍地三秋熟,碧海连天一线平。（林衍周）

桑海惊心时世变,烟云过眼利名轻。（蔡策勋）

暮云春树人千里,碧海青天月一轮。（黄得时）

嵩云远阻怀游子,粤海长羁念逐臣。(林仲麑)

《峰、壁,三唱》:

万叠峰峦开画本,千秋壁垒壮诗坛。(李玉水)

陟降峰峦灵运屐,森严壁垒亚夫营。(范根燦)

千寻壁峭松鳞厚,五老峰高雁阵斜。(黄得时)

小斋壁挂诗书画,中岳峰廻日月星。(王翼丰)

千仞峰腰云剪断,一间壁面月涂光。(张连发)

三十五、春云诗社

(一)春云诗社的创立及沿革

彰化县春云诗社全称彰化县诗学研究会春云诗社。该社源于 1975 年春《中国诗文之友》月刊发行人王友芬创办的诗学班,1976 年 3 月正式成立于彰化县图书馆。1976 年 11 月扩大组织,成立彰化县诗学研究协会。

(二)春云诗社的主要成员

春云诗社社员六十余名,主要有王友芬、吴锦顺、郑福圳、王少芬、高泰山、朱痴卿、林文龙、余忠恕、庄火阵、吴东钦、陈婉惠、吴华栋、徐丽婉、黄哲永、林荆南、吴庆堂、林丽雪、胡次刚、陈宝珊、林资尧、庄蝴蝶、丁佐笙、黄呈河、黄资钊、黄瑞彬、陈英霞、邱素绸、林兰奴、谢秋美、许再枝、丁涤英、李丽香、张丽美、许娟娟、赖种菜、邱木山、张舒亚、杨龙潭、刘柏臣、高自珍、吴承燕、陈丽水、陈庆辉、黄建荣、李娟娟等。

(三)春云诗社的诗钟创作

春云诗社课题击钵兼行,诗钟律绝并励。该社先后创作《春、云,一唱》、《龙、马,二唱》、《难、易,六唱》、《秋、月,七唱》、《秋、水,一唱》、《肥、瘦,二唱》等钟题,作品登载于《中国诗文之友》等报刊杂志。兹录数联于下:

《春、云,一唱》:

春鸟吟晴声织柳,云龙作态雨催诗。(吴庆堂)

《龙、马,二唱》:

　　卧龙肝胆酬先帝,司马文章启后昆。（林文龙）

《肥、瘦,二唱》:

　　环肥醉舞娇无力,岛瘦敲诗句有神。（赖种菜）

《难、易,六唱》:

　　演卦文王探易理,卧薪勾践渡难关。（林资尧）

《秋、月,七唱》:

　　穿云斜挂藤萝月,点雪轻描芦荻秋。（高泰山）

三十六、彰化县诗学研究协会（前身春云诗社）

（一）彰化县诗学研究协会的创立及沿革

彰化县诗学研究协会创立于 1976 年 11 月,前身为彰化县诗学研究会春云诗社。该会理事长郑福圳,常务理事陈木川、周希珍,理事吕碧铨、吴东源、吴华栋、王景瑞、王少芬,常务监事王天赐,监事赖云龙、黄建荣,理事兼总干事吴锦顺。该会至今还活跃在台湾诗坛。

（二）彰化县诗学研究协会的主要成员

彰化县诗学研究协会成员近二百名,主要有郑福圳、陈木川、周希珍、吴锦顺、王景瑞、王少芬、张达修、刘啸庐、林文龙、施招泽、陈国兴、黄联章、黄镜、刘学蠡、张铁民、林玉峰、江朝富、黄建荣、王翼丰、萧文樵、刘德安、谢金生、陈庆辉、刘柏臣、许汉卿、张侯光、庄火阵、王富敬、胡允中、林添丁、李家焜、张玉珂、朱痴卿、洪允权、丁佐笙、郭茂松、余垂宗、苏梅初、李丽香、陈国兴、周敬尧、黄庚申、高泰山、谢炉、林玉华、黄雪美、林振昌、余国圻、许绍明、张玉琦、许娟娟、黄丽霞、吴雁门、萧秀华、吴庆堂、刘美玲、张丽美、邱木山、孙瑞堂、林庆安、张连发、商鸁、陈佳庆、陈婉惠、李文福、林资尧等。

（三）彰化县诗学研究协会的诗钟创作

彰化县诗学研究协会推行击钵,诗钟律绝并励。该会先后创作《有、无,

三唱》、《诗、酒,六唱》等钟题,作品登载于《中国诗文之友》等报刊杂志。兹录数联于下:

《有、无,三唱》:

经世有才投笔起,匡时无策挂冠归。(郑福圳)

边鸿无字传亲意,杜宇有声动客心。(邱木山)

云飘有影犹翻絮,月泻无声似降霜。(刘美玲)

劲竹无心迎雪立,钧鸿有志入云飞。(孙瑞堂)

雪恨有怀离楚境,乞怜无奈哭秦廷。(萧秀华)

《诗、酒,六唱》:

无邪三百诗篇贵,有趣十千两酒廉。(江朝富)

亿万烦情因酒解,五千年史以诗传。(陈婉惠)

十载江湖因酒老,无边风月入诗多。(张丽美)

夏禹治民严酒令,春云结社振诗风。(庄火阵)

不饮何关高酒价,耽吟自属好诗才。(江朝富)

三十七、基隆市诗学研究会（亦名基津诗学研究会）

（一）基隆市诗学研究会的创立及沿革

基隆市诗学研究会又称基津诗学研究会,创立于 1977 年 4 月前后。历任理事长邱天来、魏仁德、陈钦财,常务理事蒋孟梁、陈兆康、黄国雄,理事刘宗、李智贤、高丁贵、郑水同,总干事王前,会址设在基隆市孝一路八三号。该会至今还活跃在台湾诗坛。

（二）基隆市诗学研究会的主要成员

基隆市诗学研究会成员三十余名,主要有邱天来、魏仁德、蒋孟梁、陈兆康、黄国雄、刘宗、李智贤、高丁贵、陈钦财、郑水同、涂荣华、江荣标、王前、何添旺、张金栋、周栋梁、江一鸿、张永川、蔡孟梁、邱健民、苏朝国、林粒、陈祖舜、李克梦、陈彦宇、简锦松、李纯甫、郑淑芬、谢茂林、陈岱荣等。

（三）基隆市诗学研究会的诗钟创作

基隆市诗学研究会推行课题，诗钟律绝并励。该社先后创作《冬、日，二唱》、《春、酒，三唱》、《子、云，蜂腰格》（第四期课题）、《自、由，二唱》、《灵泉钟声，碎锦格》、《春、水，五唱》、《祥、瑞，冠首》、《梅、雨，二唱》、《雪、山，冠首》、《景、运，三唱》、《海、天，七唱》、《双、秀，冠首》、《冬、夜，二唱》、《竹、月，一唱》、《炎、凉，首唱》、《风、月，四唱》、《滨、海，一唱》、《诗、礼，二唱》、《山、水，三唱》、《流水、夕阳，押底》、《溪、月，四唱》、《竹、影，蝉联格》、《秋、雁，二唱》、《忠、孝，一唱》、《诗、学，冠首》等钟题，作品登载于《中国诗文之友》等报刊杂志。1981 年 6 月，该社还向全岛征募诗钟《三、元，一唱》，以庆祝该社顾问兼指导老师陈祖舜在桃园、淡水、南投"全国诗人大会"连续三次抢元。兹录数联于下：

《滨、海，一唱》：

    滨屋雨来春树暗，海门风起暮潮高。（刘　宗）

《诗、礼，二唱》：

    不礼辞官陶靖节，祭诗拜岁贾长江。（邱健民）

《山、水，三唱》：

    冲波水鸟浮还没，出岫山云断复连。（刘　宗）

《风、月，四唱》：

    诗因有月吟方好，竹若无风舞不娇。（陈兆康）

《春、水，五唱》：

    燕剪钩帘春有讯，舟过沧海水无痕。（陈兆康）

《海、天，七唱》：

    笔剪诗情填恨海，斜穿彩线补情天。（黄国雄）

《竹、影，蝉联格》：

    松可招凉欣翠影，竹能医俗有清阴。（邱天来）

《灵泉钟声，碎锦格》：

    钟响灵泉惊俗梦，泉流深谷响消声。（陈兆康）

《流水、夕阳，押底》：

    琴声笛韵随流水，笠影锄痕带夕阳。（陈彦宇）

三十八、四可吟社

（一）四可吟社的创立及沿革

四可吟社的创立及沿革情况未详。从《中国诗文之友》有关载录来看，该社1984年10月以前即已创立，许君武曾任社长。

（二）四可吟社的主要成员

四可吟社社员情况未详。所知者有许君武等。

（三）四可吟社的诗钟创作

四可吟社推行击钵。该社曾经主办"甲子（1984）光复节全国诗人联吟大会"，创作钟题《光、复，一唱》，作品登载于《中国诗文之友》。

三九、彰化县国学研究会

（一）彰化县国学研究会的创立及沿革

彰化县国学研究会创立于1984年，由兴贤吟社与墨林书画会合并而成，也称彰化县国学研究会兴贤吟社。历任理事长陈木川、吴五龙。1994年12月26日，该会举办"成立十周年'全国'诗人大会"，全岛三百六十余名诗人参与盛会。该会至今还活跃在台湾诗坛。

（二）彰化县国学研究会的主要成员

彰化县国学研究会会员四十余名，主要有陈木川、高泰山、吕碧铨、林玉华、黄庚申、吴五龙、施少峰、张侯光、陈庆辉、张连发、张心如、江锡爵、黄蓉村、江朝富、施炎城、施秋谷、吴振清、王礼卿、施雅婷、吴春景、张秀杏、陈春法、谢清水、许再枝、吴焕腾、陈中雄、陈逸夫、陈淑慧、吴松柏、林文龙、吴东源、赖木炉、蔡汉章、刘钮灯、黄存棠、蔡水镇、黄廉、张铁民、吴三乐、黄清镛、黄镜、刘德安、张汐亭、张荣沂、余垂宗、周希珍、巫汉增等。

（三）彰化县国学研究会的诗钟创作

彰化县国学研究会"以宏扬中华传统文化诗、书、画三绝艺为宗旨，因此固定以月课赋诗外，常态活动乃每月第二周日书画例会，第四周日击钵雅集"①。该会曾经创作《开、林，一唱》（第三七八期课题）等钟题，作品登载于《中国诗文之友》等报刊杂志。兹录数联于下：

《开、林，一唱》：

开发果山流圣泽，林成名寺化仁风。（张铁民）

开寺钟敲湖水月，林楼鼓震卦山云。（江朝富）

开山建寺崇神佛，林地兴黉述圣贤。（吴春景）

开寺庄严人礼佛，林泉洁净客寻诗。（吕碧铨）

开悟禅机心地朗，林参妙谛性天宽。（黄　镜）

开莲无语禅机悟，林鹤有情妙谛传。（吴五龙）

开蒙八识明神教，林启三皈渡慈航。（张荣祈）

开寺炉香龙篆字，林泉磬韵鹤听经。（余垂宗）

开心悟佛三乘法，林寺参禅四大空。（刘德安）

开诚礼佛花拈笑，林里听禅石点头。（张汐亭）

四十、嘉义县诗学研究会

（一）嘉义县诗学研究会的创立及沿革

嘉义县诗学研究会创立于 1986 年 4 月以前。该会理事长黄秀峰，副理事长陈有义、陈松坊，顾问黄星槎、杨图南、颜禹门，理事张明月、林剑泉、王福祥、蔡明耀、蔡坤元、蔡永强，监事李庭枢、高振宗、柯庆瑞，总干事詹昭华，会址设在嘉义县东石乡东石路一二二号。该会至今还活跃在台湾诗坛。

---

① 吴春景：《彰化县国学研究会简介》，彰化县国学研究会辑《己卯（1999）中秋全岛诗人联吟大会专辑》，彰化县国学研究会 1999 年 12 月 5 日印行。

（二）嘉义县诗学研究会的主要成员

嘉义县诗学研究会成员二十余名,主要有黄秀峰、戴星桥、张清辉、邱攸同、蔡明耀、纪振声、柯庆瑞、吴书香、李可读、蔡坤元、黄哲永、邱奕松、林剑泉、黄星槎、蔡仙桃、蔡菊园、邱素绸、蔡正德、陈辉玉、陈德隆、吴竹谋、王廉、谢山水、柯庆达、高振宗等。

（三）嘉义县诗学研究会的诗钟创作

嘉义县诗学研究会推行击钵,诗钟与律绝并励。该会先后创作《风、雅,五唱》(1986 年度第五次击钵)、《暮、春,四唱》等钟题,作品登载于《中国诗文之友》等报刊杂志。兹录数联于下:

《风、雅,五唱》:

朴津联咏风骚振,丽泽相资雅谊存。(李可读)

清闲茶客风生腋,逸趣文人雅会诗。(纪振声)

徐娘老去风情减,陶令归来雅兴长。(黄哲永)

春冷霸桥风折柳,雪浓庾岭雅探梅。(邱奕松)

红楼破梦风流散,曲水流觞雅序成。(黄星槎)

《暮、春,四唱》:

牛羊薄暮悠闲返,莺燕嬉春婉转啼。(黄哲永)

猿江岁暮帆飞锦,鲲海阳春浪卷银。(陈辉玉)

骄阳日暮将消暑,枯木逢春自发芽。(柯庆瑞)

他乡薄暮征人泪,高阁伤春怨妇心。(邱素绸)

青草醉春皆浥露,绿杨近暮散微烟。(蔡仙桃)

四十一、八闽诗社

（一）八闽诗社的创立及沿革

八闽诗社的创立及沿革情况未详。从《中国诗文之友》有关载录来看,该社在 1987 年 10 月以前即已创立。

（二）八闽诗社的主要成员

八闽诗社社员十余名,主要有杨道豫、林仲篪、陈实懂、翁祖扬、张文宗、林咏荣、宋文华、陈子波、张牧群、王雨山等。

（三）八闽诗社的诗钟创作

八闽诗社推行诗钟大唱。该社曾经举办《延、平,一唱》等诗钟大唱活动,作品登载于《中国诗文之友》等报刊杂志。兹录数联于下:

《延、平,一唱》:

> 延芬楼匾彰先德,平乱疆碑纪大功。（杨道豫）
> 平恰及肩梅手植,延庸到眼月神交。（宋文华）
> 平堤有水连天意,延槛花无委地忧。（林仲篪）
> 延如可苟生徒添,平偡能持世不争。（陈子波）
> 延纳江声清夜枕,平章山胜晚年节。（陈实懂）
> 延蔓烂红山藓布,平铺新绿陇秧抽。（翁祖扬）
> 延客壶觞金谷夜,平胡笳鼓玉关秋。（张牧群）
> 平寇万家传羽檄,延贤千里备蒲轮。（张文宗）
> 延仁阳光深涧草,平分春色夹溪花。（林咏荣）
> 延阁昔曾藏万卷,平湖今只泊双槎。（杨道豫）

四十二、庆安诗社

（一）庆安诗社的创立及沿革

庆安诗社的创立及沿革情况未详。从《中国诗文之友》有关载录来看,该社在1988年3月以前即已创立。该社至今还活跃在台湾诗坛。

（二）庆安诗社的主要成员

庆安诗社社员十余名,主要有吴应民、吴仙化、周水成、庄健二、吴石龙、郭源下、吕春福、陈进财、陈锦福、谢长和、王维贤、徐松淮、黄惇悟、郭炳煌、陈洲峰等。

（三）庆安诗社的诗钟创作

庆安诗社诗钟律绝并励。该社先后创作《迎、春，一唱》、《春、讯，二唱》等钟题，作品登载于《中国诗文之友》等报刊杂志。兹录数联于下：

《迎、春，一唱》：

迎岁何催唐帝鼓，春临争读寇公诗。（吴仙化）

春含霁色桃翻锦，迎合韶光柳吐青。（吕春福）

迎到东皇花带露，春临北苑草含烟。（吴石龙）

春雨连绵膏润圃，迎风摇曳燕穿帘。（吴应民）

春草鸣条迷客眼，迎花度柳爽人心。（吴石龙）

《春、讯，二唱》：

开春上苑青葱草，传讯南枝馥郁梅。（谢长和）

迎春细柳初舒眼，得讯芳梅早占魁。（吴石龙）

盼讯佳人伤柳色，赏春豪客咏梅姿。（郭炳煌）

寻春粉蝶花间绕，报讯征鸿雪地飞。（吴应民）

寻春北苑因香引，待讯西厢为爱痴。（庄健二）

四十三、南投县国学研究会

（一）南投县国学研究会的创立及沿革

南投县国学研究会创立于 1990 年 6 月 1 日以前。该会理事长叶铁雄，常务理事李昆章、吴扬诚，常务监事蔡茂亮，总干事徐能锦，副总干事邱哲明，会址设在南投县埔里镇同声里南盛街五〇号。该会至今还活跃在台湾诗坛。

（二）南投县国学研究会的主要成员

南投县国学研究会成员六十余名，主要有刘彦甫、邱伯邨、栗由思、蔡耕农、张清辉、陈辉玉、张明月、张清霖、徐家祥、陈朝炘、曾春涛、林明权、刘汉光、李春初、黄祉斋、邱锦福、陈心蒋、朱痴卿、詹昭华、黄福全、王殿盛、洪允权、曾永璋、胡东海、潘忠豪、张微波、曾盛芳、郑大和、李彬、曾听涛、张铁民、刘啸庐、石听涛、李昆漳、陈春木、王贤、李权、李登源、郑大和、林远宏、蔡策勋、荆鑫、周精金、罗培松、周希珍、简清松、施一愚、郑阿寿、林梓仪、李仁忠、吴老权、陈祖舜、林大嘉、罗陈玉、杨耀庭、谢清水、曹醒船、陈根泉、叶铁雄、施孟林、江清山、陈荣达、林谦庭、蔡启文、施炎城、曾石阁、高嘉嫒、贺其树等。

（三）南投县国学研究会的诗钟创作

南投县国学研究会推行课题,诗钟律绝并励。该会曾经创作《合、欢,二唱》等钟题,作品登载于《中国诗文之友》等报刊杂志。兹录数联于下:

《合、欢,二唱》:

> 配合柔毫徐偃笔,喜欢淡墨薛涛笺。（张微波）
>
> 篱合重开元亮菊,檐欢初点寿阳梅。（曾盛芳）
>
> 望合曹瞒梅止渴,美欢苏子荔尝甜。（李　彬）
>
> 志合敲诗吟杜甫,心欢泼墨画王维。（詹昭华）
>
> 卷合冯驩焚市义,民欢薛地溥沾仁。（曾听涛）
>
> 塞合悲秋怀子美,水欢捉月忆青莲。（曾盛芳）
>
> 秋合重开陶令菊,夕欢斜照郑王梅。（曾盛芳）
>
> 野合人寻蝴蝶谷,联欢士访鲤鱼潭。（胡东海）
>
> 书合钟王崇八法,诗欢李杜足千秋。（林明权）
>
> 汉和骚风追作赋,楚欢语韵继为吟。（徐家祥）

四十四、长青诗社

（一）长青诗社的创立及沿革

台中市长青诗社是在"台中市长青学苑诗词班"基础上发展起来的,正式创立于1997年5月30日,为张铁民（士铸）教授所倡设,社址设在台中市东区和平街一八八巷一号。该社订立诗社章程,选出理事长李应征,常务理事方营之、刘南邦,理事贺大良、林照霞、雷发君、刘涤尘、包已发,候补理事徐进宝、邓华杰,常务监事罗圻津,监事王邦任、宋宏珍,候补监事吴孟萍,并一致决议敦聘张铁民教授为永久荣誉社长。该社至今还活跃在台湾诗坛。

（二）长青诗社的主要成员

长青诗社社员逾七十名,主要有叶展光、佘建业、贺大良、段德昌、孙家骐、徐进宝、吴观沂、邓华杰、王邦任、罗圻津、杨昌鋆、刘涤尘、雷发君、包以法、林照霞、古吉鼐、杨大宇、李应征、方营之、刘南邦、侯信、范纶、陈渊麟、万祖忠、傅举才、谢斌、范纯斌、徐台斌、马勷谱、姬明宇、程礼和、宋宏珍、禹绳武、王学勤、孙克勉、谢碧莲、万自强、詹耀中、刘王素花、项九一、易继添、唐生文、罗文恭、唐慕寅、刘黎影、刘固贤、尹建峰、吴和球、李荣华、雷得渥、罗永华、蔡春金、宣宝铭、李国兴、赖美云、何建国、唐追云、游秀琴、王南山、孙克敏、黄联捷、李华辅、王作彬、胡正卿、乐国玙、张效唐、吴增纯、陈一中、吕卢美文、管元培、赵秀岩、杨清锦、洪克修、叶琇煖、陈舜武、石立华、翁玉霞、刘鲁玉、谭超男、陈志学、龚仲文、孟萍、毛文彬、张鸿烈、张显隆、郭鸿儒、黄惠美、廖应柏、陈祥贞、张雨钧、李枝馥、梁哲英、任子忠、郭廷魁、张静萍、谭德华、谭晔、姜吉甫、黄曜隆、马云、陈明藩、王秋琼、孙世雄、黄碧玉、张陈罔市、杭世祥、李指东、戴中一、梅英、洪义水木、刘振华、阮淑卿等。

（三）长青诗社的诗钟创作

长青诗社推行课题,诗词兼攻。该社还将学员实习创作的作品汇编出刊,名曰《长青诗集》,从 1996 年 9 月迄 2006 年季春共出 6 卷。所见钟题有《春、日,一唱》、《云、海,二唱》、《民、族,三唱》、《主、人,四唱》、《安、定,五唱》、《诗、酒,六唱》、《政、工,七唱》、《天、地,比翼格》、《学、诗,云泥格》、《慈母心,汤网格》、《早、春,一唱》、《山、水,二唱》、《云、雾,三唱》、《勤、俭,四唱》、《花、草,五唱》、《文、武,六唱》、《国、民,七唱》、《劳、工,云泥格》、《慈母恩,汤网格》、《天、地,一唱》、《民、主,二唱》、《仁、义,三唱》、《忠、孝,四唱》、《山、水,五唱》、《盛、衰,六唱》、《佛、神,七唱》、《民、族,一唱》、《国、家,二唱》、《诚、信,四唱》、《安、定,六唱》、《是、非,七唱》、《贤、恶,一唱》、

《新、旧，二唱》、《转、移，三唱》、《政、权，四唱》、《功、德，五唱》、《恩、怨，六唱》、《会、谈，七唱》、《清、流，魁斗格》、《政、治，蝉联格》、《汉、唐，一唱》、《强、暴，二唱》、《独、专，三唱》、《心、志，四唱》、《雷、雨，五唱》、《劳、动，六唱》、《结、交，七唱》、《新、潮，魁斗格》、《道、德，蝉联格》、《土石流，汤网格》、《公德心，流水格》、《古圣先贤，双钩格》、《忠、义，一唱》、《笔、书，二唱》、《行、动，三唱》、《争、夺，四唱》、《神、佛，五唱》、《圣、贤，六唱》、《国、家，七唱》、《权、利，一唱》、《风、气，二唱》、《复、还，三唱》、《明、暗，四唱》、《兴、建，五唱》、《民、国，六唱》、《地、球，七唱》、《天、地，一唱》、《耕、读，二唱》、《国、民，三唱》、《学、知，四唱》、《尊、敬，五唱》、《中、外，六唱》、《政、权，七唱》、《世、人，一唱》、《红、绿，一唱》、《坐、思，二唱》、《鱼、燕，三唱》、《秋、雨，四唱》、《山、水，六唱》、《早、春，七唱》、《安、定，一唱》、《劳、动，二唱》、《母、亲，三唱》、《恩、德，四唱》、《强、弱，五唱》、《竹、松，六唱》、《长、远，一唱》、《茶、水，二唱》、《通、达，三唱》、《功、德，四唱》、《宗、教，五唱》、《民、族，六唱》、《客、人，七唱》、《忠、孝，三唱》、《无、有，五唱》、《月、球，七唱》、《厌、烦，四唱》等。兹录数联于下：

《早、春，一唱》：

　　早起闻鸡持剑舞，春来动土用犁耕。（罗圻津）

《国、家，二唱》：

　　佛国释迦僧鼻祖，儒家孔子杏坛宗。（王邦任）

《通、达，三唱》：

　　事可通融开活路，情能达变挽危局。（张铁民）

《忠、孝，四唱》：

　　武穆精忠昭日月，有虞大孝感乾坤。（杨昌鋆）

《山、水，五唱》：

　　有权可变山形秀，无力能移水性柔。（罗圻津）

《文、武，六唱》：

　　经邦定国称文治，护己强身练武功。（刘涤尘）

《国、民，七唱》：

敦伦立本能安国,积德修身可化民。(杨昌鋆)

《新、潮,魁斗格》:

新旧接交行政治,古今延续息风潮。(张铁民)

《劳、工,云泥格》:

劳心尽在筹谋计,画技全凭点染工。(陈渊麟)

《土石流,汤网格》:

土松落雨冲沙潟,石滚随波逐水流。(张铁民)

《古圣先贤,双钩格》:

古以孔丘为至圣,先推曾暂是高贤。(张铁民)

四十五、文山吟社

(一)文山吟社的创立及沿革

台北市文山吟社创立于 2001 年 5 月 18 日,为黄冠人教授所倡设,社址设在台北市文山区木栅路三段一〇二巷十二号。该社渊源于 1998 年成立的台北市文山社区大学。首任社长陈琳滨,次任社长张锦云。其后改为理事制,理事长张新传,常务理事陈琳滨、郑金树,理事朱毓玢、廖茂松、林瑞龙、许祎娅、张锦云、黄昌介,候补理事程南洲、张足云、林丽惠,常务监事陈美丽,监事王由美、张碧琴,候补监事朱碧云,会计张宝文,文书刘云霞,总务唐玄棹,总干事贾伟芳,副总干事谢满吉。该社先后延聘黄冠人、陈祖舜、郑均为指导教授,并于 2002 年、2003 年印发一、二周年纪念刊,2006 年 1 月 18 日正式创刊《文山吟草》。该社至今还活跃在台湾诗坛。

(二)文山吟社的主要成员

文山吟社社员三十余名,主要有张新传、陈琳滨、林瑞龙、朱碧云、陈美丽、朱毓玢、简春华、黄昌介、谢满吉、陈祖舜、吴惠菁、黄馨婵、张锦云、黄秀凤、杨敏如、黄月花、胡秋美、陈丽珠、江秋燕、邓纪屏、张富美、林月明、贾伟芳、陈怜兰、唐玹棹、洪泽南、蔡久义、商秀绒、胡秋美、廖茂松、林丽惠、王由美、张碧琴、张赛乡、赵胜宝、高利忠、王有霖、陈金来、张月芳等。

（三）文山吟社的诗钟创作

文山吟社每周六上午开亲子吟诗班，下午开诗词研习班。该社先后创作《有、无，四唱》、《仁、义，二唱》、《瑞、猴，一唱》、《文、山，一唱》、《海、天，一唱》、《自、由，一唱》、《风、雨，一唱》、《雪、霞，四唱》、《龙、凤，三唱》、《谈、笑，二唱》、《加强、训练，分咏格》、《师、生，分咏格》、《图书馆，单咏格》、《事亲，单咏格》等钟题，作品刊于《文山吟草》。兹录数联于下：

《文、山，一唱》：

> 文光映雪书思切，山色迷人雅兴飞。（陈琳滨）

《风、雨，一唱》：

> 风恬日暖山城丽，雨霁烟收海市明。（陈琳滨）

《仁、义，二唱》：

> 当仁守约钦元伯，恩义知音失子期。（朱碧云）

《龙、凤，三唱》：

> 一跃龙门腾紫气，重登凤阁步青云。（贾伟芳）

《有、无，四唱》：

> 天地皆无私载覆，圣贤竟有广仁慈。（陈祖舜）

《师、生，分咏格》：

> 才德兼隆，恺切诲人终不倦；质文并美，辛勤为学永无荒。（黄昌介）

《图书馆，单咏格》：

> 摘句寻章，此处堪称宝藏；汗牛充栋，其中大有奇瑰。（黄昌介）

第二章
台湾的诗钟联吟组织

　　上章爬梳整理出来的 186 个诗钟社团,在台湾整个诗钟组织体系中,只是基本的构成单元或者说是初级表现形态。台湾诗钟活动尤其是日据以来的诗钟活动,影响更大、关注程度更高的还是社团联吟。台湾诗钟的社团联吟,既有两个或多个社团共同参与的社际联吟,也有县市（或乡镇）辖区内所有社团共同参与的县市（或乡镇）联吟,还有两个或多个县市所有社团共同参与的跨县市联吟,以及某个地区全部县市的所有社团共同参与的地区联吟,乃至全台所有社团共同参与的全台联吟。这些规模大小不一、组合方式各异的联吟活动,有的是临时发起的,大多数则是由具有稳定的社团构成乃至有固定吟会名称的联吟组织定期开展的常规性活动,它使得原先散点分布的诗社钟会,连结成多方位、多层次立体交叉的联吟网络。这种多方位、多层次的立体交叉联吟,一直延续到光复后很长一段时间内还盛行不衰。

　　台湾诗钟社团联吟之所以兴起和盛行,主要是因为:一方面,日据时期日本殖民当局在台湾实行一系列高压统治政策,台湾钟手不得不利用联吟的方式,来沟通联络全岛声息,敦睦诗人情谊,进而同声相应,同气相求,化零为整,共同对抗日殖当局的高压统治,因此,从某种意义上讲台湾诗钟社团联吟是日殖当局高压统治的产物;另一方面,通过参加联吟比赛,各路钟手可以把自己日常在社内课题击钵中切磋砥砺学得的创作技艺充分展露出来,一显身手,甚且技压群雄,抢元得奖,进而扩大社团影响,壮大社团声威。所以,日据以来台湾的诗钟社团无不极力勖勉社员参加社团联吟活动。

　　台湾诗钟联吟组织为数众多,已经查考出来确切有开展诗钟活动的联吟组织 39 个,其中社际性联吟组织 21 个、区域性联吟组织 16 个、全台性联吟组织 2 个。这些为数众多的联吟组织是台湾诗钟社团的一种变体或高级表现形态,若干联吟组织如"嘉社"（嘉义县罗山吟社、玉峰吟社、鸥社、朴雅吟社、月津吟社、菱社、汾津吟社、戴音吟社、新柳吟社、莺社"十社联合吟会"）、"兰社"（即宜兰县联吟大会）、"鼎社"（基隆市大同吟社与台北县貂山吟社、奎山吟社"三社联合吟会")、"凤毛吟社"(高雄县红毛港青年研究会与大林蒲青年研究会"二社联合吟会")、"海鸥吟会"(嘉义县石社、鲲水吟社、白水吟社、江滨吟社与云林县乡励吟社"五社联吟会")、"三友吟会"(高雄县凤岗吟社、屏东县砺社与高雄市旗津吟社"三社联合吟会")等,甚至直接用"社团"或"吟会"进行命名。因此,我们在研究台湾诗钟社团的时候,必须把它们列入考察范畴。

第一节　社际性诗钟联吟组织

台湾诗钟社团,兴之所至,常常招邀其他社团一起切磋砥砺,击钵竞捷。由于志趣相投,情谊益深,久而久之,遂有结合成联合吟会的愿景。我们把这种两个或两个以上社团自由组合而成的联吟组织,称为社际性联吟组织。台湾诗钟之社际联吟最早可以追溯到清代同治年间,沈桐士"郡斋钟局"就经常邀请李崧臣"鸡黍会"成员一起聚作,施士洁所撰《诗畸补遗·自序》即有"广文沈桐士先生……郡斋钟局,强来邀余,不得已随师往"之句,沈葆桢"幕府钟局"活动更加频繁,李崧臣、施士洁师生更是"无役不与①。当然,台湾诗钟社团联吟作为一种组织形式来出现,则是到了日据中期才兴起。

一、瀛桃竹联合吟会

（一）瀛桃竹联合吟会的创立及沿革

瀛桃竹联合吟会创立于民国四年（1915）六月十九日,是日开初次击钵吟会于台北艋舺公学校,并推瀛社社员颜云年（吟龙）为联吟会长。民国十二年（1923）联吟会长颜云年逝世,活动歇止。

瀛桃竹联合吟会开台湾社团联吟风气之先。赖子清尝论曰:"自民国四

---

① 转引自黄典权:《斐亭诗钟原件的学术价值》,台南《成功大学历史学报》1981 年第 8 期。

年（1915）六月十九日，瀛桃竹联合吟会开幕起，以至十二年（1923）联吟会长颜云年逝世之间，瀛桃竹推行联吟，为此北部诗风寖盛，星社、天籁吟社、淡北吟社、萃英吟社、聚奎吟社相继而起。"①

（二）瀛桃竹联合吟会的构成社团及其主要成员

瀛桃竹联合吟会由台北瀛社、桃园桃社与新竹竹社共同组成，合计成员四百余名。其中，瀛社社员近三百名，桃社社员六十余名，竹社社员一百余名，已述如前。

（三）瀛桃竹联合吟会的诗钟创作

瀛桃竹联合吟会"四时轮值，瀛社每年主政两次，桃社、竹社各主政一次"②，桃社辄开于公会堂。该联吟会课题击钵兼行，诗钟律绝并励。民国七年（1918）四月，瀛桃竹联合吟会曾向全岛征求诗钟，所出钟题为《瀛桃竹，鼎足格》，得稿经菽庄主人林尔嘉评阅，甄选出甲选20联、乙选30联、丙选50联，作品连续刊载于日据时期台湾岛内发行量最大的报纸——《台湾日日新报》。兹录数联于下：

《瀛桃竹，鼎足格》：

瀛洲采药扶龙竹，玄观看桃感兔葵。（润　庵）

瀛洲仙杖曾扶竹，潘县官桃尽放花。（补　臣）

桃娘缓渡篙撑竹，学士登瀛杖藉藜。（散　人）

黄岗有竹堪为瓦，瀛岛无花只植桃。（高世元）

桃花满坞篱遍竹，云气环瀛草产芝。（砚　香）

春暖蓬瀛香细草，竹幽荒径衬夭桃。（达　泉）

桃林牛放功书竹，草辟鲲瀛贡贲茅。（潜　渊）

湘江截竹为青篁，瀛海吹笙醉碧桃。（其　春）

---

① 赖子清：《古今台湾诗文社》（一），台湾省文献委员会编印《台湾文献》第一〇卷第三期，台北：成文出版社有限公司1983年3月台一版影印本，第2030页。

② 林佛国：《瀛社简史》，转引自许惠玫编《瀛社会志》，台北：文史哲出版社2008年版，第46页。

桃源古渡留桑竹，蓬岛神瀛隶木金。（佚　名）

宫调望瀛低按板，竹枝子夜艳歌桃。（佚　名）

二、砺、研、萍联合吟会

（一）砺、研、萍联合吟会的创立及沿革

砺、研、萍联合吟会创立于民国十年（1921）二月。该联吟会沿革情况未详。

（二）砺、研、萍联合吟会的构成社团及其主要成员

砺、研、萍联合吟会由屏东砺社、台北稻江研社（星社前身）与高雄萍香吟社共同组成，合计成员六十余名。其中，砺社社员二十余名，研社社员二十余名，已述如前。高雄市萍香吟社创立于民国九年（1920），为澎湖人士陈春林寓高雄教读时，邀集澎籍及高雄州下人士所创设，"因社员多属萍水相逢之人，遂以萍香名社"；社员十余名，主要有陈春林、陈家驹、郭荣昌等，俱为诗界热心人士；"第因诗人散处各方，集会非易，乃以通信出题征咏，继续数年，遂告瓦解"[1]。

（三）砺、研、萍联合吟会的诗钟创作

砺、研、萍联合吟会推行课题，诗钟律绝并励。民国十年（1921）二月十九日，该联吟会曾在《台湾日日新报》发布"联合第一期课题"征募启事，向全岛征求七绝《春雨》（青韵）、诗钟《梅花、鹊，笼纱格（按：应为"分咏格"）》，由砺社社员陈月樵值东，并敦聘林维朝氏为词宗。

三、淡北、萃英、聚奎等社联吟会

（一）淡北、萃英、聚奎等社联吟会的创立及沿革

淡北、萃英、聚奎等社联吟会创立于民国十三年（1924）七月以前。该

---

① 赖子清：《古今台湾诗文社》（二），台湾省文献委员会编印：《台湾文献》第一一卷第二期，台北：成文出版社有限公司1983年3月台一版影印本，第2787页。

联吟会最初是一个社际性联吟组织,由台北淡北吟社、萃英吟社、聚奎吟社等共同组成,后来发展成为台北市县辖区内所有社团共同参加的区域性联吟组织——台北联吟会。

（二）淡北、萃英、聚奎等社联吟会的构成社团及其主要成员

淡北、萃英、聚奎等社联吟会合计成员近百名。其中,淡北吟社社员三十余名,萃英吟社社员二十余名,聚奎吟社社员四十余名,已述如前。

（三）淡北、萃英、聚奎等社联吟会的诗钟创作

淡北、萃英、聚奎等社联吟会推行击钵,诗钟律绝并励。该联吟会曾于民国十三年（1924）七月十三日,假东荟芳酒馆,开消夏联吟会,创作诗钟《楼台赏月,碎锦格》。《台湾诗荟》第七号"骚坛纪事"载:"消夏吟会（台北）:淡北、萃英、聚奎等社,以（1924）七月十三日,假东荟芳酒馆,开消夏联吟会,至者五十余人。首题《消夏,七绝阳韵》;次题诗钟《楼台赏月,碎锦格》。选取之后,议欲联合台北各社,以时开会,互通声气,并推陈廷植氏为联吟会长,众皆赞成。"[1]

四、钟亭、松社联合吟会

（一）钟亭、松社联合吟会的创立及沿革

钟亭、松社联合吟会创立于民国二十年（1931）三月以前。该联吟会沿革情况未详。

（二）钟亭、松社联合吟会的构成社团及其主要成员

钟亭、松社联合吟会由基隆钟亭与台北市松山庄松社共同组成,合计成员百余名。其中,钟亭社员四十余名,松社前后社员七十余名,已述如前。

---

[1] 《台湾诗荟》第七号"骚坛纪事",1924 年 8 月 15 日。《台湾文献汇刊》第四辑第十六册,九州出版社、厦门大学出版社 2004 年版,第 139 页。

（三）钟亭、松社联合吟会的诗钟创作

钟亭、松社联合吟会推行击钵，诗钟律绝并励。《诗报》第九号载："钟亭于去古历元月十三日（1931 年 3 月 1 日）午后一时，于松山黄梅生氏宅，与松社联合开春季击钵吟会。首唱诗畸'冷、梅'，八叉格，限第二三字；次唱'铁笔'，七绝。词宗筑客、野鹤、碧淳、友兰四氏。至六时榜发，碧淳、子淘、鹤年、静渊获元，极一时之盛。而钟亭会员更假慧珠寓续开小集，摊笺联句，行令飞觞，兴酣缶雷，戏撰'慧眼灵心得如是，珠园翠绕又何须'以赠主人，流连彻夜云。"① 兹录数联于下：

《冷、梅，八叉格限二三》：

> 齿冷人间争射利，心闲梅下且开尊。（碧　醇）
>
> 傲寒梅树堪栖鹤，耐冷松枝欲化龙。（蔡清扬）
>
> 水冷莲花鸳并宿，天寒梅萼鹤孤栖。（杨静渊）
>
> 轩冕冷官同处士，鹤梅眷属美逋仙。（张添寿）
>
> 避灾梅福潜吴市，忍看林逋老鉴湖。（左　宜）
>
> 月冷桂蟾同皎洁，天寒梅鹤更精神。（张　汉）
>
> 吟寒梅屋藏春色，御冷雪裘缀月痕。（陈复礼）
>
> 露冷桂园花馥郁，天寒梅岭月婵娟。（王子荣）
>
> 新梅寒绽孤山雪，古柏冷凝曲阜春。（陈茂松）
>
> 耐冷松凌千岁雪，卫寒梅放一枝春。（庄根茹）

五、红毛港、大林埔联吟会（后名凤毛吟社）

（一）红毛港、大林埔联吟会的创立及沿革

红毛港、大林埔联吟会创立于民国二十二年（1933）十月以前，由高雄县凤山区小港乡红毛港青年研究会与当地大林蒲青年研究会共同组成；嗣

---

① 《诗报》第六十九号，1931 年 4 月 2 日。

后,为图对外行动起见,乃合并为凤毛吟社。抗战爆发后,大林蒲青年研究会创立人李梦霞返回福建故土,红毛港青年研究会创立人欧炯庵亦辞世,吟社于无形中解散。

(二)红毛港、大林埔联吟会的构成社团及其主要成员

红毛港、大林埔联吟会合计成员三十余名。其中,红毛港青年研究会成员十余名,大林埔青年研究会成员十余名,已述如前。

(三)红毛港、大林埔联吟会的诗钟创作

红毛港、大林埔联吟会推行击钵,诗钟律绝并励。《诗报》第六十九号载:"大林埔、红毛港联合击钵吟会去月(1933年10月)十日开于水源地,至定刻临会者二十余名,共推欧炯庵、李梦霞两氏为左右词宗,即拟首唱诗钟《水、道,凤顶格》,次唱《凤、山,燕颔格》,至十一时交卷,计得四十余首,遂即录呈词宗评选,进入午馔。……胪唱后,诗钟元为张望宫、邱鸿宜两氏所获,诗左右元为李剑峰、邱鸿宜两氏所得。迨至午后六时,骚人韵事,各尽兴而散。"[1] 兹录数联于下:

《水、道,凤顶格》:

水治于今还羡禹,道传自古尚称尼。(张望宫)

水火春情谁不怕,道门妙法我堪惊。(李剑峰)

道入羊肠行更险,水临虎臂钓偏凶。(洪敏中)

水乡营殿怀王俊,道德教人仰孟轲。(张望宫)

水静无波观彻底,道臻妙奥见真诚。(初　得)

《凤、山,燕颔格》:

眉山岭秀成三峡,毛凤声高彻九天。(邱鸿宜)

威凤祥麟入宝贵,清山秀水气光华。(吴石批)

成凤雏奇夸古陆,半山居士擅当荆。(张望宫)

起凤腾蛟文共仰,崇山峻岭客争临。(李剑峰)

彩凤清音谐律吕,青山古色灿云霞。(育　明)

---

① 《诗报》第六十九号,1933年11月1日。

六、陶社、来仪吟社联吟会

（一）陶社、来仪吟社联吟会的创立及沿革

陶社、来仪吟社联吟会创立于 1935 年 6 月以前。该联吟会沿革情况未详。

（二）陶社、来仪吟社联吟会的构成社团及其主要成员

陶社、来仪吟社联吟会由新竹县大溪郡龙潭庄陶社与新竹县凤岗镇来仪吟社共同组成，合计成员六十余名。其中，陶社社员五十余名，已述如前。来仪吟社创立于民国二十一年（1932）春，为当地文士曾秋涛所倡设；社名"来仪"，取凤凰来仪之意；社员十余名，主要有曾秋涛、曾东农、叶文枢、周伯达、郭茂松等。民国二十六年（1937）春，来仪吟社改组为锄社。

（三）陶社、来仪吟社联吟会的诗钟创作

陶社、来仪吟社联吟会推行击钵，诗钟律绝并励。该联吟会曾于民国二十四年（1935）五月联吟击钵，创作诗钟《花月酒，碎锦格》，作品经左词宗郭景澄、右词宗陈昌宏（苍髯）评选，登载于《诗报》。兹录数联于下：

《花月酒，碎锦格》：

酒客风前书带草，美人月下貌如花。（邱筱园）

弄月吟风花赤豹，赋诗醉酒李青莲。（济　卿）

看梅唤起兰花梦，饮酒常思月桂冠。（陈镜清）

月夜花灯人事乐，春光诗酒世情宽。（云　鹏）

酒不迷人花自笑，诗无明月赋难工。（济　卿）

樽前有酒人常醉，月下无风花自馨。（罗庆进）

明月登楼题玉塔，红补侑酒赏花灯。（罗阿麟）

花晨月夕诗为友，橘绿橙红酒作媒。（罗享彩）

月淡有情花绰约，仙嫌无酒董娇娆。（焕　章）

解语花开杯泛月，知音客至酒盈觥。（沈梅岩）

七、鼎社

（一）鼎社的创立及沿革

鼎社虽然以诗社相称，其实是一个社际联吟组织。该社创设于民国二十五年（1936），由基隆大同吟社发起，招邀台北县双溪乡貂山吟社、瑞芳镇九份奎山吟社，鼎足而三，因此命名"鼎社"。

鼎社每年开联吟会三次，由三社轮流主办。嗣因貂山吟社社长张廷魁，与宜兰县头城乡登瀛吟社社员缘故颇深，邀请该社以客员会盟的身份参加联吟，于是改为每季度联吟一次，由四社轮流主办。1942 年以后，第二次世界大战烽火滔天，遂于无形中偃旗息鼓。

光复后，鼎社重振。该社至今还活跃在台湾诗坛。

（二）鼎社的构成社团及其主要成员

鼎社合计成员一百余名。其中，大同吟社社员五十余名，登瀛吟社社员五十余名，已述如前。

貂山吟社创立于民国十六年（1927），为基隆张一泓氏寓居双溪时所倡设；双溪附近有三貂岭，故名"貂山"。其后，张一泓氏归基，乃由张廷魁任社长。抗战爆发后，社员星散，钟声停歇。光复后，社务重整，推选林义德为社长，姚德昌、林凌秋副之，总干事李莺辉，顾问叶瑞珍、陈宣昭。貂山吟社创立之初社员二十余名，主要有张一泓、张廷魁、许柱球、周景文等；光复后社员数十名，主要有林义德、姚德昌、林凌秋、李莺辉、叶瑞珍、陈宣昭等。该社至今还活跃在台湾诗坛。

奎山吟社源自民国十八年（1929）吴如玉创设之汉文研究会，由于日警以及"国民学校"的干涉，才改设奎山吟社，社长陈望远。抗战爆发后，社员星散，活动中止；光复后，社务重整。奎山吟社社员十余名，主要有吴如玉、陈望远、李硕卿等。该社至今还活跃在台湾诗坛。

（三）鼎社的诗钟创作

鼎社推行击钵,诗钟律绝并励。民国二十九年（1940）三月三日,鼎社开第八期联吟会击钵,由基隆大同吟社承办,首唱创作七律《探骊,齐韵》,次唱创作诗钟《狮球岭,鼎足格》,所得钟稿经左词宗庄芳池、右词宗陈望远评选,登载于《诗报》。兹录数联于下:

《狮球岭,鼎足格》:

　　　　虎碑草岭留名迹,狮穴基津戏采球。（雨　邨）

　　　　龙嘘峻岭蟠天阙,狮醒瀛洲震地球。（黄景岳）

　　　　狮形若削连鸡岭,渔火如球耀鲎江。（吕汉生）

　　　　碑题草岭形如虎,球弄基津迹似狮。（庄芳池）

　　　　风传草岭碑题虎,球踢花朝夜弄狮。（卢史云）

　　　　虎游峻岭伥为介,狮戏平沙鬼弄球。（李石鲸）

　　　　龙盘峻岭鳞成字,狮吼高山爪弄球。（陈望远）

　　　　狮当搏兔声逾岭,地已成球影在天。（玉　堂）

　　　　庭里蹴球酣稚子,岭头击钵醒雄狮。（树　青）

　　　　虎威草岭犹留石,狮吼河东不弄球。（张廷魁）

八、新竹州下八社联吟会

（一）新竹州下八社联吟会的创立及沿革

新竹州下八社联吟会创立于 1939 年 2 月 19 日（古历元旦）以前,由新竹市境内八个社团共同组成,主要包括新竹市竹社、青莲吟社、竹林吟社、切磋吟社、三孝人家（柏社之变名）,与新竹县来仪吟社等社团共同组成。该联吟会沿革情况未详。

（二）新竹州下八社联吟会的构成社团及其主要成员

新竹州下八社联吟会合计成员近二百名。其中,竹社前后社员一百余名,青莲吟社社员十余名,竹林吟社社员七名,切磋吟社社员数十名,三孝人家社员二十余名,来仪吟社社员十余名,已述如前。

(三)新竹州下八社联吟会的诗钟创作

新竹州下八社联吟会推行击钵,诗钟律绝并励。《诗报》第一九六号(1939年3月5日发行)载:"新竹青草湖灵隐寺于新二月十九日(古元旦)正午招待骚人五十余名开新春联吟会,公拟张纯甫、高华衮、黄潜渊、蔡乔材、曾秋涛、陈如璧六氏为左右词宗。首唱'东林种蔗',五律删韵;次唱'寺塔',五绝鱼韵;三唱'灵隐',诗钟鹤顶格,各限四时交卷。三唱共得二百五十余首,誊录后呈与各词宗评选,顺开吟筵。是日赠品由洪德兴、陈厚山朝辉农场寄附,极呈一时之盛况云。"[①] 第一九八号(1939年4月1日发行)又载"新竹青草湖灵隐寺主催招待新竹州下八社联吟会"创作诗钟《灵、隐,凤顶格》14联。兹录数联于下:

《灵、隐,凤顶格》:

> 灵通法界崇文佛,隐卧茅庐感武侯。(释无上)
>
> 灵帝祚空传献帝,隐公身竟弒桓公。(黄啸秋)
>
> 灵运山游原索异,隐之泉饮不嫌贪。(曾读秋)
>
> 灵澈诗名佳士并,隐娘剑术老尼传。(周伯达)
>
> 灵迹争传诸侯庙,隐沦不愧梵王宫。(洪晓峰)
>
> 灵钟胜地宣经典,隐避深山课鼓钟。(黄潜渊)
>
> 灵官曾向三清集,隐士犹将四皓传。(郭茂松)
>
> 灵寿塔高藏侠骨,隐元师老振禅宗。(张纯甫)
>
> 灵光返照三摩地,隐约遥看五指峰。(郭仙舟)
>
> 灵草疾应皆可疗,隐花种异自能传。(蔡东明)

---

① 《诗报》第一九六号,1939年3月5日。

九、石社、乡励、鲲水、白水、江滨"五社联吟会"
（亦名海鸥吟会）

（一）石社、乡励、鲲水、白水、江滨"五社联吟会"的创立及沿革

石社、乡励、鲲水、白水、江滨"五社联吟会"亦称"海鸥吟会"，取滨海诗人欢集吟咏之意。该联吟会由黄秀峰、林眠云、邱水谟、洪天赐、曾仁杰、颜禹门、林镜春、李启南、萧玩索、蔡火土诸氏热心提倡，并于1951年履端佳辰（夏历正月初一日），在嘉义县东石乡港墘国民学校礼堂举行成立典礼，是日衣冠济济，诗帜高飘，出席会员计七十二名。大会公选颜禹门为会长，张清辉副之，聘李西端、黄瘦峰、黄传心、吴莫卿为顾问。决议每年元旦召开会员大会，春秋两季联吟大会，每月课题二题，兴之所至临时开击钵吟。常年大会会址及交卷处，皆设在东石乡港墘村江滨吟社，盖是处为五社集会中心，便于会员往返。该联吟会创作活动持续至1958年12月以后。

（二）石社、乡励、鲲水、白水、江滨"五社联吟会"的构成社团及其主要成员

石社、乡励、鲲水、白水、江滨"五社联吟会"由嘉义县东石乡之石社、云林县北港镇之乡励吟社、嘉义县布袋镇之鲲水吟社与白水吟社、嘉义县东石乡港墘村之江滨吟社共同组成，合计成员二百余名。其中，乡励吟社前后社员五十余名，江滨吟社社员二十余名，已述如前。

石社创立于民国二十二年（1933）十二月十日，为当地文士黄三缄、黄传心、黄谦容等共同倡设。社员二十余名，主要有黄三缄、黄传心、黄谦容、林眠云、黄秀峰、吴莫卿等。抗战爆发后，社友星散。光复后，林眠云、黄秀峰、吴莫卿等重张旗鼓，林眠云为社长，黄秀峰、吴莫卿副之。该社创作活动持续至1960年以后。

鲲水吟社创立于民国三十年（1941），为当地文士李启南，邀同李姜、林登谋、洪标、洪金全、萧玩索、蔡火土、谢敬堂、陈德隆等共同倡设。社员近百名，

主要有李茂钟、胡顺卿、胡顺隆、李姜、陈德隆、李启南（笑林）、林登谋、洪标、洪金全、萧玩索、蔡火土、谢敬堂、李庭枢等。该社到 1986 年还坚持活动，其时社长李茂钟，副社长胡顺卿、胡顺隆，总干事李庭枢，顾问李姜、陈德隆。

白水吟社创立于民国二十五年（1936），为当地文士李笑林、蔡火土、谢敬堂、萧玉河、萧土城等共同倡设。社员情况未详，所知者有李笑林、蔡火土、谢敬堂、萧玉河、萧土城等。该社创作活动持续至 1959 年以后。

（三）石社、乡励、鲲水、白水、江滨"五社联吟会"的诗钟创作

石社、乡励、鲲水、白水、江滨五社联吟会推行课题，诗钟律绝并励。该联吟会曾于 1958 年秋创作诗钟课题《秋、月，一唱》，得稿经左词宗黄传心、右词宗曾人杰评选，登载于《诗文之友》。兹录数联于下：

《秋、月，一唱》：

秋篱笑傲陶潜菊，月下高吟李白诗。（瑞　章）

秋声悲读欧阳赋，月夜饮登庾亮楼。（张清辉）

秋高银汉联牛女，月冷天河洗甲兵。（明　照）

月照孤山梅点雪，秋横银汉鹊填桥。（颜禹门）

秋爽梧庭风却扇，月明凤阁酒催诗。（颜禹门）

秋半牛渚吹谢笛，月明赤壁泛苏舟。（承　漳）

月影迷离三径菊，秋风吹散一池萍。（风流道人）

秋深访戴因怀古，月下追韩为爱才。（承　漳）

秋声作赋怀欧子，月饼传歌忆赵岐。（谢山水）

月下倾杯怀李白，秋深罢钓忆严光。（林镜春）

十、春人、六六联吟会

（一）春人、六六联吟会的创立及沿革

春人、六六联吟会创立于 1952 年 7 月。该联吟会沿革情况未详。

（二）春人、六六联吟会的构成社团及其主要成员

春人、六六联吟会由台北市春人诗社与六六诗社共同组成,合计成员两百余名。其中,春人诗社社员两百余名,六六诗社社员三十余名,已述如前。

（三）春人、六六联吟会的诗钟创作

春人、六六联吟会推行击钵,由"两社间月轮集,……两载以还,积诗数百首,诗钟数千联,武公社长恐其日久而易散也,商之同人,选付剞劂"[①],是为《春六诗选》第一集,其后又由钱逸尘编辑出版第二集。兹录该联吟会钟作数联于下:

《武、奇,二唱》:

　　用武英雄无寸土,传奇父老说前朝。（马瀞庐）

　　耀武真址夸燕颔,居奇竟饮计蝇头。（张惠康）

　　卖武江湖凭短剑,没奇关塞倚长城。（谭遵鲁）

　　太武会除空际佛,六奇曲演雪中人。（钱逸尘）

　　遁奇原是兵家祖,韶武应推国乐宗。（何扬烈）

《何、半,六唱》:

　　梅花官图何郎咏,芳树山斋半叟题。（钱逸尘）

　　万树梅花何逊赋,一庭枫叶半千诗。（张镜微）

　　扬州蚁梦何年觉,蜀道鹃魂半夜归。（张惠康）

　　萁豆相煎何太急,匏瓜不食半无能。（谭遵鲁）

　　士难展志何心恋,花以含羞半面遮。（何扬烈）

十一、春人、六六、玉岑、台铁联吟会

（一）春人、六六、玉岑、台铁联吟会的创立及沿革

春人、六六、玉岑、台铁联吟会创立于1954年。该联吟会沿革情况未详。

---

① 钱逸尘:《春六诗选第一集·序》,转引自何武公《枕髑髅斋诗话》,高雄《鲲南诗苑》第五卷第四期,1959年6月。

（二）春人、六六、玉岑、台铁联吟会的构成社团及其主要成员

春人、六六、玉岑、台铁联吟会由台北市春人诗社、六六诗社、台铁诗社与嘉义市玉岑诗社共同组成,合计成员三百余名。其中,春人诗社社员两百余名,六六诗社社员三十余名,玉岑诗社社员三十八名,台铁诗社社员四十一名,已述如前。

（三）春人、六六、玉岑、台铁联吟会的诗钟创作

"春人、六六、玉岑、台铁诸社友,每遇宴集,辄课诗钟为乐,大都临时命题,限时交卷,佳句甚多"。① 该联吟会先后创作《湖、绿,五唱》、《心、试,六唱》、《离、易,二唱》、《恋、钗,三唱》等钟题,作品登载于《鲲南诗苑》等报刊杂志。兹录数联于下:

《离、易,二唱》:

德离几见心能合,贫易当知富更难。（佚　名）

积易探囊原可喻,伤离织绵更难宣。（佚　名）

《恋、钗,三唱》:

蝶影恋词唐苑谱,凤头钗曲沈园题。（佚　名）

每因恋栈怀刍豆,为践钗盟卜镜钿。（何武公）

《湖、绿,五唱》:

思归空切湖天梦,论隐获虚绿野谋。（佚　名）

船娘挽发湖为镜,驿使传音绿作衣。（佚　名）

《心、试,六唱》:

啼红谁解灯心苦,曳白难逃笔试羞。（佚　名）

云雨红楼初试梦,风尘白屋雨心期。（佚　名）

---

① 何武公:《枕髑髅斋诗话》,高雄《鲲南诗苑》第四卷第二期,1958 年 6 月。

十二、淡北、天籁、松鹤、卷籁轩"四社联吟会"

（一）淡北、天籁、松鹤、卷籁轩"四社联吟会"的创立及沿革

淡北、天籁、松鹤、卷籁轩"四社联吟会"创立于1955年秋季以前。该联吟会沿革情况未详。

（二）淡北、天籁、松鹤、卷籁轩"四社联吟会"的构成社团及其主要成员

淡北、天籁、松鹤、卷籁轩"四社联吟会"由台北市淡北吟社、台北县天籁吟社、台北市松鹤吟社及黄笑园之"卷籁轩"共同组成，合计成员一百五十余名。其中，淡北吟社日据时期社员三十余名，光复后社员七十余名；天籁吟社日据时期社员约六十名，光复后社员三十余名；松鹤吟社社员三十余名；已述如前。"卷籁轩"社员十余名，详见第三章第二节之"二、卷籁轩"。

（三）淡北、天籁、松鹤、卷籁轩"四社联吟会"的诗钟创作

淡北、天籁、松鹤、卷籁轩"四社联吟会"推行击钵，诗钟律绝并励。该联吟会曾于1955年召开"北市秋季四社联吟大会"，由黄笑园主办，创作诗钟《飞机、菊，分咏格》，所作经左词宗黄文虎、右词宗施运斧评选，登载于《中华诗苑》。兹录数联于下：

《飞机、菊，分咏格》：

屯空十万军声壮，映径三秋士气豪。（卢懋青）

凌空艺比公输子，插帽狂推杜牧之。（林锡牙）

翼展空军新骨干，花留隐士旧心情。（傅秋镛）

廿纪文明称喷气，三秋冷艳说黄花。（廖庆源）

空运免劳青鸟使，赏芳不负白衣人。（张荣西）

防空卫国凭千架,傲骨凝霜种几株。(刘万传)

虎视群芳传晚节,鹏搏独霸制空权。(黄文虎)

千架行空如塞雁,几株老圃伴诗人。(陈结煌)

冰姿艳色迷三径,银翼威风纵九霄。(张国裕)

老圃傲霜迷靖节,御风缩地笑公输。(王在宽)

十三、淡北、天籁、北台、松鹤、卷籁轩"五社联吟会"

(一)淡北、天籁、北台、松鹤、卷籁轩"五社联吟会"的创立及沿革

淡北、天籁、北台、松鹤、卷籁轩"五社联吟会"创立于1956年9月以前。该联吟会沿革情况未详。

(二)淡北、天籁、北台、松鹤、卷籁轩"五社联吟会"的构成社团及其主要成员

淡北、天籁、北台、松鹤、卷籁轩"五社联吟会"由台北市淡北吟社、台北县天籁吟社与台北市北台吟社、松鹤吟社及黄笑园之"卷籁轩"共同组成,合计成员逾一百五十名。其中,淡北吟社日据时期社员三十余名,光复后社员七十余名;天籁吟社日据时期社员约六十名,光复后社员三十余名;松鹤吟社社员三十余名;"卷籁轩"社员十余名;台北市北台吟社社员情况未详。

(三)淡北、天籁、北台、松鹤、卷籁轩"五社联吟会"的诗钟创作

淡北、天籁、北台、松鹤、卷籁轩"五社联吟会"推行击钵,诗钟律绝并励。该联吟会曾于1956年联吟击钵,创作诗钟《曲、陶,魁斗格》,作品经左词宗黄文虎、右词宗施运斧评选,登载于《中华诗苑》。兹录数联于下:

《曲、陶,魁斗格》:

曲可怡情分角徵,诗能养性重熏陶。(周维明)

曲奏琵琶愁去汉,门栽杨柳忆归陶。(黄笑园)

曲和高才知宋玉,功多盛世有皋陶。(不 承)

曲渚兰香宗笔圣，南山菊节志诗陶。（柯执谦）

曲奏霓裳饶绮思，文工獭祭尚熏陶。（李逸鹤）

曲江未见颠茶陆，粟里犹逢止酒陶。（清　祥）

曲水流觞怀少长，历山耕稼仰渔陶。（林锡牙）

曲成出塞浣花杜，赋就归田彭泽陶。（应侠民）

曲成金缕消幽恨，歌谱南熏解郁陶。（应侠民）

曲闻浔上情牵白，诗咏篱边兴寄陶。（李康宁）

十四、淬励、半闲联吟会

（一）淬励、半闲联吟会的创立及沿革

淬励、半闲联吟会创立于1959年5月以前。该联吟会沿革情况未详。

（二）淬励、半闲联吟会的构成社团及其主要成员

淬励、半闲联吟会由彰化县鹿港镇淬励吟社与半闲吟社共同组成，合计成员三十余名。其中，半闲吟社社员二十余名，已述如前。

淬励吟社亦称淬砺吟社，创立于民国二十二年端午（1933年5月28日）。该社推举徐天甫为常务干事，许文奎为财务干事，徐天降、蔡静山为庶务干事；社员十余名，主要有徐天甫、许文奎、徐天降、蔡静山、施性湍、施让甫、许遂园、庄锦西等。

（三）淬励、半闲联吟会的诗钟创作

淬励、半闲联吟会推行击钵，诗钟律绝并励。该联吟会曾于1959年4月举办"祝社友（庄）锦西令郎永如弥月击钵"，创作诗钟《永、如，一唱》，得稿经左词宗许志呈、右词宗施少峰评选，登载于《诗文之友》。兹录数联于下：

《永、如，一唱》：

永日清淡浑忘倦，如春温暖不知寒。（施让甫）

永耀门楣多赐福，如成堂构益增光。（吴东源）

永言配命求多福,如果承天致百祥。(施让甫)

永此冰心堪傲世,如斯英物足充间。(许遂园)

永夜倾觞情自厚,如春折屐兴谁浓。(施少峰)

永甘磨墨人求字,如为知诗子值钱。(周定山)

永世文章铺锦绣,如春苏润缀珠玑。(施冰如)

永我无双惟积德,如人有九且凭良。(庄锦西)

永降麒麟欣应瑞,如迎鸾鹭庆呈祥。(吴东源)

永和琴瑟鸣歌夜,如叶熏箎奏乐天。(王天赐)

十五、陶社、大新吟社联吟会

(一)陶社、大新吟社联吟会的创立及沿革

陶社、大新吟社联吟会创立于1960年10月以前。该联吟会沿革情况未详。

(二)陶社、大新吟社联吟会的构成社团及其主要成员

陶社、大新吟社联吟会由新竹县大溪郡龙潭庄陶社与新竹县新埔乡大新吟社共同组成,合计成员一百五十余名。其中,陶社社员五十余名,大新吟社社员近百名,已述如前。

(三)陶社、大新吟社联吟会的诗钟创作

陶社、大新吟社联吟会推行击钵,诗钟律绝并励。该联吟会曾于1960年9月联吟击钵,庆祝陶社社员陈昌宏先生周甲寿诞,创作诗钟《庚、子,鹤顶格》,作品经左词宗沈梅岩、右词宗陈新龙评选,登载于《中华艺苑》。兹录数联于下:

《庚、子,鹤顶格》:

庚日咏诗添鹤算,子山作赋颂龟龄。(刘碧岚)

庚星朗照人文瑞,子道须怀孝顺风。(谢胜长)

庚星拱照三多福,子桂飘呈四海香。(黄朱兴)

庚星寿酒欣三祝,子夜笙歌颂九如。（余锡琼）

庚岁延宾添上寿,子孙舞彩乐高年。（陈新龙）

庚星焕彩颖川第,子寿称觞富贵家。（刘锦传）

庚年闰月调时令,子夜吟诗和籁音。（陈新龙）

庚年舞彩满堂乐,子岁娱亲合户欢。（余天送）

庚桑自得元妃重,子柳宁无摩诘思。（陈新龙）

庚帖订盟联二姓,子钱融汇及千家。（沈梅岩）

十六、淡北、高山、松社"三社联吟会"

（一）淡北、高山、松社"三社联吟会"的创立及沿革

淡北、高山、松社"三社联吟会"创立于 1962 年 10 月 25 日以前。该联吟会沿革情况未详。

（二）淡北、高山、松社"三社联吟会"的构成社团及其主要成员

淡北、高山、松社"三社联吟会"由台北市淡北吟社、高山文社、松社共同组成,合计成员二百余名。其中,淡北吟社日据时期社员三十余名,光复后社员七十余名;高山文社日据时期社员四十余名,光复后社员八十余名;松社前后社员七十余名。已述如前。

（三）淡北、高山、松社"三社联吟会"的诗钟创作

淡北、高山、松社"三社联吟会"推行击钵,诗钟律绝并励。该联吟会曾于 1962 年光复节（10 月 25 日）,在台北市松山区灵源寺（今台北市虎林街二十六巷五号）开三社联吟击钵,创作诗钟《灵、源,冠首》,所作经左词宗黄文虎、右词宗陈华堤评选,登载于《诗文之友》与《中华艺苑》。兹录数联于下:

《灵、源,冠首》:

灵显十方来锡口,源通一脉溯钱塘。（李春荣）

灵钟北市山川秀，源溯西湖万象新。（林韩堂）

灵接西湖香火盛，源资南国德功深。（李添福）

灵光照彻开天地，源水流长贯古今。（林振盛）

灵寺庄严超世俗，源泉清净濯尘心。（林笑岩）

灵光普照松山境，源影连辉淡水天。（赵永光）

灵还合道堪成佛，源出真心即是仙。（黄怡陶）

灵著松山连北市，源分莲社接西天。（陈华堤）

灵机一转明三昧，源水长流静六根。（陈槐庭）

灵气澄心除俗虑，源泉激石转清音。（陈玉麟）

十七、竹、莲"二社联吟会"

（一）竹、莲"二社联吟会"的创立及沿革

竹、莲"二社联吟会"创立于 1963 年 11 月以前。该联吟会沿革情况未详。

（二）竹、莲"二社联吟会"的构成社团及其主要成员

竹、莲"二社联吟会"由新竹竹社与花莲莲社共同组成，合计成员一百六十余名。其中，竹社社员一百余名，莲社社员六十余名，已述如前。

（三）竹、莲"二社联吟会"的诗钟创作

竹、莲"二社联吟会"推行课题，诗钟律绝并励。该联吟会曾经创作《竹、莲，一唱》（第五期课题）等钟题，作品登载于《中华艺苑》、《诗文之友》等报刊杂志。兹录数联于下：

《竹、莲，一唱》：

莲花妾貌谁当艳，竹节臣心孰较坚。（张家辉）

莲翻舌底词锋利，竹运胸中画意饶。（范根燦）

竹深鸟语林间月，莲静鱼游水底天。（谭治平）

莲塘鹢影随桡静，竹院蝉声入枕喧。（杨伯西）

　　　　莲出污泥身自洁,竹经冻雪节犹坚。（谢麟骥）

　　　　莲房秋老心多苦,竹院春深意自闲。（施广衍）

　　　　竹影淡描疏牖月,莲香暗渡小桥风。（郭茂松）

　　　　莲竞红妆来画舫,竹分绿影上纱窗。（林维周）

　　　　竹栽园圃能超俗,莲出淤泥不染尘。（杨静渊）

　　　　竹喧浣女归家候,莲动渔舟下水时。（林怀国）

十八、宜兰县八六书画会、头城登瀛吟社联吟会

（一）宜兰县八六书画会、头城登瀛吟社联吟会的创立及沿革

　　宜兰县八六书画会、头城登瀛吟社联吟会创立于1967年6月以前。该联吟会沿革情况未详。

（二）宜兰县八六书画会、头城登瀛吟社联吟会的构成社团及其主要成员

　　宜兰县八六书画会、头城登瀛吟社联吟会由宜兰县八六书画会与该县头城乡登瀛吟社共同组成,合计成员数十名。其中,登瀛吟社社员五十余名,已述如前。八六书画会创立于1954年以前,主要成员有康滟泉（字健全、在山,号海秋）、周澄等。

（三）宜兰县八六书画会、头城登瀛吟社联吟会的诗钟创作

　　宜兰县八六书画会、头城登瀛吟社联吟会课题击钵兼行,诗钟律绝并励。该联吟会曾经创作《雪、岭,蝉联格》、《读、书,三唱》等钟题,作品登载于《诗文之友》等报刊杂志。兹录数联于下:

《读、书,三唱》:

　　　　竹扇书成人竞市,兰亭读罢客流觞。（康在山）

　　　　凤岭书留千古石,鸡窗读破一天云。（吴旺水）

　　　　象管书缣摹八体,鸡窗读史惜三余。（林万荣）

杜诗读罢酬青蟹,右笔书成换白鹅。(高宗骥)

五经读尽通今古,八法书成继汉唐。(庄芳池)

《雪、岭,蝉联格》:

诗寻驴背人冲雪,岭绕羊肠路接天。(萧献三)

郢上才华歌白雪,岭头春色报红梅。(莫月娥)

梅领林逋来庾岭,雪欺韩愈困蓝关。(林万荣)

霜压梅花开庾岭,雪催枫叶冷吴江。(林义德)

笛向风前吹白雪,岭于霜后咏红梅。(康在山)

十九、竹澹社联合诗吟会

(一)竹澹社联合诗吟会的创立及沿革

竹澹社联合诗吟会创立于 1970 年 10 月以前。该联吟会沿革情况未详。

(二)竹澹社联合诗吟会的构成社团及其主要成员

竹澹社联合诗吟会由新竹竹社与台北澹社共同组成,合计成员一百三十余名。其中,竹社社员一百余名,澹社社员数十名,已述如前。

(三)竹澹社联合诗吟会的诗钟创作

竹澹社联合诗吟会推行击钵,诗钟律绝并励。该联吟会先后创作《水、西施,分咏格》、《纸、灯,四唱》、《诗、酒,一唱》、《春、饼,二唱》、《石、灰,三唱》、《六、十,一唱》、《裙、带,七唱》、《国、家,二唱》、《形、影,五唱》、《午、时,四唱》、《秋、月,六唱》等钟题,作品登载于《诗文之友》等报刊杂志。兹录数联于下:

《诗、酒,一唱》:

酒酿三秋怀栗里,诗删千古仰尼山。(谢麟骥)

《国、家,二唱》:

官家史笔推班固,华国文章重马融。(范晖明)

《石、灰，三唱》：

> 端午石榴连野放，清明灰蝶满山飞。（范炯亭）

《午、时，四唱》：

> 鸟道昔时称绝险，马关甲午耻求和。（范根燦）

《形、影，五唱》：

> 握发苏秦形更奋，低头杜牧影相随。（朱杏邨）

《秋、月，六唱》：

> 湖边人建春秋阁，山内天开日月潭。（曾耀南）

《裙、带，七唱》：

> 羊叔腰肥思缓带，谢蛮体软曳轻裙。（林则诚）

《水、西施，分咏格》：

> 濯足人来桃叶渡，捧心女住苎萝村。（洪晓峰）

二十、竹、澹、莲"三社联吟会"

（一）竹、澹、莲"三社联吟会"的创立及沿革

竹、澹、莲"三社联吟会"亦称澹、竹、莲"三社联吟会"，创立于1977年10月以前，创作活动持续至1987年8月以后。

（二）竹、澹、莲"三社联吟会"的构成社团及其主要成员

竹、澹、莲"三社联吟会"由新竹竹社、台北澹社与花莲莲社共同组成，合计成员二百余名。其中，竹社社员一百余名，澹社社员三十余名，莲社社员六十余名，已述如前。

（三）竹、澹、莲"三社联吟会"的诗钟创作

竹、澹、莲"三社联吟会"推行击钵，诗钟律绝并励。该联吟会先后创作《本、坚，第七唱》（澹社主办）、《拓、荒，魁斗格》、《梦、圆，蝉联格》、《大、兴，冠首》（澹社主办，开于三峡）、《新、海，冠首》、《诗、书，一唱》、《幸、福，

蝉联格》、《桃、园,鹤顶格》(1981 年辛酉秋季联吟会,澹社郑指薪、李传芳、陈连捷、陈连报、苏忠仁值东)、《灯、节,七唱》、《新、社,冠首》、《益、寿,冠首格》等钟题,作品登载于《中国诗文》(及《中国诗文之友》)等报刊杂志。兹录数联于下:

《新、社,冠首》:

新开绿蚁蔬鱼肉,社结盟鸥澹竹莲。(苏忠仁)

《诗、书,一唱》:

诗工子建吟煎豆,书妙羲之尚换鹅。(陈竹峰)

《灯、节,七唱》:

竹可生凉标劲节,萤能佐读作明灯。(张国裕)

《拓、荒,魁斗格》:

拓牧匈奴羁北海,请缨陆贾伏南荒。(傅秋镛)

《梦、圆,蝉联格》:

羽客难圆江上梦,园丁不剪镜中花。(郑坦孚)

《幸、福,蝉联格》:

喜得梅花开五福,幸凭竹叶报三多。(黄祉斋)

二十一、和社、网溪诗社联吟会

(一)和社、网溪诗社联吟会的创立及沿革

和社、网溪诗社联吟会创立于 1979 年 4 月以前。该联吟会沿革情况未详。

(二)和社、网溪诗社联吟会的构成社团及其主要成员

和社、网溪诗社联吟会由台北市和社与网溪诗社共同组成,合计成员近百名。其中,和社社员七十余名,已述如前。

网溪诗社创立于 1979 年 4 月以前;社员二十余名,主要有林锡牙、陈镜波、吴剑锋、蔡公铎、曾文新、施胜雄、廖文居、陈槐庭、陈珠璧、蔡秋金、陈绵

芳、傅秋镛、叶世荣、施胜隆、陈家添、黄锭明、苏成章、庄木火、傅紫真、李春荣等。该社创作活动持续至 20 世纪 90 年代。

（三）和社、网溪诗社联吟会的诗钟创作

和社、网溪诗社联吟会推行击钵，诗钟律绝并励。该联吟会曾于 1979 年 3 月开春季联吟击钵，"祝槐庭词兄六秩晋六诞辰"，创作诗钟《槐、庭，冠首》，得稿经左词宗倪登玉、右词宗卢懋青评选，登载于《中国诗文之友》。兹录数联于下：

《槐、庭，冠首》：

槐下倾樽追北海，庭前祝寿颂南山。（廖文居）

槐阴午梦醒蝉噪，庭训丁年记鲤趋。（杜万吉）

槐下摊笺人吐凤，庭前品茗客盟鸥。（黄春亮）

槐引清风春醉酒，庭升明月夜催诗。（林锡牙）

槐高府第荣王祐，庭秀芝兰慰谢安。（曾笑云）

槐茂三株高四岳，庭深五院冠千家。（施胜隆）

槐园珠履三千客，庭阁诗词一百篇。（高策轩）

槐树成荫荣故里，庭花竞艳灿华堂。（黄铁松）

槐阁衣冠皆学士，庭园车马尽诗翁。（陈锦芳）

槐叶扶疏清暑气，庭花灿烂迓春光。（陈槐庭）

台湾还有一些社际联吟组织，如：台北星社一部分社员本属瀛社社员，故常与瀛社开联合吟会，称作"瀛星食饭会"；民国七年旧历八月十六日（1918 年 9 月 20 日），台中栎社与鳌西诗社曾于鳌峰蔡惠如之伯仲楼举行栎鳌联合会；民国十二年（1923），高雄县凤岗吟社、屏东县砺社、高雄市旗津吟社结成联合吟会，称"三友吟会"；民国二十六年（1937），苗栗薰洲吟社等共组"堑南三社联吟会"；桃园县桃社、崁津吟社、以文吟社、陶社、东兴吟社共组"五社联吟会"，每年春秋轮值；台南月津吟社与嘉义竹音吟社结成"二社联吟会"；台北天籁吟社、聚奎吟社、淡北吟社、鸥社、萃英吟社共组"五社联吟会"；台南麻豆绿社与佳里白鸥吟社共设"曾北联吟会"，复与白

鸥吟社、学甲吟社、登云吟社、将军吟社、竹桥吟社共设"曾北六社联吟会"，光复后再与琅环诗社、学甲吟社、龙湖吟社共设"四社联吟会"；心社与台北天籁吟社共组联吟会，每月一集，将及周年始辍；嘉义六六诗社与玉岑吟社共组"六玉联吟会"；旗山旗峰吟社与美浓诸吟友共组"旗美联吟会"。这些社际联吟组织，也往往诗钟律绝并举，但是由于受资讯所限，尚未查找到诗钟活动相关讯息，附录于此，作为以后研究的线索。

第二节　区域性诗钟联吟组织

　　台湾的区域性诗钟联吟组织可以分为四个层次:一是乡镇联吟会,是由乡镇辖区内所有社团共同参加的联吟组织,如彰化县鹿港镇鹿江联吟会、嘉义县朴子镇诗人联吟会等;二是县市联吟会,是由县市辖区内所有社团共同参加的联吟组织,如嘉社、台北联吟会、南投郡联吟会、高雄市诗会、屏东联吟会、基隆市诗人联吟会、台中市诗人联吟会、宜兰县联吟大会、云林县诗人联吟会等;三是跨县市联吟会,是由两个或多个县市所有社团共同参加的联吟组织,如高屏三县市联吟大会、台中苗栗联吟会等;四是地区联吟会,是由某个地区全部县市的所有社团共同参与的联吟组织,如中部联吟大会、中北部诗人联吟大会、北台联吟会等。

第一小节　乡镇联吟会

一、鹿江联吟会

(一)鹿江联吟会的创立及沿革

　　彰化县鹿港镇鹿江联吟会创立于 1964 年 10 月以前。该联吟会沿革情况未详。

（二）鹿江联吟会的构成社团及其主要成员

鹿江联吟会是由彰化县鹿港镇辖区内所有社团共同组成的区域性联吟组织，主要包括大冶吟社、半闲吟社、淬励吟社等社团，合计成员百余名。其中，大冶吟社前后社员六十余名，半闲吟社社员二十余名，淬励吟社社员十余名，已述如前。

（三）鹿江联吟会的诗钟创作

鹿江联吟会推行课题，诗钟律绝并励。该联吟会曾经创作诗钟课题《鹿、江，魁斗格》，得稿经左词宗朱启南、右词宗高泰山评选，登载于《诗文之友》。兹录数联于下：

《鹿、江，魁斗格》：

> 鹿梦初回人在榻，鱼书不到月沉江。（王景瑞）
> 鹿洞经书传四海，龙津舟楫济三江。（王景瑞）
> 鹿觅灵芝来峡谷，龙来大雨起长江。（王景瑞）
> 鹿死刘邦居紫极，骓存项羽刎乌江。（施福来）
> 鹿宴宏开延贡士，龙舟竞渡吊湘江。（吴东源）
> 鹿伴仙人游五岳，马从英主过三江。（兴　农）
> 鹿渚痴云遮路树，冲西冷雨入沧江。（蔡文彬）
> 鹿渚垂钓怀渭水，螺溪泛月忆湘江。（施一愚）
> 鹿渚浮槎追赤壁，鲍樽挹月忆长江。（黄　信）
> 鹿渚波光浮蛤圃，王功蟹火点蠔江。（郭筱云）

二、朴子镇诗人联吟会

（一）朴子镇诗人联吟会的创立及沿革

嘉义县朴子镇诗人联吟会创立于 1969 年 1 月以前。该联吟会沿革情况未详。

（二）朴子镇诗人联吟会的构成社团及其主要成员

朴子镇诗人联吟会其实是以朴子溪为中心的区域性联吟组织，主要包括朴子镇朴雅吟社，以及与朴子镇隔溪相望的东石乡之石社、江滨吟社等社团，合计成员逾八十名。其中，朴雅吟社社员四十余名，石社社员二十余名，江滨吟社社员二十余名，已述如前。

（三）朴子镇诗人联吟会的诗钟创作

朴子镇诗人联吟会推行击钵，诗钟律绝并励。该联吟会曾经创作诗钟《清、明，冠首格》，得稿经左词宗萧啸涛、右词宗黄秀峰评选，登载于《诗文之友》。兹录数联于下：

《清、明，冠首格》：
> 清景无边侵马鬣，明山有意护牛眠。（林友笛）
> 清流春涨牛溪水，明月夜招麓岭魂。（李可读）
> 清风十里吹青塚，明月千秋照古碑。（蔡锦帆）
> 清香荐藻供昭穆，明德遗箴付子孙。（黄秀峰）
> 清白传家杨伯起，明良辅国柳公权。（吴云鹤）
> 清帝国亡青塚在，明妃人去紫台留。（翁文登）
> 清风拂袖人怀葛，明月思乡客念亲。（杨图南）
> 清雅诗崇苏杜李，明公政念舜尧汤。（杨啸天）
> 清夜微吟迎碧月，明窗小启逗凉风。（赵凌霜）
> 清歌三叠王维曲，明畏四知杨震金。（蔡菊园）

第二小节　县市联吟会

一、嘉社（后名"嘉义县联吟会"）

（一）嘉社的创立及沿革

嘉社创立于民国十二年（1923）十月十七日，由苏孝德（樱村）、赖雨若（壶仙）、林玉书（卧云）三氏发起首倡。该社虽然以诗社相称,实际上是一个融原嘉义县辖区内十个诗社于一体的区域性联吟组织。这十个诗社分别是:嘉义市之罗山吟社、玉峰吟社、鸥社,朴子街之朴雅吟社,盐水街之月津吟社,西螺街之菼社,北港街之汾津吟社,新巷庄之馨音吟社,新营、柳营二庄之新柳吟社,布袋庄之莺社。

该社不置社长,举专务一人,综理社务,另推常务三名,理事、评议员、顾问各若干名。历届专务为苏樱村、林玉书、赖雨若。民国二十六年（1937）抗战军兴,为时势所迫,无法维持联吟,社员遂仍归所属各社,独自维持于不坠。

光复后,原嘉社各成员诗社复组"嘉义县联吟会"。

（二）嘉社的构成社团及其主要成员

嘉社创立之初合计成员一百五十九名,各有所属,包括:罗山吟社社员二十一名、玉峰吟社社员十一名、鸥社社员二十九名、朴雅吟社社员十三名、月津吟社社员十四名、菼社社员二十六名、汾津吟社社员十三名、馨音吟社社员十一名、新柳吟社社员七名、莺社社员十四名。其中,罗山吟社、玉峰吟社、鸥社、朴雅吟社、月津吟社、馨音吟社的相关情况,已述如前。

云林县西螺镇（按:日据时期隶属嘉义厅西螺支厅西螺堡）菼社创立于民国八年（1919）三月,其时彰化黄文陶（竹崖）博士寓居该地,目睹台湾在日本殖民统治之下,国学日渐衰微,为维持风雅起见,邀集螺阳士绅廖学昆（应谷）、廖心恭（和衷）、林朝好、文永昌、魏等如（天修）、江擎甫、李延通等爱好文艺的同人,结成"同艺社",翌年改称"菼社"。关于社名,赖子清尝谓:"盖是处多产菼（咸草）,取其中实而赤,以丹心报国为怀抱也。"[①] 菼社前期聘请西螺镇宿儒江秋圃（藻如）为词宗,社中事务由廖学昆负责,定期击钵,一时用功甚猛;民国十二年（1923）,与嘉义地区其他诸社打成一片,冶为嘉社;民国十五年（1926）三月,江秋圃以老病辞,荐斗六茂才黄绍谟为词宗。民国十八年（1929）孟秋嘉社重编社员名簿,其时菼社社员二十六名,分别是黄绍谟（丕承）、廖重光（菊痴）、陈元亨、黄清江（明心）、钟金标（步

---

① 赖子清:《古今台湾诗文社》（一）,台湾省文献委员会编印《台湾文献》第一〇卷第三期,台北:成文出版社有限公司 1983 年 3 月台一版影印本,第 2029 页。

云）、林圆、林明发、李延通、廖学枝（逸陶）、廖心恭、林等、廖元钟、黄文陶、林庚宿、李德和、李长寿、廖学昆、魏等如、廖学明（梦蕉）、张英宗（杰人）、黄梧桐、江凤欑、林牛港、江联柱、钟联翘、施锦川。民国二十六年（1937）抗战军兴，癸社社友星散，遂此沉寂。

嘉义县新柳吟社创立于民国十一年（1922），由新营沈森其与柳营刘明哲二氏共同倡设。该社社员十余名，悉为新营、柳营二庄诗人，故名"新柳"，主要包括：新营沈森其、何冠卿、施水池等，柳营刘明哲、刘献池、刘明智、刘炳坤、邱天奇等。新柳吟社推行击钵，由新营与柳营两庄轮流值东。民国十二年（1923），该社与嘉义地区其他诸社打成一片，冶为嘉社；民国十九年（1930）十一月九日，该社轮值嘉社秋季联吟会，莅止诗人一百三十余名，极一时之盛。民国二十六年（1937）抗战军兴，从此销声匿迹。

嘉义县北港镇汾津吟社创立于民国十一年（1922），由当地士绅曾席珍所倡设，并延请陈家驹茂才教授经书，旁及唐宋韵学。社员十余名，主要有曾席珍、陈家驹（少圃）、王东烨、王金钟、龚显升、王希安、曾人潜、龚显伴、蔡谷、魏金赞、龚烟墩、高秋鸿、张长川、郭鸿翔、李冠三、萧登寿、洪清云等。该社到1960年还坚持活动，由龚显升主持社务。

嘉义县布袋镇莺社创立于民国十年（1921）十月，由当地文士蔡忠文、蔡清华、吴标、黄宝炬等共同倡设。初期社员二十余名，主要有蔡忠文（笑峰）、蔡清华（瘦梅）、吴标（一鹤）、黄宝炬（森峰）、翁反（三隅）、温东（秀春）、邱万力（拔山）、翁源（梅谿）、蔡安（竹亭）、黄永南（鹏抟）、温姜（弼周）、萧金轮（耀天）、黄嘉源（涌泉）、蔡秋和（澄玉）、林添丁（蔚文）、蔡振发（笠翁）、郑再添（鹤汀）、周椅楠（枝南）、蔡添枝（上花）、翁火（玉玺）等，其后又有黄舜民、陈炳添、黄用端、李秀梅、游秋浦、金湘农、王问渠、王子修、李环梅等相继加入。该社每月课题、击钵各一次，每年春秋大会各一次，另还购备各种诗集，以供吟友切磋；创作活动持续至1957年以后。

（三）嘉社的诗钟创作

嘉社社课每年春秋两回，大会每年两次，由各社轮值。该社曾经创作《荆花书屋，碎锦格》等钟题，《台湾诗荟》第五号载："嘉社（嘉义）：以（1924）

五月廿五日,假荆花书屋开春季例会,至者十数人,击钵赋诗。首题《雨丝,七绝微韵》;次题诗钟《荆花书屋,碎锦格》,录呈词宗选取,日旰乃散。"①

二、台北联吟会（后名台北市联吟会）

（一）台北联吟会的创立及沿革

台北联吟会是在淡北吟社、萃英吟社、聚奎吟社等所组织之"消夏联吟会"基础上发展而来的,初创于民国十三年（1924）7月13日,并推举聚奎吟社社长陈廷植为联吟会长。

光复后,台北联吟会改称台北市联吟会,亦称台北市诗人联吟会。该联吟会到1986年还坚持活动,其时会长蔡秋金,副会长蔡国裕,总干事施胜隆,会址设在台北市延平北路五段二二四巷三三号二F。

（二）台北联吟会的构成社团及其主要成员

台北联吟会是台北市辖区内所有社团共同组成的区域性联吟组织,主要包括台北市下瀛社、淡北吟社、萃英吟社、聚奎吟社、高山文社、松社、北鸥吟社等社团,合计成员数百名。其中,瀛社日据时期社员三百名,光复后社员二百余名;淡北吟社日据时期社员三十余名,光复后社员七十余名;萃英吟社社员二十余名;聚奎吟社社员四十余名;高山文社日据时期社员四十余名,光复后社员八十余名;松社前后社员七十余名;北鸥吟社社员五十余名。此外,桃园桃社与新竹竹社,承续"瀛桃竹联合吟会"的传统,也时常参与其中。

（三）台北联吟会的诗钟创作

台北联吟会推行击钵,诗钟律绝并励。《台湾诗荟》第九号"骚坛纪事"载:"台北联吟会（台北）:此期为淡北吟社值东,以（1924）九月十六日,假陈氏宗祠开会,至者五十余人。首题《松风,七绝阳韵》;次题诗钟《竹轩,

---

① 《台湾诗荟》第五号"骚坛纪事",1924年6月15日。《台湾文献汇刊》第四辑第十五册,九州出版社、厦门大学出版社2004年版,第484页。

鹤顶格》。时适古历中秋之后,乃泛舟剑潭,以赏秋色。"① 此外,该联吟会还创作《雏、莺,魁斗格（题字准对调）》（1969 年 7 月台北市联吟会,淡北吟社主办）、《纤、指,蝉联格》（1970 年台北市庚戌秋季联吟大会,淡北吟社主办）等钟题,作品登载于《诗文之友》等报刊杂志。兹录数联于下:

《雏、莺,魁斗格（题字准对调）》:

  莺燕有情成伴侣,江山无主成孤雏。（苏鸿飞）

  雏气未除儿戏水,风情结习柳藏莺。（周维明）

  莺声燕语传新岁,孔道人情教幼雏。（吴镜村）

  雏有还巢梁上燕,子无反哺谷中莺。（陈友梅）

  雏燕堂前寻故主,高人柳下听新莺。（林笑岩）

《纤、指,蝉联格》:

  细雪缤纷寒冻指,纤腰婀娜步生莲。（黄铁松）

  年华迅速真弹指,纤介行为亦细心。（陈华堤）

  美玉雕琢成戒指,纤维纺织作罗纱。（曾庆丰）

  绝塞飞霜寒堕指,纤云织雨淡催诗。（马亦飞）

  香莲采爱吴姬指,纤柳描看越女眉。（吴英林）

三、南投郡联吟会

（一）南投郡联吟会的创立及沿革

南投郡联吟会创立于民国二十三年（1934）四月以前。该联吟会沿革情况未详。

（二）南投郡联吟会的构成社团及其主要成员

南投郡联吟会是由南投县辖区内所有社团共同组成的区域性联吟组织,主要包括南投镇南陔吟社、草屯镇碧峰吟社、埔里镇樱社等社团,合计成员逾八十名。其

---

① 《台湾诗荟》第九号 "骚坛纪事",1924 年 10 月 15 日。《台湾文献汇刊》第四辑第十六册,九州出版社、厦门大学出版社 2004 年版,第 285 页。

中,南陔吟社社员六十余名,碧峰吟社社员十余名,樱社社员十余名,已述如前。

(三)南投郡联吟会的诗钟创作

南投郡联吟会推行课题,诗钟律绝并励。该联吟会曾经创作诗钟课题《南、草,鹤顶格》,得稿经左词宗吴步初、右词宗黄梦华评选,登载于《诗报》。兹录数联于下:

《南、草,鹤顶格》:

南山雾里藏玄豹,草舍春深隐卧龙。(卢子安)

草笠寒江欣钓雪,南冠孤岛感困鸢。(杨木池)

草舍梦迷庄叟蝶,南窗卧见叶公龙。(林汝璇)

草榻梦迷蒙叟蝶,南窗夜对处宗鸡。(洪汝霖)

南冠未泯遗民恨,草莽长存报国心。(剑 痕)

草湖波涌三秋苦,南岭梅开十月花。(李不致)

草鸡唱罢雄图灭,南火焚余典训衰。(王 春)

南国遥颂红豆子,草堂勤读白华诗。(剑 痕)

草舍柴门聊自隐,南船北马让人争。(林承郁)

草庐早定三分策,南内空留只影悲。(林纯卿)

四、高雄市诗会(初名高雄州下联吟大会,后名高雄市联吟会、高雄市诗人联谊会)

(一)高雄市诗会的创立及沿革

高雄市诗会创立于民国二十三年(1934)六月以前,初名高雄州下联吟大会,由高雄市下之旗津、鼓山、高岗、雄州、濑南等社团共同组成。光复后,更名为高雄市联吟会;嗣后,改组为高雄市诗人联谊会,王天赏任常务干事,郑金铃、林钦贵、栗由思、陈楚贤、陈启贤、曾人口、刘福麟、李玉水、黄祈全等为干事,林钦贵为执行秘书,会址设在高雄市盐埕区新乐街六四之一号。该联谊会到20世纪90年代还坚持活动。

（二）高雄市诗会的构成社团及其主要成员

高雄市诗会是由高雄市辖区内所有社团共同组成的区域性联吟组织，主要包括旗津吟社、鼓山吟社、高岗吟社、雄州吟社、濑南吟社等，合计成员逾百名。其中，旗津吟社社员二十余名，鼓山吟社社员三十余名，高岗吟社社员十余名，雄州吟社社员十余名，濑南吟社社员三十余名，已述如前。

（三）高雄市诗会的诗钟创作

高雄市诗会推行击钵，诗钟律绝并励。民国二十五年（1936）十一月，曾召开"高雄市诗会慰劳会"，创作诗钟《酒、诗，魁斗格》，得稿经左词宗李士圭、右词宗陈玦琳评选，登载于《诗报》。兹录数联于下：

《酒、诗，魁斗格》：

> 酒边细颂苏髯赋，月下高吟李白诗。（陈国梁）
>
> 酒醉停弹琴作枕，书痴乱扫石题诗。（鲍琏臣）
>
> 酒狂有客琴为枕，月朗何人叶作诗。（刘声涛）
>
> 酒士常餐黄菊蕊，门人三复白圭诗。（许君山）
>
> 酒中谪仙思捉月，兴豪释子正敲诗。（潘煌辉）
>
> 酒杯蛇影浮惊客，雪岭梅花放咏诗。（施子卿）
>
> 酒里刘伶看欲醉，月中释子好吟诗。（宋维六）
>
> 酒色是耽双伐斧，清平有调独成诗。（庄振邦）
>
> 酒醉余时杯对月，画臻妙处笔成诗。（姚松茂）
>
> 酒意浓时欣试笔，花客老日不吟诗。（洪耕南）

五、屏东联吟会（后名屏东诗社联吟会、屏东县诗人联谊会等）

（一）屏东联吟会的创立及沿革

屏东联吟会创立于民国三十年（1941）五月以前。光复后，更名为屏东诗社联吟会;1965年,改组为屏东县诗人联谊会,亦称屏东诗人联谊社、屏东县诗人联吟会。1987年,屏东县诗人联谊会推选出第三届理事长朱鹤翔,常务理事兼总干事陈守己,常务理事曾人口,理事周精金、黄启隆、杨能洁、吴百源、叶锦涛、吴太郎,常务监事余仁学,监事林允得、林育民,顾问陈志渊、蔡元亨。该联谊会到20世纪90年代还坚持活动。

(二)屏东联吟会的构成社团及其主要成员

屏东联吟会是由屏东县辖区内所有社团共同组成的区域性联吟组织,主要包括新园乡溪山吟社、潮州乡潮声吟社、林边乡兴亚吟社、林边乡蕉香吟室等社团,合计成员逾百名。其中,溪山吟社社员十余名,潮声吟社社员二十余名,兴亚吟社社员二十余名,蕉香吟室社员四十余名,已述如前。

(三)屏东联吟会的诗钟创作

屏东联吟会课题击钵兼行,诗钟律绝并励。该联吟会先后创作《屏、东,鹤顶格》、《花、月,燕颔格》、《暮、春,一唱》、《风、雨,二唱》、《龙、舟,一唱》、《秋、云,三唱》、《春、柳,五唱》、《秋、月,一唱》、《松、鹤,七唱》、《重、九,一唱》、《椰、雨,三唱》、《钟、鼓,五唱》、《书、画,六唱》、《旱、苗,三唱》、《风、月,七唱》、《汗、珠,一唱》、《龙、凤,一唱》、《蛙、鼓,二唱》、《待、月,三唱》、《市、声,二唱》、《梅雪争春,碎锦格》、《法、螺,五唱》(第三十五期课题)、《剪、刀,七唱》(第三十七期课题)、《捞、月,魁斗格》(第三十八期课题)、《跪乳羊,碎锦格》(第三十九期课题)、《绿、衣,蝉联格》(第四十期课题)、《蒲、剑,鹤顶格》(第五十二期课题)等钟题,作品登载于《诗报》、《诗文之友》(及《中国诗文》、《中国诗文之友》)、《中华诗苑》等报刊杂志。此外,该联吟会还与中社、台铁诗社等共同组织过诗钟大唱。兹录数联于下:

《屏、东,鹤顶格》:
　　屏张夏屋雕云母,东作春郊降雨师。(陈文石)

《花、月,燕颔格》:
　　贪花客醒扬州梦,捉月人怀采石矶。(吴纫秋)

《椰、雨，三唱》：

    月挂椰梢窥夜梦，风吹雨脚促春耕。（洪耕南）

《法、螺，五唱》：

    山增娥媚螺堆髻，国赖安宁法作绳。（郑玉波）

《书、画，六唱》：

    笔端吐气精书法，胸次通灵善画家。（曹进雄）

《风、月，七唱》：

    情痴掬水捞溪月，心怕题糕落帽风。（陈福清）

《捞、月，魁斗格》：

    月圆有客楼中赏，针小凭谁海底捞。（周椅楠）

《绿、衣，蝉联格》：

    柳叶弯描双黛绿，衣裳艳映一溪红。（李　彬）

《跪乳羊，碎锦格》：

    苏武牧羊餐雪乳，张良进履跪圮人。（洪春立）

《梅雪争春，碎锦格》：

    春光月色争江上，雪片梅花落马前。（洪春立）

六、基隆市诗人联吟会

（一）基隆市诗人联吟会的创立及沿革

基隆市诗人联吟会创立于 1954 年 6 月以前。该联吟会沿革情况未详。

（二）基隆市诗人联吟会的构成社团及其主要成员

基隆市诗人联吟会是由基隆市辖区内所有社团共同组成的区域性联吟组织，主要包括网珊吟社、大同吟社、同励吟社等社团，合计成员逾六十名。其中，网珊吟社社员十余名，大同吟社社员三十余名，同励吟社社员二十余名，已述如前。

（三）基隆市诗人联吟会的诗钟创作

基隆市诗人联吟会推行击钵，诗钟律绝并励。该联吟会曾于 1954 年端

午节创作诗钟《诗人节,鼎足格》,得稿经左词宗王雪樵、右词宗何崧甫评选,登载于《诗文之友》。兹录数联于下:

《诗人节,鼎足格》:

  诗吟韵事尊陶节,赋吊骚人尚贾辞。(李天民)

  膻吞汉节惊胡虏,诗写湘兰继楚人。(张鹤年)

  我怜靖节三秋菊,人羡长卿五字诗。(何崧甫)

  时逢令节怀骚客,诗唱佳节忆故人。(张怀玉)

  诗须正气存高节,政必亲人格圣言。(新　琪)

  人如古柏方称节,我有新诗且寄情。(应侠民)

  艾蒲酬节怀高士,诗酒联欢会雅人。(林淇园)

  诗家作赋怀蒲节,旨酒熏人读楚辞。(镜　如)

  人因种竹矜高节,我为耽诗重逸情。(季　良)

  诗吟高士卧龙节,藻思文人倚马才。(陈润生)

七、台中市诗人联吟会

(一)台中市诗人联吟会的创立及沿革

台中市诗人联吟会创立于1956年5月以前。该联吟会沿革情况未详。

(二)台中市诗人联吟会的构成社团及其主要成员

台中市诗人联吟会是由台中市辖区内所有社团共同组成的区域性联吟组织,主要包括栎社、芸香吟会、东墩吟社、中州吟社、芦墩吟社、梨江吟社、中社等社团,合计成员三百余名。其中,栎社社员六十余名,芸香吟会社员二十余名,东墩吟社社员二十余名,中州吟社社员八十余名,芦墩吟社社员八十余名,梨江吟社社员二十余名,中社社员五十余名,已述如前。

(三)台中市诗人联吟会的诗钟创作

台中市诗人联吟会推行击钵,诗钟律绝并励。该联吟会先后创作《笔、花,第四唱》、《诗、友,五唱》等钟题,作品登载于《中华诗苑》、《诗文之友》（及《中国诗文之友》）等报刊杂志。兹录数联于下：

《笔、花,第四唱》：

> 直挥铁笔匡时弊,惯赏霜花耐岁寒。（张赖玉廉）
> 春暖催花疑击鼓,夜阑梦笔试摊笺。（吴燕生）
> 诛奸直笔谁如董,入梦生花独羡江。（杨啸天）
> 靖节有花真九日,昌黎无笔不千秋。（刘啸庐）
> 迟暮看花怜杜牧,淋漓落笔羡羲之。（石锡勋）

《诗、友,五唱》：

> 老年惟借诗编集,穷日无求友荐书。（刘学蠡）
> 怀古杜陵诗句壮,分金管仲友情深。（陈庆辉）
> 李白樽前诗百首,孟尝门下有千人。（吴松柏）
> 金玉有声诗可颂,苔岑同味友堪交。（周俊卿）
> 楼称黄鹤诗无二,雪斗红梅友有三。（黄联章）

八、宜兰县联吟大会（亦名"兰社"）

（一）宜兰县联吟大会的创立及沿革

宜兰县联吟大会亦称"兰社",创立于1964年9月以前。该联吟会沿革情况未详。

（二）宜兰县联吟大会的构成社团及其主要成员

宜兰县联吟大会是由宜兰县辖区内所有社团共同组成的区域性联吟组织,主要包括宜兰县仰山吟社、头城乡登瀛吟社、罗东镇东明吟社等社团,合计成员百余名。其中,登瀛吟社社员五十余名,仰山吟社社员四十余名,东明吟社社员七十余名,已述如前。

（三）宜兰县联吟大会的诗钟创作

宜兰县联吟大会推行击钵,诗钟律绝并励。该联吟会先后创作《进、东,冠首》、《梅花湖,碎锦格》、《天、星,魁斗格》等钟题,作品登载于《中华艺苑》、《诗文之友》等报刊杂志。兹录数联于下:

《进、东,冠首》:

进退咸宜君子度,东南尽美古人风。（孙竞生）

进退无私惟圣道,东南有幸结鸥盟。（郑晃炎）

进绾琴堂花满县,东开兰邑草盈庭。（吴江冷）

《梅花湖,碎锦格》:

数株梅树高人宅,千顷荷花五月湖。（苏成章）

水浮艳影看湖月,梅吐幽香认国花。（林万荣）

岭梅春暖花千树,渔火宵深水一湖。（萧献三）

《天、星,魁斗格》:

天籁朗吟元白句,笔光高射牛斗星。（黄春亮）

星士有才能缩地,权臣无力可回天。（简竹村）

天蘸芦汀添画本,秋高兰邑灿诗星。（陈泰山）

九、云林县诗人联吟会

（一）云林县诗人联吟会的创立及沿革

云林县诗人联吟会创立于 1965 年,由云林县内原乡励吟社、汾津吟社、荄社、褒忠吟社、元长诗学研究会、斗南吟社、斗山吟社、云峰吟社等归并而成,陈辉玉任理事长,会址设在云林县虎尾镇光明路六十号。该联吟会至今还活跃在台湾诗坛。

（二）云林县诗人联吟会的构成社团及其主要成员

云林县诗人联吟会是由云林县辖区内所有社团共同组成的区域性联吟

组织,合计成员逾一百三十名。其中,原乡励吟社社员三十余名,汾津吟社社员十余名,菼社社员二十余名,斗山吟社社员四十余名,云峰吟社社员二十余名,已述如前。斗南吟社创立于民国十七年（1928）十一月一日,由云林县斗南镇人士李云从、李茂炎、陈铭津等共同倡设,并推斗六黄绍谟、斗南王子典为顾问;初期社员十余名,嗣后社员闻风者渐至;该社每月击钵一次,由社员轮流值东,录呈本省名家评定甲乙。褒忠吟社与元长诗学研究会情况未详。

（三）云林县诗人联吟会的诗钟创作

云林县诗人联吟会推行课题,诗钟律绝并励。该联吟会先后创作《云、林,一唱》（第一期诗钟）、《诗、友,二唱》（第二期诗钟）、《秋、月,三唱》（第三期诗钟）、《花、影,四唱》（第四期诗钟）、《春、日,五唱》（第五期诗钟）、《树、蝉,六唱》（第六期诗钟）、《月、台,七唱》（第七期诗钟）、《秋、日,晦明格》（第八期诗钟）、《诗、酒,云泥格》（第九期诗钟）、《冬、日,晦明格》（第十期诗钟）、《酒、客,蝉联格》、《春、宴,魁斗格》（第十三期诗钟）、《寿莲花,鼎足格》（第四十三期课题）、《故园月,碎锦格》（第十四期诗钟）、《饯秋兰,鸿爪格》（第十五期诗钟）、《池边鹤,汤网格》（第十六期诗钟）、《春、晓,云泥格》（第十七期诗钟）、《早、梅,魁斗格》（第十九期诗钟）、《还俗僧,碎锦格》（第二十二期诗钟）、《莲、心,云泥格》（第二十三期诗钟）、《含羞草,碎锦格》（第二十四期诗钟）、《岁、寒,魁斗格》（第二十五期诗钟）、《雪、花,蝉联格》（第二十六期诗钟）、《舞雩风,碎锦格》（第八十三期课题）、《神、棍,云泥格》（第八十六期课题）、《陶渊明、鸡,分咏格》（第三十期诗钟）、《孟尝君、梅,分咏格》（第三十一期诗钟）、《召平、桂,分咏格》（第九十二期课题）、《信、心,云泥格》（第三十三期诗钟）、《春、运,蝉联格》（第三十四期诗钟）、《春、节,一唱》（第一〇一期征诗）、《敬、勤,二唱》（第一〇二期征诗）、《诗、笔,三唱》（第一〇三期征诗）、《山、水,四唱》（第一〇四期征诗）、《杨柳、莺,分咏格》（第一〇九期征诗）、《女、神,七唱》、《经、济,六唱》、《国、光,蝉联格》、《秋、菊,顶踵格》、《车、手,分咏格》、《萤、火,晦明格》、《探亲,合咏格》、《冬、雾,比翼格》、《龙舟竞渡,流水格》、《民、主,二唱》、《世、风,三唱》（第一二五期征诗）、《才、女,四唱》(第一二六期征诗)、《谋、士,五唱》等钟题,作品登载于《诗文之友》(及《中国诗文之友》)等报刊杂志。兹录数联于下:

《云、林,一唱》:

云间仙客传萧史,林下娼姬纪薛涛。(陈松龄)

《诗、友,二唱》:

作诗未及苏韩背,交友深存管鲍心。(陈辉玉)

《世、风,三唱》:

偃草风扬君子德,种桃世仰县官贤。(孙朝明)

《花、影,四唱》:

传讯梅花开庾岭,排行雁影印湘江。(林启文)

《春、日,五唱》:

半篙水涨春秋阁,几艘舟横日月潭。(林木全)

《树、蝉,六唱》:

江村日暮寒蝉噪,柳岸风飘古树摇。(李清水)

《女、神,七唱》:

九岁黄香称孝女,四时箕伯定风神。(李文澎)

《冬、雾,比翼格》:

张楷神通遗雾市,赵衰可爱媲冬阳。(孙义光)

《岁、寒,魁斗格》:

岁深雪假袁安卧,霜冷袍怜范叔寒。(廖文居)

《国、光,蝉联格》:

正气干云歌信国,光明治世颂希仁。(李昆漳)

《莲、心,云泥格》:

沾隄柳露莺心冷,拂沼莲风鹤梦清。(林万举)

《萤、火,晦明格》:

破敌周瑜烧赤壁,囊萤车胤读寒窗。(孙朝明)

《寿莲花,鼎足格》:

商女采莲摇舴艋,寿阳点额落梅花。(陈　雷)

《饯秋兰,鸿爪格》:

秋宵酒饯忘年友,春日诗题拜岁兰。（谢清渊）

《池边鹤,汤网格》：

鹤图介寿悬堂上,池鸟忘机戏水边。（张清辉）

《舞雩风,碎锦格》：

雩山舞袖祈霖雨,曲水流觞继古风。（邱水谟）

《龙舟竞渡,流水格》：

龙门诗竞鳌头占,鲲海舟归渡口横。（李文峰）

《孟尝君、梅,分咏格》：

功收市义冯生计,意欲冲寒杜老吟。（傅秋镛）

《探亲,合咏格》：

依户依间迷老眼,陟岗陟屺盼归人。（林孝先）

此外,台湾的县市联吟会尚有台南县内各诗社共组之"台南县诗人联吟大会",等等。

第三小节　跨县市联吟会

一、高屏三县市联吟大会（亦称"鲲南三县市联吟会"）

（一）高屏三县市联吟大会的创立及沿革

高屏三县市联吟大会变称"鲲南三县市联吟会"创立于 1962 年 8 月以前。该联吟会沿革情况未详。

（二）高屏三县市联吟大会的构成社团及其主要成员

高屏三县市联吟大会是由高雄市、高雄县、屏东县辖区内所有社团共同组成的区域性联吟组织,主要包括高雄市寿峰吟社,高雄县凤岗吟社、旗峰诗社、林园诗社,屏东县砺社、蕉香吟室等社团,合计成员二百余名。其中,寿峰诗社社员百余名,凤岗吟社社员三十余名,旗峰诗社社员三十余名,林园诗社社员十余名,砺社社员二十余名,蕉香吟室社员四十余名,已述如前。

（三）高屏三县市联吟大会的诗钟创作

高屏三县市联吟大会推行击钵，诗钟律绝并励。该联吟会曾于 1962 年召开"高屏三县市壬寅春季联吟大会"，创作诗钟《涵碧庄，碎锦格》，得稿经左词宗陈雪峰、右词宗叶子宜评选，登载于《诗文之友》。兹录数联于下：

《涵碧庄，碎锦格》：

光涵槛外吟坡老，碧涌庄前拟辋川。（李逸鹤）

潭涵树影杯流碧，庄把山光枕纳青。（郑晃炎）

水映文山潭印碧，庄浮淑气柳涵烟。（廖文居）

牖涵潭水明如镜，庄映山岚碧若油。（刘万传）

碧潭水静涵云影，绿柳春深绚客庄。（林双和）

光涵彩舫潭心碧，影映云庄牖面清。（李天鹭）

烟涵水碧花三径，雨霁天青笋满庄。（卢懋青）

水涵台阁连天碧，日照山庄映树红。（张晴川）

碧水一湾庄外绕，红尘万象镜中涵。（黄得时）

石庄水绕山花碧，云树烟涵寺火红。（黄文虎）

二、台中、苗栗联吟会

（一）台中、苗栗联吟会的创立及沿革

台中、苗栗联吟会创立于 1965 年 11 月以前。该联吟会沿革情况未详。

（二）台中、苗栗联吟会的构成社团及其主要成员

台中、苗栗联吟会是由台中市与苗栗县辖区内所有社团共同组成的区域性联吟组织，主要包括台中市栎社、芸香吟会、东墩吟社、中州吟社、芦墩吟社、中社等社团，苗栗县栗社、象山学诗会等社团，合计成员四百余名。其中，栎社社员六十余名，芸香吟会社员二十余名，东墩吟社社员二十余名，中州吟社社员八十余名，芦墩吟社社员八十余名，中社社员五十余名，栗社社员八十余人，象山学诗会社员十余名，已述如前。

（三）台中、苗栗联吟会的诗钟创作

台中、苗栗联吟会推行课题，诗钟律绝并励。该联吟会先后创作《香、蕉，一唱》（第二期联合课题）、《插、秧，二唱》（第三期联合课题）、《茶、酒，三唱》（第四期联合课题）、《富、春，四唱》（第五期联合课题）等钟题，作品登载于《诗文之友》、《中华艺苑》等报刊杂志。兹录数联于下：

《香、蕉，一唱》：

蕉岭双峰名士域，香山九老寿星图。（胡东海）

香径寻诗春意好，蕉窗读易月华新。（罗树生）

《插、秧，二唱》：

分秧南亩犁朝雾，斜插西畴带晚风。（罗绿洲）

安插功臣怀汉帝，分秧农父忆伊公。（余述亮）

《茶、酒，三唱》：

细读茶经思陆羽，闲闻酒味念刘伶。（刘淦琳）

兴入酒帘师李白，爱来茶馆癖卢同。（胡纳流）

《富、春，四唱》：

著手回春张仲景，经商致富范陶朱。（余述尧）

寇老寻春欣有酒，石崇最富叹无钱。（廖清玉）

此外，桃园县、新竹市、苗栗县诗社共组有"桃竹苗三县市联吟会"，嘉义县与嘉义市诗社共组有"嘉义县市联吟会"，台中、嘉义、南投等中部诸县市诗社共组有"中嘉南联合吟会"，云林县、嘉义县、嘉义市、南投县等中部四县市诗社共组有"云嘉南四县市联吟会"，等等。

第四小节　地区联吟会

一、中部联吟大会（亦名"中州联吟会"）

（一）中部联吟大会的创立及沿革

中部联吟大会亦称"中州联吟会"或"中部五县市诗人联吟大会"，创

立于 1934 年 6 月以前。该联吟会沿革情况未详。

（二）中部联吟大会的构成社团及其主要成员

中部联吟大会是由台中市、台中县、彰化县、云林县、南投县等中部地区县市诸社团共同组成的区域性联吟组织,主要包括台中市栎社、东墩吟社、华侨同乡吟社,台中县衡社、富春吟社,彰化县大冶吟社、大成吟社、道东书院诗社、钟楼、芸香室,云林县云峰吟社、乡励吟社,南投县南陔吟社等社团,合计成员逾三百名。其中,栎社社员六十余名,东墩吟社社员二十余名,华侨同乡吟社社员二十余名,衡社社员数名,富春吟社社员十余名,大冶吟社社员五十余名,大成吟社社员二十余名,道东书院诗社社员四十余名,钟楼社员十余名,芸香室社员三十余名,云峰吟社社员二十余名,乡励吟社社员三十余名,南陔吟社社员六十余名,已述如前。

（三）中部联吟大会的诗钟创作

中部联吟大会推行击钵,每年春夏秋冬四季各开联吟大会一次,诗钟律绝并励。该联吟会曾于 1934 年 6 月召开"中部联吟大会慰劳会",创作诗钟《浴、雨,凤顶格》,得稿经左词宗许逸渔、右词宗朱启南评选,登载于《诗报》。兹录数联于下:

《浴、雨,凤顶格》:

雨花台上怀梁武,浴佛会中礼释迦。（施性澂）

浴后华清成祸水,雨中蜀道谱淋铃。（陈子敏）

浴赐华清妃子宠,雨余山阁野人眠。（叶大冲）

雨余芳草停鞭地,浴罢温泉试茗天。（叶梓材）

浴兰未到衣穿裕,雨雪方深絮作裘。（庄太岳）

浴乎沂好师曾点,雨洗兵应仰武王。（施性端）

浴可咏沂吾与点,雨堪志喜子名亭。（许逸渔）

浴罢温泉肤似雪,雨余天气爽如秋。（许幼渔）

浴罢杨妃妆更艳,雨过风伯势云狂。（许文奎）

雨麦讴歌怀玉局,浴兰时节吊灵均。（施让甫）

二、中北部诗人联吟大会（亦名"中北部十一县市诗人大会"）

（一）中北部诗人联吟大会的创立及沿革

中北部诗人联吟大会亦称"中北部十一县市诗人大会"，创立于 1952 年 11 月以前。该联吟会沿革情况未详。

（二）中北部诗人联吟大会的构成社团及其主要成员

中北部诗人联吟大会是由台北市、台北县、基隆市、桃园县、新竹市、新竹县、苗栗县、台中市、台中县、宜兰县、南投县等中北部地区县市诸社团共同组成的区域性联吟组织，主要包括台北市瀛社、淡北吟社、高山吟社，台北县滩音吟社，基隆市大同吟社，桃园县桃社、以文吟社，新竹市竹社、柏社同意吟会，新竹县新升竹意同社，苗栗县栗社、蓬山吟社、竹南吟社、薰洲吟社，台中市中州吟社、中社，台中县富春吟社，宜兰县仰山吟社、东明吟社，南投县南陔吟社等社团，合计成员逾千名。其中，瀛社社员二百余名，淡北吟社社员七十余名，高山吟社社员八十余名，滩音吟社社员六十余名，大同吟社社员二十余名，桃社社员六十余名，以文吟社社员七十余名，竹社社员一百余名，柏社同意吟会社员二十余名，新升竹意同社社员十余名，栗社社员一百余名，蓬山吟社社员二十余名，竹南吟社社员三十余名，薰洲吟社社员三十余名，中州吟社社员八十余名，中社社员一百余名，富春吟社社员十余名，仰山吟社社员四十余名，东明吟社社员七十余名，南陔吟社社员六十余名，已述如前。

（三）中北部诗人联吟大会的诗钟创作

中北部诗人联吟大会推行击钵，诗钟律绝并励。该联吟会曾于 1952 年 10 月召开联吟大会，创作诗钟《竹、南，魁斗格》，得稿经左词宗谢景云、右词宗郑云从评选，登载于《台湾诗坛》。兹录数联于下：

《竹、南，魁斗格》：

竹深留客吟工部,花癖成颠笑剑南。（郭茂松）

竹林贤士传今古,狮岭名山冠北南。（陈云赞）

竹国帝女斑潇浦,荔为杨妃走岭南。（洪晓峰）

竹马知交无长幼,兰亭修禊集东南。（郑启贤）

竹声文美赵瓯北,心史诗传郑所南。（梦　花）

竹笋最宜新雨后,干戈共仁大江南。（陈若时）

竹竿染泪悲湘女,兰谱传神爱所南。（杨啸天）

竹叶刘伶倾苑北,烟花杜牧醉江南。（陈如璧）

竹响阶前怀蓟北,荔登世上忆江南。（郑启贤）

竹叶清阴遮屋北,梅花艳放映窗南。（杨子渊）

三、北台联吟会（亦名"北州联吟会"）

（一）北台联吟会的创立及沿革

北台联吟会亦称"北州联吟会",创立于 1953 年 10 月以前。该联吟会沿革情况未详。

（二）北台联吟会的构成社团及其主要成员

北台联吟会是由台北市、台北县、基隆市、桃园县等北部地区县市诸社团共同组成的区域性联吟组织,主要包括台北市瀛社、淡北吟社、高山文社、松社、北鸥吟社,台北县滩音吟社、稻艋诗钟会、貂山吟社、奎山吟社,基隆市大同吟社,桃园县桃社、南雅吟社等社团,合计成员逾七百名。其中,瀛社社员二百余名,淡北吟社社员七十余名,高山文社社员八十余名,松社社员七十余名,北鸥吟社社员五十余名,滩音吟社社员六十余名,稻艋诗钟会社员三十余名,貂山吟社社员二十余名,奎山吟社社员十余名,大同吟社社员二十余名,桃社社员六十余名,南雅吟社社员五十余名,已述如前。

（三）北台联吟会的诗钟创作

北台联吟会推行击钵,诗钟律绝并励。该联吟会曾于 1953 年 9 月召开

联吟大会,创作诗钟《沈光文、花,分咏格》,得稿经左词宗李遂初、右词宗林洪园评选,登载于《诗文之友》。兹录数联于下:

《沈光文、花,分咏格》:

> 扬光扢雅开东社,浥露凝香艳北亭。（周植夫）
>
> 唐帝多情催羯鼓,郑玉何忍漫鸿儒。（李遂初）
>
> 福台新咏推诗祖,上苑春开羡水仙。（骆子珊）
>
> 鲲岛吟风尊始祖,玄都艳□恋前尘。（周维明）
>
> 浓艳一枝开北苑,遗凤千载忆东山。（杜廼祥）
>
> 妖娆万朵栽潘县,吟咏千篇创福台。（倪登玉）
>
> 数朵幽香钩隐蝶,一言讥讽竟逃禅。（郑云从）

此外,嘉义市、嘉义县、台南市、台南县、高雄市、高雄县、屏东县等南部七县市诗社共组有"鲲南七县市联吟会",台北市、台北县、基隆市、宜兰县、花莲县、台东县等六县市诗社共组有"东北六县市诗人联吟大会",宜兰县、花莲县、台东县等东部地区三县市诗社共组有"瀛东三县联吟大会"及"东部台湾联吟会",等等。

第三节　全台性诗钟联吟组织

台湾的全台性诗钟联吟组织主要有三个：一是日据时期创设的全台诗社大会，也称全台诗社联吟大会、台湾诗社大会、全岛诗人大会、全台诗人大会、全岛联吟大会、全台联吟大会、全台诗社击钵大会等；二是光复后创设的"全国"诗人联吟大会，也称"全国"诗人大会；三是1974年创设的全省诗人联吟大会，也称全省诗人大会。其中，全台诗人大会与"全国"诗人联吟大会有开展诗钟创作，全省诗人联吟大会未见开展诗钟创作。

一、全台诗社大会（亦名全台诗社联吟大会、台湾诗社大会、全台诗人大会、全岛诗人大会、全岛联吟大会、全台联吟大会、全台诗社击钵大会等）

（一）全台诗社大会的创立缘起

一些论者认为，全台诗社大会滥觞于日人组织之"扬文会"，这是极其荒谬的。全台诗社大会的创立，虽然不排除日人插手的因素和介入的成分，但是无论从倡导者身份、组织动机、参加对象，还是活动形式、创作内容看，全台诗社大会都与日人组织之"扬文会"有着本质的区别。

全台诗社大会源于民国三年（1914）连横与颜云年之倡议，赖子清《古今台湾诗文社》有记:"民国三年（1914）小春望日,（瀛社）社员颜云年之环镜楼落成式,柬邀内台诗人庼止,大启吟筵,淡社、瀛社、桃社、竹社、栎社、南社,骚坛少长咸集,多至百十人,会许南英部郎归自鹭江,延请临席,是为全台诗人大会滥觞。"①

连横《台湾诗社大会记》（1924）亦载:"曩年瀛社大会时,连雅堂氏曾以联合全台诗社之议,商诸颜云年氏,并拟刊行杂志,藉作鼓吹。盖以今日之台湾汉学式微,群德沦落,文运之延,赖此一线,自非纠集多士,互相勉励,不足补弊起衰。云年深韪其说,而顾虑经费,不敢举行,其议遂止。本年（1924）春初,台中开中嘉南联合吟会,北部诗人亦有至者,乃议联合全台吟社,岁开大会一次,以孚声气,从皆赞同。于是瀛社遂邀各社,以四月二十有五日,假台北江山楼开会,至者百七十余人。推南社赵云石、钟社林小眉二氏为左右词宗,题为《八角莲,五律真韵》,人各一首,选后发表。六时开宴,先由瀛社长洪以南氏代表联吟会起述礼辞;次相贺,'内务局长'道谢。于是南社黄茂笙氏提议拟定联吟会规则,并次回开会地点,乃定明年开于南部,后年开于中部,轮流办理,并举茂笙为起草委员,各社各选干事一名,以董其事,九时始散。"②

谢汝铨所撰《全岛诗人大会由绪》记述得更为详尽。该文认为,全岛诗人大会以民国三年（1914）十月五日颜云年环镜楼落成为发端,促成了"瀛、桃、竹联吟会";民国十二年（1923）颜云年逝世,三社联吟因主持乏人而弛废。"但是,其间经三社洽议,于民国十年（1921）十月三日举行首届'全岛诗人大会',后由五州轮值于台中、台南各地继续举行数次'全岛诗人大会',民国十三年（1924）四月五日③,民国十七年（1928）春,又在台北举行二次'全岛诗人大会',这是台北诗社最昌盛时期,同时也是本省诗社最发展的时期的。"④

---

① 赖子清:《古今台湾诗文社》（一）,台湾省文献委员会编印《台湾文献》第一〇卷第三期,台北:成文出版社有限公司1983年3月台一版影印本,第2027页。

② 连横:《台湾诗社大会记》,《台湾文献汇刊》第四辑第十五册,九州出版社、厦门大学出版社2004年版,第407页。

③ 应当为"四月二十五日"。

④ 转引自《台北市诗社座谈会》（1955年10月27日下午）廖汉臣所述。台北市文献委员会编印:《台北文物》第四卷第四期"本市诗社专号",台北:成文出版社有限公司1983年3月台一版影印本,第1727页。

（二）全台诗社大会历年活动情况

全台诗社大会民国十年（1921）十月三日开于台北,由瀛社主办。民国十三年（1924）四月二十五日开于台北江山楼,由瀛社主办。民国十四年（1925）二月开于台南,由南社主办。民国十六年（1927）花朝日（农历二月十五日）开于台北,由台北市各吟社联合主办,假蓬莱阁酒家为会场,参加者约三百人,首唱题为《落絮,五律更韵》,次唱题为《产婆（即助产士）,七绝寒韵》。民国十七年（1928）孟春开于高雄。民国十八年（1929）孟春开于台南。民国十九年（1930）孟春开于台中,由栎社"联络台中州下各诗社作东"①。民国二十年（1931）仲春开于新竹,由新竹州各吟社合办。民国二十一年（1932）三月二十日在台北大龙峒孔庙举行,由瀛社主办,当天与会者多达三百多人。民国二十二年（1933）二月十一至十二日在屏东公会馆举行,四十一社及其所属计一百五十五人出席。民国二十三年（1934）四月七至八日开于嘉义公会堂。民国二十四年（1935）二月十至十一日开于台中公会堂,由中部联合吟会主办。其后,"随时局的恶化而停办了"②。

（三）全台诗社大会的诗钟创作

全台诗社大会推行击钵,诗钟律绝并励。《诗报》第三十二号载:"全岛联吟大会今春轮值台北州主催,去月（1932年3月）二十日午后一时起开于大龙峒孔子庙,出席者二百八十余名。……第二日北部主催社招待会照预定自午后一时起开于蓬莱阁,裙屐翩翩,聚会一堂,魏润庵代表主催社郑重叙礼,次选庄太岳、邱筱园两氏为首唱五律词宗,张纯甫、谢星楼两氏为次唱诗畸词宗,继拟'屯山积雪'为五律题,定文韵,'祝花朝,碎锦格'为诗畸题,至五时交卷,录呈词宗评阅,七时开宴,谢雪渔氏代表主催社叙礼,黄纯青提议汉学研究会组织之事,满场一致赞成,乃由蔡敦辉氏就席间请各社举

---

① 傅锡祺:《栎社沿革志略》,台北:台湾银行经济研究室1963年版,第32页。
② 《台北市诗社座谈会》（1955年10月27日下午）。台北市文献委员会编印:《台北文物》第四卷第四期"本市诗社专号",台北:成文出版社有限公司1983年3月台一版影印本,第1727页。

代表实行委员,及提言明年全岛联吟大会之主开地,后由谢雪渔举杯祝他州诸吟友健康,竹社郑养斋亦代表他州举杯祝主催社诸吟友健康,至八时过筵撤,抽福戏为余兴。十时半榜发,五律陈鲁詹、杜仰山两氏获元,诗畸为陈文石、林钦赐两氏所得,五十名由主催社一一分呈赠品及副赏。至十二时过,兴会淋漓而散。此次有吴燕生、卢莫愁、陈凌碧、简明霞四女士出席,更为难得云。"① 所作诗钟如:

《祝花朝,碎锦格》:

　　窦俨花荣灵运草,祝鮀佞媲宋朝姿。（陈文石）
　　瓣香春向花神祝,片楮朝临草圣书。（吕传祺）
　　未除朝房忘朝食,自颂花王祝大年。（洪坤益）
　　春到看花潘岳县,朝来观日祝融峰。（郑养斋）
　　秋饮黄花陶靖节,朝临名帖祝枝山。（郑神宝）
　　共祝春朝倾竹叶,自锄寒朋种梅花。（曾文新）
　　豚酒朝来农父祝,莺花春去美人愁。（吴燕生）
　　朝云桐树栖威凤,夜雨梅花叫祝鸠。（杜仰山）
　　作粥桃花思昔日,插门杨柳祝今朝。（林天惠）

二、"全国"诗人联吟大会（亦称"全国"诗人大会）

（一）"全国"诗人联吟大会的创立及沿革

"全国"诗人联吟大会亦称"全国"诗人大会,最初由黄纯青、李翼中、丘念台三氏共同发起,首开于 1946 年 6 月 4 日端午诗人节,其后每年端午诗人节定期召开一次,由全台各地社团轮流主办,遇重大活动另外不定期举办,至今仍持续不辍。不过,由于光复之初国内局势动荡,1949 年以后海峡两岸长期隔绝,所谓"'全国'诗人联吟大会"仅指在台湾的各省籍诗人共同参加而言,所以实际上也是全台性联吟组织。

---

① 《诗报》第三十二号第一版"骚坛消息",1932 年 4 月 1 日。

（二）"全国"诗人联吟大会历年活动情况

"全国"诗人联吟大会 1946 年端午诗人节开于台北,由黄纯青、李翼中、丘念台三人发起,"林氏学田"拨款,并设立了"薇阁诗社",负责主办本次大会。1948 年 3 月 28—29 日开于台南,由台南市锦文、西山、留青、鸡林、嵌南、珊社等社联合主办。1949 年 3 月 13 日开于台北瑞三大楼,由瀛社独力主办。1950 年端午诗人节开于台北,由薇阁诗社主办,以《纪念屈灵均》为诗题,内外省诗人赴会者二百余人,得诗二百余首。1951 年端午诗人节开于台北中山堂光复厅,由于右任、贾景德、黄纯青发起,薇阁诗社协办,与会六百余人。1953 年端午诗人节开于台南县,由玉山吟社等主办。1955 年端午诗人节开于台南,由延平诗社主办。1957 年端午诗人节开于彰化。1958 年端午诗人节开于台东,由宝桑吟社主办。1965 年 11 月 12 日开于高雄,由旗峰诗社举办。1968 年端午诗人节开于云林县二林镇。1969 年端午、1970 年端午、1974 年端午、1978 年端午开于台北市,由台北市文献委员会主办。1981 年 10 月 10 日开于宜兰县,由宜兰县孔孟学会主办,登瀛诗社、仰山诗社、吟香诗社、涛声诗社、东明诗社协办。1981 年 12 月 25 日、1992 年 9 月 27 日、1998 年 12 月 27 日、1999 年 12 月 19 日、2000 年 12 月 17 日、2001 年 11 月 11 日、2002 年 11 月 24 日、2003 年 12 月 7 日、2004 年 11 月 28 日、2005 年 11 月 26 日、2007 年 10 月 28 日开于台南县,由鲲瀛诗社主办。1989 年端午诗人节开于澎湖县,由西瀛诗社主办。1994 年 4 月 4 日开于台南市,由鹿耳门天后宫文教公益基金会主办。1994 年 12 月 26 日、1999 年中秋（9 月 25 日）开于彰化县,由彰化县国学研究会主办。1995 年 10 月 21 日开于南投县,由南投县诗易经学会主办。1998 年 10 月 30—31 日、2004 年 11 月 13—14 日、2005 年 10 月 8 日开于花莲县,由莲社主办。2000 年 7 月 23 日开于台南县,由白河镇公所主办,鲲瀛诗社、台南县国学会协办。2002 年 6 月 1 日、2004 年 10 月 16 日开于彰化县,由香草吟社主办。2003 年 10 月 25 日开于桃园县,由桃园县文化局等共同举办。2005 年 7 月 1 日开于高雄县永安乡,由永安乡公所主办,高雄市诗人协会等协办。

（三）"全国"诗人联吟大会的诗钟创作

"全国"诗人联吟大会推行课题、击钵、征诗及大唱,诗钟律绝并励。《中国诗文之友》第三六二期载:"甲子光复节（1984 年 10 月 25 日）,四可吟社假台北市美术馆,举开'中华民国'诗人楹联展览,暨全国诗人联吟大会,会长、秘书长分别由许君武教授与史元钦先生担任,并聘方子丹、李猷、庄幼岳、杨向时、周植夫、张梦机等为评审词宗。是日报名参加者,有各地吟社及各大学青年诗人三百余人,而民众前来参观联展与联吟者,不下数万人,盛况空前。当场拟两题,一为诗,'梅花'不拘体韵,一为钟,'光复'一唱。下午三时截稿,得诗二一五首,钟一五二联。"① 所作诗钟如:

《光、复,一唱》:

光芒笔阵摇山岳,复旦歌声动斗牛。（林义德）

光风霁月称人品,复旦卿云兆国祥。（魏壬贵）

光照神州开国运,复兴汉室振天声。（张白翎）

光风霁月天机活,复旦兴邦我武扬。（伏嘉谟）

光天再现唐虞治,复国重看日月明。（涂荣华）

光汉业钦孙国父,复台节纪郑延平。（纪翠琼）

光天气魄元戎志,复汉精神国父功。（刘万传）

复望中华成一统,光存古道照分阴。（傅秋镛）

光天永纪恢台日,复旦毋忘在莒心。（胡顺卿）

光华永照椎秦志,复国毋忘在莒心。（郑水同）

---

① 庄幼岳:《甲子光复节全岛诗人联吟大会纪略》,彰化《中国诗文之友》第三六二期,1985 年 3 月 1 日。

第三章
台湾的私人诗钟吟会

　　诗钟社团及其联吟组织共同构成了台湾诗钟组织体系的主体。除此之外，台湾还有为数不少的私人诗钟吟会，它们往往以某一府邸、庭园、别墅或者书斋、轩室为活动中心，并且按照主人的个性喜好及审美情趣来开展相关活动，带有明显的私人性质。这些私人诗钟吟会，通常以活动地点来指代或称呼，它们虽然没有专门的社团名称，但在活动方式及创作内容上，与诗钟社团并无二致，也有自励课题、小集击钵、对外征诗、酬酢唱和等，个别私人诗钟吟会的参与人数、活动规模、创作频率、声势影响甚且超过一般性诗钟社团。例如，基隆陋园主人颜云年与颜国年昆仲经常招邀全台诗人在其府邸宴集击钵，陋园也成为日据时期全台性诗社联吟组织——全台诗社联吟大会的发祥地，《台湾诗报》甚至直接以"陋园吟会"对它进行命名；台北市卷籁轩亦称卷籁轩书房，本为黄笑园授徒课业之所，后来发展成为一个门徒诗社，经常与淡北吟社、天籁吟社、松鹤吟社联吟，共同组成"四社联吟会"；等等。因此，可以把私人诗钟吟会看作是台湾诗钟组织体系的一种辅助形态或补充形式，从中也反映出台湾诗钟发展之兴盛，以及诗钟对台湾社会文化生活影响之深入。

第一节 以府邸、庭园、别墅等为名的私人诗钟吟会

撇开具体的创作体例,如果单纯从组织者身份以及活动场域的特点来看,以府邸、庭园、别墅等为名的私人诗钟吟会,与台湾庄园文学的发展有着密切的渊源关系。清代中叶,随着土地的开垦与拓殖,台湾经济得到快速发展,出现了一批新兴的地主阶层,他们在经济发展起来以后,温饱思淫逸,一方面大兴土木,建造别墅园林,另一方面也开始吟风弄月,附庸风雅。《台湾通史》卷三十四"列传六"载:"(郑)用锡既为一方之望,尤尽力农亩,家日殖,岁入谷万石。晚年筑北郭园自娱,颇有山水之乐。好吟咏,士大夫之过竹堑者,倾尊酬唱,风靡一时,至今文学为北地之冠。"[1] 郑用锡的北郭园始筑于道光三十年(1850),初成于咸丰元年(1851)。《台湾诗乘》另载:"林鹤山先生占梅,字雪村,淡水人,居竹堑,拥资甚厚。……手建潜园,尊酒论文,座客常满。"[2] 林占梅的潜园初步建成于咸丰元年(1851),从林占梅所著《潜园琴余草》中可以看到,咸丰三年(1853)就开始有潜园雅集。《板桥林本源家传》亦载:"方枋桥林本源大厝落成时,南国硕学俊士如吕世宜、谢颖苏、叶化成、杨浚、陈霞、陈翼等联翩来游。或以书称,或以画名,或以诗文享盛誉,把

---

① 连横:《台湾通史》(下册),商务印书馆 1983 年修订第 2 版,第 677 页。
② 连横:《台湾诗乘》,台北:台湾银行经济研究室 1960 年版,第 172—173 页。

臂相逢,互倾所学,公（按:即林维让）与弟维源、维得回翔其间,颇有古人渊然以深,鰲然而当,恢恢然横奋乎八表之概。"[1]"枋桥林本源大厝"即板桥林家花园之三落旧大厝,初步建成于咸丰三年（1853）,其后又增建了五落新大厝和花园别墅,成为现今之格局。此外,台南的四春园、归园、曲水园、宜秋山馆、鸿指园等,大都建成于道光、咸丰年间,也是当时台湾文人活动的经常处所。可见,清代中叶,继"游宦文学"之后,台湾出现了一个相当可观的文学思潮——"庄园文学",这也标志着台湾本土文学的崛起。

日据以来,台湾的庄园文学得到进一步发展,如基隆颜云年与颜国年昆仲之陋园、刘春亭之笑山楼、陈丰之读古山庄,台北周再思之斯园、林清敦之师元楼、倪炳煌之巢睫居,新竹张纯甫之三孝人家,台中吴子瑜之怡园,彰化施江西之静远楼,嘉义张李德和之琳瑯山阁等,由于主人的热心持倡,从而成为台湾诗人宴会雅集的重要据点乃至活动中心。不过,与台湾以往庄园文学不同的是,它们在创作体例上增加了诗钟这一新的活动内容。从这些方面来看,前述之菽庄吟社,也是典型的以府邸、庭园、别墅等为名的私人诗钟吟会。

一、陋园

（一）陋园及其主人颜云年、颜国年昆仲

陋园为基隆颜云年与颜国年昆仲之府第,位于现今基隆市中心中轴信二路上。陋园最初为日人木村久太郎的别墅,称作"木村御殿";1918年木村返回日本后转售给颜家,并由颜国年取名"陋园"。颜家买下后,经过大事整修,使之成为日式为主、糅合西式风格的庭园,与板桥林本源园邸、雾峰莱园并称为日据时期台湾三大名园。

陋园主人颜云年（1874—1923）与颜国年（1885—1937）昆仲是基隆颜家第五代传人。基隆颜家以开采金矿、煤矿起家,被称作"炭王金霸",与板桥林家、雾峰林家、鹿港辜家、高雄陈家并列,是台湾五大望族之一。颜家

---

① 《林公维让传略》。王国璠编:《板桥林本源家传》,台北:林本源祭祀公业1984年版,第28—29页。

在台开祖是清乾隆年间从福建安溪县金田乡迁台的颜浩妥,在大肚溪从事石材开采。第二世祖颜玉兰在台中港以渔业为生。第三世祖颜斗猛从事开垦事业,积累了一定产业,便在八堵购地,成为颜家的发祥地。第四世祖颜寻芳率领族人开采四脚亭煤矿。1895年日本占据台湾,颜家煤矿被征收,台湾煤矿业被日人藤田所掌握。后来,藤田将煤田出租给台湾本地人,颜寻芳次子颜云年1899年筹资设立"金裕丰号",承租了瑞芳镇金矿,从此揭开颜氏矿业世家的序幕。1904年颜国年筹划采煤,相继设立六十多处煤矿,全盛时期产煤量达到全台湾的三分之二;随后,又投入巨资兴建平溪铁路,成为台湾矿业运输史上重要的一页。正当颜家事业蒸蒸日上的时候,讵料天不假年,颜云年患上伤寒,经医治无效,于1923年2月9日去世,享年四十九岁。颜云年去世后,其弟颜国年继承事业,继续开发矿产,先后开发多个新矿区,可惜也英年早逝,于1937年4月去世,享年五十二岁。

(二)陋园的诗钟活动

由于基隆颜家富甲一方,在台湾社会建立了广泛的政商关系,而且颜云年与颜国年昆仲又都为风雅之士,颜云年曾加入瀛社并担任瀛桃竹联合吟会会长,所以陋园也成为全台诗人经常聚会的场所,日据时期全台性诗社联吟组织——全台诗社联吟大会即渊源于此。赖子清《古今台湾诗文社》有记:"民国三年(1914)小春望日,(瀛社)社员颜云年之环镜楼落成式,柬邀内台诗人戾止,大启吟筵,淡社、瀛社、桃社、竹社、栎社、南社,骚坛少长咸集,多至百十人,会许南英部郎归自鹭江,延请临席,是为全台诗人大会滥觞。"①《台湾诗荟》第四号"骚坛纪事"另载:"陋园(基隆):为瀛社友颜云年氏之宅。春秋佳日,击钵催诗,致足乐也。及云年逝,其弟国年继起,仍与旧侣相往来。近以家庙落成,特于(1924)四月十三日,柬邀瀛社联吟会员及寓北各诗人开会,至者百四十人。题为《陋园忆旧,七绝覃韵》,每人二首,推桃社简若川、竹社郑十洲二氏为左右词宗,各选四十。七时开宴,国年起述礼

---

① 　赖子清:《古今台湾诗文社》(一),台湾省文献委员会编印《台湾文献》第一〇卷第三期,台北:成文出版社有限公司1983年3月台一版影印本,第2027页。

意,小松孤松、曾吉甫二氏代表来宾道谢,宾主酢酬,尽欢而散。"①

　　陋园的创作活动以击钵为主,诗钟与律绝并励,《台湾诗报》曾以"陋园吟会"、"基津小集"等相称,所作辑为《环镜楼唱和集》、《陋园吟集》等。《台湾诗荟》第十号尝载:"陋园（基隆）:诗侣以（1924）十月七日,为旧历重阳佳节,适瀛社友颜德辉氏来游,遂邀往登高,凡十余人。拟题《菊花茶,七绝罩韵》;次题诗钟《重九登高,碎锦格》。至晚乃归。"②此外,还创作有《鸡笼、桃,分咏格》、《禾、妙,五唱》等钟题,作品登载于《台湾诗报》等报刊杂志。兹录数联于下:

《禾、妙,五唱》:

　　　　元山最美禾精饭,黄绢堪称妙好辞。（佚　名）

　　　　故国可无禾黍感,他乡空有妙香熏。（佚　名）

　　　　周室未倾禾已取,蔡仇欲报妙无言。（佚　名）

《重九登高,碎锦格》:

　　　　登台重演三分剧,扶汉高称九伐功。（赖子清）

　　　　剑阁未登三峡险,永州重望九巍高。（颜德辉）

　　　　桓公九合盟践士,高帝重围困白登。（张纯甫）

《鸡笼、桃,分咏格》:

　　　　妒杀英雄遗国恨,牢防野牝索家声。（罗秀惠）

　　　　啖余邀宠传弥子,唱际联吟伴处宗。（谢文达）

　　　　樊内时鸣茅店月,风前独映武陵春。（周野鹤）

二、斯园

（一）斯园及其主人周再思

　　斯园亦称周家花园,位于台北县汐止区茄苳路,由台北巨商周再思初建

---

　　① 《台湾诗荟》第四号"骚坛纪事",1924 年 5 月 15 日。《台湾文献汇刊》第四辑第十五册,九州出版社、厦门大学出版社 2004 年版,第 409 页。

　　② 《台湾诗荟》第十号"骚坛纪事",1924 年 11 月 15 日。《台湾文献汇刊》第四辑第十六册,九州出版社、厦门大学出版社 2004 年版,第 356 页。

于 1899 年,竣工于 1909 年。主体工程包括大厝和花园两个部分,其中大厝占地 1200 平方米,花园占地 4000 平米。建成后,与板桥林家花园、雾峰林家花园齐名,号称台湾三大花园。现今大厝为阳明海运公司所有,花园则被辟为汉诺瓦郡大厦。

斯园主人周再思(1880—?),以经营煤矿及金矿致富,为汐止地区名人。

(二)斯园的诗钟活动

斯园主人周再思与陋园主人颜云年过从甚密,流风所及,周再思也经常招邀文人墨客到斯园宴集吟咏。《台湾诗报》第二年一月号"诗界近讯·斯园诗钟"条载:"台北汐止斯园主人,客腊(按:一九二四年十二月)曾向岛内征募诗畸,题为《斯园赏菊,四点金格》,及《斯园,鹤顶格》。闻得稿八百余联,早经台日老记者谢雪渔评定,每题各取十联。"[1]

三、怡园与东山别墅

(一)怡园与东山别墅及其主人吴子瑜

怡园亦称吴家花园,地处台中市新庄里(即现今台中市东区后火车站德安购物中心之原址),由前清监生、东大墩街(台中市旧称)首富吴鸾旂建成于光绪十六年(1889)前后。1921 年吴鸾旂过世,其独子吴子瑜接管家产,对怡园进行扩建,使其占地十余亩,并在四周修筑粉墙,园内增置亭台楼阁、石桥水榭等,又种植荔枝五百多棵,规模不下于雾峰林家花园。与此同时,吴子瑜还在台中县太平乡冬瓜山上兴建别墅,名曰东山别墅,历时六年,于 1927 年 11 月 9 日落成。

吴子瑜(1885—1951),字东碧、少侯,号小鲁,后改名世勋,台中东势人。1912 年在上海加入中国国民党,1926 年 6 月 15 日加入栎社。吴子瑜生性豪爽阔绰,曾多次捐资襄助孙中山先生的革命活动,并于 1914 年与连横一同向民国北京政府申请恢复中国国籍,是一位爱国诗人。

---

[1] 《台湾诗报》第二年一月号,1925 年 1 月 20 日。据张汉剪贴本复印。

（二）怡园与东山别墅的诗钟活动

怡园与东山别墅是吴子瑜宴集文人骚客的地方,傅锡祺《栎社沿革志略》与张丽俊《水竹居主人日记》有关怡园和东山别墅活动的记载甚伙。栎社及中部联吟会的创作活动很多是在怡园和东山别墅举行的,以致有论者认为:有一段时期,吴子瑜几乎取代雾峰林家,成为栎社的核心领导①。不过,吴子瑜有自己的文学旨趣和交游范围,因而时有"私开"踏青会、登高会、观月会、小集击钵等之举;参与怡园和东山别墅吟咏活动的诗人并不局限于栎社成员,王竹修、张纯甫、林雪窗、蔡逊庭、林瑞腾、陈泰山、蔡梓舟、郑汝南、邹子襄、范慕淹、杨如昔、蔡乔材、杨子渊、张绍良等都是出入怡园和东山别墅的常客。《风月》(每三、六、九日刊)对东山别墅的诗钟活动名之"东山钟韵",张丽俊甚而冠以"东山吟社"之称。

怡园与东山别墅的创作活动以击钵为主,诗钟律绝并励。傅锡祺1935年所撰《栎社友人吴子瑜先生五十寿序》一文,有述:"(吴子瑜)声名藉着于诗界之中,丙寅(1928)初秋,依推荐而置籍与我栎社,是益肆力为诗,岁岁上已踏青,重九登高,广邀全台同好之骚人韵士,高会东山别墅,其往来尤密。诸友小集别墅或怡园,拈韵分笺者,殆无虚月,为计所作,不止成千,藏之名山,传之后世,当可作古称三不朽之一也。"②《风月》第十三号(1935年6月26日发行)尝载"东山钟韵"8题60联,所录钟题有《夜合花,鼎足格》、《干、杯,魁斗格》、《天一品,碎锦格》、《来、梦,蜂腰格》、《文、去,鹤膝格》、《夏、山,凫胫格》、《集、闲,雁足格》、《荔枝、敝帚,分咏格》等。《诗报》第二四四号(1941年3月21日发行)另有载怡园诗钟《玉、子,凤顶格》(怡园雅集席上赋赠玉子女给)10联。兹录数联于下:

《玉、子,凤顶格》:

　　玉人美色同甘后,子建清才赋洛妃。(邹子襄)

① 施懿琳:"一般咸认为栎社的领导核心乃以雾峰林家为主,其实曾有一段时期冬瓜山的吴子瑜几乎取而代之。"施懿琳:《从张丽俊〈水竹居主人日记〉看日据时期中部传统文人的文学活动与角色扮演》,"中台湾乡土文化学术研讨会",台中市立文化中心,2000年8月。

② 傅锡祺:《栎社友人吴子瑜先生五十寿序》,转引自蒋梅《台湾爱国诗人吴子瑜》,《中国档案》2014年第7期。

《来、梦,蜂腰格》：

  燕子不来春寂寞,梨花如梦日黄昏。（庄太岳）

《文、去,鹤膝格》：

  愿居断发文身地,耻作投明去暗人。（陈沁园）

《夏、山,凫胫格》：

  促膝重吟消夏句,倾囊不计买山钱。（吴小鲁）

《集、闲,雁足格》：

  开樽筵续兰亭集,寄傲身如栗里闲。（吴小鲁）

《干、杯,魁斗格》：

  杯中蛇影弓为怪,笔下龙形墨未干。（王了庵）

《夜合花,鼎足格》：

  花径微风今雨合,草堂初夜客星高。（林老秋）

《天一品,碎锦格》：

  春水一篙寻古洞,云天万斛品寒泉。（傅鹤亭）

《荔枝、敝帚,分咏格》：

  一骑红尘驰驿使,十年老婢扫宫花。（蔡天弧）

四、三孝人家

（一）三孝人家及其主人张纯甫

三孝人家为张纯甫在新竹所居宅邸,同时亦为其授徒课业之所。张纯甫（1888—1941）,本名津梁,字纯甫,以字行,号汉、兴汉、寄痴、寄星、客星、渔星、筑客、寄民、老钝、耕香散人、竹林樵客等,台湾新竹人。少受文教,沉湎经史,精治百家。曾讲学于松山、稻江、新竹,并分别名其居为坚白屋、守墨楼、竹市世第三孝人家。先后加入竹社、瀛社、研社（后名星社）、稻江诗钟会、崇文社、东海钟声社、青莲吟社、松社等为社友,并创立柏社、柏社同意吟会等社团。1941 年卒,享年五十四岁。遗有《守墨楼诗存》、《古陶渔村人四时闲话》、《坚白屋谜剩》等,黄美娥教授尝为编辑《张纯甫全集》六册以传世。

（二）三孝人家的诗钟活动

三孝人家每逢星期日小集击钵，诗钟律绝并励，参加成员有陈厚山、陈础材、郭君质、吴泽生、吴承得、陈泰阶、陈星平、萧新来、萧振开、沈江枫、陈万坤、周伯达、谢景云、张国珍、萧春石、张友石、郑东青、陈伯墀、吴达材、曾亭鹤、刘梓生、李树人等。赖子清《古今台湾诗文社》"三孝人家"一目载："民国二十四年（1935），新竹张纯甫，以坚白屋名义刊诗以外，又以竹市世第三孝人家名义，将柏社诗稿，登诸诗报，盖是岁竹市诗会极盛，每逢星期日，必会于三孝人家，诗题计有菊、古镜、蚊、夏雨、敝裘、撤水车外甚多，亦诗社之变名也。"①

三孝人家所作钟题有《秋、月，凤顶格》等，作品登载于《诗报》等报刊杂志。兹录数联于下：

《秋、月，凤顶格》：

> 秋圃菊开三径艳，月宫桂折一枝香。（张国珍）
>
> 秋扇何年藏篋底，月轮今夕挂楼头。（萧春石）
>
> 秋声萧瑟蝉声少，月影迷离蝶影稀。（张友石）
>
> 秋凉萤火窗前舞，月朗蝉声树上吟。（郑东青）
>
> 秋七东坡游赤壁，月三项羽火阿房。（陈伯墀）
>
> 月光满地心情好，秋色连天气象新。（吴达材）
>
> 秋雁南飞频送目，月蟾西下几颦眉。（曾亭鹤）
>
> 秋收春种千家共，月白风清万里同。（刘梓生）
>
> 秋来蜀魄啼三峡，月照湘灵泣九疑。（陈伯墀）
>
> 秋寻湖畔红枫树，月照篱边白菊花。（李树人）

五、琳瑯山阁

（一）琳瑯山阁及其主人张李德和

琳瑯山阁位于嘉义市国华街，系张李德和的别墅。张李德和（1892—

---

① 赖子清：《古今台湾诗文社》（二），台湾文献委员会编印《台湾文献》第一一卷第二期，台北：成文出版社有限公司 1983 年 3 月台一版影印本，第 2796 页。

1972），字连玉，号罗山女史、琳琅山阁主人、题襟亭主人、逸园主人。出身云林西螺望族。勤于习艺，擅长诗文，且谙音律、绘事，复精刺绣。先后加入西螺棪社、罗山吟社等为社友，并组创琳琅山阁诗会、鸦雀书画会、题襟亭填词会、连玉诗钟社、小题吟会等。著有《琳琅山阁吟草》等。

（二）琳琅山阁的诗钟活动

琳琅山阁课题击钵兼行，诗钟、律绝、词曲、书画并励。单单社团性活动，除前述之连玉诗钟社以外，就还有琳琅山阁诗会、鸦雀书画会、题襟亭填词会、小题吟会等，所作结集为《琳琅山阁题襟集》、《琳琅山阁唱和集》、《罗山题襟集》、《题襟亭集》、《连玉诗钟会集》等。此外，尚有主人兴之所至的各种唱酬击钵活动，如1932年7月，淡北名士周士衡（野鹤）造访琳琅山阁，受到主人张李德和女士的热情欢迎，并拟钟题《鹤、蒲节，分咏格》，共同击钵以助兴。所作如：

《鹤、蒲节，分咏格》：

> 今日最堪修鸹舌，当年早已冠鸡群。（周野鹤）
>
> 汨罗招后魂何在，华表重来景已非。（周野鹤）
>
> 怅此良辰投角黍，怜他雪夜守梅花。（林卧云）
>
> 此日沉冤骚赋楚，当年掌翮唳闻天。（林卧云）
>
> 剑影门前安艾虎，霜翎屋后伴梅花。（陈文石）
>
> 免俗未能同插艾，登仙有分独餐英。（苏友让）
>
> 竞渡人归看夺锦，飞腾仙去听吹笙。（吴百楼）
>
> 斗艇招魂追国士，乘轩食禄失民心。（赖俶緜）
>
> 三楚赋吟伤此日，九皋声响彻遥天。（李连玉）
>
> 吹箫千古思王晋，系粽今朝吊屈原。（李连玉）

六、笑山楼

（一）笑山楼及其主人刘春亭

笑山楼为基隆刘春亭之别墅。刘春亭（？—？），基隆人，先后加入大同吟社、鄞江吟社、同励吟社等为社友。

（二）笑山楼的诗钟活动

笑山楼是基隆大同吟社、鄞江吟社、同励吟社等社诗友经常吟咏聚作的地方，主人刘春亭不时招邀诗朋骚侣在此小集击钵，黄昆荣、张鹤年、黄景岳、谢艺秋、吕汉生（杏洲）、江紫元（梦花）、王吞云、黄种人、陈庭瑞、张一泓、李春霖、蔡子淘、何崧甫、陈古渔（郁文）、林兆麟、杨雪峰、雪陀、蔚渠、梦蓬、定禅、红冰、铁云、季眉、兆龄、瘦琼、魂剑等都是出入笑山楼的常客。《诗报》第六十三号尝载："基隆大同吟社友等去六日（1933 年 7 月 6 日）乘台北头围方面吟友来游之机，是日午后四时起假刘春亭氏之笑山楼为开欢迎击钵吟会。首唱《胶舟，七绝支韵》，次唱诗钟《雨、战舰，分咏格》，推曾笑云、卢懋清、柯子村、林子惠诸氏为两唱左右词宗。至六时交卷，得诗四十余首，录呈词宗选取后，一同入席小酌。既发表，元为鹤年、子村、子清、铁云诸氏所获，各尽欢而散。"[1]

此外，笑山楼所作钟题尚有《芦、梦，玉带格》、《春、日，八叉格》、《笑、山，鹤顶格》、《龙、玉，鹤膝格》等，作品登载于《诗报》等报刊杂志。兹录数联于下：

《笑、山，鹤顶格》：
> 笔我歪诗曾祭未，山妻旧酿久藏诸。（张鹤年）
> 笑雅高楼居学士，山奇秀阁住诗人。（陈郁文）

《龙、玉，鹤膝格》：
> 蓝田种玉生烟日，碧海游龙鼓浪时。（吕杏洲）
> 赤虹化玉传经史，沧海潜龙避圣贤。（谢艺秋）

《芦、梦，玉带格》：
> 渔父丛芦呼志士，庄周一梦感浮生。（吕汉生）
> 斑鬓如芦悲楚水，痴心闲梦到亚山。（刘春亭）

《春、日，八叉格》：
> 大义春秋严斧钺，无多时日老丹铅。（张一泓）
> 褒贬春秋寒贼胆，安闲月日驻童颜。（李春霖）

---

[1] 《诗报》第六十三号第一版"骚坛消息"，1933 年 7 月 15 日。

七、师元楼

（一）师元楼及其主人林清敦

师元楼为台北林清敦之宅邸。林清敦（？—？），台北人；先后加入瀛社、高山文社、鹭洲吟社等为社友；著有《师元楼吟草》。

（二）师元楼的诗钟活动

师元楼主人林清敦经常招邀文人墨客在此击钵催诗。《诗报》第二七六号（1942 年 7 月 24 日发行）有载"师元楼小集"，录诗钟《退、闲，鹤顶格》21 联。作品如：

《退、闲，鹤顶格》：

> 退隐鹿门堪忆孟，闲居花县好追潘。（谢尊五）
> 退处元楼看逐鹿，闲来庾岭待寻梅。（联　奎）
> 退思颜子堪为法，闲卧袁安可以群。（林清敦）
> 退意仲尼思致仕，闲情彭泽赋归农。（林连荣）
> 退隐山林猿鹤伴，闲翻经史圣贤亲。（倪登玉）
> 退隐诗成钦庞德，闲居赋就仰渊明。（郑文治）
> 闲地栽桑从国策，退官事母报亲恩。（叶蕴蓝）
> 退隐诗成欣靖节，闲居赋咏仰安仁。（洪阳生）
> 退隐辞官彭泽令，闲眠啸傲浣花溪。（李天民）
> 退谷栽桑成逸趣，闲庭插竹报平安。（林崇礼）

八、静远楼

（一）静远楼及其主人施江西

静远楼为彰化县鹿港镇施江西之宅邸。庄嵩尝咏《有怀，寄静远楼主人》

云："矢口朱门耻说贫,曳裾卅载可怜人;虚名文字吾何与! 薄俗交游汝有真。一室自完干净土,三生未了去来因;遥知静远高楼上,饱眼江村气象新。"①

施江西（？—？）,名性澄,彰化县鹿港镇人;先后加入芸香吟会、大冶吟社、新声吟社等社为社友;著有《静远楼诗集》。

（二）静远楼的诗钟活动

静远楼推行击钵,诗钟律绝并励。《诗报》第一〇八号（1935 年 7 月 1 日发行）有载"静远楼雅集击钵",录诗钟《静、远,凤顶格》21 联。作品如:

《静、远,凤顶格》:

　　静渚鸥波摇鬓白,远山螺黛入眉青。（蔡天弧）

　　静坐恍如僧入定,远游每感客登楼。（蔡梓舟）

　　静听涛声喧五夜,远瞻岚翠画双眉。（施江西）

　　静志居栖朱锡鬯,远游篇咏屈灵均。（施性湍）

　　静摛藻思归韩集,远致仙方入董林。（廖居仁）

　　静对炉香读周易,远随仙客入瀛洲。（吴小鲁）

　　静看云涌天边月,远待人归海上槎。（吴燕生）

　　静听涛声喧到枕,远收山色翠连楼。（庄太岳）

　　静对名花如好女,远寻芳草忆王孙。（王竹修）

　　静施针砭人栽杏,远爱溪山景入诗。（朱启南）

九、巢睫居

（一）巢睫居及其主人倪炳煌

巢睫居为台北倪炳煌之寓所。倪炳煌（？—？）,字希昶,号巢睫居士,台北龙山人,瀛社社友、高山文社第二任社长、台湾文化协会评议员,著有

---

① 庄嵩:《有怀,奇静远楼主人》,庄嵩《太岳诗草》（上）,台北:龙文出版社有限公司 1992 年版,第 191—192 页。

《百勿吟集》。倪氏经常参加全岛各大诗社的击钵联吟活动并担任词宗,是日据时期台湾诗坛的活跃分子,所作诗钟往往立意高远,常被选入高列,作品如"别有心肠诗不俗,可无勋业史留青"(《心、业,八叉格》)、"成裘集腋来由小,积土为山起自高"(《高山小集,碎锦格》)等。

(二)巢睫居的诗钟活动

倪炳煌所寓巢睫居虽然没有山水之美与园林之阔,但春兰吐艳,秋菊飘香,亦不失高雅与俊逸,是瀛社、高山文社等诗友经常吟咏聚作的好去处。《台湾诗荟》第八号"骚坛纪事"载:"巢睫居(台北):主人倪炳煌氏以(1924)八月十七日,柬邀诸吟友至家赏兰,至者多人。首题《观兰雅集,七绝齐韵》;次题诗钟《闻香,鹤顶格》。八时开宴,十时始散。"①

十、读古山庄

(一)读古山庄及其主人陈丰

读古山庄为基隆陈丰的别墅。陈丰(?—?),生平履历未详。

(二)读古山庄的诗钟活动

读古山庄推行击钵,诗钟律绝并励。《诗报》第一九四号(1939年2月4日发行)有载"读古山庄小集",录诗钟《媒人嘴、针,分咏》18联。作品如:

《媒人嘴、针,分咏》:

　　两家亲事凭关说,万朵琼花赖刺成。(李硕卿)

　　巧舌不须凭杵臼,孔微自可贯线条。(璞　亭)

　　刺绣功成归寸铁,才佳说合报兼金。(铁　梅)

　　穿缕殷勤逢巧夕,通辞郑重待佳期。(秋　鳞)

　　两家撮合千金诺,一缕缝成寸铁功。(李伯棠)

① 《台湾诗荟》第八号"骚坛纪事",1924年9月15日。《台湾文献汇刊》第四辑第十六册,九州出版社、厦门大学出版社2004年版,第212页。

婚姻每藉花言定，闺阁常从巧夕穿。（一　新）

一语婚联秦晋国，几番黹绣帝王袍。（济　盈）

图婚强说风头语，乞巧偷从月下穿。（李登瀛）

二姓婚成凭巧舌，三冬服就赖尖锋。（白　鸥）

执柯何惜三番语，刺绣曾穿五色丝。（姚德昌）

十一、寄庐

（一）寄庐及其主人黄得众

寄庐位于台北县万里乡崁脚村。主人未详。

（二）寄庐的诗钟活动

寄庐是日据时期台湾北部诗人经常击钵催诗的地方，张一泓、黄昆荣、刘春亭、蔡子淘、蔡逸初、王吞云、赖照熙、李春霖、江紫元（梦花）、陈退庵、何崧甫、吕汉生、小冬郎、挺鲁、定禅、寿醜、芥佛、素秋、振义、郭元、肖桐、铁华、涵藻等都是出入寄庐的常客。所作钟题有《风、客，燕颔格》、《寄、庐，魁斗格》等，作品登载于《诗报》等报刊杂志。兹录数联于下：

《风、客，燕颔格》：

歌风台在怀高祖，逐客令传议始皇。（张一泓）

远客喜同秋雨至，轻风忍送暮云来。（江梦花）

刺客荆卿肝胆壮，骚风杜老性情豪。（蔡逸初）

江风易买青衫泪，郢客难售白雪歌。（王吞云）

远客无心闻折柳，春风有意报开梅。（赖照熙）

《寄、庐，魁斗格》：

寄迹何如归菊圃，劳形深悔出茅庐。（蔡子淘）

寄友十年怀故国，求贤三顾向茅庐。（黄昆荣）

寄怀笠泽烟波艇，托意孤山雪月庐。（吕汉生）

寄身屈子宁无地，容膝陶公自有庐。（李春霖）

寄人篱下怀亲舍,作客天涯感我庐。(小冬郎)

十二、曜升堂

(一)曜升堂及其主人

曜升堂位于彰化县鹿港镇。主人未详。

(二)曜升堂的诗钟活动

曜升堂推行击钵,诗钟律绝并励。《诗报》第三十七号（1932 年 6 月 15 日发行）有载"鹿港曜升堂击钵录",录诗钟《竹、床,鹤顶格》11 联。作品如:

《竹、床,鹤顶格》:

竹头木屑传陶侃,床上烟霞踞沛公。(徐天甫)

竹谱凯之传一卷,床公循吉祀当年。(徐天降)

竹里萝牵劝补屋,床头金尽叹穷途。(黄碧玲)

竹外半钓玄度月,床头一卷玉溪诗。(依　仁)

床中蝶梦玲珑月,竹里莺啼料峭风。(云　英)

竹中有客弹湘瑟,床上无人忆卧龙。(徐天降)

竹外桃花红似锦,床前月色白于霜。(黄碧玲)

床帐屡醒蝴蝶梦,竹篱愁听鹧鸪鸣。(涂璧如)

床尽黄金愁李白,竹为骏马忆桓温。(文　桑)

床上烟霞堪啸卧,竹前风月足怡情。(黄　殿)

此外,台中林献堂之莱园、林朝崧之詹园、林子瑾之瑾园、陈朔方昆仲之小杏园,鹿港陈怀澄之十宜楼,台南黄欣之固园等,也曾经是台湾诗人经常宴集击钵的场所。

第二节　以书斋、轩室等为名的私人诗钟吟会

与以府邸、庭园、别墅等为名的私人诗钟吟会不同,台湾之以书斋、轩室等为名的私人诗钟吟会,其提倡者往往身兼教席,活动地点即其授徒课业之所,参与活动成员则以其弟子为主,因此往往带有门徒诗社的性质。

一、砺心斋

(一)砺心斋及其主人林述三

砺心斋为稻江宿儒林述三之书房,地址在台北县永乐町三丁目。林述三(1887—1957),讳缵,号怪星、蓬瀛一逸,日据时期又号唐山客,福建同安人。十三岁渡台寻父,卜居台北大稻埕。后继承父志,长执教鞭,设立国文研究塾(后改为砺心斋书房),阐扬国学,门生满淡北。民国四年(1915),与张汉、林馨兰、黄水沛、吴梦周等,创立研社,后改组为星社。民国十年(1921)三月,砺心斋同学会同人创立天籁吟社,被推为社长。民国十三年(1924),与黄水沛、欧剑窗等星社同人,共同创办《台湾诗报》。日据后期,日人废止私塾,禁用汉文,林述三仍不屈不挠,利用既设之天籁吟社,口授心传,宣扬国

粹。1957年底谢世。林述三能诗善词,曾被称作"稻江诗界之通天教主"①,著有《砺心斋诗集》、《鸭母王别传》、《五百元手指》等。

(二)砺心斋的诗钟活动

砺心斋是台北星社与天籁吟社的社址所在地,同时又是切磋吟社的活动中心之一,林述三自己也时常招邀文人墨客在此击钵催诗。《诗报》第五十一号(1933年1月15日发行)有载"砺心斋击钵录(曾文采氏新婚招待会)",录诗钟《梅花、狗,分咏格》18联。作品如:

《梅花、狗,分咏格》:

> 吠尧终竟知非主,梦赵曾传幻美人。(郑养斋)
>
> 盗裘功并鸣鸡客,披氅情多守鹤儿。(张纯甫)
>
> 一吠真能安赵盾,千秋只悟识林逋。(许炯轩)
>
> 指我时辰居在戌,与他松竹结同寅。(郭仙舟)
>
> 最爱竹篱邀鹤守,可怜茅店护鸡鸣。(张奎五)
>
> 名著韩家勤守夜,信传庾岭易为春。(郭江波)
>
> 玉骨冰姿能傲雪,龙形豹耳解传书。(陈金龙)
>
> 中原兔死将烹汝,庾岭驴来欲访君。(郑云从)
>
> 吠声听入深林去,弄影静从浅水斜。(谢森鸿)
>
> 断续吠声无见影,横斜疏影暗浮香。(张图麟)

二、卷籁轩

(一)卷籁轩及其主人黄笑园

台北市卷籁轩亦称卷籁轩书斋或卷籁轩书房,本为卷籁轩主人黄笑园授徒课业之所,后来发展成为一个门徒诗社。主要成员有黄少顽、黄雪岩、莫月

---

① 陈世庆:《星社》,台北市文献委员会编印《台北文物》第四卷第四期"本市诗社专号",台北:成文出版社有限公司1983年3月台一版影印本,第1770页。

娥、黄笃生（一鹏）、黄镜宏、林成添、王师良、詹可欣、郭月蟾、吴小耕、陈滟（艳）波、张腾蛟、许九（左）书、唐羽等,悉为黄笑园门人。1958 年黄笑园先生仙逝,该社创作活动亦告歇止。

卷籁轩主人黄笑园（1906—1958）,本名文生,字笑园,号卷籁轩主人,师事砺心斋书房林述三夫子,为天籁吟社健将,与"笑岩"林锦堂、"笑云"曾朝枝并称"天籁三笑"。创立卷籁轩书斋,出其门下者不计其数,陈雪峰、黄雪岩、莫月娥、唐羽、黄笃生尤称俊秀。遗有《卷籁轩吟草》。

（二）卷籁轩的诗钟活动

卷籁轩注重日常课题练习,诗钟律绝并励;新近出版之《卷籁轩师友集》（杨维仁主编,台北:万卷楼图书公司 2013 年版）,收录卷籁轩主人黄笑园及其门人唐羽、莫月娥、黄笃生四人诗词作品。由于卷籁轩主人黄笑园师事砺心斋书房林述三夫子,卷籁轩成员也经常参与砺心斋书房同学会同人创设之天籁吟社的聚作活动。此外,该社还与淡北吟社、天籁吟社、松鹤吟社共同组成"四社联吟会";后来北台吟社亦加入其中,成为"五社联吟会"。

卷籁轩先后创作《夏、云,一唱》、《山、水,凤顶格》、《歌、曲,鸢肩格》等钟题,作品登载于《诗文之友》、《中华诗苑》等报刊杂志。兹录数联于下:

《夏、云,一唱》:

夏日威严怀赵盾,云鬟价重美胡姬。（黄雪岩）

夏啭黄鹂栖翠柳,云归白鹤舞苍松。（莫月娥）

云天远叫来书雁,夏日频闻解择龙。（黄一鹏）

《山、水,凤顶格》:

水獭驱鱼奔急浪,山猿戏虎跃高枝。（莫月娥）

水晶宫丽居龙女,山谷洞深隐虎臣。（王师良）

水母浮生随浪迹,山妻素性插荆钗。（吴小耕）

《歌、曲,鸢肩格》:

阳关曲唱征人怨,易水歌传壮士悲。（莫月娥）

白纻歌吹吴月夜,青楼曲送楚江歌。（詹可欣）

对酒歌扬忧孟德,求凰曲奏戏文君。（陈艳波）

三、静寄书斋

（一）静寄书斋及其主人吕汉生

基隆市静寄书斋亦称静寄楼，本为吕汉生夫子设帐授徒之所，后来发展成为一个门徒诗社。主要成员有张鹤年、蔡子淘、杜仰山、蔡逸初、刘春亭、王吞云、王雪樵、何崧甫、林淇园、周植夫、杜碧岚、杜君谋、王前、詹一民、邱天民、游文辉、涂璧如、徐金财、邱炎枝、陈新琪、张怀玉、嵩笙、定禅、潜民、士穆、菽年、镜如、泽民、季眉、希贤、纫香、子民、佚民、传庐、得三、达三、荣标、铨安、子文、宗茂、子修、子昭等。光复后，曾专门设立静寄书斋同学会。

吕汉生（1897—?），字杏洲。为人风度端凝，学殖渊博，设帐基隆，授徒卅余载，春风桃李，遍满三台。

（二）静寄书斋的诗钟活动

静寄书斋课题、击钵、征诗兼行，诗钟律绝并励。该社先后创作《面、油，鹭拳格》、《春、夜，鹤顶格》、《竹、山，燕颔格》、《文、化，四唱》、《溪、雨，三唱》、《灯、影，二唱》、《黄、白，三唱》、《秋、日，四唱》、《春、雨，二唱》、《静、寄，一唱》等钟题，作品登载于《诗报》、《诗文之友》、《中华诗苑》等报刊杂志。兹录数联于下：

《静、寄，一唱》：
  静境无心观照得，寄身有迹去来知。（徐悟原）
《竹、山，燕颔格》：
  种竹端宜春雨后，看山偏在夕阳时。（张怀玉）
《春、雨，二唱》：
  烟雨六朝苏子赋，江春二月杜陵诗。（宗　茂）
《黄、白，三唱》：
  士祯白下吟秋柳，禹称黄岗建竹楼。（镜　如）
《文、化，四唱》：

　　李密学文书挂角，庄周梦化蝶穿花。（邱天民）

《秋、日，四唱》：

　　求秦七日成忠志，放甲三秋得义名。（子　民）

《面、油，鹭拳格》：

　　低头不少添油客，对面无多送炭人。（吕汉生）

四、君山书室（亦称君山轩）

（一）君山书室及其主人许君山

　　君山书室亦称君山轩，为许君山夫子教授私塾之所，地址位于高雄市北野町（今高雄市盐埕区）。

　　许君山（？—？），澎湖县白沙乡镇海村人。1934年5月，与施子卿等在高雄市共同创立濑南吟社；先后加入旗津吟社、鼓山吟社、红毛港青年研究会、在山吟社、寿峰诗社等为社友。

（二）君山书室的诗钟活动

　　君山书室曾作为濑南吟社事务所，许君山经常邀集社友在此小集击钵。参加成员主要有鲍梁臣、陈春林、许成章、陈国梁、陈明德、宋维六、许飞龙、许飞虎、洪耕南、洪敏中、龚凤韶、李剑峰、李炎三、张望宫、李德卿、杨锦川、洪钦庄、李云梯、李振成、显门、不俗、盈金、太和、妙其、逸士、高阳等。

　　君山书室以击钵为主，诗钟律绝并励。所作钟题有《马、牛，雁足格》、《虎皮、帽，分咏格》、《韩信、犬，分咏格》、《水、天，燕颔格》等，作品登载于《诗报》等报刊杂志。兹录数联于下：

《水、天，燕颔格》：

　　流水无遥知岸阔，遮天有影觉山高。（洪敏中）

　　治水当年怀大禹，补天此日感灵娲。（龚凤韶）

《马、牛，雁足格》：

　　文君失节奔司马，孔子伤心叹伯牛。（显　门）

之反门前犹策马,惠王堂下有牵牛。(不　俗)

《虎皮、帽,分咏格》:

拥比讲经唐学士,羞吹短发孟参军。(许成章)

风吹龙山传韵事,鞞存人世好芳名。(陈明德)

《韩信、犬,分咏格》:

一声开口吠尧帝,十面埋兵困楚王。(许君山)

曾经胯下含羞日,冰作门前伏卧时。(陈国梁)

五、芸香室

(一)芸香室及其主人王养源

芸香室为彰化县鹿港镇王养源之书斋名,同时也是其传道授业之所。赖子清《古今台湾诗文社》"芸香室"一目载:"鹿港王养源哭厂,于民国十八年(1929)己巳上元佳辰,设帐于玲珑阁,受业者有三十余名,其中女弟子能诗者黄碧玹外数名,每当十五夜,柬邀大冶、聚鸥、潮社诸同仁,齐集一堂,盛开击钵,以扬国粹,养源于廿二年(1933)初春训蒙时,被人构陷,下狱十日,志节不屈,诗社从此解散。"①

王养源(?—?),号芸香,彰化县鹿港镇人。曾入宝桑吟社为社友,并与施性湍等共同创立钟楼及聚鸥吟社。

(二)芸香室的诗钟活动

芸香室每月一集,推行击钵,诗钟律绝并励,参加成员有施让甫、施性湍、黄碧玹、王成业(学樵)、浚元、少海、依仁、进传、丽生、朝安、焕珍、小浦、燕雪等,大多为王养源门徒。《诗报》第五号(1931年2月1日发行)有载"鹿港芸香室击钵录",录诗钟《芸、香,凤顶格》18联。作品如:

① 赖子清:《古今台湾诗文社》(二),台湾文献委员会编印《台湾文献》第一一卷第二期,台北:成文出版社有限公司1983年3月台一版影印本,第2790页。

《芸、香,凤顶格》:

　　芸窗十载心犹热,香国多年志未灰。（浚　元）

　　芸编脉望消形久,香草灵均托意深。（王养源）

　　芸窗作客家千里,香梦伊人水一方。（黄碧玟）

　　芸窗埋首亲书史,香鼎浮烟有篆文。（少　海）

　　芸草芬芳能避蠹,香烟缭绕却成蜗。（施泷如）

　　芸茁新芽红芍药,香浮春酿碧葡萄。（依　仁）

　　香奁艳思夸黄任,芸简清词美薛涛。（王学樵）

　　芸窗雏燕惊春梦,香饭阇梨听晓钟。（丽　生）

　　芸馆呕心怀李贺,香奁正体美徐陵。（黄碧玟）

　　芸草春风迷紫蝶,香车油壁忆佳人。（朝　安）

六、培文书阁

（一）培文书阁及其主人郑文治

　　培文书阁为台北郑文治的书斋,同时也是他传道授业之所。郑文治（？—？）,台北人;先后入瀛社、高山文社、东明吟社等为社友。

（二）培文书阁的诗钟活动

　　培文书阁创作活动始于1936年前后,主人郑文治经常招邀文人墨客在此酬酢唱和、击钵催诗,林清敦、林子惠、赖献瑞、傅秋镛、黄少顽、李庆贤、刘万传、翁宝树、辜菽庐、林述三、王小岚、黄笑园、赖国藩、洪阳生、高文渊、骆子珊、雪岚、蒲三等都是出入培文书阁的常客。赖子清认为,培文书阁虽无诗社之名,却得诗社之实。培文书阁所作钟题有《长寿香,碎锦格》、《培文书阁,碎锦格》（培文书阁唱和五周年纪念）等,作品登载于《诗报》等报刊杂志。兹录数联于下:

《长寿香,碎锦格》:

　　苏轼长挥胸竹节,寿阳曾贴额梅香。（赖献瑞）

曹瞒长怯周郎火,韩寿曾偷贾氏香。(傅秋镛)

香山不老神仙寿,庾岭长存眷属花。(郑文治)

献寿麻姑长进酒,伤春贾氏便偷香。(李庆贤)

味试半为新寿酒,香飘长爱老梅花。(刘万传)

《培文书阁,碎锦格》:

剑阁武侯培虎将,金门文帝降龙书。(洪阳生)

才培东阁为延士,文补天家拟上书。(林清敦)

吟阁芸窗闲眺望,书田文范力栽培。(高文渊)

楼阁精明培韵府,诗书教化仰文宣。(骆子珊)

静坐书斋培后学,清吟纶阁振斯文。(林崇礼)

七、种竹斋

(一)种竹斋及其主人林子惠

种竹斋系林子惠书斋名,地址在台北市蓬莱町二二一番地。林子惠(1898—?),字恩应,又字荣三,台北市人。幼承庭训,诗文均有可观;及长,从名宿刘育英茂才游。先后加入瀛社、淡社、天籁吟社、淡北吟社、鹭洲吟社、庸社等为社友。

(二)种竹斋的诗钟活动

种竹斋曾作为鹭洲吟社事务所,主人林子惠素耽风雅,经常招邀社友来此雅集。参加成员主要有谢汝铨、颜笏山、黄笑园、林子桢、洪玉明、施瘦鹤、洪阳生、刘万传、李庆贤、谢尊五、赖献瑞、魏润庵、高文渊、林连荣、谢雪渔、张瀛洲、卓梦庵、林清敦、余万森、李学樵、李世昌、黄文生、陈伯华、林述三、黄可轩、叶蕴蓝、郑金柱、刘万传、叶剑波、黄赞钧、傅秋镛、林锡牙、洪传福、翁宝树、林崇礼、童梅径、李天民、叶田、林绛苕、李卜五等。

种竹斋课题、击钵、征诗兼行,诗钟律绝并励。《诗报》第一八二期(1938 年 8 月 4 日发行)"骚坛消息"载:"前报林子惠氏所征'种竹斋'诗畸,以短期日征募,而得多至六百八十六联好成绩,前至入选左右各十名欲呈薄谢,爰改为左右各二十名,而入选者有用雅号、或未明记住址者,请即以信通知,赏品近日中发送。由词宗谢雪渔、谢尊五两氏严选结果,各选取六十联。"[1] 此外,还创作《笔、花,雁足格》、《孟子、颜渊,分咏格》、《颜渊、菊,分咏格》、《美人兵操、夹竹桃,分咏格》、《瓜、家,魁斗格》等钟题,作品登载于《诗报》、《风月报》半月刊等报刊杂志。兹录数联于下:

《瓜、家,魁斗格》:

瓜圃邵平堪寄迹,花街杜牧惯为家。（洪阳生）

《笔、花,雁足格》:

关心史上春秋笔,冷眼人间富贵花。（黄笑园）

《种竹斋,碎锦格》:

风摇绿碎斋前竹,雨种青分院外芜。（高文渊）

《孟子、颜渊,分咏格》:

心不违仁三月久,论多重义七篇尊。（林连荣）

《颜渊、菊,分咏格》:

三径爱深陶处士,四科德著孔门人。（谢雪渔）

《美人兵操、夹竹桃,分咏格》:

满县花开同抱节,六宫战习共输诚。（张瀛洲）

八、行素轩

（一）行素轩及其主人

行素轩位于高雄。主人未详。

（二）行素轩的诗钟活动

行素轩课题击钵兼行,诗钟律绝并励,参与成员有吴尔聪、鲍迪三、魏升

---

[1] 《诗报》第一八二期"骚坛消息",1938 年 8 月 4 日。

堂、叶省三、宋维六、刘氏素姝、赵氏雪芬、吴左卿、许景熙、许景绵、柯氏琬华、陈氏素缣、欧炯庵、陈春林、陈育庭、王华堂、叶锦文、赖应贤、吴氏雪芬、魏氏素姿等。所作钟题有《高、雄,魁斗格》(自励课题)、《书、室,鹭拳格》(击钵录)等,作品登载于《诗报》等报刊杂志。兹录数联于下:

《高、雄,魁斗格》:

　　高人志凛终身洁,壮士心存一世雄。(魏升堂)
　　高卧东山成隐逸,退耕南亩屈英雄。(叶省三)
　　高临旗水潮流急,远望寿山气象雄。(刘氏素姝)
　　高吟月下音皆雅,纵论风前气自雄。(赵氏雪芬)
　　高兴围棋争黑白,豪情舞剑决雌雄。(吴左卿)

《书、室,鹭拳格》:

　　稼穑能勤家室富,经书不读子孙愚。(陈育庭)
　　读书莫诩升堂易,修道当忧入室难。(许景绵)
　　荒村静待鱼书到,寝室频闻鸟语喧。(王华堂)
　　诗书多积寒窗下,珍宝深藏富室中。(叶锦文)
　　归家只雁传书速,入室孤萤照字难。(宋维六)

九、丽明斋

(一)丽明斋及其主人

丽明斋位于台南县麻豆镇。主人未详。

(二)丽明斋的诗钟活动

丽明斋推行击钵,诗钟律绝并励,参与成员有邱濬川、李步云、吴纫萱、陈雪琼、陈丽山、吴彩霞、刘联璧、陈纫香、吟樵等,大多为绿社社员。《诗报》第六十三号(1933年7月15日发行)有载"麻豆丽明斋小集",录诗钟《花、月,魁斗格》18联。作品如:

《花、月，魁斗格》：

月宫斫桂吴刚斧，菊圃传杯靖节花。（吴纫萱）

月明牛渚笛翻谱，日暖含章额点花。（陈雪琼）

月照杯光浮竹叶，风吹竹谱落梅花。（李步云）

月府有香皆桂树，仙源无处不桃花。（陈丽山）

月冷江城人弄笛，雪侵灞岸客寻花。（吴彩霞）

月老多情牵彩线，广平有意赋梅花。（刘联璧）

月夜敲钟将咏月，花辰击鼓欲催花。（陈纫香）

月里私奔因窃药，雪中独步为寻花。（吟 樵）

月明村店人沽酒，春暖江城客卖花。（陈雪琼）

月弓难射林中鸟，雨箭能伤圃内花。（刘联璧）

十、振丰斋

（一）振丰斋及其主人

振丰斋地点及主人未详。

（二）振丰斋的诗钟活动

振丰斋推行课题，诗钟律绝并励，参与成员有张觐廷、郑振盟、戴炳章、李寿山、吴庆丰、李国瑞、李璧生、黄旭荣、郑静邦等，部分为安顺汉文研究会会员。《诗报》第一二九号（1936 年 5 月 15 日发行）有载"振丰斋课题"，录诗钟《振、文，魁斗格》10 联。作品如：

《振、文，魁斗格》：

振化鸣琴称赵抃，善容弹铗感田文。（郑振盟）

振写森严三尺法，挥成委曲八行文。（戴炳章）

振翮冲霄夸敏志，挥毫落纸羡雄文。（李寿山）

振鼓牙琴称绝调，盛传思赋仰奇文。（吴庆丰）

振起干戈因用武，备齐经史合修文。（李国瑞）

振国君臣严律令,安邦将相励韬文。(李寿山)

振德群推行善道,扬名我拟练诗文。(李璧生)

振国贤君明道德,安邦良相善书文。(李寿山)

振家惟有俭为本,安国难无德与文。(黄旭荣)

振翮青云欣有路,挥毫白纸美多文。(郑静邦)

十一、仰乔轩

(一)仰乔轩及其主人

仰乔轩位于台北。主人未详。

(二)仰乔轩的诗钟活动

仰乔轩推行击钵,诗钟律绝并励,参与成员有林连荣、李庆贤、黄栽培、傅秋镛、黄笑园、林清敦、赖献瑞、李思齐、郑文治、天奎、扆生等,部分为鹭洲吟社社员。《诗报》第一八八号(1938年11月3日发行)有载"仰乔轩雅集",录诗钟《霜、桥,魁斗格》19联。作品如:

《霜、桥,魁斗格》:

霜含鸡口声茅店,雪没驴蹄策灞桥。(李庆贤)

桥上张良贤进履,狱中邹衍屈飞霜。(林连荣)

霜傲黄花三曲径,日悬金阙二重桥。(黄栽培)

桥因极目疑填鹊,琴为伤心谱履霜。(傅秋镛)

霜钟楚响鸣萧寺,月镜光辉落彩桥。(黄笑园)

霜中采菊探陶圃,雪里寻梅过灞桥。(林清敦)

霜钟候应丰山寺,月镜时悬古石桥。(赖献瑞)

霜痕霾散迷篱菊,人迹分明印板桥。(天　奎)

桥渡宫娥开铁锁,杵投仙文捣玄霜。(李思齐)

霜凝玉板留人迹,星渡银河会鹊桥。(郑文治)

十二、静观斋

（一）静观斋及其主人

静观斋位于台北。主人未详。

（二）静观斋的诗钟活动

静观斋推行击钵，诗钟律绝并励，参与成员有谢尊五、林子惠、李学樵、林子桢、李庆贤、郑文治、陈根泉、高文渊、林清敦、友兰等，部分为瀛社社员。《诗报》第二一五号（1940 年 1 月 1 日发行）有载"静观斋雅集"，录诗钟《陈仲子、跛僧，分咏格》10 联。作品如：

《陈仲子、跛僧，分咏格》：

匍匐矫廉咽李井，艰难行步坐蒲团。（林子惠）

托钵逍遥行倚杖，灌园晨夕乐扶犁。（李学樵）

坐禅之候足无异，咽李当时耳有闻。（林子桢）

步趋不便凭飞锡，廉洁坚持藉辟纑。（林子惠）

灌园食力同蚯蚓，出寺游行拟蹒跚。（李庆贤）

托钵行吟依竹杖，灌园食力藉犁枝。（郑文治）

辟妻离母情何苦，倚杖担经感可怜。（陈根泉）

灌园食力为孤洁，行脚担经不自由。（高文渊）

辟纑易食充蚯操，托钵沿门倚杖行。（林清敦）

避兄离母心孤诣，礼佛参禅足不全。（友　兰）

十三、晓阁斋

（一）晓阁斋及其主人

晓阁斋位于台北。主人未详。

（二）晓阁斋的诗钟活动

晓阁斋推行击钵，诗钟律绝并励，参与成员有黄种人、黄昆荣、高泰山、梅亭、剑鸣、神岳、钓叟、雨邨、云峰、继参、乌衣子等。《诗报》第二三四号（1940 年 10 月 18 日发行）有载"晓阁斋小集"，录诗钟《秋、风，魁斗格》10 联。作品如：

《秋、风，魁斗格》：

秋水一池鳞吸月，春山万树鸟啼风。（黄昆荣）

秋声渐沥欧阳赋，夏日熏腾赵盾风。（高泰山）

秋老空山啼谢豹，天阴虚谷卷罡风。（梅　亭）

秋碪独捣溪中月，归雁遥冲塞外风。（剑　鸣）

秋宵蝶梦迷秦月，夏日龙舟继楚风。（神　岳）

秋到蛩声鸣夜月，春回鸟语噪东风。（钓　叟）

秋水轻描眉印月，春山重扫鬓梳风。（雨　邨）

秋老杜陵思故国，志豪宗悫乘长风。（云　峰）

秋半空悬千里月，风前江送一帆风。（继　参）

秋娘未减胭脂脸，子野犹余活泼风。（乌衣子）

十四、怕雨室

（一）怕雨室及其主人

怕雨室位于花莲县。主人未详。

（二）怕雨室的诗钟活动

怕雨室推行击钵，诗钟律绝并励，参与成员有陈竹峰、苏成章、林维周、程万里、杨伯西、曾文新、张家辉、黄登元、陈香、陈如南、焦志远、吴保琛、王省三、周水旺、吴子荣、书傭、寄园、五六居士等，大多为诗学莲社社员。《诗文之友》第三十一卷第五期（1970 年 3 月 1 日发行）有载"怕雨室雅集·三唱"，

录诗钟《骚、节,第四唱》(社员合选) 15 联。作品如:

《骚、节,第四唱》:

      一部楚骚臣放逐,廿年汉节使归来。(苏成章)

      千古风骚推杜甫,一生贞节美曹娥。(吴保琛)

      不拘小节人非俗,大发牢骚客是狂。(杨伯西)

      满腹牢骚平子赋,一生气节放翁诗。(曾文新)

      松梅操节空千古,唐宋风骚盛一时。(陈竹峰)

      秋来靖节归三径,老去离骚达九垓。(王省三)

      独持气节撑危局,别具风骚过少年。(张家辉)

      风雨萧骚名士兴,松梅操节晚年情。(吴子荣)

      声似读骚江上水,身犹励节岭头梅。(书　傭)

      欲振风骚追屈宋,不如亮节学巢由。(五六居士)

此外,台北王观渔之宜茶室、张作梅之一霞室、李鸿华之青莲室,台中林祖密之瑞轩,彰化施梅樵之卷涛阁等,也曾经是台湾诗人经常宴集击钵的场所。

第四章
台湾的"泛诗钟社团"

　　陈思和先生曾经综括中国现代文学社团的四种表现形式——第一种是传统文人社团的模式，第二种是依托现代知识分子的公共活动空间，第三种是以同人刊物为核心聚集起来的作者阵营，第四种是文人的小团体。其中，"第三种模式是以同人刊物为核心聚集起来的一个作者阵营，因为是'同人'，作者队伍也就是另一种形式的文学社团。如新青年社与语丝社，这个'社'本身意指'单位'（杂志社），但也可以转喻为社团。它的标志是刊物，刊物在社团在，刊物停办，社团也就不存在了"①。这种情形，同样也见于现当代台湾钟坛。

　　日据以来特别是光复以来，台湾诗坛涌现出众多刊载诗钟的报刊杂志。这些报刊杂志，有的本身是某个诗文社团的机关刊物，如前述之《台湾文艺丛志》是台湾文社的机关刊物，《师大诗钟》是台湾师范大学南庐吟社的机关刊物，《香草艺文》是彰化县二林镇香草吟社的机关刊物，《文山吟草》是台北市文山吟社的机关刊物等。有的并不单独隶属某个诗文社团，而是由多个诗文社团共同参与或联合创办，如《三六九小报》是由台南南社及其分支春莺吟社同人共同创办的；《台湾诗报》最初由台北星社同人发起创办，其后台北潜社、双溪吟社、瀛社、基隆小鸣吟会等，或以全社加入，或以个人身份参与；《诗报》所署发行所为"吟稿合刊诗报社"，意即该报是刊载全台所有诗文社团稿件的共同刊物。此外，还有许多报刊杂志并没有社团归属，如《台湾诗荟》、《台湾诗坛》、《大众诗钟》、《诗文之友》、《中华诗苑》、《鲲南诗苑》等；另有一些报刊杂志虽然隶属于某个政治机构或社会团体，但不是文学社团，它们也刊载众多诗钟活动讯息及创作作品，如《崇圣道德报》系台北崇圣会会刊，《台湾日日新报》则被视为"台湾总督府"的机关报等。上述刊载诗钟的报刊杂志，除了那些本身隶属某个诗文社团的机关刊物外，其他刊物也分别都有自己的办刊宗旨，有相对稳定的同人群体，有共同的思想理念及创作倾向，尤其是对诗钟的特别偏嗜，因而可以看作是台湾诗钟社团的一种"类似组织"。

---

　　①　陈思和：《"中国现代文学社团史"研究书系·总序》，东方出版中心2006年版，第3页。

第一节 以期刊为核心的"泛诗钟社团"

日据以来,台湾先后创刊有《台湾文艺丛志》、《台湾诗荟》、《台湾诗坛》、《大众诗钟》、《诗文之友》、《中华诗苑》、《鲲南诗苑》、《师大诗钟》、《香草艺文》、《文山吟草》等刊载诗钟的期刊。其中,《大众诗钟》与《师大诗钟》是专门刊载诗钟的刊物;其他期刊则辟出"诗钟"专栏,刊载诗钟活动讯息及创作作品,或以刊物为号召,向全岛广泛征募诗钟,或以同人为单位,开展诗钟聚作。这些期刊,对于推动诗钟的传播与发展以及保存当时的诗钟创作成果,起到过重要的作用,而围绕刊物的编辑与发行,它们分别聚集着一个"同人群体"或"作者阵营"。这里,着重探察《台湾诗荟》、《台湾诗坛》、《大众诗钟》、《诗文之友》、《中华诗苑》、《鲲南诗苑》等六个非机关刊物的同人及诗钟活动情况。

一、台湾诗荟社

(一)《台湾诗荟》的创刊及主旨

《台湾诗荟》创刊于 1924 年 2 月,每月 15 日发行。该刊为连横所创办并由其编辑,连横《我昔》一诗有志:"物昔辞南服,宁为智北游。侧身虽偃蹇,抗志自优游。道以千秋重,文从四海求。一编诗荟在,风雨独登楼。"① 抒

---

① 转引自《爱国诗人连雅堂》,台南市文献委员会编:《台南文化》(旧刊),台北:成文出版社有限公司 1983 年 3 月台一版影印本,第 3332 页。

写了自己虽然身处日人箝制之下，历试诸艰，但抗志优游，不挫所守，可谓意境孤高，情怀落寞。该刊设"诗钞"、"诗存"、"词钞"、"文钞"、"文存"、"诗畸"、"论衡"、"杂录"、"谜拾"、"骚坛纪事"、"余墨"等栏目，发行到 1925 年 10 月 15 日为止，共刊行 22 期。

《台湾诗荟》以振兴台湾诗学为宗旨。《台湾诗荟·发刊序》即言："台湾诗学，于今为盛；文运之延，赖此一线；而眷顾前途，且欣且戚。……不佞骚坛之一卒也，追怀先德，念我友朋，爰有《诗荟》之刊。不佞不敢以诗自囿，然而琴书之暇，耕稼之余，手此一编，互相勉励，台湾文运之衰颓，藉是而起，则不佞之帜也。孔子曰：诗可以兴，可以观，可以群，可以怨。尤愿与我同人共承斯语，日进无疆，发挥蹈厉，以扬台湾诗界之天声。"[①] 王贻瑄尝论曰："连君雅堂，既成《台湾通史》后，近又刊行《诗荟》，其保存国粹，挖扬风雅，比之所南《心史》，遗山《中州集》，可谓兼而有之。"[②]

（二）台湾诗荟社的同人

台湾诗荟社以连横为中心，汇聚了日据时期台湾诗坛的重要诗人，以及一些与连横有深厚交谊的大陆诗友。《台湾诗荟》有载"台湾诗荟同人录"95 名，分别是：林熊祥（字文访）、林健人（字小眉，号蟬窟）、洪繻（字弃生）、陈锡金（字基六）、胡殿鹏（字子程，号南溟）、林资修（字幼春，号南强）、苏镜潭（字菱槎）、林尔準（一名柏寿，字季丞）、庄棣荫（字怡华，号瘿民）、王贻瑄（字怡轩）、谢汝铨（字雪渔）、魏清德（字润庵）、庄龙（字云从，号南村）、王松（字友竹）、洪以南（字逸雅）、刘育英（字得三）、林资铨（字仲衡）、李黄海（字汉如，一字耐侬）、王梦痴（字香禅）、林献堂（字灌园）、黄欣（字茂笙）、陈逢源（字芳园）、陈怀澄（字沁园）、吴如玉、庄嵩（字太岳）、陈薰南（字觉斋）、倪炳煌（字希昶）、陈明贵（字梧村）、陈其春、王少涛（字云沧）、释圆瑛、吴德功（字汝能，号立轩）、陈贯（字联玉，

① 《台湾诗荟》第一号，1924 年 2 月。《台湾文献汇刊》第四辑第十五册，九州出版社、厦门大学出版社 2004 年版，第 123 页。

② 王贻瑄：《折枝传唱》，《台湾文献汇刊》第四辑第十五册，九州出版社、厦门大学出版社 2004 年版，第 252 页。

号豁轩）、傅董南（字锡祺，号鹤亭）、叶炼金（字友石）、李如月（字团卿）、张栋梁（字子材）、林载钊（字望洋）、施梅樵（字天鹤）、王篯盘（字了庵）、洪荒（一名坤益，字铁涛）、李逸樵、张汉（字纯甫，号筑客）、杜香谷、杨尔材（字近樗）、林开泰、杨仲佐（字啸霞）、曾逢时（字吉甫）、蔡三恩（字痴云）、杨树德（字笑侬）、黄赞钧（字石崖）、林佛国（字石崖）、彭镜泉、许梓桑（字乃兰）、郑永南（字墨痴）、陈月樵、李华如、刘振传、黄运和（字文暘）、黄鹤（字师竹）、张玉书（字笏山）、蔡世贤（字子昭）、林耀亭、王学潜（字卿淇）、赵钟麒（字麟士，号云石）、杨宜绿（字天健）、施景琛（字涵宇）、刘克明（字篁村）、罗秀惠（字蔚村，号蕉麓）、丁式周（字莲溪）、蔡惠如（字铁生）、施石甫、朱启南、陈子敏、吕蕴白（字琯生）、林子瑾（字少英）、张丽俊（字升三）、石俪玉、施让甫、林尔嘉（字叔臧）、林竹山、沈琇莹（字琛笙，号傲樵）、杨石华、郑作型（字述公）、萧永冬（字冷史）、释太虚、张馥瑛、李天民（字学樵）、李英煌（字樱航）、吴钟善（字顽陀）、李硕卿（字石鲸）、陈梅峰、周定山、王竹修、陈丙寅。

（三）台湾诗荟社的诗钟活动

台湾诗荟社的诗钟活动，主要包括四个方面：一所刊《台湾诗荟》"骚坛纪事"一栏，登载台湾诗文社团诗钟活动相关讯息 32 条，为考察日据中期台湾社团的诗钟活动情况提供了重要依据；二《台湾诗荟》专门开辟"诗畸"一栏，先后刊载《东海钟声》、《折枝传唱》与《诗畸》三部诗钟专辑，保存了清末以来闽台两地的大量诗钟作品；三该社先后举办过三期"征求诗钟"活动——《剑潭夜光，碎锦格》、《一剪梅，鼎足格》与《蝴蝶兰；合咏格，嵌春字》，另为羊垣英美烟公司征求过两期诗钟——《结、义，第一唱》与《金、叶，第六唱》，极大鼓舞了台湾钟手的诗钟创作热情，对日据中后期台湾诗钟的繁荣与鼎盛起到了推波助澜的作用；四该社同人经常参加台湾各诗文社团如东海钟声社、瀛社等的诗钟活动。此外，连横还在《台湾诗荟》"余墨"一栏，大力倡导诗钟写作，并对日本殖民统治者"排斥汉文"、新文学者"以优美之国粹而尽斥之"、台湾击钵吟诗人"以诗为应酬颂扬之具"等进行无情的挞伐和严厉的批判，在一定程度上归正了日据时期台湾击钵吟创作中存在的媚日与媚俗之风。兹录该社所征诗钟作品数联于下：

《剑潭夜光，碎锦格》：

  光复神州提尺剑，归来夜月钓寒潭。（江悔迟）

  潭窟光腾周处剑，关门夜放狄青灯。（吴雪亭）

  五夜潭声惊鹤梦，十年剑气起龙光。（王钦炎）

《一剪梅，鼎足格》：

  七年旱剪成汤发，一代羹调传说梅。（郑述公）

  万花艳剪隋宫彩，一杖闲寻邓尉梅。（庄敬夫）

  三生未剪西窗烛，一梦还寻北岭梅。（张达修）

《蝴蝶兰；合咏格，嵌春字》：

  佩来未觉春如梦，扑去方知国是花。（任一鸥）

  舞罢春风芳竟体，梦回楚水化前身。（彭镜泉）

  楚畹春深双凤子，漆园秋老一鱼鱿。（龚显升）

二、台湾诗坛社

（一）《台湾诗坛》的创刊及主旨

《台湾诗坛》（月刊）由曾今可创刊于辛卯诗人节（1951 年 6 月 9 日）。该刊名誉社长于右任，社长贾景德，副社长林熊祥、陈逢源、王开运，发行人曾今可，总经理兼编辑黄景南，编辑委员张昭芹、吴梦周、马绍文、张相、谭元征、杜仰山，社址设在台北市金门街廿四巷十四号。截至 1957 年 5 月，该刊共发行 71 期。

《台湾诗坛》"志在开未来之文运"。该刊创刊词有云："盖闻谪仙狂放留佳话于千秋，工部悲歌垂芳名于万古。吾人同生乱世，感慨良多，每有新作，流传不广，未能应求乎声气，无可奈何，徒自感喟，于岁时安能遣此？同人等因集资发刊《台湾诗坛》（月刊），第一期于辛卯端阳诗人节出版。苍天既厚吾人，安能负彼？到处尽多诗料，未忍弃之。发为吟咏，或成不朽之篇；藉以唱酬，可作消愁之计。况共扶风雅，力能挽既倒之狂澜；广集时贤，志在开未来之文运。"①

（二）台湾诗坛社的同人

台湾诗坛社的同人,主要有:顾问于右任、居正、吴敬恒、贾景德、陈含光、谢雪渔、黄纯青、林熊祥、林季丞、陈逢源、吴梦周、林述三、张默君、魏清德等,社务委员杨仲佐、黄水沛、叶芝生、陶蓬仙、杜仰山、吴寅、赵寿珍、罗继永、周定山、李腾岳、许葛、邱恕鉴、张希舜、许陶庵、曾笑云、李啸庵、王养源、姚敏瑄,编辑曾今可、吴景南。

（三）台湾诗坛社的诗钟活动

台湾诗坛社所刊《台湾诗坛》从第四卷第一期（1953年1月）起,专门开辟"诗钟"一栏,登载时人之诗钟佳句;从第九卷第二期（1955年8月）起,"诗钟"一栏改称"雕玉双联",由心社同人陶芸楼选供连载,颇有佳什。与此同时,该社还向全岛广泛征求诗钟,每次所得钟稿数百联,由词宗评定甲乙后,发表在《台湾诗坛》,前十名酬以名人书画,截至1957年5月为止共征集过四十九期,所征钟题有《诗、坛,一唱》（第一期）、《旗、鼓,二唱》（第二期）、《薪、胆,三唱》（第三期）、《蒲、剑,四唱》（第四期）、《荔支、冰,分咏格》（第五期）、《玉、山,五唱》（第六期）、《秋、水,六唱》（第七期）、《客、云,七唱》（第八期）、《横、空,魁斗格》（第九期）、《剑、年,一唱》（第十期）、《海、天,二唱》（第十一期）、《自、由,三唱》（第十二期）、《更、始,四唱》（第十三期）、《暮、春,三唱》（第十四期）、《重、五,六唱》（第十五期）、《一江山,碎锦格》（第二十四期）、《神、木,比翼格》（第二十五期）、《清、明,一唱》（第二十六期）、《镜、花,二唱》（第二十七期）、《四周年,碎锦格》（第二十八期）、《夏、云,七唱》（第二十九期）、《彫、玉,一唱》（第三十期）、《心、香,一唱》（第三十一期）、《耐、秋,一唱》（第三十二期）、《兰、香,一唱》（第三十三期）、《梅、石,分咏格》（第三十四期）、《元、旦,比翼格》（第三十五期）、《兰、亭,魁斗格》（第三十六期）、《精、华,一唱》

---

① 《创刊词》。《台湾诗坛》第一卷第一期,1951年6月9日。

（第三十七期）、《诗、道，六唱》（第三十八期）、《团扇、放翁，分咏格》（第三十九期）、《屈原、石榴，分咏格》（第四十期）、《乌、来，顶踵格》（第四十一期）、《砺、园，一唱》（第四十四期）、《春、风，一唱》（第四十六期）、《人、日，六唱》（第四十七期）、《春、寒，一唱》（第四十九期）等，总计发表诗钟作品数千联。兹录该社所征诗钟数联于下：

《诗、坛，一唱》：

  诗书欲补三余业，坛帖终收一代勋。（应侠民）

《海、天，二唱》：

  浮海仍怀酬国志，对天终负报亲心。（石墨园）

《暮、春，三唱》：

  离恨每随春草茁，归思几共暮云飞。（张建新）

《更、始，四唱》：

  酒趣三更呼月下，诗狂四始逐云飞。（郑云从）

《玉、山，五唱》：

  荦确喜吟山石句，流离且托玉峰阿。（张篁川）

《重、五，六唱》：

  大风指日还重庆，明月何年泛五湖。（邹涤暄）

《夏、云，七唱》：

  瀛洲有客宁忘夏，秦岭无家只见云。（徐文山）

《神、木，比翼格》：

  神针待补山河缺，木铎能治宇宙聋。（白子修）

《兰、亭，魁斗格》：

  兰讯经年违梓里，鸡声残月唱茅亭。（李传亮）

《乌、来，顶踵格》：

  乌获成名称力士，释迦得道号如来。（崔龙文）

《美人蕉，碎锦格》：

  我爱莼鲈乡味美，人迷蕉鹿梦痕深。（蒋孟彦）

《荔支、冰，分咏格》：

  马腾只为宫妃笑，鲤跃终酬李子思。（万古愚）

三、大众诗钟社

（一）《大众诗钟》的创刊及意义

《大众诗钟》创刊于 1951 年，由心社同人郭海鸣主编，徐坤泉任发行人，林熊祥等为顾问。该刊发行约一年后停刊，但是作为一个社团存在，则到 1953 年以后。

《大众诗钟》是台湾第一个专门的诗钟刊物，它的创刊及发行标志着台湾诗钟告别以往同击钵吟相生相伴的发展状态，从此成为一种完全独立的体裁门类，开始在台湾文学的大观园中占据一席之地。

（二）大众诗钟社的同人

大众诗钟社的同人情况未详。所知者有郭海鸣、徐坤泉、林熊祥等。

（三）大众诗钟社的诗钟活动

大众诗钟社除了刊行《大众诗钟》，专门登载时人诗钟佳作以外，该社还先后向全岛征集过十期诗钟作品，所征钟题有《大、众，一唱》（第一期）、《知、作，二唱》（第二期）、《一、多，三唱》（第三期）、《水、楼，四唱》（第四期）、《不、如，五唱》（第五期）、《花、酒，六唱》（第六期）、《青、春，一唱》（第八期）、《海、天，三唱》（第九期）、《同、好，三唱》（第十期，迄此期废）等，作品发表于《大众诗钟》。该社另曾于 1952 年底与寄社联合组织过诗钟大唱活动，所征钟题《人、物，七唱》，得联三千多卷，设正取两门、捐取一门，于 1953 年首春发唱。兹录该社所征钟作数联于下：

《大、众，一唱》：

众心未死孤城在，大义独存一帜明。（杨伯西）

《知、作，二唱》：

新知虽契输诚几，旧作重删割爱多。（郑学沂）

《一、多，三唱》：

> 会当一死如山重，总为多情到海枯。（曹　升）

《海、天，三唱》：

> 回天志苦犹思汉，踏海人甘不帝秦。（詹明漪）

《同、好，三唱》：

> 越是同侪萌意气，从无好汉惜头颅。（陈元冲）

《水、楼，四唱》：

> 何惜斯楼移群日，犹思此水在山时。（曾　玉）

《不、如，五唱》：

> 好山对我如相笑，流水逢君不再来。（魏道远）

《花、酒，六唱》：

> 看残人事唐花共，尝淡官情鲁酒如。（陈剑篁）

四、诗文之友社

（一）《诗文之友》的创刊及主旨

《诗文之友》（月刊）由洪宝昆创办并担任发行人，社址设在彰化市长兴里中正路一九五号。该刊前身是1952年10月洪宝昆以"诗文之友社丛书之一"名义刊行之《瀛海吟草》天集，1953年4月正式发行第一卷第一期。1974年2月洪宝昆驾鹤，王友芬接任发行人，自四十卷六期（第二四〇期）起更名《中国诗文之友》继续刊行。迄1993年9月王友芬卧病无法主事，该刊才不得已停刊。期间长达41年，总共发行464期，是"台湾诗史上发行时间最久的传统诗刊"[1]。

《诗文之友》设"今人佳作"、"击钵吟"、"课题"、"诗钟"、"遗作选辑"、"特辑"、"文稿选辑"、"征诗"等栏目。该刊以"整理文化遗产，发扬民族精神"为宗旨，继承了《诗报》的传统。

---

① 林翠凤：《论洪宝昆与〈诗文之友〉》，洪宝昆著、林翠凤主编《洪宝昆诗文集》，彰化县诗学研究协会2007年版，第266页。

（二）诗文之友社的同人

诗文之友社的同人,主要有:历任名誉社长贾景德、陈逢源,社长洪宝昆、王友芬、张昭芹、何志浩,副社长郑品聪、王观渔、张李德和、吴松柏、洪光亮、施文炳、詹吉辰、郑福圳、王天赏,编辑人林为富、钱逸尘、洪耀堂,主笔林荆南。

（三）诗文之友社的诗钟活动

诗文之友社所刊《诗文之友》专门开辟"诗钟"一栏,大量登载台湾各诗文社团课题、击钵、征诗、大唱、联吟等活动中创作的诗钟作品,数以万计,是研究光复以来台湾古典诗社创作活动状况的重要史料;该社从1953年7月（《诗文之友》第一卷第三期）开始,几乎每月都向全岛征诗,律绝、诗钟各一题,历数十年不绝,总计达284期之多,所得稿件经词宗评选,发表在《诗文之友》,佳章迭呈,蔚为大观。此外,该社还定期举办击钵吟会,每月第二个星期六晚上七时举行,诗钟律绝并作,地点设在社长王友芬宅,吟会不分地域,凡是爱好诗学者皆可参加。

该社历次所征钟题有《枕、戈,鹤顶格》（第一期）、《月、光,二唱》（第二期）、《篱、菊,三唱》（第三期）、《稻、花,四唱》（第四期）、《增、产,五唱》（第五期）、《烟、雨,六唱》（第六期）、《诗、酒,七唱》（第七期）、《反、攻,魁斗格》（第八期）、《笔、花,分咏格》（第九期）、《荷、池,分咏格》（第十期）、《红、叶,一唱》（第十一期）、《寒、食,二唱》（第十一期）、《送、春,三唱》（第十二期）、《笔、花,四唱》（第十三期）、《诗、文,一唱》（第十三期）、《战、谋,六唱》（第十四期）、《元、日,一唱》（第十五期）、《文、苑,七唱》（第十五期）、《浦、珠,分咏格》（第十六期）、《梅、雪,一唱》（第十七期）、《春、夜,一唱》（第十八期）、《中秋月,碎锦格》（第十九期）、《光、复,一唱》（第三十一期）、《逸、仙,七唱》（第三十二期）、《横、贯,二唱》（第三十三期）、《茶、客,三唱》（第三十四期）、《水、仙,四唱》（第三十五期）、《端、午,一唱》（第三十六期）、《友、情,二唱》（第三十七期）、《绿、灯,三唱》（第三十八期）、《松、鹤,第四唱》（第三十九期）、《桂、宫,第五唱》（第四十期）、《秋、水,第六唱》（第四十一期）、《竹、梅,分咏格》（第四十二期）、《春、风,魁斗格》（第四十三期）、《柳、眼,碎锦格》（第四四期）、《琴、剑,碎锦格》（第四十五期）、《木、马,分咏格》（第四十六期）、《铁、牛,魁斗格》（第四十七期）、《荷、露,分咏格》（第四十八期）、《文、石,一唱》（第四十九期）、《鹊、桥,二唱》（第五十期）、《金、马,三唱》（第五十一期）、《水、心,三唱》（第五十二期）、《战、攻,五唱》（第五十三期）、《豕、年,六唱》（第五十四期）、《野、花,七唱》（第五十五期）、《影、星,二唱》（第五十六期）、《牛、角,三唱》（第五十七期）、《寿、星,一唱》（第五十八期）、《秋、蕉,分咏格》（第五十九期）、《菊、鸡,分咏格》（第六十期）、《火、箭,分咏格》（第六十一期）、《雪、峰,分咏格》（第六十三期）、《香、草,分咏格》（第六十四期）、《云、峰,分咏格》（第六十五期）、《父、旗,一唱》（第六十六期）、《龙、虎,分咏格》（第六十七期）、《塞、鸿,分咏格》（第六十八期）、《萤、窗,一唱》（第六十九期）、《重阳菊,碎锦格》（第七十期）、《望、乡,二唱》（第七十一期）、《屠、苏,三唱》（第七十二期）、《春、宴,六唱》（第七十五期）、《山、水,七唱》（第七十六期）、《电、鱼,分咏格》（第七十七期）、《采莲舟,碎锦格》（第七十八期）、《秋、兴,云泥格》（第七十九期）、《鸡、菊,分咏格》（第八十期）、《原子尘,碎锦格》（第八十一期）、《瑞、雪,蝉联格》（第八十三期）、《春、草,晦明格》（第八十四期）、《桃花浪,鼎足格》（第八十五期）、《江流天地外,求凰格（山色有无中句避）》（第八十六期）、《满江红,流水碎》（第八十七期）、《清风座上来,碎锦格》（第八十八期）、《流水有情空蘸影,求凰格（春风无色最销魂句避）》（第八十九期）、《诗、文,一唱》（第九十期）、《中秋夜,碎锦格》（第九十一期）、《秋、菊,二唱》（第九十二期）、《古、今,第三唱》（第九十三期）、《革、新,一唱》（第九十四期）、《元、日,四唱》（第九十五期）、《金、宝,五唱》（第九十六期）、《梅、雨,六唱》（第九十七期）、《稻、田,七唱》（第九十八期）、《蒲、柳,一唱》（第九十九期）、《公、德,二唱》（第一〇〇期）、《芦、雁,三唱》（第一〇一期）、《秋、思,四唱》（第一〇二期）、《诗、酒,五唱》（第一〇三期）、《冬、日,六唱》（第一〇四期）、《元、旦,七唱》（第一〇五期）、《春草雨中生,碎锦格》（第一〇六期）、《山、月,魁斗格》（第一一〇期）、《东山丝竹,笼纱格》（第一一一期）、《生、命,比翼格》（第一一二期）、

《芦、月,云泥格》(第一一四期)、《十月梅,鼎足格》(第一一五期)、《新、雪,一唱》(第一一六期)、《春、雨,二唱》(第一一七期)、《江、树,三唱》(第一一八期)、《心、战,四唱》(第一一九期)、《寿、花,五唱》(第一二〇期)、《浪、声,六唱》(第一二一期)、《端、午,七唱》(第一二二期)、《荔、香,比翼格》(第一二三期)、《秋、气,云泥格》(第一二四期)、《中秋月,鼎足格》(第一二五期)、《旅、雁,蝉联格》(第一二六期)、《月移花影,碎锦格》(第一二七期)、《老僧、兰,分咏格》(第一二八期)、《海、桑,云泥格》(第一二九期)、《梅、柳,二唱》(第一三〇期)、《雨、丝,三唱》(第一三一期)、《书、道,四唱》(第一三二期)、《诗、史,五唱》(第一三三期)、《风、雨,六唱》(第一三四期)、《晚、风,七唱》(第一三五期)、《竹、声,云泥格》(第一三五期)、《秋、云,魁斗格》(第一三六期)、《石、松,比翼格》(第一三七期)、《中秋月、重阳菊,分咏格》(第一三八期)、《诗癖,单咏格》(第一三九期)、《文、化,魁斗格》(第一四〇期)、《晓、寒,一唱》(第一四一期)、《师、友,二唱》(第一四二期)、《酒、泉,三唱》(第一四三期)、《花、雨,四唱》(第一四四期)、《桃、叶,五唱》(第一四五期)、《夏、云,六唱》(第一四六期)、《诗、文,魁斗格》(第一四七期)、《笔、花,七唱》(第一四八期)、《秋、色,云泥格》(第一四九期)、《菊花、酒,分咏格》(第一五〇期)、《秋梦,单咏格》(第一五一期)、《月下梅,鼎足格》(第一五二期)、《喜、春,一唱》(第一五三期)、《落花风,鼎足格》(第一五四期)、《墨、痕,二唱》(第一五五期)、《鹤、楼,三唱》(第一五六期)、《隐、居,四唱》(第一五七期)、《烟、水,五唱》(第一五八期)、《牛、女,六唱》(第一五九期)、《文、酒,七唱》(第一六〇期)、《邱仙根、香蕉,分咏格》(第一六一期)、《秋、燕,晦明格》(第一六二期)、《紫、金,云泥格》(第一六三期)、《乐、天,蝉联格》(第一六四期)、《梦、游,比翼格》(第一六五期)、《元、日,魁斗格》(第一六六期)、《月、球,云泥格》(第一六七期)、《龙门跃鲤,碎锦格》(第一六八期)、《荷、风,一唱》(第一六九期)、《狮、子,二唱》(第一七〇期)、《晓、钟,三唱》(第一七一期)、《美、空,四唱》(第一七二期)、《水、云,五唱》(第一七三期)、《少、年,云泥格》(第一七四期)、《逸、劳,六唱》(第一七五期)、《古、文,七唱》(第一七六期)、《江、雪,蝉联格》（第一七七期）、《江、梅,云泥格》（第一七八期）、《花、酒,一唱》（第一七九期）、《春、雨,二唱》（第一八〇期）、《诗、帜,三唱》（第一八一期）、《鹤、香,四唱》（第一八二期）、《天、地,五唱》（第一八三期）、《秋、水,六唱》（第一八四期）、《露、珠,七唱》（第一八五期）、《松、鹤,云泥格》（第一八六期）、《陇头梅,碎锦格》（第一八七期）、《岭、松,一唱》（第一八八期）、《云、路,二唱》（第一八九期）、《梅、雪,三唱》（第一九〇期）、《空、别,四唱》（第一九一期）、《春、晚,五唱》（第一九二期）、《诗、友,六唱》（第一九三期）、《端、午,七唱》（第一九四期）、《唉、荔,云泥格》（第一九五期）、《醉、眠,魁斗格》（第一九六期）、《棒、球,一唱》（第一九七期）、《卦、山,二唱》（第一九八期）、《庄、敬,三唱》（第一九九期）、《雾、樱,四唱》（第二〇〇期）、《心、影,五唱》（第二〇一期）、《花、月,六唱》（第二〇二期）、《柳、莺,七唱》（第二〇三期）、《怀、古,蝉联格》（第二〇四期）、《晚、霁,云泥格》（第二〇五期）、《竹、林,一唱》（第二〇六期）、《蓬、岛,二唱》（第二〇七期）、《喜、宴,一唱》（第二〇八期）、《青、少,三唱》（第二〇九期）、《秋、月,四唱》（第二一〇期）、《云、雨,五唱》（第二一一期）、《海、天,六唱》（第二一二期）、《空、谷,七唱》（第二一三期）、《元、日,一唱》（第二一四期）、《红、白,二唱》（第二一五期）、《蛛、网,云泥格》（第二一六期）、《滋露滴开红芍药,求凤格》（第二一七期）、《沾酒入芦花,碎锦格》（第二一九期）、《大汉魂,鼎足格》（第二二〇期）、《球、艺,一唱》（第二二一期）、《江、柳,二唱》（第二二二期）、《灞、桥,四唱》（第二二四期）、《世、诗,三唱》（第二二五期）、《桃、李,五唱》（第二二六期）、《性、灵,六唱》（第二二七期）、《世、风,七唱》（第二二八期）、《竹、桥,一唱》（第二二九期）、《酒、旗,二唱》（第二三〇期）、《棒赛三冠,碎锦格》（第二三一期）、《尼姑、牛,分咏格》（第二三三期）、《芦花被,碎锦格》（第二三四期）、《鼓、楼,二唱》（第二三六期）、《备、忘,三唱》（第二三七期）、《心、腹,四唱》（第二三八期）、《仰、怀,五唱》（第二三九期）、《功、德,六唱》（第二四〇期）、《文、武,七唱》（第二四一期）、《火、云,魁斗格》（第二四二期）、《侠士、守钱奴,分咏格》（第二四三期）、《风、尘,一唱》（第二四四期）、《海、天,二唱》（第二四五期）、《复、兴,三唱》（第二四六期）、《阳、火，四唱》（第二四七期）、《暮、春，五唱》（第二四八期）、《夏、云，六唱》（第二四九期）、《冠、剑，七唱》（第二五〇期）、《芦、雁，一唱》（第二五一期）、《光辉十月，碎锦格》（第二五二期）、《万里归心对月明，求偶格》（第二五三期）、《世、风，一唱》（第二五四期）、《精、卫，二唱》（第二五五期）、《灯、花，三唱》（第二五六期）、《烟、雨，四唱》（第二五七期）、《修、养，五唱》（第二五八期）、《自、强，二唱》（第二六一期）、《羊、角，三唱》（第二六二期）、《观光护照，碎锦格》（第二六三期）、《海、鸥，四唱》（第二六四期）、《采、蒲，魁斗格》（第二六五期）、《稻、香，五唱》（第二六六期）、《冬、笋，六唱》（第二六七期）、《相、猿，云泥格》（第二六八期）、《鬓、霜，一唱》（第二六九期）、《春、雨，二唱》（第二七〇期）、《选、贤，三唱》（第二七一期）、《夜、蝉，第四唱》（第二七二期）、《海、渔，第五唱》（第二七三期）、《民、主，第六唱》（第二七四期）、《梅、柳，七唱》（第二七五期）、《茶、酒，分咏格》（第二七六期）、《荔、山，魁斗格》（第二七七期）、《太空梭，鼎足格》（第二七八期）、《义、犬，分咏格》（第二七九期）、《楚、宫，晦明格》（第二八〇期）、《巷中曲，碎锦格》（第二八一期）、《时、代，一唱》（第二八二期）、《南、都，冠首格》（第二八三期）、《经、国，冠首格》（第二八四期）等。兹录数联于下：

《光、复，一唱》：

　　复仇勾践终兴业，光宠西施反沼吴。（应　瑞）

《横、贯，二唱》：

　　梅横窗月香犹淡，柳贯烟溪绿不浓。（郑玉波）

《金、马，三唱》：

　　文成马首当风布，赋作金声掷地鸣。（黄笑园）

《雾、樱，四唱》：

　　浓抹如樱樊素口，青拖欲雾紫芝眉。（刘彦甫）

《诗、史，五唱》：

　　子建燃萁诗解祸，鸿章割地史蒙羞。（方荣钦）

《民、主，六唱》：

市义冯驩酬主道,安邦刘备爱民情。（谢　炉）

《世、风,七唱》：

解印陶潜偏遁世,扬帆宗悫乘长风。（蔡竹亭）

《生、命,比翼格》：

尧乐民生成郅治,舜承景命遍蒙麻。（蔡和泉）

《旅、雁,蝉联格》：

秋来漫射含芦雁,旅次难忘去国心。（王条顺）

《文、化,魁斗格》：

化为蝴蝶庄周梦,解获麒麟韩愈文。（高文渊）

《海、桑,云泥格》：

陌桑邹子曾钻火,海水夷吾亦煮盐。（陈光亮）

《东山丝竹,笼纱格》：

孔子一登邦顿小,刘郎元乱耳常清。（吕　笔）

《楚、宫,晦明格》：

伐征秦国凭三户,倾倒吴宫只一颦。（庄火阵）

《大汉魂,鼎足格》：

魂梦子卿心有汉,诗才成大目无唐。（高文渊）

《满江红,流水碎》：

不堪回首红羊劫,满地哀鸿竞渡江。（李树春）

《沽酒入芦花,碎锦格》：

夜入村坊沽菊酒,月扶花影覆芦帘。（余盛永）

《流水有情空蘸影,求凰格》：

流水有情空蘸影,还乡无梦独伤神。（王雪樵）

《诗癖,单咏格》：

狂饮狂吟夸得意,希贤希圣本无心。（汤甘霖）

《邱仙根、香蕉,分咏格》：

岭云海日孤臣概,翠扇青衫美女妆。（许汉卿）

五、中华诗苑社

(一)《中华诗苑》的创刊及主旨

《中华诗苑》(月刊)由张作梅创刊于 1955 年 2 月 26 日,社址设在台北市延平北路三段三三号。该刊设"诗录"、"海外新声"、"诗余"、"诗畸"、"三台诗话"、"本苑征诗"、"诗课"、"中华诗学新论"、"海东友声汇刊"等要目,每月十六日出版,截至 1967 年 12 月,共发行 142 期。该刊在香港、泰国、菲律宾、美国纽约、越南、日本、新加坡等地设有代理处,影响颇大。

《中华诗苑》创刊号有载:"本刊之目标有三:一、宏扬民族德艺,昌大中华诗教。二、提供海内外广大诗人自己之新园地。三、切实作到读者、作者、编者之精神意志打成一片。"又谓:"本刊之旨趣有四:一、介绍诗词名作,除当代名家诗录外,尤注重前贤未刊遗著。二、尽力推介新进作家,专主学艺,不立门户,打破依声响之旧习。三、商讨诗词篇章句法,如有青年作者,愿以其作品就加商讨时,本刊当负评选与润色之责,详加点定。四、撰著诗话,评介古今名作,并详述古近体诗之声调格律,及其作法。"①

(二)中华诗苑社的同人

中华诗苑社的同人,主要有:社长梁寒操,副社长兼主编李渔叔,副社长王观渔、桂华岳、刘毅父、陈逢源、黄浩城,发行人兼副主编张作梅,编辑庄幼岳,经理黄湘屏、倪登玉,助理编辑郭汤盛,还有张镜微、王孝梅、贾景德、张昭芹、钟槐村、张少琴等。

(三)中华诗苑社的诗钟活动

中华诗苑社的诗钟活动,主要有:一通过所刊《中华诗苑》"诗畸"一栏,登载台湾以及香港、马来西亚、菲律宾、新加坡等世界各地华人诗文社团诗钟活动讯息及创作的作品,如香港的太平诗集,马来西亚干那逸的大同吟

---

① 《本苑致读者函》。《中华诗苑》创刊号,1955 年 2 月 26 日。

社、诗巫的诗潮吟社,菲律宾的滨籁社,星洲的南洋晚报,广东濠江的嘤求吟社等;二所刊《中华诗苑》设"本苑征诗"一栏,从创刊开始每期征集律绝、诗钟各一题,从未间断,截至1967年12月（资料未全）共征集142期,所得稿件经词宗评选,刊登在《中华诗苑》,总计发表诗钟作品万余联;三该社于1957年10月印行《诗钟集粹》一册,全书收录诗钟集著五部——唐赞衮原辑、张昭芹删汰《斐亭诗畸》,林景仁所辑《东海钟声》,王贻瑄所辑《北京灯社》,张作梅所辑《诗钟别录》,沈宗畸所辑《诗钟鸣盛集》,以及宗威所撰《诗钟小识》,共录诗钟作品4809联,可谓洋洋大观;四是先后连载李渔叔所著《三台诗话》与《折枝续话》、邱菽园所著《五百石洞天挥尘》、谢云声所著《来燕楼诗话》,其中《折枝续话》为一部专门的诗钟史话,其他诸作也包含有重要的诗钟活动史料。此外,该社同人在编辑之余,还经常小集击钵,诗钟律绝并作。

该社历次所征钟题有《中、华,一唱》（第一期）、《诗、苑,二唱》（第二期）、《艺、芬,三唱》（第三期）、《槐、石,四唱》（第四期）、《屈、平,五唱》（第五期）、《来、止,六唱》（第六期）、《枕、流,七唱》（第七期）、《剑、华,魁斗格》（第八期）、《古、梅,蝉联格》（第九期）、《浪淘沙,鼎峙格》（第十期）、《僧、枫桥,分咏格》（第十一期）、《报岁兰,碎锦格》（第十二期）、《韵、文,比翼格》（第十三期）、《花、雨,晦明格》（第十四、十五期）、《云、泥,云泥格》（第十六期）、《田单,单咏格》（第十七期）、《石榴红,汤网格》（第十八期）、《心、史,一唱》（第十九期）、《葵、扇,二唱》（第二十期）、《晚、凉,三唱》（第二十一期）、《铁、函,四唱》（第二十二期）、《朝、野,五唱》（第二十三期）、《霜、叶,六唱》（第二十四期）、《唱、弹,七唱》（第二十五期）、《玉、笙,魁斗格》（第二十六期）、《翠、涛,蝉联格》（第二十七期）、《寒、香,比翼格》（第二十八期）、《碧纱笼,碎锦格》（第二十九期）、《卷、帘,五四卷帘》（第三十期）、《白鹭洲,鸿爪格》（第三十一期）、《青、豆,晦明格》（第三十二期）、《孤、吟,云泥格》（第三十三期）、《步、虚,鹭拳格》（第三十四期）、《战、云,八叉格》（第三十五期）、《花草石云,腰次格》（第三十六期）、《风帘月槛,折腰格》（第三十七期）、《不棲尘,押尾格》（第三十八期）、《梦、寒,坐脚格咏春闺》（第三十九期）、《下三中一，留肩膝删古格》（第四十期）、《战万麟，切碎格咏古松》（第四十一期）、《疏帘不隔风，五杂俎》（第四十二期）、《雾断山横，双钩格》（第四十三期）、《叶露悬光可数尘，对上格》（第四十四期）、《江空峡响鱼龙落，对下格》（第四十五期）、《风雨夜，勾股格》（第四十六期）、《霜叶飞，流水碎》（第四十七期）、《竹、渔父，分咏格》（第四十八期）、《杜甫，单咏格》（第四十九期）、《夜、舟，魁斗格》（第五十期）、《冻、云，蝉联格》（第五十一期）、《李白、酒，分咏格》（第五十二期）、《绿杨村，汤网格》（第五十三期）、《微、言，云泥格》（第五十四期）、《一丛花，碎锦格》（第五十五期）、《剪、波，比翼格》（第五十六期）、《夜、萤，晦明格》（第五十七期）、《虚、夕，一唱》（第五十八期）、《静、奔，二唱》（第五十九期）、《沉、醉，三唱》（第六十期）、《摇、落，四唱》（第六十一期）、《艺、文，五唱》（第六十二期）、《建、专，六唱》（第六十三期）、《夜、屏，七唱》（第六十四期）、《浪、痕，比翼格》（第六十五期）、《始、归，蝉联格》（第六十六期）、《独、微，魁斗格》（第六十七期）、《苏东坡、竹，分咏格》（第六十八期）、《早菊，单咏格》（第六十九期）、《霜叶飞，汤网格》（第七十期）、《小、桥，云泥格》（第七十一期）、《敲寒玉，碎锦格》（第七十二期）、《一、夜，晦明格》（第七十三期）、《对酒当歌，双钩格》（第七十四期）、《深柳读书堂，五杂俎》（第七十五期）、《树深花近，双钩格》（第七十六期）、《菰蒲遥映画桥低，对上格》（第七十七期）、《一窍有灵通地脉，对下格》（第七十八期）、《幽梦影，勾股格》（第七十九期）、《一江秋，流水碎》（第八十期）、《云、马，分咏格》（第八十一期）、《醒酒石，单咏格》（第八十二期）、《桐、花，魁斗格》（第八十三期）、《妙、法，一唱》（第八十四期）、《倚、声，蝉联格》（第八十五期）、《春、声，魁斗格》（第八十六期）、《草、鸡，分咏格》（第八十七期）、《剪韭，单咏格》（第八十八期）、《碧玉流，汤网格》（第八十九、九十期）、《疏、帘，云泥格》（第九十一期）、《石栏西，碎锦格》（第九十二期）、《晓、笔，晦明格》（第九十三期）、《碧沙黄草，双钩格》（第九十四期）、《家住画桥西，五杂俎》（第九十五期）、《步虚词，勾股格》（第九十六期）、《茅屋疏烟报午鸡，对上格》（第九十七期）、《偶题岩石云生笔，对下格》（第九十八期）、《汲、深，比翼格》（第九十九期）、《一、百，凤顶格》（第一〇〇期）、《旧酒瓢,押尾格》（第一〇一期）、《野旷林疏,折腰格》（第一〇二期）、《叶、尘,坐脚格咏芭蕉》（第一〇三期）、《青盐饭,切碎格咏农家》（第一〇四期）、《动吞添没,留肩膝删古格》（第一〇五期）、《秋、尽,八叉格》（第一〇六期）、《幽、谷,鹭拳格》（第一〇七期）、《水落冰凝,腰次格》（第一〇八期）、《山容瘦,流水碎》（第一〇九期）、《书带草,鸿爪格》（第一一〇期）、《寒、沙,二一卷帘》（第一一一期）、《度、密,三二卷帘》（第一一二期）、《穿、青,四三卷帘》（第一一三期）、《出、尘,五四卷帘》（第一一四期）、《观、海,六五卷帘》（第一一五期）、《过、兴,七六卷帘》（第一一六期）、《独倚危栏听水声,续上格》（第一一七期）、《一事最饶田畯韵,续下格》（第一一八期）、《秋见夜闻,截鹤膝删古格》（第一一九期）、《水、沙,比翼格》（第一二〇期）、《井、楼,一唱》（第一二一期）、《经、院,二唱》（第一二二期）、《吟、赏,三唱》（第一二三期）、《霜、月,四唱》（第一二四期）、《心、迹,五唱》（第一二五期）、《板、桥,六唱》（第一二六期）、《午、烟,七唱》（第一二七期）、《卷、帘,蝉联格》（第一二八期）、《奇、绝,比翼格》（第一二九期）、《流、尘,魁斗格》（第一三〇期）、《苏东坡,单咏格》（第一三一期）、《笔、断桥,分咏格》（第一三二期）、《雨亦奇,汤网格》（第一三三期）、《画、壁,云泥格》（第一三四期）、《露压烟啼,双钩格》（第一三五期）、《芳谷挺丹芝,五杂组》（第一三六期）、《茅屋疏烟报午鸡,对上格》（第一三七期）、《闲停茶椀从容语,对下格》（第一三八期）、《旧青山,押尾格》（第一三九期）、《笑谈余,勾股格》（第一四〇期）、《书、酒,晦明格》（第一四一期）、《独家村,碎锦格》（第一四二期）等。兹录数联于下：

《心、史,一唱》：
　　史事传神惟直笔,心声露骨得奇诗。（崔龙文）

《诗、苑,二唱》：
　　故苑偶牵三月梦,新诗自诉一秋衷。（丁梅薰）

《沉、醉,三唱》：
　　笑随醉虎名龙狗,喜把沉牛答雨云。（刘　崇）

《摇、落,四唱》:

残牖风摇蛛补网,空梁泥落燕迁巢。(卢启端)

《屈、平,五唱》:

闲云问我平心未,修竹讥人屈节多。(陈剑篁)

《来、止,六唱》:

一龙影挂乌来瀑,万马声回汐止潮。(罗继永)

《枕、流,七唱》:

闻鸡梦醒凭戈枕,祭鳄方投任水流。(黄笑园)

《汲、深,比翼格》:

毛晋藏书夸汲古,张汤断狱尚深文。(张选明)

《流、尘,魁斗格》:

尘甑范丹贫逸乐,匏樽李白最风流。(高文渊)

《始、归,蝉联格》:

徒分圣盗争名始,归侣渔樵返朴时。(林观甫)

《观、海,六五卷帘》:

别开诗境梅观后,忽涌心潮海啸中。(苏鸿飞)

《步、虚,鹭拳格》:

鹭步寒矶初过雨,鸥窥收钓下虚舟。(周金德)

《微、言,云泥格》:

不落言诠参妙蕴,屡窥理窟叹微茫。(陆寄萍)

《战、云,八叉格》:

湍急轻鸥工战水,风微老燕轻裁云。(王芳壤)

《夜、萤,晦明格》:

莫诮光时原腐草,最宜清夜属焦桐。(虞琴夫)

《雨亦奇,汤网格》:

雨有偏枯同郡异,亦分派别一江奇。(陈兴修)

《幽梦影,勾股格》:

华胥寤梦珍声影,羑里拘幽德变通。(盛世夔)

《浪淘沙,鼎峙格》:

河因浪激沙多白,月为波淘影转明。（林承郁）

《报岁兰,碎锦格》:

报国日长书李密,怀乡岁暮赋兰成。（袁乐文）

《山容瘦,流水碎》:

故乡猿鹤仍相识,瘦骨支离未改容。（谢铎庵）

《树深花近,双钩格》:

花将旖旎知春近,树已婆娑阅世深。（陈耀华）

《风帘月槛,折腰格》:

更深月槛移花影,昼静风帘起浪纹。（黄木华）

《水落冰凝,腰次格》:

燕窠泥落春冰化,蛛网珠凝露水圆。（林洞灼）

《动吞添没,留肩膝删古格》:

海动鲸涛吞贝阙,山添豹雾没岩扉。（郑玉波）

《旧酒瓢,押尾格》:

十年风雨残棋局,一室琴书旧酒瓢。（黄志鸿）

《家住画桥西,五杂俎》:

月转湖西归画舫,桥通柳外住渔家。（简家土）

《叶、尘,坐脚格咏芭蕉》:

绿干蛛丝牵破叶,翠笺蚁迹聚微尘。（陈琴州）

《青盐饭,切碎格咏农家》:

小市鱼盐喧向午,青灯蔬饭话流年。（陈考华）

《一事最饶田畯韵,续下格》:

一事最饶田畯韵,声声布谷雨中听。（陈　遐）

《醒酒石,单咏格》:

不愿世人千日醉,故为贤相一时珍。（胡景石）

《草、鸡,分咏格》:

五德曾邀君子誉,一生幸共美人称。（陈茂植）

六、鲲南诗苑社

（一）《鲲南诗苑》的创刊及主旨

《鲲南诗苑》（月刊）由沈达夫创刊于 1956 年 6 月,名誉社长孔德成,社长曾今可,副社长陈皆兴,发行人沈达夫兼主编,社址设在高雄县凤山凤岗路四巷十号。该刊设"诗选"、"词苑"、"诗畸"、"鲲瀛采风"、"今人诗话"、"诗学讲话"、"诗境新说"、"海外诗筒"、"征诗及诗钟"等栏目。截至 1959 年 8 月,该刊共发行 30 期（其中,第二卷第五、六期合刊,第四卷第五、六期合刊,第五卷第五、六期合刊）。

《鲲南诗苑》（月刊）主要是为了满足台湾南部七县市吟友"便于互相观摩的需要"而创立的,该刊的创刊填补了光复以来台湾南部七县市没有古典诗文刊物的空白。《鲲南诗苑·发刊词》有述:"鲲南为台湾文化发祥地,史乘腾辉。台湾史迹,亦多在南部。盖台湾文化,自南而北也。清季开府台北,于是人文蔚集,光复后亦然。但以诗刊而论,台北除现有《台湾诗坛》及《中华诗苑》外,《诗文之友》亦曾一度迁至台北,继复迁返中部（彰化）,而南部则尚无。南部七县市之吟友,为便于互相观摩而需要一能尽量容纳其作品之诗刊。是以本刊之诞生,实为适应目前环境之需要。"[1] 该刊创刊号"编后记"另载:"引起青年对诗学兴趣,为本刊发行旨趣之一,故所载有关诗学作品,如《枕髑髅斋诗话》、《风人诗话》、《击钵吟与诗》等,均采用语体,力求通俗轻松。"[2]

（二）鲲南诗苑社的同人

鲲南诗苑社的同人,主要包括:名誉社长孔德成,社长曾今可,副社长陈皆兴、雷一鸣,发行人兼主编沈达夫,顾问王国柱、辛文炳、姚则崇、陈武璋、陈华宗、张春盛、张善、杨锡福、董锦树、朱玖莹、吴梦周、高越天、黄朝琴、溥儒、

---

[1] 曾今可:《发刊词》,高雄《鲲南诗苑》创刊号，1956 年 6 月。

[2] 《编后记》。《鲲南诗苑》创刊号，1956 年 6 月。

萧继宗,社务委员方辉龙、王席珍、王条顺、王传成、吴子宏、吴萱草、吴百楼、李剑峰、林春水、施泮农、高云鹤、涂文舫、许寸金、许丙丁、陈月樵、陈昌言、陈福清、张深水、黄文陶、黄文楷、黄传心、叶瑶琳、廖学昆、熊茂生、郑行亮、郑玉波、蔡人龙、蔡振成、蔡锦栋、薛咸中、颜兴、罗贤晋、萧永东、苏望、苏明利、潇湘渔父、萧乾源、苏宜秋、薛玉田等,编务委员王隆逊、李步云、周定山、林海楼、风人、高文渊、陈子波、许成章、蔡元亨、萧啸涛、龚显升。此外,该社还在各县市设立分社,并征聘分社主任负责推进社务。

（三）鲲南诗苑社的诗钟活动

鲲南诗苑社所刊《鲲南诗苑》开设"诗畸"一栏,登载台湾各诗文社团以及时人创作的诗钟作品;该刊从创刊号开始,每期征诗与诗钟各一题,所得吟稿经词宗评选,刊登在《鲲南诗苑》,总计征集诗钟27期,发表钟作数百联,另为香港太平诗集征募诗及诗钟作品数期。为了推行诗钟创作,该刊还连载《钟格》一文,系统介绍诗钟的格目体式及其创作方法。此外,鲲南诗苑社还开办诗文函授部,聘请名家授课。

该社历次所征钟题有《鲲、南,云泥格》(第三期)、《杵、歌,二唱》(第四期)、《乐、山,四唱》(第五期)、《重、阳,魁斗格》(第六期)、《迎春曲,汤网格》(第七期)、《飞、梦,七唱》(第八期)、《春、节,一唱》(第九期)、《诗、苑,六唱》(第十期)、《端、午,二唱》(第十一期)、《夏、云,三唱》(第十二期)、《达、风,四唱》、《晚、晴,一唱》、《元、夜,二唱》、《红、雨,三唱》、《风、翼,四唱》、《海、天,五唱》、《流、水,六唱》、《金、马,七唱》、《新、春,一唱》、《梅、雨,二唱》、《梅、竹,分咏格》、《归、去,三唱》、《风、雨,四唱》等。兹录数联于下:

《晚、晴,一唱》:
　　晚年屡觉知心少,晴午偏添睡意浓。(萧乾源)
《杵、歌,二唱》:
　　九歌湘浦秋啼雨,一杵蓝桥夜捣霜。(郑云从)
《红、雨,三唱》:

溪因雨后流偏急,山为红飞望转寥。(李剑峰)

《风、翼,四唱》:

鹏垂云翼渡南海,鴥彼晨风郁北林。(林朱文)

《海、天,五唱》:

三字狱成天听塞,九秋潮急海门低。(卢铁生)

《流、水,六唱》:

作战功收背水阵,誓师威奋断流鞭。(庄明山)

《金、马,七唱》:

可怜铜雀终归马,遗恨风波未灭金。(刘顺安)

《重、阳,魁斗格》:

重来上苑嬉春日,一望岑楼挂夕阳。(李鸿绪)

《鲲、南,云泥格》:

人登凤岭伤南渡,客寄鲲门滞北归。(涂俊谋)

《迎春曲,汤网格》:

春归蜀帝悲家国,曲奏明妃怨送迎。(苏宜秋)

《梅、竹,分咏格》:

阁部祠今荒岭畔,女儿箱尚梦江南。(杜负翁)

第二节 以报纸为核心的"泛诗钟社团"

日据以来,台湾先后发行有《台湾诗报》、《三六九小报》、《诗报》、《风月》(后更名为《风月报》、《南方》、《南方诗集》)等刊载诗钟的报纸。此外,《台湾日日新报》、《崇圣道德报》等也登载众多诗钟活动讯息及创作作品。与刊载诗钟的期刊一样,这些报纸背后也都有一个偏嗜诗钟的"同人群体"或"作者阵营",个别报纸如《台湾诗报》、《诗报》等,从编辑体例来看甚且可以当作期刊来看待。

一、《台湾日日新报》汉文部

(一)《台湾日日新报》的创刊及及沿革

《台湾日日新报》创刊于 1898 年 5 月 6 日,由日人守屋善兵卫,在时任"台湾总督"儿玉源太郎的协助下,并购《台湾新报》和《台湾日报》而成。该报中、日文并载,由日人木下新三郎担任社长兼主编,发行至 1944 年 3 月 31 日,随后并入《台湾新报》,是日据时期台湾岛内发行量最大、延续时间最长的报纸,与《台南新报》、《台湾新闻》并称为三大报。由于该报由"台湾总督府"补助办报经费,并且大量刊载日殖当局的法令规章、时事新闻等,因而也被视为日据时期"台湾总督府"的机关报。

《台湾日日新报》发行有汉文版,先后由日本汉学家尾崎秀真、国学大师章太炎等担任主编,清末台湾举人罗秀惠以及林馨兰、黄赞钧、连横、谢汝铨、魏清德、傅锡祺等台湾诗坛诸彦分别担任过编辑记者。

(二)《台湾日日新报》汉文部的同人

《台湾日日新报》汉文部的同人,主要有主编尾崎秀真、章太炎,编辑记者罗秀惠、林馨兰、黄赞钧、连横、谢汝铨、魏清德、傅锡祺等。

(三)《台湾日日新报》汉文部的诗钟活动

《台湾日日新报》汉文版是日据时期最早关注诗钟写作的台湾报纸,该报从 1905 年 7 月开始即通过"诗话"、"杂著"、"编辑剩录"、"翰墨因缘"、"墨汁余润"、"诗钟嗣响"、"诗钟征募"、"诗钟揭晓"等栏目,介绍前代诗钟轶闻,刊登岛内外诗文社团诗钟征募广告、诗钟活动讯息及诗钟作品。由于该报本身是"台湾总督府"机关报,传播效应大,因而对于推动诗钟文体在日据下台湾的再兴和繁荣,起到了重要的作用。为了纪念《台湾日日新报》发行一万号,该报汉文部于 1928 年 2 月向全岛广泛征募诗钟《上万言书,碎锦格》。该报另还与罗山吟社共同征集过《端午、竹,笼纱格(按:应为"分咏格")》等钟题。

《台湾日日新报》汉文部同人罗秀惠、林馨兰、黄赞钧、连横、谢汝铨、魏清德、傅锡祺等,都是日据时期台湾钟坛健将,他们在编务之余,经常私下开展诗钟聚作,晨夕研摩。魏清德编著《诗钟未是录》有记:"诗钟体格不一,有凤顶、燕颔、鸢肩、蜂腰、鹤膝、凫胫、雁足诸崁字格,即拈平仄二字平对成联,自第一至第七列,对仗雁行。又有魁斗、蝉联、鹭拳、八叉、分咏、笼纱、晦明、合咏、鼎足、碎锦、流水、双钩、睡珠等格。余于斯道,属门外汉,自此一二年来,与季丞、小眉、文访、菱槎、瘿民、怡轩,及吾台焦麓、得三、剑花、篁村、筑客诸君子,暨报社同人晨夕研摩,藉知一二。积稿既多,不忍听其漫灭,除夕夜,重检录出,就正江湖读者各位。胜会不常,良辰难再,后虽有作,其能恝然忘情于当时乎。"[①] 此外,

---

① 魏润庵编著:《诗钟未是录》,《台湾日日新报》第八八五〇号,1925 年 1 月 1 日。

谢汝铨与林馨兰还创立瀛社，该社后来发展成为日据时期台湾诗坛三大"重镇"之一。

《台湾日日新报》汉文部同人先后创作有《竹、声，凤顶格》、《汉、针，燕颔格》、《山、寿，鸢肩格》、《黄、渡，蜂腰格》、《国、书，蜂腰格》、《肥、肉，鹤膝格》、《无、事，凫胫格》、《生、万，凫胫格》、《后、生，凫胫格》、《苦、波，雁足格》、《半、高，魁斗格》、《隐、居，蝉联格》、《虎、知，鹭拳格》、《乱、山，鹭拳格》、《写、真，八叉格》、《大、人，八叉格》、《项羽、怕老婆，分咏格》、《美人蕉、蜃楼，分咏格》、《跛仆、爆竹，分咏格》、《劣棋、秦始皇，分咏格》、《走、台，笼纱格》、《银、甲，晦明格》、《关、石，晦明格》、《红叶，合咏嵌丈字》、《卖诗店，合咏嵌市字》、《达尔文，鼎足格》、《上留田，鼎足格》、《通才大人，碎锦格》、《青春作伴，碎锦格》、《无可上人，碎锦格》、《山中春雪，流水格》、《学足三余，双钩格》、《万物归之，睡珠格》等钟题。兹录数联于下：

《竹、声，凤顶格》：
　　声在橐中知鼠闲，竹摇窗外听龙吟。（佚　名）

《汉、针，燕颔格》：
　　金针夜绣鸳鸯谱，银汉秋横鹐鹊桥。（佚　名）

《山、寿，鸢肩格》：
　　象教山门开刹宇，鸿儒寿世著文章。（佚　名）

《黄、渡，蜂腰格》：
　　秋江待渡芙蓉晚，古庙垂黄桔柚寒。（佚　名）

《肥、肉，鹤膝格》：
　　书解藏锋肥不碍，戒防胜食肉虽多。（佚　名）

《生、万，凫胫格》：
　　漠北汉关屯万马，淮西唐镇感生狐。（佚　名）

《苦、波，雁足格》：
　　入定僧缘吟太苦，通词人欲托微波。（佚　名）

《半、高，魁斗格》：
　　半弓地拓蜗庐小，万仞山围雉堞高。（佚　名）

《隐、居,蝉联格》:

　　眷属孟光春庑隐,居停张俭望门投。(佚　名)

《乱、山,鹭拳格》:

　　他山有石长攻错,赝鼎无文每乱真。(佚　名)

《写、真,八叉格》:

　　写实文嫌谀墓套,全真泉喜在山清。(佚　名)

《走、台,笼纱格》:

　　双兔尽人迷傍地,孤鸿有女筑怀清。(佚　名)

《银、甲,晦明格》:

　　赤岭白盐工部句,银钩铁画右军书。(佚　名)

《上留田,鼎足格》:

　　留人诗酒江湖上,历劫沧田顷刻中。(佚　名)

《山中春雪,流水格》:

　　山绕中条云不断,春归上苑雪都融。(佚　名)

《学足三余,双钩格》:

　　学问苏家成鼎足,三归管极足奢余。(佚　名)

《万物归之,睡珠格》:

　　宋万归来羞弑主,子之物议薄为君。(佚　名)

《通才大人,碎锦格》:

　　大木不才偏得寿,诗人余力更通经。(佚　名)

《卖诗店,合咏嵌市字》:

　　慕名客自鸡林至,坐市人分鹤俸求。(佚　名)

《项羽、怕老婆,分咏格》:

　　霸王时去骓无力,娘子军兴虎有威。(佚　名)

二、台湾诗报社

(一)《台湾诗报》的创刊及主旨

《台湾诗报》创刊于 1924 年 2 月。该报由台北星社同人张汉、黄水沛、欧剑窗、吴梦周、李腾岳、林述三等共同发起创办,黄水沛任编辑,陈籐任发行人。该报每月 20 日发行,设"闽中击钵吟诗选"、"各社诗课"、"南雅诗坛"、"闺秀诗坛"、"词坛"、"文坛"、"古今诗话"、"诗薮"、"词薮"、"文薮"、"联粹"、"北台冶游词"、"小说"、"杂说"、"诗界消息"等栏目。所见张汉剪贴本《台湾诗报》,发行到 1925 年 4 月 25 日为止,共刊行 16 期(其中第一年第十一、十二号合刊)。

　　《台湾诗报》以沟通诗人声息,鼓吹台湾诗学,保存中华国粹为主旨。林石崖《台湾诗报·序》云:"台湾文献,自郑延平以来,三百余年之间,固有足征,然风骚之盛,从无如今日者矣。其能诗者遍于岛内,同志之士,立约创社,骚坛旗鼓,大吹大擂,如北之瀛、中之栎、南之南历史最久远也。在北次于瀛社者,厥有星社,社员未满二十,至于今,凡阅七年焉,间亦有属瀛社者,大抵年少气锐,力学奋业,有意为诗,慨然以存古起衰、明德兴道为己任。而击钵敲诗,课题言志,犹其余事也。今且倡设《台湾诗报》,藉连诗人声气,并列今昔诗文,此非存古起衰之一道与? 诚能相与济美于无穷,则我东洋文化之精粹,有赖以保存,而异族之性情,亦缘以陶冶矣,至其极也。德明而道兴,家修廷献,信亦预有可观矣。"①

（二）台湾诗报社的同人

　　台湾诗报社最初以星社成员为同人,其后台北潜社、双溪吟社、瀛社、基隆小鸣吟会等社成员,或以全社加入,或以个人身份参与。《台湾诗报》第二年四月号(1925 年 4 月 20 日发行)有载"台湾诗报社同人名录"36 名,包括:

　　　星社一部:黄水沛、林述三、陈觉斋、李腾岳、林其美、吴梦周、高肇藩、欧剑窗、张纯甫

　　　基隆一部:沈连袍、蔡痴云、刘明禄、廖宗支、郑如林

　　　平溪一部:黄梅生、颜德辉

　　　双溪吟社一部:许柱珠、周士衡、吕瑞珍、刘祈求

　　　潜社一部:周清流、何纵宽、林金寿、倪登玉、陈尚辉、杨四美、康菊人、

---

　①　林石崖:《台湾诗报·序》,台北《台湾诗报》创刊号,1924 年 2 月 4 日。据张汉剪贴本复印。

吴文传、林维贤、陈来生、林钦赐、巫廷谦、郑辉□、陈春松、林锦文、陈水松

（三）台湾诗报社的诗钟活动

《台湾诗报》"各社诗课"一栏,登载台湾各诗文社团如瀛社、天籁吟社、石津吟社、小鸣吟社、高山文社、陋园吟会、淡北吟社、斯园、砺石吟会、篁声吟社等的诗钟活动讯息及诗钟作品 13 题 140 余联;该报还刊载张汉撰录之《古陶渔村人四时闲话》,其中"冬烘谭"部分,"为诗钟、巧对、楹联等话之纲"①,录清末民初江苏吴社、上海洁园诗钟社、台北东海钟声社、星社以及《诗畸》的诗钟作品,共 33 题 132 联。此外,该社同人还经常开展诗钟"斗句"活动,所作钟题有《月、眠,二唱》、《出、琴,三唱》、《东、绿,四唱》、《黄、渡,四唱》、《斗、阴,五唱》等。兹录该社同人诗钟"斗句"作品数联于下:

《月、眠,二唱》:

> 孤眠难稳思乡夜,明月偏圆作客时。（佚　名）
>
> 庭月来如不速客,山眠静似无怀民。（佚　名）

《出、琴,三唱》:

> 两表出师臣尽瘁,万方琴朕第终顽。（佚　名）
>
> 昏如出帝终亡国,贤似琴张始得人。（佚　名）

《东、绿,四唱》:

> 逝水流东华发感,春山蹙系黛眉愁。（佚　名）
>
> 江环鸭绿山长白,海到瀛东水蔚篮。（佚　名）

《黄、渡,四唱》:

> 一军飞渡功烧铁,众士雌黄口铄金。（佚　名）
>
> 兵屠外黄岗焚玉,官潜内渡海遗珠。（佚　名）

《斗、阴,五唱》:

> 运甓陶公阴计寸,论文谢客斗量才。（佚　名）
>
> 入牢鬼阚阴房火,闭户人窥斗室书。（佚　名）

---

① 张汉:《古陶渔村人四时闲话》,台北《台湾诗报》创刊号,1924 年 2 月 20 日。据张汉剪贴本复印。

三、三六九小报社

（一）《三六九小报》的创刊及主旨

《三六九小报》创刊于民国十九年（1930）九月九日，由台南南社及其分支春莺吟社同人共同创办，赵云石、连雅堂任顾问，赵雅福（剑泉）任发行人，洪坤益（铁涛）任编辑，社址设在台南市白金町三丁目九六番地。该报每月逢三、六、九日发行，故名"三六九"。四开一张，第一版登广告，其余三版多为固定栏目，有"开心文苑"、"说海"、"杂俎"、"诗坛"、"太空论坛"、"新知识"、"新笑林"、"古香拾零"、"文虎"、"银幕春秋"、"小雅诗坛"、"史遗"、"雅言"、"台湾语讲座"、"花丛小记"、"香国落花记"等；其中，"雅言"、"台湾语讲座"二栏为连横所主持。该报发行至民国二十四年（1935）九月六日停刊，前后共出 479 期，其间因经济关系，有所中辍。

《三六九小报》是日据时期"台湾唯一庄谐报纸"。幸盦（王开运）所撰《释三六九小报》有谓："不言大报，而称小报，何哉？曰无他。现我台湾言论界，自三日刊新闻以外，或月刊，或旬刊，或周刊，诸大报社，到处林立，观其内容，莫不议论堂皇，体裁冠冕。本报侧身其间，初举呱呱坠地之声，阵容未整，语或不文，不敢效世人之妄自尊大，特以小标榜，而致力托意乎诙谐语中，讽刺于荒唐言外。"①

（二）三六九小报社的同人

三六九小报社的同人情况未详，所知者有赵云石、连雅堂、赵雅福、洪坤益（狐禅）、陈图南（福庵）、醉余生、赘仙、花仙、倩影、鸳囚、植历等。

（三）三六九小报社的诗钟活动

《三六九小报》开设"东海钟声（或钟声、东海晚钟）"、"诗钟"、"海潮音"、"征诗"、"艺林消息"、"诗坛"等栏目，登载台湾各诗文社团的诗钟活动讯息及诗钟作品，另有刊夕阳红半楼主人所编诗钟集《钟声》和幸盦

---

① 幸盦：《释三六九小报》，台南《三六九小报》创刊号，1930 年 9 月 9 日。

（王开运）所撰诗钟话《钟话》。此外，该社同人还时常开展诗钟聚作，花仙所撰《永康雅集记》述及："我社顾问连雅堂先生，为讲郑氏遗史来南，与诸同人盘桓数日。一日值天气晴朗，约作郊处之游，一行八九人，驱车疾走，大道康庄，平畴旷阔。不转瞬，已戾止于兆镛君永康别墅，室内净几明窗，傧设精雅，周围种植异卉名花，红白相间，景足玩也。一行有粲者凤娇，明眸皓齿，态雅意娴，煮茗畅谈中，以倩影年最少，娇每回眸流盼，为众所觉察，相与讪笑，声摇屋瓦。雅堂因倡言以'凤娇'二字，作魁斗格之诗钟，众咸赞成，于是互相推敲，共得十余联。"[1] 兹录数联于下：

《凤、娇，魁斗格》：

　　　　凤台倚剑秋风紧，鹤岭闻笙夜月娇。（雅　　堂）

　　　　凤姐未笄心已姤，徐娘虽老态犹娇。（醉余生）

　　　　凤鸾愿祝双栖稳，蝴蝶分明对舞娇。（赘　　仙）

　　　　凤鞋暗斗春情暖，鸦鬓低笼雨意娇。（花　　仙）

　　　　凤阁题词皆婕好，桂堂无女不娆娇。（倩　　影）

　　　　凤眼堪舒游子恨，莺声低唱念奴娇。（狐　　禅）

　　　　凤髻低垂因习懒，蛾眉淡扫转含娇。（醉余生）

　　　　凤吐才传太白贵，夔题词为小红娇。（鸳　　囚）

　　　　凤鞋过处春痕浅，鸳枕欹时午梦娇。（福　　庵）

　　　　凤台只合居萧史，金屋端为贮阿娇。（植　　历）

四、诗报社

（一）《诗报》的创刊及主旨

《诗报》创刊于1930年10月30日，为桃园吟社社友周石辉所创办的诗词半月刊，由周石辉任发行人，叶文枢任编辑，编辑所设在桃园街桃园字中南一〇四番地。该报每期八版，设"词华摘录"、"新诗集"、"词林"、"诗钟"、"诗话拾萃"、"韵事杂录"、"趣谈集"、"介绍各吟社近况"、"雨丝风片"、

---

① 花仙：《永康雅集记》，台南《三六九小报》第二十九号，1930年12月13日。

"先哲遗稿"、"小说"、"文坛"等栏目。从 1931 年 2 月 1 日第五号起改为小册发行，并逐渐增至每期 24 页。1932 年 10 月 1 日刊址迁到基隆后，由张曹朝瑞任发行人。该报发行到 1944 年 9 月 5 日终刊为止，共发行 319 期，是日据时期台湾发行最久的传统汉文学刊物。

《诗报》创立的目的是为了"维持汉文于不坠"。该报创刊号所载《本报趣意》云："学校已废汉文，书房不容易设。鼓舞读汉文惟诗社诗会可以自由。故不可无发表机关。"① 日据中后期，台湾汉文废弛，诗学消沉，《诗报》于风雨飘摇之中，剩此机关，以通声气。……以振元音，补弊起衰"②，被誉为"日据时期台湾传统文学大成"③，是研究日据中后期台湾古典诗词社团创作活动状况的重要史料。

（二）诗报社的同人

诗报社同人遍布全台，主要由三部分组成：一是该社社长卢缵祥、副社长杜香国，编辑员周石辉、林云帆、王篆、吴周元、卢梦兰、沈梅岩、黄香模、江紫元、张廷魁、郑坤五、陈瑾堂、陈家驹、林水火，检阅员魏润庵、邱筱园、郑永南等；二是该社顾问，包括赵云石、傅锡祺、林幼春、连雅堂、谢雪渔、魏润庵、林献堂、邱筱园、陈基六、郑养斋、陈怀澄、王了庵、倪炳煌、黄茂笙、黄纯青、李硕卿、施梅樵、连□榕、吴荣棣、苏樱村、黄尔旋、洪铁涛、张镜村、林连三、张纯甫、郑香秋、简若川、郑永南、简朗山、郑神宝、赖尚益、方飞龙、林静观、郭芷涵、陈梅峰、小松吉久、久保得二、叶文枢、林维朝等；三是该社各地"取次所"的负责人，包括彰化吴士茂、黄卧松，苗栗黄运宝，新竹郑养斋、林篁堂、林水树，新埔蓝华峰，杨梅魏贵梯，关西沈梅岩，龙潭黄香模，中坜刘石富、刘世富，东港萧永东，台北林述三、张纯甫、黄水沛、柯子村、吴纫秋，基隆李硕卿、颜受谦，宜兰陈金波、卢缵祥，汐止谢尊五、周澄秋，屏东黄石辉、王松江、黄福全，高雄陈瑾堂、鲍梁臣，台南洪铁涛、吴子宏、黄廷桢，新营沈森其、蔡哲人，佳里

---

① 《本报趣意》，《诗报》创刊号，1930 年 10 月 30 日。
② 《诗报》第一七九号"诗报启事（二）"，1938 年 6 月 16 日。
③ 《诗报——日据时期台湾传统文学大成（1930—1944）》封面，台北：龙文出版社有限公司 2007 年版。

王大俊、吴萱草,新化王则修,嘉义郑作型、赖尚益、方飞龙,田中黄其文,北斗黄彩灼,二林吕岳,员林黄溥造、林糊,双溪张廷魁,鹿港施性湍,南投黄在梁,朴子杨尔材,布袋吴标,台中陈仁寿,澎湖高选青等。

（三）诗报社的诗钟活动

诗报社又称吟稿合刊诗报社,意即《诗报》是刊登全台所有诗文社团稿件的共同刊物。该报辟有"诗钟"（或"诗畸"）专栏,登载台湾各诗文社团、联吟组织及私人诗钟吟会,创作的诗钟作品527题5814联;该报另辟有"介绍各吟社近况"、"骚坛消息"、"征诗"等栏目,登载台湾各诗文社团及相关组织诗钟活动讯息64条;该报还刊载两部诗钟专辑——周伯达（字德三）所辑《雕玉双联》与李春霖所辑《鲲海钟声集》,二著分别收录诗钟作品162题429联、24题58联。此外,该社社务人员还经常参与全岛各诗文社团的聚作活动。

五、风月报社

（一）《风月》的创刊及主旨

《风月》创刊于1935年5月9日,发行人林钦赐,社址设在台北市蓬莱町二百五十一番地。该报每逢三、六、九日发行,设"艺苑"、"诗坛"、"小说"、"趣闻录"、"词林"、"丛谈"、"笑话"等栏目。1937年7月20日第四十五期,该报更名为《风月报》（半月刊）;1941年7月1日第一三三期,更名为《南方》（半月刊）;1944年2月25日第一八九期,更名为《南方诗集》（半月刊）,同年3月25日第一九〇期终刊。《风月》最初用文言出版,第50期后改用白话文,但仍保留"诗坛"等传统诗文栏目,该报在台湾报刊汉文栏被全面废止的情况下,像"一只漏网之鱼,苟延残喘,奇迹似地侥幸生存下来"[①],成为日据后期台湾"唯一的一份中文综合文艺杂志"[②]。

---

① 叶石涛:《台湾文学史纲》,高雄:文学界杂志社1987年版,第59页。
② 朱双一:《日据末期〈风月报〉新旧文学论争述评——关于"台湾诗人七大毛病"的论战》,《台湾研究集刊》2004年第2期。

《风月》"是中、日文并刊的杂志，是一本吟风咏月，鼓吹风雅，文言语体并重的刊物"①。该刊第六十九期明确列出编辑宗旨："（一）因本岛尚有许多老年之辈不解国文者，故以汉文提倡国民精神；（二）养成进出大陆活动之常识：研究北京语、白话文、对岸之风俗习惯；（三）风俗、习惯之改善；（四）研究文艺：诗、词、歌、赋、新小说、旧小说；（五）提倡东洋固有之道德。"② 第一三三期更名为《南方》以后，办刊宗旨发生改变，主要为配合日本帝国主义南进政策作宣传，编辑方针包括："一、宣扬日本文化的精粹，明征国体的本义。二、宣行教化，善导思想，期国民精神的醇化。三、介绍南方事情，鼓舞南方进出，促成台湾和南方各地域联系的紧密化。四、本刊为学术研究的公开发表机关，促成学术的大众化。五、做大众文艺的公表机关，促进台湾文艺界——特别是战争文学，皇民文学，兴亚文学的振兴。"③

（二）风月报社的同人

风月报社的同人，主要有：顾问东山英（吴子瑜），主干兼主笔谢雪渔，副主笔兼会计部长林述三，编辑员兼会计王少涛、卓梦庵，编辑员林其美、欧剑窗，编辑嘱托黄水沛、王了庵、蔡子昭、林清月、谢尊五、林凌霜、卢缵祥、曹秋圃、许剑亭、林子惠、黄洪炎、高肇藩、张晴川、洪玉明，编辑嘱托兼庶务部长林钦赐，编辑嘱托兼广告部长简荷生，营业部员李天意、魏如香、林锦全，庶务部员李逸鹤、林先旺、林香山，等等。

（三）风月报社的诗钟活动

《风月》开设"诗坛"一栏，登载诗钟征集广告及相关活动讯息9则，各诗文社团创作的诗钟作品44题698联。该社同人经常开展课题、击钵、唱和等活动，诗钟律绝并作。此外，该社还附设添削系，帮助初学者修改律诗、绝句、长文等；又设代理系，凡关于庆吊诗文，如寿屏婚书、吊词诔文、墓铭碑记，以及书画挥毫、金石雕刻，皆可代恳海内外名人撰作。

---

① 叶石涛：《台湾文学史纲》，高雄：文学界杂志社1987年版，第59页。
② 《风月报之主旨》，《风月报》第六十九期，1938年8月1日。
③ 《编辑会议录》，《南方》第一五九期，1942年9月1日。

六、崇圣道德报社

（一）《崇圣道德报》的创刊及主旨

《崇圣道德报》为台北崇圣会会刊,创办于 1939 年,由黄赞钧担任主编,社址设在台北市大龙峒町孔子庙内,发行至 1945 年为止。该报与施梅樵主编之《孔教报》一样,同为日据末期宣扬孔教思想的汉文刊物,除登载道德文章、劝善故事外,还有印光、善慧、斌宗、庄樱痴、许地山等宗教名人的遗闻轶事。

（二）崇圣道德报社的同人

崇圣道德报社的同人,主要由台北崇圣会会员组成。台北崇圣会成立于 1917 年 1 月,由台北瀛社与大正协会共同发起组织,初推日人木村匡为会长,台北士绅颜云年、李景盛为副会长,会员包括黄赞钧、陈培根、辜显荣等。该会每年农历八月二十七日举行孔诞祭典。

（三）崇圣道德报社的诗钟活动

崇圣道德报社所在地台北市大龙峒孔子庙是日据时期台湾文化活动中心之一,而该社主编黄赞钧本身是诗钟名家,同时也是瀛社、台湾文社、东海钟声社等社社友,所以台湾各诗文社团及联吟组织经常在这里开展聚作活动。崇圣道德报社曾经多次向全岛征募诗钟,《南方》（半月刊）第一七六期有载"《崇圣道德报》第三期征募诗钟"一则,云:"一题字:茶、李白。一体格:分咏格。一期限:七月末日截收。一交卷处:台北市大龙峒孔子庙内台北崇圣会收及同市建成町一ノ一九九同文社收。一用纸:每卷十钱。一购求处:与交卷处同。一词宗:未定。一赠品:与第二期同。台北崇圣道德报启。"①

---

① 《〈崇圣道德报〉第三期征募诗钟》。《南方》第一七六期, 1943 年 6 月 1 日。

此外,《台南新报》(前身为《台澎日报》)汉文栏也刊载有台湾各诗文社团的诗钟活动讯息及创作作品,如 1921 年 11 月 30 日有载高雄旗津吟社第六期诗钟——"诗、钟,魁斗格"征求广告,1921 年 6 月 17 日有载《西施、山君,笼纱分咏格(按:应为"分咏格")》诗钟作品 33 联等,该报同人罗秀惠、连雅堂、胡南溟、谢籁轩、林湘沅、陈渭川、蔡佩香、黄拱五、赵剑泉、王则修、杨炽昌、许子文、李廷昭、刘清龙、王盘炉、陈世筹、林本元、王铭臣、张淑子、黄梧桐、彭启明、施宗立等,许多都是日据时期台湾钟坛的名家里手。

结束语：世变与诗心

——台湾诗钟的创作风格及其流变

从对台湾诗钟社团及相关组织的考察中可以看到，诗钟自从清代同治年间传入台湾以来，迄今已有一百五十年的发展历史，其间台湾创立的诗钟社团达 186 个，社际性、区域性、全台性诗钟联吟组织数十个，另有私人诗钟吟会及"泛诗钟社团"若干，它们共同推动和促成了台湾古典诗社的三次发展高潮。一百五十年来，台湾社会经历了翻天覆地的沧桑历史巨变，然而台湾诗人对于诗钟这一中华传统文化的精粹却始终守持着一颗不变的诗心，在这种变与不变的较量与抗衡中，台湾诗钟的创作风尚、格式体例等也在无形中发生了诸多递嬗和变异。

一

有清一代，台湾共创立 8 个诗钟社团，诸社南北交辉，后先掩映，共同促进了诗钟在台湾的传播与兴起，并且产生了台湾第一部诗钟总集——《诗畸》，该书被两岸钟界奉为诗钟理论的经典和诗钟创作的圭臬，在诗钟史上占有重要的地位。

《诗畸》收录斐亭吟社和牡丹诗社所作诗钟 645 题 4669 联，其作品大致可以分为三类：一类是嵌字体正格诗钟，计434题3145联。这类作品大多采用白句，语辞平易，句意畅达，然而往往意造深辟，句律精细，所嵌眼字浑然天成，无任何龃龉之迹，或刻画物象，入木三分，或揭示事理，深刻隽永，充满哲思感悟和玄妙理趣，属"闽派"性灵一脉。如："佛缘未结因耽酒，茶话无聊偶得诗"（唐景崧《茶、佛，第一唱》）、"将下夕阳犹恋树，午晴残雨尚滋花"（林际平《晴、下，第二唱》）、"敢欺尺水难生浪，已种情根便长芽"（邱逢甲《情、尺，第三唱》）、"酒不求温消念热，书常迟答为交深"（罗建祥《温、答，第四唱》）、"屡负归期初不遂，已清酒债醉仍赊"（林有赓《初、醉，第五唱》）、"相忘何必鱼非我，未舞安知鹤不才"（施沛霖《才、我，第六唱》）、"病酒官厨宜野菜，卖花邻巷尽春声"（王毓菁《声、菜，第七唱》）等。

一类是咏物体诗钟，包括分咏格作品183题1343联、合咏格作品8题50联。这类作品往往善于抓住事物特征进行描摹，生动传神，或截搭牵合，幽默诙谐，或各表一枝，相映成趣，明显受到"京派"诗钟的影响。如："有约不来郎抱柱，一声长倚客登楼"（唐景崧《笛、女骗子，分咏格》）、"荡出不管风花月，颠倒频呼赵李孙"（陈凤藻《扫雪、错认人，分咏格》）、"卢前王后探消息，燕瘦环肥识重轻"（倪鸿《听榜、轿夫，分咏格》）、"钱汝蒲轮新辟召，怜卿蓬户俭梳妆"（张秉奎《贫女、送公车》）、"短檠曾伴三余客，行部争看百里侯"（翁景藩《灯、知县下乡，分咏格》）、"锦披学士酬捞月，金作媒人稳靠山"（施士洁《李太白、冰敬，分咏格》）、"云外一钩官道晚，林梢半挂女墙明"（邱逢甲《新月，合咏嵌官字》）等。

另一类是笼纱格诗钟，计20题131联。"笼纱"的实质就是暗嵌，即借助隐藏的创作技巧，既嵌入题字，又不露字面。这一格目借鉴灯谜制作中的"笼纱"艺术创新而成，为以往大陆各派诗钟所未曾闻见，是《诗畸》的首创。作品如："阁上观梅何水部，园中种竹庾兰成"（施士洁《东、小，笼纱格》）、"著姓玉夸明大将，小名禅愧蜀降王"（邱逢甲《蓝、斗》）、"留守三呼兵急渡，武侯六出阵遗图"（郑箓《河、八，笼纱格》）、"国士有金酬漂母，宫妃无画识昭君"（唐景崧《千、面》）、"星认瓜洲随渡宿，尘生柳舍出关愁"（施沛霖《西、火，笼纱格》）、"崔护门前桃映处，陶潜宅畔柳栽时"（熊佐虞《红、五，笼纱格》）、"急潮带雨无人渡，流水听松为我挥"（林有赓《春、手，笼纱格》)等,出语典雅有致,眼字既藏且显,可谓心机别具。

清代台湾诗钟社团中,留存作品的尚有荔谱吟社,所见吴德功《瑞桃斋诗话》,录该社嵌字体正格诗钟 19 题 95 联、分咏格诗钟 8 题 18 联。其中,嵌字体正格作品多抒写台岛风物,观察细致入微,于寻常处发现诗意,颇具地域特色,深得闽地"折枝"的精奥和神韵。作品如:"春归婪尾怜红叶,子满枝头怅绿阴"(蔡滋其《春、子,一唱》)、"灵修有怨埋兰芷,孤竹何心恋蕨薇"(蔡寿石《修、竹,二唱》)、"酷爱轻阴千个绿,相思豆子十分红"(施子芹《轻、豆,三唱》)、"雨积山秋云树合,风吹海立浪花飞"(吴德功《立、秋,四唱》)、"日色长阴因近海,月华先得为登楼"(吴德功《得、阴,四唱》)、"密绾小鬟烟漾碧,笑舒老眼柳垂青"(蔡德辉《烟、柳,五唱》)、"殻遗螺女乘云去,珠泣鲛人爱水居"(张思补《云、水,六唱》)、"归去犹存三径菊,醉余争唱满江红"(蔡子庭《菊、红,七唱》)等。

总体上看,清代台湾诗钟继承了"闽派"和"京派"诗钟的创作艺术,在此基础上对诗钟格目体式、表现内容等作了进一步的拓展与创新,从而形成了讲求意造、注重趣理、敢于创新的风格基调。清代台湾诗钟之所以形成这种发展格局,首先因为台湾原系"九闽"之一。清光绪十一年(1885)台湾建立行省以前,隶属福建管辖,其间闽省"内地"与"台地"之间实行官员互调、师资互派、科考同制,这些都为诗钟在台湾的传播与发展提供了契机。清代台湾诗钟社团的创立者如李崧臣、沈桐士、沈葆桢等,均为闽地早期诗钟总集——《雪鸿初集》的作者,渡台之前就已经是福建钟坛的名家宿望,这说明台湾诗钟最初来源于"闽派",或者说台湾诗钟本来就属于"闽派"诗钟的范畴。其次,光绪十二年(1886)唐景崧就任分巡台湾兵备道,其后升任台湾布政使、台湾巡抚。唐景崧是"京派"诗钟的代表人物,被诗钟大家李嘉乐誉为"钟中将帅"①,一生酷嗜诗钟,所居三矫堂曾经是同治年间京师诗钟活动的中心。唐景崧渡台后,先后创立斐亭吟社和牡丹诗社,以地方主要官员的身份大力倡导并亲自主持诗钟创作活动,使得"京派"诗钟在台湾骤然兴起,从而形成"京派"诗钟与"闽派"诗钟并峙的局面。其三,则

---

① 唐景崧:《诗畸·序》,原句为"诗钟中乃有将帅才耶!子为吾党光。"唐景崧辑:《诗畸》,清光绪十九年(1893)台湾布政使署刻本,第 1 页。

要归功于台湾钟手对诗钟创作艺术的不懈探索与追求。清末台湾的诗钟活动，往往与灯谜同举，施士洁所作《台北唐维卿方伯幕中补和台南"净翠园"韵》十二首之三有道："年年钟社与灯猜，小史飞笺召客来。一自北园新辟后，斐亭闲煞又澄台。"[①] 在诗钟与灯谜的长期创作实践中，这两种文艺类型相互渗透、互相融合，台湾钟手借鉴灯谜制作中的"笼纱"艺术，创新出"笼纱格"这一诗钟格目，从而丰富和发展了诗钟的格目体系。

二

　　日据时期台湾诗钟的创作风尚发生了根本性的转变，一脱既往讲求意造、注重趣理的窠臼，而直抒胸臆，发为心声。以日据时期台湾专门诗钟社团——东海钟声社为例，该社"每逢星期及星期三五，相约小集，各作诗钟二三唱，分选甲乙"[②]，所作"诸格悉备，计不下百数十题"[③]，经林景仁重加芟汰，得68题254联，辑为《东海钟声》一册，分八期刊载于连横主编之《台湾诗荟》，对日据中后期的台湾诗坛产生很大影响。作品如："宗国事非人有恨，故园春尽鸟无声"（谢汝铨《鸟声非故国，碎锦格》）、"六朝金粉消雄气，万劫江山带怒容"（苏镜潭《雄、带，八叉格五六》）、"心常轳辘如宣战，事到艰难且放怀"（苏镜潭《战、怀，雁足格》）、"君如市义臣能往，士未逢时鬼见嘲"（苏镜潭《时、市，八叉格三四》）、"东海士逃无道世，竹林人羡不羁才"（庄怡华《东林道士，碎锦格》）、"残生永愧餐周粟，多病终伤托越吟"（庄嵩《吟、粟，雁足格》）、"情牵乱絮难为别，身似游萍不自持"（林景仁《游、絮，八叉格三四》）、"无药可医人病俗，有书难上客思归"（庄怡华《无可上人，碎锦格》）、"红袖伴吟编乐府，青灯作史继春秋"（连横《青春作伴，碎锦格》）等，字里行间直接抒发了台湾钟手长期以来抑郁心中的亡国之痛、故园之思、对日本殖民统治者之恨、维系汉文化之责、清高守节之志及与日本

---

　　① 施士洁：《台北唐维卿方伯幕中补和台南"净翠园"韵》十二首之三，施士洁《后苏龛合集》，台北：台湾银行经济研究室1965年版，第58页。

　　② 连横主编：《台湾诗荟》第一号"骚坛纪事"，1924年2月15日。《台湾文献汇刊》第四辑第十五册，九州出版社、厦门大学出版社2004年版，第189页。

　　③ 林景仁：《东海钟声·序》，张作梅编订《诗钟集粹六种》，台北：中华诗苑1957年版，第83页。

殖民侵略者血战到底的决心，其中并没有任何意造之烦恼、用典之禁忌、句律之束缚。

　　日据时期台湾诗钟创作风尚的转变首先源于文体功能的调整。诗钟产生于号称"嘉庆中兴"的清代中叶，跟它同时出现的还有"花谱热"与"击钵吟"，三者都是用来娱乐的文字游戏，没有什么本质的区别。历代钟手都以诗钟为"小道"，他们参加诗钟活动的目的主要在于"元"、"殿"、"眼"、"花"、"胪"及其标赏，清代台湾诗钟也不例外，即使象唐景崧这样酷嗜诗钟的人，也曾经把诗钟活动"视为游戏，不复爱惜"①。乙未（1895）割台，沧桑巨变，经历了割台之痛和亡国之耻的台湾诗人们，在日殖当局殖民同化教育的步步进逼与重重迫压下，猛然发现"凡一民族之生存，必有其独立之文化，而语言、文字、艺术、风俗，则文化之要素也；是故，文化而在，则民族之精神不泯，且有发扬光大之日，此征之历史而不可易者也"，遂大声疾呼"台湾今日文化之销沈，识者忧之。而发扬之、光大之，则乡人士之天职也"②。

　　然而，放眼清末到日据初期的台湾诗坛，真正为台湾诗人所娴熟掌握并且有着广泛影响的文学样式不外乎两种：一是诗钟，一是击钵吟。其中，原本"咏史为长"的击钵吟一体，由于日本殖民统治者的刻意提倡，已经被引入酬酢应和之一途，成为粉饰日本殖民统治"太平"的"应酬颂扬之具"③，创作中弥漫着浓重的媚日与媚俗气息。诗钟于是成为台湾诗人唯一的选择，不得不肩负起沟通联络全岛诗人声息、反抗日本殖民统治、延续和传承中华传统文化的历史重任。以日据时期台湾诗坛三大"重镇"④之一——台中栎社为例，该社曾经铸造诗钟三架，作为创社三十周年纪念，并举行庄严隆重的初撞仪式，所铸诗钟铭曰："小叩小鸣，大叩大鸣。愿我多士，雅韵同赓。振聋发聩，勿坠清声！"⑤这表明，日据时期台湾诗钟已经由传统的以"游戏"为能

　　①　唐景崧：《诗畸·序》，唐景崧辑《诗畸》，清光绪十九年（1893）台湾布政使署刻本，第1页。
　　②　连横：《雅言》，台北：台湾银行经济研究室1963年版，第1—2页。
　　③　《台湾诗荟》第二十号"余墨"，1925年8月15日。《台湾文献汇刊》第四辑第十八册，九州出版社、厦门大学出版社2004年版，第18页。
　　④　《台湾诗荟》第十一号"骚坛纪事"，1924年12月15日。《台湾文献汇刊》第四辑第十六册，九州出版社、厦门大学出版社2004年版，第429页。
　　⑤　傅锡祺：《栎社沿革志略》，台北：台湾银行经济研究室1963年版，第36页。

事,转变到以"载道"为己任,成为台湾诗人藉以互通声息、反抗异族统治、传承中华文化的重要载体。

为了适应创作风尚转变和文体功能调整的需要,日据时期台湾钟手还对诗钟创作活动过程中的一系列规制及程式作了改革。例如,在出题方式上,闽地"折枝"传统上采用"拈题阄诗",其法:"预拟平仄若干字,分投两筒;题为第几唱,两人分拈两字;拈出后,无论难易,不得更换。或随意取一书,一人说第几页第几行第几字,一人检录于纸。第二字如平仄不协,可以重检。若蝉联、魁斗、鸿爪、双钩各题,则按题字之数,各人分书若干纸作拟题,题每采用成语,分投于筒,拈出一题。咏物体之命题亦仿此法。惟分咏则或人或事物,分置各筒,两人分拈,如对嵌例。"① 这种方法,为清末台湾各诗钟社团所袭用,《诗畸》就有"拈平仄二字,平对成联"②、"随拈二字,据典成联,不露字面"③ 等记载。日据以来,台湾钟手一改以往"拈题阄诗"的出题方式,代之以课题征诗、词宗预定、社员共商等多种形式,所出钟题往往有所寄托或寓意。除了那些以社名、地名、人名、斋轩、节气、时令等为题的作品以外,其他如《台、湾,魁斗格》、《故、园,凫胫格》、《鸟声非故国,碎锦格》、《汉、文,凤顶格》、《中、华,凤顶格》、《振、中,凤顶格》、《人淡如菊,碎锦格》、《君子竹,碎锦格》、《画、莲,凤顶格》、《隐、居,蝉联格》、《吟、粟,雁足格》等,或表志节,或寓情趣,所出钟题无不都是刻意而为。这种情况,在日据时期台湾各社的诗钟活动中非常普遍,但是在清代台湾诗钟和以往大陆各派诗钟活动中却几乎成为禁律。

在投卷、誊录、阅卷、评取、赏贺等方面,清代台湾诗钟规定"以一联为一卷,随投筒中。不拘作若干卷,限到截止,不得再投","或倩两人作者专誊,或作者分写,惟阅卷者不与焉。其誊写分正副两本,每一联均誊入正副本中,送正副阅卷者评取,去取高下,不得互商","投卷有纳费者,议定凡投一卷纳钱若干。阅卷者仅一边取录,卷费减半;凡投至五卷外者,卷费减半;一卷不

---

① 宗威:《诗钟小识》,张作梅编订《诗钟集粹六种》,台北:中华诗苑1957年版,第289页。
② 唐景崧:《诗畸》卷一,清光绪十九年（1893）台湾布政使署刻本,第1页。
③ 唐景崧:《诗畸》卷七,清光绪十九年（1893）台湾布政使署刻本,第5页。

作者,罚纳一卷之钱。即以诸卷所纳钱,按正副两本所取高下,摊给有差"①。这些规制,在日据时期的台湾诗钟活动中基本得到沿袭,尤其是在社际联吟、区域联吟、全岛联吟等参与人数众多的情况下更是如此,但是也有一些社团对它们作了改创。例如,高雄凤岗吟社规定,每月课题一次,击钵二次,诗钟律绝并作,每次人各一联(首),由社员互选,以得点最多为胜;台北稻艋诗钟会则规定,"每星期六小集,自下午二时至四时之间,辄课诗畸二联。参加会员,每次各捐五人份之名信片为奖品,出席者皆为词宗,彼此各自评定甲乙"②;等等。从中可以看到,清代台湾诗钟活动的主要目的是竞技斗捷,日据时期则更加注重诗艺的切磋砥砺和创作水平的提高。

此外,日据时期台湾诗钟继续发扬清代台湾诗钟所开创的敢于开展格目创新的特点,先后创制出十余种新的诗钟格目样式,使得诗钟格目呈现出"愈出愈奇"③的发展态势。清代台湾诗钟格目总计不过10格,包括凤顶、燕颔、鸢肩、蜂腰、鹤膝、凫胫、鱼尾、分咏、合咏及笼纱;日据时期,台湾诗钟新增了魁斗、蝉联、鹭拳、八叉、晦明、鼎足、碎锦、流水、双钩、睡蛛、汤网、鸿爪、小鼎、三星、比翼、对嵌、散花、嵌咏、狗尾、顶踵等格目。其中,"晦明"一格,是在"笼纱"基础上发展起来的,是对"笼纱"与"嵌字"两种创作艺术的综合运用;魁斗、蝉联、鹭拳、八叉、碎锦、流水、双钩、睡珠、鸿爪、嵌咏诸格,是闽地早期诗钟就有的"古格",晚近以来已经弃置不用了,经过台湾钟手的脱化,重新又焕发出崭新的艺术生命;对嵌、散花、狗尾、顶踵诸格,同样也是"于古究亦有征",但被"标以新颖之名,尤征雅趣";鼎足、汤网、小鼎(或三星)、比翼诸格,则是对原有"鸿爪"、"嵌字体正格"等格目所作的进一步细分或变化。日据时期台湾诗钟格目如此繁杂,以至于民国十二年(1923)闽地诗钟老手王贻瑄渡台参加台北东海钟声社诗钟活动时,也不禁感喟:"邯郸学步,东施效颦。虽不免掩鼻跛足之羞,然附骥之荣,探骊之愿,未尝不再三慰勉耳!"④

---

①　唐景崧辑:《诗畸·诗钟凡例》,清光绪十九年(1893)台湾布政使署刻本,第1—2页。

②　赖子清:《古今台湾诗文社》(二),台湾文献委员会编印《台湾文献》第一一卷第二期,台北:成文出版社有限公司1983年3月台一版影印本,第2798页。

③　连横:《雅言》,台北:台湾银行经济研究室1963年版,第42页。

④　王贻瑄:《折枝传唱》,《台湾文献汇刊》第四辑第十五册,九州出版社、厦门大学出版社2004年版,第251—252页。

三

光复后，由于大陆钟手尤其是闽地钟手大量渡台，"闽派"诗钟重新占据台湾钟坛的主导地位。这突出体现在以下几个方面：

首先，闽地渡台钟手所创设或主导之诗钟社团如寄社、台铁诗社、中社、八闽诗社等，诗钟活动开展得有声有色，声势浩大，是光复后台湾钟坛最为活跃的分子。以寄社为例，该社"专课诗钟，期月会集，均择星期公暇，聚唱整天，中午聚餐欢叙，按期课题，截卷后誊写，分送作者，互相观摩，每期皆得作品数百联，以交卷先后为序，每期与会者，皆有三四十名，虽有新陈代谢，然皆极热心"，"每逢春初，辄唱元鸣炮，增加花红，肴馔丰沛，吟韵绕梁"①；该社从第三期小集开始，所得钟作皆有收录，编为《寄社月刊》，出版发行，广为传诵；此外，该社还不时与《大众诗钟》杂志社、春人诗社、六六诗社等联合，共同举办全台诗钟大唱，所得钟联动辄数千卷，并择时在社址所在地台北市福州街台湾省电力公司励进社进行发唱，万人空巷，场面壮观。其他影响较巨之玉岑诗社、春人诗社、六六诗社、瀛洲诗社等，也有众多闽籍钟手参与其中。

其次，"闽派"折枝即七言嵌字体正格重新成为台湾诗钟的创作风尚，而"京派"所偏嗜之分咏体诗钟则趋于式微。从对光复以来台湾诗钟社团创作情况的统计情况来看，除心社、江滨吟社、春人诗社、北鸥吟社、寿峰诗社、角力吟社、竹声诗钟社、庸社、瀛洲诗社、芦墩吟社、安南吟社、文山吟社诸社有创作少量分咏体诗钟外，其余社团均只创作嵌字体诗钟，且以七言嵌字体正格为绝对主体。光复后台湾诗钟创作风尚的另一倾向是，闽地早期诗钟中的许多"古格"被重新发掘并运用起来，赋予生机。例如，春人诗社创作有"流水碎"、"五杂俎"、"对上格"、"对下格"、"折腰格"、"腰次格"、"删古格"、"单咏格"、"切碎咏"等，安南吟社创作有"押尾格"、"对上格"、"对下格"、"五杂俎"等，逸社创作有"腰次格"等。

---

① 赖子清：《古今台湾诗文社》（一），台湾文献委员会编印《台湾文献》第一〇卷第三期，台北：成文出版社有限公司 1983 年 3 月台一版影印本，第 2039 页。

其三,"套题"这一新鲜的出题形式在台湾兴起。所谓"套题",即以诗句、成语、谚言等为眼字,拟出"一整套"题目,要求参与者在规定时限内创作出一系列诗钟作品,由于创作时限未变而题量倍增,所以难度加大。"套题"为"钟圣"陈宝琛在北京灯社时期所首创,该社尝以李商隐诗句"碧瓦衔珠树"、"鸡香积露文"十字为眼,创作"碧、鸡,二唱"、"瓦、香,三唱"、"衔、积,四唱"、"珠、露,五唱"、"树、文,六唱"诸题,由于该社成员如郭春榆、王贻瑄诸公,皆"闽派"老手,故所作甚多佳构,一时传为韵事。这一出题方式,为光复后台湾诗坛所继承,所见寄社创作的诗钟作品绝大部分都是"套题",如《"收京在望",一七唱》、《"曲水流觞",二六唱》、《"江城玉笛",四六唱》、《"初秋雅局",三七唱》、《"谈诗度腊",三六唱》、《"遗珠佳话",三七唱》、《"百花生日",一七唱》、《"慎勿种因",一六唱》、《"白云亲舍",一六唱》、《"履端遂意",一七唱》、《"天与人归",一七唱》、《"斗室低吟",二六唱》、《"近寒食,斗折枝",一四七唱》、《"邀社友,贺金婚",二四六唱》、《"女牛聚,七夕期",一四七唱》、《"攀桂树,步虚声",二四六唱》等。

其四,崇尚性灵,描摹至景,抒写至情,探究至理,营造至境,成为光复后台湾诗钟创作的审美理想及艺术追求。所见描摹至景作品,如"连山雨过青于染,细柳风梳绿渐匀"(佚名《细、染,蝉联格》)、"冲波水鸟浮还没,出岫山云断复连"(刘宗《山、水,三唱》)、"鸡头暮密新生笋,麂眼红疏旧结邻"(何扬烈《暮、红,三唱》)、"蜗破苔痕留篆古,莺穿柳浪试簧新"(杜召棠《留、浪,辘轳格》)等;抒写至情作品,如"世换山中犹对局,身衰海外更知秋"(佚名《秋、局,七唱》)、"万户哭声闻隔海,十年归梦阻遥天"(何扬烈《海、天,七唱》)、"常系远怀羁异地,已衰元气叹残年"(赵德润《元、远,三唱》)、"依户依闾迷老眼,陟岗陟屺盼归人"(林孝先《探亲,合咏格》)等;探究至理作品,如"嗜酒俞知交友乐,选诗似较择婚难"(佚名《友、婚,六唱》)、"寒衣典尽犹贪酒,秋廪搜空不卖书"(佚名《秋、寒,一唱》)、"帘垂不碍清风入,山隔宁疏旧雨来"(宋庆国《疏帘不隔风,五杂俎》)、"息壤岂容忘立誓,会稽应悔许行成"(吴语亭《立、行,六唱》)、"穷通不必嗟磻叟,得失何须问塞翁"(佚名《何必问穷,流水格》)、"高羽未归春已老,众流同赴海因雄"(郑元鼎《高、雄,踵顶格》)等;营造至境作品,如"窗月勤筛君子竹,村龙误吠故人车"（江紫元《竹、村,蝉联格》）、"乌啼野叟归途急,客唤香鱼入馔来"（刘斌峰《乌、来,魁斗格》）、"尚有矜怜秋见审,顿消尘虑夜闻经"（陈考华《秋见夜闻;戳鹤膝,删古格》）、"浣纱去后苔封石,敲月归来衲带云"（倪登玉《西施、僧,分咏格》）、"苏子名亭因喜雨,张公得句在钟声"（陈月樵《喜、钟,六唱》）、"虽逢逆水鱼犹进,不惮旋风鸟惯飞"（佚名《鱼、鸟,鹤膝格》）等,分别得景趣、情趣、理趣、境趣之妙。

　　然而,1949 年国民党迁台以后,台海长期对峙,风声鹤唳,久滞异乡的大陆钟手们,抑郁侘傺,无以排遣,只能在诗钟创作中托情寄意,乡愁于是成为光复后台湾诗钟最为深重的创作主题。所作如"年边难制无家泪,剑底空怀去国愁"（丁涤凡《剑、年,一唱》）、"寄北无人同话雨,登台有客独悲秋"（许启懔《台、北,二唱》）、"壮士剑寒心迹苦,遗民南望泪痕多"（姚平《剑、南,三唱》）、"舟出两川怀远志,药惟一味是当归"（陈颖昆《川、味,四唱》）、"思乡却喜寻归梦,去国何堪托醉吟"（叶在钲《醉、乡,鹭拳格》）、"云笺难寄他乡墨,雪屐犹存故里泥"（杜召棠《云、泥,云泥格》）、"正好光华迎复旦,又惊时节过重阳"（钱逸尘《光复节,碎锦格》）、"梦犹难越关山阻,愿不能酬岁月迁"（林秋帆《酬、越,四唱》）、"异地休将楼独倚,故乡惟有月同看"（席素训《楼、月,五唱》）、"何日得归犹路梗,于时无补只诗鸣"（杨福鼎《诗、路,六唱》）、"果证三生盟石上,人横一水隔天涯"（佚名《人、果,一唱》）、"避地何堪人意苦,寻春那顾马蹄忙"（佚名《地、蹄,云泥格》）等,代表了光复后大陆渡台诗人的心迹。

　　综上所述,诗钟自从清代同治年间传入台湾以来,历经一个半世纪的发展历史,其间台湾诗钟的创作风格经历过多次嬗变,它一方面折射出近现代以来台湾社会沧桑巨变的曲折历史过程,另一方面也反映了台湾钟手对诗钟创作艺术的努力探索与不懈追求。

参考文献

一、集著

1. 唐景崧辑:《诗畸》,清光绪十九年（1893）台湾布政使署刻本。

2. 吴纫秋辑:《东宁钟韵》,台南:大明印刷局1956年版。

3. 张作梅编订:《诗钟集粹六种》,台北:中华诗苑1957年版。

4. 谭世麟编著:《诗钟》,台北:联合出版中心1960年版。

5. 王嵩昌:《诗钟格例存稿》,1968年王嵩昌自印本。

6. 苓洲吟社辑:《高雄苓洲吟社征诗初集》,高雄印刷合资社1931年版。

7. 陶芸楼辑:《剑潭诗刊》,女明书纸馆民国二十一年（1932）版。

8. 鸥社及北鸥吟社辑:《鸥社艺苑次集》、《亚季鸥社北鸥诗集》、《北鸥吟社诗稿》合集,1952年6月至1968年9月鸥社及北鸥吟社油印本。

9. 庄幼岳编校:《庸社风义录》,台北:庸社1958年版。

10. 傅锡祺:《栎社沿革志略》,台北:台湾银行经济研究室1963年版。

11. 台铁诗社辑:《立行诗刊》,1964年台铁诗社铅印本。

12. 张李德和编著:《琳瑯山阁唱和集》,彰化:诗文之友社1967年版。

13. 赖柏舟编著:《嘉义县诗苑》,嘉义县文献委员会1972年版。

14. 春人诗社编印:《春人诗选》第一至十一辑,台北:东良印刷公司等1981年至2005年版。

15. 邱奕松编著：《朴雅诗存》，嘉义县诗学研究会 1994 年版。

16. 张铁民主编：《长青诗集》（卷一至卷六），台中：采玉出版社 1996 年至 2006 年版。

17. 林柏燕主编：《大新吟诗集》，新竹县文化局 2000 年版。

18. 林柏燕主编：《陶社诗集》，新竹县文化局 2001 年版。

19. 林正三编纂：《松山地区之古老诗社——松社》，台北：文史哲出版社 2005 年版。

20. 林明堃主编：《月津诗集》，台南县月津文史发展协会 2007 年版。

21. 许惠玟编：《瀛社会志》，台北：文史哲出版社 2008 年版。

22. 中社编辑、翁祖扬校阅：《中社诗存》，黄哲永主编《台湾先贤诗文集汇刊》第七辑第十一册，台北：龙文出版社股份有限公司 2009 年版。

23. 吴德功著、江宝钗校注：《〈瑞桃斋诗话〉校注》，高雄：丽文文化事业股份有限公司 2009 年版。

24. 杨维仁主编：《卷籁轩师友集》，台北：万卷楼图书公司 2013 年版。

25. 黄美娥：《古典台湾：文学史、诗社、作家论》，台湾编译馆 2007 年版。

26. 王文颜：《台湾诗社之研究》，台湾政治大学中国文学研究所 1979 年硕士学位论文。

27. 陈丹馨：《台湾光复前重要诗社作家作品研究》，台湾东吴大学中国文学研究所 1991 年硕士学位论文。

28. 张作珍：《北港地区传统诗社研究》，台湾南华大学文学所 2001 年硕士学位论文。

29. 王幼华：《冰心丽藻入梦来——日治时期苗栗县的诗社》，苗栗县文化局 2001 年版。

30. 武丽芳：《日据时期竹堑地区诗社研究》，玄奘人文社会学院中国语文研究所 2004 年硕士学位论文。

31. 许俊雅：《黑暗中的追寻——栎社研究》，东方出版中心 2006 年版。

32. 吴毓琪：《南社研究》，台南市立文化中心 1999 年版。

33. 曾绚煜：《栗社研究》，台湾南华大学文学所 2001 年硕士学位论文。

二、期刊

1.《台湾文艺丛志》(及《台湾文艺旬报》、《台湾文艺月刊》),台中:台湾文社编,1919年1月至1924年10月。

2.《台湾诗荟》,连横编辑,1924年2月至1925年10月。

3.《台湾诗坛》,台北:台湾诗坛社编,1951年6月至1957年5月。

4.《诗文之友》(及《中国诗文之友》、《中国诗文》),彰化:诗文之友社编,1953年4月至1993年9月。

5.《中华诗苑》(及《中华艺苑》),台北:中华诗苑社编,1955年2月至1967年12月。

6.《鲲南诗苑》,高雄:鲲南诗苑社编,1956年6月至1959年8月。

7.《师大诗钟》(第三期至第九期合刊本),台北:台湾师范大学师大南庐吟社编,1967年6月至1973年6月。

8.《香草艺文》(及《香草雅风》)第一至八辑,彰化县二林镇香草吟社编,1997年至2007年。

9.《文山吟草》(第一辑),台北市文山吟社编,2006年1月。

三、报纸

1.《台湾日日新报》,台北:五南图书出版股份有限公司1994—1995年影印本。

2.《台南新报》,台湾历史博物馆、台南市图书馆2009年版。

3.《台湾诗报》,台北:台湾诗报社编,1924年2月至1925年4月。

4.《三六九小报》,台南:三六九小报编,1930年9月9日至1935年9月6日。

5.《诗报——日治时期台湾传统文学大成(1930—1944)》,台北:龙文出版社股份有限公司2007年版。

6.《风月·风月报·南方·南方诗集》,台北:南天书局2001年版。

四、论文

1. 赖子清：《古今台湾诗文社》，台湾省文献委员会编印《台湾文献》第一〇卷第三期、第一一卷第二期，台北：成文出版社有限公司 1983 年 3 月台一版影印本。

2. 赖子清：《台南诗文社》，台南市文献委员会编印《台南文化》（新刊）第四册第八期，台北：成文出版社有限公司 1983 年 3 月台一版影印本。

3. 陈世庆：《台湾诗钟今昔》，台湾省文献委员会编《台湾文献》第七卷第一、二期，台北：成文出版社有限公司 1983 年 3 月台一版影印本。

4. 许俊雅：《光复前台湾诗钟史话》，台北《台湾师范大学国文学报》1989 年第 18 期。

5. 黄典权：《斐亭诗钟原件的学术价值》，台南《成功大学历史学报》1981 年第 8 期。

6. 杨云萍：《牡丹诗社与福雅堂诗钞及其著者》，台北市文献委员会编印《台北文物》第四卷第四期"本市诗社专号"，台北：成文出版社有限公司 1983 年 3 月台一版影印本。

7. 许丙丁：《五十年来南社的社员和诗》，台南市文献委员会编印《台南文化》（旧刊），台北：成文出版社有限公司 1983 年 3 月台一版影印本。

8. 陈世庆：《星社》，台北市文献委员会编印《台北文物》第四卷第四期"本市诗社专号"，台北：成文出版社有限公司 1983 年 3 月台一版影印本。

9. 吴景箕：《斗山吟社之沿革与卧云斋》，云林县文献委员会编印《云林文献》，台北：成文出版社有限公司 1983 年 3 月台一版影印本。

10. 吴中：《鲲瀛诗社沿革》，台南县鲲瀛诗社编《辛酉年庆祝鲲瀛诗社七十年全岛诗人联吟大会纪念集》，圣道杂志社 1982 年版。

11. 吴春景：《彰化县国学研究会简介》，彰化县国学研究会辑《己卯（1999）中秋全岛诗人联吟大会专辑》，彰化县国学研究会 1999 年版。

12. 钱逸尘：《春六诗选第一集·序》，何武公《枕髑髅斋诗话》，载《鲲南诗苑》第五卷第四期，1959 年 6 月。

13. 庄幼岳:《传统诗的现况与发展》,彰化《中国诗文之友》第三六五期,1985 年 6 月。

14. 吴中:《台湾传统诗之回顾与展望》,彰化《中国诗文之友》第三六八期,1985 年 9 月。

15. 廖一瑾:《台湾古典诗社、诗刊现况》,台北《文讯》第一八八号,2001 年 6 月。

后 记

　　丙戌（2006）岁夏，余撰成《台湾诗钟研究》，窃以为有关诗钟方面的史料已搜求殆尽，并为我所据。丁亥（2007）春，承陈思和教授垂爱，入复旦大学作博士后研究，期间遍览沪上各馆珍藏，于近现代小报中觅得诗钟不少。己丑（2009）秋，蒙袁进教授引介，赴台湾政治大学作博士后研究，每日涵浸于全岛各图书馆，于日据及光复后各报纸期刊中蒐得诗钟甚伙，始知自己此前遗珠甚众。归榕后，启箱发箧，将所得资料逐一耙梳整理，夜以继日，不分旦暮，终于草成《台湾诗钟社团及相关组织考略（1865—2014）》。韶华似水，逝者如斯，倏忽之间，不觉数载已过。

　　回首前尘，丙戌（2006）岁杪，适辜也平教授赴杭参加学术会议，期间将晤陈思和教授，乃以拙著《台湾诗钟研究》付托，请其代呈陈教授寓目。不日，陈思和教授打来电话，招邀我到复旦大学作博士后研究，且言自己刚从杭返沪，头尘未去，行囊未放，其中吐哺之心，倒屣之情，殷殷可鉴，至今仍如闻在耳。方余在沪之际，寓住国福路50弄青年教师公寓3-605，每天清晨，推窗而眺，一眼便望见远处苍渺天际下巍然矗立的东方明珠塔，常常凝思良久，仿佛那就是康德心中灵光一现、照彻前路的Lönbenicht（廖勃赫尼特）之塔。一日，台湾友人林以衡君来访，兴之所至，两人爬上东方明珠塔259米高的"凌霄步道"，透过脚下的透明玻璃，俯看黄浦江两岸全景，感觉就象漫步云端，然则危乎高哉，已无可进退矣。

　　己丑（2009）渡台，参加郑文惠教授主持之《重写现代性——晚清报刊中的文学图像与文化思想》的研究。期间，得到台湾政治大学郑文惠教授、高桂惠教授、丁敏教授、蔡明顺教授、蔡祝青博士、林以衡博士，台湾大学黄美娥教授，东南科技大学詹雅能教授，中兴大学廖振富教授，成功大学陈昌明教授、罗景文博士，台北"二二八"纪念馆谢英从馆长，古亭书屋创办人高贤治老先生等的悉心指导与热心帮助，先后走访"国家图书馆"、"中央图书馆台湾分馆"、台北故宫博物院、台湾大学、淡江大学、成功大学、中兴大学等岛内各大图书馆及高校馆藏地，聆听叶维廉教授、王德威教授、李欧梵教授、金观涛教授、劳思光教授等各门各派的学术见解和思想主张，真切感受到台北作为国际大都市所具有的文化特质及现代魅力。此外，每日则与同寓台北之南京大学林强博士、暨南大学石了英博士相邀约，或同赴藏馆，或共听讲座，或登临淡水，策马指南，或举杯同饮，快剑论文，好一段快意人生。往事历历，予怀渺渺，带水盈盈，思之怅然。

　　本书写作期间，恩师汪毅夫教授不时给予教勖，还先后馈赠《龙江诗话》、《二焉文稿》、《萨伯森文史丛谈》、《郑丽生文史丛稿》等珍贵资料；詹雅能教授与黄美娥教授伉俪则在史料蒐罗方面倾力襄助，并从台北寄赠《明志书院沿革志》、《静远堂诗文钞》、《魏清德集》等重要研究成果；中国诗钟研究委员会主任王鹤龄老先生虽近鲐背之年，仍时时关注垂询写作进展情况，尤其让我感心动容。福建师范大学文学院郑家建院长闻悉书稿即将杀青，说："学术者，天下之公器也！"慨然资助本书出版。在此，并志申谢！

黄乃江
乙未天贶于屏山东麓青岩阁

责任编辑:詹素娟
封面设计:彭世兴

图书在版编目(CIP)数据

台湾诗钟社团及相关组织考略(1865—2014)/黄乃江 著. —北京:人民出版社,
  2016.9
ISBN 978－7－01－016787－9

Ⅰ.①台… Ⅱ.①黄… Ⅲ.①诗歌-社会团体-研究-台湾-1865—2014
Ⅳ.①I207.22

中国版本图书馆 CIP 数据核字(2016)第 235516 号

台湾诗钟社团及相关组织考略(1865—2014)
TAIWAN SHIZHONGSHETUAN JI XIANGGUANZUZHI KAOLÜE(1865—2014)

黄乃江 著

人 民 出 版 社 出版发行
(100706 北京市东城区隆福寺街 99 号)

北京中科印刷有限公司印刷 新华书店经销

2016 年 9 月第 1 版 2016 年 9 月北京第 1 次印刷
开本:710 毫米×1000 毫米 1/16 印张:30.25
字数:480 千字

ISBN 978－7－01－016787－9 定价:85.00 元

邮购地址 100706 北京市东城区隆福寺街 99 号
人民东方图书销售中心 电话 (010)65250042 65289539

版权所有·侵权必究
凡购买本社图书,如有印制质量问题,我社负责调换。
服务电话:(010)65250042